宽恕之城

雷米 著

上册

北京联合出版公司
Beijing United Publishing Co.,Ltd.

一未文化　　非同凡响

北京一未文化传媒有限公司
www.bjyiwei.com
出品

会众要救这误杀人的脱离报血仇人的手，也要使他归入逃城。他要住在其中，直等到受圣膏的大祭司死了。

——《民数记》35：25

目

录

Contents

序 · 夺目

他渐渐醒了过来。

伴随着意识的恢复，剧痛再一次袭来。清晰又锐利的痛感从眼部迅速凝聚，通过每一根神经、每一条肌肉蔓延至全身。

真疼啊。上一次这样疼痛是什么时候？

他知道自己的头部已经肿胀如斗，沉重得仿佛有几百公斤，稍稍挪动一下都极其困难。但是，他仍然强迫自己抬起头来，勉强睁开左眼，查看自己所处的环境。

血渍斑斑的瓷砖地面。四处散落的化妆品和香水瓶。扔在马桶边的一只拖鞋。放在洗手台上的手机。

没错，还在家里。

闯入者已经离开，看来除了一只眼睛之外，他并不打算要自己的命。

他稍感慰藉。既然活下来了，他就得尽快寻求帮助。

他尝试着迈出一步，同时抬起右手捂住自己的右眼……

完全做不到。

　　他愣了几秒钟，随即发现自己并没有设想中的瘫软在地，而是直挺挺地站在墙边。更诡异的是，他的手脚根本抬不起来。

　　他慌了，急忙低头查看自己的身体。一瞥之下，那只残存的左眼就瞪大了。

　　银灰色的胶带。足足几十条银灰色胶带把他粘在了墙壁上。

　　来不及多想，他本能地拼命挪动手脚。然而，丝毫动弹不得。

　　恐惧。愤怒。更多的是疑惑。他像个动物标本一样被固定在墙壁上。

　　这他妈的是要干什么？

　　很快，他放弃了挣扎。空空的右眼窝里又有血水流出。他不敢再动了，只能垂着头，看着自己的脚边慢慢汇聚成一摊小小的血泊。

　　"救救我啊……"

　　这句话并没有说出口，只是毫无意义的含混音节。他绝望地闭上眼睛，因为他已经意识到，自己的嘴也被胶带封住了。

　　失血过多，又被刚才的剧烈动作消耗了大量的体力，越来越强烈的麻木感逐渐吞噬着他。仿佛置身于一个无底的深渊一般，他觉得自己正在不断下坠。突然，耳边传来轻微的"咔嗒"声，紧接着，他就听到入户门被推开了。

　　他瞬间就清醒过来。

　　"小凯，小凯。"

　　是爸爸的声音。

　　"又出去了吧？这孩子。"

　　是妈妈。

　　得救了。一股混合着委屈和渴望的情绪涌上心头。我以后一定会听话，我再也不出去胡混了，我发誓。

　　爸爸，妈妈，救救我！

　　他拼命扭动身体，竭力呜咽起来。

　　"呀！这是……"客厅里传来妈妈的声音，"遥控器怎么摔碎了？"

随即，一声更大的惊呼响起。

"我的天！这是什么……血吗？"

几秒钟的静默。

"给小凯打电话。"爸爸的声音已经变了调，"快点。"

很快，洗手台上的手机开始嗡嗡地震动，同时响起悦耳的铃声。紧接着，急促的脚步声来到卫生间的门外。

"小凯，你在里面吗？"

门锁被反复拧动，门却始终锁死。

"钥匙呢？"

"不就插在门上吗……老天爷，钥匙呢？"

他盯着那扇不断颤动的门，心中狂喊：撞开啊，我在里面。

随即，他就看到了门板上的那把刀子。

自从他恢复意识之后，他还是第一次注意到那扇紧闭的门。同时，一点残存的记忆浮现在脑海中——当他被粘在墙壁上之后，有人在他的肋骨间反复摸索，似乎在确定位置。

他看看那把刀子，又看看自己。从高度和角度来估算，如果那扇门被撞开，固定在门板上的刀子就会插进自己的胸口。

刹那间，他的心底一片冰凉。

一只眼睛的代价是不够的。

他再次拼命挣扎起来，竭力从喉咙里发出一声又一声嘶吼。

别撞门！千万别撞门！

然而，爸爸显然误解了他的意思。卫生间里传来儿子越来越急迫的呼救声，这让他心急如焚。

"小凯，你坚持住！爸爸马上来救你！"

沉重的撞击声透过门板传进他的耳朵。泪水从左眼奔涌而出。他绝望地摇着头。

别撞了啊!

门框已经开裂。随着每一次撞击,质地良好的木门会有瞬间的变形,随后又恢复原状。那把刀子仍旧稳稳地固定在门板上,不动声色地放射着寒光。

他已经彻底放弃,等待着最后的时刻降临。突然,他觉得很好笑。

我要死在我父母手里了。

第一章 · 归来

下课铃响起。

教室里仅剩的四个学生不约而同地发出"呀"的声音。方木从窗前回过身来，恰好遇到他们沮丧又畏惧的眼神。

方木垂着眼皮走到讲台前，敲了敲桌面。

学生们很不情愿地离座而起，逐个走过来，把手里的试卷一一摆在方木面前。

方木扶扶眼镜，仔细审阅着面前的试卷。学生们屏气凝神，一脸忐忑地看着他。

几分钟后，方木缓缓开口："杨作晖。"

一个男生精神一振，立正站好："到。"

"内感性不适的症状是什么？"

杨作晖愣了一下，迅速瞟了一眼自己的试卷："神经衰弱……吧？"

"那是感觉过敏。"方木没看他，"张钊。"

另一个男生急忙立正："到。"

"你来回答。"

"精神分裂、抑郁……"张钊抓抓后脑勺，"神经症。"

方木抬起头看着他："还有呢？"

张钊的脸色涨得通红，老老实实地站好，一言不发。

"脑外伤后综合征。"方木把试卷叠在一起，"四个人都不合格。"

无声的哀叹从学生们的口中发出。几个人都松懈下来，耷拉着脑袋准备受罚。

"先去吃午饭。"方木站起来，开始整理手提包，"重做一份图表，下节课交给我。"

学生们都瞪圆了眼睛看着他，其中一个男生更是"欧耶"一声。欢呼声刚出口，他觉得不妥，立刻捂住了嘴巴。

方木拎起手提包，走到门口，面无表情地看着他们："还不走？"

眨眼间，教室里就空无一人了。

方木笑了笑，关好门，抬脚下楼。

他径直走到停车场，打开一辆日产帕拉丁的后备厢，将身上的警服脱下来，只留下里面没有任何警用标志的蓝色衬衫。想了想，他又摘下领带，和警服一起放在一个纸袋里。随即，他发动汽车，驶离停车场。

驶出光荣街 83 号，穿过一条林荫道，帕拉丁很快就进入了光荣桥。此时正是初秋，虽然依旧阳光灿烂，空气却逐渐转凉。方木降下驾驶座一侧的车窗，让清洌的风尽情地涌进来。

他想到刚才那几个学生仿佛劫后余生般的表情，忍不住想笑。

猴崽子们大概没想到这样一个以严厉、苛刻、不留情面著称的老师会如此轻易地放过他们。不过，方木的确有事要去办。否则，他们不仅甭指望还能吃上午饭，晚上能不能有时间睡觉都是个未知数。

暂且饶他们一次。更何况，要去见的老友让他牵挂。

方木用力踩下油门。

一走进病房，方木就看见邰伟拖着一条打着石膏的腿，扶着移动输液架向门口挪动。他急忙冲过去扶住他："你这是要干吗啊？"

"快快快。"邰伟的脸已经憋得像个紫皮茄子，"坚持不住了……"

他揽住方木的肩膀，单腿向前跳着。只跳了一步，邰伟就呻吟出声，弯下腰捂住肚子。

"他妈的他妈的！"邰伟咬着牙，"差点出来！"

方木暗自好笑，搀着他走进洗手间。门还没关好，邰伟就急不可待地解开裤子，几乎是同时，哗哗的水声响起。

足足半分钟后，邰伟才如释重负地出来，病号服的腰带马马虎虎地系在腰间。方木扶着他回到床上躺下，又替他盖好被子。

"妈的，差点把老子憋炸了。"邰伟呼出一口气，"终于舒坦了。"

"你这货磨炼自己意志呢？"方木笑骂道，"叫护士不就完了？"

"脸皮薄嘛。"邰伟拿起床头柜上一个吃了半边的苹果，大口啃起来，"我一个大老爷们，怎么好意思让人家小姑娘伺候我撒尿啊？再说那谁来看我……"

"谁啊？"方木注意到窗台上摆着一盘洗干净的葡萄，果粒上的水珠在午后的阳光下熠熠生辉。

话音未落，方木就听到身后传来一个熟悉的声音。

"让开。"

方木下意识地侧身，看到米楠拿着一套干净的床品走进病房。她看也不看方木，径直走到病床前，冲邰伟挥挥手。

"你先下来，我给你换换床单。"

方木转过身，瞪起眼睛，嘴里无声地做着口型："你他妈为什么不告诉我她也来了？"

邰伟咬着苹果，一脸无辜地摊摊手。

两个人并排坐在室外走廊的长凳上。邰伟三口两口把苹果吃光，扬起手，把果核准确地扔进几米开外的一个垃圾桶里。他在病号服上擦擦手，转头看看一直撇着嘴枯坐的方木。

"她还不理你呢？"

方木叹了口气，弯下腰，把脸埋在手掌里。

"纯属正常。"邰伟伸手去方木的裤袋里翻找着，很快就拿出一盒香烟和打火机，"换作我也不能原谅你。"

"靠！"方木被气乐了，他抬起头，"比我朝你开一枪还严重？"

"那不一样。你小子又没打算杀我。"邰伟点燃一支烟，美美地吸了一口，"你当时可是下定决心不再见她了。"

"怎么见啊？"方木的脸色暗淡下来，"我这样的人……再说，我也没打算活着。"

"问题就在这里。"邰伟看到一个护士走过来，急忙把烟头藏进袖子里，抬手在眼前挥舞着，把烟雾驱散，"你想死可以，但你不是为了她。"

"嗯？"方木皱起眉头，"她认为我是为了廖亚凡？"

"不然呢？"邰伟盯着护士远去的背影，重新把香烟拿出来凑到嘴边，"如果不是为了给廖亚凡报仇，你会连命都不要？"

方木沉默了一会儿，摇摇头："她误会我了。"

"就算是误会吧，总之你把人家撇下不管，就别怪米楠恨你。"邰伟拍拍方木的肩膀，"小同志，放下身段吧，诚心诚意地求她原谅你，脸算什么呀？这是多好的姑娘……"

"滚蛋！"方木推开他。邰伟的身体歪向一旁，立刻龇牙咧嘴地做痛苦状。

"没事吧？"方木急忙扶正他，"医生怎么说？"

"小意思，骨折而已。"邰伟看看裹着石膏的右腿，"养几天就没事了。"

"你也是快四十的人了，让嫂子省省心吧。"

"跟那个毒贩子小半年了，我总不能眼睁睁地看着他跑了吧？"邰伟换了个舒服的姿势，"这王八蛋也真够黑的，开着车就撞过来了。不过老子也不是吃素的……"

邰伟伸出食指和拇指，做出一个射击的姿势。

"一枪撂倒。"

"然后你就成这德行了。"方木揶揄道，"活该他倒霉，碰到你这么个不要命的主儿。"

"不是哥们吹牛，跟我来横的，看咱俩谁横！"邰伟得意扬扬地向头顶指指，"他在十一楼躺着呢。昨天队里的人告诉我，全交代了，一口气打掉仨贩毒团伙。"

方木正要再挖苦他几句，就看见米楠从病房的窗口探出头来。她冷冷地扫了方木一眼，就冲邰伟说道："进来吧，换好了。"

邰伟扶着方木的肩膀，单腿蹦着回到病房，还在眉飞色舞地描述自己那一枪有多么精准。米楠吸吸鼻子，脸上立刻又挂了一层冰霜。

"你偷着在床上抽烟，把床单烧了一个洞，我已经替你赔了八十块钱。"米楠指指病床，"你要是再敢胡来，我就给你买二十条床单，让你烧个够。"

"哎呀真不好意思，还让你花钱了。"邰伟满脸堆笑，转头命令方木，"赶紧给人家一百块钱。"

米楠哼了一声，没理他们，拿起一个橙子开始剥皮。

邰伟凑到方木耳边，小声说道："我收回刚才的话。抛弃她吧，这女人你惹不起。"

方木哭笑不得，狠狠地在邰伟的肋骨上捅了一下。

米楠剥好橙子，自顾自吃起来："你赶紧躺下，一个残疾人就别那么活泼了。"

邰伟连连答应，乖乖地躺回病床上。方木正要拉过一把椅子坐下，米楠又冷冷地开口：

"你也别在这儿杵着了，回去吧。"

"嗯？"

米楠把他的手提包甩过来："刚才你电话响了，是边平，让你马上回学校。"

　　风驰电掣地赶回学校，边平已经在侦查楼门前等候了。看到方木把车开过来，老家伙一脸坏笑。

　　"你和米楠在一起？"边平往身上套着安全带，"和好了？"

　　"没有。我去看邰伟，她碰巧也在而已。"方木不想聊这个，"什么事这么急？"

　　"一个案子，有点意思。"边平目视前方，"市局让咱们去看看。"

　　"我们？我就不用去了吧。"方木放缓车速，"要不你开车去？"

　　"少废话，开车。"边平的语气不容辩驳，"你也不能一直这样下去。"

　　"我觉得这样没什么不好。"方木笑笑，"备课、上课、做项目，安安静静的。"

　　"这不是你最该做的。公安局也好，警校也罢，这身制服不是还在你身上吗？"边平看了他一眼，"你得承认命运这件事——该你去做的，你跑不了。"

　　帕拉丁停在金水湾小区外。方木本打算留在车里等边平，然而这老家伙下了车就站在原地看着他，一副不达目的誓不罢休的样子。方木无奈，只好跟着他走进小区。

　　金水湾小区里没有高层建筑，只有多层洋房和别墅。从小区里造型精美的喷泉、随处可见的凉亭、大理石步道来看，房屋售价应该不菲。

　　案发现场位于46号楼二单元。这是一栋四层洋房，一梯两户。此时，东侧的202室已经门户大开，门口拉起警戒线，不时有警察出入。边平向负责封锁现场的警察出示了警察证，带着方木进入室内。

　　这是一套平层洋房，面积大概在二百平方米。室内装修考究，陈设物品大多属于高端品牌。技术员们已经开始进行现场勘查，绘制现场示意图、证据固定、提取等工作正在逐步展开。边平和方木沿着通道踏板，仔细地查看现场情况。路过客厅，方木看到一个中年男子正坐在沙发上接受警方的询问。男子表情木然，似乎还没有从巨大的精神冲击中挣脱出来。他的脸上、手上，以及身上那件剪裁合体、做工精良的西装上布满了暗红色的血渍。方木一边揣测他的身份，一边向中心现场——客用卫生间走去。

门口站着一个中年男子，双臂抱肩，表情凝重，正歪着头向卫生间里观察着。方木认得他是市局刑警支队的副支队长肇德军。

"什么情况？"边平走过去，也向卫生间里瞄了一眼，"命案？"

肇德军回过头来，似乎也无心寒暄，只是分别和边平与方木握了握手。

"什么都没动——原始现场。"肇德军向门里指指，"边老师，给点思路吧。"

卫生间的门只打开了很小的一道缝隙。即便如此，仍能看到瓷砖地面上大量的喷溅血迹。边平下意识地用手肘去推门，立刻感到门背后被人用力顶住。

"抱歉了。"肇德军递过两副头套和脚套，"你们只能这么挤进去。"

方木心下生疑，穿戴好之后，率先挤进门去。边平摸着自己的肚子，一脸苦笑。

"我就说你得来吧。"边平冲方木撇撇嘴，"我等会儿再进吧。"

方木忍不住笑了，同时向门后瞥了一眼，表情立刻凝固了。

一具成年男性的尸体，低头垂手，静静地"站"在墙边。这个诡异的站姿，则有赖于他身上足足几十条银色胶带——他被牢牢地粘在了墙上。

一个法医正在查看死者的头部，另一个法医在测量死者胸前的创口。在他们脚边，一个警察愁眉苦脸地蹲着，戴着手套的右手按在门上。想必刚才推门时的阻力就来自他。

"没办法。"他注意到方木的目光，向上指了指，"万一哪个家伙冒冒失失地推开门，容易伤到自己人。"

　　方木顺着他手指的方向望去，看到一把被装在门板上的薄刃尖刀。刀身呈横向，与门板呈九十度直角，刀柄底部加装了长方形铁片，四角有孔，用螺丝钉固定在门板上。方木看着锋利的刀身上已经凝固的血迹，又看看"站"着的尸体胸前的创口。

　　"没错。"肇德军也走进来，指指门板上大片的喷溅血迹，"失血性休克。一刀扎透心脏——太他妈准了。"

　　方木想了想，探头看看还在客厅里接受询问的中年男子："难道是……"

　　"就是他。"肇德军叹了口气，"下午两点四十分接警，处警后转到市局。报案人声称回到家后发现家中凌乱，有打斗痕迹，担心家里出了意外。拨打儿子电话，听到卫生间里传来铃声。但是卫生间门被反锁，并且听到儿子的呼救声。报案人用力将门撞开——然后就是你看到的样子。"

　　肇德军反手将门关上，声音降低："有件事，我觉得还是暂时别告诉他为好。报案人发现门后有刀，并且扎进儿子身体之后，当时就慌了，直接拉门把刀拔了出来。这引发了大出血，死者几乎是立刻就断气了。"

　　方木的脸色暗淡："你做得对，任何一个当父亲的都不能接受自己误杀亲子的结果。"

　　"是啊。"肇德军叹了口气，"妈妈当场崩溃，已经送医院抢救了。"

　　"可以开始提取物证了吗？"一个法医指指尸体，"我得把它放下来，这个角度观察，太别扭了。"

　　肇德军看看方木，后者点点头。随即，几个警察上来撕掉胶带、拆除门上的尖刀。卫生间的门被打开，边平终于挤了进来，一眼就看到了正被从墙上取下的尸体。

　　"我靠！"边平倒吸了一口凉气，"这是什么情况？"

　　"简单地说，死者被粘在了墙上，门背后被装置了一把尖刀。"方木耐心地解释道，"实际上，这是一个陷阱……"

"我不是问这个，刚才我在门外都听到了。"边平不客气地打断他，指向死者的头部，"他的右眼怎么了？"

"啊？"方木立刻转身，挥手制止正在把死者装入尸袋的法医。此刻，死者的面庞完全暴露出来，右眼上睑塌陷下去，眼窝里似乎空无一物。

"我刚才观察的就是这个。"法医平静地闭合尸袋的拉链，"他的右眼被完全挖掉了。"

方木站在原地，怔怔地看着瓷砖地面上的大片血渍，大脑在飞快地运转着，同时，几个问号在脑海中越来越清晰。

尸袋从他身边被抬出去，方木仍然没有察觉，直至客厅里的男人爆发出粗哑的哭喊，他才回过神来。

方木转过身，扶着门框，默默地看着男人跪在地上，伸手去撕扯黑色的尸袋。两名警察竭力阻拦，仍然无法制止他的动作。

"师兄。"

"嗯？"边平也看着不停哭喊、挣扎的男子，听到方木的声音，下意识地看过来，却被他眼中的某种东西惊着了。

"等他的情绪平复一些，我想跟他谈谈。"方木看着边平，"答案在他身上。"

"好。"边平移开目光，感到心脏开始狂跳，"我会安排。"

那个熟悉的家伙回来了。

第二章 · 父亲的秘密

"8·25"故意杀人案现场勘查报告

简要案情：8月25日下午14时许，郑松林与其妻邵琦回到位于金水湾46号楼二单元202室的家。入室后即发现室内物品摆放凌乱，地上有血迹及摔碎的电视遥控器。郑松林担心在家的儿子郑凯有意外，遂拨打郑凯的手机。手机无应答，但铃声从客用卫生间传出。郑松林循声前往，发现卫生间被锁住，原本插在门上的钥匙不知所终。郑松林听到卫生间内传出呻吟声，情急之下撞门而入，发现其子郑凯被装置在门后的尖刀刺中。14时17分，郑松林拨打110报警。经济开发区派出所出警进行现场保护，并将案件转至市公安局，并派员对现场进行勘查。

现场勘查：中心现场位于金水湾46号楼二单元202室客用卫生间。入户门门锁完好，门上未见异常。往门进入是过廊、客厅。客厅内有翻倒的地灯1架、摔碎的夏普牌电视遥控器1个。在茶几右侧地面有擦蹭血痕。客用卫生间位于客厅西侧、南北卧室中间。内设洗手台、淋浴屏、吊柜、LG牌洗衣机。洗手台上有苹果7手机1部，地面散落化妆品、洗发水等若干。门后墙壁上是死者郑凯的尸体，被

43 条银色胶带粘于墙壁上，双脚触地，呈站立状。卫生间门向内一侧装置双刃尖刀 1 把，位于门锁正上方 23cm 处，刀身呈横向。刀柄底部加装铁片，用 4 个螺丝钉固定于门上。刀身上有血迹。卫生间门上有大量喷溅血。地面有大量喷溅血。

尸体检验: 死者身穿黑色 T 恤及灰色棉质短裤，赤足。尸长 173cm，发长 7cm。尸体左额部有 2.5cm×0.5cm 挫裂创，鼻腔内有血迹，上唇内侧有 2.5cm×0.7cm 黏膜下出血。左手背有 0.6cm×0.2cm 表皮剥脱及皮下出血。右侧眼球缺失。胸骨左侧第 5 肋骨间见一长度 2.5cm 的创口，两侧创角锐。在皮肤创口对应处的肋间肌见一长 2.5cm 的创口，创角锐。两侧胸腔积血，心包前方见一长 2.5cm 创口，相应部位右心室前壁有一处长 2.0cm 创口，贯穿右心室全层，创缘规则。

…………

方木把现场勘查报告看了两遍，抬起头，正好遇到肇德军满含期盼的目光。

"方老师，有什么思路吗？"

"勘查报告里没提手印或者足迹的信息。"方木斟酌了一下词句，"原因是？"

"手印和足迹都没提取到。"肇德军向后靠坐在椅子上，神态沮丧，"凶手应该是戴了手套和脚套。"

方木点点头，脸上看不出失望的表情："那现在的工作进展是？"

"外门锁没有撬压痕迹，和平入室，我们的初步想法是熟人作案。"肇德军抓抓头发，"不过这个小区里到处都有视频监控，我们让受害人父母辨认了一下，没发现熟人曾进入过园区。园区内居民我们也查过了，基本可以排除作案可能。"

"不一定是熟人。"方木摇摇头，"我看了访谈笔录，受害者父母说死者是本市师范学院大三的学生，正在放暑假，基本每天都宅在家里。这个年龄的孩子，不太可能自己动手做饭的。"

"你的意思是——送餐的？"

"送餐、送快递的，都有可能。"方木想了想，"后者的可能性比较大。如果凶手冒充送餐人员上门，而死者恰恰没有点餐，会引发其警惕心理。冒充送快递的，对凶手而言更安全。"

"嗯，这的确是一个思路。"肇德军若有所思地挠挠下巴，"其实我最想知道的，是凶手为什么要布下这样一个陷阱。"

方木笑笑："我也是。"

从现场来看，凶手在入室后，曾与死者有过搏斗，并很快将其制服。在这种情况下，凶手完全可以立即将其置于死地。然而，凶手却耗费大量时间和精力，将死者粘在墙壁上，并通过精心测量，将尖刀装置在门上相应的位置，等待死者的父母来完成最后的步骤。以凶手懂得穿戴手套和脚套的行为来看，他具有一定的反侦查能力。那么，他不会不知道，在现场停留时间越长，留下痕迹物证的可能性越大，罪行败露的风险也越高。然而，这个杀人陷阱对他而言似乎具有不可替代的意义，以至于他必须将其完成。倘若这个推断成立的话，问题是，他为什么要这么做？

除此之外，死者的右眼球缺失。根据法医的判断，凶手是用刀子之类的利器将死者的右眼生生挖出的。而且，从死者身上的胶带上分布的血迹数量来看，凶手是先挖掉死者的右眼，之后才把他粘在墙壁上。而且，死者的眼球在现场并没有找到，也就是说，凶手将它带走了。相对于杀人陷阱，那只右眼球似乎更是凶手的头号目标。那么，它对于凶手而言意义何在？

"安排和郑松林的会谈了吗？"方木问道，"如果情况允许的话，还请尽快。"

"嗯，我尽量。"肇德军点点头，"他和妻子的精神状态都不太好。尽管我们认为当时属于意外事件，郑松林不必承担刑事责任，但是，他始终觉得是自己杀了儿子。"

他顿了顿："歹毒。真的，歹毒，我想不出别的词来形容这件事。"

早春的风中还带着丝丝寒意，三月里，冬天似乎还不甘心离去。这不由得让人心生抱怨，想要责备春天的姗姗来迟。在室外站得久了，寒风不怀好意地从衣领、袖口或者下摆钻进去，很快就透过皮肤渗进骨缝，从里到外生发出冷战来。

女人开始后悔选择这样的天气组织春游，更后悔自己只穿了一套薄薄的裙装。她手中的咖啡只剩下小半杯，且早已冷透。不用打开化妆镜，她就知道自己此刻脸色惨白，黑眼圈浓重，双唇却显得格外鲜红，牙齿正在上下打架，嘴里的香烟也在不规律地颤抖着。

女人缩起肩膀，不时看向百米开外的停车场，犹豫着要不要先去车里暖和一下。再抬起头的时候，一辆中巴车正缓缓向路边靠拢。

她打起精神，拢拢被风吹乱的头发，把烟头扔进咖啡杯里，又丢进垃圾桶，快步向路边走去。

一个五十岁开外、身材矮胖的女人先下了车。随即，她守在车门旁，将鱼贯而出的孩子逐个护送下车。很快，二十几个孩子聚集在路边，好奇地东张西望。一个眼尖的男孩子看到了正向他们走来的女人，欢叫了一声"顾妈妈"，就拔腿跑过来。

其余的孩子也看到了她，大呼小叫地涌向女人，瞬间就将她团团围住。"顾妈妈"的叫声此起彼伏。女人面对那么多仰起的小脸，一时间竟有些应接不暇。好在矮胖女人急忙过来给她解围："哎呀，别大呼小叫的，注意纪律！"

她转向女人，满脸堆笑："小顾，又占用你的时间来陪这些小家伙。"

"佟院长好。"女人笑笑，"今天公司里没什么要紧的工作，带他们出来玩玩。"

"小坏蛋们一冬天没出门了，早就吵着要春游呢。"佟院长看看不远处那扇颇为气派的对开大门，"我也知道动物园好玩，就是门票太贵了——又让你破费。"

"我找了个朋友，可以给咱们很低的折扣。"女人扬起手里厚厚的一沓门票，向围拢在身边的孩子们挤挤眼睛，"想不想去玩啊？"

"想！想！"

孩子们跳着脚，七嘴八舌地回应着。女人也被这欢乐的气氛感染，惨白的脸上有了些许红晕。

"出发！"

几个心急的孩子向园区的大门跑去。佟院长连忙喝止住他们："都排好队，女孩子站前面，男孩子站在后面。"

小家伙们倒也听话，高高低低的队伍很快就站好。这时，女人注意到一个小女孩垂着头站在队尾，满脸不高兴的样子。

女人有些诧异："她怎么了？"

"小鱼？"佟院长也看过去，"没事，她的好朋友不能来，闹情绪呢。"

"谁？"

"一个叫朵朵的女孩。"佟院长叹了口气，"小家伙身体不好。动物园这么大，估计她走不完全程，我怕给你添麻烦，就没带她来。"

女人想了想，走过去，牵着小鱼的手走到队伍里。小女孩扎着两只羊角辫，噘起嘴巴，情绪依旧很低落。

女人蹲下身子，摸摸她的头："小鱼，是不是好朋友不能来，你不开心啊？"

小鱼只是瞪大眼睛，一脸疑惑地看着她。

女人不解，下意识地看向佟院长。后者无奈地撇撇嘴，用手指指自己的耳朵，摇摇头。

女人心下明白，掏出手机，打开记事本软件，飞快地打出一行字，递到小鱼面前。

"小鱼，虽然朵朵不能来，但是你把你看到的好玩的、好看的东西告诉她，不就等于她也来了？"

小女孩认真地读完，脸上渐渐露出了笑容，用力地点了点头。

太阳渐渐升高，地处郊区的动物园内依旧寒风凛冽。女人清晰地感觉到那大半杯咖啡带来的热量正一点点从体内流失。她不想扫了孩子们的兴，只能抱着肩膀，竭力保持着得体的笑容和仪态，陪着他们游走在巨大的园区里。

孩子们倒是非常开心。即使树枝上只是零星点缀着几颗绿苞，即使脚下仍是一片枯草，都丝毫没有影响他们游玩的兴趣。这让女人大感欣慰。虽然既挨累又受冻，但是，这些孩子不会再眼巴巴地看着同学们讨论游乐园却插不上话了。

本市的动物园占地一百多公顷，主要是步行观赏区，共有动物二百余种，一千五百只左右。园区的景观设计充分利用了原始地形地貌，动物的笼舍场馆都采用了隐蔽建造的手段，大多建在小山后面，或隐藏在灌木丛中。这让原本漫长的步行变得妙趣横生。孩子们刚刚逗弄了可爱的梅花鹿，翻过一座山丘，就看到凶猛的东北虎正向隔离网边走来。

今天虽然是周末，受天气影响，动物园里的游客却不多，原本生活在热带环境中的动物更是躲在笼舍或者场馆中不出来。于是，大声呼唤这些动物也成了孩子们的乐趣之一。佟院长虽然有些不满，然而，考虑到这是他们难得的增长见识的机会，也只能默许。

女人注意到，小鱼和那些兴奋得上蹿下跳的孩子很不一样。每每看到一只动物，她都会默默地观察很久，似乎想把它们的样子牢牢地记在心里。特别是在小动物村，她几乎把那些荷兰猪、小松鼠、袋熊摸了个遍，表情专注，仿佛在仔细体会手掌拂过皮毛的感受。

不合群的小鱼让女人心中酸楚。她知道，对小鱼而言，这是难得的机会，不能走马观花，更何况，自己的好朋友还在等着她的"录播"。

小小年纪，既懂得珍惜，也看重情谊。

几个小时后，室外的几个步行游览区已经参观完毕。最后一个景区是海洋馆。远远地看见那座蓝色建筑，女人暗自松了一口气——那里至少会暖和一些。

进入海洋馆，沿着电动扶梯向下，孩子们的惊呼声开始此起彼伏。海洋馆实际上就是一条人造海底通道，全部由钢化玻璃打造，辅以绚烂的光电效果，让游客们宛若在深深的海底漫步，那三百余种、近万尾海洋生灵就在身边畅游。

海洋馆是整个动物园里最有看点的景区。重头戏当然要放在最后。

女人却再也坚持不住，她找了一把供游客休息的长椅坐下，长长地呼出一口气。几乎是同时，被高跟鞋折磨了一路的双脚也放松下来。

她向佟院长挥挥手："院长，您先带孩子们玩，我打几个电话。"

佟院长正被眼前的奇景吸引，随口答应了一句之后，就随着孩子们向海底通道的深处走去。

女人脱掉高跟鞋，双手撑住座椅，两条被丝袜包裹的长腿来回晃悠着。佟院长和孩子们消失在通道的转弯处，几秒钟后，尖叫声突然响起。

女人笑笑，他们大概是看到鲨鱼了。

海洋馆里的游客渐渐多起来。其中，大部分是家长带着孩子。女人百无聊赖地看着他们从自己眼前走过，这些三人组合保持着或紧密或疏离的距离。最后，她把视线定格在一对父女身上。

小女孩大概七八岁的样子，骑在父亲的肩膀上，扭动着上身和玻璃通道另一侧的海豚玩耍着，不时发出尖利的笑声。海豚似乎也知道该如何取悦这个小家伙，在她面前上下翻滚着，不时用鼻子顶顶玻璃墙。另一个妈妈模样的女人站在他们身边，笑着用手机连连拍照。

女人的情绪低落下来。她吸吸鼻子，向玻璃通道的两侧张望一番，突然很想吸烟。犹豫了一下，她穿好鞋子，向海洋馆入口走去。

回到室外，女人抽出一支香烟，默默地吸完。随即，她掏出手机，拨通了一个电话号码。

"喂？"

"干吗呢？"女人倚在栏杆上，语气消沉。

"带学员训练呢。"对方听出了她声音中的异样，"你呢？"

"带福利院的孩子们春游。"

"今天？多冷啊。"

"是啊，冻坏了。"女人感到栏杆上传来的凉意，站直了身体，"晚上一起吃饭吧。"

"好啊。"对方兴致很高，"火锅怎么样？"

"行。"

"出去吃？"

"在家吃吧，能随意点。"

"没问题，我下班后去买菜。你要毛肚吗？"

"要。还要豆制品、鸭血，其他的……"

女人忽然瞪大眼睛，怔怔地看着向自己跑过来的佟院长。

"小顾，快，快帮我找找。"佟院长的双手各牵着一个孩子，脚步踉跄，看上去狼狈不堪，"有个孩子不见了。"

女人心头一惊，立刻挂断电话："谁？"

"小鱼。"佟院长的声音中已经带了哭腔，"参观完之后，我招呼孩子们集合——我忘记她听不到了。"

女人看向那群孩子。小家伙们完全没有了刚才的兴奋劲儿，每张脸上都挂着惊恐不安的表情。

"你带着孩子们在这里等我。我回来之前，绝对不要动。"女人当机立断，"我回去找她。"

说罢，她就向海洋馆入口处跑去。

海底通道虽然只有几百米长，但是也有几个岔路，分别通往不同的展区。而且，每个展区都有独立的出口。如果小鱼还在海洋馆内，找到她并不是难事。但是，她一旦回到室外展区，就要颇费一番工夫了。

更重要的是，一个聋哑孩子，在地形复杂的动物园里，万一误入险境，连呼救都做不到。

女人有些急了，快步穿梭在游客中，四处张望着。

"鲨鱼岩洞"没有。"海底金字塔"没有。"水母展区"没有。"海星广场"没有。"发现故事"没有……

熙攘的人群中，小鱼仿佛蒸发了一般消失不见。

女人又急又气。刚才还从骨缝里沁出的寒意已经完全被蒸腾的体温驱散。汗水正一条条顺着脊背流淌下来。她拨开被粘在脸颊上的长发，脱掉碍事的高跟鞋，拎在手里，沿着海底通道一边奔跑一边寻找着小鱼的踪迹。

不知过了多久，在粗鲁地冲散一个旅行团的游客之后，女人的余光里忽然瞥见一个手舞足蹈的小小身影。

她下意识地看过去——在通道的角落里，小鱼正面向一个巨大的水族箱，笨拙地扭动着身体。

女人的心里一松，立刻感到小腿酸胀不已，脚底也在隐隐作痛。她喘息着，慢慢地向小女孩走过去。

小鱼完全没有注意到她的到来，仍旧把注意力集中在面前的水族箱里。

女人定睛看去。那里是"美人鱼"展区。扮演人鱼的女演员化着浓妆，上身是一件贴满蓝色仿制鳞片的紧身衣，下身则被一条浑圆、修长的硅胶制鱼尾包裹着。

"人鱼"的长发在水中飞散、飘荡，仿佛一片棕色的浓雾晕染开来。身形妖娆。泳姿优美。小鱼一脸艳羡地看着仿佛在自由飞舞的"人鱼"，忍不住模仿着她的动作。

女人怔怔地看着她和"她"，神色忽然忧伤起来。

"人鱼"显然也很喜欢这个如此投入的观众，卖力地在小女孩面前表演着。时而跃出水面，时而潜至箱底，上下翻飞，身上的蓝色鳞片闪闪发光。

小女孩兴奋地原地转了一个圈，立刻看到了不远处一动不动地站着的女人。

她停下动作，睁大眼睛，与手里拎着高跟鞋、满脸汗水、还在不住喘息的女人默默地对视了几秒钟。随即，她的表情又生动起来，指指水族箱，嘴里发出"啊啊"的叫声。

她似乎在说，你快来看呀。

女人面无表情地一步步走过去，和小鱼并排站在水族箱前。"人鱼"游到她们面前，微笑着吐出一串气泡，把两只手按在玻璃缸壁上。

小鱼开心地伸出一只手，和"人鱼"带着掌蹼的手隔着玻璃合在一处。女人不知道该做什么，只能向"人鱼"挤出一个僵硬的笑容。

"人鱼"向女人眨眨眼睛，似乎在鼓励她。女人越发不知所措。忽然，她感到两道炽热的视线自下而上投射上来。她低下头，恰好看到小鱼那双清澈见底的眼睛。

女人慢慢抬起手。

一大一小两只手掌，在一片粼粼波光中与几百年前的童话相遇。

傍晚，女人站在福利院的走廊里，隔着一扇木制气窗，默默地看向一间女生宿舍。

宿舍内灯光昏暗。铁架床上，一个面色苍白的女孩蜷缩在被窝里，笑眯眯地看着面前的小鱼，偶尔比画出复杂的手势。

小鱼大概在"讲述"今天在动物园的所见所闻，表情丰富，动作夸张，不时打着手语。女人隐约猜到她正在模仿东北虎。看到她认真又滑稽的模样，女人忍不住笑起来，不由得也学着她手上的动作。

悄无声息间，小鱼带着朵朵重游动物园。

佟院长走过来，和她并肩站在气窗前，神色欣慰："看她俩高兴得。"

随即，她又絮絮叨叨地说了很多感谢的话。女人却一个字都没听进去，心思完全放在了那个一边擦汗一边为好朋友表演梅花鹿的小女孩身上。

良久，她低下头，声音仿佛在梦呓一般。

"佟院长……"女人感到胸腔里有一个正在不断涨大的东西，"我有没有可能……"

快燃尽的烟蒂灼痛了手指。

女人的身体抖了一下，本能地松开手，却不想睁开眼睛。她知道初秋的夜色正在窗外徐徐展开，嘈杂的人声和车辆的轰鸣正在宣泄今天最后一丝热情。她不想动，不想说话，即使回忆的潮水已经飞速退下。

一只手揽住了她的肩膀。女人顺势靠了过去。他和她一直是有着奇妙的默契的，同样保持着沉默。不知过了多久，那只手在她肩膀上按了按。

"孩子们来了。"那只手离开了她，"第一次训练，我去准备一下。"

听着他离开的脚步声，女人睁开眼睛，看着楼下那辆正在向路边靠拢的中巴车。

下楼，推开贴着"聚力健身中心"字样的玻璃门，女人看见一个背着运动包的小伙子正在小声读着贴在门上的告示，满脸疑惑。

"今晚不营业？"

"对。"女人始终看着那辆中巴车，随口答道，"明晚恢复正常。"

"可是你们应该提前通知一下啊。"小伙子有些不满，"我都来了。"

"夏教练已经向会员群发了短信。您可以查看一下自己的短信记录。"

小伙子掏出手机，打开短信收件箱，上下滑动一番："哦，还真有。"

他拍拍身上的背包："我都到这里了，让我跑一小时吧，今天就不做力量了。"

"实在是不方便，向您道歉。"女人向小伙子微微一鞠躬，"请您明天再来吧。"

说罢，她就起身向中巴车走去。

小伙子无奈，嘀咕了一句，走向路边的单车。开锁，刚骑上车，他就听到身后传来一阵小小的喧哗。

他回过头，看见十几个孩子正在女人的带领下，走向那扇对开玻璃门。

"什么情况？"小伙子的心中更加疑惑，怨气顿生，"不是说不营业吗？"

他脚下用力，单车滑向灯火辉煌的路面，同时，开始暗自盘算该如何打发今晚的时间。

孩子们有些局促地站在训练大厅里，好奇地看着跑步机、椭圆机、拉背器、训练假人和摆放在墙边的杠铃以及其他健身器材。

一个胆大的孩子凑到跑步机旁边，打量着操作面板上的按钮，忍不住按下其中一个，没反应。他又按下旁边的按钮。简短的"哔"声提示音后，操作面板上的灯亮起，紧接着，跑步带缓缓滚动起来。

孩子吓了一跳，随即就觉得好玩。他尝试着迈上正在倒退的跑步带，却差点摔倒。摇晃了几下之后，他稳稳地抓住跑步机两侧的把手，开始原地行走起来。

其他的孩子被他带动，纷纷奔向身边的运动器械，迫不及待地摆弄起来。正玩得开心，一个声音突然在门口响起。

"干什么呢？"

孩子们都被吓住，静默片刻后，一个女孩从椭圆机上下来，张开手向门口跑去。

"顾妈妈！"

然而，只跑了几步，女孩就被对方脸上冷若冰霜的表情拦住。

"站好，所有人，排成两队。"

表情严肃的女人慢慢地从门口的阴影中显现出来，紧身运动衣裤让本就身材瘦削的她看起来更加精干，全身上下似乎一丝赘肉都没有。

孩子们都愣在原地，面面相觑，不知道该怎样才好。那个女孩盯着她，更是委屈得似乎要哭出来。

今天晚上，她和平时那个亲切的顾妈妈不一样。

"没听到吗？"女人只是看了她一眼，声音越发严厉，"排成两队站好！"

孩子们不敢再违逆，相互推搡着，高高低低地站成了两队。

"按大小个站好。"女人依旧不满意，"大个站左边。"

孩子们彼此看看，上下打量着，胡乱调换着位置，不时有嬉笑声从队伍中传出来。第一个踏上跑步机的男孩调皮地把身边的同伴向下压着。

"郭岩，出来。"

男孩仍然沉浸在嬉闹的情绪中。他动作夸张地走出来，在女人的面前站定，眼睛还在乱转，脸上带着想笑又不敢笑的表情。

女人的手从身后拿出来，一根橡胶棍握在手中。

看到橡胶棍的一瞬间，男孩的眼睛瞪圆了，随即，他感到眼前一黑，突如其来的剧痛从小腿上传来。

"哎哟！"男孩吃不住疼，整个身子歪斜过来。紧接着，又一棍抽打在他的小腿上。

"站直了！"女人再次挥起橡胶棍，"不许躲！"

训练大厅里鸦雀无声，只听见抽打皮肤的啪啪声。

足足十棍打完，男孩已经疼得抽搐起来，却不敢动，只能保持着一个别扭的姿势站着。

"归队。"女人微微有些气喘，她盯着男孩，抬手指向一片静默的队伍。

男孩满脸泪水，向女人鞠了一躬，转身一瘸一拐地走回自己的位置。

女人看看他还在颤抖的腿，双手背在身后，面对一脸惊恐的孩子们，平静地说道："在福利院里，你们可以叫我顾妈妈，但是在这里不行。"女人的声音里有一种不容置疑的冷酷味道，"这里没有孩子和妈妈，只有学员和教官，听懂了吗？"

一秒钟后，队伍里才传来稀稀落落的回应："听懂了……"

女人提高了音量："听懂了吗？"

这次的回答整齐划一，而且声音响亮：

"听懂了！"

"很好。"女人点点头，"你们心里都清楚，你们和别的孩子不一样。不管出于什么原因，你们没有家，也没有父母。这种缺憾，恐怕是没有办法弥补的。"

女人停下来，视线一一扫过那些情绪骤然低落的脸。

"但是，你们仍然要活下去，并且要比其他人活得更好。"女人继续说道，"所以，你们要比别的孩子更努力，你们要有更坚强的意志、更健康的体魄——全体向后转！"

孩子们齐齐地转身。女人从他们身边走过，径直来到落地窗前，拉开窗帘。

"你们看到了什么？"

在女人身后，夜晚的城市正呈现出迷人的色彩。高楼林立，灯光闪烁，仿佛天上的星河坠落人间。

一个犹疑的声音从队伍中响起："大楼，车，还有人。"

随即，另一个更加稚嫩的嗓音："手抓饼，水果店……还有花店。"

女人的嘴角略略上扬，这是她今晚第一次露出笑容。

"这是森林。"女人脸上的微笑转瞬即逝，"除了兔子、小鹿和松鼠，还有鬣狗、狐狸和狼。"

孩子们露出迷惑的神色。

"现在你们都是小兔子，无家可归的小兔子。"女人的语气又恢复冷酷无情，"渺小又脆弱，稍稍不留神，就会被撕成碎片。"

一个小女孩发出"呀"的惊呼，刚刚出口，她就急忙捂住自己的嘴，同时紧张地看了女人一眼。

"所以我要你们成为狼，强壮又凶狠的狼。"女人没有发怒，"成人的世界里没有公平可言，吃掉对方或者被吃掉，这就是规则——郭岩。"

"到。"男孩一惊，下意识地立正回答。

"你想做什么？吃草的小兔子还是吃肉的狼？"

男孩没有犹豫："狼！"

"很好。"女人点点头，"你们呢？"

大部分孩子的回答都是狼，另外几个则是小声附和，特别是女孩子，似乎仍然对成为狼保有相当程度的犹豫。

女人倒不以为意："不管你们愿不愿意，你们都得成为狼。想活下去，这是唯一的选择——全体向后转！"

孩子们重新面对门口，发现门口已经多了一个陌生的年轻男子。

"从今天开始，每周五的晚上都由夏教练训练你们。"女人在他们身后下命令，"问教练好。"

孩子们整齐地鞠躬问好。

穿着紧身背心，露出坚实肌肉的夏教练似乎是个寡言少语的人。他只是对孩子们点点头，就转身指向那一排跑步机。

"每人一台，速度 8，坡度 4。"

说罢，他面对孩子们，用力拍了拍手。

"别愣着了，动起来！"

方木挂断电话，冲马路对面挥挥手。正在东张西望的赵大姐立刻看到了他，眉开眼笑地跑过来。

方木探身过去，打开副驾驶座的车门。赵大姐坐上车，先拍打了一下他的肩膀。

"你这个臭小子，让大姐好一顿找。"

"我就说去火车站接你吧。"方木笑着发动帕拉丁，"你还偏要去坐地铁。"

"我没坐过嘛。"赵大姐舒舒服服地坐好，"正好尝个鲜。"

"对了，你那些同事呢？"

"他们被民政厅接走去吃午饭了。"赵大姐细细地端详着方木，"我想见见你，就单独行动了——你好像胖了。"

"是啊。"方木转动方向盘，开上高架桥，"大姐想吃点什么？我请你。"

"随便，你来安排。"

"好嘞。"方木踩下油门，"咱中午先来顿烤肉。"

这个城市有大量韩裔及朝鲜裔在此生活，所以，韩式料理相对正宗一些。方木选了一家烤肉店，准备带赵大姐感受一下本市的特色饮食。点菜的时候，方木要了价格较贵的雪花黑牛肉和炭烧鲍鱼，引得赵大姐连称浪费。

"咱俩难得在一起吃顿饭，当然得吃点好的。"方木笑着安抚她，又转向服务员，"再来一份海虾、一份大扇贝、一份黑牛肋条肉、一壶米酒。"

放下菜单，方木才发现赵大姐一直盯着他的右手食指看。他急忙缩回手，然而，赵大姐已经红了眼眶。

她一把抓住方木的手，在那根残缺的手指上反复摩挲着："臭小子，大姐还以为你真没了……"

廖亚凡死后，赵大姐一度与方木反目成仇。然而，当所有人都认为方木死在江亚手里的时候，为他哭得昏厥过去的也是赵大姐。相识多年，他们对彼此而言，早已不是熟人那么简单。

火炭和菜品很快上齐。方木不能喝酒，就把一壶米酒都给了赵大姐。他为她烤肉、剥虾，边吃边聊这几年的景况。

赵大姐还在 C 市那家民营福利院里，因为资金短缺，一年前被划拨给市民政局。本年度，两省的民政厅搞了一次交流学习，赵大姐报名来了这座城市。一来是想看看本市的儿童福利院的经营和管理情况，二来是想见见方木。

方木的情况则简单得多，来到本市后就一直在中国刑事警察大学任教。不为名，不图利，对职称什么的也不热衷，日子过得平淡自在。

赵大姐倒是对他的生活状态很满意，按她的话来讲："刀光剑影地过了小半辈子，是该歇歇了。"不过，她最关心的仍然是方木的婚姻大事，直截了当地问起方木和米楠的关系。

方木不想聊这个，本想敷衍几句糊弄过去，孰料赵大姐不依不饶，直到饭后回到车上，还在不停地数落方木。

"你这个小子啊，破案的时候精得跟神仙似的，怎么偏偏在感情上就像个榆木疙瘩呢？"赵大姐撇着嘴，"你这名字还真没起错，方木，方木，就是木头一块！"

"行了，大姐。你要去松山福利院是吧？"方木系好安全带，"你喝了不少酒，稍稍休息一会儿，半小时就到。"

赵大姐又拍了他一下，打个哈欠，靠在座椅上闭目养神。

方木暗自松了口气，专心开车。一路通畅，开到松山福利院门前，赵大姐还没睡醒。

松山福利院面积不大，只是一栋三层建筑加一套院落。方木看着院子里玩耍的孩子们，想起了曾经的天使堂，一时间竟有些恍惚。更要命的是，那个穿着宽大的校服、挽起袖子做饭的清秀少女又一次出现在脑海里。方木摇摇头，竭力不去回忆廖亚凡。然而，他越是回避，女孩的形象就越是清晰。

背着书包的她。

染了头发的她。

小口吃着比萨的她。

大口喝着啤酒的她。

站在雪中目送方木离开的她。

躺在冰冷的解剖台上，毫无气息的她。

越来越浓重的悲伤渐渐将方木包裹起来，扯不掉、化不开。方木握着方向盘，看着那栋平淡无奇的灰白色楼房，暗自希望那个女孩会扎着围裙，端着一大盆洗好的衣服走出来……

"嗯，到了？"身边的赵大姐忽然揉着眼睛坐起来，"你怎么不叫我啊？"

方木悄然呼出一口气，感到身上轻松了不少。

赵大姐跳下车，拍拍车窗："你快回去吧，有空带邢璐来看我，这三个月我都在福利院。"

"行。"方木点点头，"有什么需要就打电话给我。"

"我说的话你得往心里去啊。"赵大姐转头看看福利院，表情有些黯然，想必是勾起了和方木相同的回忆。

"过去的事情就忘了吧，人总得向前看。"赵大姐重新面向方木，目光柔和，"米楠是个好姑娘，这次别错过了。"

方木低下头，冲赵大姐挥挥手："走了。"

四十分钟后，方木把车停到市公安局的院子里。

肇德军在网侦处办公室，头发蓬乱，满眼血丝。看到方木，他先伸出两根手指。

"有烟吗？"

方木掏出香烟递过去："熬夜了？"

"昨晚就没睡，一直到现在。"肇德军声音嘶哑，"看监控录像呢。"

"有进展吗？"方木凑到电脑屏幕前。画面中显示的是金水湾小区东出口的视频监控录像，一个穿着灰蓝相间短袖衬衫的男子骑着电动车，刷卡打开步行通道，进入园区。

"金水湾小区一共就东西两个出口，西出口是正门，东出口是行人和车辆出入口。两个出口、园区里、每栋楼的门前、电梯间都有视频监控。保安二十四小时巡逻，凶手翻墙入院的可能性不大。他想进入46号楼二单元202，至少要经过一个摄像头。"

肇德军拿起一张纸，上面是诸如"圆通快递，十时零五分进入，十时零九分离开"之类的字样。字迹繁密，且被钩去了大半。

"郑松林夫妇是早上八点半离开，案发是下午两点。"肇德军在纸上指点着，

"在这个时段内共有二十七人乘坐二单元的电梯上下，包括四个快递员，我们已经逐一核实身份了，都能排除作案可能。"

方木抬起头看了看他："消防通道？"

"我们也想到这个了。"肇德军叹了口气，"地下停车场里只有几条车道上有视频监控，到处都是监控死角。而且每栋楼都有一条消防通道可以从停车场直达各个楼层。电梯间里倒是有摄像头，不过经过实地勘验，那个摄像头正对着电梯间，如果贴着墙壁行走，可以进入消防通道并且不被拍到。"

"那不就好办了？"方木想了想，"地下停车场只有一个出入口，而且有视频监控，不管是人还是车进入，一看不就知道了？"

"最诡异的就是这个啊。"肇德军抓抓头发，"那个时段进出停车场的除了两个保洁人员，只有车。我们去物业公司调取了所有进出车辆的车主信息，全都能落实，一个有作案嫌疑的都没有。"

肇德军一摊手："来无影去无踪——我们连凶手怎么进入现场的都不知道。"

"早八点半到下午两点……"方木沉吟片刻，"凶手要不是在这个时段进出的呢？"

"嗯？"肇德军有些蒙，"什么意思？"

"这家伙心思缜密，反侦查能力很强，懂得尽量躲开视频监控。"方木指指那张纸，"咱们想到的，他也能想到。"

"你继续说。"肇德军来了兴致。

"他很清楚，要进入园区，必然要经过一个视频监控。相对于步行，驾车显然更能掩盖他的体貌特征。而且入口的摄像头是从上向下拍摄——我可以跟你打赌，找到那辆车的时候，驾驶座的遮阳板肯定是放下来的。"

"这么说来，顶多能拍到他半张脸。"肇德军若有所思地把没有点燃的烟放在鼻子下闻了闻，"时间呢？"

"只要推断出他的作案路线：从停车场到消防通道，直达46号楼二单元202

室，我们的常规思路就是排查案发时段的进出车辆——他应该会考虑到这一点。"方木张开双手，做出一个延展的姿势，"他进入停车场的时间一定会提前，离开停车场的时间肯定会延后。"

"早八点半之前，下午两点之后。"肇德军放下烟，站了起来，"我现在就找人去查。"

"郑松林呢？"方木追问道，"约来了吗？"

"我们约他两点半到局里。"肇德军看看手表，"人应该到了。"

郑松林，男，五十四岁，汉族，大喜乐餐饮文化管理公司总经理。旗下餐饮店以韩餐为主，在本市共有十几家连锁店。经查，公司经营情况良好，无债权债务纠纷。

这位身家数千万的企业家此刻就坐在询问室里，面庞浮肿，脸色苍白，虽然依旧西装革履，但是整个人都散发出一种颓废绝望的气息。

询问尚未开始，郑松林先提出了一个要求：吸烟。

肇德军同意，并吩咐同事拿来一个烟灰缸。郑松林掏出香烟，吸了半支，发现肇德军和方木都在耐心地等他开口。

"实在抱歉，昨晚照顾我老婆来着，没怎么睡觉。"郑松林勉强笑笑，"问吧。"

询问由肇德军主导，基本是常规询问内容。郑松林的回答也与之前接受的现场访问没有区别。大概是因为同样的问题被反复问了多次，他的情绪越来越烦躁。肇德军问完，烟灰缸里已经有了长短不一的七八个烟头。

"要喝杯水吗？"方木问道。

"哦，那来一杯吧。"郑松林又抽出一支烟，打火机举到嘴边，又放下，"我知道你们的工作是有程序、有步骤的，但是……什么时候能抓到凶手？"

"我们正在调查，暂时还没什么进展。"肇德军垂下眼皮，"所以需要向你了解一些情况。"

"问什么？不会又是那些我去了哪里、几点回家之类的吧？"郑松林瞪起眼睛，"我儿子死了，现在我们就坐在这里聊那些完全无关的事吗？"

"你觉得是你杀了他？"方木突然打断郑松林，"即使警方已经认定你无罪。"

郑松林愣住了。几秒钟后，这个男人的嘴角垂了下来，整个人似乎缩小了一圈。

"我老婆不肯看我，一眼都不看。"郑松林盯着烟灰缸，指间的香烟正被他慢慢碾碎，"我知道她在想什么。如果不是我用力去撞门，小凯就不会死；如果我没有慌到直接去拔刀，我儿子可能还有救……"

"你不知道当时卫生间里的情况。"肇德军端了一杯水递给他，"作为一个父亲，听到儿子的呼救声——你的反应很正常——我能理解你。"

"你不能理解我。"郑松林看也没看他，"我到现在还能听见那'扑哧'一声，听见我儿子如何捯气。"

他突然把两只手伸在桌面上，掌心向上，五指张开。

"你们能看到吗？"郑松林的眼神狂乱，"我的手上……嗯？能看到吗？"

肇德军看看方木，方木没有说话，只是平静地看着郑松林。

"都是血。我儿子的血。"郑松林抬起手，举到自己面前，又闭上眼睛，"我能看到。我现在还能看到。"

"这就是他希望你看到的。"

"嗯？"郑松林睁开眼睛，"凶手？"

"对。"方木探身向前，"他这么恨你——究竟是谁？"

郑松林的眼中闪过一丝恐惧："我不知道。我一直老老实实地做生意，没得罪过谁。"

"我指的不是竞争对手或者经济纠纷之类的。"方木摇摇头，"他对你的痛恨中有一个具体化的目标，就是你的儿子郑凯。"

"我还是不明白。"郑松林一脸迷惑，"你究竟是什么意思？"

"简单来说，他对你的痛恨已经超过了想置你于死地的程度。"方木顿了一下，"他想让你带着痛苦和悔恨活着——在你误杀了儿子之后。"

"这他妈比杀了我还难受啊。"郑松林又低头看看自己的手，嘴里喃喃自语，"他为什么要这么做？"

"冒昧地问一句，"方木观察着他的神色，"郑凯是你的亲生儿子吗？"

"当然是！"郑松林立刻面露愠色，"这还用证明吗？"

"那你有没有过婚外情？"方木立刻问道，"相处时间较长那种。"

"这个……"郑松林一愣，愠怒的表情立刻变得尴尬，"我这个年龄的男人，经济条件还不错……"

"你不用马上回答我。"方木笑笑，"回去慢慢想，有线索了就联系我们。"

"好。"郑松林若有所思地站起来，"那我可以走了？"

"现在还不行。"方木皱起眉头，"你没有什么想问我的吗？"

"嗯？"郑松林更糊涂了，"问你？"

方木看了他几秒钟："你进入卫生间的时候，郑凯是什么样子？"

郑松林移开目光，慢慢地坐下，似乎很不愿意去回忆当时的场景。

"孩子被打得很惨，满脸都是血。"郑松林的语气低沉，"一看到他被粘在墙上，我们都傻了，然后就看到那把刀……孩子连句话都没说就……"

"也就是说，你没仔细看过他的遗体，是吧？"

"对。"郑松林抬头看看方木，"你让我怎么忍心看下去？那是我儿子！"

方木和肇德军对视一眼。肇德军撇撇嘴："郑凯的右眼……"他在自己的脸上比画了一下，"……被挖掉了。"

郑松林的表情一下子僵住了。足足半分钟后，他才嘶声问道："他的眼睛呢？"

"我们在现场没发现。"肇德军说道，"怀疑被凶手带走了。"

郑松林似乎完全失去了思考能力，他直勾勾地看着肇德军，下意识地重复着对方的话。

"被凶手带走了……"

"我以为你会问我这件事。"方木沉吟了一下,"关于他的右眼,你有什么可以提供的线索吗?"

郑松林依旧是一副失魂落魄的样子,反应更加迟钝:"什么?"

"他的右眼。"方木加重了语气,"为什么是右眼,而不是左眼,或者双眼——你有没有想到什么?"

"行了,别说了。"郑松林打断他的话。随即,他把脸埋在双手中,只从指缝间传出模糊的声音,"我现在什么都想不起来。"

询问室里陷入一片沉默,唯一的声音就是郑松林越来越粗重的呼吸。几秒钟后,方木先开口了。

"今天就到这里吧。"他站起来,"无论你想到什么,随时联系我们。"

郑松林离开之后,方木和肇德军分别在询问笔录上签好字,一时无话。半响,肇德军抓抓头发,开口问道:"凶手对郑松林的恨意——与他儿子有关?"

"我觉得是。"方木在烟灰缸里摁熄烟头,"让他痛苦而悔恨地活着——就像你说的,歹毒。"

"既杀了儿子,又报复了老子。"肇德军摸摸下巴,"所以,你觉得凶手是'她'而不是'他'?"

"什么?"方木一时间没反应过来。

"一个女人啊。你不是问他亲子关系和婚外情吗?"

"只是一个思路而已。"方木笑笑,"凶手表现出来的情绪很奇怪,我总觉得,好像有个女人在里面。"

"我觉得不太可能。"肇德军摇摇头,"从现场来看,死者虽然和凶手有过搏斗,但是很快就被制服了。那是个大小伙子啊——除非作案人是两个或者更多。"

"也许是我的感觉有误。"方木不想过多争辩,"不过这个可能性是有的。"

"行吧。你们搞犯罪心理的总是神神叨叨的。"肇德军伸了个懒腰，"我们继续查凶手的出入口，到时候就知道有没有这个女人了。"

"至于那个郑松林，找机会还要跟他谈谈。"

"哦？"肇德军舒展腰臂的动作停在半空，"为什么，他有嫌疑？"

"没有。"方木的眼中忽然放射出锐利的光芒，"不过，在那只眼睛的问题上，他没说实话。"

第
三
章
·
跟
踪

　　清早，市人民医院的门口已经挤满了前来就诊的患者和家属。人群中，不少人都端着豆浆，咬着油条或者手抓饼，在等候的工夫解决掉早餐的问题。六点半一过，医院的大门打开，人群如潮水般涌入，匆忙冲向各楼层的挂号处。同时，医院周边的店铺也纷纷开张。其中，各色饭铺门前最是热闹。下晚班的医护人员和哈欠连天的陪护家属们手里提着食品袋或者饭盒，在蒸腾的热气中进进出出。

　　一个戴着墨镜的瘦削女人走进"宏宏粥铺"，坐在靠门边的一张桌子旁边。正在柜台里拨弄小菜的老板娘看见她，脸上露出笑容。

　　"来了？"她在围裙上擦擦手，绕出柜台，"豆浆还要红枣味的？"

　　女人点点头："鲜肉小笼包。"

　　"新上了鲜肉皮蛋的，要不要来一笼尝尝？"

　　"好。"

　　豆浆和小笼包很快就被端到桌子上。女人摘下墨镜，露出肤色苍白的脸。她把吸管插进塑料杯里，拿起筷子，慢慢地吃喝起来。

　　最早的几批顾客都已经结账走人，粥铺里清静了许多。老板娘在其中一张空桌上摆了两碗白粥、几碟小菜，招呼女儿来吃早饭。

几分钟后，一个七八岁模样的小女孩从粥铺的内室里蹦蹦跳跳地出来，坐在老板娘对面，吸溜吸溜地喝起粥来。

女人只吃了两个包子就放下筷子，小口啜着豆浆，视线始终在老板娘母女二人身上打转。

她们都在埋头吃饭，偶尔谈笑几句。老板娘已经喝了大半碗白粥，佐以拌黄瓜和水煮蛋。小女孩则边喝粥边飞快地夹起拌海带、熏猪肝和咸蛋，吃得很香。

老板娘很快注意到她的目光，不好意思地笑笑："趁着现在没什么客人，赶紧吃一口。"

女人也笑，指指她的粥碗："你吃的太素了。"

"我身体不好，很多东西不敢吃。"老板娘在自己后腰的位置上比画了一下，"尿毒症。我换过肾。"

"哦？"女人的脸上却看不出意外的神色，"那更应该注意营养啊。"

"嗐，医生说要保持合理体重，少盐少油。"老板娘三口两口把碗里的粥喝光，"咱也不懂，就听医生的吧。"

"话是没错，那也不能矫枉过正啊。"女人又笑，"你应该多吃点高蛋白的东西。"

"有鸡蛋嘛。"老板娘放下碗，走到女人对面坐下，"你不知道，我换肾之前，啥也不敢吃。吃口茄子都有可能要了我的命。"

女人点头："嗯，高钾。"

"最初我也馋，后来慢慢也习惯了。不吃就不吃，也不想。"老板娘苦笑着摇摇头，"能保住命不容易，我可不敢再把这个肾搞坏了。"

女人慢慢地吸着豆浆，脸上多了一丝审视的味道："换肾需要很多钱吧？"

"是啊。"老板娘忽然变得语焉不详，"幸亏有人帮忙。"

"谁捐献的？"

"不知道。"老板娘垂下眼睑，"医生也不说，让我别打听，说是有什么规定。"

她在桌面上来回摩挲着："其实，我真想知道那个好心人是谁——那是救命恩人啊。"

女人忽然不说话了，盯着老板娘依旧汗水涔涔的额头。老板娘抬起头，迎面遇到她的目光，先是一愣，随即问道："我看你总来，是家里人在这里住院吗？"

"不。"女人轻轻呼出一口气，"我就住这附近。"

她在店堂里扫视一圈："怎么总也看不到你老公呢？"

"早就分了。我得病之后人家就溜了。"老板娘撇撇嘴，"我也理解，谁也不想后半辈子带着个累赘。分就分吧，我自己带着孩子过。"

女人把视线投向还在吃喝的小女孩："孩子多大了？"

"八岁。"老板娘招呼小女孩，"楠楠，说阿姨好。"

小女孩嘴里咬着一片香肠，溜下凳子，规规矩矩地向女人鞠了一躬："阿姨好。"

"你好。"女人的目光变得柔和，"真乖。"

"没啥优点，就是听话。"老板娘轻轻叹息，"过两年就该上小学了，熬着吧。"

女人没有回应，抬手看了看腕表，起身结账，快步走出门口。

"停在这里就行。"艾雯拿起书包，"帮我把轮椅拿出来。"

"什么？"司机有些诧异，回头问道，"这还有好几百米呢，我把你送到医院门口吧。"

"不用。"艾雯从书包里掏出化妆袋，自顾自在脸上涂抹起来。

司机无奈，只得靠边停车。熄火之后，他下车，绕到车后，打开后备厢，拎出一把折叠轮椅。

艾雯已经打扮停当。司机打开后座车门，先扶她出来，安置在已经打开的轮椅上，又看看车里。

"这两大袋东西怎么办？"

"挂在轮椅把手上就行。"艾雯一脸期待的神色，似乎随时打算推动轮椅，"快点啊。"

"我送你过去吧，万一有什么闪失，艾校长肯定饶不了我。"

"别废话了，听我的。一小时后来接我就行。"艾雯不耐烦地拍拍轮椅，"对了，别告诉我爸啊。"

司机无奈地摇摇头，按照她的要求把两个大购物袋挂在轮椅把手上。

轮椅比想象中要沉重许多，艾雯很快就感到双臂酸麻。好在很快就有热心人上来帮助她，一直把她推到医院住院部的电梯门口。

一个坐着轮椅的漂亮姑娘果真会获得更多的同情。在电梯里，艾雯不无得意地想着。希望今天这个造型能给自己加点分。

出了电梯，艾雯用力摇动轮椅，向走廊尽头那间病房滑去。突然，她感到背后升起一股凉意，那种熟悉又古怪的感觉又回到了自己身上。

有人在跟踪我。

她停下手上的动作，同时转身。

走廊里人来人往，有脚步匆匆的医生或者护士，也有面露忧色的患者或者家属。有几个人在上下打量着她，但是艾雯很清楚那种感觉并非来自他们。

和以往的情况一样，每次当她警觉地转身的时候，跟踪者都会消失在空气中。然而，那种被两道目光盯在后背上的感觉却久久不肯消散。艾雯咬咬嘴唇，转身继续摇动轮椅，同时暗自希望只是自己神经过敏。

潘晓静静地躺在病床上，双眼紧闭，脸色蜡黄。艾雯看看他凹陷下去的双颊，心中一沉。

她摇动轮椅到病床前，伸手去拉他露在被子外面的左手。

潘晓睁开眼睛，看见是她，挤出一个微笑："你来了？"

"你怎么样？"艾雯感到他的手潮湿又冰冷，突出的骨节被覆盖在薄薄的皮肤下，"还好吗？"

"还可以，就是没什么精神。"潘晓费力地转向她，"你呢，还离不开轮椅吗？"

"能自己走一会儿了。"艾雯撑起双臂，"要不要我走给你看？"

"不用不用。"潘晓慌忙阻止她，呼吸又急促起来。艾雯不敢再动，轻轻地拍着他，等他的气息渐渐平缓。

"希望你快点好起来。"潘晓的眼中又有了一些神采，"这么久不能走，把你憋坏了吧？"

"其实我不用整天坐轮椅的。"艾雯冲他挤挤眼睛，"我只是希望阿姨别再那么讨厌我。"

"装可怜？你啊。"潘晓笑起来，"你多理解她。"

"我当然理解。"艾雯低下头，"都是我不好。"

"别这么说。"潘晓摸摸她的头发，"一切都过去了。"

头顶传来的酥痒感让艾雯觉得很舒服，她不由得靠过去，伏在床前，慢慢地闭上了眼睛。

如果时间可以倒流多好。

如果没有那个夜晚多好。

突然，一阵拖拽声从门口响起。艾雯一惊，急忙直起身来，同时下意识地转身望去。

一个中年妇女走进门来，手里拽着一个大大的塑胶袋，里面装满了空饮料瓶和啤酒罐。她看看艾雯，垂下眼皮："你来了？"

艾雯有些紧张地转过轮椅："阿姨好。"随即，她突然想起轮椅把手上挂着的购物袋，"我给你们带了点东西。"

说罢，她就费力地转过身，想去取下那两个购物袋。女人冷冷地看着她，既不阻止，也不上去帮忙。直到潘晓不满地喊了一声"妈"，她才走过去，拽下购物袋。

"替我谢谢你爸。"女人把购物袋扔在墙角，"都挺忙的，你身体也不好，下次就别来了。"

艾雯的脸色由红转白，嗫嚅了半天，悻悻地说道："这是我应该做的，阿姨你多照顾潘晓，别出去捡那些瓶子了。缺什么，我让我爸送过来。"

"不用。你们家负责把潘晓治好就行，别的我不需要。"女人的语气依旧冰冷，"你走吧，潘晓需要休息。"

艾雯大窘，求助般地看看潘晓。后者也是一脸无奈。她叹了口气，勉强挤出一个微笑。

"阿姨，那我先走了。"

女人从鼻子里嗯了一声，扭头望向窗外。

艾雯又转向潘晓，低声说道："你多保重。"

说罢，艾雯就摇动轮椅，滑出了病房。

回到医院外的街道上，艾雯给司机打了个电话，就独自坐在路边发呆。委屈、难过、悔恨的情绪像一个厚重的茧，把她层层包裹起来。艾雯很快就觉得胸口发闷，泪水也开始在眼眶内打转。然而，她很清楚自己无法向任何人抱怨。因为，她既没有资格，也没有机会。

自作自受。自食其果。

司机很快赶到，手脚麻利地把她扶进车，收好轮椅。

"回家，还是去别的地方？"

"回家吧。"艾雯有气无力地说道，"我想休息一下。"

突然，她打了个冷战。司机从后视镜里看到她有异状，急忙问道："怎么了？"

艾雯没有说话，迅速转身向车后看着。

那种如芒在背的被窥视感又回来了。

关于凶手进出现场路径的调查又有了新的进展。警方调取了案发时段前后二十四小时的视频监控录像，经过逐一比对，终于发现了可疑车辆。

这辆白色别克凯越汽车于案发前一天晚上十一时十七分进入金水湾小区。进入停车场后，视频监控显示车辆向左进入第三条车道，随即就失去了踪影。案发当日晚十时零七分离开停车场，驶出金水湾小区。

之所以将其确定为嫌疑车辆，原因在于：

其一，经过物业公司辨认，该车辆并未在小区停车场登记，属于外来车辆。但是，因为车辆通过了蓝牙感应器，栏杆自动抬起，保安员也没有留意这辆车。地下停车场有几十个尚未售出的空余车位，且有几个处于视频监控死角中，嫌疑车辆可以停放并不被发现；

其二，在该车辆进入至离开停车场期间，其他所有进出车辆及人员都能人车对应，唯有这辆车的驾驶员始终没有出现在电梯的视频监控中。如果他选择消防通道作为进出路径却不去乘坐电梯，这本身就值得怀疑；

其三，该车辆进入停车场时，的确放下了遮阳板，而且驾驶员身穿立领长袖 T 恤，经过视频监控时做出扭头动作，掩盖面部特征的意图明显。

综上，警方推断凶手作案过程如下：凶手进入地下停车场，并在车中隐藏一夜。次日上午，在郑松林夫妇驾车离开后，凶手携带作案工具（尖刀、银灰色胶带、螺丝刀、螺丝钉或其他）通过消防通道进入 46 号楼二单元二楼，伪装成快递员（可能换装）骗开房门，入室将死者制服，拖入卫生间后挖去其右眼，并用胶带将其粘在墙壁上，测量位置后，在卫生间门背后装置好尖刀，将卫生间门锁死并将钥匙带走。通过消防通道返回停车场后，凶手停留至当晚离开。

跟进侦查工作重点：

其一，查找嫌疑车辆信息，研判其进出小区前的行车路线；

其二，凶手可能伪造了金水湾小区地下停车场的蓝牙识别卡，在全市范围内查找其来源；

其三，根据视频监控录像给凶手做模拟画像。

"我觉得希望不大。"方木放下资料，搓搓脸，"这家伙非常狡猾，该想到的都想到了，能减少风险的都减少了。"

"是啊。"肇德军指指一张视频监控截图，"京 N 牌照，一看就是套牌。这款车满街都是，上哪儿找啊？"

"蓝牙识别卡也是。电子市场到处都有复制的，报上小区名就行。"方木苦笑，"明着去调查，人家才不会理你。"

"不行就暗着来呗——能拿到那家伙的画像就好了。"

肇德军嘴上这么说，心里也清楚这种可能性同样微乎其微。凶手选择夜晚进入小区，本来就处于光线较差的环境，加之车灯的反射、衣领和遮阳板的遮挡，面部根本辨别不清。

"不过至少可以肯定是个男的。"肇德军看看方木，"你那思路行不通。"

方木垂下眼皮，没说话。

"物证那边有点——我也不知道算不算新发现。"肇德军站起来，"你要不要看看？"

方木来了兴致："什么？"

"你看了就知道了。"肇德军突然一脸哭笑不得的神情。刚走出两步，他又被方木叫住了。

"肇队？"

肇德军回过身："嗯？"

方木做出一个捻手指的动作："遮阳板的事儿啊，咱俩不是打赌来着？"

肇德军一挥手："滚蛋，你说凶手是女的不也说错了，咱俩扯平了。"

方木笑骂道："你个无赖。"

所谓的"新发现"是死者郑凯的笔记本电脑。技术员破解了开机密码之后，对电脑进行了检查。本想对死者生前的社会关系进行梳理，结果发现了这个小伙子不为人知的一面。

在其中一个硬盘分区里，有足足几十个 G 的 A 片和色情图片。郑凯对这些影片和图片都进行了分类。其中最近浏览较多的是一个叫"盗摄"的文件夹。里面主要是对女性如厕时的偷拍图片。从图片上的水印来看，应该是从网上下载的。此外，另有一个加密的命名为"个人作品"的文件夹。经破解后，发现也是偷拍女性如厕的图片。图片无水印，从图片质量上来看，应该是用手机偷拍的。结合文件夹名称，怀疑是郑凯本人所为。

方木逐个查看图片及拍摄时间。肇德军看着神情专注的他，忍不住揶揄道："我说，你个老光棍别把自己整上火喽！"

方木没理他，把图片一一浏览完，问道："你怎么看？"

"这兔崽子是个变态。"肇德军撇撇嘴，"没准就是报复杀人。"

"不是。"方木摇摇头，"我想到的是那只眼睛。不过，又觉得想不通。"

"眼睛？"肇德军兴奋起来，"看了不该看的东西，所以挖掉？"

"那为什么是右眼？而不是左眼或者双眼？"

肇德军一时语塞："我记得你也问过郑松林。"

"是啊。"方木自言自语道，"这就是我说的——想不通的那个问题。"

第四章 · 供体

郑松林静静地坐在长椅上，不时抬头看看诊室门口的液晶显示屏。在他身边，还坐着十几个患者及陪同家属。患者大多是年轻人，个个戴着墨镜或者用纱布蒙着一只眼睛。走廊里并不安静，大声谈笑者比比皆是。独自一人且沉默不语的郑松林显得很不合群。

他看着四周的热闹景象，又想起自己花了一百元钱才从黄牛手中挂到了金主任的号——包尚义至少在这件事上没有骗他：市第四医院眼科的金学鹰主任果真是个抢手的专家。

终于，液晶显示屏上出现了"上午 35 号：郑＊林"的字样。郑松林站起身来，稍稍活动了一下酸麻的双腿，推开诊室的门。

金学鹰坐在诊室里，满脸倦色。看到郑松林进来，挥挥手示意他坐下。

"怎么了？"

郑松林关好门，在他对面坐下，先盯着他看了几秒钟："金主任，我不是来看病的。"

金学鹰抬起头，诧异地打量着他："什么意思？"

"几个月前，您曾在半山医院做过一个眼角膜移植手术。"郑松林倾身向前，"患者叫郑凯，病毒性角膜炎。"

"我记不清了。"金学鹰向后靠坐在椅子上，满脸都是警觉的神色，"有什么问题吗？"

"没有。"郑松林挤出一个笑容，"孩子恢复得很好。"

金学鹰坐着没动："那你这是……"

"是这样，孩子保住了一只眼睛……"郑松林斟酌着词句，"这份恩情，我们不能忘。所以，我想找到器官供体者，表达一下谢意。"

金学鹰暗自呼出一口气，坐姿也松弛下来："这事你不该问我啊，你去问包院长。"

"我联系不上包院长，打电话不接，发短信也不回。"郑松林摊开双手，"医院说包院长出国了。"

"那就等他回来再说嘛。"金学鹰不以为然，"又不急于这一时半会儿。"

"受人之恩，心里总是过意不去嘛。"郑松林换上诚恳的表情，"您这儿有没有供体者的信息呢？"

金学鹰摇头："抱歉，没有。"

"一点都没有吗？"郑松林还不死心，"包院长多少会和您交代一些吧？"

"我和包院长合作的这种方式，在我们行业里叫飞刀。"金学鹰有些不耐烦了，"半山医院是营利性的私立医院，它接诊患者，又没有主刀医生，怎么办？只能找我们这些公立医院的医生去做。"

"这个我懂。"

"所以呢，我就是出个人和技术而已。别的信息、和我无关的，我不打听，也没必要去打听。"

郑松林沉默了一会儿："如果是有什么保密要求的话，我可以出费用，您……"

"这不是钱的事儿！我真的不清楚。"金学鹰提高了音量，"我实在帮不了你。

外面还有很多患者在等候，就这样吧。"

郑松林无奈，讪讪地起身道谢，转身走出了诊室。

摇摇晃晃地走到停车场，郑松林坐上一辆黑色奥迪 A6L 汽车，打开车窗，点燃了一支烟。

这些天来，他几乎没睡过觉。不是不想睡，而是睡不着。如果不靠香烟和咖啡提神，别说驾车，就连走路都困难。

儿子以一种极其诡异的方式死去，生前还被剜去了一只眼睛。而且，恰恰就是"不属于"他的那只。这不能不让郑松林联想到这件事的前因后果。

一年前，郑凯因视物模糊前往医院就医，被诊断为单纯疱疹型结膜炎。彼时的郑松林因为工作繁忙，加之郑凯在经过治疗后症状大大缓解，所以，他并没有太把这个"结膜炎"放在心上。然而，此后郑凯的结膜炎反复发作，直至引发了虹膜睫状体炎。医生严肃地告诉他，如果病情继续发展的话，郑凯的右眼很可能失明。郑松林这才慌了神。偏偏郑凯又是个不让人省心的主儿，在治疗过程中，不遵医嘱擅自停药，又没日没夜地盯着手机和电脑，最终引发了角膜感染。眼看着药物已经无法控制儿子的角膜炎，留给郑松林的选择只有一个——角膜移植手术。

这算是眼外科的常见手术。对郑松林而言，难处不是钱，而是角膜的来源。他早早地到本市的公立医院预约了手术，之后就是漫长的"排队"等待。每年，全国范围内开展的角膜移植手术只有八千到一万例，而等待角膜供体的患者则有五倍之多。眼看着郑凯的右眼视力越来越差，郑松林不得不另辟蹊径。在一个朋友的介绍下，他结识了半山医院的院长包尚义。这家私立医院虽然表面上以妇科和整形外科为主营业务，但是私底下也会开展一些其他的医疗项目。其中，就包括器官移植。当时，包尚义也表示器官来源比较稀缺，让他耐心等待。然而，两个月之后的一个深夜，包尚义突然致电郑松林，表示已经搞到了角膜，问他是否愿意给儿子做移植手术。

这无疑是天降喜讯。尽管所需费用是公立医院的数倍，但是，能让儿子的右眼重见光明，郑松林也在所不惜。虽然包尚义对角膜的来源讳莫如深，急于做手术的郑松林也无暇顾及。手术很成功，术后恢复的效果也很好。就在郑松林以为这场小小的人生风波已经彻底过去的时候，郑凯却死在了家里，刚刚治愈的那只眼睛不翼而飞。

凶手的意图很明显，不属于你的东西，就要拿回来。

所以，郑松林的目标只有一个，那个角膜供体。

半山医院位于本市的万山山腰位置。医院的性质为民营私立，占地面积约一万四千平方米。其中包括一座综合门诊楼、一座住院楼和一座康复中心。在本市的民营医院中，半山医院的规模并不算大，但是效益一直不错。在儿子住院那段时间，郑松林也曾看到各色豪车在这里进进出出。相传，半山医院是有名的"什么都能做"，小到微整形、人工流产，大到器官移植，许多在公立医院无法完成的医疗项目在这里都可以解决。当然，合法与否就不得而知了。

郑松林把车开到医院的铁门前，看到一个四十几岁模样的女人正在和门口的保安员撕扯，嘴里还嚷嚷着"找人"之类的话。郑松林无暇他顾，径直驶向门诊楼旁边的停车场。

令他感到意外的是，一楼的导诊台里空无一人。各种宣传册凌乱地散落在台面上。一瓶凝胶洗手液呈倾倒状，一大摊液体已经凝固干涸。挂号窗口只开了一个，却无人值守。郑松林在大厅里转了一圈，半个人影都没看到，忍不住喊了一嗓子。

"有人吗？"

片刻，一个年轻女子匆匆而至，边走边摘下手上的塑胶手套。

"先生你好。"女子走到郑松林面前站定，拢拢头发，露出得体的笑容，"有什么可以帮您？"

郑松林认出她是上次接待过自己的客户经理，点头致意："我找包院长。"

"包院长不在。"女子表情为难，"他因为工作压力太大，出国旅行去了。"

"嗯？"郑松林佯作惊讶，"去哪个国家了？"

"这个不清楚。"

"什么时候回来？"

"也不清楚。"女子苦笑一下，补充道，"包院长在我们工作的微信群里发了一条消息之后就没再来过。"

"他出国多久了？"

"快三个月了吧。"女子摇摇头，"我们也联系不上他。"

郑松林皱皱眉头："医院现在也不经营了吗？"

"哦，当然不是。不过，个别业务没有包院长的首肯，只能暂时放一放。"女子急忙否认，"您是郑先生吧？我们之前见过。"

"是的。"郑松林点点头，"我儿子在这里做过手术。"

女子投以征询的目光："那，今天有什么可以帮您？"

"是这样，我儿子的手术很成功。有个老朋友的孩子，也是病毒性角膜炎。"郑松林面色平静，"所以，他委托我来咨询一下，近期能否做角膜移植手术。"

"患者资料和病历您带了吗？"

"那倒没有——我就是来咨询一下。"

"要不要我先帮您做个预约登记？"女子变得热情起来，"如果有合适的供体，我们会通知您。"

郑松林想了想："能不能事先了解一下供体的情况？"

女子睁大眼睛："您的意思是？"

"比方说，患者应该知道供体是否有遗传病、传染病之类的。"郑松林的表情一本正经，"就算没有，事后我们也需要感谢人家，对吧？"

"很抱歉，郑先生。"女子的语气毫无回旋余地，"首先，我们会对可供移植的器官进行严格筛选，不符合移植条件的绝对不会用；其次，对于供体的身份要绝对保密，不能泄露，包括受供者。"

她停顿了一下："我们做这个很专业的。而且，您也知道，来这里接受医疗服务的都是高端人士。如果出了差错，医院早就存活不下去了。"

"嗯。"郑松林勉强挤出一个笑容，"有道理。"

"那，"女子看向他，"今天要帮您预约吗？"

郑松林点点头："好的。"

女子带着郑松林来到 VIP 洽谈室，给他倒了一杯温水后，先行离开。片刻，她带着一台笔记本电脑回到洽谈室。郑松林一口气喝掉大半杯水，又起身去接水，之后就把座位从女子对面换到了身边。

女子在电脑上操作的应该是医院的管理平台，打开某个界面后，她开始一一询问所谓"患者"的姓名、年龄、既往病史等资料，并一一录入。

郑松林开始信口胡诌，编不下去的就说自己不了解。十几分钟后，他突然"哎呀"一声，抬手捂住了胸口。

女子被吓了一跳，急忙询问道："您怎么了？不舒服吗？"

郑松林龇牙咧嘴地说道："忽然有点心绞痛。"

女子立刻站起来："需要我去叫医生吗？"

"不用，不用。"郑松林拿出车钥匙，指指窗外，"那辆奥迪 A6L，副驾驶的扶手箱里有速效救心丸，多谢你……哎呀……"

女子接过钥匙，面色犹豫："我还是叫医生过来吧……"

"真的不用。"郑松林喘着粗气，"老毛病了，我心里有数，吃上药就好了。"

女子应了一声，转身走出了洽谈室。门一关上，郑松林立刻跳起来，凑到那台笔记本电脑前面，快速浏览起来。

这个线上管理平台的项目众多，包括妇科、男科、皮肤科、肿瘤内科、消化内科等。女子打开的是"其他"项下的"预约"界面。郑松林尝试查看"患者"查询系统，但被提示无访问权限。他又回到"预约"界面，发现长长一串预约器官移植的患者名单。

郑松林想了想，拿出手机，挨个打开预约者的信息，快速拍照，不时抬头看看窗外。几分钟后，他看到女子已经从车边离开。于是，他把电脑恢复到刚才的浏览界面，自己坐回原位，拿起水杯小口啜着。

女子很快返回到洽谈室，把车钥匙和药瓶递给他。郑松林连声道谢，又倒出几颗药吞下，静坐了一会儿，长长地呼出一口气。

女子一直紧张地观察着他的脸色："郑先生，你好点了吗？"

"没事了。"郑松林擦擦额头，"我们继续吧。"

所谓"预约"很快完成，郑松林又缴纳了一万元押金，起身告辞。驾车驶离停车场的时候，他看着道路两侧的绿地，想起几个月前，在这里悠闲散步的患者随处可见。然而，此刻的绿地上空空荡荡，很多泛黄的草皮点缀其上，仿佛补丁一般。他不免唏嘘，又再生疑窦。

包尚义突然出国令人感到蹊跷，医院也很明显处于非正常的营业状态。那么，这一切是否与那个神秘的供体有关？

他偷偷拍下的那些资料，会不会隐藏着揭晓谜底的答案？

驶出医院的大门，进入盘山公路，郑松林的脑子里被越来越多的问号挤满。然而，容不得多想，就看到一个女人在路边向他招手。

郑松林下意识地把车靠过去，立刻认出她是刚刚在医院门口和保安争执的那个人。

女人的脸上堆满讨好的笑容，见郑松林停下车，又降下车窗，马上问道："大哥，你是下山吗？"

郑松林点点头："有事？"

"这里打不到车，能不能带我一段儿？"女人的表情愁苦，"走路的话，太远了。"

郑松林想了想，打开车门。女人急忙坐上来，千恩万谢。郑松林无意闲聊，应付了几句之后就专心开车。女人也识趣地闭上嘴巴，安静地坐在后排座上。

十几分钟后，奥迪车驶出盘山公路，进入环城主路。女人开始频频向车窗外张望，似乎在寻找公交或者地铁站。郑松林问道："你要去哪儿？"

"我去市人民医院。"女人不好意思地答道，"大哥，你靠边把我放下就行，这里应该能打到车。"

郑松林琢磨了一下，市人民医院就在自己回家的路上，还算顺路。而且，自从儿子出事之后，似乎是出于本能驱使，他乐于去做点善事，权当是给儿子积福了。

想到这些，郑松林淡淡地说道："我送你吧，反正也顺路。"

女人又惊又喜，自然连连道谢。沉闷的气氛一旦被打破，女人也活跃起来。她好奇地看看郑松林，试探着问道："大哥，你来半山医院也是办事的吗？"

"嗯。"郑松林不想多说，"我来找院长办事。"

"哦？"女人一下子来了精神，眼睛也瞪得圆圆的，"找到了吗？"

"没有。"郑松林觉得诧异，"据说他出国旅行去了。"

"哪是出国旅行啊，他是太空旅行了吧？"女人变得情绪黯然，仿佛在自言自语，"这都快三个月了，怎么都联系不上。"

郑松林觉得更加惊讶："你也找他？"

"是啊。找了好几个月了。"

"你找他什么事？"

"哦，我之前在半山医院做过手术。"女人忽然结巴起来，"那个……人家给我做得挺好，我想感谢院长嘛。"

郑松林越发疑惑："半山医院比较拿手的是妇科，您做的是？"

"我那个可是大手术，救了命了。"女人似乎急于岔开话题，"大哥你找他有什么事啊？"

"也是手术的事。"郑松林心中疑窦丛生，"我朋友的孩子，病毒性角膜炎，想找他做角膜移植术。"

"嗯嗯。"女人连连点头，"他做这些挺专业的，公立医院没有的门路，他都有——你找他没错。"

郑松林转头看看女人："你这么了解啊？莫非你做的也是器官移植？"

"嘻，我啊……"女人咬咬嘴唇，"我看大哥你也不是坏人，我做的是肾移植。所以你放心，尚义找的都是大医院里的专家，他不糊弄人的……"

郑松林吃了一惊，不由得再次打量着女人。她看上去四十多岁的年纪，不施粉黛，脸上的皮肤也缺乏保养，头发干枯，衣着普通，双手皱纹横生，一看就是长期从事体力劳动的结果。

"肾移植需要不少钱吧？"郑松林的语气却波澜不惊，"而且肾源也不好排。"

"唉，我是尿毒症，每周要透析两次。"女人叹了口气，"在公立医院排肾源，要排到猴年马月。再说，就算排到了，我也做不起手术啊。"

她看向窗外，神色悲戚："要不是尚义帮忙，我早就死了。"

郑松林不动声色："这个包院长，还真是个好人啊。"

"是啊。"女人擦擦眼睛，"你找他没错的，他很靠谱。"

"现在恢复得怎么样了？"

"挺好的，慢慢养呗。"女人稍稍恢复了一些欢快模样，"命都保住了，以后每一天都是赚来的。"

郑松林目视前方，双手紧握方向盘，指节已经泛白。

"什么时候做的手术？"

"今年四月份。"

"哦。"郑松林驾驶奥迪车转入一条马路，语气漫不经心，"哪天啊？"

"四月十二号。"

郑松林猛地踩了一脚刹车，脸色一下子变得惨白。

"对不起啊姐们儿。"他对前方一辆车怒目而视，"怎么开车的？"

"没事没事。"女人急忙安慰道，"大哥，我不着急的，你慢慢开。"

郑松林却似乎余怒未消，足足几分钟内都没有继续开口。良久，他才低声问道："你是……移植了一个肾？"

"是啊。一个就够了。人家说，不用移植俩，一个就能代替……"

郑松林打断了她的话："是谁移植给你的？"

"这个真不知道。"女人摇摇头，"我问过，医生也不告诉我，说是要保密——我也想感谢感谢人家呢。"

"哦，那个供体……"郑松林小心翼翼地问道，"就捐了一个肾，还是也捐了别的？"

"那就更不知道了。"女人叹了口气，"尚义就说是个年轻的，让我放心用。想想看，这人应该是死后捐献的吧？真是挺伟大的。"

郑松林再次陷入沉默，直至开过了市人民医院也没回过神来。女人急忙提醒他转弯，他才如梦初醒。

在女人的指示下，奥迪车驶入市人民医院后面的小路，最后停在一排店铺前面。女人下了车，又是连连道谢，指着身后一家名叫"宏宏粥铺"的店面说道："大哥，这就是我的店。"女人一脸真诚，"要是不嫌弃的话，以后来我店里坐坐。我也没啥本事，就是会做包子，大哥你尝尝。"

"行啊。"郑松林笑笑，"那，咱们留个联系方式？"

"好。"女人爽快地报出一串电话号码，"我叫包尚宏。"

郑松林的手指停在号码键上："包尚宏？包尚义是你的……"

"唉，跟你实话实说了吧。"包尚宏把腮边的一绺头发别到耳后，脸上露出忧伤的笑容，"包尚义是我弟弟。"

第五章 · 现场复勘

王哲在合同上龙飞凤舞地签下名字，扭头看着那个还在皱着眉头翻看合同的胖子，心中又忐忑起来。终于，胖子拧开了钢笔，在签署页上唰唰写着。笔尖刚刚离开纸面，王哲就把自己那份合同文本递过去，同时暗自松了一口气。

签约仪式很快完成。王哲率先伸出手去，和胖子热烈握手。

"感谢姜总对公司的信任。"王哲满脸堆笑，"先预祝咱们合作愉快！"

女秘书不失时机地鼓起掌来。王哲也是心情大好，拿下这个订单，今年的难关就算过去了。

"来，咱们喝一杯，庆祝签约成功。"

王哲招呼胖子在沙发上坐下，同时吩咐女秘书："去，拿两个杯子，请姜总尝尝咱们公司自酿的红酒。"

"王总客气了。"胖子操一口蹩脚的普通话，"早就听说您深谙品酒之道，今天我要享享口福了。"

"哪里哪里。不过，我早年在法国波尔图包下了一片葡萄园。品质、工艺、酿造都是法国标准。"王哲摊摊手，"人生苦短，现在不追求高品质的生活，还等什么时候呢？”

“有道理。”胖子笑起来，“王总做人真是到了一定的境界啊。”

很快，女秘书拿着酒杯和托盘返回。王哲冲她使了个眼色。后者心领神会，走到办公室一角，掀起一块亚麻方巾，露出下方的木质酒桶。

女秘书打开阀门，暗红色的液体从木桶中流出。半分钟后，两杯红酒已经摆在了办公桌上。

“来来来，姜总。”王哲端起一杯酒递给胖子，“这是我的私家珍藏，平时舍不得拿出来招待客人的。今天贵客来访，一定要请您品尝一下。”

“那我就不客气了。”胖子端起酒杯晃了晃，和王哲碰了一下。两人点头示意，各自仰头抿了一口。美酒入喉，他们不约而同地做出一副沉醉其中的表情。然而，这表情并没有维持多久。胖子的脸开始扭曲，微眯的双眼也瞪圆了。紧接着，他就把嘴里的酒吐回到杯子里。

“这……这是什么味儿啊？”胖子不停地抹着嘴，“这是红酒？”

王哲的脸色也很难看，虽然那口酒咽了下去，但是口腔里的腥气依旧浓重。他端起杯子，凑到眼前仔细观察，发现在暗红色的液体中有少许絮状物在漂浮。

“王总，我们刚刚才开始合作，你不能这么整我嘛。”胖子一脸不满，“这就是你的独家珍藏？”

“对不住对不住。”王哲急忙放下酒杯，转身面向秘书，“快去看看。”

女秘书不敢怠慢，小跑着来到酒桶旁，心想莫不是这破玩意密封不当吧。只上下扫了几眼，她就看到了酒桶上方有一个正方形裂缝。女秘书心下诧异，尝试着用指甲探进缝隙中撬动——一大块木条被掀了起来。

更浓重的腥气扑面而来。她下意识地探头向酒桶内看去……

紧接着，正在给胖子倒茶漱口的王哲就听到了一声震耳欲聋的尖叫。

9月4日下午，明辉路派出所接到报警，称百得工矿机械有限公司内有人恶意报复，向酒桶中投入污物。处警后，警方在该公司总经理王哲办公室里展开勘查，并在一木质酒桶里发现动物内脏。经初步辨认，此为一副人肝。

据此，警方将本案转为刑事案件，并交由市公安局处理。

经法医鉴定，被投入酒桶的内脏为人体肝脏无误。从新鲜程度来看，警方推测有人已经遇害。这种推测在案发当晚即得到证实：有群众在百得工矿机械有限公司外墙西侧发现一辆白色大众途观越野车，从后备厢处不断渗出血水，遂报警。警方到场后对车辆进行勘验，在后备厢里发现成年男尸一具。初步判断死因为机械性窒息。同时，死者被开膛，肝脏缺失。经 DNA 比对，在百得工矿机械有限公司总经理办公室内发现的肝脏与死者可做同一认定。

通过查找尸源并组织家属辨认，死者的身份很快被确定。

王光彦，男，二十四岁，汉族，未婚，家住北部郡小区 D 区 3 号楼一单元 101，个体经营者。最令警方感到诧异的是，死者王光彦系百得工矿机械有限公司总经理王哲的亲生儿子。

一个父亲，在办公室里喝下了用儿子肝脏泡过的红酒。

"你得进专案组了。"肇德军斜靠在讲台上，依旧是一脸疲惫之色，"别再提供什么专家意见了——我需要你直接开展工作。"

方木没说话，依旧快速翻看着手里的现场勘查报告。肇德军有些不耐烦："甭看了，什么都没发现——现场被仔细打扫过，手印、足迹都没提取到。"

"视频监控呢？"

"公司内部监控在下班后就关闭，院子里倒是有几个，正对着公司大门的视频监控被人扭转了。"肇德军骂了一句，"这个工矿机械公司真他妈会选地方，荒郊野外，凶手爬上墙把摄像头掰歪也不会有人发现。"

"就这么大摇大摆地走进去？"方木皱起眉头，"公司连个值班员都没有吗？"

"嘻！这公司看着气派，实际上已经快完蛋了。"肇德军说，"三个月前就发不出工资了，全员休假。平时就老板和秘书偶尔还来公司处理点业务，不过我估计这次是真完蛋了——案发当天他刚签了一个大单子，庆祝的时候，喝的就是泡了肝脏的酒。"

"凶手怎么进去的？"方木又翻翻勘查报告，"撬门？"

"和平入室。"肇德军欠身过去，在勘查报告上指点一番，"死者身上有公司的钥匙。我们在死者的车旁边发现了，经家属辨认，就是死者的钥匙包。"

方木摸摸下巴："他们是怎么接触上的？"

"查着呢，死者的财物都没有遗失，手机也在。他生前拨出了最后一个电话号码，时间是案发当日凌晨零点二十二分，正在落实这个机主，估计很快就会有结果。"

"又是与人体器官有关……"方木自言自语道。他抬头看看肇德军，后者点点头。

"有这个打算——串并案——我觉得这两个案件的相似之处太多了。"

方木忽然想到了什么，问道："'8·25'杀人案那辆车落实没有？"

"没有。"肇德军叹了一口气，"我们估计得没错。车辆是套牌，驶出小区之后就进入了一条无名路，连视频监控都没有，没法研判车辆的去向。"

方木没说话，摸出一根烟慢慢地闻着。

"我们碰到高手了，"肇德军看看方木，"是吧？"

方木点点头。肇德军伸手拍拍他的肩膀："所以你得来帮帮老哥哥。"

"我……"

"不许推辞。这案子已经惊动省厅了，专案组规模肯定要扩大。"肇德军的手上逐渐加大力度，"省里会有几个专家过来，你也要过来帮忙。"

"我这学期的课很多……还有学生的论文。"方木又补充道，"我保证随叫随到行不行？"

"甭废话。调令我都送到学院了，估计这会儿已经批准了。"肇德军转身就走，

"下午一点半开会，准时到。"

"这他妈是土匪作风啊。"方木笑骂道。他摇摇头，慢慢地收拾教案和教具。整理完毕，他并没有急于离开，而是双手撑在讲台上，看着空无一人的教室出神。

一只眼球、一副肝脏，为什么会取走这些器官？

一个被父母误杀，一个被父亲饮下泡过肝脏的酒，凶手到底想表达什么？

还会不会有下一个？如果有的话，下一次的被害人会被摘掉什么器官？

方木的鼻孔里突然传入一阵若有似无的血腥味。他立刻回过神来，发现自己想的不是中午该吃点什么，或者午休时去健身还是打羽毛球。他有些恼怒地晃晃脑袋，想把那些念头彻底甩出去。然而，越来越强烈的兴奋感却渐渐充满全身，甚至有细微的汗水从毛孔中渗出来。他发现自己的双臂稍稍弯曲，五指张开，头略垂，肩稍耸，双眼目视前方，小腿紧绷。

方木知道那股血腥味从何而来——那是在黎明之前的森林里，在即将消失的月光中，一匹警觉的狼在前方的黑暗中嗅到的味道。

方木在下午一点十分就来到了市公安局第三会议室。他还是照例找了一个不起眼的角落坐下，静静地等着其他参会者到来。

一点二十五分，开始有人陆陆续续地进入会议室。方木尽量低下头，避免和任何人打招呼，特别是以前曾一起工作的旧同事。他不想提起过去的事，更不想解释自己在"城市之光"案里的突然失踪。然而，在会议即将开始的时候，方木突然感到自己的头顶传来一阵热度，同时心脏莫名地加快了跳动，仿佛在宇宙中飘浮的一颗陨石进入了另一颗行星的轨道。他下意识地抬起头，恰好遇见两道灼热的目光。只是，这目光瞬间就冷却下来。

米楠夹着一个记事本，面无表情地在他斜对面坐下来。

会议由市局副局长、专案组组长李守刚主持。首先由"9·4杀人案"的侦办人员介绍案情及侦破工作进展情况。死者王光彦生前最后拨出的电话号码也得到了落实。那是一个代驾司机的手机号码。然而，代驾司机到了约定位置后并没有看到王光彦和白色大众途观越野车，回拨过去，王光彦的手机已经关机了。结合他的证言和外调的情况，警方将当晚的案发过程还原如下：

死者王光彦于案发当日晚八时许驾车来到本市的魔笛酒吧与高中同学（三人，身份已落实并获取证言，酒吧内视频监控亦可证实上述情况）见面。四人在酒吧内喝酒至次日凌晨零点十五分左右。其余三人乘坐出租车离开。零点二十二分，王光彦拨打了酒吧提供的代驾司机电话。之后，凶手冒充代驾司机与王光彦接触，并驾车带其离开。（王光彦停车地点没有视频监控。根据对周边视频监控录像的调取及研判，可推断出车辆的行驶方向正是百得工矿机械有限公司所在地。车辆在驶出南二环高架桥后约两公里即进入城乡接合部无监控地段。）凶手在驾车抵达目的地后（抑或在途中所经偏僻处），用绳索将王光彦勒死，并将尸体移至后备厢，剖腹取出其肝脏（绳索及刀具未在现场发现）。在取得王光彦随身携带的钥匙后，凶手攀墙将安装于墙头的摄像头扭转，并依次打开公司外墙的铁门、办公楼门及总经理办公室，用随身携带的锯子将放置于办公室内的酒桶上方锯掉约 $21cm \times 18cm$ 的木块，将死者的肝脏放入，将锯掉的木块依原位置放回。之后，凶手打扫了现场，原路退回，并将钥匙包弃置于车辆旁边。

在现场勘查方面没有获取有价值的线索，怀疑凶手戴了手套及脚套。而且事后凶手仔细清理了现场，连打开酒桶时锯下的木屑都被打扫干净。

法医鉴定方面倒是拿出了不少意见和结论，并用投影仪播放了尸检过程及图片。方木抬头看屏幕的时候，忍不住又把视线投向米楠。然而，这一次两个人没有视线相交。米楠不是低头翻看案卷，就是抬头看幻灯片，似乎把全部注意力都放在案情介绍上。

方木暗自叹了口气，转头看向屏幕。此时，杜姓法医正在展示的是从酒桶里提取的肝脏照片。

"肝脏长度为 22.8cm，宽 15.2cm，厚 5.4cm。"杜法医用激光笔在屏幕上指示着，"重 1224 克。我们发现这副肝脏并不完整，有一小块缺失，但是在死者的胸腔内并未发现。"

"也就是说，并不是凶手手法不够娴熟，而是……"肇德军想了想，"被他带走了？"

"现在还不能确定，不过我们的确没有在现场及附近发现缺失的肝脏。"杜法医的表情有些古怪，"而且，曾喝过那个木桶里的酒的两个人也没表示曾吞下过异物。"

会议室里先是一片沉默，随即就在各个角落里传来小声的咒骂。显然，他的话让大家联想到一些令人不愉快的场景。

"否则他们肯定会说出来。"杜法医笑笑，"那玩意的口感不会好。而且，死者有严重的肝硬化。"

李守刚瞪了他一眼："你继续说。"

"没了，基本情况就是这样。"杜法医耸耸肩，低头按动鼠标，退出幻灯片播放界面，屏幕左侧出现幻灯片的缩略图。

"等等。"

突然，一个声音从角落里响起。众人循声望去，是方木。

"第七张幻灯片。"方木指指屏幕，"麻烦您再播放一次。"

杜法医莫名其妙地看着他，按动几下鼠标，尸体全身照出现在屏幕上。

"那个创口旁边，是什么？"

"一个伤疤，形成时间不太久，大概三四个月。"杜法医的表情有些疑惑，"怎么了？"

"凶手剖开了死者体表的结缔组织？"

"对。"

"从那里下刀，会比正常皮肤要难一些吧？"方木盯着照片，仿佛在自言自语，"他为什么要这么做？"

杜法医耸肩、摊手："方老师，这应该是你来解决的问题吧？"

"嗯？是啊。"方木回过神来，抱歉地笑笑，"死者生前做过胸外科手术？"

"对，而且这手术还不算小。"

"会不会是肝脏手术？"方木又问道，"你刚才说死者有严重的肝硬化。"

杜法医愣了一下："这个我们倒没想过。"他摸摸下巴，"不过你这么一说——可能性很大啊。"

方木把视线投向肇德军，脸上是一丝兴奋的表情。

"串并案，是对的。"

第一，两名死者的器官均被摘除并带离现场；

第二，两名死者的父母均在一定程度上"参与"了案件：死者郑凯的父亲将其误杀、死者王光彦的父亲喝下由其肝脏泡过的红酒；

第三，凶手具有相当程度的反侦查能力：懂得避开视频监控，用手套和脚套掩盖手印和足迹，善于伪装，耐心等待作案时机，作案前做长期、周密准备，例如事先对现场周边环境进行观察、调查被害人行踪等。

综上，市局决定对两起杀人案做串并案处理，并成立专案组。在会上，李守刚作为专案组长，将工作任务落实到每一个组员身上。其中，方木负责对犯罪嫌疑人进行心理画像。从省厅及各市前来增援的专家则各司其职。同时，足迹专家米楠在会上提出要对犯罪现场进行复勘。

现场勘查设备和器材由市局提供，并派遣两名现场勘查人员陪同。在前往百得工矿机械有限公司的路上，这两名现场勘查人员的脸色一直不怎么好看，想必是感到自己的专业素养受到了质疑。米楠倒是不以为意，一直在车上翻看案卷资料。方木坐在她的侧后方，只能看到被齐耳短发遮盖的侧脸。

修长的脖子，从脸颊到下巴的优美弧线，光滑细腻的皮肤，微微抿起的嘴角。

渐渐地，红晕开始从脖子蔓延至脸颊。终于，米楠啪的一下合上文件夹，扭头瞪了方木一眼，表情愠怒。方木急忙低头，心中倒是泛起一丝暖意。

因为公司原本就处于歇业状态，所以现场依旧保护得很好。市局的技术员打开外院的铁门，冷着脸等米楠进入。米楠倒是不急着勘查中心现场，而是绕着院墙走了一圈，最后盯着那个被扭转的视频监控看了很久。随即，她转身面向方木，上下打量着他。

"你，爬上去。"米楠指指一段墙面，"快点。"

"我？"方木有些莫名其妙，不过看着米楠一脸认真的表情，还是乖乖地照做了。他看看面前这堵足有两米多高的墙，向后退了几步，助跑，先是蹬在墙面上，然后借势向上攀越，同时伸手去扳墙头……

然后他就仰面摔了下来。

随行的两个技术员忍住笑，上前扶起狼狈不堪的方木。米楠倒是没笑，而是立刻凑到墙面上，观察方木刚刚蹬踏过的位置。随后，她沿着同一高度，在空中划出一条无形的线，延伸至视频监控下方的墙面上，开始仔细查看。

片刻，她向后伸出手："放大镜。"

一个技术员打开勘查箱，取出放大镜递给她。米楠几乎把脸贴在了墙壁上，一寸一寸地查看着。最后，她的目光落在了某处，旋即就牢牢锁定。

"相机。"

连续拍照后，米楠转过身，扫视着地面，然后用手划出一个大致的范围，命令同样简短："拉警戒线，打通道。"

技术员照做。米楠则穿戴好了全套装备，小心地蹲在通道踏板上，俯身查看着泥土地面。方木顺着她的视线看过去，发现米楠正在观察那些呈交叉、重叠形态的足迹，不时用相机中的照片对比着。

终于，她找到了目标，举起相机连连按动快门。

方木站在警戒线外，静静地看着专心工作的米楠，直到她摘下口罩，畅快地呼出一口气。

"怎么样？"

"掌中区和掌前区还可辨认，腰档只能看到一点。"米楠擦擦额头上的汗，"你来看。"

她把相机调至浏览模式："这是墙面上提取到的。"方木凑过去，看到半个模糊的蹬踏足迹，鞋底的畦埂型花纹隐约可辨。

"你觉得这是凶手留下的？"

"对。"米楠指指墙面，"他虽然在中心现场用了鞋套，但是在翻墙的时候不可能，否则会大大减少摩擦力。"

她把视线投向地面："所以在这个区域内，是最可能留下足迹的——你再看这个。"

相机的液晶显示屏上是泥地上的足迹。

"现场虽然基本被破坏，但是判断出嫌疑人的行动路线，就能有的放矢。"米楠放大其中一张图片，"就是这个。"

这是一枚被其他足迹覆盖的单足橡胶底足迹，鞋底的花纹与墙面上的足迹高度相似。

"只有半枚足迹？"

"够用了。"米楠笑笑，"它能告诉我们很多信息——比方说商标，你看腰档那里。"

方木眯起眼睛看了半天，只能看出一段弧形。

"这是？"

"耐克。"米楠的语气自信满满，"看得太多了，这个弧度我很熟悉。"

"身高、体重呢？"

"身高在 170—175cm 之间，体重不太好判断，不过嫌疑人应该是一次就攀墙成功，身手不错，体重不会太大。至于体态、步态和年龄，我得回去再分析。"米楠忽然想到了什么，"对了，现场还原中推测嫌疑人是先杀人，再翻墙是吧？"

"是。"方木眨眨眼睛，"你的意思是——鞋印里有血迹？"

"我觉得有可能。"米楠放下相机，转身向那两个技术员走去。不知道她对技术员们说了什么，看上去态度既谦虚又恳切。本来因为疏漏了墙面足迹而懊恼的技术员们开始活跃起来，一个去做勘查笔录，另一个去提取墙面的足迹。

米楠摘掉头套、手套和脚套，捋捋头发："走吧。"

方木一时没反应过来："去哪里？"

"今天邰伟出院啊，你忘了？"米楠白了他一眼，"走吧，去送送他。"

赶到小南国餐厅的时候，邰伟正和韩卫明吹嘘自己抓捕毒贩的过程，赵大姐坐在一旁无聊地抿着茶水。看到他们进来，赵大姐立刻眉开眼笑，拉住米楠聊个没完。

方木和韩卫明打了招呼，拉过一把椅子坐下，屁股刚挨到椅面就弹了起来，同时"哎哟"一声。

大家的注意力都被吸引过来，邰伟问道："你怎么了？"

方木小心翼翼地侧着身子，龇牙咧嘴地重新坐好："摔了一跤。"

米楠"扑哧"一下乐了，扭头看了看方木。

"你怎么还这么笨啊？"邰伟笑骂道，"跟我学学，钢筋铁骨。"

"你得了吧。"方木看看他的腿，"没事了？"

"你听他吹牛吧。"韩卫明插嘴道，"回去还得养一阵呢。"

"那你干吗急着出院？"方木转向邰伟，"想家了？"

"不能够。"邰伟脸红了，嘴上还强硬，"我一个大老爷们，想什么家？"

方木哈哈一乐，不再跟他计较。

酒过三巡，边平才赶到，说好一起来的邢璐却不见踪影。

"特警队临时集合，小丫头都快哭了。"边平顾不上和邰伟寒暄，刚坐下就问方木，"听说你们下午去复勘现场了，什么情况？"

"前期侦查还是有疏漏。"方木向米楠努努嘴，"她有新发现。"

米楠简单陈述了下午发现的血足迹，除了赵大姐，其他几个人都听得很认真。邰伟拍拍方木的肩膀："再战江湖了？"

方木笑笑，没作声，算是默认。

"什么案子，能引起你的兴趣？"

"两起命案，已经做串并案处理了。我觉得是同一个人干的。"方木说。

"连环杀人案？"邰伟皱起眉头，"找到共同点了？"

"对。杀人手法有象征意义。"

"嗯。"邰伟若有所思地点点头，"还记得我们一起办过的那件案子吗？有点像啊。"

"恶毒程度，有过之而无不及。"

"哦？"邰伟扬起眉毛，"说来听听。"

酒桌上的人大部分是警察，而最能引起他们的兴趣的，莫过于离奇的案件。唯一感到不适的是赵大姐，听完方木对案件的陈述后，她已经脸色发白，盯着面前的菜看，一口都吃不下去了。

米楠见状，急忙给赵大姐倒了一杯水，同时喝止方木："别再说那些恶心的细节了，喝酒喝酒。"

赵大姐一口气喝掉了大半杯水，边擦嘴边说道："真服了你们，天天都接触这么可怕的事儿。"

众人哈哈一笑，开始聊别的话题。推杯换盏间，酒桌上的气氛重新热闹起来。然而，方木很快注意到邰伟有些神不守舍，似乎在想着什么心事。

他凑过去，推了邰伟一把："想什么呢？"

"嗯？"邰伟回过神来。他半伏下身子，压低声音，"你刚才说，第一起案件中，凶手借死者爸爸的手杀了他？"

"对，凶手费了不少力气去布置这个机关。"方木撇撇嘴，"但是自己不动手。"

"第二起案件中，"邰伟边想边说，"凶手有意让死者的父亲喝下用儿子的肝脏泡过的酒？"

"没错。"方木沉吟了一下，"所以，在我看来，凶手内心的目标有两个：其一是剥夺死者的器官；其二是让死者的亲属感受到极大痛苦。"

"而且，都是父亲。"邰伟若有所思，"凶手对父亲这个身份有很深的执念啊。"

"嚯！"方木看看邰伟，"你小子也开始研究这个了？"

邰伟没回答，抱着肩膀闷闷地想着。

在晚宴剩余的时间里，邰伟始终是一副心事重重的模样。结账之后，大家都在酒店外等候和他告别，偏偏他又不见了踪影。方木回去找他，却发现邰伟正在打电话，似乎在交代什么事情，语气颇为坚决。

方木站在一旁耐心地等他，心中很是疑惑。邰伟挂断电话，看到方木，笑嘻嘻地走过来，揽住他的肩膀。

"你在磨蹭什么啊？"方木看着他，"大家都在等你。"

"那你们可白等了。"邰伟的脸上挂着不可名状的笑，"因为你们还得再送我一次——我暂时不回去。"

"什么？"方木挣脱开他的手臂，"你要留下来？"

"对。"邰伟眯起眼睛看着窗外渐浓的夜色，目光游移不定，似乎想在熙攘的人流中找到某张熟悉的面孔。

"你正在搞的这个案子，哥哥想插一手，行不行？"

第六章 · 窥私者

艾名博坐在会议桌前，双手交叉放在桌面上，饶有兴味地看着对面这对忐忑不安的夫妻。他发现男人不时抬头打量着墙壁上的各色牌匾，心中已经有了大致的判断。

"如果田先生还对学校的资质有什么顾虑的话，"艾名博站起身来，"没关系，您可以先了解一下，供您做充分的参考——需要我讲解一下吗？"

说罢，他就站到墙壁正中的位置，指指一块铭牌："名阳青少年特训学校，隶属于名阳教育集团，在全省各市都设有分校，本市的名阳青少年特训学校是总校。我叫艾名博，是名阳教育集团董事长、本校的校长、教育专家。"

艾名博又指向一个镜框："本校是教育局监管下的正规民办学校，这是办学许可证。"

田先生点点头，又把视线转向另一个金灿灿的铭牌，口中小声念道："关心下一代教育基地……"

"是的。"艾名博笑了笑，"今年由本市关心下一代委员会颁发的。"

"您这里是全封闭军事化管理？"田太太挤出一个笑容，转瞬即逝，"是不是跟当兵一样？没有文化课学习了？"

"哈哈，您多虑了。"艾名博摊开手，"全封闭军事化是我们的管理模式，怎么可能让孩子们不读书呢？小、初、高文化课程是同步学习的，可以直接参加中考和高考。"

他随手指向某个相框："这位朱老师，华东师范大学的毕业生，在学校教数学。"

田太太的脸色略有好转："那，学校的特色和优势在哪里？"

"那可太多了。"艾名博的态度变得郑重，"我们学校不仅仅提供文化课程，还包括心理辅导和行为矫正。老师、教官、学生同吃同住，学校全年无休假，全托教学。我们的目标不是培养只会读书的书呆子，而是纪律意识强、自我控制力好的高素质人才。"

田先生苦笑着摇摇头："成才不敢想，不闹事就行了。"

他迅速整理了一下表情，又问道："学校接收哪些学生呢？"

"叛逆、厌学、早恋、网瘾。"艾名博一脸自信，"我们都有专门的教育模块。"

田太太的脸上露出混合着懊恼和欣慰的复杂神色："得，玥玥占了仨。"

艾名博笑笑："我提前看过您的申请表，家里是个十五岁的女儿？"

"没错。"田先生叹了口气，"原本应该上初三了，死活不去了。"

田太太小声嘀咕道："其实初二都没念完。"

"厌学。"艾名博点点头，坐下来，"您刚才说，孩子还有其他问题？"

"问题？问题多了去了！"

田先生似乎找到了倾诉的对象，开始滔滔不绝。这一讲，就是半个多小时。在他时而高昂、时而消沉的音调中，在田太太委屈的抽泣中，艾名博始终保持着聆听的姿态，不时点头——一个问题少女的形象渐渐立体起来。

十五周岁。家境优渥。初中开始厌学，成绩在班里倒数。与老师、同学的关系不融洽。网友众多。沉迷于网络聊天和游戏。在家顶撞父母，不服管教。穿衣打扮怪异。喜欢浓妆艳抹。吸烟喝酒。有过自残经历。

"那您觉得……"艾名博慢慢地说道,"问题出在哪里呢?"

田先生已经说得口干舌燥,嗓音嘶哑:"嗐,我要是知道,就不会到您这里来了。"

"我们也不是没想过办法。"田太太不停地擦拭着眼睛,"找过老师,也找过心理医生,没用啊——孩子差点把心理医生打了。"

"嗯。"艾名博点点头,"我觉得,田玥的状况,在我们学校能得到改善。"

"真的吗?"田太太瞪大眼睛,"她能变成一个好孩子?"

"毕业三年内,孩子的问题如果出现反弹,免费回校入读。"

夫妇俩彼此对望了一眼。田太太咬咬嘴唇:"要不,试一下?"

田先生以手扶额:"不然呢?咱俩总不能一天消停日子也过不了吧?"

"那好。"艾名博拍拍手掌,"学费一年四万元,包括孩子在校期间的学费、日常食宿、服装、必修兴趣课程、教材、保险等费用,但是医疗费、体检费和一对一文化补习费要另外收取。您二位同意的话,我这就让秘书拿合同过来。"

"费用不是问题。"田先生似乎已经迫不及待,"孩子什么时候可以入校?"

"签署合同后,随时都可以。"艾名博挑挑眉毛,"如果您愿意,今天也行。"

"我倒是愿意。"田先生神色犹疑,"就怕孩子会反抗。"

"哈哈。"艾名博笑起来,"她还没到可以自我选择的时候。孩子嘛,他们懂什么?好坏都分不清。家长该干预的时候,不要犹豫。就像老话里说的,我们吃的盐,不比她吃的饭都多?"

"校长,您不知道,我们家那个祖宗……"田太太也是一脸为难,"撒起泼来的时候,我和她爸都按不住她。"

"这好办。"艾名博依旧不以为然,"我们可以提供上门接送学生的服务。"

田先生似乎还不放心:"她对我们俩都不服,外人的话……"

"您放心。"

艾名博指指墙上的一排相框："我们的教官都是部队和公安机关退役的军人、警察，对付歹徒都绰绰有余。"

他又笑起来，露出一排整洁的牙齿：

"何况一个孩子。"

傍晚，一辆黑色迈巴赫轿车驶入某个高档住宅小区，停在园区中心的一栋别墅前。艾名博在后座上睁开眼睛，脸上满是倦色。

司机转过身："艾校长，到家了。"

"嗯。"艾名博拿起手提包，"明天早上七点半来接我吧。"

司机应了一声。艾名博起身下车，慢慢地向别墅走去。

进了门，保姆立刻迎过来，把软底皮质拖鞋放在门厅里。艾名博换好拖鞋，问道："我太太呢？"

"太太约了人打麻将，不回来吃饭了。"保姆的态度殷勤，"晚饭准备好了，现在就开饭吗？"

"好。雯雯呢？"

"还在房间里。"

艾名博点点头，把手提包扔在沙发上，沿着楼梯走上二楼，敲了敲女儿的房门，推门进去。

室内没有开主灯。唯一的光来自书桌上的笔记本电脑。艾雯回过头来，虽然眼角还有湿润的痕迹，还是勉强向他挤出一个笑容。

"爸，你回来了？"

"嗯。"艾名博皱起眉头，"医生不是嘱咐你不要久坐吗？"

艾雯吸吸鼻子，乖乖地离开书桌，回到床上半躺下来。艾名博坐在尚有女儿余温的椅子上，看了看艾雯的小腿，手术形成的疤痕还未消退，在白皙的皮肤上甚是刺眼。

"还疼吗？"

"偶尔。"艾雯不安地扭动了一下，"走多了的话，会疼。"

"不要做剧烈运动。"艾名博垂下眼皮，"养一养，尽快恢复，别耽误了十一月份去面签。"

艾雯怯生生地看了看父亲，小声问道："爸爸，能不能跟你商量个事？"

"你说。"

"我明年再出国行不行？"

"为什么？"话一出口，艾名博就明白了女儿的意思，"你放心不下潘晓？"

艾雯低下头，不说话。

艾名博看了一眼电脑屏幕，是某个搜索引擎的页面，搜索内容与心脏移植术排异反应有关。

"他恢复得怎么样？"

"很一般。"艾雯的眼中又泛起泪水，"我上次去看潘晓，他还是很虚弱的样子。"

"那么大的手术，需要时间慢慢恢复的。"艾名博语气平淡，"你不用太焦虑。"

"爸爸，你能不能再去拜托一下医生。"艾雯哀求道，"让他多关照潘晓。"

"好。"艾名博站起身来，"去吃饭吧——还是端到你房间里？"

"我没什么胃口。"艾雯还是神色黯然，"要不，爸你先吃吧。"

艾名博没说话，起身离开了女儿的房间。

晚餐不可谓不丰盛。但是，一个人就餐仍然觉得寂寥。艾名博默不作声地吃着饭，渐渐也失去了食欲。草草饭毕，他推开碗筷，一个人去庭院里抽烟。

坐在藤椅上，他打开手机，找到包尚义的电话号码拨出去。然而，听筒里传来对方已关机的提示音。艾名博想了想，又翻出包尚义的微信，发了条"包院长，最近可好？方便时回电"的信息。

做完这一切，艾名博放下手机，一言不发地吸着烟。此刻已经暮色沉沉，空气凉爽，墙角的弧形花坛里不时飘来阵阵清香。这原本是令人愉悦慵懒的情境。然而，艾名博感到越来越强烈的不安。他总觉得自己正处在一种无所不在的力量的监控中。

是被云彩遮住一半的月亮吗？

是隐藏在树丛中的某双眼睛吗？

他再也坐不住了，起身返回室内。在转身关闭落地玻璃门的时候，艾名博忍不住回身向院子外张望。

在月光下，在寂静的树丛中，在呈现出亮白色的大理石步道上，什么都没有。

大概是因为只坐了十几个人的缘故，原本可容纳八十人左右的教室显得更加空旷。讲台上的男教师显得无精打采，几乎是照着幻灯片上的内容逐字逐句地念着。从内容上看，这家伙讲授的应该是《公共关系学》。他的消极是可以理解的，因为听课的十几个学生也个个神游天外，不是在玩手机就是在看小说，更不用说伏案酣睡的。

偶尔有人看到窗外的方木，也是面无表情地扭过头去，继续摆弄着手机或者翻看课外书。方木觉得好笑。一个老师，十几个学生，很难说谁更盼着早点下课。

铃声终于响起。几乎是同时，教室门口挤满了急于离去的学生。眨眼间，偌大的教室里就空空荡荡。男教师低着头整理教案，脸上是一副如释重负的表情。

方木敲敲门。男教师扭头看过来，神色颇为迷惑。

"唐老师是吧？"方木从衣袋里掏出警察证。没等他打开，唐老师就点点头："我知道，我知道，去我办公室可以吗？"

所谓的办公室其实是一间公共教研室，办公环境和设备都不错，但是同样人迹寥寥。唐老师把方木带到自己的办公桌前，拉过一把椅子让他坐下。

"您刚下课，要不要先休息一下？"方木看看大口喝水的唐老师，"我可以等您。"

"不碍事。"唐老师放下水杯，苦笑一下："累嗓子，不走心的。"

他从桌下拿出一个罐头瓶，里面是水和烟头混合的浑浊液体。

"我们这儿是可以吸烟的。"他把罐头瓶放在方木面前，自己点燃一根烟，"你随意。"

"学校已经开学了吧？"

"是的，第一周。"唐老师吐出一口烟，"再熬半年就放寒假了。"

方木看看他："您是辅导员，跟学生接触比较多吧？"

"还凑合。"唐老师垂下眼皮，弹弹烟灰，看上去没什么交谈的欲望。

"我看学生不太多，应该比较好带。"

"哈哈，原本四十多人呢。"唐老师撇撇嘴，"你看到的还不到三分之一。"

"缺席这么多？"方木扬起眉毛，"因为这起案件吗？"

"平时也这样。我当了三年辅导员，这个班就没全勤过。"

唐老师看看方木不解的表情，稍稍坐正了身体："工商行政管理学院是个二级学院，没有本科学位授予权，学生毕业了只是大专学历——现在明白了？"

方木点点头："也就是说……"

唐老师笑笑："说难听点，给钱就能上的那种大学。"

"学生的家境都不错？"

"大部分是。孩子不争气，家里经济条件好，就塞到这里了。"唐老师把烟头丢进罐头瓶里，"找个地方管着孩子，别让他们惹事就是了。"

方木没作声，从包里拿出记事本，平放在膝盖上。

"郑凯平时的表现怎么样？"

唐老师眨眨眼睛，看着那个打开的记事本。

"哦，您别误会，这不算取证，只是了解情况。"方木解释道，"否则我也不会一个人来。"

唐老师稍微放松了一点，抓抓头发："还可以吧。这小子相对内向一点，不太爱说话。"

"跟班里的同学交流多吗？"

"不多。他家住本市，平时是走读。下课后就离开学校了。"唐老师哼了一声，"当然，有课的时候也很少看见他。"

"独来独往？"

"差不多吧。"

方木在记事本上写下几笔："根据您对他的了解，郑凯和什么人有矛盾吗？"

"应该没有，我们之间的交流不多。"唐老师犹豫了一下，"不过，有一件事，我不知道算不算你说的'矛盾'。"

"您说。"

"上个学期吧，他和一个女生吵了起来。"唐老师指指楼上，"就在四楼的卫生间里。"

"哦？"方木停下笔，"具体原因是什么？"

"我也没搞清楚。"唐老师摇摇头，"那个卫生间是里外两间的设计，外间是女厕，里间是男厕。据那个女生讲，她从厕所里开门出来，就看见郑凯蹲在门口的地上，旁边放着手机。她怀疑郑凯在偷拍她。郑凯说自己只是在系鞋带，之后就走了。第二天那女生找到系里，我才知道这件事。"

"您怎么处理的？"

"把他叫来谈话呗。"唐老师又点燃一支烟，神色疲惫，"郑凯也把手机打开给我看，什么都没有。"

"第二天？"方木笑笑，想起郑凯笔记本电脑里的那些文件夹，"就算真偷拍了，也把照片转移走了吧？"

"那我就不知道了。"唐老师摊摊手，"我总不能跟到他家里去。"

"后来就不了了之了？"

"要不能怎么样呢？查无实据。"

"那您怎么看？"

唐老师没说话，斜起眼睛看着方木手里的笔和记事本。方木合上记事本，把圆珠笔夹进去。

"仅仅是个人猜测啊。"唐老师略斟酌了一下，"我觉得这小子没准真干过这个。"

"哦，何以见得？"

"郑凯看着蔫了吧唧，实际上心理不太健康。"唐老师压低声音，"有一次，在我的课上，他在后面戴着耳机看电影。我叫他起来回答问题，结果他一站起来，把耳机拔出来了。那声音，啧啧啧，雅蠛蝶雅蠛蝶的。"

"在课上就看这个？"方木觉得既好笑又难以置信，"难为你们这些老师了。"

"无所谓，不出事就行。"唐老师扔掉烟头，"至少别在学校里出事。"

"学生们对郑凯被杀一案有什么说法吗？"

"不知道。"唐老师垂下眼皮，"没有人跟我谈过。"

"您觉得他为什么被害？"方木看着他，"会有什么人想杀死他？"

"那我就更不知道了。"唐老师的表情开始有些不耐烦，"这不是你们警察的事儿吗？"

他站起来，掏出一张卡片："我得去吃午饭了。"

转过身，唐老师看见方木仍然坐在椅子上，双眼直视着自己。

"您带了两年的学生遇害……"方木一字一顿地说道，"您就一点想法都没有吗？"

"这跟我有什么关系呢？据我所知，他又不是在学校里被杀掉的。"唐老师忽然脸色一变，"你该不是在怀疑我吧？"

"那倒不是。"方木笑笑，"你不喜欢这份工作，也不喜欢你的学生，是吧？"

"如果你是我，你也不会喜欢。"唐老师俯下身来，盯着方木说道，"他们不是有前途的年轻人，你在他们身上看不到哪怕一点希望。我只是在跟一群浪费自己生命的人一起浪费生命。相信我，你不会对他们之中的任何人产生兴趣或者同情。"

方木把车停在校门口，看着穿着各色便装进出的学生们。有相识的，就凑过来打招呼。今天是周二下午，校园开放日。除了周末之外，被封闭管理的学生们只有今天才能自由外出。看惯了他们穿学警制服，满眼的便装还真让方木有些眼花缭乱。看到这些活蹦乱跳的猴崽子，再想到上午看到的空旷的教室以及那些冷漠又颓废的学生，方木竟心生一丝安慰感。

远远地，方木看到穿着蓝色帽衫和牛仔裤的邢璐跑过来，手里还捧着一个塑料盒子。转眼间，邢璐就跑到车旁，拉开车门跳上来。

"快快快。"

"你慌什么啊？"方木发动汽车，转眼看看她手里的盒子，"这是什么？"

"食堂二楼的酱牛肉，喷儿香。"邢璐目视前方，"我给赵阿姨带的，凉了就不好吃了。"

"我怎么没吃过？"方木逗她，"给我尝一块。"

"不行。"邢璐把盒子搂得更紧，"你要吃自己去买。"

"小心眼。"方木笑笑，用力踩下油门。

赵大姐早早就等候在松山福利院的门口，看见方木的车开过来，满面笑容地扬起手。刚把车停稳，邢璐就跳下车，抱着赵大姐又蹦又叫。

"瘦了，也高了。"赵大姐摩挲着邢璐的头发，满眼都是慈爱，"大孩子了。"

方木决定给她们留一段独处的时间，他把车停在一辆黑色奥迪 Q7 旁边，点燃一支烟，在院子里漫无目的地转悠。

院子很小，被红砖甬道分割成几块，主要是菜地和花坛。靠近墙边的地方是由几根钢管和尼龙绳组成的晾衣架。几条颜色各异的被罩挂在上面，散发出潮湿的清香味道。方木凑过去看，发现布料已经相当陈旧，有些地方几乎能透过光来。

这时，一个女声从身后响起："对不起，请让一让。"

方木下意识地转身避让，看到一个三十几岁的女人端着铁质大洗衣盆，贴着自己向晾衣架走去。走过他身边的时候，女人礼貌地冲方木笑笑："谢谢。"

她把铁盆放在晾衣架下，拎出一条湿淋淋的被罩绕在钢管上，握住两端用力绞紧。女人上身穿着一件黑色 UNDER ARMOUR 紧身衣，袖子挽到肘部，小臂上的肌肉突起。很快，大量清水从被罩里被拧出。女人把被罩挂在晾衣架上，抻平褶皱，擦擦额头上的汗，又弯下腰从铁盆里拿起另一条被罩。

方木走过去："我来吧。"

女人略显诧异地看看方木，还是顺从地把被罩交到他的手上。

两个人沉默地合作。方木负责拧干被罩，女人则负责晾晒。几分钟后，一大盆被罩都挂在晾衣架上。方木的身上出了一层薄汗，恰逢一阵微风吹来，他大口呼吸着清新的空气，心中很是畅快。

女人抿嘴笑着，上下打量着方木："我没在这里见过你。"

"我算是第二次来吧。"方木冲她笑笑，"你是这里的护工？"

"不是。"女人摇摇头，"不过我常来，志愿者。"

"了不起。"方木竖起大拇指，"现在这样的人不多了。"

"这没什么。情绪不好的时候，我能在这里找到安宁。"女人拎起铁盆，"还有不少东西要晒，能继续帮忙吗？"

"没问题。"方木起身跟过去，暗自揉了揉已经开始酸胀的双臂。

一个小时后，松山福利院的被褥拆洗工作全部完成，晾衣架上挂满了大大小小的床单和被罩。同时，赵大姐、邢璐和其他护工操办的晚饭也准备停当。嘴角还带着肉渣的赵大姐来到院子里招呼方木去吃饭。方木答应着，转身看到女人抱着肩膀站在墙边，面前是旗帜般随风微微抖动的淡紫色床单。方木刚要叫她，就看见女人抓起床单的一角，拉到鼻子下面仔细嗅着。

"晒干了味道会更好吧？"

女人回过神来，看见是他，不置可否地笑笑。随即，她就背对着夕阳，慢慢向他走来。此时，方木才有机会仔细打量她。女人颀长纤瘦，但是看上去很结实。一头浓密卷曲的长发垂在肩膀上，在晚霞中泛起淡淡的栗色。她的面色安详，五官精致，紧抿的嘴角和稍稍扬起的下巴又让她平添了几分坚毅的神态。

"我叫顾蓝。照顾的顾，蓝色的蓝。"女人伸出一只手，"你呢？"

方木也伸出手去，握住她的，感到突出的骨节和低于常人的温度："我叫方木。"

"方木。"顾蓝重复了一遍，"方正之木，挺好记的。"

随即，她就拍拍方木的胳膊："走吧，去吃饭。"

晚饭比以往在天使堂吃过的要丰盛许多，鱼肉蛋俱全，还有果汁和汽水。餐厅里有几张长条桌和一张圆桌。孩子们已经围在长条桌边安静地吃饭。年龄最小以及无法独立进食的孩子在护工和几个稍年长的孩子的帮助下先吃。邢璐和赵大姐也在其中。充当临时护工的孩子们动作熟稔，盛饭、喂饭、喝汤、擦嘴，看上去有条不紊。圆桌旁却只有方木和福利院的佟院长。

"方老师，别客气，你先吃。"佟院长拧开一瓶果汁，把方木面前的杯子倒满，"不用等她们的。"

方木心里明白，佟院长是把自己当作客人。这让他觉得很别扭。再三推辞后，佟院长也只好同意让他先去帮忙，最后一起吃饭。

方木坐到赵大姐旁边，看她把鸡蛋羹和鱼肉、米粥混在一起，喂给一个不满周岁的男孩。看了一会儿，方木把男孩接过来，抱在自己怀里，学着赵大姐的样子给他喂饭。赵大姐则抱起另一个两岁左右的失明女孩，喂给她的则是米饭、鸡肉和青菜。

这工作看上去简单，做起来却颇不容易。方木紧张地操练了几个回合之后，才学会把勺子准确地塞进男孩的嘴里。他渐渐放松下来，甚至能和赵大姐聊上几句。

"这福利院的伙食不错。"方木舀起一块鸡蛋羹，吹了吹，"还挺注意营养搭配。"

"也不总是这样。"赵大姐向桌子对面努努嘴，"这不是顾妈妈来了嘛，改善伙食。"

方木抬起头，看见顾蓝正在给一个孩子喂饭。孩子面容痴肥，嘴巴大张，口水混合着食物残渣，流淌在顾蓝的手臂上。她却不以为意，低头侧目，神情专注，不时轻声哼唱着，哄那孩子乖顺地一口口吃着。

"都是好人啊。"赵大姐感慨道，"据说是个大老板，你看，一点架子都没有。"

方木点点头，又望向顾蓝。她把长发在脑后绾成一个发髻，能看到光洁的额头和棱角分明的脸颊。也许是察觉到方木的目光，她在盛汤的时候抬起头来，冲他笑笑。方木回以微笑，低下头，继续自己的工作。

半小时后，第一批孩子已经吃完饭，被护工分别送回房间里。长条桌上的剩余饭菜已经不多。在方木的提议下，圆桌上的饭菜都被端到了长条桌上。大孩子们也饿了，看着余温犹在的饭菜咽着口水。佟院长、顾蓝、赵大姐、方木、邢璐和其他护工依次落座。佟院长先起立鞠躬："大家辛苦了，吃饭吧。"

话音未落，一个男孩子就欢呼一声，伸手抓起一大块鸡肉。

顾蓝的脸忽然冷下来："郭岩，我跟你说过什么？"

男孩子抖了一下，乖乖地把鸡肉放回盘子里，重新坐好。

"好了好了。"佟院长夹起一块香肠放进嘴里，"快吃吧。"

直到所有的大人都动筷吃饭，孩子们才迫不及待地大快朵颐。那个叫郭岩的男孩子似乎还心有余悸，边吃边看着顾蓝的脸色。

"小顾，你可真行。"佟院长笑道，"这群无法无天的小坏蛋被你管得服服帖帖，你的话比我这个院长还管用。"

"他们将来要和正常的孩子一样。"顾蓝的表情依旧严肃，"该有的教育和教养，一点都不能少。"

"话是这么说。"赵大姐叹了口气，"可是，各地的福利院能保证孩子们的温饱和基础教育就不错了。"

"我会尽力。"顾蓝低着头，"只要我能做到。"

"你已经做了很多了。"佟院长的语气颇为感慨，"没有你，福利院早就撑不下去了。"

护工们纷纷附和。一直在埋头吃喝的邢璐也放下筷子，专注地看着顾蓝。

赞誉声中，顾蓝却显得有些不自在："别说我了，大家快吃饭吧，菜都凉了。"邢璐起身倒了一杯果汁给她，还在她肩膀上搂了一下。方木看着她，知道个中缘由，心中既酸楚又慰藉。

吃过晚饭，孩子们帮助护工收拾饭桌、洗碗，逐一擦干后又整齐地放回碗柜里。邢璐去赵大姐的房间说些体己话。方木看距离学院晚点名的时间还早，就任由她去了。

夜幕终于降临。为了省电，孩子们集中到餐厅写作业。长条木桌变成了课桌，摆满了课本和作业本。也许是身处福利院的原因，这些孩子异常安静。偶尔彼此交谈，也是自觉压低声音。还没上学的幼童们则在楼里和院子里自顾自玩耍。护工们却闲不住，坐在厨房门口，借着日光灯微弱的光线准备明天的饭菜。成捆的菠菜和胡萝卜被择好、洗净，切段或者切片。方木在院子里闲逛、吸烟，看到郭岩正在晾衣架前打一套不知名的拳法。他的动作颇为生硬、笨拙，但他很认真，不时停下来抓抓头发，似乎在回忆动作。

方木觉得有趣，就坐在花坛上，静静地看他打拳。有人在旁边观看，郭岩显得更加紧张，手脚也乱了章法，最后左脚绊到右脚上，摔了一跤。

方木笑起来，起身上前去扶他。郭岩却比他想象得要灵巧，一骨碌爬起来，拍打着身上的尘土。看到方木在笑，郭岩似乎羞恼起来，白了他一眼，继续挥舞拳脚。

方木越发觉得他可爱："郭岩，你写完作业了吗？"

郭岩没理他，依旧一板一眼地打拳。方木虎起脸："顾阿姨没嘱咐你们要懂礼貌吗？"

这句话起了作用，郭岩不情愿地停下动作，半鞠了一躬："叔叔好。"

"回答我的问题。"

"写完了。"郭岩抬起头，脸上仍然是很不服气的表情。

"真的写完了？"方木忍住笑，"拿来给我检查一下。"

"凭什么给你检查啊？"郭岩还挺倔强，"你不是老师，也不是顾妈妈。"

"我是老师呀。"方木决定继续逗他，"你几年级了？"

"初一。"郭岩看看他，充满疑惑，"你真的是老师？"

"对啊。"方木冲他挤挤眼睛，"而且我是教警察的老师。"

"哇！"郭岩来了兴趣，"真的吗？你的学生都是警察吗？"

"对呀。"

"那你不应该是老师啊，你应该是教官。"郭岩上下打量着方木，"我知道的——那你会打拳吗？"

"这个我可不会，我教别的科目的。"方木乐了，"你现在还学不到。"

郭岩有些失望。他看看方木，撇起嘴："我看你也不会，你那么瘦。"

他不再理会这个"不会打拳"的警察，摆好姿势，开始操练另一套拳。方木笑呵呵地看着，脸上却渐渐变了颜色。

虽然并不懂得太多格斗技巧，但是方木仍然感到郭岩的动作和刚才相比已经大相径庭。这套拳法的风格显然已经远远超出强身健体的需要，招式狠辣，几乎都是直击对方要害的路数。初中的体育课程不可能教授这种内容。

他上前叫停郭岩的动作："这套拳——你从哪里学的？"

还没等一脸诧异的郭岩回话，方木就听到身后的三层小楼里传来一阵惊呼。随即，在一片杂乱的脚步声中，邢璐抱着一个女孩从小楼里冲了出来。

"方叔叔，你快看看她。"邢璐的神色紧张，"她这是怎么了？"

方木急忙接过孩子，发现她的身体已经完全瘫软，双眼紧闭，脸色灰白，嘴唇呈现出黑紫色。

方木心中暗叫不好，用力按压女孩的人中，女孩却毫无反应。

佟院长和几个护工也冲过来，围在他们身边，连声呼唤女孩的名字。

"朵朵，朵朵，你醒醒啊！"

"朵朵，睁开眼睛看看阿姨，乖，快看看阿姨！"

顾蓝分开人群，挤到方木面前，不由分说抢过孩子，仔细看着她的脸。

"应该是心脏病。"顾蓝翻开朵朵的眼皮，"得马上送医院。"

"对对对，当初把她抱回来的时候，医生就说她心脏有问题。"佟院长急得团团转，手忙脚乱地掏手机，"快打120啊。"

"来不及。"顾蓝抱着孩子向那辆奥迪Q7冲过去，"直接送医院。"

方木转身问邢璐："带驾照了吗？"

邢璐拍拍卫衣的口袋："在钱包里。"

"你把我的车开回去，不要耽误晚点名。"方木掏出车钥匙甩给她，转身向奥迪Q7跑过去。

顾蓝见他过来，脸上没有太多诧异的表情，简单吩咐道："帮我抱着孩子，我来开车。"

方木答应着，接过朵朵，直接坐上后排座。刚关上车门，佟院长和赵大姐也跑过来。

"我们一起去吧。"

"不行。"顾蓝厉声说道，"人多了只会添乱，有消息我会打电话给你们。"

说罢，她就发动汽车，快速驶出福利院。

一路上，顾蓝单手驾车，不停地拨打电话联系医院和医生。车行迅速，方木顾不得胆战心惊，一直观察着怀里的女孩。反复按压人中后，女孩的脸色稍有缓和，眼睛也半睁开，但仍是一副虚弱不堪的样子。

忽然，奥迪 Q7 的车窗都降下来。

"保持通风。"顾蓝已经放下电话，车速更快，"护着她的头，别让她被风吹着。"

方木照做，敞开外套挡在女孩的头侧。

在连续闯了几个红灯后，距离福利院最近的市第四人民医院到了。

医生和护士已经等候在急诊楼前。方木刚一下车，就有人把女孩接过去，安置在急救床上，向抢救室飞奔而去。

方木紧随其后，跑到抢救室门口，看着两扇大门在面前关闭，"抢救中"的红灯亮起。他四下看了一圈，最后坐在墙边的长椅上，慢慢平复着呼吸。

身体放松下来，紧张的情绪却始终没有缓和。方木的手臂似乎还能感受到女孩瘫软的身体。他目不转睛地盯着红灯，暗自祈祷女孩能平安无事。

"别那么紧张。"

不知什么时候，顾蓝走到他身后，挨着他坐了下来。

"在车上她已经有所缓解了。"顾蓝拍拍方木的手臂，"抢救也及时，没事的。"

方木冲她笑笑，发现她的额头上布满了亮晶晶的汗水，胸口也在不住地起伏着。方木翻翻衣袋，拿出一包纸巾递给她。

顾蓝接过来，道谢后慢慢擦拭着脸颊和脖颈，目光始终落在抢救室的大门上。两个人保持着相同的姿势，彼此一言不发，直到红灯熄灭。

顾蓝先站起来，几步赶到抢救室门口。一个穿着白大褂的医生走出来，摘下脸上的口罩。

"情况基本稳定了。不过……"他看到方木，似乎感到有些为难，一副欲言又止的样子。方木识相地退后几步，看着顾蓝和他低声交谈。

从依稀传来的只言片语中，方木大致明白了医生的意思：第四医院医疗条件有限，只能保证女孩暂时没有生命危险，但是后续治疗就难以为继。顾蓝的脸上倒是没有失望的神色，似乎心中早有打算。

"没关系，只要人能救回来，别的再说。"顾蓝看看手机，"我已经联系了医大附属医院，救护车应该快到四院了。如果孩子的身体情况允许，我这就把她送过去。"

医生连连点头，转身走进抢救室安排转院事宜。此时，一个穿着浅灰色职业套装的年轻女子沿着走廊一路快步走来，径直来到顾蓝面前。

"顾总，医大附属医院已经联系好了，我们现在就转院吗？"

"救护车到了？"

"已经在楼外等着了。"

顾蓝点点头，转身走向抢救室。几分钟后，几个护士推着正在输液的女孩走出来，顾蓝走在医疗床旁边，挥手向年轻女子示意。

"我先去医院，你处理好这里的事就可以下班了。"

年轻女子连连点头，叫过一个护士去补办各种手续。

顾蓝看看方木："你还要一起去吗？"

方木一时语塞。倒不是不想去帮忙，只是在这不到一小时的时间里，方木已经充分感受到这个女人有多么心思缜密，精明强干。他不知道自己接下来能否帮到她，还是只能添乱。

"不麻烦的话，还请你跟我去吧。"顾蓝替他做了决定，"有个男人帮忙会好些。"

方木不再犹豫，点头答应。

　　顾蓝跟着女孩上了救护车，方木把奥迪 Q7 开到医大附属医院。各种手续已经提前办理，甚至连护工都安排妥当。女孩直接住进了心血管内科的重症监护室，观察治疗后，等待明天专家会诊。方木站在监护室门口守了许久，看到女孩的脸色已经恢复正常，又有专人看护她，心安了不少。

　　情绪放松下来，疲惫感立刻上涌。方木倚在墙壁上，连打了几个哈欠。他站直身体，左右看看，走廊里静悄悄的，偶尔有护士和患者经过。他权衡再三，一边骂自己没公德，一边拎着半瓶矿泉水走出了医院大楼。

　　刚走到户外，方木就看到顾蓝正扶着栏杆讲电话。看到他，顾蓝点头示意，转身继续通话。方木站在墙角，迫不及待地掏出香烟，点燃后狠狠地吸了一大口。

　　与顾蓝通电话的应该是佟院长。顾蓝向她说明了女孩的病情、治疗进展以及所在医院和科室。再三宽慰对方并确定了探视时间后，顾蓝挂断了电话，长长地呼出一口气。

　　"今晚辛苦你了。"顾蓝看看方木手里的香烟，"能给我一支吗？"

　　方木抽出一支香烟递给她，又替她点燃。顾蓝道了谢，抱着肩膀，沉默着吸烟。

　　她的姿势熟练而优雅，细长的手指凑到嘴边又放下，吐出的烟气萦绕在周身，整个人看上去既果敢又忧郁。

　　还是方木先开口："女孩叫朵朵？"

　　"是的。"顾蓝手里的香烟已经燃起长长一截烟灰，方木把手里拧开的水瓶递过去，她向瓶口里弹弹香烟，"'花朵'的'朵'。"

　　"她姓什么？"

　　"不知道。"顾蓝摇摇头，"她在火车站被捡到的时候还不到两岁，名字是佟院长起的。"

　　"因为有心脏病，所以她被遗弃了？"

顾蓝笑笑："也许是吧。觉得负担重、没希望，想再要一个孩子，或者就是觉得厌烦了——要抛弃一个人，理由太多了。"

方木无语，半天才讷讷说道："幸亏还有你这样的人。"

"我这样的人再多也没有用。"顾蓝的语气依旧犀利，"他们得自己站起来，否则，谁也救不了他们。"

方木再次尴尬得说不出话来。顾蓝大概看出了他的窘境，抬手把烟头丢进水瓶，换了另一种轻松的口吻。

"有医生和护工，大家都不用担心了。"她向两侧伸直双臂，尽力舒展着身体，"回去休息吧，我送你。"

此刻已经临近午夜。路上行人稀少，街灯孤零零地亮着。车里的两个人似乎都不想说话。顾蓝始终握着方向盘，目视前方。方木则靠在副驾驶座上，打开手机浏览。微信里有邢璐发来的十几条语音和文字信息，都是询问朵朵的情况。方木回复后，邢璐立刻发来"松了一口气"的表情。想来她也一直没睡。

方木关掉手机屏幕，无意中回过头，发现顾蓝迅速移开视线。

"这里是崇山路了。"顾蓝加速通过一个路口，"接下来去哪里？"

"在光荣街右转。"方木指指前方的街牌，"中国刑事警察大学，就快到了。"

"哦？"顾蓝扭过头来，"你在那里工作？"

"是的，一个教书匠。"

"教哪一科？"

"犯罪心理学。"

"好深奥。"顾蓝笑笑，"那你是心理学家喽？"

"哈哈，算不上。"方木也笑，"一份职业而已。"

顾蓝微微点头，沉默了几秒钟后，突然又问道："那个叫邢璐的女孩……也是个孤儿吧？"

方木斟酌了一下："是的，曾经在赵大姐的福利院住过，后来被我的同事的遗孀领养了。"

"抱歉。"

"没什么，好多年前的事情了。"

"那是个好姑娘。"顾蓝轻轻地叹了一口气，"老天眷顾，她很幸运。"

"松山福利院的孩子们也很幸运啊。"方木看看她，"你能参与并且改变别人原本不幸的生活——这很了不起。"

"改变。呵呵。"顾蓝苦笑着摇摇头，"也许我们什么也改变不了。"

几分钟后，奥迪 Q7 跨过光荣桥，驶入中国刑事警察大学家属区，停在 28 号楼下。方木道谢后，拉开车门下车，听到身后传来一声"哎"。

他下意识地回头，看见顾蓝伸出一只手来。

"今晚，谢谢你。"

方木握住她的手，依然是冷冰冰的。

"方正之木。"顾蓝向他微笑着，"希望可以再见到你。"

"会的。"方木用力点点头，"一定。"

目送顾蓝的车消失在夜幕中，方木转身上楼。刚打开铁门，就看到邰伟笑嘻嘻地坐在客厅的沙发上，满脸揶揄地看着自己。

"豪车接送嘛，是个富婆？"邰伟把腿放在茶几上，"长得也不错嘛。"

"你小子，还监视我。"方木脱下外套，扔在椅子上，"你怎么还不睡？"

"你那床太硬，不适合我这种残障人士。"

"总比医院里的舒服点吧。"方木拎起沙发垫砸过去，"靠，我家只有一张床，还让给你了，还想怎样？"

邰伟笑着挡了一下，沙发垫落在茶几上，几张纸被碰落到地板上。

"哎呀你这笨蛋，我刚整理好。"邰伟弯腰把纸捡起，放回到一摞文件上。方木低头看看，发现是一堆卷宗的复印件，从满篇的手写字迹来看，似乎年代久远。

"这是什么？"

"没什么啊。"邰伟耸耸肩膀，"一件陈年旧案，没事拿出来研究研究。"

方木板起脸："连我都忽悠是吧？"

"真没有。"邰伟犹豫了一下，"我心里先有个谱，再找你聊这个。"

"你上次说，我正在搞的这个案子，你要插一手。"方木向那堆卷宗复印件努努嘴，"跟这个有关？"

"怎么说呢？按道理讲，你们的案子，我不该跟着捣乱。"邰伟摇摇头，"总之，我现在什么都不能跟你说，免得干扰你的思路。"

"嘁！"方木撇撇嘴，"你就跟我卖关子吧。"

邰伟却一反常态地没有抢白他，而是从卷宗复印件底下抽出一本薄薄的小册子，甩给方木。

"没事的时候，你先看看这个。"

方木莫名其妙地接过来，看了看封面，惊讶地发现竟然是一本儿童读物。

《海的女儿》。

第七章 · 酒徒

室内一片昏暗，空气中飘浮着浓重的烟气，在台灯投下的光柱中盘旋、飘散。郑松林的指间夹着半支香烟，布满血丝的双眼盯着茶几上的几张打印纸，不时在几乎塞满的烟灰缸里弹弹烟灰。

在客厅的另一侧，一扇紧闭的门里传来几声呻吟，随即就是剧烈的咳嗽声。

郑松林的身体抖了一下。他站起来，快步走过去，打开门，借助客厅里的微弱光线，看到宽阔的双人床上，妻子正在凌乱的被褥中试图爬起来。

"你醒了？"郑松林绕过床尾，试图去拉开窗帘，"要不要透透气？"

"不要！"邵琦的声音微弱却无比坚决，"给我点水。"

郑松林停下脚步，转身出去。再回来的时候，他的手里端着一个水杯。

他靠坐在床头，一手托起妻子的上半身，另一只手把水杯凑向她的嘴。邵琦半闭着眼睛，连喝了几口水。渐渐地，她的呼吸平稳下来，软绵绵地靠在郑松林身上，把脸埋在他的怀里。

郑松林放下水杯，一遍遍地摩挲着妻子的头发，低声问道："要不要吃点东西？"

妻子不动，也不说话。几分钟后，郑松林以为她又睡着了，正要轻轻地放她躺平，忽然，一声抽泣从怀里传出来。紧接着，郑松林就感到胸口一阵带着湿意的温热。

他在心底长叹一声，紧紧地抱住妻子。

这段日子以来，家里已经完全没有正常的生活状态了。邵琦请了长假，每天都把自己关在卧室里，靠药物才能入睡，黑白颠倒。郑松林则夜以继日地研究从半山医院偷拍回来的资料，试图寻找那只眼睛的主人。夫妻二人，很难说谁比谁更走运。一个在昏睡中逃避现实，一个在所谓的"复仇"之路上勉力支撑。两个人之间几乎不说话，即使开口也会心照不宣地回避儿子的名字。都说时间可以抚平伤痛，但是，这时间过得真他妈的慢啊。

在如同死水一般的寂静中，妻子的肩膀渐渐停止了抽动，呼吸也平稳下来。郑松林小心翼翼地挪开胳膊，轻轻地把妻子放回床上。她呢喃一声，随即沉沉睡去。

郑松林起身离开，悄悄关好房门。

回到客厅里，他端起茶几上冷透的咖啡一饮而尽。漫无目的地转了几圈之后，他揉揉肚子，下意识地走向客用卫生间。握住门把手的一瞬间，他的心脏仿佛被一把利刃瞬间穿透，难以名状的剧痛传遍全身。他狠狠地闭了一下眼睛，牙关紧咬，转身看看另一间同样封闭起来的卧室，低下头来。

良久，他拖着仿佛灌满铅块的双腿，坐回到沙发上，又点燃了一支烟。

待情绪稍稍稳定下来，郑松林用力拍拍自己的脸颊，拿起一张打印好的手机照片，眯起眼睛浏览着。几分钟后，他的视线停留在其中一个客户的资料上，拿起手机，拨出一个电话号码。

铃声响了很久才接通，一个犹疑的声音从听筒里传出来："喂？"

"请问是陈宏伟先生吗？"郑松林打起精神，"我这里是半山医院。"

"我是。"对方的声音变得急切起来，"是有合适的供体了吗？"

"哦，很抱歉，目前还没有。"郑松林一下子松弛下来，"我们……了解一下患者的情况。"

"还那样，左心室发育不良，它又不会自己继续发育。"对方听上去又沮丧又恼火，"这都四个多月了，我找到半山医院，就是因为你们说有渠道，可是……"

"谢谢您的信任，如果找到合适的供体，我们会第一时间通知您，祝您生活顺利！"

郑松林挂断了电话，脸上看不出失望的表情。毕竟，这不是他第一次联系半山医院的预约患者，也不是第一次扑空。

半山医院之行可谓"收获颇丰"。一来，他窃取到了在半山医院预约器官移植手术的患者名单。包尚义这种地下渠道，器官不太可能来自正规的遗体捐赠，黑市交易的可能性更大。移植给郑凯眼角膜的供体，会不会也将其他器官移植给了别的患者？倘若确有此事，那么有可能从这些患者中得到供体的身份信息。

二来，那个搭车的女人居然是包尚义的姐姐。而且，从包尚宏的陈述来看，包尚义曾给姐姐做过肾移植术。而这颗肾脏，来自一个年轻人。更重要的是，手术时间就在郑凯做角膜移植术的前一天。那么，包尚宏体内的那颗肾和移植给郑凯的眼角膜会不会来自同一个人？

郑凯，我的儿子，是你在冥冥中指引着我吗？

这个巧合让郑松林更加坚定自己的复仇之心。儿子没了，他后半生的指望也随之灰飞烟灭。更令他耿耿于怀的是，凶手布置下如此恶毒的机关，让郑凯死在了自己的手里。这让他的怒火难以平息，五脏俱焚。

你挖了他的右眼。好吧，欠你的，你拿回去。

可是，哪怕你让他立刻断了气，哪怕你让他在我回家之前就断了气，哪怕你让他在我推门之前就断了气……

郑松林吸吸鼻子，似乎还能闻到手上散发出的血腥气息。

因此，他没有对警察说实话。这势必会让他参与地下器官交易的事情败露。

随之而来的，就是被追究法律责任，搞不好，还要进去蹲几年。对目前的郑松林而言，这没什么大不了的。然而，他需要一个自由身。唯有如此，才可能让他亲手抓住那个凶手，然后将其碎尸万段！

反正自己的生活已经毁了。那么，大家就同归于尽吧。

仇恨是消耗，也是支撑一个人可以走下去的力量。

而且，在郑松林看来，除此不能让他走出亲手杀了儿子的噩梦。

他发了会儿呆，继续拿起那几张复印件，细细研读着。

一大早，方木就被米楠的电话叫醒。他从沙发上爬起来，昏头涨脑地走进卧室，看到邰伟四仰八叉地躺在床上，鼾声如雷。方木从衣柜里拿出一件干净的衬衫换上，简单洗漱后匆匆下楼。

一辆蓝白相间的帕萨特警车停在楼下，驾驶座上却空无一人。方木正在纳闷，米楠从28号楼后转了出来。

"好怀念这里。"米楠冲他笑笑，"当年我在这里读书的时候，每天六点钟都要起来围着学校跑操，经过教工家属区的时候，我们就拼命喊口号——老师不让我们睡觉，那我们也不让老师睡觉。"

"嗯。"方木打着哈欠坐进副驾驶位，"那些猴崽子现在也这样，1、2、3、4，震天响。"

"所以，"米楠系好安全带，看看他脸上大大的黑眼圈，"你没睡好？"

"不是，邰伟那家伙给了我本书，看了半宿。"

"哦？"米楠一脸调笑的表情，"我不知道他还识字啊。"

"一本童话。"方木也笑，"挺经典的，《海的女儿》。"

米楠一脸不解："为什么让你看这个？"

"谁知道，这家伙神神秘秘的。"方木用力搓搓脸，"今天干吗？"

"去王光彦的店里看看。"

还没等方木回应，米楠就猛踩油门。警车发出轰鸣声，疾驰而去。

"海贼王"动漫店位于嘉华商业大厦四楼。王哲已经等在门口，正举着手机通电话。看到方木和米楠顺着电动扶梯上来，他从衣袋里摸出一串钥匙递给方木，冲店铺指了指，转身继续通话。

方木走到店铺门口，蹲下身子，打开不锈钢卷帘门，顺势拉起。触手之处，只感到一片灰尘。

店内的情况也好不了多少。五十几平方米的面积，中间是木质展示台，其余三面墙都是货架，靠门的位置是收银台。所有的物品上都覆盖着薄薄的灰尘。原本色彩艳丽的包装盒显得暗淡许多。方木戴好手套，随手拿起一个钢铁侠马克 42 的模型。这是一个进口货，做工精美，价格不菲。旁边的几个模型也都是漫威电影人物。方木在店内环视一圈，发现右侧的货架摆放的主要是美漫的周边产品，正中间的货架摆放的是日漫周边产品，左侧货架则是一些游戏软件、漫画书、小饰品等。

忽然，方木听到米楠哼了一声。他转头看去，发现米楠正站在正中间的货架前，看着几个塑胶手办。方木走过去一看，不由得哑然失笑。这几个手办都是年轻女子造型，个个丰乳肥臀，姿势撩人。

"怎么会有人喜欢这种东西？"

"现在的孩子就迷这些小日本的玩意。"接话的是王哲。他站在门口，环视店内，神情颇为落寞。

"王光彦开这个店多久了？"米楠打开记事本，"生意怎么样？"

"两年左右吧。"王哲拿起一个黄金圣斗士手办，看看标价，"经营情况我还真没怎么过问，我自己的公司就够忙的了。"

他又拿起一个海贼王手办："不过我估计不太好，这小子没少向我要钱。而且，这破玩意死贵，谁会买啊？"

"为什么会开这种动漫店？跟着你做生意不好吗？"

"他喜欢嘛。"王哲叹了口气,"从小就爱摆弄这些东西。"

他擦擦手办外包装上的灰尘:"我当时想,先开个店也行,锻炼锻炼他,早晚会接手公司的,可是……"

这个中年男人说不下去了,低头垂手,拎着一个造型夸张的玩具,看上去既荒诞又悲伤。

"要不,您先……"

"没关系,没关系。"王哲摆摆手,勉强挤出一个笑容,"你们看吧,我去一下洗手间。"

说罢,他就把手办放回货架,转身走出门去。

方木和米楠对视了一下。后者继续在货架前查看,方木则走到收银台后面,上下打量着。

收银台上凌乱不堪,计算器、充电线、空烟盒、打火机、手机壳等杂物叠放在一起。占据桌面大部分的是一台联想一体机电脑,键盘上布满灰尘,有几个按键还能看出被烟头烫过的痕迹。旁边是一本旧得卷边的笔记本,看起来像是账簿的样子。方木拿起来,刚翻看了几页,注意力就被收银台下的垃圾桶吸引过去。

大号不锈钢垃圾桶里,塞了两个可降解餐盒,其余的空间都被捏扁的空啤酒罐占据了。方木把它们逐个掏出来,足足有九个之多。

方木皱起眉头,两个餐盒在垃圾桶底部,应该是最先投入的。在店里消耗两餐饭,至多只有两天,而他喝掉的啤酒有九罐,并且是在营业的时候。

"方木。"

他收回思绪,循声望去,看见米楠站在墙角处的一扇小门旁边。方木走过去,掏出那串钥匙,比对了一下,拿出其中一把打开了小门。

面前是一片昏暗,只能隐约看到堆在一起的纸箱。方木伸手在墙壁上摸索了几下,找到电灯开关,按下。狭长的空间展现在他们面前。看上去,这是一个货仓。方木打开一个纸箱,里面是美国队长的盾牌造型的蓝牙音箱。拆开第二个,则是一个擎天柱的半胸像。米楠跟着走进来，却绊到了一个小纸箱，险些摔倒。方木急忙扶住她。米楠站稳后，两个人都看向那个小纸箱。

是一箱没开封的凯狮啤酒。在它旁边，还有三个一模一样的纸箱。

米楠抬头看看方木："你想到什么了？"

方木向仓库门外努努嘴："这家伙在遇害前、不到两天的时间内喝掉九罐啤酒。"

米楠的眼中闪闪发亮，不用说，方木就知道她和自己想到的是同一件事情。

回到店铺里，王哲也在，身边还多了一个人，正在货架前挑挑拣拣。

"品相还不错，款式太老了，怎么连马克47都没有？"他大大咧咧地拆开包装，把模型拿出来反复端详，"最好卖的是马克42、43和反浩克，其他型号的没有人要。"

王哲见他们出来，抱歉地笑笑。随即，他转身对那个人说道："你随便看，半价出手。"

"半价？你开玩笑吧？"那个人夸张地叫起来，"除了漫威周边、变形金刚周边，别的谁要啊？"

他走到中间的货架前面，指着圣斗士手办说道："这玩意早就过时了，除了骨灰级玩家，谁会收啊？"

他随手抓起几个手办："再说了，你这青铜五小强也不全啊，一辉呢？他人气最高了。少一个就不算全套了。"

王哲紧抿嘴角，看得出正在竭力克制情绪："那你出个价，大家研究一下。"

"一折吧。"那个人指着货架，"行的话，我就全要了。"

"一折？"王哲瞪起眼睛，"你这是趁火打劫啊？"

"别说得那么难听嘛。好卖的就那么几款，其余的不知道猴年马月才能出手——我也得压着货呢。"

"那就算了吧。"王哲摆摆手,"你走吧,我不卖了。"

"别啊,再研究研究。"那个人装模作样地想了想,"一折半,不能再高了。"

"请回吧。"王哲不再看他,"咱俩没什么可商量的了。"

"老王你别急啊,这么着,二折,再高我就真不能收了啊。"

王哲半推半请地把他带出店铺,后者还不甘心,向他的衣袋里塞了一张名片。

"想好了就打电话给我啊。"

甫一转身,王哲就把那张名片撕了个粉碎,随手丢进垃圾桶里。看到垃圾桶外的啤酒罐,王哲先是一愣,随后脸上就浮现出夹杂着愤恨、怜惜和痛悔的表情。方木和米楠默默地注视着他,感到离心中的猜想更近了一步。

也许是察觉到他们的视线,王哲勉强打起精神来:"店里的东西,你们要拿走保存吗?"

"不用。"方木摇摇头,"你这是打算清仓了?"

"对。"王哲环视店内,"儿子没了,这个店也没有存在下去的必要了。而且还能变点现金——活着的人还得继续活着,你说是吧?"

"王光彦生前……"米楠犹豫了一下,"是不是有酗酒的问题?"

"嗯,这小子平时也好喝酒。"王哲叹了口气,"其实这都怪我。年轻的时候挣了不少钱,赶时髦,再说我也爱喝酒,就弄了个酒窖。那会儿光彦还小,没事就拿酒逗他。当时只是觉得好玩……"

一丝如梦似幻的笑容浮现在他的嘴角,似乎儿子被酒辣得撇嘴皱眉的样子还在眼前。

"没想到孩子慢慢就上瘾了,才小学的时候就能自己喝二两白酒。"王哲抬起手,拍拍额头,"我也打过他,可他还是偷着喝。后来我就不管了,心想不出去惹事就行。能喝点酒,没准将来在生意场上有好处。"

"他有严重的肝硬化。"方木看着他,"你知道吗?"

王哲回望着方木，几秒钟后，他移开目光："不知道。"

"王光彦是不是做过肝部手术？"米楠接着问道，"什么时候做的？"

"没有。"王哲垂下眼皮看着地面。

"给他做尸检的时候，我们发现他有做过开胸手术的疤痕。"米楠的语气平静，"你不会不知道吧？"

"我确实不知道。"王哲猛地抬起头来，"我平时很忙……他有段时间压根就不回家……"

他开始语无伦次，最后吼了一句："我承认我不是个好父亲，行了吧？"

"我们并不是有意指责你，这也不属于我们的工作范畴。"方木耐心地说道，"我们只希望……"

"我确实不知道。"王哲迈开脚步，直接走出店铺，抬手拉住卷帘门，"我还有事，你们走吧。"

"交谈中，突如其来的愤怒，是在回避某个不想回答的问题。"走下扶梯的时候，米楠问方木，"是吧？"

方木点点头。王哲的表现在他的意料之中，即使他不回答，事实也昭然若揭。而且，郑凯和王光彦这两个看似毫无瓜葛的被害人，已经被某种若隐若现的锁链捆绑在一起。

警车驶出嘉华商业大厦地下停车场。方木问道："接下来你去哪里？"

"我回市局，继续分析那半枚足迹。"米楠手握方向盘，转脸看看方木，"你呢，心理画像有进展吗？"

方木沉默了一会儿，开口说道："我们之前一直只针对犯罪嫌疑人做心理画像，是吧？"

"当然。"米楠有些惊讶，"怎么了？"

"以往都是无动机或者动机不明的案件。"方木眯起眼睛，"这一次，我对被害人比较有兴趣。"

米楠心领神会:"他们之间的联系,是吧?"

是的,那条锁链。

方木要做的,是把那条锁链从大雾弥漫、水汽蒸腾的深渊中拉出来,看看在锁链的另一端,是手握利刃的恶魔,还是下一个待宰的羔羊。

第八章 · 少年

郭岩气喘吁吁地跑向足球场边，一边马马虎虎地用短袖衫擦着满头满脸的汗，一边拎起自己的书包。

"郭岩，再踢会儿啊。"伙伴们不满地嚷嚷着，"少个人，我们怎么踢啊？"

"天快黑了，再不回去，阿姨要批评我了。"郭岩背上双肩书包，挥挥手，"明天再踢吧。"

在落日的余晖中，郭岩向校门口跑去。福利院晚上在固定时间开饭，虽然晚归不至于饿肚子，但是也剩不下什么好东西。如果顾妈妈今天来福利院，肯定会改善伙食——郭岩可不想错过大餐。

这样想着，他的肚子又咕噜噜叫起来，嘴里也盈满了口水。跑出校门，郭岩正要奔向几十米开外的公交站，忽然听到身后传来一个清脆的声音。

"哎，那小孩，你站住。"

郭岩下意识地回过头，看见一个十几岁的女孩向他快步走过来。

"你叫我吗？"郭岩四下看看，心中有些莫名其妙，"有事吗？"

女孩上身穿着一件黑色短袖衫，下身是一条肥大的迷彩裤，脚上是一双白红相间的 AJ1 球鞋。不过，更引人注意的是那一头染成蓝色的头发——郭岩看着她发愣的工夫，女孩已经快步逼近到他面前。

"有钱吗？"

话音未落，女孩已经把手伸进了郭岩的衣兜，粗鲁地掏摸着。郭岩一惊，急忙向后躲闪。

"你干什么啊？"

女孩发现郭岩的口袋里空空如也，更加恼火，抬手给了他一巴掌。

"小兔崽子，这么穷……"

郭岩挥手挡开，心下也恼怒起来。

女孩的胳膊吃痛，顿时急了，扬起手臂劈头盖脸地打下去。

"你还敢还手？你个小兔崽子！"

佟奶奶说不许在外面惹事，尤其是不要打架。但是，夏教练说挨了欺负就要打回去。

两个念头在郭岩的脑海里先后闪现。随即，他做出了选择。

他弓起腰，低下头，双手抵挡住女孩的拍打，瞅准机会，一拳捣向女孩的腹部。

女孩"哎哟"一声，弯下身子，双手捂住肚子。郭岩上前一步，右肘上提——在女孩的鼻子前面生生地停了下来。

他站在瘫坐在地上、不住呻吟的女孩面前，心中又惊又喜。

喜的是夏教练教给他的招式果真奏效，第一次实战就放倒了这个比自己高半头的对手！

惊的是幸亏自己反应够快，在提肘攻击对方面部的时候手下留情，否则女孩已经满脸开花了。

同时，一股豪情涌上郭岩的心头。他觉得自己就像电视里的武林高手或者孤胆特工一样身手不凡，干脆利落。正在搜肠刮肚打算来一句精彩台词的时候，女孩却先开口了。

"你打一个女人，算什么本事！"

郭岩的气势一下子被打掉了大半，嗫嚅了半天，讷讷说道："谁让你抢我钱的？"

随即，他瞪起眼睛——精彩台词来了。

"是你逼我的！"

说罢，他就打算潇洒地转身离开。刚迈出几步，呜呜的哭声就从他身后传来。

郭岩转过身，看到那个女孩坐在地上，双腿弯曲，头顶在膝盖上，哭得全身抽动。

男孩顿时慌了神，站在原地进退维谷。犹豫了半天之后，他走回到女孩身边，结结巴巴地说道："你别哭了——你还有理了？"

女孩哭得更加大声："滚滚滚！"

郭岩摸摸后脑勺，从裤袋里掏出卷在一起的五元纸钞，递给她。

"喏，给你钱，别哭了。"

女孩抬起满是泪水的脸，看了一眼郭岩手里的钞票，又大哭起来。

"五块钱够干什么啊？拿走！"

"五块钱还嫌少？"郭岩也觉得委屈，"我这个星期的零花钱就剩下五块钱了。"

"你怎么这么穷啊？"女孩不服气，"五块钱连个汉堡都买不了！"

郭岩一愣："你抢钱……是为了买东西吃啊？"

"你说呢！"女孩没好气地说道，脸上却一红，"我从早上到现在什么都没吃过。"

郭岩打量着她："你为什么不回家？"

女孩撇起嘴，把脸扭向一边："我没有家！"

"你的爸爸妈妈呢？"

女孩似乎又要哭出来："他们不管我！他们不要我了！"

郭岩沉默了一会儿，向女孩伸出手去。

"你跟我来。"

郭岩跑进松山福利院的院子里，赵大姐正端着一盆洗干净的碗碟向厨房走去。看见他气喘吁吁的样子，赵大姐放下盆子，在他的屁股上拍了一巴掌。

"你这个臭小子！"赵大姐笑骂道，"又跑哪里疯去了？"

"赵阿姨好。"郭岩摸摸后脑勺，"我踢球去了。"

"饭都不回来吃！"赵大姐指指地上的盆子，"跟我走！给你留了馅饼和小米粥。"

郭岩乖乖地端起盆子，跟着她走进厨房。赵大姐从碗柜里拿出一个盘子递给郭岩。男孩抓起四张馅饼，转身就走。

"哎，盛点粥啊。"赵大姐在他身后喊道，"你也不嫌噎得慌。"

"不用了，谢谢阿姨。我拿回房间吃，吃完就写作业。"

说罢，郭岩就一溜烟跑远了。

偷偷溜出院子，郭岩跑到外墙拐角的地方，看到女孩正无聊地蹲在马路边，用树枝在地面上胡乱划着。

郭岩坐到她身边，把两张馅饼递给她："来，吃吧。"

女孩的眼睛里放出光来，脸上却是嫌弃的模样："这是什么东西啊？"

"馅饼嘛。"郭岩有些不服气，"牛肉圆葱馅的，快吃。"

女孩撇撇嘴，不情愿地咬了一口。"嗯"了一声之后，女孩的表情欢快起来，索性把两张馅饼叠在一起，大口啃咬着。转眼间，两张馅饼被她吃得干干净净。

郭岩得意起来："我就说吧，我们这里的馅饼很好吃的。"

他看着女孩舔手指的样子，想了想，又分给她一张馅饼。女孩同样飞快地吃完，噎得直打嗝。

郭岩急忙从书包里拿出水瓶递给她。女孩也不客气，仰面把小半瓶水喝了个精光。之后，她把水瓶扔在一边，拍拍肚子，满足地叹了口气。

"总算吃饱了。"

郭岩默默地把水瓶捡回来，塞进书包里，把剩下的大半张馅饼吃完。女孩从迷彩服的裤袋里掏出一盒烟，熟练地点燃，喷云吐雾。

此刻已然夜幕降临，路灯渐次亮起。在小小的光晕下，女孩仰着头，看烟雾慢慢消散在晚风里。郭岩一言不发地看着她，心中既好奇又迷惑。他们面前的马路上车流繁密，行人神色匆匆，没有人去注意坐在路边的两个少年。

女孩吸完一支烟，丢掉烟头，转身看看院子里的几栋小楼。

"这是一家福利院？"

"是啊。"郭岩回过神来，"松山福利院。"

"你就住在这里？"

"嗯。"

"为什么住在这里？"

"什么为什么？"郭岩一愣，"我一直在这里啊。"

"福利院不是孤寡老人住的地方吗？"女孩眨眨眼睛，"学雷锋的时候我去过。"

"我们这是儿童福利院。"郭岩笑了笑，"都是小孩——没有爸爸妈妈的那种。"

女孩想了想："你也没有爸爸妈妈吗？"

"是啊。"郭岩点点头，"佟奶奶说我是在一个小旅馆里被发现的。"

女孩"哦"了一声，肯定地说道："你是被遗弃的弃婴。"

郭岩不高兴了："你不也一样？"

"我怎么会跟你一样？"女孩瞪起眼睛，"我有爸爸妈妈的。"

"你刚才还说他们不管你，不要你了——这不就是遗弃吗？"

女孩被呛得说不出话来，抬手在郭岩胳膊上打了一巴掌："你胡说！"

郭岩白了她一眼："我走了。"

说罢，郭岩拎起书包，起身欲走。女孩急了，拉住他的裤子："你这就走了？"

"不然呢？"郭岩板起脸，"我都给你东西吃了，还想怎样？"

女孩咬咬嘴唇："把你手机再借我用一下。"

郭岩摊开手："我没有手机。"

女孩很吃惊："你怎么可能没有手机？"

"我就是没有手机啊。"郭岩很委屈，"学校里不让我们带手机。福利院也不可能给我们买手机。"

"你不要太小气啊。"女孩还是不信，"我就是上一下 QQ，让网友来接我。"

郭岩把裤袋翻出来："我真的没有。"

女孩顿时泄了气："那我今晚上住哪儿啊？"

郭岩又坐下来："你怎么不回家？"

"我不回家！"女孩的情绪低落下来，"回家他们又会把我抓到学校去。"

"抓你？"郭岩有些摸不着头脑，"什么学校啊？"

"一个破特训学校。"女孩撇撇嘴，"跟他妈监狱似的，还要军训、搞卫生什么的。不听话的孩子还要被电击。"

"电击？"郭岩大吃一惊，"你被电击过吗？"

"他们想得美！"女孩哼了一声，"我听老生说的。这鬼地方是人待的吗？我偷跑出来的。"

"你爸妈为什么要把你送到这样的地方啊？"

话一出口，郭岩就联想到女孩的发色和抽烟的熟练模样，答案昭然若揭。

"那你怎么办？"

"不知道。"女孩变得垂头丧气，"原以为能从你那里抢点钱，去网吧包个夜什么的。"

郭岩莫名其妙地有点愧疚："真是对不住。"

女孩看到他的样子，忍不住笑起来，伸手在他头上胡乱揉了几把。

"有什么对不住的啊。"女孩看起来开心了一些，"你可真是个小孩。"

郭岩琢磨了一会儿，再次站起身来："走，我带你找个地方。"

夜色渐深，院子里已经没有了其他孩子的踪影。三层小楼里的大多数窗口都亮起了灯光，喧闹声隐隐传来。郭岩在前，女孩在后，都毫无必要地弯着腰，在晾晒的床单之间穿行。郭岩带着女孩绕到小楼的后面，打开一扇虚掩的铁门，迅速钻了进去。

黑暗中，两个少年只能听到彼此的喘息声和猛烈的心跳声。女孩身上有股好闻的味道，丝丝缕缕地钻进郭岩的鼻子。他定定神，抬手在墙上摸索了一阵，终于找到了电灯开关。

啪的一声，一个十几平方米的狭长房间出现在他们眼前。

两排铁架靠墙而立，上面堆满了被褥、卫生纸、毛巾、洗衣粉等杂物。物品虽然都很陈旧，但是打扫得很干净。

"这是福利院的杂物间。"郭岩小声说道。

随即，他挪开一堆扫帚、铁锹和园艺工具，拎出一张帆布折叠床。

他打开折叠床，安置在杂物间的空地上。

"这里平时不会有人来。你对付一宿吧，可以吗？"

"可以啊。"女孩的兴奋劲儿还没过去，鼻尖上布满细密的汗水，"挺好的。"

"那你睡吧，最好在天亮之前就走。万一阿姨来取东西，就会发现你了。"

"行，你放心吧。我不会出卖你。"

郭岩关掉电灯，转身向门口走去，却被女孩一把抓住了胳膊。

"小孩，你叫什么？"

"我叫郭岩。"

女孩的眼睛在黑暗中闪闪发亮。

"我叫田玥。"

郭岩一整夜都没有睡好。一方面是担心那个偷偷留宿在福利院的女孩被发现，另一方面是因为饿。好不容易挨到天亮，郭岩早早地爬起来，洗漱完毕之后就跑到厨房，拿了四个刚出锅的花卷，偷偷地溜到杂物间。

杂物间里空无一人。那个叫田玥的女孩已经不见踪影。折叠床也被收起来，放回到原处。郭岩捧着热气腾腾的花卷在杂物间里转了一圈，吸吸鼻子，似乎还能闻到女孩身上的味道。随即，他靠在铁架上，慢慢地把花卷吃掉。

两起杀人案虽然手法不同，但是大致都可以分成两个步骤。其一，剖取器官；其二，诱使死者家人参与完成最后的"仪式"。

这个仪式的主题就是，惩罚。

死者郑凯颇为内向，沉默寡言，孤僻的外表下是扭曲的性心理。在他的个人电脑中发现大量色情图片及影片，同时还有偷拍女性如厕时的照片。其中，有相当一部分照片是郑凯所为。

死者王光彦性格外向，沉迷于动漫及周边产品。其家庭教育相对比较粗疏。父亲早年即在商界打拼，并不关注王光彦的基础教育和个人修养。相反，他以生意场上的所谓经验和规则来构建儿子的世界观和价值观，并且将自身癖好也"遗传"给了儿子。王光彦从小就有饮酒的习惯，成年后变为酗酒，年纪尚轻即罹患严重肝硬化。

所以，两起案件形成了某种奇妙的联系：眼睛与色情图片；肝脏与酒精。

眼睛本应该去欣赏这个多彩的世界，捕捉美好的景致与人物，向外传达出善良和温暖的信息。郑凯却用它在龌龊的环境中偷窥女性的私处，满足个人变态的欲望。

肝脏本应该在人体里承担解毒、代谢、免疫防御功能，应该好好养护。王光彦却毫无克制地任由酒精摄入来摧残肝脏。

于是，惩罚降临。

这种惩罚同样是双重的。第一，凶手剥夺了两个死者并不爱惜的器官；第二，凶手诱使死者的亲人对他们进行最后的报复——郑松林亲手"杀死"了郑凯；王哲喝下了由王光彦的肝脏"泡制"的红酒。

由此，这个仪式又有了别的意味。惩罚的主要对象看似是两名死者，其实是死者的亲人。死者已逝，无知无感。但是生者却要承担千百倍的痛苦和悔恨。

特别是一个父亲看到自己沾满儿子鲜血的双手、口中萦绕着儿子的肝脏的味道。

方木的陈述暂时告一段落，市公安局的会议室里一片静默。每个人的脸上都是混合着震惊、诧异和深思的表情。良久，肇德军先开口发问："也就是说，本案的动机是报复？"

"对。"方木点点头，"而且报复的对象不是或者说主要不是两名死者，而是他们的亲人。确切点说，是他们的父亲。"

"他们的父亲？你的意思是，他们的父亲干了某件事，触怒了凶手？"肇德军翻翻手里的案卷，"从现有的资料来看，郑松林和王哲没有交叉的社会关系啊，共同点只有一个，有钱。"

"这件事不仅是郑松林和王哲做的，两名死者肯定也与之有关。"方木指指幻灯机上正在播放的现场照片，"两个父亲的关系待查，但是两个儿子之间肯定有某种联系。"

"哦？"肇德军来了兴趣，"什么联系？"

"现在还不知道。"方木摇了摇头，"不过我可以肯定的是，郑松林和王哲都没有说实话——他们一定知情。"

"为什么？"

"他们的反应。特别是我提到郑凯的眼睛和王光彦的开胸手术的时候，他们的反应明显是在说谎。"

"这也是我想问你的问题。"肇德军插话道，"你刚才说凶手剥夺了死者并不珍惜的人体器官，那么为什么只挖走了郑凯的右眼——看那些玩意是用两只眼睛啊？"

方木显然早就考虑过这个问题，他指指法医老杜："让他来回答吧。"

老杜搔搔头发："方老师之前来咨询过我，在这里一并作答吧。"

他从面前的案卷里抽出几张照片，向大家展示。死者郑凯血肉模糊的脸，右眼窝已经被挖空。

"死者郑凯的右眼是被刀子之类的利器挖掉。眼底及周边组织都被破坏，从尸检情况来看，难以判断是否曾进行过角膜移植手术。"老杜又展示了王光彦的尸体解剖图片，"王光彦肯定进行过开胸手术，但是肝脏缺失了一块，同样无法判断是否接受过肝脏移植手术。不过……"

他顿了一下："我认为不能排除这种可能性，如果想证实两名死者都接受过器官移植手术，我可以再想想办法。"

"器官移植？"肇德军望向方木，眼神疑惑，"你的意思是，郑凯移植过眼角膜，王光彦移植过肝脏？"

"只是一个假设。"方木笑笑，"不过，如果这种假设一旦成立，就可以解释凶手为什么要带走一只眼睛和一小块肝脏。"

他扫视全体与会者："凶手认为，两名死者不配拥有它们。"

根据方木的犯罪心理画像，专案组初步拟定了下一步侦查方向：

第一，在全市范围内查找人体器官捐献及移植手术记录，一来确认郑凯和王光彦是否接受过器官移植手术，二来查清移植手术的供体者身份；

第二，再次对郑松林和王哲进行询问，确认两名死者的真正联系；

第三，采用技术侦查手段，对郑凯和王光彦的社会关系进行筛查，寻找二人之间的交叉点。

会议结束。大家纷纷收拾资料，起身离开。肇德军整理好案卷，抬头发现方木和米楠还坐在原位置，正看着自己。

"你们……"他有些莫名其妙，"还有事？"

"对。"米楠站起来，"关于那半枚足迹。"

"你刚才在会上不是汇报了吗？"肇德军重新翻开手里的案卷，"身高一米七至一米七五之间，年龄在三十到四十岁之间，体重约六十五公斤左右，疑似穿 nike more uptempo 鞋，颜色不明。"

"这是确定的部分。"米楠拿出一张纸递给他，"还有不确定的部分。"

肇德军接过来，发现是一张检验报告。他浏览一遍，脸上的表情更加疑惑。

"丙纶？"肇德军看看米楠，"这是什么？"

"我在那半枚足迹形成的泥地里提取到一些沾染了血迹的纤维。"米楠指指检验报告，"经检验，是丙纶——一种经常用于制作地垫的材料。"

"你的意思是……"

"对，嫌疑人此前踏足的地方有丙纶制作的地垫。纤维脱落，伴随其他物质，例如砂石、泥土等填充进嫌疑人鞋底的纹路里。当他在百得工矿机械有限公司墙外助跑攀墙时，将这些纤维留在了现场。"米楠停顿了一下，"但是，这只是我的猜测。"

"所以你刚才在会上没讲？"

米楠点头："是的。我怕会给其他侦查员形成误导。"

"不过，就算你的猜测是准确的……"肇德军搔搔头发，"这种地垫应该到处都是啊，想找到来源太难了。"

"如果这些纤维来自车内地垫呢？"方木忽然插话道，"比方说，那辆别克凯越。"

肇德军顿时来了精神："你继续说。"

"凶手在作案前肯定驾车跟踪了王光彦，然后在酒吧外等候，伺机冒充代驾人员实施杀人。"方木扭头看看米楠，"而且……"

"而且我已经把这些纤维和王光彦的大众途观里的地垫做了比对。"米楠又拿出一份检验报告，"不是同一种。"

肇德军兴奋起来："那就是说，可能是凶手自己车里的？"

"嗯。不过这仍然只是一种可能性。"米楠的语气冷静，"我们不确定这些纤维是凶手鞋上脱落的，还是现场原来就有的。"

"这不要紧，真相大白那天就清楚了。"肇德军忽然想到了什么，"对了，你在墙上那枚足迹中提取的血迹检验没有？"

"我还没接到老滕的通知。"米楠笑笑，"去他那里看看吧，这几天他都快疯了。"

三人来到刑事技术实验室。一进门，就看到邰伟斜靠在一张转椅上呼呼大睡。方木觉得好笑，上前踢了转椅一脚。邰伟在原地转了半圈，整个人弹了起来，看见是他们，立刻又瘫坐下去。

"你这臭小子！"邰伟打着哈欠，不满地嘟囔着，"吓我一跳。"

肇德军也笑："邰局长，你守在这里，是监督我们工作吗？"

"这家伙，比我们还关心这案子。"方木凑到实验室的落地玻璃窗前，看着正在里面忙碌的老滕和助手。

"别打扰他。"邰伟一脸悻悻然，"刚才我想进去看看，被他骂出来了。"

"不过，"肇德军拍拍邰伟的肩膀，"你为什么特别关注这个案子啊？"

"学习兄弟市局的先进经验。"邰伟抬头看着肇德军，伸出食指和中指，"老肇，来根烟。"

肇德军撇撇嘴，掏出烟盒扔给他："你小子嘴里没有一句实话。"

他转身向门口走去："我不等了，有消息告诉我一声。"

实验室内只剩下方木和邰伟、米楠三人。米楠笑着摇摇头："你算是把肇支队得罪了。"

"你小子……"方木看着邰伟，"到底盘算什么坏主意呢？"

邰伟没回答，却摆出一副夸张的表情："我让你看的书你到底看完没有？"

"滚蛋！"方木骂道，"我上小学的时候就看过。"

"一遍哪够啊。"邰伟又恢复成那副嬉皮笑脸的模样，"你得多看几遍才行。"

方木大为疑惑："这个《海的女儿》到底是什么意思？"

邰伟还没来得及说话，实验室的玻璃门突然被推开。老滕大踏步走出来。他摘掉口罩，高举双手。

"快点，夸我一句真牛！"随即，他正色道，"想尽办法，总算把 DNA 提取出来了。"老滕冲米楠白了一眼，"看看你们送来的那破玩意！"

米楠抿着嘴笑："能做对比吗？"

"没问题。"老滕转身又走进玻璃门，"明天来拿结果。"

邰伟脸上看不出什么表情。方木看看他，又看看米楠。

"你怎么看？"

"应该是他没错。"米楠干脆地说道，"其实证明这件事只是时间问题。"

方木反而沉默了。他坐下来，目不转睛地看着正在工作的老滕，神态有些落寞。

邰伟用手肘捅捅他："你那是什么表情啊？"

"没事。"方木苦笑着摇摇头，"可能我太久不办案子了，我担心给肇支队搞错了方向。"

米楠眨眨眼睛："什么意思？"

"不知道为什么，我总觉得这两起案件中有女性参与。"方木抓抓头发，表情尴尬，"但是，第一起案件的视频监控和第二起案件的足迹都能证明是男性作案。"

"是啊。"邰伟漫不经心地说道，指间捻动着没点燃的香烟，"但是也不能排除多人作案的可能。"

"你也这么觉得？"方木立刻追问道，"你凭什么肯定有一个女人参与了？"

"直觉、感觉、经验——你说什么都行。"邰伟指指自己的脑袋，"就是有那种说不清、道不明的感觉……"

"又是那个人鱼公主？"方木撇撇嘴，转向米楠，"我就说我不该参与吧？看，又一个被我搞得神神叨叨的。"

"我相信他。"米楠突然说道，"这案子里的确有个女人。"

方木和邰伟同时看向她。

"对，一个女人。"米楠点点头，"其实，我还是听了你的心理画像报告之后才有这个想法——凶手认为他们不配……"

她突然停下，看着方木似笑非笑的表情，一下子恼怒起来。

"你根本就不是在质疑我们，你只是在验证自己的推断！"

方木笑出声来。

的确，凶手认为郑凯和王光彦不配拥有那只眼睛和那块肝脏，而这些器官很可能来自同一个人。有谁会固执地认为它们属于自己，并且不惜一切代价也要将其夺回呢？

母亲。

第九章 · 吞下寂寞的恋人

傍晚，暴雨如注。

宽阔的院子里，地面并不平整。许多低洼处已经汇聚成了大大小小的水泊。雨水落下来，激起阵阵水花。对这场春雨最高兴的，就是花坛里刚刚破土而出的各色花草。土壤吸足了水分，慢慢膨胀起来，变得黑油油的，让那抹充满生机的绿色更加醒目。这令人忍不住遐想，在雨过天晴之后，被洗净枝条、又喝饱了水的花花草草们将是多么绚烂的模样。

气温骤降。三层小楼中一扇洞开的门里正冒出大团蒸汽。门口，一个十来岁模样的小女孩端端正正地坐在小板凳上，默默地注视着眼前的倾盆大雨。

她穿着厚厚的粉色抓绒套装，胸口处还绣着一只小猴子，脚上穿着皮质运动童鞋，看上去暖暖和和的。然而，小女孩的脸上是一副混合着期盼和难过的复杂表情，眼巴巴地看着毫无停歇迹象的大雨。

穿着围裙的女人在门口来回穿梭，不时停下来摸摸她扎在脑后的两条小辫子。小美人鱼形状的发卡随之摇摇摆摆。弥漫的蒸汽中，女人的面部模糊不清。终于，小女孩在女人再一次经过身边的时候拉住了她的裤子。

"干吗呀，小鱼？"

小女孩抬起头，却不说话，只是抬起手，在耳边做了一个打电话的手势。

女人蹲下来，笑眯眯地看着她，用手语问道："是不是想妈妈了？"

小女孩点点头，小嘴却扁起来，似乎随时能哭出来，手上比画出复杂的动作。

"妈妈不要你了？怎么可能啊。"

女人又笑，摇摇头，在空中画出一个心的形状，又指指小女孩。

"妈妈很爱你。"

小女孩却丝毫没有得到安慰，表情更加焦急，又打出手语。

"那她今天为什么没来接你？"女人看懂了她的意思，用手语答道，"今天不是下雨了吗？天晴了妈妈就会来了。"

小女孩还是不满意，再次做出打电话的手势。

"要给妈妈打电话？"女人无奈，擦擦手，从围裙里拿出手机，"行吧，行吧，你这个磨人的小坏蛋。"

女人拨出一个电话，很快就接通，笑着跟对方通话。小女孩一脸渴望地看着她。然而，在她的世界里，一切静默无声。

女人结束了通话，把手机放回口袋，又蹲下身子，对小女孩做出手势。

"妈妈在工作，结束了之后，她就会来接你。"

她抬手指向远方，又摸摸小女孩的头："这回你放心了吧。"

小女孩点点头，向女人甜甜地一笑。

女人站起身，走进门口。很快，她拿着一个豆沙包回来，塞在小女孩手里。

"在这里边吃边等妈妈吧。"

小女孩开心起来，一边小口咬着豆沙包，一边紧紧地盯着院门口。

夜幕渐渐降临。大雨却还在不紧不慢地下着。女人再次出现在小女孩身边，看着大雨，一脸忧愁。

她转过身，向楼上敞开的窗口喊道："去拿几把伞，到公交站接接孩子们。"

很快，几个撑着伞的身影从小楼里走出来，匆匆走向院子外面。过不多时，这些伞又陆续返回了小院，每个伞下都多了一两个背着书包的孩子。这些孩子大多嘻嘻哈哈的，直奔三层小楼，也有几个心急的，径直跑向厨房。路过小女孩身边的时候，都会揪揪她的辫子，或者捏捏她的脸蛋。

小女孩在等待的人却始终没有出现。她的神态越发焦急，委屈的泪水一直在眼眶里打转。再三瞄向厨房门口竖立的雨伞之后，她似乎终于下定了决心。

她从小板凳上站起来，偷偷地拿起一把雨伞，打开来。一阵风吹过，撑着伞的她几乎站立不稳。然而，小女孩扛起雨伞，看了看如织的雨帘，脸上露出坚决又期盼的表情。

随即，她冲进大雨中。

顾蓝在沙发上醒了过来。她保持着蜷缩的姿势不动，直至完全清醒过来，才缓缓起身。

原计划中的小憩变成了一个小时。刚刚还洒满温暖夕阳的办公室，仿佛在一瞬间就变得昏暗。顾蓝走到落地窗前，从二十四楼向下俯视着夜色中的城市。天气晴朗，月亮早早地出来，在稀疏的星星的陪伴下，挂在深蓝色幕布般的夜空中。交通晚高峰已经接近尾声，马路上的车流却依旧繁密。宛若血管般的高架桥上，一辆辆闪着灯光的各色汽车仿佛细胞一般飞速奔跑。顾蓝想到了心脏。这让她的情绪骤然低落下来。

她慢慢地踱回到办公桌前，靠坐在高大的转椅上，以一只鞋跟为支点，小幅度地转动着。她的目光始终落在墙角的一个保险柜上。那个沉重、冰冷的钢铁箱子也默默地回望着她。看得久了，顾蓝竟恍惚觉得她和保险柜之间的距离在渐渐缩短，仿佛它在向自己缓缓走来——她几乎要站起来，展开双臂去拥抱它了。

桌上的呼叫器突然响起来。双手扶住转椅，欠起身子的顾蓝回到了现实中。

"顾总，夏教练来了。"

顾蓝闭上眼睛，做了一个深呼吸："让他进来。"

几分钟后，一个身形壮实的男子走进办公室。他回手关好门，冲顾蓝微微颔首，站在门边不动了。

"过来坐。"顾蓝指指办公桌前的一把椅子。

男子顺从地走过来，在顾蓝对面坐下，一言不发地看着她。

顾蓝把手肘支在桌面上，一手托着下巴，盯着男子看了几秒钟："为什么打人？"

"那不叫打人。"男子眨眨眼睛，"切磋而已。"

"夏天，高教练的一根肋骨裂开了。"顾蓝的脸色冷下来，"这叫切磋？"

夏天笑了："这王八蛋也忒不经打了。"

顾蓝重重地拍了一下桌子。夏天的笑容迅速收敛："如果他再对你动手动脚，他的肋骨就不是裂开那么简单了。"

顾蓝盯着他，嘴角紧抿。夏天很熟悉她的这种表情，那意味着她真的生气了。他垂下眼皮，双手在桌子下紧紧地握在一起："我不会再惹事了。"

良久，他听到对面的转椅有滑动的声音，紧接着，一只手温柔地按在自己的头顶，摩挲了几下。

夏天闭上眼睛，感受到顾蓝手心的温度，似乎身上的毛孔都在缓缓张开。

"以后去我那里吧。"夏天的声音低沉，宛若梦呓，"何必在那个王八蛋的健身中心挨欺负？"

那只手立刻离开了。

夏天抬起头，看见顾蓝变得表情严峻的脸。

"我不止一次跟你说过，我们现在最好减少接触。"顾蓝一字一顿地说道，"必要的时候，我们要切断所有联系。"

"我又不会连累你……"

"这不是连累不连累的问题！"顾蓝厉声说道，"我现在只有你！"

夏天看着她，目光渐渐柔和起来："我也是。"

顾蓝轻轻地叹了口气，眼睛里漫起水雾。

"你啊……"她换了一副轻松的语调，"吃饭了没有？"

"没有。"

"走吧。"顾蓝站起来，"去楼下的割烹清水，人少一点。"

两个人选择了餐厅里靠角落的位置，点了几道菜，慢慢地吃喝起来。他们交谈不多，大部分时间都在安静地吃饭。夏天不时抬头看向顾蓝。女人却始终垂着眼皮，小口咀嚼着食物。她很快吃完，放下筷子，发现夏天在目不转睛地看着自己。

"怎么？"

"少熬夜。"夏天的眉头微蹙，"跟你说过多少次了。"

顾蓝笑笑，问："吃饱了吗？"

夏天点头。顾蓝拿过挎包，挥手叫服务员结账。账单拿过来，顾蓝刚要伸手去接就被夏天抢了过去。她没有争执，安静地等着夏天拿出信用卡结账。随即，两个人一起走出餐厅，坐电梯去地下停车场。

一路沉默。来到夏天的汽车旁边，顾蓝挥手和他简单作别，就走向另一个停车区域。刚刚迈出几步，顾蓝就感到后背上灼热的目光。她下意识地转过身，看见夏天坐在驾驶室里，一动不动地望着自己。

两个人对视了几秒钟，顾蓝咬咬嘴唇，四处张望了一下，快步向他走去。

刚坐到车里，她就感到一双有力的手臂围拢过来。她的身体顺势倾斜过去，额头抵在夏天的胸膛上。那双手轻轻地抚摸着她的后背。越来越强烈的酥麻感渐渐从背部蔓延到四肢。顾蓝闭上眼睛，伸出手环绕住男人结实的腰身。

短短几分钟的拥抱，却仿佛做了一个悠长、甜美的梦。直到夏天的呼吸开始变得粗重，同时抬起她的下巴，急切地寻找她的嘴唇的时候，顾蓝才清醒过来。她一把推开男人，坐正身体，整理着自己的头发和衣服。

夏天静静地看着她，低声问道："我们什么时候可以光明正大地在一起？"

"等这件事情彻底结束吧。"顾蓝转过身来，想对他笑笑，余光却看到后座上的一个黑色大塑胶袋，袋口的缝隙中露出微微的亮光。

"是什么？"

"没什么。"夏天移开目光，"一些小东西而已。"

顾蓝看看他，转身探向后座，拉开黑色塑胶袋。一柄收起的弹簧刀掉了出来。她心里一惊，把整个袋子都拖到前座，立刻感到它异常沉重。

她拉开袋口，看着整整十几把弹簧刀、跳刀和伸缩棍，愣住了。随即，她猛地把袋口抓紧，扭头问道："你想干吗？"

"训练啊。"夏天看着她几乎要喷出火来的眼睛，"难道只教他们用拳头？"

"你要把他们培养成杀手吗？"

"他们将来要面对什么样的环境，你清楚，我也清楚。"夏天毫不退让，"否则你为什么要送他们来训练？"

"我要磨炼他们的意志！不是去学习伤害别人的本领！"

"如果我没学会伤害别人的本领，你认为我能活到遇见你？"

顾蓝咬咬牙，竭力控制自己的情绪："夏天，我们做的一切，都是为了避免这些孩子再遇到我们曾经经历过的事情。"

"是你说要让他们变成狼。"夏天盯着她，"狼就该有尖牙和利爪！"

他顿了一下："否则，怎么为无辜的人讨回公道？"

"那不一样！"顾蓝吼起来，"那两件事不一样！"

她伸出一只手指向夏天，嘴唇哆嗦着，却再也说不出话来。夏天看看那只手上暴起的青筋，又看看脸色惨白的她，仿佛被立刻卸下了盔甲。

"我知道了。"他把全身僵直、不停颤抖的顾蓝抱进怀里，"我听你的，好吗？"

耳边传来粗重的呼吸声和牙齿相撞的声音。夏天紧紧地抱着顾蓝，直到她的身体渐渐柔软下来。一声长长的叹息后，顾蓝推开夏天，脸色依旧很难看。

"你先走吧。"顾蓝低着头，"最近尽量先不要见面，有事我会联系你。"

夏天的情绪低落下去："好。"

顾蓝把怀里的塑胶袋放回后座："把它扔掉。"

夏天无奈地咂咂嘴："教他们起码的防御术还不行吗？"

"不行！"顾蓝的语气不容辩驳，"不要让他们接触到这个。"

"为什么？"

"我希望他们有狼性，并不是要让他们变成野兽。"她转过身，盯着夏天，一字一顿地说道，"如果一个人手里有刀，他就会想知道把刀刺进别人身体的感觉。"

"喂？"

"您好，请问是王光彦先生吗？"

听筒里传来一声轻轻的叹息。

"我是他爸爸。这样，你过来吧，我就在店里。"

"哦？店里？"

"你不是在嘉华商业大厦看到的广告吗？"

"嘉华商业大厦？"

"对。四楼扶梯对面那家。"听筒里的声音不耐烦起来，"你到底要不要看货？"

"哦，好的……半小时后见。"

郑松林沿着电动扶梯上到四楼，一眼就看到了那家名叫"海贼王"的动漫周边店。他犹豫了一下，又走过去看了看门口张贴的"本店出兑，所有货品半价出售"的广告，终于确定下来。

一个中年男子坐在门口的收银台里，神情委顿，正捏着一罐啤酒慢慢喝着。郑松林迈进门去，先向他点了点头："王先生？我是刚才和您通电话的那个人。"

中年男子没有起身的意思，胡乱挥挥手："你自己看吧，看中的就拿下来。"

郑松林在店内环视一圈，发现这是一个出售动漫周边产品的小店。货架上摆满了各式各样的模型或者手办——一大半郑松林都不认识。他随手拿起几个，发现这玩意价值不菲。

郑松林回到收银台前："我姓郑，您怎么称呼？"

"王哲。"中年男子已经喝得满脸通红，勉强抬起眼皮，"有看中的没有？全要的话，价格还可以商量。"

郑松林拉过一把椅子，坐在他对面："王先生，这个店不是你的吧？"

"是我儿子的。"

"哦？"郑松林扬起眉毛，"开得好好的，为什么要出兑啊？半价的话，你的损失不小。"

王哲苦笑一下，捏扁手里的啤酒罐，扔进垃圾桶。

"儿子都没了，这个店还怎么开啊？"

"抱歉抱歉。"郑松林的心脏开始狂跳，"我不知道这个情况。"

"没事。"王哲摆摆手，"不知者无罪。"

郑松林又试探着问道："你儿子应该年龄也不大啊，生病？"

王哲沉默了几秒钟，神色更加黯然："不是，被人杀了。"

"啊？"郑松林瞪大了眼睛，"凶手抓到了吗？"

"还没有。"王哲叹了口气，"就前一段时间的事。"

"为什么要杀人啊？"郑松林依旧是一脸震惊的模样，"年轻小伙子，跟别人发生冲突了？"

王哲又是沉默良久，摇摇头："报应啊。"

"怎么这么说呢？"

"兄弟，人这辈子，不该要的东西，就不能要。"王哲抬起布满血丝的眼睛，"拿了不该拿的东西，就得还回去。"

"大哥，你这越说我越糊涂了。"郑松林摊开手，"到底什么情况啊？"

"没什么情况。我不想提这个。"王哲忽然泄了气，"你到底买不买货啊？"

说罢，他就要站起身来。孰料，郑松林探身向前，一把抓住了他的胳膊。

"大哥，你儿子……"郑松林的目光灼灼，一字一顿地说道，"他是不是在半山医院做过器官移植手术？"

王哲顿时目瞪口呆，怔怔地看着郑松林，半晌，才讷讷地问道："你到底是什么人？"

"你儿子移植的是什么？"郑松林压低音量，"肾、肝、小肠，还是心脏……"

王哲猛地挣脱开来，双眼圆睁："你是警察？"

"不。"郑松林坐回到椅子上，直勾勾地看着他，"我跟你一样。"

几十分钟后，在收银台两侧对坐的男人都已经面红耳赤，脚下那箱凯狮啤酒已经全部喝光。

郑松林递给王哲一根烟，自己也点燃一根：

"你为什么不跟警察说？"

王哲看了他一眼："你跟警察说实话了？"

"我也没有。"郑松林苦笑，"我问过律师，私下买卖器官，供体或者家属同意，就没多大个事。但是，谁他妈好端端地会捐个眼角膜或者肝出来啊——肯定是从死人身上取的。"

"人家都找上门来了，摆明了是不同意。"王哲双眼失神，仿佛在喃喃自语，"我啊，当时心知肚明，但是也顾不了那么多了。"

"大家都一样——经了官，就是个什么故意毁坏尸体罪。"郑松林抓抓头发，"搞不好就是三年啊。"

"没错，我也打听过了。"王哲哆哆嗦嗦地把烟凑近嘴边，吸了一口，"儿子没了，我再进去——我这个家就完了。"

"你有什么打算？"

"我还能有什么打算？"王哲用袖口擦擦眼角，"认了吧。把这个店里的货盘出去，好歹能搞回点钱。要是能把我自己的公司救过来，老两口过完这辈子就得了。"

郑松林沉默了一会儿："你真的不知道供体的身份？"

"嗐，我那会儿还得顾着儿子呢，哪有工夫操心别的。"王哲摇摇头，"再说，人家包院长讲得也有道理——出钱就完了，你管那块肝是谁的呢？"

郑松林低下头："不行，我不甘心。"

"兄弟，往前看吧。"王哲显得心灰意冷，"这就是个哑巴亏，不吃怎么办？咱们犯法在先，包院长从哪里搞来的器官，咱俩心里都有数……"

"不行。"郑松林狠狠地咬住香烟的过滤嘴，"不找到他，我手上的血永远也洗不下去。"

王哲的神情更加凄凉。他拍拍郑松林的胳膊："对不住，我帮不了你——咱俩不是同一个战壕的战友。"

"没什么。"郑松林从鼻子里哼了一声，"就算只有我一个人，这事我也得干到底。"

"那就这样吧。"王哲勉强站起身来，"你走吧。"

郑松林也站起来，再次环视店铺。

"你的货我都要了。"郑松林摁熄烟头，"半价、七折都无所谓，你说个数就行——算好了给我打电话。"

王哲愣在原地，怔怔地看着他。

"大哥，我理解你的难处。"郑松林向门口走去，"跟嫂子好好过日子吧。"

"等等。"

郑松林下意识地回过头，看到王哲一脸踌躇的表情，似乎在犹豫什么。

"我……我想起个事。"王哲仿佛下定了决心，"不知道对你有没有用……"

郑松林立刻扑到收银台前，紧紧地盯着他："你说。"

"其实，我也担心那块肝的来源，别他妈是个肝炎患者什么的……"王哲抬起头，"所以，手术之前，我又去包尚义的办公室找了他一次，想问问供体的情况。"

"然后呢？"

"包尚义当时在和另一个人说话，我依稀听了那么一耳朵……"王哲竭力回忆着，"他们好像提到了心脏啊，排异啊，转到市人民医院什么的……"

郑松林感到全身的血液都冲到了头顶。

"那个人是谁？"

王哲苦笑一下，向门外努了努嘴。

郑松林下意识地回过头，看见商场的立柱上贴着一幅宣传海报。上面有一个男人的半身像。

名阳青少年特训学校。正规办学。透明管理。帮助问题青少年快速蜕变。

第十章 · 被爱抓走的人

连续两天，郭岩都会在放学后等在校门口。但是，田玥再没有出现。她像一个短暂又模糊的梦境一样，悄然走进他的生活，又悄然离开。郭岩很快就放下了这件事。他重新把精力投入课业、足球以及和福利院的孩子们抢饭中。

直至五天之后。

下午只有两节课，放学之后，郭岩又和几个同学抱着足球跑到了操场上。离福利院开饭的时间还早，郭岩打算痛痛快快地玩一会儿再回去。初秋的阳光炽热，却丝毫不影响少年们肆意挥洒激情。郭岩断掉对手的皮球，一路左冲右突，瞅准空当起脚就射……

"好球！"

郭岩一愣，循声望去——空荡荡的看台上，田玥正笑眯眯地向他挥着手。

他顿时又喜又羞。同伴们也大呼小叫地起哄。

郭岩跑过去，一口气爬上看台，一边擦汗一边问道："你怎么来了？"

"闲着没事呗。"田玥看着操场上冲郭岩吹口哨的少年们，"放心，今天不是来抢你钱的。"

她突然白了郭岩一眼："再说，我也打不过你。"

郭岩不好意思地笑笑："你回家了？"

田玥撇撇嘴："没有啊。"

郭岩停下擦汗的动作："那你这几天……"

"在网吧喽。"田玥撩撩头发，"帮人家练级、打副本什么的，搞点钱花。"

"吃饭和睡觉都在网吧里？"

"不然呢？"田玥伸了个懒腰，"总比回学校挨电击要强吧？"

郭岩想了想："你怎么没去找网友帮忙？"

"哼！别提了。"田玥骂了一句脏话，"他妈的，我说借点钱用，答应得很痛快，见了面就跟我动手动脚的。我甩他一耳光就跑了。"

"啊？"郭岩很惊讶，随后就恼怒起来，"他在哪里？我帮你去揍他。"

田玥看着郭岩激动的模样，咯咯笑起来。

"算了，他也没占到我的便宜。"

郭岩不说话，脸上依旧是气咻咻的神情。田玥摸了摸他的头发，挤挤眼睛："小孩，你还挺仗义呢。"

郭岩正要开口，忽然闻到一丝若有似无的酸臭味。他看看自己被汗湿的短袖衫，下意识地向旁边挪了挪。

"你甭躲了。"田玥的语气很无奈，"是我身上的味儿——好几天没洗澡了。"

她的嘴角向下垂着，令郭岩想起一只委屈的猫。

他想了想："我带你去洗个澡吧。"

"怎么洗啊？"田玥冲他翻了个白眼，"我身上就两块钱。"

郭岩站起来，迫不及待地说道："我有啊。走！"

两个人身上一共凑出二十二元钱。然而，他们走遍了附近的洗浴中心，最便宜的门票也要二十八元。无奈，郭岩只好带着田玥去了一家大众浴池。田玥看着那狭窄的门脸和简陋的装潢直撇嘴，最终还是进去了。

郭岩舍不得花十元钱去洗澡，约好在门口等她。这一等就是一个半小时。田玥再出来的时候，面色红润，露出来的手臂白皙细腻，发梢还在滴着水——和那个离家出走的邋遢少女判若两人。

郭岩呆呆地看着她。

田玥嘻嘻一笑："这下舒服多了。"随即，她揪起短袖衫闻了闻，又是一脸嫌弃。

"但是这套衣服太脏了，穿着难受。"

郭岩很为难："还有十几块钱，怕是帮不了你。"

田玥想了想，又看看墙上的挂钟，挥挥手："小孩，跟我走。"

田玥带着郭岩直奔地铁站，坐了几站之后，又打了一辆出租车，抵达一个高档住宅小区。田玥轻车熟路地走到某一栋住宅楼门前，在楼下的门禁上按下一串密码，进了楼道。

田玥脚步匆匆，径直来到 102 室的门前，小声对郭岩嘱咐道："你去敲门，如果有人来应门，就随便编个名字，说你找错门了。"

随即，她就退到楼梯间里，只露出半个脑袋看着郭岩。

郭岩有些紧张，又觉得无法拒绝，只能咽了口唾沫，硬着头皮去敲门。静候了几秒钟之后，门内并无回应。他略略放下心来，转身向田玥挥了挥手。

田玥轻快地跳过来，把食指按在门把手上，只听"嘀嗒"一声，门锁打开了。郭岩还在琢磨这是什么魔法的时候，就被田玥拽了进去。

一进门，郭岩就被宽敞的客厅惊得说不出话来。这样豪华的房子，他只在电视上看到过。光滑的瓷砖地面、气派的红木家具，还有各种叫不出名字的电器。田玥却丝毫不敢耽搁，径直拉着他走向某一间卧室。

关上门，又拉开一条缝，田玥挥手招呼郭岩："过来，站在这里给我把风望哨，有人进来就告诉我。"

郭岩点点头，老老实实地站在门口，向客厅里观望着。他听到田玥在身后拉开衣柜、窸窸窣窣脱衣服的声音，心中大窘。

"你……你快点啊。"

"知道了，知道了。"田玥忽然语气一变，"不许回头啊。"

隐隐的香气在房间里弥漫开来，不知道是原有的还是女孩身上散发出来的。郭岩的余光里看到某样东西一闪而过。他微微侧过头，发现是一件扔在地板上的胸罩，顿时面红耳赤，赶紧盯住门缝，一动也不敢动了。

几分钟后，田玥的声音从身后传来："让开。"

随即，她就推开郭岩，几步蹿到客厅对面，钻进另一间卧室。此时，她已经换上了一套运动衣裤，还背着一个大大的双肩包。

郭岩站在门口，还在不知所措，田玥已经从卧室里出来，正把一大沓钞票往背包里塞。

"走。"田玥挥挥手，快步走向门口，拉开门，先把郭岩推了出去，"去门口看看，没人就叫我。"

郭岩照做，鬼鬼祟祟地走到楼道门口，见门外没人，急忙向田玥挥挥手。

田玥钻出门来，反手把门关好，拉着郭岩跑出了楼道。

走在小区的林荫路上，田玥显得得意扬扬。

"嘿嘿，这下有的吃、有的住了。"

郭岩还是惊魂未定："这是你家？"

"笨蛋！"田玥笑起来，"才想起问啊——废话，不是我家，我怎么可能进去。"

"你都回家了……"郭岩抓抓头发，"怎么还往外跑啊？"

"家里有什么好啊？"田玥又白了他一眼，"他们还会把我抓到那个什么特训学校的。"

郭岩想了想，摇摇头。

"我不明白，为什么不能一家人生活在一起呢？非要把你送出去。"

"嫌我烦呗。"田玥的脸色很难看，"我还嫌他们烦呢。我这也不对，那也不对，就是看我不顺眼。"

郭岩见她不高兴了，急忙打圆场："也许他们是为你好，想帮你改掉一些……"

田玥突然停下了脚步。郭岩回过身，看到田玥正盯着自己，一脸怨恨的模样。

"我告诉你，他们不爱我。"田玥一字一顿地说道，"他们所谓的'为我好'，只是想把我甩给别人，假装自己已经尽到了父母的责任。"

郭岩沉默了几秒钟："可是，你一直在外面流浪，也不是个办法啊。"

田玥一甩头发："没事，这些钱够我撑一阵的，花完了再说。大不了再回来偷点。反正我是不会回去挨电击的。"

"你爸爸妈妈会担心的。"郭岩摇摇头，"我们要是回去晚了，阿姨都会惦记。"

意气风发的表情从田玥的脸上消失了。

"如果他们出来找我……"女孩咬咬嘴唇，"让我回家，不送我去特训学校的话……"

她看看旁边的绿化带、路灯和楼房："我也不想在外面流浪。"

郭岩看着她，不由得为她感到难过。

田玥很快就恢复了欢快的模样，拉起郭岩走向小区门外："啃了好几天干面包了，终于可以大吃一顿了。小孩，我请客，肯德基还是必胜客？"

郭岩有些不好意思地甩开她的手："你自己去吧，我得回福利院了。"

"耽误不了多久的。"田玥依旧很热情，"吃完我打车送你回去不就行了？"

两个少年还在路边拉拉扯扯，没有注意到一辆面包车正从不远处疾驰而来。

转眼间，面包车在他们旁边刹住。还没等田玥反应过来，几个穿着迷彩服的男子就跳下车，拽住田玥向车上拖去。

一个年长男子双手叉腰，气势汹汹："逃跑？还反了你了！"

随即，他转向吓傻了的郭岩，大声吼道："你是谁？"

郭岩醒过神来，立刻扑上去拽住田玥不停踢腾的腿。

"你们放开她！"

田玥拼命挣扎着，却丝毫抵挡不住几个成年男子的拖拽，只能向郭岩大声尖叫着："郭岩，快救救我！"

郭岩咬着牙，死死抓住田玥的脚踝。僵持了几秒钟，他突然感到脖子一紧，脑袋也被人扳住。紧接着，他就横着飞了出去。

刚一落地，他就打了个滚，甩掉书包，扑向那个年长男子，挥拳就打。

年长男子挨了几下，脸上出现了惊讶和恼怒的复杂表情。他摆好架势，连连还击。郭岩很快就落了下风，鼻子和嘴角都见了血。

"你别打他！"田玥急了，一边挣扎一边向小区门口的保安亭喊道，"你们瞎了吗？快来帮忙……"

两个保安员从亭子里探出脑袋，彼此看看，没有动。

年长男子一脚把郭岩踹倒，语气轻蔑："你爸妈早就打好招呼了，你喊谁都没有用！"

田玥瞪大眼睛，顿时不挣扎了。

几个男子把她塞进面包车，飞快地拉上车门。年长男子气哼哼地走向驾驶室，嘴里骂骂咧咧："妈的，回去就给你上点手段，看你还敢跑！"

面包车迅速发动，绝尘而去。

郭岩艰难地爬起来，感觉整个胸腔都火烧火燎的。他抹了一把鼻血，竭力睁大眼睛，终于看清了面包车后窗上的一行字。

方木刚把车开进院子，就看到赵大姐从三层小楼里跑出来，喜笑颜开地冲向他。邢璐更是耐不住性子，不等车停稳就跳了下去。赵大姐抱住她，先是摸头捏脸好一番亲热，随即就把视线投向驾驶室。

"米楠呢？"

"她有工作。"方木从车里下来，在邢璐的后脑勺上弹了一下，"这丫头等不了，催着我先来。"

赵大姐笑着拍了一下邢璐的肩膀："这孩子，我还得在这里待一段时间呢，你急什么？"

"你要是回去了，我就得等到放寒假才能见到你呢。"邢璐噘起嘴巴，白了方木一眼，"方叔叔总没时间，不带我来。"

三个人说笑着向小楼走去，刚走到门口，就听见身后又传来发动机的轰鸣声。方木转过头，看到一辆黑色奥迪 Q7 开进院子。戴着墨镜的顾蓝坐在驾驶室里，冲方木挥了挥手。

这时，佟院长也从小楼里走出来，和方木、邢璐匆匆打了声招呼，就直奔奥迪车而去。

"今天朵朵出院。"

果真，顾蓝停好车，拉开车门，朵朵就坐在后座的儿童座椅上，向佟院长张开双手。

小女孩的脸色还有点发白，但是气色还不错，看起来精神了许多。

佟院长把朵朵抱下车，一边在她脸上亲着，一边絮絮叨叨地说着什么。方木帮助顾蓝从后备厢里拿出孩子住院期间的生活用品。

"朵朵没事了？"

"只能说暂时没有危险了。"顾蓝向佟院长的背影努努下巴，"我把孩子的病历寄给了北京协和医院和上海华山医院。她的心脏病很严重，随时都可能发病。"

"哦？"方木停下了手上的动作，"那怎么办？"

"别急。"顾蓝摘下墨镜，笑了笑，"我来想办法。"

她拍拍方木的肩膀："来吧，方正之木，还有几箱子吃的，帮忙抬进去吧。"

几个箱子都颇为沉重，里面塞满了新鲜的肉蛋和蔬菜、熟食之类。其中一个铁笼子里还装着几只花色各异的小兔子。方木很疑惑，小心地对赵大姐问道："这是……养来吃的吗？"

"谁忍心吃它们啊？"赵大姐在方木的肩膀上拍了一把，嗔怪道："小顾带来给孩子们喂着玩的，说是从小培养他们的爱心。"

方木点点头："她还真是细心又周到。"

出院的朵朵和丰富的捐赠物资都让佟院长很高兴，感激之余也立刻召集护工们准备午饭。孩子们得知顾妈妈来探望他们，自然知道又到了打牙祭的时候，纷纷挤到厨房门口，看着一样样吃食大流口水。

方木也被赵大姐安排去帮厨，做的是他唯一会干的活计——削土豆皮。他坐在院子里，盯着一大盆泡在水里的土豆发了会儿呆，拿起一个稍显圆润的开始下手。削了几个，他信心大增，正在水盆里挑拣的时候，忽然听见旁边传来一阵笑声。

随即，顾蓝端着一大盆韭菜在他身边坐下来，指着削好的土豆揶揄道："方老师，你这是人为增加福利院的运营成本啊。"

方木有些莫名其妙："这不挺好的吗？"

"你削得太厚了。"顾蓝捻起一条土豆皮，"浪费的部分都够炒盘菜了。"

她伸手去拿方木手里的刮皮刀："咱俩换换，你去择韭菜。"

"得了，得了。"方木急忙躲开，"你那玩意得一根一根择，那么一大盆，择完我非疯了不可。我还是来这个简单的吧。"

顾蓝笑得直不起腰来："行，你随便吧。"

她坐在身边，仿佛多了一双监工的眼睛。方木感到很不自在，又不得不耐心对付那些土豆。

薄。他暗自嘱咐自己，小心翼翼地推动着刮皮刀，削掉一块较厚的土豆皮，就会心虚地向顾蓝瞟上一眼。女人却看也不看他，双手如飞，一大盆韭菜很快就择好了一半。

"顾总，你相当可以啊。"方木由衷地赞叹，"我还以为你不会做家务活儿呢。"

"我又不是生下来就做老板。"顾蓝笑笑，"从小就干家务活儿，早就习惯了。"

她把择好的一把韭菜放在地上："再说，你不用叫我顾总，怪别扭的。"

话匣子打开，两个人之间的气氛就轻松多了。

"听口音，你不是本地人？"

"不是。"顾蓝撩起落在嘴角的一缕头发，"我也不知道自己是哪里人。"

"哦？"

"我是孤儿。父母遗弃。"

"真是对不起。"方木大窘，"我不知道……"

"没关系呀。"顾蓝看上去丝毫不以为意，"多少年前的事情了。"

"那你姓顾，也是……"方木向三层小楼指指，"像朵朵一样？"

"随便起的。"

顾蓝似乎不愿意再聊这个，挥手招呼一个小男孩："郭岩，过来。"

小男孩应了一声，快步跑过来。

顾蓝指指地上择好的韭菜："先拿到厨房去。"

郭岩始终低着头，却立刻被顾蓝发现不对劲。

"嗯？"她站起来，抬起郭岩的下巴，"你的脸怎么了？"

方木也看过去，发现郭岩的一只眼睛肿了起来，嘴角也有尚未消退的瘀青。

"是不是跟别人打架了？"

郭岩向后躲避着，小声说道："没打架，踢球的时候撞到同学了。"

说罢，他就捧着韭菜，飞快地跑开了。

顾蓝站在原地看着他跑进厨房，眉头微微皱起。

方木笑笑："这个年龄段的孩子，打个架什么的很正常，不用太担心。"

话一出口，他突然想起郭岩练过的那套狠辣的拳法，不由得也向厨房看去。

"不过，这小子的确像学过搏击似的——初中体育还教这个吗？"

顾蓝摇摇头："我回头问问佟院长。"

这时，方木衣袋里的手机鸣叫起来。他急忙擦擦手，掏出手机，发现是米楠的来电。方木急于在屏幕上滑动接听，但是手上的水滴到屏幕上，反复操作也接不通。

"我来吧。"

顾蓝接过他的手机，用小指在屏幕上一滑，电话接通。

米楠的声音立刻传出来："你在哪儿呢？"

"我在福利院。"方木把手机凑向耳边，"你呢？"

"我在老滕这里。"米楠的语速飞快，"那些纤维里的血迹就是王光彦的。"

方木下意识地向远处挪了几步。

"也就是说，王光彦的血很可能还在那辆别克凯越里？"

"没错。如果锁定了嫌疑人，应该可以验出来。"

"OK。"方木兴奋起来，"你来福利院吗？"

"我不去了，需要先把报告送到肇支队那里。代我向赵大姐问好。还有，别太晚回来，邢璐还有晚点名。"

"知道了。"

方木挂断电话，发现顾蓝还站在他身边。

"谢谢了。"方木把手机放回口袋，"幸亏你帮忙。"

"方老师，"顾蓝似乎一脸好奇的模样，"你还要办案子吗？"

"警校嘛，科研、办案不分家。"方木点点头，"我是临时去帮忙的。"

"什么案子，命案吗？我听你提到血迹什么的。"顾蓝忽然做出一个嘘声的动作，"我是不是不该问这么多啊？"

"哈哈，我的确不能说。"方木笑起来，指指地上的水盆，"咱俩还是赶紧干活儿吧，要不赵大姐又来催了。"

顾蓝应了一声，坐下来专心择菜。

在护工和义工的齐心协力之下，丰盛的午餐很快就端上桌子。照例，还是孩子们先开餐，护工和义工们照顾那些年幼和不能自理的孩子。方木一边给孩子喂饭，一边看着那些大快朵颐的小家伙，心中难免又是酸楚又是欣慰。不过，他发现一向抢饭很积极的郭岩似乎胃口不佳，只是默默地扒着碗里的米饭，很少伸筷去夹菜，仿佛那些酱肘子和煎带鱼都不能提起他的兴趣。

孩子们吃饱了就下桌去玩耍或者写作业。佟院长和护工们把剩余的饭菜归拢到一张桌子上，招呼大人们赶快吃饭。方木有些心不在焉，用肉汤泡了一碗米饭了事。饭后，大家把饭堂打扫干净，各自去为晚饭做准备。佟院长、赵大姐、邢璐、方木和顾蓝坐在一张桌前，边做些剥蒜、择香菜之类的零活儿边聊天。

话题很快就来到今天刚刚出院的朵朵身上。佟院长显然很关注这个可怜的小女孩，向顾蓝详细询问了她的病情。谈到后续的治疗计划的时候，佟院长也没了主意，踌躇再三后，试探着问顾蓝的意见。

顾蓝的态度倒是很坚决："朵朵应该尽快做心脏移植手术，否则，她能不能活过十岁都是个未知数。"

佟院长愁云满面："这个……对我们来讲太困难了。"

"如果您担心费用的话，那大可不必。"顾蓝笑了笑，"我可以承担。不过，我不是她的监护人，做心脏移植手术需要预约供体捐献，手续方面还得您同意和出面。"

"这点小事，我没问题啊。"佟院长赶紧表态，"只是又要你花那么一大笔钱，我过意不去。"

"我们不聊这个。"顾蓝摆摆手，"如果您同意，我就安排人去做预约了。"

"同意，同意。"佟院长连连点头。随即，她看看顾蓝，试探着问道："小顾，假如——我是说假如啊，朵朵治好了，变成一个健康的孩子，你愿不愿意领养她？"

顾蓝挑起眉毛："哦？"

"我总觉得对不起你。"佟院长拉起顾蓝的手，眼中泛起泪花，"你对朵朵也那么用心。所以，如果不给你增添更多负担的话，我希望能补偿你……"

顾蓝一下子抽回手，盯着佟院长看了几秒钟。随即，她低下头专心剥蒜，不再说话了。

餐桌边的气氛一下子变得尴尬起来。方木干咳了几声，抓抓头发，起身去院子里抽烟。

他坐在花坛边上，刚点燃一支香烟，余光里出现一个小脑袋，转头看去，对方"嗖"的一下躲回了花丛里。

方木觉得好笑，装出一副严厉的模样喝道："郭岩，偷偷摸摸的干吗？出来！"

很快，郭岩臊眉耷眼地从花坛后转出来，低着头站在方木面前，双手捻着衣角。

方木在他的脑袋上揉了一把："干什么，你要偷袭我啊？"

郭岩嗫嚅了半天，小声问道："方叔叔，你也是警察吧？"

方木点点头："对啊。"

"那……"郭岩抬起头来，"我什么时候可以当警察？"

"你？"方木笑起来，"你今年不是才初一？"

"是啊。"郭岩的眼中似乎闪耀着期待的光，"还有几年？"

方木扳起手指："初中还有两年，高中三年，大学四年——九年——如果你能考上警校的话。"

那束光一下子消失了，失望的表情写在小男孩的脸上。

"还要那么久啊？"

"对啊。"方木笑眯眯地看着他，"所以你要从现在就开始加油啊。"

郭岩似乎还不甘心，想了想，又问道："方叔叔，你说，如果一个人被绑走了，警察管不管？"

"哦？"方木有些惊讶，"那当然管，这是犯罪啊。"

"那要是父母同意的呢？"

"什么情况？"方木坐正身体，拉住郭岩的胳膊，"你详细说说。"

郭岩却惊慌起来，甩开方木的手，抬脚就走："没事，我瞎说的。"

随即，他就向院子外跑去。方木站起来，却看到顾蓝一动不动地站在厨房门口，盯着跑远的小男孩。

第十一章 · 债

艾雯拎着两个大大的购物袋，从山姆会员店里慢慢走到路边。还没到出租车乘降站，她就感到右腿酸胀无比。艾雯把购物袋放在脚边，弯下腰，一手揉腿，一手在身前挥舞着。在超市门口打车的人不少，足足等了十分钟之后，她才等到一辆空驶的出租车。在司机的帮助下，艾雯终于把两个购物袋放在后座上，自己也坐了上去。一直紧绷的腿松弛下来，艾雯调整到舒服的坐姿，长长地呼出一口气。在暂时得到放松的身体里，神经却莫名其妙地变得敏感。出租车刚刚启动，那种熟悉又令人不安的感觉又让她紧张起来。她扭过头去，透过车窗看着路边的人。和以往一样，那个窥视者又消失在人群中，宛如一滴水融入海洋，毫无踪迹。

半小时后，出租车停在市人民医院门前。下车、拎出购物袋，艾雯又费了好一番工夫。走进病房的时候，她已经累得气喘吁吁，腿疼得似乎断掉了一样。

女人正守在潘晓的病床旁，看见艾雯疲惫不堪的样子，并没有上来帮忙，只是稳稳地坐着，眼神冰冷。

艾雯放下购物袋，抬手擦擦额头上的汗水，勉强挤出一个笑容："阿姨好。"

"不是告诉你不用来了吗？"女人面无表情，"潘晓在休息，你先回去吧。"

艾雯尴尬地咧咧嘴，一步步蹭过来，看着床上的潘晓。

他比上次见到的时候更瘦了，脸色枯黄，皮肤薄得像纸一样，紧紧地贴在耸起的颧骨上。他的呼吸虽然平稳，但是短促，似乎在和某个无形的对手竭力争夺氧气。

对自己的委屈和对他的担忧齐齐涌上心头，艾雯的眼眶里盈满了泪水。她捂住嘴，无声地哭起来。女人的表情更加不满，粗暴地拉开她。

"别哭了。"女人的言语越发恶毒，"当初就不该干那糊涂事，现在哭有个屁用！"

艾雯抽噎着："阿姨对不起……"

病床上的潘晓突然呻吟一声，慢慢地睁开了眼睛。

他的眼球迟缓地转动着，仿佛在辨认着病房中的一切。最后，他看向艾雯，轻轻地笑了。

"你……"潘晓的笑容迅速僵住，"你怎么哭了？"

随即，他就转向女人，皱起眉头："妈，你又乱发脾气。"

女人立刻反驳道："我说错了吗？如果不是她，你会……"

潘晓指指旁边被布帘遮挡的病床："别打扰别的患者。"

女人哼了一声，从墙角里拎起一个大号垃圾袋："你们聊吧，我出去转转。"

她指指艾雯："别让他太激动，心脏受不了。"

说罢，女人就拉开门出去了。

病房里又安静下来。两个年轻人对视了几秒钟，潘晓向艾雯招招手。女孩走过去坐下，把头依偎在他身边。

"我这个样子，我妈心里着急。"潘晓的手在艾雯头上轻轻抚摸着，"所以，你别怪她，好吗？"

艾雯用力点头，感到温热的泪水正滑过眼角。

"走路没问题了？"

"嗯。不过不能走太远，腿还是会疼。"艾雯咬咬嘴唇，"我爸不让我多走动——我偷偷来的。"

"听叔叔的吧，慢慢来。"潘晓的声音颇为消沉，"真羡慕你呀。我总是没力气，医生也不让我下床。"

"你也会好起来的。"艾雯抬起头，捏住潘晓的手，"你要听医生的话。"

"放心。"潘晓费力地翻过身来，"就是躺得太久了，真想出去看看。"

艾雯的表情活泼起来："如果能下床活动了，你最想干什么？"

"去感谢你爸爸。"

"哦？"

"不管怎么样，他救了我的命啊。"潘晓的目光温和，"如果不是他帮忙，我早就不在了。"

"你别这么说。"艾雯又把头倚在他怀里，"祸都是我惹的，否则你也不会受伤。"

"都是过去的事了，别再提了。"潘晓捻起她的一缕头发，绕在手指上，"再有，我想去看看那个小朋友。"

艾雯抖了一下，把整张脸都埋进潘晓的怀里。

"她还好吧？"

"她没事。"沉闷的声音从他怀里发出来，"她挺好的。"

"我想当面跟她道个歉，毕竟我也有责任。"潘晓叹了口气，"我不该让你喝那么多酒还……"

"别说了！"

艾雯一下子抬起头来，眼神中满是恐惧。

潘晓被吓了一跳："你怎么了？"

"没怎么。"艾雯移开视线，"阿姨不让你胡思乱想，要好好休息嘛。"

她站起来，拉过其中一个购物袋："饿不饿？我给你买了很多好吃的。"

潘晓观察着她的脸色："不饿——你到底怎么了？"

"都说了我没事。"艾雯看也不看他，自顾自在购物袋里疯狂翻找着，"黄油饼干、鹅肝酱、芝士条——你要吃什么？"

这时，一个护士拿着几个输液袋走进来，跟潘晓打了个招呼："小伙子，今天怎么样？"

潘晓费力地抬起手："挺好的。"

护士看了看连接在他手腕上的输液袋："该换药了。"

艾雯仿佛得救了一般，低着头走向病房门口，头也不回地说道："你好好休息吧，改天我再来看你。"

潘晓欠起身子，眼睁睁地看着她走出门去，欲言又止。

护士好奇地看着他，调笑道："怎么，吵架了？"

潘晓躺回到病床上，叹了口气，闭上眼睛。

护士给他换好输液袋，又走到旁边的病床前面，拉开布帘。

"你也该换药了。盐酸曲美他嗪，也是营养心脏的。"护士看着输液袋上的标签，"郑松林？"

郑松林从病床上坐起来，拔掉手背上的针头："护士小姐，我去上个洗手间，回来再打吧。"

说罢，他就快步冲出病房。护士大为不满，小声嘀咕道："还说担心自己心脏有问题，跑那么快。"

郑松林来到走廊里，艾雯已经不见踪影。他看看正在下行的电梯，转身跑向楼梯间。他没有注意到的是，在走廊的长椅上，一个戴着棒球帽和口罩的年轻人正举起手机，对着他连连按下拍摄键。

艾雯一口气跑到医院外面，沿着人行道一路疾行。终于，她的右腿再也支撑不住如此剧烈的行动。她勉强走到一棵树下，扶着树干蹲下来。顿时，所有的恐惧与痛悔猝然袭上心头。她把头埋在两个膝盖之间，放声大哭。

在她身后十几米开外，郑松林抹掉手背上冒出的血珠，点燃一支烟，静静地看着她。

专案组在全市范围内排查了所有器官移植手术记录，没有查找到郑凯和王光彦的名字。考虑到二人可能用化名接受手术，专案组花费大量精力，对所有接受器官移植的患者一一落实，仍然没有人能和郑、王两名死者建立联系。至于供体者名单，专案组虽然也已经获取，但是可以与有据可查的接受移植患者分别对应。

换句话来说，目前所有的线索均已中断。

肇德军站在长条会议桌的一端，摸着下巴，目不转睛地盯着墙上的一张人体解剖图。图上的眼睛和肝脏部位，都被红色签字笔画上了圈。

"方老师。"

方木放下手里的《海的女儿》，抬起头："嗯？"

"我们假设移植给郑凯和王光彦的角膜、肝脏来自同一个供体。"肇德军指指解剖图，"你觉得这个供体还活着吗？"

"可能性不大。"方木摇摇头，"没有人愿意在生前就把一只眼睛和肝脏捐出去吧？除非是至亲——郑凯和王光彦没有亲缘关系方面的交叉。"

肇德军沉默了一会儿，忽然没头没脑地问道："现在有哪些人体器官是可以移植的？"

"比较常见的是肾脏、心脏、肝脏、角膜。"方木走过去，和他并排站在一起，

"小肠、胰脏、皮肤什么的现在也可以。"

"这是不是意味着潜在的受体还可能有好几个？"

方木点点头："没错。"

肇德军的脸色更加难看："妈的，搞不好凶手还会杀人？"

方木的表情意味深长："那要看凶手对他们的评估。"

的确，凶手似乎在"扮演"一个法官的角色。对于继承了器官的受体，凶手自有一套评价体系。如果受体没有珍惜这来之不易的重见光明或者重生的机会（沉迷于色情的郑凯和酗酒的王光彦），这个法官就会对他们进行宣判，乃至剥夺。而那些大费周章的"仪式"，更像是对两个父亲的惩罚。反映在凶手的心理上，案情传达出以下的信息：

其一，供体的器官被移植给他人，很可能是违背其意愿的，至少凶手并不情愿；

其二，凶手与那个未知的供体之间关系极其亲密，甚至可能是血亲；

其三，凶手并非完全不能接受供体的器官被移植给他人的事实，但是作为"给予者"（凶手的内心确认），却自行为受体们设置了某种"债务"（其内容可以总结为"珍惜"），并认为自己有追讨的权利；

其四，凶手认可"子不教父之过"的观念。一来，两名死者都年纪尚轻，生前接受的器官移植手术很可能都是在家长的操持下完成；二来，凶手对"父亲"这一身份似乎有很深的怨念，成长早期也许曾受到过来自父亲一方的不良影响。

"评估？"肇德军皱皱眉头，"那凶手需要相当了解被害人的日常生活状况啊。"

"类似于跟踪回访。"方木笑笑，"这家伙应该是个可以自由支配时间的主儿。"

他抱起肩膀，收敛了笑容："而且，凶手的评估标准很可能会发生变化。"

肇德军挑起眉毛："你指什么？"

"这么说吧，"方木沉吟了一下，"肇支队，我平时跟你开开玩笑，还会损你几句，你什么感受？"

肇德军眨眨眼睛："这很正常啊，好哥们嘛，闹一闹怎么了？"

"要是有一天，我跟你说，哥，我实在是经济困难，借我十万块钱。"方木凑近他，"你借给我了，之后我还跟你拍拍打打，拿你开玩笑——你会怎么想？"

肇德军脸色一变："那我就觉得你小子有点嘚瑟了。你不尊重我啊。"

"为什么？"

"我是债主啊。"肇德军笑道，"你看见我不溜边儿走就不错了，还跟我比比画画？"

"而且，我借了你的钱之后，喝酒、唱 K、购物一样不落……"

"那你就有点欺负人了吧？"肇德军瞪起眼睛，"你都借钱了，还这么消费？"

"要是我没向你借钱呢？"

肇德军琢磨了一会儿，点点头："我有点明白了。施者对于受者的心态不一样。"

"是啊。"方木看向那张人体解剖图，"最初，凶手认为死者并没有珍惜供体的器官，所以他有权利拿回来。两次作案成功后，凶手的自我认知会得到巩固。那么，他有可能会任意扩大自己的'职权'，提高评估的标准。"

他停顿了一下："换句话来说，如果真有其他供体存在，稍微触怒凶手——甚至是小小的无心之失，就会被他认为评估不合格。"

"你的意思是……"肇德军抹抹脸，"只要还有其他受体，凶手再次杀人的可能性很大？"

方木点点头："没错。"

肇德军的脸色阴沉下来，一根接一根地吸烟。良久，他又闷闷地开口说道："方老师，按照你的分析，我们要对付的不是一个人啊。"

他看向方木："又要跟踪监视，又要下手杀人——视频监控里出现的那个男的，一个人完成不了。"

"是的。"方木耸耸肩膀，"所以我一直觉得是多人作案。其中……"

"其中一个是女的？"

"而且很可能是母亲的角色。"方木笑笑，"你还记得？"

"当然。"肇德军点头，"理由呢？"

"母亲的孕育，可谓与子女血肉相连，进而产生将其作为私有物的感受。"方木想了想，"在有些妈妈看来，你就是我的——所以我有理由拿回来。"

"看来查清那个供体的身份是突破口啊。"肇德军摁熄烟头，"还得从郑松林和王哲身上想办法。"

"正常渠道走不通，咱就另辟蹊径吧。"方木向肇德军挤挤眼睛，"把你的耳目们发动一下。"

肇德军一愣："什么意思？"

"郑凯和王光彦接受的应该是地下器官移植手术，在正规医院查询不到的。"方木撇撇嘴，"见不得光的事，见不得光的人会有办法。"

"其实，"肇德军从鼻子里哼了一声，"我们还应该打打另一个人的主意。"

方木有些惊讶："谁？"

肇德军向摊开在会议桌上的那本童话书努努嘴。

"邰伟。"

这家伙最近确实很不对劲。

邰伟明明已经出院了，却死活不肯返回 C 市，宁肯跟方木挤在小小的一房一厅中。他对这两起杀人案表现出异乎寻常的关注，对所有案件细节都问个没完。然而，当方木索要"回报"的时候，他除了甩给方木一本童话书之外，要么缄口不言，要么嬉皮笑脸地敷衍过去。方木第一次对这个老友感到恼火。可是，每当他下定决心要找邰伟问个究竟，这家伙干脆就玩起了失踪——天不亮就出门，方木回家的时候，这家伙连半个人影都看不着。

所以，方木一推开家门，看到凌乱的床铺上空无一人的时候，气顿时不打一处来。

卧室不大，邰伟的行李更是只有区区一个行李箱。然而，方木翻箱倒柜找了半天，邰伟这段日子时时翻看的那些旧卷宗还是不见踪影。

方木不甘心，又把搜查范围扩大到客厅里。正当他把沙发垫子挨个丢到地板上的时候，门开了，满脸倦色的邰伟走了进来。

看到客厅里的狼藉景象，邰伟一愣："靠，你要搬家啊？"

"搬你个头！"方木气冲冲地走过去，还没开口发难，就立刻闻到了一股刺鼻的怪味——邰伟的衣裤上、鞋子上全是污泥，头发里还有蜘蛛网，整个人臭气熏天。

"你他妈的去掏下水道了？"方木捂着鼻子倒退两步，勒令他把衣服鞋子都脱在门口，"先去洗澡！"

"都是大老爷们，装什么干净啊。"邰伟掀起短袖衫闻了闻，满不在乎，"开窗通通风得了。"

"真他妈服了你！"

方木把他推进洗手间，又把他脱下来的衣服、鞋子塞进一个垃圾袋，这才呼出一口气。

"哎，衣服先别洗啊。"哗哗的水声中，邰伟还不忘了啰唆，"回头我自己来。"

方木把垃圾袋丢到楼道里，不耐烦地吼道："你那破玩意除了销毁没别的办法了。"

"靠！"邰伟悻悻的声音传出来，"还挺讲究。"

很快，邰伟擦着头发，围着浴巾，悠悠然地从洗手间里晃出来："哎，小子，咱俩晚上吃点啥？"

方木坐在沙发上，一言不发。

邰伟还不识趣，自顾自说道："要不去撸个串吧。靠，你真把我的东西扔了？那你得借我双鞋子。"

方木还是没有回应。邰伟转过身，看看面沉如水的方木，撇撇嘴："别给我摆臭脸啊，我还不嫌你的鞋臭呢，不识抬举！"

随即，他又要往卧室溜，刚推开门，脸色就是一变："你他妈什么时候学会翻别人东西了？"

方木却忽然一笑，和颜悦色地说道："来，坐。"

"坐什么坐啊，先去吃饭，我都饿死了。"邰伟伸出一根手指，"我警告你啊，要尊重我的隐私权。"

方木依旧笑容满面："你今天不把话给我说清楚，哪儿也别想去。"

邰伟知道他的倔脾气，只好乖乖地在他对面坐下，低着头："说什么啊？"

"你的人鱼公主。"方木把那本童话书啪的一声摔在茶几上，"咱今天就聊这个。"

邰伟抬起头，小心翼翼地看着他："来真的？"

方木挑起眉毛："你说呢？"

邰伟继续慢腾腾地擦着头发，扑哧一声乐了："没找着卷宗吧？"

方木瞪起眼睛，不说话。

"在洗衣机里呢。"邰伟指指阳台，"你小子半个月都不洗衣服，那里比较安全。"

方木被气笑了："你他妈可真行！"

套着密封袋的卷宗很快放到了茶几上。邰伟一边抠脚一边指指密封袋："先看。"

"这是什么？"

邰伟叹了口气："怎么一点耐心都没有呢？"

他放下脚，叉开腿，双手按在膝盖上，似乎在斟酌着词句。

"先不负责任地说一句。"半裸的邰伟一脸郑重，看上去非常滑稽，"你正在搞的案子，我以前遇到过。"

第十二章 · 噩梦

艾名博下了车，和司机约好第二天接他的时间，就让司机离开了。他拎着公文包，面对三层别墅，先伸展腰背，长长地呼出一口气之后，抬脚向院子走去。

刚碰到院门，艾名博就听到身后传来一声"艾校长"。他下意识地应了一声，转身看去——一个中年男子从绿化带后闪出来。

"你好。"

艾名博跟他打了个招呼，脑子里在回忆着这是哪栋楼的邻居。中年男子笑了笑："你不认识我。"

艾名博有些惊讶："您是？"

"我姓郑，郑松林。"中年男子上前一步，"跟你聊几句，可以吗？"

"聊什么？"艾名博警惕起来，"如果是与学校有关的事情，去我办公室吧。这是我家，下班后我不谈公事。"

"跟学校无关。"郑松林走到他面前，"我们之前没见过面，但是我们去过同一个地方。"

艾名博越发莫名其妙："哪里？"

郑松林盯着他的眼睛，一字一顿地说道："半山医院。"

四个字。一个平平无奇的地名，却像一把重锤一般狠狠地打在了艾名博的胸口。他晃了一下，怔怔地看了郑松林几秒钟，抬手去拉院门。

"我不知道你在说什么。"艾名博感到自己的手指都快痉挛了，"请你离开。"

八环。郑松林在心里默念道，随即抬手按住了拉开一道缝隙的院门。

"你的女儿，艾雯在家。"郑松林挡在艾名博身前，"如果我们冲突起来，她就会发现。"

艾名博的脸色瞬间就变得惨白："你到底要干什么？"

"那颗心脏还能跳多久？"郑松林眯起眼睛，"你以为还能瞒多久？"

艾名博转身，抬头看向身后的别墅，其中几扇窗户里亮着灯，窗口没有人。

他离开院门，沿着院墙向远处走去，直至能够确认别墅里的人看不见他才停下脚步。

郑松林始终不紧不慢地跟在他身后，脸上带着似笑非笑的表情。

艾名博扯开领带，气喘如牛，不安地向四周张望着。

"你想干什么？"

"我不想干什么。"郑松林走近他，"我只问你一件事。"

"什么？"

"那个孩子是谁？"

"你……你小点声！"艾名博更加紧张，"我不知道……"

九环。

"你不知道？"郑松林打断了他的话，"不知道，艾雯就可以撞死人家，又掏了人家的心脏？"

一刹那间，郑松林看到艾名博做出一个扑上来的动作，既像要捂住他的嘴，又像要卡住他的脖子。

郑松林感到心里一松。十环。

这命中靶心的一枪带有赌博的成分。从郑松林在病房里偷听到的信息来看，那个叫潘晓的男孩子因为严重的心外伤做了心脏移植手术，而他的心外伤来自艾雯在醉酒后引发的某场事故。当潘晓提到某个"小朋友"的时候，艾雯的强烈回避反应似乎意味着这个"小朋友"已经遭遇不幸。而且，包尚宏也提到自己的肾脏来自一个年轻人。

醉酒。事故。小朋友。心脏。

这不能不让郑松林联想到一个假设：艾雯醉酒驾驶，撞死了一个小朋友。他（她）的心脏被移植给艾雯的男朋友潘晓。那么，移植给包尚宏的肾脏、移植给郑凯的眼角膜、移植给王光彦的肝脏——会不会都来自那个孩子？

艾名博的反应让郑松林的赌博大获全胜。

郑松林向旁边一闪，艾名博收势不及，一个踉跄，险些摔倒。他狼狈地扶住路灯杆，这才勉强站住。

随即，他回过头，狠狠地瞪着郑松林："你到底是什么人？"

郑松林面沉如水："我跟你说过了，你不认识我。"

"警察？"艾名博咬牙切齿地问道，"还是私家侦探？"

"都不是，你也别再问了。"郑松林停顿了一下，"回答我的问题。"

"我凭什么回答你？"艾名博的嘴角泛起白色的泡沫，声音低哑却凶狠，"你有什么证据？"

"我不需要证据。"郑松林向他逼近一步，"我没打算告发你。"

艾名博一怔："你要什么？"

"回答我的问题！"郑松林几乎要咆哮起来，"那孩子是谁？"

艾名博死死地盯着他，竭力平复着呼吸，片刻，他突然问道："你认识包尚义？"

"没错。"郑松林忽然心念一动，"他让我来问你。"

艾名博的身体一软，几乎要瘫坐下去："你为什么要知道这个？"

"我自然有理由。"郑松林已经失去了耐心，"快点，艾校长，我没时间跟你兜圈子。"

"我真的不知道。"艾名博闭上眼睛，脸颊不停地抽搐着，"你别再问了。"

"你最好跟我说实话。"郑松林拽起他的衣领，"否则，你和你女儿，还有那个躺在医院里的男孩子，都会死。"

"不许威胁我女儿！"艾名博甩开他的手，眼睛几乎要凸出眼眶，"不许你碰她！"

"我没想碰你女儿。"郑松林看着他，脸上忽然浮现出哀伤的神色，"你可以不相信我，但是有人会要你们的命。"

艾名博一愣："什么？"

"那孩子的眼角膜移植给了我儿子，肝脏给了另一个叫王光彦的男孩子。"郑松林的嘴唇哆嗦起来，"我儿子死了，做过手术的那只眼睛被挖了出来。王光彦死了，肝脏也被摘走了。"

艾名博的双眼圆睁，似乎对他说的每一个字都难以置信。

"你……你的意思是？"艾名博清晰地听到自己的牙齿在打架，"那女孩的家人报复？"

"我是在帮你。"郑松林沉默了一会儿，"否则，早晚会轮到你女儿。"

"我真的不知道。"艾名博眼神涣散，仿佛在喃喃自语，"她当时就死了……那么紧急的情况下……我哪里还顾得上……"

郑松林盯着他，须臾，开口说道："你把当天的情形原原本本地告诉我。"

"那天……"艾名博茫然地看向他，视线忽然重新聚焦，"郑先生，你说的事情，我帮不了你。"

郑松林挑起眉毛，立刻明白了他的言外之意："我说了，我没打算告发你。"

他张开双臂："我也没带任何录音设备。"

"对不起。"艾名博摆摆手,"不知道就是不知道。关于这件事,我不会再跟你说一个字。"

郑松林抿起嘴角,良久,居然露出一丝笑容。

"没关系。"他把双手插进裤袋里,"我会一直盯着你女儿。凶手来找她的时候,我就知道答案了。"

艾名博的喉咙里发出一声低吼:"你离我女儿远点!"

"你最好和艾雯寸步不离。"郑松林脸上的笑意更甚,"我不知道凶手为什么还没对你女儿下手——她明明是最该死的那一个。"

艾名博攥紧双拳,五官也扭曲起来。然而,在和郑松林对视了几秒钟之后,他只是整了整衣服,拎起公文包,转过身,一步步向自家那栋别墅走去。

进了院子,艾名博的腿立刻软了下去。他扶着院墙,勉强挪到院子东北角的秋千椅前面,瘫坐下去。秋千椅摇摆起来,强烈的不安感猝然袭上他的心头。艾名博丢掉公文包,双脚撑住地面,全身僵直地坐着。

窗口飘出饭菜的香气,隐隐还能听到艾雯和妻子说话的声音。这本是一个温馨的夜晚,这本是可以让自己得到彻底放松的地方。然而,此刻的艾名博没有勇气踏入这栋别墅。郑松林的话仿佛是某种可怕的病毒,已经侵入了他的血管、肌肉,如果他回家,就会把灾难带给自己的家人。

他只能呆呆地坐着。良久,他从衣袋里掏出香烟,点燃了一支,大脑才稍微活泛了一些。

如果不是通过包尚义,那个姓郑的不可能找上自己。至于那两个被挖眼剖肝的人,可以让学校的张教官去核实一下真伪。他是从警队退役的,应该还有一些资源可用。倘若郑松林所说的属实,那么艾雯真的可能已经在无声无息中陷入极其危险的境地中。

想到这些,艾名博恼火起来。老包他妈的太不靠谱了。虽然他委托包尚义帮忙处理小女孩的尸体,但是,他没想到包尚义居然那么贪婪,会把那具尸体"废物利用"。而且，不管那个郑松林用了威逼还是利诱，包尚义千不该万不该把艾雯供出来。

艾名博掏出手机，找到包尚义的电话号码，按下呼叫键。很快，听筒里传出冷冰冰的提示音：您所拨打的用户已关机。

一拳打在了空气中。艾名博愣了一会儿，忽然意识到已经两次都没能联系上包尚义。随即，他就更加愤怒——这家伙在躲着自己！

正要破口大骂，手机忽然响起来。他看向屏幕，是艾雯。

艾名博犹豫了一下，滑动手机屏幕接听。

他首先听到的，是哭声。紧接着，女儿的声音传出来："爸爸，救救我！"

无边无际的大雨。

万山上的一草一木都被大雨冲刷得干干净净，在路灯的照耀下闪闪发亮。光不可及的地方，皆是潮湿与黑暗。两道车灯渐次刺破盘山公路的寂静，飞速向山上盘旋。

突然，车速连连降低。在远光灯的光柱里，一辆宝马车的车尾就在前方不远处。来车再次降速，在湿滑的公路上摇晃了几下之后，停在了宝马车的旁边。

艾名博钻出驾驶室，瞬间就被大雨淋得全身湿透。他抹了一把脸上的雨水，看到宝马车已经冲下路基，撞在一棵树上，发动机盖严重变形。艾名博连滚带爬地扑过去，努力睁大眼睛向驾驶室里张望着。

艾雯蜷缩在驾驶室里，口鼻都在流血，眼睛半闭，表情也很痛苦。

艾名博急了，一边呼唤女儿，一边连连拉动门把手。艾雯感受到车体的震动，也清醒过来。看到驾驶室外的父亲，她大哭起来，配合他向外推着车门。

几番努力之后，车门终于被拉开，艾雯哭喊着扑到艾名博怀里。

"爸爸，你怎么才来……我都要吓死了……"

一股浓烈的酒精气味蹿进艾名博的鼻孔里，他又急又气，心里明白女儿出车祸的原因了。

"你伤到哪里了？"

"腿……腿动不了。"

艾名博小心翼翼地把女儿抱出来，立刻看到她的右小腿可怕地弯折下去，断骨已经刺破了牛仔裤，看上去触目惊心。

艾雯在他怀里连连喊痛，同时抬手指向副驾驶座："爸爸，还有潘晓……你快看看他，我叫不醒他……"

艾名博这才注意到车里的另一个人。那个叫潘晓的男孩子歪着头，瘫坐在副驾驶座上一动不动。他面前的挡风玻璃有一个大洞，顺着破洞的方向看过去，半截被撞断的树枝插进他的胸口。

艾名博心里一惊。他急忙把艾雯抱到路边，自己绕到车身另一侧，打开车门，把潘晓拖出来，又连拉带拽地把他弄到路边。

潘晓软绵绵地躺在路面上，面色苍白，胸口还在不断地冒出血来，被大雨冲散、稀释，很快在公路上汇聚成小小一摊。

看到他的样子，艾雯又大哭起来。

"爸爸……"艾雯掏出手机，"快打 120 吧，我不能让他……"

"怎么会这样？"艾名博心乱如麻，"你为什么喝了这么多酒还开车？你怎么……"

艾雯哭得握不住手机，眼泪和雨水混合在一起，大颗大颗落在手机屏幕上。

"我跟潘晓说了去留学的事情，我们都不太开心……"艾雯的眼中闪过一丝恐惧，"我想散散心，以为这条路上没有人……可是，我看到那个小孩的时候，已经来不及了……"

艾名博怔住了。他缓缓地站起身，向前方看去。在远光灯可及的边缘，一个小小的身体静静地俯卧在路面上。

密集的雨水泼洒在她的身上。艾名博感到越来越浓重的寒意从骨头里生发出来。

这祸闯得太大了。艾雯完了。

他转过身，看到女儿正用衣服遮住雨水，边哭边按动着手机。他来不及多想，飞扑过去夺下艾雯的手机。

艾雯抬起头，脸上的表情半是恐惧半是疑惑。

"爸爸……"

艾名博弯下腰，用力抱起女儿。

"事情还没到最坏的境地。"艾名博感到自己的大脑就像一架精密的仪器，正在高速运转着。他咬着牙走向自己的车，"爸爸会帮助你。"

尽管办公室里的空调切换成了暖风模式，浑身湿透的艾名博还是觉得冷。他坐在沙发上，一边哆嗦，一边小口啜着咖啡。

包尚义推门走进来，看到他的样子，立刻奔向衣柜。

"艾校长，你先换上我的衣服。"

艾名博抬手阻止他，迫不及待地问道："怎么样？"

"艾雯没有生命危险。右腓骨开放性骨折，我已经安排手术了。"包尚义看看手中的检查报告，神色颇为凝重，"不过，那个男孩子的情况很不好。严重心胸贯通伤，正在抢救。不过，我觉得他挺不过今天晚上。"

艾名博抖了一下："那个小女孩呢？"

包尚义摇摇头："送来的时候就已经死了——严重颅脑损伤。"

艾名博双手抱头，死死地揪住自己的头发。

包尚义靠在办公桌上："艾校长，你打算怎么办？"

艾名博沉默了几秒钟："带我去看看女儿。"

两个人一前一后穿过走廊，径直来到手术室。艾雯正在做术前准备，不时发出痛苦的呻吟声。看到父亲，她急切地撑起身子："爸爸……"

"快躺下。"艾名博上前按住她，"你放心，包叔叔会治好你的。"

"潘晓怎么样了？"艾雯的神色丝毫不见放松，"他伤得重不重？"

艾名博一时语塞。他回头看看包尚义，勉强挤出一个笑容："他也没事。"

他的表情没有骗过艾雯。女孩躺回到病床上，怔怔地看着天花板，忽然掩面大哭起来。

"你别哭啊。"艾名博顿时慌了，"爸爸会想办法的。"

艾雯又试图要爬起来："我不要做手术……我要去找他……"

艾名博又急又气："你听话！爸爸都说了，会想办法……"

包尚义拽住他，转头向医生示意："准备手术吧，现在就给她用镇静剂。"

随即，他就把艾名博拉出了手术室。

回到走廊里，艾名博还是无法安静下来，在手术室门口来回踱步。包尚义也不知道该怎么安慰他，只好坐在长椅上，一言不发。

"老包，"艾名博忽然转过身来，压低声音问道，"真的一点办法都没有了吗？"

"他伤得太重了，现在只能靠仪器维持。"包尚义想了想，"不过，心脏移植术也许有用。"

艾名博眼睛一亮："那就做啊。你这里不是可以……"

"这事哪有你想的那么简单？"包尚义苦笑着摇摇头，"现在让我去哪里给你找合适的供体？之前预约的很多患者都在等着呢。"

"你想想办法啊。"艾名博坐到他身边，"你不是有很多资源和渠道吗？钱不是问题。"

"这不是钱的事。"包尚义扳起手指头，"就算我把器官贩子们都发动起来，也需要时间——那男孩子挺不到那个时候的。"

艾名博骂了句脏话，低下头，表情颓然。良久，他忽然眨眨眼睛，向走廊尽头望去。

"老包？"

"嗯？"

"那小女孩……内脏没受伤吧？"

"没有，伤在头部。"包尚义忽然醒悟过来，"艾校长，你不是想……"

"反正她已经死了。"艾名博的眼睛闪闪发亮，"配型什么的，我不懂……万一可以呢？"

包尚义犹豫起来："试试倒是可以，不过……"

"那就试试。"艾名博跳起来，"医生什么的你来搞定，全部费用我来出。"

包尚义面色为难："艾校长，这么做，风险太大了。"

"这么多年的朋友，你帮我这一次，我肯定不会让你白忙活。"艾名博语气急切，"我绝对不会泄露这件事，否则我女儿就完了。你这边……"

包尚义四下看看："这是我的医院，当然我说了算。"

"那不就得了。"艾名博一把抓住他的胳膊，"神不知鬼不觉，在你这里闭环。"

他伸出一根手指："事情办妥了，除了正常费用，我再给你加这个数。"

"十万？"

"一百万。"

包尚义舔舔嘴唇，眼球快速转动着："那我试试？"

"一言为定，我绝不反悔。"

"好吧。"包尚义仿佛下了决心，站起来，"你等我消息。"

他走出两步，又转过身："你去把撞坏的车弄回来，千万千万不能露一丝马脚。"

艾名博也站起来："这个我来解决，其他的交给你。"

包尚义离开。艾名博转身望向大雨如织的窗外，深深地呼出一口气。

一瞬间，身边的大雨消失了。哗哗的雨声变成了风吹落叶的声音。艾名博发现自己又回到了自家的庭院中。听筒里传来艾雯的声音："喂？爸，你怎么不说话？"

艾名博回过神来："嗯，我听着呢。"

"你还没下班吗？"艾雯的语气如常，"妈妈问你什么时候回来吃饭。"

"我就快到家了。"艾名博竭力保持平静，"你们等我一下吧。"

"好。"

艾名博挂断电话，静静地坐在秋千椅上。他不知道刚才的回忆和与郑松林的对谈哪一个才是梦境一场，如果可以的话，他希望两个都是。

第十三章 · 旧案

某年五月，C市遭遇罕见的特大暴雨。雨过天晴，从地下雨水管网里冲出三具裸体女尸，均已高度腐败。尸检结果表明，三名被害人的死因都是机械性窒息，生前都曾遭遇性侵。C市公安局成立专案组负责侦办此案。当时刚参加公安工作不久的邰伟也加入了专案组。由于发案时间较长，加之现场基本遭到破坏，侦查工作的进展极不顺利。为了彻查此案，邰伟等专案组成员在迷宫般的地下雨水管网里进行了长时间的搜索和勘查，最后发现了有人曾在此生活过的痕迹。以此为线索，警方经过蹲守和布控，将嫌疑对象锁定为一名以雨水调蓄池为居住地的流浪人员。然而，对他的抓捕行动以嫌疑人的死亡收场。不过，嫌疑人的DNA可以与死者体内残留的精液做同一认定。警方据此认定连环奸杀案系此人所为，鉴于嫌疑人已经死亡，案件撤销。

"这就完了？"方木冲邰伟摊摊手，"我没看出有什么相似点啊？"

"你别着急啊。"邰伟费力地把右腿从茶几上扳下来，用力揉捏了几下，又放回去，"我参与这个案件的同时，我干爹也委托我调查一个失踪的女中学生的下落。"

"是他的孩子吗？你的干妹妹？"

"不是。"邰伟摇头苦笑，"是他的邻居家的孩子。小姑娘的命也挺苦。她家有一个超生的弟弟，她在家里不怎么受待见。在学校里呢，因为家庭条件不好，还有其他女孩霸凌她。就在案发前一天，小姑娘得罪了学校里的一个叫马娜的大姐大，被人家打到了雨水管网里，失踪了。"

"她该不会……"方木瞪大眼睛，"该不会遇到那个流浪汉了吧？"

"你猜得一点都没错。"邰伟叹了口气，"那个流浪汉不仅没有下手杀她，还帮她治好了伤，两个人在雨水调蓄池里过了一段日子。"

方木倒丝毫没有显得惊讶，点点头："共情——不过，小姑娘的家长没去找她吗？"

"这就是最吊诡的部分。马娜的爸爸为了息事宁人，花钱摆平了小姑娘的爸爸，还给那个黑户弟弟解决了户口的问题。"邰伟笑了笑，"你知不知道，在那个时代，能有个儿子，是多少人梦寐以求的事情？"

"然后呢？"

"然后小姑娘的家长就当她死了，当从未生养过她。"邰伟撇撇嘴，"小姑娘曾经回过家一次，知道父母的态度之后，又返回了雨水调蓄池，和那个流浪汉相依为命。"

他突然笑了笑："对了，她还给那个流浪汉起了个名字，叫文森特。"

"文森特？"方木眨眨眼睛，"《侠胆雄狮》里的那个文森特？"

"没错。"

方木想了想："后来呢？"

"我们抓那个文森特的时候，这家伙被一个中学老师撞死了。"邰伟皱起眉头，"我当时就觉得他妈不对劲——不会这么巧吧？后来，在哥们的不懈努力下，终于查清这个中学老师才是幕后真凶。他在那方面就是个废人，指使文森特强奸杀人，自己把全过程录下来，自娱自乐。"

邰伟停顿了一下，等着方木夸他几句。然而，方木依旧不动声色："中学老师呢？"

"死了。"邰伟悻悻地白了他一眼，"文森特被撞死那天，中学老师又指使他带了一个女中学生下雨水管网，你猜是谁？"

方木脱口而出："马娜。"

邰伟盯着他看了几秒钟："你这样很没意思，一点发挥空间也不给我留啊。"

方木笑道："你一共就提到俩女中学生，一个是那个苦命的孩子，另一个还能是谁？"

"得了。"邰伟摆摆手，语速开始加快，"不知道那小姑娘是怎么查到真凶的，把中学老师骗到雨水调蓄池里，一棍子打昏，把他的脖子用铁丝拴在密封阀的握柄上。然后，又把马娜的父亲引到雨水管网里，说马娜就在调蓄池里……"

他看到方木越来越亮的眼睛，正打算吊吊他的胃口，冷不防方木已经开口了。

"马娜的父亲开密封阀的时候，勒死了那个中学老师？"

"靠！"邰伟大叫一声，"你这样非常讨厌。"

"你都说成这样了，傻子也料得到。"方木哼了一声，"啰唆了这么半天，你才说到重点。"

邰伟又来了精神："怎么样？这手法，和你正在搞的案子是不是有点像？"

"睚眦必报，假以人手，一个不落。"方木若有所思地点点头，又问道，"那个小姑娘呢？"

"下落不明。"邰伟耸耸肩膀，"这案子后来就是一个悬案。"

方木立刻追问道："那你怎么知道这么多？"

"那小姑娘有写日记的习惯。"邰伟的神色变得黯然，"后来她把日记留给我干爹了。"

方木看了他一眼，试探着问道："你干爹他老人家……"

"还在。"邰伟轻叹了一口气，"C 市老家呢。"

方木想了想："那个小姑娘叫什么？"

"苏琳。"邰伟忽然神秘地一笑，"不过，她可能还有另一个名字。"

"什么？"

邰伟向茶几上的那本童话书努努嘴。

"'人鱼'。"

郭岩下了公交车，站在尘土飞扬的公路边，一时间有些晕头转向。他看看四周，举目可及之处都是绿油油的田地、繁茂的树木、低矮的平房和冒着黑烟的水泥烟囱。

忽然，他看到了一块大大的广告牌，上面是一个笑容可掬的中年人的半身像，旁边写着"名阳青少年特训学校"的字样，下面还有一个粗粗的箭头。

郭岩放下心来，快速奔向广告牌，沿着箭头所指的方向走去。

走过一段坑坑洼洼的土路之后，他踏上一条笔直的柏油马路。远远地，可以看见几栋高大气派的建筑拔地而起，和周围的田园景致格格不入。

郭岩加快脚步，十几分钟后，他来到一个操场模样的院子前面。高高的铁栅栏将操场围起来，栅栏顶端缠绕着铁网，挂着写有"注意高压电"的牌子。每隔十几米远，还装有监控摄像头。

郭岩越看越惊心，这哪里像是一个学校啊。田玥说得没错，这个所谓的特训学校简直就是个监狱。

操场上摆了两个足球门，相邻的场地上还有篮球场。不过，偌大的院子里空无一人，从那些楼房中传出的诵读声来看，大概是在上文化课。郭岩沿着院子的外墙走了一圈，路过正门的时候，在保安员严厉的目光下退了回去，随便找了一棵树坐下，眼巴巴地看着操场。

和风煦暖，加之没完没了的蝉鸣，郭岩很快就昏昏欲睡。他把随身的挎包垫在膝盖上，正打算眯一会儿，就听见单调的铃声从楼房里传出来。

几秒钟后，孩子们从楼房里如潮水般涌出来，奔向空荡的操场。郭岩打起精神来，凑到铁栅栏前，竭力向里面张望着。

这些孩子清一色穿着全套的迷彩服。刚才的铃声，仿佛打开了一所童子军营。郭岩看得眼花缭乱，近乎绝望地在那些一模一样的帽子下面寻找那张脸。有的孩子也看到了他，却没有露出好奇的表情，只是冷漠地瞥了几眼之后就慢慢地走开。而且，似乎没有人带着足球或者篮球出来玩耍，大多数人都是在操场上漫无目的地走着，彼此间也没有交谈或者追逐嬉戏。尽管操场上有很多人，却非常安静。看上去，人群仿佛就像一条迷彩色的河流在缓缓流淌。

郭岩嘀咕了一句，这不是放风吗？

突然，一个迷彩人停下了脚步，向郭岩怔怔地看了几秒钟，脱离了那条河流，飞跑过来。

郭岩瞪大眼睛，认出了军帽下面是田玥的脸。

田玥一口气跑到郭岩面前，脸上是掩饰不住的惊喜交集。

"你怎么来了？"

郭岩看着她，反而一句话都说不出来。田玥笑眯眯地把手伸出铁栅栏，在他肩膀上推了一下："小孩，傻了？"

郭岩这才结结巴巴地问道："你还好吗？"

"我挺好的啊。"田玥把帽檐向上一推，"你呢？上次你挨了教官好几脚。"

"我没事啊。"郭岩的脸一红，急忙装出一副满不在乎的样子，"要不是他比我高，我肯定能打过他……"

这时，他忽然发现田玥帽檐下的头发已经剪短，并且恢复了黑色。

"你的头发？"

"哦，剪了。"田玥笑笑，"准备换个发型和颜色。"

郭岩的心一沉："他们强迫你剪的？"

"没有啊。"田玥撇撇嘴，"我不想的话，谁敢强迫我啊？真是。惹急了，我还跑！"

郭岩沉默了几秒钟："你吃饭了没有？"

"吃了啊。"

郭岩摘下身上的挎包，拿出几个用食品袋装好的馅饼，表情有些窘迫："那……"

"哎呀！"田玥的眼睛一下子亮起来，"是你们福利院做的吗？"

郭岩刚要点头称是，田玥就一把抢过食品袋，掏出馅饼就往嘴里塞。

看到她狼吞虎咽的样子，郭岩又是欣慰又是难过："你慢点吃……又不是什么好吃的东西，都凉了。"

"你不知道，"田玥伸长脖子，勉强咽下嘴里的馅饼，"晚上睡不着的时候，就想这一口呢。"

郭岩皱起眉头："这里的伙食不好吗？"

"也不能说不好吧。"田玥咬着馅饼，眨眨眼睛，"反正不是这个味儿。"

郭岩似懂非懂地抓抓头发："那我下次还给你带馅饼。"

田玥把视线投向他的挎包："包里还有什么？"

郭岩有些慌："没了。"

"也不带盒烟来。"田玥用沾满油渍的手推了他一把，"下次记得啊，再来瓶可乐，要冰的。"

"抽烟不好。"郭岩板起脸，"不行。"

田玥边吃边翻起白眼："小孩，你懂什么？"

"可乐没问题。"郭岩认认真真地说道，"你好好在这里学习，别再跑了。你爸妈总不会让你一直待在这里……"

"认真接受教育改造，争取早日重新做人？"

话没说完，田玥自己先笑起来："你怎么比我妈还烦？"

郭岩也笑："总之你就老老实实的。"

"那不可能，逮着机会我还会溜。"田玥回头看看操场，"这破地方，我一分钟都不想待。"

这时，单调的铃声再次响起。刚刚还无比嚣张的田玥仿佛触电一般跳了起来，三口两口把馅饼塞进嘴里。

"我得回去了，就休息十分钟。"她勉强嚼着嘴里的食物，声音模糊不清，"你什么时候再来看我？"

"下周吧。"郭岩想了想，"还是周日，还是这里。"

"行，一言为定。"田玥推了他一把，"你也快走，被教官发现就坏了——别忘了烟，还有可乐。"

说罢，她就向郭岩挥挥手，转身向操场跑去，很快就汇入向楼房奔涌的迷彩色的河流中。

郭岩把挎包拉好，捡起女孩丢下的食品袋。再抬起头的时候，他惊讶地发现几秒钟之前还人流密集的操场已经变得空空荡荡，只剩下些许扬起的尘埃和零星点缀其上的青草。

清晨的聚力健身中心里没有会员到访，空荡荡的训练大厅被打扫得一尘不染，各色健身器械排列整齐，空气中还弥漫着淡淡的清新剂的味道。大厅的一角，只穿着运动短裤的夏天赤裸着上身，对着一个吊起来的训练假人连连挥拳。"啪啪"的击打声回荡在大厅里，听上去很是单调。他已经汗流浃背，气喘如牛，手上的力道却丝毫不见放松，一下比一下凶猛。

忽然，他听到撕开贴扣的声音。夏天下意识地转过身，看见穿着白衬衫、深色长裤的顾蓝正在戴拳套。

夏天急忙走过去："你什么时候来的？"

顾蓝已经把头发扎起来，抬脚甩掉高跟鞋，赤着脚走向软垫，向夏天挥挥手。

"来，打一场。"

夏天无奈地摇摇头："别闹。"

顾蓝板起脸："快点！"

夏天用嘴咬开拳套上的贴扣，含混不清地问道："吃了早饭没有？"

话音未落，他就感到眼前一暗——一记鞭腿向他飞了过来。

他本能地抬起手臂格挡。顾蓝一击未中，迅速侵身上前，又是一个左直拳。

夏天不得不打起精神迎战。最初，他以为顾蓝只是闹着玩，孰料女人的动作又快又狠，丝毫没有给他留下喘息的机会。转眼间，他就被击中数拳。

"来真的？"

顾蓝抿起嘴，并不答话，径自还了一记下劈腿。

夏天连连后退，钝痛之下，好胜心顿起。他摆好架势，灵活地闪开顾蓝的攻势，看准空当，一拳打向顾蓝的左腮。女人的身体跟跄了一下，脚下的步法也乱了起来。夏天看到顾蓝脸颊上红色的印迹，顿时懊悔不迭。顾蓝却毫不退缩，尽管半边脸已经肿起来，她依旧死死地盯着夏天，不停地出拳试探，寻找攻击的机会。

夏天却再没了打下去的兴致，只顾着看她的脸。

"没事吧？"他一边闪躲一边问道，"我可能是打重了……"

顾蓝眯起眼睛："你还是担心你自己吧。"

夏天举起双手，倒退几步："不打了。"

顾蓝上前追打，夏天却一直退到了软垫外面。顾蓝撇撇嘴，整个人松弛下来。

"你这人最没劲了。"

说罢，她摘掉拳套，转身就走。夏天心里不服气，叉着腰看着顾蓝的背影。她的白衬衫已经被汗水濡湿了一大片，隐约可见内衣的形状。夏天看着她扭动的腰肢和修长的双腿，心里一热，纵身扑上去，抓住了顾蓝的脚踝。

顾蓝向前扑倒在软垫上，快速翻身，挣脱夏天的双手，就势用大腿夹住他的头，锁住他的右臂。

剧烈的疼痛从夏天的肩膀处传来。他连连拍打软垫。顾蓝刚刚松开他，夏天就翻身压在她身上，直接吻了上去。

顾蓝挣扎了几下，就搂住他的脊背，闭上眼睛。

两具汗津津的躯体纠缠在一起。在透过玻璃窗的晨光中，男人背上的汗水闪闪发光，女人的手指细长白皙，深深地扣进他的背肌里。不知道吻了多久，顾蓝忽然意识到自己的衬衫扣子已经被夏天解开了几个。她顿时清醒过来，屈膝顶起夏天的上身，抬脚把他踢翻在一边。

夏天倒也不恼，坐在软垫上，看着顾蓝跪坐着整理衣服。女人扣好衣服扣子，白了他一眼。

"这里有视频监控，你忘了？"

夏天笑笑："你让我想起咱们在缅甸的日子了。"

顾蓝的表情柔和了许多："那会儿我还什么都不会，如果不是你，我就死在缅甸了。"

"你不用这么辛苦的。"夏天摘掉拳套，"有我呢。"

顾蓝摇摇头："你不懂。"

夏天沉默了几秒钟，爬过去，再次按倒顾蓝，从背后抱住她。顾蓝没有反抗，静静地任由他抱着自己。夏天把脸埋在她的头发里，深深地吸着气。良久，他瓮声瓮气地说道："郑松林在跟踪艾雯。"

几乎是同时，夏天感到怀中的身体一下子紧绷起来。

"郑松林？你是不是认错了？"

"不会。"温存的时光已然结束，夏天有些后悔跟她提起这个，更加用力地拥她入怀，"我拍了照片，回头你可以看看。"

"他是有意跟踪艾雯？"顾蓝拉开他的手臂，翻身坐起，"还是凑巧遇到了？"

"不像是凑巧。"夏天叹了口气，"郑松林在市人民医院心外科住院，和那男孩子一个病房——不至于这么巧吧？"

顾蓝的眉头皱起来，仿佛在自言自语："郑松林是怎么查到的？"

"不知道。"夏天抱膝而坐，摇摇头，"你想让我怎么做？"

顾蓝想了想："你先别去市人民医院了，去帮我查查另一个人。"

夏天眨眨眼睛："谁？"

"警校的一个老师，教犯罪心理学的，叫方木。"顾蓝的脸上看不出什么表情，"名字很好记，方正之木。"

"他是什么人？"

顾蓝垂下眼皮："越详细越好，查清楚就联系我。"

夏天沉默了几秒钟："好。"

"该处理掉的东西，都办妥了吧？"

夏天显得意兴阑珊："嗯。"

"你把车卖掉，越快越好。"顾蓝从裤袋里掏出一把车钥匙，放在软垫上，"Jeep 牧马人，停在楼下了，很适合你。"

夏天有些意外："你这是干什么？"

"所有痕迹都不要留下。"顾蓝摸摸他的脸，"别推辞了，我知道你一直喜欢那辆车。"

说罢，顾蓝散开头发，拎起高跟鞋和皮包，向训练大厅外走去。夏天站在原地看着她，忽然又叫住她。

"如果你觉得郑松林很麻烦，我可以……"夏天挑挑眉毛，"他实在是很讨厌。"

"恰恰相反。"顾蓝忽然笑笑，"我对他越来越有好感。"

第十四章·她的样子

艾名博怒气冲冲地从女儿的房间走出来，回手把门摔得山响。

"我告诉你，半小时内准备好。"艾名博指着紧闭的房门吼道，"今天必须去！"

艾雯的声音传出来："不去不去，我就不去！"

"你试试看！"艾名博大步走下楼梯，坐在客厅的沙发上喘着粗气。

手机不合时宜地响起。艾名博看着它在茶几上不停地震动、鸣叫，深呼吸了一下，拿起，接通。

"喂，对……对，五万美金也行。然后去招商银行……"

突然，他的声音提高了："我没说清楚吗？让银行把透支额度提到最高，越快越好，你听不懂？"

说罢，艾名博就挂断电话，把手机甩在沙发上，大声骂道："他妈的，都是猪脑子！"

他解开领扣，刚一抬头，就看见艾雯站在楼梯上，身上依然是卫衣和牛仔裤。

怒气再次上涌，艾名博冲她挥挥手："赶快去把衣服换了。"

艾雯面色苍白，右手紧紧握住楼梯栏杆："爸，我们谈谈。"

"没时间，约了十点办理签证。"艾名博看看手表，"回来再说。"

"你为什么非得让我马上出国？"艾雯的嘴唇开始颤抖，泪水在眼眶里打转，"我不想去。"

"不想去也得去。"艾名博站起来，"你必须听我的。"

"我想知道为什么。"艾雯的左手也握住栏杆，似乎想把自己牢牢地绑住，"要么你今天就打死我。"

艾名博抬头看着女儿，女儿也看着他。父女二人隔着楼梯对峙，室内的空气仿佛随时可以被引燃。

良久，艾名博的眼睛先垂下来，紧绷的身体开始松弛："大学没联系好，这不要紧，你先去读预科。哪怕什么都不做，就是闲待着，也行。"

艾雯保持着刚才的姿势一动不动："爸，你知道我不是问这个。"

"你也不用担心潘晓。"艾名博开始不耐烦了，"有我在这里，你怕什么？需要钱，需要医生，我都可以解决。"

"可是你答应过我！"艾雯尖叫起来，"你答应过我可以明年再出国的！"

"我他妈答应你什么了？"艾名博吼道，"再说，我现在一分钟都等不了！"

"为什么？"艾雯有些吃惊。她眨眨眼睛，试探着问道，"爸，是不是学校出了什么事？"

艾名博一愣，随即就苦笑着摇摇头："你胡思乱想什么？"

"爸，你……你遇到什么麻烦了吗？"艾雯慌了，右手也松开了栏杆，"爸，你跟我说实话，如果真出了什么事情，你别担心，你还有妈妈，还有我……"

艾名博叹了口气，后退几步坐在沙发上，挥手示意女儿下楼。

艾雯犹豫了一下，小心翼翼地走下台阶，坐在距离父亲最远的一把扶手椅上。

"我可以告诉你原因，不过，你别害怕。"艾名博看着女儿的脸，似乎难以启齿，"你还记得包叔叔为你和潘晓做的手术吧。"

艾雯脸上关切的神情一下子变成恐惧，半晌才从牙缝里挤出两个字："记得。"

"当时我和他约好，手术之后立刻处理掉那个小女孩的尸体。"艾名博紧紧地闭了一下眼睛，旋即睁开，"但是他没有。"

艾雯似乎还没领会父亲的意思，隔了好一阵才问道："他没有？"

"对。包尚义把那小女孩的器官又移植给了别人。"艾名博停顿了一下，"我目前知道的，有眼角膜和肝脏，受体是两个男孩子。"

艾雯还是一脸疑惑："这……"

"这两个男孩子都被杀掉了，死后被挖掉了眼睛和肝脏。"艾名博压低了音量，"我找人打听过了，是真的。"

艾雯盯着父亲看了几秒钟。紧接着，她就抬手捂住了自己的嘴巴，脸色变得惨白，浑身哆嗦起来。

"我不知道下一个是谁。"艾名博咬咬牙，继续说下去，"所以，我必须……"

还没等他说完，艾雯就一跃而起，捂着嘴跑向卫生间。

艾名博闭上眼睛，长叹一声，弯下腰，把脸埋在双手之间。

女儿的呕吐声渐渐停止，最后完全听不见了。艾名博又等了几分钟，艾雯却始终没有出来。他开始感到紧张，立刻起身走过去。刚到卫生间门口，艾名博就看到女儿瘫坐在地面上，头抵着马桶，全身在剧烈地颤抖着。几不可闻的声音从她的喉咙里挤出，听上去像被扼住了脖子。

她在哭。

艾名博跪下来，抱住了女儿。艾雯的身体颤抖得更加厉害，似乎既恐惧又悲伤。终于，女儿的手臂环绕过来，同时，放声大哭。

"对不起，对不起……"哭声中夹杂着模糊不清的呓语，"都怪我，都怪我……"

艾名博不知道女儿道歉的对象是自己还是别的什么人，他只是觉得怀里的艾雯仿佛回到了童年，弱小、无助，这世界上的任何东西都可能伤害到她。

他收紧双臂，似乎想把女儿嵌进自己的身体里。

艾雯的哭声慢慢低沉下去，最后变成无力的抽泣。艾名博把全身瘫软的她扶起来。女儿的手臂始终不肯离开他的脖子，脸也一直埋在他的胸口。

"再给我几天时间。"艾雯的声音嘶哑，"爸，我听你的。"

女人走进"宏宏粥铺"的时候，看到老板娘正在数落女儿。

"天天捧个手机，这点小事你都不明白？"老板娘的手指一下下戳在小女孩的额头上，"你以后不许玩手机了，多看点书！"

小女孩的身体摇摇晃晃，嘴角向下撇着，一副想哭又不敢哭的样子。

女人笑笑："这是怎么了？"

老板娘抬头看见是她，勉强挤出一个笑容："你来了？"

她转身走进柜台里："还是红枣味豆浆？"

女人点点头："行。"

"要不这次还是来鲜肉的吧。"老板娘手脚麻利地掀开笼屉，一团蒸汽升腾起来，"上次给你推荐了鲜肉皮蛋的，你都没吃几个。"

女人还是一脸无所谓的样子："听你的。"

豆浆和小笼包很快就端到餐桌上。女人拆开一对方便筷子，开始慢慢地吃喝。老板娘粗手重脚地把她和女儿的早餐摆在另一张桌子上，大声催促小女孩吃饭，自己却只喝了几口白粥，就坐到旁边摆弄着手机。

看起来，她对手机的操作并不熟悉，不时瞪眼、皱眉、叹息，偶尔还有小声的咒骂。女人一边吃一边留心观察她。很快，老板娘注意到了她的视线，不好意思地捂住脸。

"哎呀，我实在是整不明白这个。"她向小口喝粥的小女孩努努嘴，"我还以为她会用呢。"

小女孩飞快地瞥了妈妈一眼，赶紧低下头。

女人放下筷子："要不要我帮忙？"

老板娘犹豫了一下："那多不好意思——再说你还吃着饭呢。"

女人起身走过去："没事，正好包子有点烫。"

她拿过老板娘的手机："你想做什么，下载程序吗？"

"嗯，是不是有个叫'百度'的程序？"老板娘想了想，"好像是能查东西的，我总听人说什么'百度一下'。"

"没错。"女人打开手机，很快把软件下载完毕，"点这个就行。"

老板娘顿时欣喜起来："还得是个明白人，我就搞不清这些。"

她小心翼翼地戳着屏幕，打开搜索引擎，却看着搜索框发呆。

女人注意到她的神情，又问道："你要搜索什么？"

老板娘沉默了几秒钟："你说，用这个能不能找到人？"

女人挑起眉毛："找人？"

"是啊。"老板娘叹了口气，"找我弟弟。"

"你弟弟？"女人似乎更惊讶了，"他失踪了？"

"好几个月找不到人了。"老板娘的神情更加悲苦，"他的员工说他出国散心去了。可是，打电话关机，发短信也不回——整个人消失得无影无踪。"

女人盯着她看了几秒钟："你报警了吗？"

"报了。人家警察说，散心嘛，一段时间里切断国内的联系也很正常。"老板娘发愁，"他们叫我继续联系，有情况再找他们。"

"也是。"女人若有所思，"如果他在国外，漫游费太贵了，换张当地的电话卡也说不定。"

"唉，他也太不叫人省心了。"老板娘撇撇嘴，"好歹给我打个电话啊。我们的父母都不在了，就我们姐弟俩算是亲人，怎么能连个招呼都不打就出国呢。"

"他也是成年人了。"女人拍拍她的肩膀，"放心，出不了什么事。"

"我听说国外的治安什么的不太好，动不动还枪击啥的。"老板娘神色犹疑，"如果他真出了什么事，在手机上能不能搜出来？"

"别胡思乱想了。"女人笑笑，"不放心的话，你可以试试。"

"那怎么搜？"老板娘指指手机屏幕，"写他的名字就行吗？"

"他叫什么？"

"包尚义。"

"国外的话，应该用拼音。"

"这个我真会。"老板娘来了精神，"小时候学过这个。"

她拿起手机，认真地逐个输入字母，嘴里还小声默念着："包，b，a，o……"

还没等把"尚"字的拼音拼完，粥铺的门又被推开了，一个男人走了进来。

老板娘先是一愣，随即就露出了惊讶的表情。

"哎呀，大哥。"她起身迎上去，"你怎么来了？"

郑松林在店内环视一圈，对老板娘笑了笑，拉过门旁边的一把椅子坐下。

"我在这里住院呢。"他向身后指了指，"饿了，出来找点东西吃。"

老板娘一脸关切："你病了？"

"没有，就是打点营养心脏的药，预防性的。"郑松林随手拿起一副筷子，"你这里有什么好吃的啊，给咱来点。"

随即，他看看女人："打扰你们没有？"

老板娘摆摆手，边向柜台后走边说道："没事，朋友，闲聊天。"

郑松林眼中的探求意味顿时减少了许多，整个人也放松下来，打量着墙上贴着的菜单。

女人起身坐回到自己的座位上，继续低头吃着小笼包。

老板娘很快就端了鲜肉小笼包和皮蛋瘦肉粥上来。郑松林看上去确实饿坏了，眨眼间就把小笼包吃得一干二净。老板娘坐在旁边的椅子上，有一句没一句地和他闲聊。

女人也吃完了早餐，手伸进衣袋里，掏出纸巾擦嘴。

郑松林注意到，她衣袋里的打火机在刚才掉在地上。郑松林起身走到女人面前，弯腰捡起打火机，客客气气地开口说道："姐们，这是你的吧？掉在地上了。"

女人"哦"了一声，把打火机拿回，道了声谢。郑松林同样客气一下，又回去坐下。

老板娘看看他布满血丝的眼睛："大哥，你的眼睛？"

"没事，就是最近休息得不好。"郑松林摆摆手，"对了，联系上包院长了吗？"

老板娘顿时愁云满面："没呢。"

她指指女人："这不，我刚才还求人帮忙，看能不能在网上找到点信息呢。"

郑松林眨眨眼睛："要不，你去报警？"

"我去派出所问过了。人家让我先尽量联系，实在没有信儿再找他们。"老板娘叹了口气，"警察还问我是不是尚义欠了钱，跑路了。"

"那不可能。"郑松林从鼻子里哼出声来，"包院长的业务红火着呢。"

老板娘怔了一下，不安的神色更甚。

"我就是担心他出了什么事。欠了钱也不要紧，一起想办法还呗。"她绞动着身上的围裙，试探地问道，"你不是认识尚义吗？他是不是惹了祸啊？"

"我跟包院长有业务往来，并不算太熟。"郑松林把烟头弹出门外，"你别太担心，做这一行的压力大，出去散散心也算正常。再说……"

他抬起手比画了几下："再说你这个店就够你操心的了。"

"是啊，我也没别的本事，两个人的生活就靠这个了。"老板娘无奈，"要不是为了维持这个店，我早就跑出去找他了。"

郑松林打了个哈哈："生意好做吗？"

"还行。"老板娘撇撇嘴，"还应付得过去。"

郑松林端起粥碗，语气漫不经心："有没有人找你麻烦什么的？"

"那没有。"老板娘显得有些惊讶，"我一个做小买卖的，谁会找我麻烦啊？"

"嗯嗯。"郑松林抹抹嘴，"一个女人撑一个店，容易挨欺负——没有就最好了。"

他从口袋里拿出一张名片放在桌子上："姐们，咱们能认识，也算是个缘分。如果你遇到什么危险，就打电话给我。"

老板娘更加疑惑："危险？"

"嘻！我就那么一说。"郑松林挥挥手，"我呢，多多少少认识一些朋友。需要我帮忙的，你就开口。"

老板娘犹豫了一下，把名片收了起来："行。那我先谢谢你。"

"别客气。"

郑松林站起来，拿出五十元钱压在粥碗下。老板娘急了，连连推辞。郑松林不容她再说，转身走出了粥铺。

老板娘看他走远，摇摇头，把钞票塞进围裙里。

回过身，她遇到了女人的目光，耸耸肩膀："这个大哥啊，心眼很好使，就是做事情怪怪的。"

女人也笑："是啊。"

"跟我说什么危险啊，麻烦什么的。"老板娘仍旧一脸不解，"我不招灾不惹祸的，就想好好活着呢——难不成还会有人看我不顺眼？"

女人也掏出纸钞放在桌子上，站起身来，在她的肩膀上拍了拍，脸色忽然变得郑重其事：

"你放心，不会的。"

脸颊瘦削，下巴尖尖的。单眼皮，眼睛细长。鼻子高挺。也许是因为学籍照片的缘故，她的脸上没有笑容，显得有些紧张。仔细去看，还能从她的眼神中察觉到一丝悲苦的味道。嘴唇紧抿，更加衬托出坚毅又倔强的神情。头发乌黑，但是没有光泽，看上去一副营养不良的样子。

这是十五岁的苏琳，直至她在 1994 年春夏之交失踪，再没有任何影像方面的资料。无论是在学校，还是在家里。这个孩子似乎从始至终没有被记录过。在一切非必要的场合，她都被遗忘了。

那么，在十多年之后的今天，三十多岁的她，又会是什么样的相貌？

虽然没有全身照，但是从脸型和颅像来看，个子应该不会太矮；眼部的特征会保留下来；而且，眼中时时闪烁的不安全感和警惕应该还在；随着年龄的增长，面部的宽度可能会增加；因为生活境遇不会太理想，面相应该会比实际年龄要老一些……

她失踪时还没有高中毕业，即便通过非法途径取得新的身份，继续升学的机会也很渺茫。这意味着她难以从事高端职业。出于分担生活压力的考虑，她可能很早就恋爱，获得其青睐的多为较年长男性，但是难以维持较长时间的亲密关系。在生活中较为沉默和低调，不易与人发生争执。但是，一旦陷入矛盾较激烈的关系中，容易采取暴力方式解决。可能会有违法犯罪的前科。早期的家庭境遇使其难以适应婚姻生活，组建家庭的概率比较低，即使有，夫妻关系也会比较淡漠。生育子女的可能性不大。

至于她在这十几年中的生活经历，可想而知。一个尚未成年的女孩子要在完全孤立无援的情况下生存下去——她可能会辗转多地，从事繁重的体力劳动，甚至是不体面的工作；她会把贪婪的掠夺当作爱情，会把任何虚假的善意当作救命稻草，会被生活的艰辛伤害到体无完肤，可能会自暴自弃，也可能会把伤疤愈合成厚厚的盔甲……

此刻已经是夜色深沉，刑警支队的办公大楼里灯火寥寥。方木看了看摊放在桌面上的卷宗复印件，苏琳那张青涩的脸也默默地回望着他。方木起身走到窗前，俯视着楼下依旧车来车往的街道，竭力要把一个念头从脑海中驱逐出去。

然而，另一张脸越来越清晰。随即，各种声音、场景，甚至是气味纷至沓来。他眼前的玻璃仿佛变成了屏幕，毫不留情地将他记忆深处的那些片段一一播放出来。

方木的胸口渐渐感到憋闷，呼吸也急促起来。他低下头，扶着大理石窗台，小声默念着："不要，不要。"

但是，那种从心底生发出的痛感却迅速遍布全身，越来越强烈。

他再也难以忍受，抓起手机和车钥匙，逃也似的冲出了办公室。

飞奔到停车场，发动那辆帕拉丁越野车，降下车窗，猛踩油门，让充满凉意的夜风灌满驾驶室。

他清醒过来，情绪却像落潮时分的海水，不可避免地消沉下去。

方木试图去分析苏琳在这十几年中的生活及心理轨迹，却触碰到了内心的另一个禁区。

廖亚凡。

那个至死都被他忽略的野草般的女孩。

方木的内心忽然涌起一股强烈的冲动——他需要找人聊聊廖亚凡，需要一个人听他说话。那些从他嘴里冲出的词句，会像一根尖刺，扎破这个在他胸口里越胀越大的气球。

当他觉得再也无法正常呼吸的时候，他意识到自己已经把车开到了松山福利院附近。远远地，已经能看见那栋三层小楼里的零星灯火。

路上行人稀少，夏末秋初的风变得硬朗起来，依旧绿意盎然的树叶哗啦作响。沿着路边依次排列的路灯仿佛充满歉疚般低着头，在地面上投射出一个又一个光圈。

方木的心里忽然一松，似乎那些急于说出口的话已经变得不重要，要去见的那个人也不重要，所有的情绪仿佛都在这一路狂奔中消耗殆尽了。他要完成的，只是这场狂奔而已。

他松开脚下的油门。车速骤降。帕拉丁越野车好似也精疲力竭了一般，几乎是滑行着向松山福利院的门口驶去。

忽然，方木在其中一杆路灯下看到了一个熟悉的身影。马尾辫，单肩帆布包，牛仔裤，运动鞋，体态颀长，正在低头摆弄着手机。

他不假思索地把车向她靠过去。

米楠下意识地抬起头，从刺眼的车灯看向驾驶室，嘴角浮现出一丝笑容。

等越野车缓缓停稳，米楠拉开车门，轻快地跳上去，系好安全带。

"你怎么知道我在这里？"她好奇地打量着方木，"赵大姐告诉你的？"

方木转动方向盘，忽然不知道该说什么才好，只能转移话题："你为什么会来这里？"

"上次不是打算跟你和邢璐一起来看大姐的嘛。"米楠打了个哈欠，"我去老滕那里取检测报告，没赶上。今天下午没什么事，来弥补一下。"

方木无语，只是点点头。

米楠眨眨眼睛："你该不是来找赵大姐的吧？"

她的眉头皱起来："这么晚了，是有什么急事吗？"

"没有。"方木摇摇头，挺直腰背，深深地呼出一口气，"就是聊聊。"

即使目视前方，方木也知道米楠正在专注地看着自己。几秒钟后，她幽幽的声音再次响起。

"聊什么？"

"没什么。"方木不敢看她，勉强笑笑，"我也是犯傻，大姐这会儿估计都睡了。"

米楠又看了他一会儿，坐正身体。尴尬的沉默持续了几分钟后，她又开口问道："你那边进展如何了？"

方木暗自松了一口气："在等肇支队那边的线索。我这几天在研究邰伟拿来的资料。"

"那个'人鱼'？"

"是啊。"方木耸耸肩膀，"也是人间奇观。"

"哦？"米楠顿时来了兴趣，"说来听听。"

方木把1994年的那件陈年旧案简要陈述了一遍。米楠听了之后，反而一言不发，窝在副驾驶座上，似乎在想心事。

"你觉得怎么样？"方木小心地看看她，"邰伟觉得两个案子很像，我也觉得有相似之处。不过，还是不确定能否关联在一起。"

米楠还是不说话，把脸转向窗外。

方木耐心地等了一会儿，见她还是保持沉默，只好又没话找话。

"现在还不敢把精力投入到这个线索上——我打算和邰伟回C市去看看他干爹，跟老头儿聊聊那个苏琳。"

米楠依旧不做任何回应。

方木无奈："直接送你回家吗？"

"不。"米楠抬手向前方指指，"前面路口右转，路边有个烧烤店。"

方木惊讶地挑起眉毛："嗯？"

米楠的面色沉静如水："嗯，去喝点酒。"

花生毛豆、拍黄瓜、肉串若干、半打啤酒。

酒菜陆续上齐。米楠似乎还是不愿意说话，低着头自斟自饮。方木坐在她对面，表情尴尬，只好硬着头皮开玩笑。

"赵大姐该不会没留你吃饭吧？"

米楠没有笑，只是把杯子里的啤酒一饮而尽，又拆开方木面前的餐具，把他的杯子倒满。

方木不敢再开口，端起杯子浅浅地抿了一口。

米楠没有放下酒瓶，一动不动地看着他。

方木有些慌了:"我……开车呢。"

"叫代驾!"米楠的语气不容辩驳,"喝了!"

方木抖了一下,赶紧仰面把酒喝干。刚放下杯子,琥珀色的液体又倒进来。

几个回合下来,桌上的食物分毫未动,酒瓶倒是空了四个。方木的脸色变得涨红,不停地喘着粗气,酒嗝连连。

奇怪的是,一种稍带迷醉的亢奋情绪也在全身蔓延开来。他还没来得及吃晚饭,酒入空腹,似乎也让兴奋期提前来到。他看着面前的女人。她的脸颊绯红,眼睛里水波荡漾,看上去却并不妩媚——平静的面色下带着一丝审视的味道。

米楠看到方木的酒杯空了,抬手又打开一瓶啤酒。

"你等会儿行不行啊?"方木忙不迭地拦住她,"好歹让我先垫垫肚子。"

米楠倒没有阻止他,眯起眼睛,盯着他捻起肉串入口,似乎在等待时机。

方木接连吃掉几串烤肉,满足地呼出一口气。

"都说没有什么烦恼是一顿烧烤解决不了的,如果有,那就……"

"爽了?"

方木的手停在盘子上:"嗯?"

米楠喝光一杯啤酒:"说吧。"

方木有些不解:"说什么?"

"你要找赵大姐聊的那些话。"

"什么乱七八糟的?"方木又去抓花生,心中已然开始发虚,"我发神经,你也跟着我……"

米楠把杯子重重地嗷在桌面上。

"酒都喝了,"她的脸上依旧看不出表情,"把心里话倒倒吧。"

方木想了想,坐直身体:"喝多了?"

"嗯。"米楠点点头,"不然我不知道该怎么听下去。"

方木一愣,心中顿时百感交集,嘴上却不想承认:"你不仅喝多了,也想多了。"

"我有没有想多，你心里最清楚。"米楠哼了一声，"你研究'人鱼'的案子，脑子里可不是苏琳。"

方木的脸色阴沉下来。的确，那股冲动的尾调犹在，当时的他只想揭开伤疤，以证实他真的不曾忘记。然而，那只手无论如何不能是米楠的。

"一个十几岁的少女，未谙世事，却要孤身一人在外流浪——苏琳让你想起了廖亚凡，对不对？"

方木没有否认，也无法否认。他沉默了半晌，只是吐出了三个字："对不起。"

米楠立刻追问道："对不起什么？"

"我……我当时做出了那样的决定。"方木抬起头，对米楠勉强笑笑，"而且，我在逃避——始终没有给你一个交代——我们好像是第一次聊这件事，是吧？"

米楠倾身向前，圆睁的双眼里精光闪烁："你需要对我交代什么？"

方木一时语塞，讷讷地说道："我……我不太想和你谈廖亚凡的事情，可以吗？"

"为什么？"米楠挑起眉毛，"你觉得我会吃醋？"

"这个……"方木更加尴尬，"我就是觉得……不太合适。"

"你太不了解我了。"米楠摇摇头，似乎对他大失所望，"你也太小看我了。"

"我没有！"方木有些急了，"所有人都认为我是为了她选择去死……"

"你以为我在乎这个吗？"米楠打断了他的话，"你可以选择为她去死，这没问题。可是，你为什么不肯告诉我？"

方木愣住了："我……"

"你凭什么认为我不会陪你一起去死？"米楠突然尖叫起来，"你凭什么就这样把我一个人扔下？凭什么我是最后一个知道你还活着的人？"

方木目瞪口呆地看着眼前狂怒的女人。米楠脸上的红晕已经褪去，取而代之的是惨白如纸的面色。她的眼眶里盈满泪水，失去血色的嘴唇也在哆嗦着。

刚刚还喧闹不已的店堂里一下子安静下来。食客们都把视线投向这一对正在争吵的男女。

方木深吸了一口气，说不清心里是愧疚还是欣慰："我不知道……"

"你当然不知道。"米楠的情绪稍稍缓和下来，"你什么都不知道。除了会办案子，你他妈就是一个彻头彻尾的混蛋！"

少见的粗口反而让方木轻松了一些。眼前的这个女人不再是并肩作战的同事，不再是干练的女警，不再是心细如发的足迹专家，而是一个，女人。

他突然很想去拉住她的手。

"能原谅我吗？"

"不能！"米楠干脆地回绝，"永远不能。"

方木沉默了一会儿："怎样可以弥补你？"

他抬起头，挤出一丝苦笑："我们总不能一直这样下去吧？"

"没什么不可以。"米楠拎起单肩包，"听着，你对我没那么重要。无论你以什么样的身份出现在我的生活里，我都无所谓。"

她站起身，盯着方木一字一顿地说道："下次你再想为谁去死的时候，麻烦你告诉我一声——我会亲手杀了你。"

第十五章 · 陷害

艾雯拎着一个纸袋，静静地站在隔离带里，注视着不远处的建筑物上飘扬的星条旗。艾名博站在她身后，嘴里还在絮絮叨叨："切记啊，就说去玩的，'for fun'，多余的话一句也不要说，银行流水和家庭资产证明都在签证材料的前面。就说你有男朋友，在国内……"

艾雯忽然转身就走。艾名博一惊，随即就抬手拽住她的胳膊。

"你干吗去？"

"我去买瓶水。"艾雯不耐烦地答道，"渴死了。"

艾名博看看手表："领事馆马上就开门了……"

"买完我就回来！"

艾名博无可奈何地松开手："买完立刻回来啊。"

艾雯没有回答，抬脚向斜前方的一家便利店走去。

进得店来，她买了一瓶矿泉水，却不想回到那条长长的队伍中。艾雯很清楚，父亲正在焦急地向这边张望着。索性，她坐在便利店门口的塑料凳上，把纸袋放在脚边，摆弄着手里的水瓶。

小小的便利店里人来人往，顾客大多是前来办理赴美签证的人员，彼此交流着对付领事官员的经验。店员看着这个衣着得体、还化着淡淡妆容的年轻女孩，并没有引起他更多的好奇心。毕竟，前来办理签证的人大多情绪紧张，靠喝水来减压的比比皆是。

艾雯的确感到紧张，却不是因为那个可以让她远走高飞的小小签证。父亲的话着实把她吓得不轻。一场无心之失，却已经断送了三条人命。而且，按照他的说法，自己很可能也危在旦夕。她很理解父亲的做法，毕竟立刻前往大洋彼岸是最稳妥的保命之道。然而，等她从惊吓中回过神来，更让她担忧的是潘晓。

他的情况并不乐观。康复暂且不论，连能否活下去都是未知数。倘若艾雯在他身边，还能及时了解潘晓的情况，必要时也可以动用家里的人脉和财力来帮助他。一旦天各一方，如果潘晓的病情继续恶化，她也只能干着急。而且，现在父亲对潘晓的态度也暧昧不清。她离开国内，父亲大概也不会情愿对潘晓施以援手。

更让她担心的是，如果凶手真的会对那些移植了器官的人下手，那么潘晓也在其中。甚至可能不等他死于排异反应，就会先遭到他人的毒手。所以，此刻离开，让艾雯感到自己像个逃兵，更背叛了潘晓。

她不是没想过去自首。然而，除了自己要承受牢狱之灾，还会把父亲牵扯进去。更让人灰心的是，她也不知道那个小女孩的确切身份。即使她付出这么大的代价，仍然不能保证阻止凶手的行动。

走，还是留下，实在是一个难题。

艾雯还在胡思乱想，便利店门口那条长长的队伍忽然开始移动。紧接着，她的手机就响了。

刚一接通，艾名博的咆哮声就传了出来："你磨蹭什么呢？领事馆开门了，快点过来！"

艾雯一言不发地挂断电话，把水瓶扔进纸袋里，起身走出了便利店。

看着艾雯回到队伍里，艾名博已经气得七窍生烟。不过，在这个紧要关头，他也不敢对女儿发火，只能强压怒气。

他们预约的时间是上午九点，前面已经排了几十个人。纵使艾名博心急如焚，也只能老老实实地等着。领事馆的工作人员放了一批人进入馆舍，他和艾雯前面的队伍缩短了一些。艾名博每隔几分钟就看看手表，恨不能眼前的人统统消失。

他还在翘首张望，忽然看到不远处的街面上驶来一辆警车。停在路边后，两个身穿便装的男子跳下车来，跑到值守隔离带的工作人员旁边，似乎在交流什么。

工作人员的脸上也渐渐露出紧张的神色，转身向等候面签的队伍里张望着，打开了隔离带。

两个便装男子迅速行动起来，在人群中来回穿梭着，在每一张脸上仔细打量着。艾名博没有对他们投入过多的关注，依旧眼巴巴地看着领事馆的门口。不料，几分钟后，他突然感到自己的余光里一暗——两个便装男子一左一右站在艾雯面前，表情凝重。

艾雯觉得有些莫名其妙："干什么？"

其中一个便装男子指指她手上的纸袋："打开。"

艾雯更加疑惑："什么？"

另一个便装男子不由分说，夺下她手中的纸袋，伸手进去翻找着。

艾名博又惊又怒，急忙抬手阻拦："你们是什么人啊，这是干什么……"

便装男子毫不客气地单手把他推开，另一只手里多了一个黑色小皮夹。

"我们是市局禁毒支队的，接到群众举报……"

话音未落，正在纸袋里翻找的便衣男子就哼了一声。艾名博和艾雯循声望去，顿时惊讶得说不出话来。

男子的手里是一个小小的塑料密封袋，里面是几颗半透明的结晶体。

艾名博愣了几秒钟，下意识地看向艾雯。女儿只是瞪大眼睛，直勾勾地看着那个密封袋。

男子的语气更加严厉："这是什么？"

"我不知道啊。"艾雯终于回过神来,"这不是我的……"

"请你跟我们走一趟。"

说罢,便衣男子就拽起艾雯的胳膊,向隔离带外的警车拖去。艾雯恐慌起来,一边挣扎,一边尖叫着:"你们抓错人了……我真不知道那是什么……那不是我的……"

美国领事馆门口出现了小小的骚动,每个人都把视线投向这个徒劳地反抗的女孩,以及她身后那个狂吼乱叫的中年男人。

市公安局第三会议室里,专案组正在召开本周例会。从目前来看,对系列杀人案的侦查工作已经几乎陷入僵局,有关器官供体的来源的线索均已中断。唯一可行的思路来自方木提出的对地下器官交易市场的排查。因此,今天的主发言人是肇德军。

根据肇德军的介绍,他已经发动了所有可用的刑事耳目,对本市及邻近几个城市的器官贩子进行梳理。目前,相关人员的资料都已经整理收集上来。会议的主要内容是对这一线索布置侦查任务,初步安排如下:

第一,调集人手,分组对相关人员展开调查;

第二,将调查重点集中在近半年内经相关人员进行的地下器官移植,特别是眼角膜及肝脏移植手术。要查清供体及受体的身份、家庭成员关系。对于无名尸体或者尸源不明的,要尽量还原其生前体貌特征及经常居住地、工作经营场所等情况;

第三,对本市的各个殡仪馆、私立太平间及城市救助站进行排查,摸清近半年内火化、保存的遗体及死亡的身份不明被救助人员,并查明其与有关人员的交叉关系。

虽然这一思路由方木提出,但是具体的工作安排大多与他无关。而且,方木的心思也并不在这次例会上。他把更多的注意力放在一同参会的米楠身上。那晚之后，他没有再和米楠联系，也很难想象再次见到她的情形。在开会之前，方木还为是否参会犹疑不定。然而，等到这个既渴望又害怕见到的人出现在他眼前的时候，方木才发现跟自己的设想完全不一样。

米楠只是和他淡淡地打了个招呼，表情平静，眼睛里也看不到任何异样的情绪。真的就像她说过的，无论自己以什么样的身份出现在她的生活中都无所谓。

普通的同事关系。既不过分亲密，也不疏远。礼貌、客气又得体。

然而，她的表现让方木感到不甘与恼火——哪怕你冲我翻个白眼呢？

这种千真万确的距离感似乎在宣告这样一个事实：你对我而言，真的没那么重要。换句话来说，方木，不要太把自己当回事。

这种坏情绪一直缠绕着他，直至会议即将结束。他不停地把目光投向米楠。后者却一直在全神贯注地听会，不时在笔记本上写写画画，对方木的注视完全不予回应。方木一次次收回目光，暗骂自己沉不住气，却又忍不住大声地咳嗽，指望米楠会向自己投来哪怕轻描淡写的一瞥。

然而，当组长宣布散会的时候，米楠就迅速收拾好东西，头也不回地走出了会议室。倒是肇德军上下打量着方木，眉头微微皱起。

"方老师，你最近是不是身体出了问题啊？"

"嗯？"方木还在懊恼之中，一时间没反应过来，"什么？"

"你这咳得也太凶了。你咳嗽得我都担心，回头别直接把肺咳出来。"

"哦，没事。"方木没精打采地应付道，"你都把器官贩子找出来了，大不了移植一个。"

"说到这个，"肇德军撇撇嘴，"你有什么思路没有？"

"这个……"方木有些心虚，也不敢承认自己压根没有认真听会，"暂时没有。"

"说实话，我对这条线索没抱什么太大的希望。"肇德军叹了口气，"这些贩子们，不摁住手腕，他们轻易是不会承认的。想让他们主动配合调查，那简直想都不要想。"

方木想了想："也别这么早就下结论，万一有所突破也说不定。"

"是啊。"肇德军搓搓脸，从指缝中发出含混不清的声音，"就当找点事做吧，也不能让侦查工作停下来。不过……"

他放下双手，看着方木："我觉得还得从郑松林和王哲身上想办法。"

方木点点头："的确，他们才是真正知晓核心秘密的人。"

"他们要是肯说实话，交叉点很快就能发现……"

话音未落，会议室的门就被咣当一声撞开。紧接着，一个神情焦急的中年男子闯了进来，劈头就问："你们谁是管事的？"

方木和肇德军面面相觑。肇德军皱皱眉头："你有什么事？"

男子几步抢到肇德军面前，双眼圆瞪："你们抓错人了，我跟你说……"话未讲完，他的肩膀就被另一个冲进会议室的男人牢牢抓住。

"抱歉，肇支队。"男人吼道，"你别在这儿闹，有什么话回办公室说。"

"老姜，怎么回事？"肇德军挥挥手，"你先放开他。"

"我们今天接到举报，有人在美国领事馆附近贩卖毒品。"老姜松开中年男子的肩膀，依旧警惕地看着他，"这是嫌疑人的家属。"

"人抓到了？毒品呢？"

"嗯，同时缴获一小袋冰毒。"

"这他妈不可能！"中年男子的表情扭曲起来，一把揪住老姜的胸口，"我女儿是去办理签证的，怎么可能去贩毒？你们他妈的抓错人了！"

"你先冷静点。"肇德军毫不客气地拽开他的手，"人赃俱获，你有什么好说的？"

"肯定是有人陷害我女儿！"中年男子狂怒依旧，双手挥舞，"你们先把我女儿放了！"

肇德军不动声色:"谁陷害她?"

中年男子愣住了,怔怔地盯着肇德军,几秒钟后,吼声再起:"总之你们先放人,我女儿马上要出国。"

"那你就别想了。"肇德军笑笑,"先配合禁毒支队把事情调查清楚吧。"

中年男子伸出一根手指,直指肇德军的脸:"我现在就打电话给律师,你们等着!"

"请便,这是你的权利。"肇德军垂下眼皮,开始收拾桌上的案卷,"出去。"

中年男子狠狠地瞪了他一眼,从衣袋里掏出手机,大步走出会议室。

老姜无奈地咧咧嘴,刚要出门,肇德军就叫住了他。

"好好查查,也许真有点蹊跷。"他指指正在门外举着手机、来回踱步的中年男子,"这家伙用的是华为手机保时捷版,一万多。这种家庭的子女应该不至于去贩毒。"

老姜想了想,点点头,转身离去。

今天又是周日,郭岩早早起床,洗漱完毕之后就溜到厨房,鬼鬼祟祟地打量着那些正在忙碌的阿姨。

赵大姐端着一盆切好的腌黄瓜从他身边挤过去,用膝盖顶了他一下。

"你小子,又想来偷吃东西?"

郭岩被吓了一跳,看见是她,摸着后脑勺,不好意思地笑了。

"阿姨,今天早餐吃什么?"

"包子啊。"赵大姐指指还在冒着蒸汽的笼屉,"白菜猪肉粉条馅的,保准鲜掉你这小子的舌头。"

郭岩却大失所望:"不是馅饼啊?"

"小家伙你还学会挑食了?"赵大姐在他的鼻子上刮了一下,"在哪儿学的少爷习气?"

郭岩低下头，嘟囔着："咱们福利院的馅饼好吃嘛。"

"再好吃也不能天天吃啊。"赵大姐推推他的肩膀，"去去去，别在这里添乱，去饭堂等着开饭。"

郭岩想了想："阿姨，我能不能带几个包子走？"

"干吗？"赵大姐虎起脸，"又要溜出去玩？"

"不是，我们足球队要训练。"郭岩一脸认真的模样，"去晚了就来不及了。"

"行吧。"赵大姐爽快地答应，又嘱咐道，"踢完早点回来啊，别耽误中午吃饭。"

她拿出一个食品袋，装了四个热气腾腾的包子递给他。

"趁热吃。"

一个半小时之后，郭岩跳下了公交车，又来到了那条坑坑洼洼的土路上。一直烫着肚皮的那个食品袋此刻终于凉了下来。他摸了摸那几个尚有些余温的包子，咽了咽口水，沿着广告牌上的箭头指向的地方快步走过去。

土路的尽头是宽阔的柏油马路。远远地，已经能看到围栏、电网和那几栋孤零零的建筑。

几分钟后，郭岩走到了上次和田玥见面的地方。操场上依旧空空荡荡，半个人影都看不见。郭岩估算了一下时间，田玥应该还没到下课的时间。他找了棵树坐在树下，眼巴巴地向校园里张望着。

太阳慢慢向天空正中移动着，气温也随之攀升。然而，初秋的上午还是有丝丝凉意。另外，男孩还一直饿着肚子，体内的热量明显不足。郭岩移到有阳光照射的地方重新坐好，听着空荡荡的胃里不停地传出咕噜声。怀里那几个包子太诱人了。不过，他还是强忍着，从地上捡起一小截树枝放在嘴里嚼着。苦涩的汁液进入口腔，却丝毫没有缓解饥饿感，反而引得胃酸一阵阵上涌。

向阿姨多要几个包子就好了。郭岩这样想着，忽然听到单调又刺耳的铃声在校园里响起。

他一下子兴奋起来，手脚并用地爬起来，扑到围栏前面。

很快，迷彩色的海洋又奔涌在校园里。和上次不同的是，那些穿戴着统一服装、鞋帽的学生们没有四散开来，而是排成整齐的队伍，缓慢地围着操场行进着。看上去，仿佛是一支刚刚打了败仗的队伍。

而且，那些被遮盖在军帽下的脸也全然没有生气，几乎个个面无表情。偶尔有几个学生抬眼看看围栏外的郭岩，目光中也看不出什么情绪。短暂的视线交接后，他们无一例外地又转过头去，迅速和所在的队伍融为一体，和其他的手、腿保持着同样的姿势和摆动频率。

几个穿着黑色作训服的男子站在操场中央，背着手，叉开腿，默默地注视着围着操场走圈的学生。

在这样的人群中找到田玥实在是太难了。郭岩用双手抓住铁栏杆，尽量把脸向围栏里探去，努力张望着。

这时，队伍里的一张灰白色的脸向他转过来，久久地凝视着他。同样缺乏神采的眼睛里似乎有光在闪烁。随即，她的行进动作就乱了套——仿佛一个掉了队的伤兵。

紧接着，她似乎下定了决心一般，跺跺脚，踉跄着向郭岩跑过来。

郭岩也把视线投向她。在那一瞬间，他几乎认不出那就是田玥。女孩的身体显得非常笨拙，跑步的姿态也很怪异。等她跑到郭岩面前，他的心中更是惊惧万分。

一个星期不见，田玥瘦了很多，两只眼睛大得吓人，脸颊上还带着尚未消退的淤青，嘴唇也毫无血色。

郭岩目瞪口呆：“你这是……”

田玥的表情很紧张：“你来干什么？”

“我？”郭岩一时间愣住了，“我们约好的……我给你带了点吃的。”

他想起怀里的包子，急忙掏出来递过去。

"今天福利院里没有做馅饼，我就……"

"你别再来了。"田玥急切地打断了他的话，"快走！不然他们还会电我……"

"什么？电你？"郭岩顿时方寸大乱，"我……我还给你带了烟……"

他下意识地从衣袋里摸出一包香烟。田玥的脸色却一下子变得惨白，仿佛看到了什么可怕的东西。

"快收起来！扔掉！"她不停地回头张望着，"快走！要是让他们看到你就麻烦了！"

这时，其中一个黑衣人发现了脱离队伍的田玥，举起哨子猛吹起来。尖利的哨音仿佛鞭子一样抽打在田玥的身上。她抖了一下，更加慌乱地向郭岩挥着手。

"你快走！"田玥的语速飞快，"去我家！告诉我爸爸妈妈，让他们赶紧把我接走，就说我要死在这里了。"

郭岩走也不是，留也不是，只能连连点头："好，好，你自己……"

两个黑衣人跑过来，伸手抓住田玥的胳膊，用力向后拖去。

"小兔崽子，还敢违反纪律，送惩戒室！"

听到"惩戒室"三个字，田玥顿时像疯了似的尖叫起来，拼命挣扎着，胡乱踢腾的双脚搅起一团团尘土。

一个黑衣人抬手指向郭岩，毫不客气地吼道："你是什么人？谁让你来的？保安，保安！"

郭岩似乎听不到他的声音，只是怔怔地看着像一只待宰的羊羔一般被拖走的田玥。撕扯中，她的帽子脱落下来，露出几乎被剃光的头发。

直至两个在正门口值守的保安员向他冲过来，郭岩才回过神，忙不迭地转身就跑。狂奔中，食品袋里的包子被颠落在地上，又被保安员脚上的皮靴踩得烂成一团。

郭岩一口气跑到公路上，恰逢一辆郊线公交车刚刚从路边启动。郭岩追过去，连连拍打着车门。司机放缓车速，打开车门。郭岩抬脚跳上车，抓住扶手，气喘吁吁地看着那两个保安员站在飞扬起的尘土中，指着自己破口大骂。

公交车飞驰起来。几个农民打扮的乘客好奇地打量着这个满脸汗水的孩子。郭岩找到一个空位坐下来，又喘息了一会儿，感到胃已经空得发痛。

他看看那个空空如也的食品袋，把它揉成一团扔出窗外，忽然就哭起来，不知道是心疼那几个包子，还是即将被送去"惩戒"的田玥。

两个小时后，田乃文和妻子陈姝站在客厅里，一脸疑惑地看着眼前这个急切又局促的少年。

"你是说……"田乃文依旧不能相信他的话，"田玥在学校里被电击了？"

"是的。她的头发也被剪了……吃的也不好……"郭岩急得语无伦次，"叔叔，她让你快去救她出来，她说自己快要死在学校里了。"

"头发被剪了？还电击？"陈姝皱起眉头，"你亲眼看见的？"

"没有……"郭岩急忙补充道，"但是，她的头发确实被剪了。过去她是长头发，还染成蓝色的，现在……"

他在自己的头发上摸了一把："现在比我的还要短。"

陈姝看了看丈夫，似乎还是半信半疑："她……为什么要受惩罚？"

郭岩一时语塞："应该是……违反了纪律吧，我去看过她——我不知道不允许去看她啊。"

他解释不清，心中更加焦急："阿姨，你快去把她接回来吧。她真的被欺负了！"

田乃文琢磨了一会儿，突然问道："你又是谁呢？"

"我？"郭岩一愣，"我是她的朋友。"

"在学校里认识的吗？"

"不是。"

"那你们是怎么认识的？"

"她……我们……放学之后，她要……"郭岩终于失去了耐心，用力地跺跺脚，"叔叔，我说的都是真话！你们快去救救她！"

田乃文却疑惑不减："你怎么知道我家的地址的？"

郭岩结巴了几秒钟："田玥带我来过。"

"这么说，上次是你们来我家了，是吧？"田乃文苦笑，"还拿走了床头柜里的钱？"

郭岩没回答，不安地绞着衣角。

"钱这么快就花完了？"田乃文挥挥手，"算了，我不追究了，你走吧。"

"叔叔，你相信我。田玥真的很惨，你快去救她出来。"郭岩几乎要哭出声来，"我真的没有骗你们。"

田乃文犹豫了一下，拿出手机，拨通了女儿的电话。悦耳的彩铃刚响了两声，就被挂断了。

陈姝向丈夫投以征询的目光："是不是在上课，不方便接听啊？"

田乃文想了想："有可能。"

他重新面向郭岩："小朋友，你先走吧。我待会儿再给田玥打电话，核实一下情况。"

"叔叔，她的手机被没收了。"郭岩上前去拽他的胳膊，"你跟我走，我知道学校的位置。"

"我也知道。"田乃文无奈，"小朋友，你告诉我，田玥到底要干什么？"

泪花从郭岩的眼睛里迸射出来："你为什么不相信我呢？那是你的女儿啊！"

"那我也得把情况搞清楚再说啊。"田乃文似乎在极力克制着情绪，"你说你是田玥的朋友，你真的了解她吗？"

两个人正在撕扯，田乃文的手机忽然响起来。他甩开郭岩的手，把屏幕转向妻子。

"你看，玥玥打来的。"他恼怒地瞪了郭岩一眼，"还说什么手机被没收了。"

田乃文接听了电话："喂？"

隔了几秒钟，听筒里才传来田玥的声音："喂？"

田乃文沉吟了一下："玥玥，在学校里过得怎么样啊？"

听筒里又是一阵沉默，随即，毫无起伏的声音再次响起："挺好的。"

陈姝凑过去，大声问道："老师有没有批评你啊？"

"没有。"

田玥的回答依旧简短，一个多余的字都没有。

田乃文反而不知道该说什么："那……那你好好学习吧，爸爸妈妈有空就去看你。"

"好。"

听筒里变得死一般寂静，紧接着，田玥的声音又传出来："我要去上课了，挂了。"

田乃文还没来得及说出"好的"，电话就被挂断了。

他摇摇头："这孩子。"随即，他把视线投向妻子，"估计还在跟咱们赌气呢。"

陈姝撇撇嘴："以后她就知道咱们都是为她好了。"

田乃文哼了一声："有那一天，咱们就烧高香吧。"

郭岩目瞪口呆地看着他们，几乎怀疑自己走错了地方。

"叔叔……"

"这样，小朋友，我们呢，能看出你是个很讲义气的孩子。"田乃文斟酌着词句，"但是，作为父母，田玥的小算盘我们也很清楚。"

他向门口指了指："有时间的话，我们会去学校详细了解一下情况。但是，我们现在要出门，所以，你还是先走吧。"

郭岩这才注意到他们都是一副轻装打扮，客厅中央还放着两只行李箱。

"你们……是要出去旅行吗？"

"这个就不关你的事了。"田乃文皱了皱眉头，对这个不识抬举的小子越发没了耐心，"你走吧。"

"田玥是你们的女儿啊。"郭岩的眼泪夺眶而出，"她向你们求救，你们还要出去玩吗？"

田乃文板着脸，大步走向门口，拉开防盗门，加重了语气："出去！"

几分钟后，郭岩失魂落魄地走在小区的小路上，脑子里一片空白。时值正午，阳光正好。温暖的光线透过尚存绿意的枝叶，斑斑驳驳地泼洒在他的身上。然而，郭岩只感到从心中生发出的刺骨寒意。

第十六章 · 逃城

肇德军把车停在方圆大厦的地下停车场，嘴里还在不满地嘀咕着："妈的，还挺大牌。"他用力地甩上车门，"请了几次都不来。"

方木苦笑："没办法。"

对地下器官移植市场的线索排查需要时间。而且，在肇德军看来，跟这条线的收获不会太大。郑凯和王光彦之间肯定存在着某种联系，而这条链条就在郑松林和王哲手里。与其干等着，还不如试图从他们身上寻找突破口。

方木和肇德军坐电梯来到一楼大堂，先在大厦内商户展示牌上查找一番。很快，大喜乐餐饮文化管理公司所在楼层就搞清楚了。二人再上电梯直达十九层。转过通道，两扇对开玻璃门就在面前。方木看看门上的铭牌，对肇德军点点头。

他走到玻璃门前，看到一个年轻女子站在前台后面，正向右侧张望着，表情紧张。

方木敲敲玻璃门，年轻女子回过神来，急忙绕过前台，走到门前。

"你们是？"

"我们找郑松林总经理。"

"郑总……"女子又看看右侧，紧张情绪不减，"郑总现在不太方便。"

肇德军不耐烦了，直接掏出警察证。

"有一个案件需要郑松林协助调查。"他挥挥手，"开门。"

黑色皮夹上的警徽起了作用，女子忙不迭地在墙上按了一下，玻璃门发出轻微的咔嗒声。二人刚一进门，就听见右侧的一间办公室里传出隐约的咆哮声。

方木对女子点头致谢，肇德军已经快步向那间挂着"总经理办公室"铭牌的房间走去。女子急忙发声阻拦，但是肇德军已经推门而入。

办公室里有两个人。郑松林坐在办公桌后，脸上是不屑的微笑，胸口的衬衫被揉作一团。一个男人站在他对面，双手撑在办公桌上。听到有人进门，男人回过身来。

方木一愣。他是几天前在市局遇到的贩卖毒品嫌疑人的父亲。

肇德军也愣住了，拍拍脑袋："你不是那谁吗？"

男人面色铁青，看到他们，表情也是颇为意外。

"他们是办案的警察。"郑松林向后靠坐在转椅上，语气中多了一些调侃的味道，"要不要一起聊聊？"

男人回头狠狠地瞪了郑松林一眼，伸出一根手指："我会再来找你。"

说罢，他就从方木和肇德军身边快步走出办公室，看也没看他们。

前台的年轻女子又出现在门口。

"郑总，他们……"女子指指方木和肇德军，表情为难又无奈，"我拦他们来着……"

"没事。"郑松林笑笑，挥挥手，"你去忙吧。"

女子点头，转身退出，把房门带好。

办公室里只剩下三个人，彼此对望，沉默了几秒钟。随即，郑松林的表情松懈下来，他叹息一声，伸手搓搓脸。

"坐吧。"他指指办公桌前的椅子，"找我有什么事？"

肇德军拉过椅子坐下，盯着郑松林："刚才那人找你干吗？"

"要债。"郑松林看起来非常疲惫，似乎和刚才斗志高昂的他判若两人，"喝点什么，茶还是咖啡？"

方木看着他："向你要债？"

"对啊。"郑松林瞥了方木一眼，"我是开门做生意的，有点债务纠纷很正常。"

方木和肇德军对视一下。郑松林则自顾自打开桌上的半瓶威士忌，倒出半杯，慢慢喝起来。

"你太太怎么样？"

"还好。"杯子在郑松林嘴边停顿了一下，随即，琥珀色的液体缓缓流进他的喉咙，"慢慢调养吧。"

"我们也非常同情你。"肇德军想了想，"考没考虑过再要个孩子？"

"开什么玩笑！"因为酒精的缘故，郑松林的脸色变得红润起来，"替代品？"

"人死不能复生。"方木放缓语气，"你们年龄也不算大，条件也允许，该想想今后的生活。"

"儿子就是儿子，我养了他二十多年，难道像小猫小狗似的，说换就换，说忘就忘？"郑松林放下杯子，"他活着也好，死了也罢，永远都是我儿子。"

"那你为什么不问问我们破案的进展？"方木立刻追问道，"你就不想知道郑凯为什么被杀？"

郑松林愣了几秒钟："好吧，请问你们破案的进展如何？"

方木没有回答他，而是盯着他看了一会儿："我们怀疑你儿子接受过眼角膜移植手术，而他的被害，与这个手术有关。"

郑松林的脸上看不出什么表情，似乎在等着方木继续说下去。

"然后呢？"

方木伸出一只手："对于这个手术，你有什么线索吗？"

"没有。"郑松林干脆地回答，"我儿子没动过这种手术。"

"郑松林，"肇德军忍不住了，"如果你不配合，我们很难查清这个案子。"

"没有就是没有啊。"郑松林双手一摊，"如果你们觉得和移植手术有关，该查查移植了谁的眼角膜啊。"

"你不说实话，我们怎么查？"

"我说的就是实话。"郑松林翻翻眼皮，"至于怎么查，那是你们的事。"

方木笑笑，站起身来："行，那我们不打扰你了。"

"不送了。"郑松林坐着没动，"等你们查到那个供体者再来找我吧。"

回到地下停车场，肇德军依旧耿耿于怀。

"又他妈白来一趟。"他动作粗鲁地系着安全带，"这混蛋不知道怎么想的，明明有线索，还他妈装傻充愣。"

"你也觉得他没说实话？"

"当然。"肇德军撇撇嘴，"你提到器官移植手术的时候，他一点惊讶的表情都没有，反而在等着套你的话呢。"

方木点点头："的确，他更想知道的是供体者的身份。"

"所以，这混蛋不仅知情，而且自有打算。"肇德军拍了一下方向盘，"最烦这种自以为是的蠢货。"

"是啊。他不是不关心自己的儿子。"方木想了想，"相反，他更想的是报仇。"

肇德军点点头："咱们得抓紧，别让郑松林坏了事。另外，我觉得倒可以给他上点手段什么的——他掌握的线索肯定比我们多。"

方木笑了："所以，我们今天不算白跑一趟，有意外收获。"

肇德军有些莫名其妙："嗯？"

"那个男的。"方木冲他眨眨眼睛，"华为手机保时捷款。"

"嗯。"肇德军皱起眉头，"要债那个？"

"对。你记不记得，当时他在局里说自己的女儿是被陷害的？"

"记得。"肇德军瞪大了眼睛,"你的意思是,郑松林陷害了他女儿,所以他来兴师问罪?"

"不排除这种可能啊。"方木继续说道,"对于郑松林来讲,现在的头等大事就是给儿子报仇,他没有心情去坑害别人。所以……"

"所以这个保时捷也与案子有关?"肇德军想了想,"你觉得他是凶手?"

"不是。"方木摇摇头,"如果保时捷是凶手,郑松林肯定会宰了他,不可能会弄那么少的冰毒去整他——肯定另有目的。"

肇德军摸着下巴,目视前方。片刻,他忽然握紧拳头挥舞了一下。

"保时捷的女儿。"肇德军的双眼发光,"你记不记得,他说女儿正在办理出国?"

"对得上!"方木的大脑开始飞速转动,"她有犯罪嫌疑,肯定无法出境。郑松林要把她留在国内。"

"可是他为什么要这么做?"

"老肇,你想没想过,凶手也许会继续作案?"方木慢慢地说道,"如果我的推断是正确的,那么,接受器官移植手术的人,也许不仅是郑凯和王光彦两个人。"

"保时捷的女儿是另一个?"肇德军张大了嘴巴,"所以,她是个诱饵?"

"对。如果凶手要对保时捷的女儿下手……"方木笑笑,"对于郑松林来讲,就是报仇的机会。"

"有意思!"肇德军兴奋起来,他发动汽车,"回去查查这丫头!"

"你先查着,我要请几天假。"

"哦?"肇德军诧异地转过头,"这紧要关头,你要请假?"

"嗯。"方木犹豫了一下,"我要外出几天。"

夜幕降临,城市里的灯火陆续亮起来。聚力健身中心的训练大厅里拉着厚厚的窗帘,把一天中最后的繁华景象都挡在了外面。

夏天在成排的跑步机中间来回踱着步，不时指点着正在进行有氧训练的孩子们。大多数孩子都在全力奔跑着，身上的运动衫已经被汗水浸透。特别是郭岩，他的双眼直视前方，双脚蹬在跑步机的履带上，明明已经耗尽了全身的气力，还在勉强支撑着。

夏天走过去，看着他已经开始凌乱的步伐，皱皱眉头，抬手把坡度和速度降低。

郭岩收势不住，整个身体踉跄了一下，几乎要从跑步机上跌落下来。

"你悠着点！"夏天瞪了他一眼，"你看心率都到多少了？"

这时，挂在他脖子上的运动表响起来。夏天拍拍手，让孩子们降速，改为慢走。五分钟后，全体人员下跑步机，排列成队后，开始做拉伸运动。

那些红扑扑的小脸上都布满汗水，却个个神情兴奋，态度认真，跟着夏天一板一眼地拉伸着身体。眼看着他们活动开了，夏天下令每个人去拿一个瑜伽垫，全体做平板支撑。

孩子们在大厅里卧成几行。夏天打开秒表计时，大声鼓励着孩子们多坚持一会儿。半分钟后，"哎呀"的声音在训练厅里此起彼伏。随即，精疲力竭的小家伙们陆续趴倒在软垫上，彼此打闹嬉笑着。最后，只剩下郭岩还在苦苦支撑。夏天走到他面前，能清晰地看到他额头上鼓起的血管和微微颤抖的后背。

夏天觉得好笑，用脚尖轻轻地点了点他的肋部："行了，你赢了。"

郭岩呼地吐出一口气，重重地趴了下去。

"好，全体站好。"夏天回到训练厅中间，"今天我们来学习二连击中的左直拳—右摆拳。"

孩子们又列队站好。夏天摆好架势，举起双拳在胸前。

"正面和对方交手的时候，我们可以用左直拳佯攻对方头部正面……"

左直拳打出。

"这个时候，对方的左侧手会落下防守我们的直拳，我们就……"

右拳摆出。

"收回左拳，用右手的摆拳攻击他的头部左侧。注意，不要直着打过去，用摆拳——拳头要悠起来。"

心急的孩子已经操练起来。夏天又示范了两次之后，拍拍手："来，跟着我的动作，左直拳佯攻——左拳收回——重心！注意你们的重心——右摆拳！"

如是几番之后，夏天开始让孩子们自由练习，自己则在队列中穿梭，纠正、指导他们的动作。

忽然，他的手机响了起来。夏天瞥了一眼屏幕，脸上的表情生动起来，语气也不像刚才那样严肃。

"喂？"

"我在楼下。"顾蓝的声音传出来，"你还在带孩子们训练？"

"是啊。"夏天向窗口走去，掀起窗帘，看着楼下的那辆商务车，"你上来吗？"

"不了，训练完毕之后，你让他们直接下楼上车。"顾蓝停顿了一下，"上次让你调查的事情，有结果了吗？"

夏天转身看看那些还在挥拳的孩子，起身走向器械区，压低了声音。

"那个方木的确是一个警校的老师，教犯罪心理学的。据说之前在邻省公安厅工作，因为某个案子才退出一线，到警校教书来了。"夏天扶住一把杠铃，"C市人，最近被借调到市公安局参与侦破一起杀人案。"

"他结婚了吗？"

"没有，一个人在警校的家属区住。不过，最近他和另一个刑警同住，据说是过去的朋友。"夏天挑起眉毛，"你干吗问这个？人家都猜测他是不是同性恋呢。"

"刑警朋友？叫什么？"

"邰伟。过去也在C市干过，现在J市某个分局当副局长。"

"邰伟。"顾蓝沉默了几秒钟，"我听过这个名字。"

"哦？"夏天站直了身体，"对我们有麻烦吗？你认识他吗？"

"不认识。不过，很多年前，算是打过交道吧。"顾蓝又问道，"消息可靠吗？"

"可靠。警校有个教搏击的老师和我有交情。"

"知道了，你继续训练吧。"

"你……要不要一起去吃个宵夜？"

"不了。"顾蓝加重了语气，"我跟你说过，我们最近要减少接触，就这样。"

说罢，电话就挂断了。

夏天悻悻地看着手机屏幕，一抬头，看见郭岩正向自己走过来。

"有事吗？"

郭岩似乎有些难为情，不停地摸着后脑勺："教练，我想请教一个问题……"

"什么？"夏天看他吞吞吐吐的样子，有些不耐烦，"有话就说，大男人，别磨磨叽叽的。"

郭岩涨红着脸，鼓足勇气问道："教练，我怎么才能变得特别能打？"

夏天惊讶地瞪大了眼睛："特别能打？"

"对。"郭岩挺挺胸脯："一个人能打好几个人那种。"

夏天皱皱眉头："在学校里挨欺负了？"

郭岩犹豫了一下，点点头："是。"

"告诉老师不就完了。"夏天示意他回到队列中，"顾妈妈送你们到这里来，不是学打架的。"

"可是……"郭岩很不服气，"我也不能总依靠别人啊。"

夏天心里一动，认真地打量着郭岩："你小子还挺有骨气啊。"

郭岩咬咬嘴唇："教练，你能教我吗？"

夏天收起笑容："想学打人，得先学会挨打，你行吗？"

郭岩毫不犹豫地答道："行！"

夏天忽然出手，一记重拳打在了郭岩的鼻子上。郭岩被打了个猝不及防，身体摇晃了两下才站稳，顿时感到鼻孔里有两行温热的液体流下来。

正在训练的孩子们看到郭岩挨打，一时间都愣在原地，面面相觑。

"你们看什么？"夏天冲他们吼道，"继续练！"

随即，他又转向郭岩："你行吗？"

郭岩抹了一把鼻血，努力睁大直冒金星的双眼："行！"

夏天笑了笑，从墙上取下两副拳套，将其中一副甩给郭岩。

"来吧。"他向郭岩摆摆手，"跟我上拳台。"

"她真是这么说的？"邰伟从后座上探出头来，惊讶地问道，"说要亲手弄死你？"

方木没好气地哼了一声。

"这就有点麻烦了啊。"邰伟摸着下巴，嘴里啧啧有声，"我以为也就是小女孩耍耍脾气，你放低姿态，哄一哄就得了。"

方木看向窗外急速向后退去的农田："要是那么简单就好了。"

"你们上次一起开会的时候，她表现得怎么样？"

"没怎么样，不理我。"

"嘻！那就不是真生气嘛。"邰伟向后靠坐过去，"人家毕竟也没对你拳打脚踢嘛。"

"你懂个屁！"方木粗鲁地答道，同时开始后悔跟邰伟聊起这件事情。倘若米楠对他避而不见，或者恶语相向甚至拳脚相加，他都会觉得还有一丝希望。然而，她的泰然处之，似乎证实了他不愿意接受的事实——他不再是她心中最特殊的那一个。

这太让人灰心了。

"你分析分析她啊。"邰伟还不服气，"你就是搞心理的啊。"

"我他妈又不是搞恋爱心理学的。"

话不投机。邰伟也懒得理他，自顾自蜷缩在后座上睡大觉。车厢里暂时陷入一片安静。除了车轮和水泥路摩擦的噪声之外，再无别的声响。方木在这难得的独处时间里，脑子又开始频频走神。

他不得不承认，赵大姐和米楠对他的评价都是对的。他除了在办案时显得比较精明，在其他方面基本就是木头一根。但是，米楠把他称为混蛋，还是令方木有些难以接受。他很想去辩解，又不知道该如何开口。其实，方木清楚米楠最在意的是什么，然而，事情已然发生。他的确在决心赴死的时候没有考虑到她的感受。在他做过的诸多选择中，这个很显然是错的——至少在米楠看来是这样。对此，他毫无办法。更何况，苏琳让他想到廖亚凡这件事情，揭开了米楠刚刚愈合的伤疤。她的泰然处之，是在尽力让自己表现得足够专业，反而是方木先乱了阵脚。

至于她所说的"下次你再想为谁去死的时候，麻烦你告诉我一声——我会亲手杀了你"，似乎是一种提醒，抑或警告。

难道米楠认为他会真的把苏琳当作廖亚凡？

方木摇摇头。

开什么玩笑？

直到越野车开进市区，邰伟才从后座上爬起来。这家伙昏头涨脑地要了瓶水，一口气喝了大半瓶。令方木颇感意外的是，之后的他显得非常沉默，始终看着窗外出神。方木一边开车，一边从后视镜里看着他，揶揄道："想家了吧？要不要先送你回去和嫂子团聚一下？"

邰伟没有回答，依旧保持着刚才的姿势，一动不动。越野车又开出几公里后，他突然指着窗外："记得吗？我们来过这里。"

方木扭头看去，是大明玻璃纤维厂的旧址，现在是某地产公司开发的商品房住宅小区。他的脸上露出微笑，重新握好方向盘："记得，抓马凯的时候。"

"十多年之前的事儿了吧？"邰伟也笑笑，"那会儿你还是个没毕业的小屁孩。"

"靠！什么时候你都忘不了挤兑我。"方木骂道，心里却涌起异样的情绪。的确，十几年了，青年干探开始长出白头发，稚气的学生已经在眼角堆出鱼尾纹。不在一起的时候，各自为战。闯过多少枪林弹雨，监狱里的和长眠于地下的罪犯都知道。如今，两个人重新窝在烟雾缭绕的车厢里，和当初一样，满脸疲倦地寻找某个不知名的凶手。

这城市里的记忆太多。喜乐有之，悲痛有之；温存有之，惊惧有之。就像这秋风，暖中带凉，成熟的芬芳伴随着腐朽的气息，无处不在，无所不能。

"现在可好，一个断了腿，一个少了根手指头。"邰伟继续说道，"天残地缺啊。"

方木只是笑笑。大家都改变了许多，也失去了许多。唯有身体中的本能还在，那种咬住对方喉管不松口的血性还在。

他脚下用力，在这条熟悉的路上，疾驰而去。

越野车很快开到玻璃纤维厂的家属区。沿着狭窄的水泥路面一路缓行，最终，方木把车停在一栋老式居民楼前。

"你那个长辈还住在这里吗？"方木停好车，一边解开安全带一边问道，"对了，他姓什么来着？"

"顾。"邰伟简单作答，眼睛始终盯着这栋难看的湖蓝色建筑，嘴里喃喃自语，"变样了，过去是红色的。"

"希望老先生能在家。"方木跳出驾驶室，拉开后车门，示意邰伟下车，"顺利的话，今晚咱们就能回去。"

邰伟慢慢地挪到车门旁，握住扶手，却突然改了主意："要不你自己去吧，我在车里等你。"

"哦？"方木有些惊讶，"你什么情况？"

邰伟显然是关注系列杀人案的。而且，他在极力追忆"人鱼案"在十几年后还残留下来的气息和感受。为此，他不惜钻进下水道里去唤醒自己的记忆。然而，在真正要打开回忆之门的时候，他却选择留在门外。

"我腿疼。"邰伟做龇牙咧嘴状，"你别忘了，我是残疾人。"

"你耍什么花样啊？"方木又好气又好笑，"我连他长什么样都不知道。"

"三单元一楼，右手边那个门。"邰伟忙不迭地指指居民楼，"老头儿一个人住，很好认。"

说罢，他就关上车门，放下车窗，挥手驱赶方木："快去快去。"

方木无奈，骂了一句，转身向居民楼走去。

三单元的楼门是一扇锈迹斑斑的墨绿色防盗门。方木看看缺失的对讲机面板，放弃了按房间号呼叫的想法。他尝试着去拉动门把手，在刺耳的吱嘎声中，铁门应声而开。

穿过黑暗的走廊，方木看到两扇对开的、虚掩着的铁门。方木拉开铁门，转向右侧，在一扇灰色的铁皮门上敲了几下。

室内毫无回应。方木再敲，却听见身后的门发出咔嗒的声响。他下意识地回头一看，一个平头男子从门后露出脸来。

"你找谁？"

"我找……"方木扬起拇指向身后示意。忽然，他的心里涌起一种难以名状的情绪——眼前的这个人好像在哪里见过。

他定定神，一边竭力在记忆中搜索这张脸，一边说道："我找顾先生。"

"老顾啊。"平头男子似乎放松下来，同时，他的身后传来孩子的嬉闹声，"他没在家。"

"哦。"方木点点头，"您知道他去哪里了，大概什么时候回来？"

一个小女孩在他的腿边出现，一手抱住男子的大腿，一手拇指含在嘴里，好奇地看着方木。

"进屋去，多多！"男子把女孩推进门里。这个叫多多的女孩趔趄了一下，又看了方木一眼，消失在墙壁后面，只听见啪嗒啪嗒的脚步声。

"老顾可能去教会了。"

"教会？"

"对。"男子胡乱地指了一个方向，"橄榄山教会，就在五一商店旁边——他准在那儿。"

方木走出三单元，看见邰伟正向这里张望着，表情颇为诧异。

"这么快就聊完了？"

"老头儿没在家。"方木白了他一眼，拉开车门，"据说去教会了。"

"教会？"邰伟瞪大了眼睛，"老头儿信教了？"

"去问问就知道了。"方木发动汽车，掉头，向家属区外开去。

驶出园区，方木把手机甩向后座："帮我导航，五一商店。"

邰伟没作声。几秒钟后，手机又扔了回来。

"我不去了。"他瓮声瓮气地说道，"你先送我回家吧。"

"你到底搞什么！"方木忍无可忍，"提出来找老顾的是你，临阵退缩的又是你！"

"谁临阵退缩了？我想家了行不行？"

方木从后视镜里看着邰伟，后者和他对视了一下，又飞快地避开。邰伟的眉头紧蹙，眼角下垂，双唇抿在一起。这个家伙少有地表现出自己脆弱的样子。在那一瞬间，方木突然明白了。

他转动方向盘，朝另一个方向驶去。

　　五一商店曾是一个国营商店，过去应该颇为气派，现在只剩下一个窄窄的门脸。商店左边是一家药店，右边就是橄榄山教会。方木抬头看看门框上的十字架，推开两扇对开的玻璃门，走了进去。

　　门后是一架木质楼梯，踩上去有吱呀吱呀的声音。上到一半，方木就听到楼上传来一阵歌声。

　　循着"洪水之中，耶和华坐着为王……"，方木穿过二楼右侧的一扇半开的木门。眼前是一个六十平方米左右的大厅。几十把椅子整齐地摆在大厅里，中间留出一条过道。在过道尽头是一根凸出的廊柱，上面挂着一个木质十字架。几个妇女背对着他，正在排练一首赞美诗。在她们前面，一个中年男子正在风琴后认真地弹奏着。

　　看到有人进来，中年男子从琴谱上抬起头来，微笑着冲方木颔首示意。方木也冲他笑笑。从年龄上来看，他应该不是自己要找的老顾。中年男子向方木做出无声的口型，让他先坐下稍事等待。方木也觉得此刻转身离开未免有些太不礼貌，再说也许可以打听到老顾的去向，遂拉过一把椅子坐了下来，在教会里四处打量着。

　　他的视线逐个扫过墙角里的书柜、投影机的幕布、窗下的架子鼓和斜靠其上的吉他以及廊柱前镌刻着十字架的讲台，最后落在悬挂于右侧墙壁的一排画框上。

　　画作应该都是仿制品，内容主要是基督教题材，其中不乏《最后的晚餐》《基督大难》这样的名作。画中的人物众多，处于正中醒目位置的基本是耶稣基督，仁爱、慈祥。只有一幅画显得比较特殊，里面并没有耶稣像。

　　方木站起来，走到那幅画前。画作中展现的是一个奋力爬山的男子，他身上的衣服已经破碎成布片，能看出身上还有几处鲜血淋漓的伤口。在他身后的平原上，火光隐隐，似乎有成群的人在追赶他。男子的头向上仰望，神色悲戚。嶙峋的山体之上，一座城市坐落于山顶——这就是男子拼命奔赴的所在。

　　方木还在猜测这幅画的蕴意，就听见旁边的一扇门打开了。

　　一个老人拎着拖布桶走出来，身后传出马桶的水声。他关好卫生间的门，看到方木，点点头。

"这是逃城的故事。"老人把拖布桶放在脚边，挽起衣袖，"《申命记》里的。"

"逃城？"方木眨眨眼睛，"'逃跑'的'逃'吗？"

"没错。"老人上下打量着他，"你是第一次来吧？我好像没见过你。"

方木点头："是的。"

老人笑笑，从衣袋里拿出老花镜戴上，凑到那幅画前面。

"这是示剑城，六座逃城之一。"他指指画中山顶的城市，"误杀他人的人，可以逃到那里去，算是一个避难所吧。"

"误杀？"方木想了想，"也就是过失致人死亡？"

"差不多。"老人又指向那个奋力登山的男子，"《圣经》里说，蓄意杀人的，必须要以命偿命；如果是误杀人的，可以进入逃城，死者的血亲就不能前来寻仇，直等到这城里的大祭司去世，他才可以回家——不是原文啊，大致是这个意思。"

方木皱起眉头："为什么要设立这样一个地方？"

"牧师曾经讲过这个。"老人向弹风琴的中年男子努努嘴，"一方面，是给那些无心却作恶的人一个机会，免予遭到死者的血亲的报复；另一方面，死罪可免，活罪难逃啊，他们在这逃城里必须要真心反省自己的罪过，几乎等同于放逐了。如果敢擅自离开逃城的话，那就活该被杀了。"

"这个逃城……"方木斟酌着词句，"就是某种意义上的监狱啊。"

"哈哈。"老人笑起来，"上帝还是挺讲道理的，是吧？"

"没错。"方木点点头，"您是基督徒？"

"不是。"

"嗯？"方木有些不解，"您这么熟悉《圣经》，我还以为……"

"我只是喜欢这个说法而已。"老人的视线依旧停留在画上，"无心之失，给人家一个改过的机会。"

"那您为什么……"方木指指他脚下的拖布桶。

"教会的大门对所有人敞开。我挺喜欢这个地方，坐一坐，听听赞美诗。"老人摘下眼镜，露出一双略显浑浊却透出精光的眼睛，"再说我也不闲待着，帮教会搞搞卫生什么的——就当锻炼身体了。"

"我帮您吧。"方木伸手去拿拖布桶，却被老人阻止。

"不用，等赞美队完事之后，再拖拖地板就行。"老人指指那些捧着歌本合唱的妇女，"你是来找牧师的？"

说罢，他就抬起手，作势要招呼正在弹琴的中年男人。

"不是。"方木急忙拦住他，想了想，如实作答，"我来找一个叫顾浩的人。"

老人扭过头来，放下手，看了他几秒钟。

"我就是。"

方木的脸上并没有露出太多惊讶的神色："我猜到了。"

老顾呵呵一笑，拉过一把椅子坐下，示意方木也坐："你是警察？"

"对。我从 S 市来。"方木伸手去掏警察证。老顾摆摆手。

"不必了。"他跷起二郎腿，手肘倚靠在座椅扶手上，"找我有什么事？"

"1994 年，本市发生过系列杀人案，尸体都抛在地下雨水管网里。后来，真凶被勒死在一个雨水调蓄池的密封阀上。"

方木拿出记事本和笔，向老顾投以征询的目光。老顾做了个请便的手势。

"我知道这个案子。"他摸摸下巴，"据我所知，这个案子一直没破。"

"是的。"方木打开笔记本，"我问您的事情，可能与这个案子有关，也可能无关。"

老顾依旧不动声色："你说。"

"我听说您一直在寻找一个女孩。"方木看着他的眼睛，"她叫苏琳，但是您更愿意叫她'人鱼'，是吗？"

审视。猜测。一纵而逝的警觉与希翼。从两人见面开始，老顾的神色第一次发生了变化。他放下跷起的腿，抬头向方木身后看去。

"邰伟在哪里？"

"他没来。"方木依旧留意着他的表情，老顾的神色却重新恢复平静。

"这猴崽子。"老顾的嘴角甚至有浅浅的笑意，"干吗躲着我？"

"我也很想知道。"方木也笑，"听说您是他的干爹？"

"对。我和他爸爸是战友。"老顾用手指轻轻地叩打着膝盖，"这小子是我看着长大的。"

"九四年的时候，他刚入警？"

"对，愣头青一个。"

"关于案子的事情，他会跟您说吗？"

"只要不涉密，有些案子他会跟我讨论一下。"老顾抬起眼皮看着方木，"我当了半辈子保卫干部，在那个年代，跟警察差不多。"

"包括我刚才说到的案子吗？"

"包括。"老顾坐直身体，面向方木，"邰伟怎么了？"

"他很好。"方木答道，看到老顾的神情，又补充了一句，"我向您保证，他真的很好。"

老顾稍稍放松下来："那你到底要问我什么？"

"据我所知，您没有亲人。"方木顿了一下，"为什么会关注这个和您毫无瓜葛的失踪女孩？"

"不算毫无瓜葛。她是我的邻居。"老顾笑笑，"我当时刚退休，闲着也是闲着。"

"她是个什么样的女孩？"

"瘦。不爱说话。挺有礼貌。学习成绩不错。"

方木笑笑。交谈初始，他就知道自己要面对的是什么人。这是个老狐狸，每问必答，但是任何信息都不会透露。他向方木描述了一个女孩的轮廓，看似详细，却极为空洞。

此时，赞美队的排练已经结束。妇女们一起鼓掌，彼此祝福，"感谢主"的声音此起彼伏。牧师从风琴后面站起身，向他们走过来。

"弟兄你好。"牧师向方木伸出手来，"欢迎来到橄榄山教会，有什么能帮你的？"

方木起身和他握手，一时间不知道该说什么。老顾笑笑："牧师，别传福音了，他是来找我的。"

牧师倒没有失望的神色，示意方木落座，说了声"你们聊"就走开了。一个赞美队里的中年妇女向这边张望着，似乎对他们颇为关注。老顾也看到了她，微微点头。

"为什么要打听这个女孩？"老顾重新面向方木，"如果不方便可以不说。"

方木想了想，把郑凯和王光彦被杀的两起案件向老顾简单陈述一遍。老顾听得很认真。讲到作案手法的时候，方木留意观察他的表情，老顾却连眉毛都没动一下。

那个中年妇女走过来，把两杯热水放在他们面前。方木欠身道谢。女人看看方木，又看看老顾，后者只是笑笑，其中蕴藏的信息是：回头跟你说。

女人起身走到不远处坐下，视线不时扫向这里。

老顾喝了一口水："案子我听懂了，但是我不知道这和我有什么关系。"

"九四年的案件是邰伟告诉我的。他当年也参与过寻找苏琳，事情的来龙去脉他也讲给我听了。"方木看看他，"苏琳对父母和子女之间的亲情是非常敏感的，她知道什么样的伤痛才算是伤痛。而且，她也知道怎么利用一个父亲的情感。"

"嗯。"老顾看上去若有所思，"你总结得不错。"

"那么，发生在S市的这两起案件和九四年的案件很像——您觉得呢？"

"我不觉得。"老顾摇摇头，"而且，你还没回答我的问题。"

方木没说话，只是看着他。老顾慢条斯理地喝水，然后放下杯子，瞥了他一眼。

"你觉得这都是苏琳做的？"

"有这种可能。"

"那我就不知道了。"老顾摊开手，"恐怕我帮不上你们。"

"九四年之后，苏琳有没有联系过您？"

"没有。"老顾撇撇嘴，"说实话，你不提起来，我都快忘记这个人了——她是否还活着都是个未知数。"

"一个在十七八岁就能利用别人杀人的女孩……"方木面色平静，"活下去应该不是什么难事。"

"那么，找到她，就应该是你们的分内事了。"老顾的脸上依旧看不出什么异样的神情，"找人并不是我擅长的事情，过去不是，现在更不是。"

"邰伟曾经告诉我，苏琳在失踪之前，把她的日记本交给您了。"方木倾身上前，"您能把它给我看看吗？"

"嗐，那个日记本啊，早就不知道扔到哪里去了。"老顾答得干脆利落，"我毕竟是快八十岁的人了，对吧？"

依旧滴水不漏，把所有可能前进的方向都堵死。再谈下去已经毫无意义。方木合上记事本，收起圆珠笔。老顾始终面无表情地看着他，既不起身，也不挽留。

"顾大爷，这是我的名片。"方木勉强挤出笑容，把名片递给他，"如果您能回忆起任何事，任何，请您联系我。"

老顾笑笑："好。"说罢，他把名片放进上衣口袋里。

方木站起来，忽然指指那幅画："您为什么会喜欢这个？"

老顾起身的动作做了一半，又重新坐下，扭过头看着那幅画。良久，他才开口问道："小伙子，有没有做过对不起别人的事情？"

方木一愣，几乎是下意识地开口答道："有。"

"人家原谅你了吗？"

方木沉默了几秒钟："没有。"

老顾转头看向他："心里不好受吧？"

方木点点头："对。"

"人啊，这辈子或多或少都会做一些错误的选择。"老顾的声音柔和起来，"后悔吗？后悔。但是你不想承认。可这样就万事大吉了吗？不能够。那些在逃城里的人，如果没有真心悔改，永远都出不去。"

他指指那幅画："机会给你了。能不能洗掉这个罪，就看你了。"

"无心之失，也会画地为牢。"方木慢慢地说道，"逃城的意义不是纵容，而是赎罪，对吧？"

老顾笑了笑："我不知道。"

方木想了想："如果有机会，请您把这个故事讲给那个'人鱼'听。"

"我会的。"老顾站起身，"如果有机会的话。"

方木和他握手道别，向门口走去。转身带上房门的一瞬间，他在渐渐闭合的门缝里看到那个中年妇女正望向老顾，脸上还带着局促不安的神情。

"看来这老家伙一句实话都没有啊。"邰伟放下酒杯，点燃一根烟，"他说那个日记本找不到了？"

"是啊。"方木笑了笑，"你这个干爹不好对付。"

"胡扯。"邰伟从鼻子里哼了一声，"那个苏琳就是他心尖上的人，还能把她留下的唯一信物搞丢了？"

邰伟的妻子走到饭桌旁，夺走他手里的烟，把二人面前的酒杯倒满。

"我先哄孩子睡觉，你们俩别太晚啊。"

方木急忙点头："嫂子你先休息，我们俩再聊会儿也睡觉去。"

嫂子依旧板着脸，估计她对这个刚把自己的丈夫送回来，第二天一早又要带走他的"小老弟"非常不满。更何况，她记得朝丈夫开了一枪的家伙就是他。

看到妻子进了卧室，邰伟又把烟灰缸里那大半根香烟捡了回来，重新点燃。

"快八十岁的人了，老了老了，变得神神叨叨的。"他斜起眼睛看向方木，"还跟你扯了半天基督教？"

"一个老单身汉，有点精神寄托挺好的。"方木沉思了一会儿，"他讲的那个逃城的典故还是挺有意思的。"

邰伟叹了口气："他心里也有过不去的坎儿。"

"什么，那个'人鱼'吗？"

"不是。"邰伟喝了一口酒，神色变得更加暗淡，"老头儿和我爸是老战友。当年，就是他帮我爸写情书，才把我妈追到手的。"

方木不由得失笑："嚯！还有这么一段渊源？"

"我心里清楚，老头儿是喜欢我妈的。"邰伟也苦笑，"所以，我爸去世之后，我还有意撮合他们来着。"

"然后呢？"

"看你那个八卦的德行！"邰伟白了方木一眼，"老头儿都准备正式向我妈求婚了，结果，当天为了去找苏琳，耽误了时间，被另一个老头儿钻了空子。"

方木摇摇头："太可惜了——他问我'有没有对不起过别人'的时候，能看出他心里也有事。"

"是啊，他一直觉得辜负了我妈。"邰伟垂下眼睛，"但是，直到我妈去世，两个人都没再见过面。"

方木无语，抬手拍了拍他的肩膀。

"我想，"邰伟看着手里还在燃烧的烟头，"老头儿一定想知道我妈是否已经原谅了他。"

酒桌上的气氛一下子变得沉重起来。方木想着老顾的模样，心里却转悠着另一个问题：她会原谅我吗？

几分钟后，还是邰伟先打起了精神。他将捋头发，端起酒杯和方木碰了一下。

"这老家伙，跟组织上还掖着藏着的——忒没有觉悟了。"

"你也别只埋怨他。"方木也回过神来，"你和他一样。"

"我？"邰伟指指自己的鼻子，瞪圆了眼睛。

"对。"方木瞥了他一眼，"我跟老顾讲了那两起杀人案，他听得非常认真。以他的经验和直觉，早就做出了自己的判断——他是相信'人鱼'和案件有关的。"

方木凑近邰伟，低声说道："你也相信，对吧？"

邰伟沉默了一会儿，叹了口气："没错。"他摁熄烟头，双眼低垂，用手指在桌面上轻轻叩动着。

"老头儿找了她那么多年，现在有了线索，却是这样的消息。"邰伟看看方木，面露苦笑，"你一直寻找的女孩现在是杀人嫌疑犯——我怎么亲口对他说？"

"也是。"方木想了想，"看来老顾真的是很关心这个'人鱼'。"

"当然，否则也不会找了她这么多年。"邰伟用力搓搓脸，"老顾也不知道她的下落，又不肯交出她的日记，咱俩算是白来一趟。"

"其实，除了日记的事，我倒觉得他没撒谎。苏琳当年一定会跟过去的生活彻底切割开来。她不会去联系老顾的。"方木耸耸肩膀，"不过，我们也不算白来，还是有收获的。"

"哦？"邰伟停下手，从指缝里露出一只眼睛看着方木。

"我们对老顾透露了一个信息：'人鱼'就在 S 市。"方木冲他挤挤眼睛，"老顾不会坐视不理。他比我们更了解'人鱼'，所以，他应该知道去哪里找她。"

"对啊，跟着他，也许就能找到'人鱼'。"邰伟忽然又想到了什么，"说到这个，也不知老肇那边有没有什么进展。"

"回去就知道了。"方木打了个哈欠，看看手表，"得了，咱俩也散了吧，明天还得起早赶路。"

两个男人笨手笨脚地收拾饭桌。乒乒乓乓的声音把邰伟妻子从房间里吵了出来。在她的喝令下，邰伟乖乖地进了房间，方木则老老实实地钻进了客厅沙发上早已铺好的被褥里。

嫂子很快打扫完毕，关了灯之后也回了房间。黑暗之中，酒劲开始上涌的方木几乎立刻进入了昏沉的睡眠中。然而，疲倦的身体和活跃的大脑悄悄地彼此争战。这一夜，他睡得并不踏实，各种破碎的片段不停地在脑海中闪过。他知道那是某种启示，却难以抓住其中任何一个。在睡不沉又醒不来的幻境中，他只依稀记得两张重叠在一起的脸。

第十七章 · 堡垒

近日，本校一名在校女大学生艾某在美国领事馆办理签证的时候，被发现随身携带冰毒 10.2 克。对于毒品的来历，艾某坚称不知情，而是有人趁其不备投入敞口的手提袋中。由于现有证据不能证明艾某是为了进行走私、贩卖、运输或者窝藏毒品犯罪，因此暂时对其以非法持有毒品罪进行刑事立案。

艾某的父亲向公安机关申请对其取保候审并获得同意。随即，艾某的父亲向公安机关缴纳了保证金并出具保证书。艾某则被告知未经执行机关批准不得离开所居住的市、县；在传讯的时候及时到案等。

听到铁门打开的吱呀声，艾名博立刻转过身，把手里的香烟丢在脚边那些长短不一的烟头中，眼巴巴地看着拉开一条缝隙的墨绿色铁门。

紧接着，艾雯苍白的脸出现在门旁。

艾名博三步并作两步冲上去，一把抱住似乎随时可能跌倒的女儿。艾雯明显瘦了。那套裙装已经不再合体。他的掌心也清晰地感觉到在衣服下突出的骨节。

艾雯哭了起来："爸爸，我是被冤枉的……那些毒品不是我的……"

"我知道，我知道。"艾名博不愿意在此地再多停留半秒钟，他搂着女儿快步向路边的迈巴赫轿车走去，"咱们回家。"

因为不想让艾雯涉嫌犯罪的事情进一步扩散，艾名博没有让司机陪同前往，而是选择亲自驾车。一路上，艾雯不停地哭诉自己多么委屈，同一个监所的犯罪嫌疑人是多么面目可憎。艾名博却似乎无心去安慰她。他始终留意着车外的情况，对任何与他毗邻而行的车辆都高度警惕。在驾驶座的扶手箱里，一把长柄螺丝刀赫然在目——父亲做好了随时面对突发情况并殊死一搏的准备。

得不到艾名博的回应，艾雯很快就觉得精疲力竭。加之连续几晚没有合过眼，又哭过一阵之后，女孩靠在后座上沉沉睡去。

在经过胆战心惊的几十分钟车程后，满头虚汗、肌肉已经紧张到几乎痉挛的艾名博终于把车开回了自家的住宅小区。停好车后，他迈出驾驶室，先是四处张望一番，然后才拉开车门，把昏头涨脑的艾雯拽了出来。

艾雯站在院子里，惊讶地发现这里的景象非常陌生。

几个装修工人模样的男子正站在窗下忙碌着，一面看上去坚不可摧的不锈钢护栏已经被固定在其中一扇窗户外。不仅如此，其他的窗户四周的外墙上也打好了孔洞。另外几面护栏叠在一起，堆放在花园的角落里。

在三层别墅的墙体上，还有两个穿着工服的男子被安全绳吊在半空中，正把摄像头安装在支架上。

艾名博抬起头，语气颇为焦灼："还需要多久？"

一个稍年长的工人摘下帽子："还得一会儿啊，剩下六个摄像头还没装呢。"

艾名博咬咬牙："天黑之前必须完工！"

工人无奈地咂咂嘴："行吧，我们尽力。"

艾名博扭过头，看看还站在原地发呆的艾雯："你还愣着干吗？快进去！"

艾雯应了一声，几乎是下意识地抬脚向大门走去，能回家的喜悦心情已经消失殆尽。

那个熟悉又温馨的家，正在被父亲改造成一个戒备森严的堡垒。

一进家门，妈妈就迎了上来，表情却十分古怪，似乎对艾雯极为关切又不敢靠她太近。艾雯看见她，万般委屈顿时再次涌上心头，扑在妈妈的怀里放声大哭。妈妈轻轻地抚摸着她的头和后背，动作僵硬。好不容易等她哭声渐止，妈妈低声问道："这几天都没吃好饭吧？阿姨已经把饭菜准备好了。"

"一会儿再吃吧。"艾雯一边吸着鼻子一边说道，"好几天没洗澡，我身上脏死了——我先去洗个澡。"

妈妈连声答应。艾名博也在旁边附和道："对。把身上的晦气都洗掉，衣服都换下来，从里到外，统统不要了。"

艾雯从妈妈的怀里抬起头来，这才发现客厅里已经面目全非。放在角落里的博古架不知去向，取而代之的是一张大大的办公桌，上面摆着一台大尺寸的显示器。各种包装箱、撕开的防震膜、说明书、电源线散落了一地。

她还在发愣，艾名博又推推她的肩膀："快去洗澡，回头妈妈把换洗衣服给你送进去。"不等她回答，他又转向妻子，"烟和酒准备好了没有？"

"准备好了，就在门口那个大袋子里。"

艾雯下意识地向门口看去，在一个鼓鼓囊囊的大号宜家购物袋里，露出几条中华香烟和精装白酒的盒子。

"这是要给谁送啊？"

"你别操心这个。"艾名博看上去依旧很焦虑，"别愣着了，行动起来！"

温热的水泼洒在身上，艾雯才算彻底放松下来。她站在花洒下，闭着眼睛，半仰着头，缓缓转动身体，让热水冲刷到每一寸肌肤上。似乎只有这样，才能洗掉身上那些黏腻的东西和令人厌恶的气味。

看守所的环境对她而言无异于人间地狱。更可怕的是，她不知道是否会就此失去自由。在那些无法入睡的日日夜夜里，艾雯甚至想过要主动交代出撞死人的事情，幻想可以从涉嫌贩毒的境遇里谋求宽大处理的结局。然而，父亲在她被带到公安局的那一刻就严厉地告诫她："什么都不要说，等着爸爸救你出来。"

这让她稍稍安心，同时也避免了她做出不可挽回的傻事。特别是在被提审的时候，艾雯发现警察讯问她的内容始终围绕着那一小袋冰毒。她更加坚信自己一定会被无罪释放——毕竟她真的是被冤枉的。

不过，在看守所的那几天实在是难熬。她不得不和一群失足妇女、小偷、诈骗犯共处一室，还要忍受她们对自己的好奇、敌意以及丝毫不加掩饰的欺凌。好在这一切都过去了，当她被告知暂时不得离开原居住地的时候，艾雯甚至还有一丝小小的窃喜。

她又可以守在潘晓的身边了。

艾雯原本急于向他倾诉这几天的遭遇，考虑再三后，她还是放弃了这个想法。潘晓的病情还不稳定，在这个时候，还是不要让他过分忧心。

想到潘晓，热水澡的吸引力也大打折扣。艾雯恨不得立刻洗漱完毕，飞奔到医院去看望他。

洗过澡后，艾雯穿着浴袍走进卧室，刚打开衣柜，忽然发现余光里多了一个异物。她抬头看过去，立刻发现天花板的角落里多了一架摄像头。她又羞又气，快步冲出门去，对妈妈劈头问道："我爸呢？"

妈妈有些莫名其妙："你爸去保安队送东西，怎么了？"

艾雯一愣："送什么东西？"

"那些烟酒嘛。"妈妈的表情很无奈，"他去拜托保安员们多留心进园区的陌生人，特别要关照咱们家。如果发现形迹可疑的人，要立刻告诉他。"

"我爸要干吗？这还是家吗？"艾雯气急了，"他凭什么在我房间里装摄像头，我是个女孩子……"

"你别担心这个。"艾名博从门口走进来，一脸倦色，"还没有正式启用呢，我正在催他们。"

他指指卧室的方向，勉强挤出一个笑容："不过，你以后在卧室里要注意自己的仪态了。"

艾雯既气恼又疑惑："爸，你到底想干什么？"

艾名博沉默了一会儿："去你房间吧，我有话对你说。"

两个人先后走进卧室。艾名博关好房门，示意艾雯坐在床上，自己则拉过一把椅子，坐在电脑桌旁边。

他搓了搓脸，鬓旁骤然增多的白发甚是刺眼。

"雯雯，咱们家……"艾名博的声音低沉，"咱们家现在处于危险的境地中。"

"没那么夸张吧？"艾雯忍不住反驳道，"我又没贩毒，警察迟早会查清楚的。"

"我说的不是这个。"艾名博摇摇头，"但是也和这个有关。"

艾雯瞪大了眼睛："什么意思？"

"我知道，你是被陷害的。"艾名博叹了口气，"至于是谁干的，我也知道。"

艾雯一惊："谁？"

"你不用打听这个了，爸爸来处理。"艾名博苦笑，"我急着送你出国的原因你也清楚。对方并不是想栽赃陷害你，而是想拖住你，不让你离开。而且，他也做到了。"

艾雯的脸色立刻变得惨白，一句话也说不出来。

"你也不必过分害怕。"艾名博向门外指指，"做好足够的防护措施，他们也奈何不了我们。"

他坐正身体，语气也变得郑重其事："不过，在这段时间，你要听爸爸的话。"

艾雯从牙缝里挤出两个字："什么？"

"不要出门。绝对不要和外人接触。"艾名博一字一顿地说道，"你就老老实实地待在家里，吃穿用你不必担心，爸爸来安排。我刚买了一台游戏机，就在客厅里。打游戏、看书、上网、睡觉，都可以。你要买什么东西，跟我和妈妈讲，我们去买。想网购也可以，但是不要留我们家的地址，让快递员送到保安室，阿姨帮你取回来。"

随即，他指指天花板上的摄像头："我在室内室外的各个角落都装了摄像头，客厅里的那台电脑上可以查看所有监控画面。回头我会在你的手机上也装一个软件，可以同步查看。"

艾雯的声音开始颤抖："爸爸，你是要把我关起来吗？"

"我是在保护你！"艾名博双手扶住椅子，似乎要暴跳起来。紧接着，他竭力平复了一下情绪，继续说道："总之你按我说的去做，暂时委屈一下。时间不会太久，等事情解决了，我们就会恢复正常生活。"

"要多久？"

艾名博没有回答，自顾自掀起床单："床下有一根棒球棍。还有……"

他起身走到床前，拿起枕头——一把猎刀赫然出现在床头。

"如果有人闯进了咱们家，你立刻锁好房门，不要出来。"他盯着女儿的眼睛，"我、妈妈、阿姨，至少会有一个人在家陪你。如果没挡住他，冲进你的房间了……"

艾名博拿起猎刀，紧紧地握住："不要犹豫，直接捅，脖子、胸口、肚子，都可以。"

他突然变得面目狰狞，反复做出捅刺的动作。

艾雯直勾勾地看着他，看着父亲毫不留情地刺向一个并不存在的入侵者，感到周围的一切都渐渐泛起血色。

傍晚，忽然下起雨来。

福利院里顿时乱作一团。顾蓝和阿姨们冲到院子里收回晾晒的衣物和床单、被罩，赵大姐、邢璐和孩子们也来帮忙。在众人的协力抢救下，好歹保住了一大半劳动成果。在阿姨们的连声抱怨下，被淋湿的衣物和备品重新被泡到水盆里。孩子们无法在院子里玩耍，要么在房间里写作业，要么趴在窗口，可怜兮兮地看着毫无停歇迹象的大雨。

邢璐坐在门口，面露愁色。她掏出手机来，反复看了又看。正在犹豫，她就感到头顶被一个温热的东西敲了一下。

邢璐回过头，刚好看见顾蓝笑吟吟地递过一根煮玉米。

"小丫头，想什么呢？"

"盼着雨停呢。"邢璐愁眉苦脸地答道，"一会儿又该堵车了，我怕错过晚点名。"

"小事情，别担心。"顾蓝在她身边坐下，慢慢地啃着玉米，"我也不喜欢下雨。"

邢璐眨眨眼睛："为什么？"

"下雨总会让我想起一些不好的事情。"顾蓝笑笑，"没关系，都过去了。"

一大一小两个女人并肩坐在门口，一边吃着软糯香甜的玉米，一边看着如织的雨帘。雨势很猛。院子里已经积起了大大小小的水洼。雨水落在上面，激起一朵朵水花。空气中弥漫着略带腐朽的味道。天地间除了单调的哗啦声之外，再无别的声响。

一根玉米吃完，邢璐再也坐不住了。她站起来，对顾蓝说道："我得早点出发，不知道赵大姐有没有多余的雨伞借给我。"

"都告诉你别担心了。"顾蓝似乎还沉浸在某种微妙的情绪之中，语气也如梦似幻，"我送你回去。"

和赵大姐道过别，邢璐坐上奥迪车，一边往身上系安全带，一边不好意思地说道："那就多麻烦你了，顾阿姨。"

"别客气，一脚油的事儿。"顾蓝拍拍她的肩膀，"对了，今天你怎么没和方老师一起来？"

"他呀，跟郜伟叔叔去C市了。"邢璐吐吐舌头，"也好，省得他整天看着我。"

顾蓝"哦"了一声，手停在了半空，又收了回来。

她默不作声地发动汽车，缓缓驶出院子，融入到路面上密集的车流中。

邢璐还是第一次和顾蓝独处。很快，她就发现对方并不是一个善于言辞的人。在返校路上的前十五分钟内，顾蓝始终一言不发。邢璐不知道她是不是还在想着那些"不好的事情"，又不便开口发问，只得老老实实地窝在副驾驶座上。果然，因为大雨的缘故，路上严重堵车。在一个路口，明明可以看到前方亮起绿灯，车流依旧动也不动。顾蓝摇下车窗，从扶手箱里摸出一盒香烟，刚抽出一支点燃，就忽然回过神来。

"哎呀，对不起。"顾蓝仿佛刚刚想起身边还坐着邢璐，"我太不礼貌了。"

"没事，没事。"邢璐急忙回应道，"方叔叔也常常开车抽烟，我都习惯了。"

顾蓝还是把香烟熄灭，转身向邢璐笑笑："又是叔叔，又是老师——什么感受？"

"怎么说呢？他是个顶好的人，在生活中很照顾我，不爱吃食堂了，还可以去他家蹭饭。"邢璐撇撇嘴，"但是，切换到老师的身份的时候，他就像变了个人似的。同学们都叫他'九指名捕'——对我们可严厉了。"

"哈哈。"顾蓝笑起来，"他不会给你开开后门什么的？"

"怎么可能！"邢璐夸张地叫起来，"原来我还指望考试不及格的时候，他能帮我说说情呢。好家伙，人家嘱咐每一个任课老师，对我要特别严格要求！"

顾蓝又笑了一阵："不过，话说回来，他那根手指是怎么回事？"

"唉，以前他在一线的时候，为了保留证据，自己咬下来的。"邢璐的表情变得柔和，"这个家伙，只要是他认准的事情，拼了命也要干下去。"

她看向窗外，隔着玻璃摸向那些落在车窗上的雨滴。

"我是个孤儿，在一个小山村长大，后来，被同村的人卖掉了。"邢璐低下头，声音几不可闻，"方叔叔在一个破房子里找到了我。为了救我出来，他差点被火烧死。"

顾蓝收敛了笑容，伸出手去，握住邢璐的手。

"那时候，我认识了很多警察叔叔。但是，他们中的很多人都牺牲了——为了别人家的孩子。"邢璐转向顾蓝，双眼中有泪水，更多的，是坚决，"所以，我也要去做警察，要做和他们一样的人。要让我这样的孩子，不再出现。"

顾蓝放开方向盘，抬手搂住了邢璐的肩膀。女孩顺从地靠过去，把头倚在她的怀里。

"你会的。"

绿灯再次亮起，车流开始缓慢移动。

"你会成为一个温柔又勇敢的警察。"

还没下高速公路，肇德军的电话就打了过来，急吼吼地问方木现在的位置，一再催促他们快点，并且要求他们直接去市局报到。

难道是有了新的线索？

方木不敢怠慢，一路疾奔。驶进市局大院后，刚把车停好，就听见有人在招呼他的名字。方木回头一看，肇德军坐在一辆敞开车门的商务车里，正在向自己招手。

方木和邰伟先后上了商务车，不等坐稳就劈头问道："什么情况？"

肇德军却是一愣："什么'什么情况'？"

邰伟一摊手："你这边的进展啊——那个华为保时捷？"

"没什么进展。"

方木皱起眉头："他女儿和器官移植没关系？"

"目前在各大医院都没找到那姑娘的手术记录。"肇德军撇撇嘴，"她在进看守所的时候要体检，我去要了一份体检报告。这丫头除了右腿腓骨曾经做过手术之外，没有开过刀的迹象。"

邰伟大失所望："老肇，你忙三火四地把我们叫回来，敢情你这儿原地踏步啊。"

方木还不甘心："器官贩子那条线有新发现？"

"非常他妈的不顺利。"肇德军骂了一句，"咱们这活儿干得有点糙，小辫子还没捏住就急着下手了。结果那些王八蛋全表现得像良民，死活不承认参与过非法器官移植。有几个实在把我们惹急了，直接刑拘了，准备办了他们。"

"不意外。"方木耸耸肩膀，"供体、受体、医院，任何一个环节搞不定证据，这链条就不完整。换作我，也不会轻易开口配合。"

邰伟有些不耐烦了："这点事，明天开会说说不就行了吗？我还以为你老兄给我们准备了什么惊喜呢。"

"惊喜是肯定没有。"肇德军瞪了邰伟一眼，"任务倒是有一个。"

方木挑起眉毛："任务？"

"对。硬撬开他们的嘴看来不太现实——咱们得另辟蹊径。"肇德军向车窗外努努嘴，"我留了一个还算机灵的耳目，搞点阴谋诡计吧。"

方木也看过去，一辆外地牌照的丰田普拉多越野车停在不远处。

"什么意思？"

"我让那个耳目去联系器官贩子，约一个出来聊聊。"肇德军挤挤眼睛，"咱们这边需要两个生面孔。"

邰伟一下子明白了："你让我们俩假扮要买器官的人？"

"对头。"肇德军笑笑，"你俩最合适。特别是邰局，这不还残疾着吗？假扮一个病人再逼真不过了——轮椅我都给你准备好了。"

方木和邰伟面面相觑，哭笑不得。

按照肇德军的安排，方木和邰伟现在是邻市的生意人，有黑帮背景。大哥身患尿毒症，经熟人介绍，带着小弟来本市寻找肾源。

方木心想，好嘛，生意人，不差钱；黑帮背景，不在乎是不是违法；贪财好色的大哥肾不好，自然急着换一副好身板。再加上那辆丰田普拉多——肇德军考虑得倒是周全。

邰伟第一个提出反对意见："我不行，一脸正气的，一看就是公家人。"

"你得了吧，脱了制服，说你是土匪都有人信。"肇德军摆摆手，"跟着我们混了这么久，你好歹得做点贡献。对了，方木，你把眼镜摘了。"

方木心里也有点忐忑："我这个体格的黑帮人士……不太常见吧？"

"瘦而不柴，没事。"肇德军满不在乎，"再说你还少了半根手指头呢，多像一个逞凶斗狠的小弟。"

邰伟无奈："用不用再贴个纹身什么的？"

"来不及了。"肇德军抬脚下车，"半小时后就见面。"

一行人走向那辆丰田普拉多。拉开车门，一个面相猥琐、眼神躲闪的中年人蜷缩在后座，看见肇德军，立刻露出讨好的笑容。

"肇哥。"

肇德军没理他，对方木和邰伟介绍道："他叫黄书林，外号叫'黄鼠狼'。他约的人叫刘向兵，一个器官贩子。邰局，你化名叫张少阳，方木，你叫李树。"

邰伟嘟囔道："还'少阳'，一听就肾不好。方木，你那个还行，就是缺个树杈。"

肇德军没心思跟他斗嘴，又转向黄书林："按我说的做，一句废话都不许有，听懂没有？"

黄书林连连点头。

"行了。"肇德军把车钥匙抛给方木，"出发吧，李树，让黄书林带路。"

方木深吸一口气，心里琢磨着摆出一个什么样的表情才算凶狠。

二十分钟后，丰田普拉多停在了建设路附近的一家茶馆门口。方木熄了火，转身看向邰伟，发现他已经摆出了一副病恹恹的神态，举手投足间仿佛气若游丝。

方木乐了："你入戏还挺快。"

"你少废话。"邰伟白了他一眼，"没准那个器官贩子就在附近观察咱们呢——树儿啊，去给哥把轮椅拿下来。"

方木忍住笑，老老实实照做。邰伟前段时间坐惯了轮椅，摆弄起这个来还真是驾轻就熟。三个人进了茶馆。黄书林在前台报出了预约的包房号，得知客人还没来。

方木和邰伟对视一下，推着他走向包房。

点茶的时候，方木要了一壶大红袍，只给邰伟要了一杯白水。三个人落座不到十分钟，包房的门就被推开了。

来人是男性，四十几岁，瘦长脸，戴着墨镜。他探进半个身子，来回打量着包房内的三个人。

"黄……"

黄书林立刻跳起来："兵哥，兵哥，快请进。"

刘向兵走进包房，随手关好房门，坐在黄书林身边。

"这两位朋友是？"

黄书林忙不迭地开口："这是张少阳，张哥。这位是李树，李哥——都是外地来的。"

刘向兵始终不摘墨镜，伸手和方木握了握。邰伟依旧是半死不活的模样，只是和他摆了摆手。

"二位来找我，有什么可以帮到你们的？"

邰伟向方木努了努嘴，示意由他来说。

方木心说合着你就出个造型啊。略定定神，他开口说道："我们哥俩是从外地过来的。这是我大哥，尿毒症，打算换个肾。但是，在公立医院需要排队，给钱也没用。所以，我们找黄哥帮忙想想办法，黄哥就给我们介绍了你。"

刘向兵看了一眼邰伟面前的白水："现在……在做透析？"

"没错。"方木撇撇嘴，"不过，我大哥做透析的时候，血压降得很厉害，最低都到四十了。"

刘向兵的手机鸣叫了一下，他掏出手机看看，又放在桌面上。

"那是很危险。"刘向兵点点头，"考没考虑让家属移植一个肾呢？"

方木看看邰伟，露出一丝苦笑："兵哥，这么讲吧。我们哥俩早年间也是刀头舔血过日子的。钱是搞了不少，但是，成家也晚。在我大哥这个年龄，父母岁数都大了，孩子还小——都指望不上。"

"嗯，明白了。"刘向兵喝了一口茶水，"这事我还真帮得上忙。"

邰伟拱拱手："那就拜托了。"

"病历和检查报告带了吗？"刘向兵向他们伸出手，"我去找配型合适的肾源。"

方木和邰伟对视了一下："这个真没带——我们哥俩就是来探探路，如果这事能办，再给你寄过来都行。"

"不行。必须当面交付。"刘向兵摇摇头，"而且，不能转账，我只收现金。"

方木干脆利落地回答："这个没问题。"

"好，一共四十万。"刘向兵抬起手掌，翻转了两次，"订金十万，我去找肾源。其余的费用手术前全部支付。"

方木皱起眉头："兵哥，你这就有点难为人了吧？我不可能大老远地拎着这么多现金过来。"

许久没开口的黄书林也劝道："兵哥，先把事聊明白再说。两位大哥不是差钱的人，把事办妥最重要。"

"钱不到位，别的事都谈不上啊。"刘向兵的半张脸都被墨镜挡住，仍然能看出他很急切，"卡总在身上带着吧？"

方木看向邰伟。后者板起脸，从衣袋里掏出钱包，抽出一张银行卡扔在桌面上。

刘向兵马上站起来："走吧，马路对面就是银行，先把钱取了吧。"

邰伟迅速扫了黄书林一眼，后者立刻低下头，不再言语。

"兄弟，你先别急着要钱。"他慢条斯理地说道，"只要能换个好腰子，钱不是问题。但是，话没说明白就让我拿出真金白银来，有点不讲道理了吧？"

"张哥，你不出钱，我也没法给你办事啊。"刘向兵有些不耐烦了，"我总不能义务劳动吧？"

"我不是这个意思，也不可能让你白忙活。"邰伟装模作样地喘息了几下，"我们哥俩对这一行不熟悉，好歹让我们问个清楚啊。"

"行，行。"刘向兵挥挥手，重新坐下来，"你想问什么？"

方木转向邰伟："大哥，你歇着，我来吧。"

说罢，他又面向刘向兵："我们比较关心的是肾源的质量怎么样，不能花了一大笔钱，结果换了个残次品。"

"嘻，这个你放心。"刘向兵咂咂嘴，"二位大哥也是混社会的人，我也不想给自己找麻烦，对吧？"

"那……肾源从哪里来？"

"活体、尸体的都有。"刘向兵跷起二郎腿，"从死人身上摘得碰机会，不见得每次都合适。活体的概率大。那些从农村来的小青年，身体棒棒的，想卖腰子的不少呢。"

"死人的话……"方木摸摸下巴，"都是从哪里来的？"

"医院嘛，都是新鲜的。"刘向兵嘎嘎地笑起来，"我们会跟家属先联系好，谈好价钱。这边一咽气，马上下手取器官，马上做手术——一分钟都不耽搁。"

"客户要什么器官，就取什么吗？"

"没错。"刘向兵点点头，"有些渠道好的贩子，直接把整个死人都包了，能取的器官一样都不落下。"

紧接着，他又补充了一句："我的渠道就很好。"

"哦？"方木笑笑，"你也包过整个人？"

"包过啊。"刘向兵一副满不在乎的样子，"我客户很多。今天我都是抽时间来的。"

"能移植的器官都有哪些啊？"

"眼角膜、肝、肾、肺……都行啊。"刘向兵扳起手指头，"反正人都死了，能给家属留点钱不是挺好的嘛。"

"你联系过肝移植的吗？"

刘向兵的脸上闪过一丝警惕的神色："你问这个干什么？"

"我肝不太好，有点硬化的趋势。"方木在肚子上按了按，"早年间喝大酒，不懂事。"

刘向兵在他那根残缺的手指上看了看："联系过。"

"包整个人那种，还是只取了一块肝啊？"

刘向兵恢复了正常的坐姿，端起茶杯，墨镜后面的一双眼睛不停地打量着方木："咱不是聊肾的事吗？"

邰伟开口说道："树儿啊，你那事还早着呢，不用打这么多提前量，先办大哥的事。"

"行，那咱就先解决肾的事。"方木点点头，"兵哥，我们的想法是，从活人身上摘也好，从死人身上取也罢，质量必须要好。事先得让我们看看供体的情况，决定权得在我大哥手里。"

刘向兵的手机又响起一连串收到信息的鸣叫声。方木从上衣口袋里拿出眼镜戴上。邰伟不解地看向他。方木依旧不动声色，静静地看着刘向兵。

刘向兵将全部信息浏览完毕，抬起头："你刚才说什么？决定权？哦，没问题。

我发资料给你看。"

他端起面前的茶杯，一饮而尽："还有什么想问的？"

"找到肾源后，需要我们做什么？"方木摘下眼镜，慢慢地擦着，"有定点医院吗？"

"那倒不用。"刘向兵显得很烦躁，"我有个基地，农家院，三层小楼那种。活体取肾的话，供体先住进去，做体检，保证营养——我们的医生和护士都住在那里——你放心，都是正规医院出来的。"

邰伟直起身子："我也住进去吗？"

"没错。"刘向兵搔搔头发，"我们有专门的手术室，肾摘掉，他推出去，你推进来，直接做移植手术。你也知道，取肾和移植，时间间隔越短越好。"

方木又问道："必要的设备和药物你们都有吗？"

"哎呀，你放心，应有尽有。我们是专业做这个的。"

"庆大霉素、链霉素什么的都有？"

"二位，就尽管把心放在肚子里。"刘向兵挥挥手，仿佛方木问了非常可笑的问题，"正规医院怎么做，我们就怎么做。"

方木和邰伟对视了一下。

"没别的问题了吧？"刘向兵坐直身体，"咱们取钱去？把这事定下来。"

邰伟想了想："兵哥，这样，我呢，对你那边的环境还是有点不放心——你有照片没有，让我看看。"

"哎呀，你可真磨叽。"刘向兵无奈，打开手机，翻出相册里的照片，"你看吧，环境很不错的。"

方木隔着茶桌接过手机，匆匆扫了一眼照片，直接返回了主屏幕，打开微信，点开刚刚的聊天窗口。

"大哥，你也看看。"

两个人凑在手机前翻看一番。邰伟脸上露出懊恼的表情，咂咂嘴。

刘向兵顿时有些慌了："怎么，不满意？"

"这也有点太乱了，又脏又差。"方木把手机恢复到相册的界面，递还给刘向兵，"这毕竟是大手术，万一感染了就麻烦了。"

"大哥！咱们是治病，你当是去五星酒店度假呢？"刘向兵火了，"行。看不上就算了，你们再找别人吧。"

说罢，刘向兵起身欲走。方木急忙拦住他："兵哥，你别生气。我大哥毕竟也是见过世面的人，虽说是救命，但是也不能太委屈他不是？"

"哥们，咱们做事得看重点，对不对？"刘向兵摊开手，"血压都四十了，小命都快玩完了，就别挑环境。大不了我保证手术室和你的病房绝对干净，行不行？"

邰伟皱起眉头，琢磨了一会儿："行吧。条件有限，救命要紧。"

刘向兵哼了一声："走吧，再不去取钱，银行都下班了。"

"兵哥，你先别急。"方木示意他落座，"钱是小事，腰子是大事。我们哥俩呢，做事比较谨慎。都是在社会上混的人，您老多理解。"

刘向兵彻底不耐烦了："你还想问什么啊？"

方木赔着笑脸："这样，做事好不好，关键看疗效。你这儿有没有什么移植成功的案例，给咱介绍介绍，我们心里也有底。"

他又补充了一句："聊完这个，咱就下楼取钱。"

刘向兵嘴里啧啧有声："没必要的事——移植肾的？"

"什么都行。"方木看着他，"眼角膜、肝移植都行。"

"眼角膜、肝……"刘向兵皱起眉头，"去年做过一个眼角膜移植的……"

方木立刻追问道："今年做过吗？"

"今年真没有。"刘向兵又警惕起来，"你老打听别的干吗啊？"

方木笑笑："那咱就主要说肾。"

刘向兵悻悻地说道："肾移植的话，今年还真做了几个。"

"都是活体的？"

"是啊。就在我的基地里……"

"包过一整个死人没有？"方木打断他的话，"你刚才说的，能取走的全取走那种？"

"那个没有。费用太大了，前期成本太高。"刘向兵脱口而出，随即脸色一变，"你到底想问什么？"

"嘻，多打听打听嘛。"方木仿佛刚想到什么，"对了，兵哥，如果肾移植后出现 ATN 怎么办？"

刘向兵一愣，似乎在琢磨这个词的意思，随即含含糊糊地答道："没问题，我们都有应对方案的。"

方木叹了口气，挥挥手："算了。"

刘向兵糊涂了："怎么就算了？"

方木没理他，转身招呼邰伟："咱们撤吧。"

刘向兵不干了："什么意思啊？约我过来扯了这么久，说不干就不干啊？"

"哥们，欠了别人不少钱吧？"方木指指他的衣袋，"人家给你发微信催债了——是不是急着忽悠我们哥俩的钱还债呢？"

刘向兵顿时目瞪口呆："你……你怎么知道的？"

"你的墨镜会反射啊，大哥。"方木笑笑，"你点开图片查看的时候，有一张是家门口被泼红漆的吧？我怕看错了，还特意把你的手机要过来看看。"

邰伟也笑："你先想办法还钱吧。再不还，人家要卸你腿了。"

"老江湖啊……"刘向兵的脸色变得惨白，腰也弯下来，"两位大哥，别的不说，肾移植这块，我真能帮上忙。要不，三十万……不，二十五万，订金三万，咋样？"

"不是钱的事，你确实不行。"方木指指黄书林，"我不知道这'黄鼠狼'从哪里找到你的，但是你和他肯定不熟。"

黄书林低下头，大气也不敢出。

"大哥，一回生，二回不就熟了吗？"刘向兵还在争取，"一个星期内，我肯定找到肾源，行不？"

"我没法相信你。ATN 是指移植后发生的急性肾小管坏死，你连这个都不懂。"方木摇摇头，"再说，庆大霉素和链霉素都是对肾脏毒性很大的药，属于禁用药——你不知道？"

刘向兵看着方木，一句话也说不出来。

方木转向黄书林："走吧，别愣着了。帮我继续找人去！"

说罢，他推起郜伟的轮椅，和黄书林向门口走去。

刘向兵突然吼起来："'黄鼠狼'还能给你介绍啥？你有钱就牛啊？去半山医院那样条件好的地方？坑死你们！你们就等着倾家荡产吧！"

方木转过身来，双眼直视刘向兵那张扭曲的脸。

"半山医院？"

第十八章 · 爱的另一张面孔

夏天站在拳台上，居高临下地看着躺在地上的郭岩，心中不由得一阵后悔——刚才那记直拳实在是有些用力过猛。

郭岩用两只拳套捂住鼻子，鲜血正不断地涌出来。

夏天心下不忍："还打吗？"

郭岩艰难地爬起来，抹抹脸，又摆出攻击的架势："打！"

鲜血再次从鼻孔中流出来，直接淌进嘴里。郭岩的满口白牙霎时间变成血红色，看上去甚是骇人。

夏天叹了口气，摘下拳套："还打个屁。"

他把郭岩拽下拳台，从收银台上的纸巾盒里拽出两张，搓成长条状，小心地塞进郭岩的鼻孔里。

"把头仰起来。"夏天命令道，"用手捏住鼻子。"

郭岩却不肯摘下拳套。夏天骂了他一句，连拉带拽地把拳套摘下。郭岩不再反抗，乖乖地仰面捏鼻。

不到半分钟，倒流的鼻血进入口腔，呛入了气管。郭岩顿时觉得嘴里满是甜腥味，忍不住大声咳嗽起来。夏天急忙递过去一瓶水："赶快喝点，漱漱口。"

又咳了好一阵，郭岩的气息才渐渐平复下来。他一口气喝掉大半瓶水，拔出纸卷，已经不再有血流出来。他弯腰捡起拳套："夏教练，咱们继续打吧。"

"你先去把脸洗洗。"夏天皱起眉头，指指他的脸，"跟小花猫似的。"

郭岩无奈，只得起身去了洗手间。

拧开水龙头，他把凉水撩到脸上，看着洗手盆里的淡红色水流旋转着消失在排水口中。他不敢用力搓洗，鼻梁上的皮肤已经裂开一道创口，鼻骨也疼得要命。他小心翼翼地把血迹擦净，抬起头看着镜子中的自己。

嘴角青肿，鼻梁上也鼓起一大块，鼻孔里还有尚未干涸的血渍。颧骨的位置上，刚刚结痂的伤口又被打破，露出红嫩的肉。

郭岩突然觉得委屈，眼睛发热，似乎随时都能哭出声来。他急忙撩起一把冷水拍在额头上，连做了几个深呼吸，起身返回训练大厅。

夏天已经解开了手上的绷带，正坐在拳台边吸烟。看见郭岩过来，挥手示意他坐在自己身边。郭岩刚要开口说话，冷不防被他一把捏住了鼻子。郭岩疼得大叫一声。夏天却是一副满不在乎的样子。

"没事，鼻梁骨没断。"夏天甩甩手上的水，"要不，我还真不知道怎么跟顾妈妈解释。"

突如其来的剧痛让郭岩好不容易忍住的泪水涌了出来。他飞快地擦擦眼角，捡起拳套："教练，咱们接着打。"

"算了吧。"夏天挥挥手，"今天就到此为止。"

郭岩搔搔后脑勺："我还想再练会儿。"

"不行！"夏天断然拒绝，"你年龄太小，现在的训练量已经太大了。再说，要是再被我打伤了，你就得停训了。"

郭岩不说话了，抱着膝盖坐下来，呆呆地看着脚下的地面。

良久，他开口问道："教练，你过去练拳的时候，也是这么苦吗？"

"我？"夏天摁熄烟头，笑了笑，"比你苦多了。"

"嗯？"郭岩转身看向他，"那你是怎么坚持下来的？"

"很简单啊。"夏天的语气轻描淡写，"不好好打拳，就没饭吃，还会送命。"

"什么？"郭岩瞪大眼睛，"这么狠？"

"你以为有这里的条件？"夏天在他头上拍了拍，"我过去在泰国和缅甸打黑拳的。打不赢对手，就会被打死。就算不被对手打死，出钱的老板也不会放过我。"

随即，他的表情变得郑重："小子，说到这个，你为什么要跟我练拳？"

郭岩沉默了几秒钟："教练，你有想保护的人吗？"

夏天一愣，下意识地答道："有。"紧接着，他嘿嘿地笑起来。

"你小子是不是早恋了？"

郭岩的脸一红，急忙摇头否认："没有，没有。"

"还撒谎？"夏天一把扭住他的胳膊，"快说，是不是？"

郭岩疼得直叫唤："哎呀，真没有。"

"同班同学？"夏天却不想放过他，"还是你们福利院的小姑娘？"

"没有！"郭岩死不承认，"就是没有！"

"嘁！"夏天悻悻地松开手，"小兔崽子，嘴还挺硬。"

郭岩一边揉着肩膀，一边瞪了他一眼："我就是想快点变成一个很厉害的大人。"

"小屁孩，你还早着呢。"夏天撇撇嘴，神态忽然变得落寞，"再说，很厉害有什么用？你得碰到一个对的人才行。"

郭岩眨眨眼睛："什么意思？"

"没什么意思。"夏天看着他认真的表情，觉得很好笑，"如果你真的有想保护的人，就好好练。"

郭岩咬咬嘴唇，用力地点点头："嗯！"

"行了。"夏天站起来，推推郭岩，"天儿不早了，你也快回福利院吧。"

郭岩还是有些不甘心："教练，不练拳的话，你能不能……"

他向一张堆满衣服的长椅努努嘴："你能不能教我练练那个？"

夏天下意识地看过去——一件运动外套的衣袋里，露出弹簧刀的握柄。

"练刀？"

郭岩不说话，只是眼巴巴地看着他。

夏天板起脸："不行！"

"教练？"

"你想都不要想！"夏天踢了他一脚，"赶紧滚蛋！"

郭岩跑进院子的时候，刚好赶上晚上开饭。阵阵香气钻进他的鼻子里，不怀好意地撩动着他空空如也的胃。郭岩咽咽口水，打算先回宿舍里换下沾了血迹的衣服。孰料刚迈进小楼，迎面就碰到了抱着孩子下楼的赵大姐。

"你这臭小子，又玩到现在才回来。"赵大姐嗔怪了一句，随即就注意到他高高肿起的鼻子，"我的天，你怎么又受伤了？"

"踢球……"郭岩急忙低下头，"争头球，和同学撞一起了。"

"争球？你们争的是铅球啊？"赵大姐忽然想到了什么，一把拽住正欲从她身边挤过去的郭岩，仔细端详着他的脸。

"不对，你这肯定不是踢球弄的——总不能每次踢球都受伤。"赵大姐的语气严厉起来，"你跟阿姨说实话，是不是去打架了？"

"没有啊。"郭岩面红耳赤，"阿姨，我先把书包送回去。"

说罢，他就甩开赵大姐的手，一溜烟跑上楼去。

回到房间里，同宿舍的孩子都跑去吃饭了，郭岩正好趁这个机会脱掉衣服，塞进床底。随即，他凑到墙上的镜子前面，用蘸了水的毛巾擦去脸上残留的几处血痕。瘀肿的地方实在无法掩盖，也只能这样硬着头皮去食堂了。

进了食堂，郭岩特意选了一个角落坐下。不过，一抬头，他仍然能够感觉到赵大姐正在意味深长地看着自己。他侧过脸，尽量躲开她的视线。好在热腾腾的饭菜很快就端上桌来，郭岩先拿过一碗紫菜蛋花汤，埋头猛喝，打算填饱肚子之后就赶快离开。

半碗汤下肚，主食也依次送到。郭岩看也不看，伸手就去抓，立刻感到指尖传来滚烫、油润的触感。

成摞的馅饼放在掉了漆的搪瓷盘子里，油汪汪的汤汁从破皮处流淌出来，散发出诱人的香气。

郭岩的手里捏着一张馅饼，却愣在桌子旁边，喉咙里立刻哽住了。

盘子里的馅饼被一抢而空。同桌的孩子们纷纷大快朵颐，没有人注意到那个呆呆地看着馅饼的男孩已经泪流满面。

听筒里传来"您所拨打的电话已关机……"，艾雯直接按下了挂断键。

她坐在床边，呆呆地看着窗外。阳光被不锈钢护栏切割成小块，大小不一地落在地面上。她感到憋闷，又心知窗户只能打开一条窄窄的缝隙——这让她懒得再去动弹。

艾雯又看看手机，滑动到微信。和潘晓的聊天窗口中，整整一页都是自己发出的消息。

她已经连续好几天无法和潘晓联系了。

艾雯再也坐不住了，她拢拢头发，把手机放在家居服的口袋里，定定神，拉开门走了出去。

一楼的客厅里也拉着窗帘，光线昏暗。听到脚步声，保姆从厨房里冲出来，一脸紧张地看着艾雯。

女孩伸了个懒腰，表情轻松："阿姨，我妈呢？"

"她去超市了。"保姆上下打量着她，"是不是饿了？我给你做点吃的？"

"行，帮我煮碗面吧。"艾雯走下楼梯，在客厅里转悠着，"有虾仁的话，帮我放点。"

保姆应了一声，却站在原地不动，依旧直勾勾地看着她。

"阿姨？"

"你回房间吧。"保姆指指楼上，"做好了我给你端上去。"

"嗯。"艾雯点点头，心里却是一沉，"我活动活动就上楼。"

保姆犹豫了一下，起身走进厨房，叮叮当当地操作起来，不时扭过头看着艾雯。

艾雯感到浑身不自在，只能站在客厅里勉强跳了一阵健身操。眼看着保姆已经把面条下进滚开的汤锅里，她掏出手机，贴在耳边，大声说道："哦，是我，没错……行吧，我去取。"

随即，她佯作轻快地走向门口："阿姨，我去保安室拿个快递。"

保姆握着锅铲跑来，一把拽住她："不行，我去拿。"

"哎呀，我就是去拿个快递。"艾雯一脸不耐烦，"几分钟就回来。"

"雯雯，你别难为阿姨。"保姆的语气里带了哀求的味道，"艾校长反复嘱咐我，绝不能让你踏出这个门半步，否则他就要辞退我。"

"阿姨，面条还在锅里呢，等你把包裹取回来，都煮成什么样了？"艾雯甩开她的胳膊，飞快地蹬上鞋子，"你放心，我穿成这样，哪儿也去不了。"

保姆无奈："快去快回啊——别跟你爸说。"

"知道了。"艾雯挥挥手，打开房门，"我肯定不出卖你。"

踏出单元门，温暖的阳光泼洒在她的身上。艾雯的心脏立刻狂跳起来。她不敢耽搁，快步向小区外走去。算起来，她已经足不出户快四天了。然而，她没时间去体味这来之不易的自由。

路过保安室的时候，她把头发披散下来，遮住半张脸，躲在一辆运送废品的小推车后面，悄然闪出了小区正门。

干燥而清新的空气。车水马龙的公路。朝思暮想的人就在不远的地方。

艾雯向路边发足狂奔，同时向一辆驶来的出租车挥起手。

几十分钟后，出租车停在市人民医院的住院部楼下。艾雯看着路边的鲜花店，犹豫了一下，决定还是先去看望潘晓。

然而，潘晓的病床上空空如也。

艾雯喘着粗气，顾不得擦去脸上不停滴落的汗珠，怔怔地看着那张平整的病床。巨大的恐惧感向她的心头袭来——难道潘晓已经……

这时，一个护士推着小车走进来。艾雯一把抓住她的胳膊，感到自己的牙齿在不停地相互撞击着："请问，这个床的患者……潘晓，他……"

她不敢再问下去，生怕会得到那个可怕的答案。

护士却是一脸淡然："那个小伙子啊，情况不太好，转去 ICU 了。"

艾雯不知道自己该是喜是忧。潘晓还在。但是，"情况不太好"是什么意思？

重症加强护理部位于门诊楼四楼，呈环形格局，左侧是手术室，右侧是病房。中间则是几排座椅，都坐满了等候的患者家属。艾雯径直冲到病房门前，用力去拽门把手，却纹丝不动。她这才注意到门旁的呼叫器，忙不迭地按下呼叫键。

很快，一个冷冰冰的女声传出来："你好。"

"请问潘晓在这里吗？"艾雯几乎把嘴贴在了呼叫器上，"从心外科转来的。"

"几床？"

"我不知道。"艾雯拍拍门，"麻烦您开门，我想去看看他。"

"潘晓……17 床的。"女声冰冷依旧，"今天不是探视日，你明天再来吧——门上有探视规定。"

"请让我进去看看他行吗？"艾雯哀求道，"看一眼就行。"

"看探视规定！"

说罢，呼叫器里就再无声响。

艾雯不死心，又在门上拍打起来。等候区的人们纷纷向这个穿着家居服的姑娘看过去。保安员快步跑到艾雯身边，警告她不要再扰乱医院的秩序，否则就把她赶出去。

艾雯无奈，只能抹着眼泪，转身从门旁离开。刚抬起头，她就迎面遇上各种厌恶、同情、无动于衷的目光。其中，有一双眼睛里充满了怨毒与憎恨。

她不由得抖了一下——那是潘晓的妈妈。

艾雯愣在原地，尴尬又胆怯。思忖再三后，她勉强拖动脚步，慢慢地走到女人身边坐下。

"阿姨，潘晓怎么样了？"她结结巴巴地开口说道，"我……我好几天都联系不上他，很担心。"

女人目视前方，脸色铁青，语气和表情一样硬邦邦的："他的排异反应很严重，住进 ICU 了。"

艾雯顿时急了："有多严重？医生怎么说？"

"很严重。"女人的脸抽搐起来，却始终不肯看她，"你不是要出国了吗？操心你自己的事情吧。"

"阿姨，我没有……我暂时不出国了。"艾雯既难过又委屈，"我想来看看他，他不回我信息，电话也……"

"他的手机在我这里。"女人从牙缝里挤出几个字，"你走吧。"

"我陪着您。"

"不用！"女人用力地摇了摇头，"看到你，我就会想到是谁把我儿子害成这样的。"

艾雯低下头，呜呜地哭起来。

"阿姨，对不起……我真的不是有意的……"

"我跟你说清楚一件事！"女人转过头来，两只浑浊的眼睛里布满血丝，声音凄厉，"如果潘晓不在了，我绝对不会放过你！"

艾雯捂住脸，泪水不停地从指缝中涌出："我知道，我知道……"

女孩的哭声在大厅里回荡着。这样的场面，在 ICU 的门口，实在是稀松平常，再常见不过。

在靠近门口的座位上，一个戴着墨镜的瘦削女人站了起来，快步走出大厅。

方木分析得没错。"黄鼠狼"和那个刘向兵根本就不熟。刘向兵也不是什么所谓的大器官贩子。黄书林领到了肇德军的任务，又不想得罪人，只好随便找了个小玩闹应付了事。他没想到的是，那两个残疾人不是那么好糊弄的。

肇德军自然是狠狠地修理了黄书林一顿。不过，方木倒认为也算不虚此行——至少搜集上来半山医院这条线索。

根据黄书林的说法，半山医院算是本市非法器官移植产业的"头部"。这家民营医院表面上从事的是美容、妇科、男科诊疗，私底下也做非法的勾当。只不过，由于医疗条件优越，旗下的"飞刀"们又都是各医学领域的专家，半山医院服务的主要是"高端客户"。黄书林和刘向兵之流得罪不起半山医院，更得罪不起那些"客户"。

这恰恰是方木会对半山医院产生兴趣的原因。

郑松林和王哲都是商人，家底颇为丰厚。目前虽然无直接证据证实艾名博和非法器官移植有关联，但是他也是大众眼中的"成功人士"。此外，两个被害人都是家中独子。郑松林和王哲如果要给各自的爱子移植器官，大半不会信任如刘向兵这样不靠谱的贩子，而会倾向于和类似半山医院的专业医疗机构合作。

因此，半山医院可能是线索比较集中的地方。

然而，对半山医院的调查却遇到了一个令人意想不到的情况。医院的法定代表人包尚义目前下落不明。包尚义的秘书称院长给医院的其他主要负责人发信息说要出国休假，此后就再无消息。几个月来，由于无法和院长取得联系，医院的许多业务难以开展，实际上已经处于停摆状态。

包尚义，男，现年三十九岁，未婚，本市户籍。父母均已病故。包尚义1996年毕业于大连医科大学护理学专业，先进入某医院从事护士工作。2000年3月，包尚义从医院辞职，南下深圳与人合伙销售医疗器械。2006年7月，包尚义返回本市，成立了半山医院，任法定代表人、院长。

警方调取了包尚义的出入境信息，发现他自2010年之后，并没有出境的记录。同时，警方查明包尚义在本市的亲属只有一个姐姐，名叫包尚宏，目前在市人民医院附近以开设粥店为生。向其询问包尚义的下落，包尚宏也无法提供有价值的线索。

包尚义的失踪，让半山医院的涉案嫌疑大大提升。警方已经扣押了医院的电脑及客户医疗病案，并将包尚义列为失踪人口，立案调查。

同时，方木和邰伟等待的另一个人，也来到了本市。

S市北站南出站口。顾浩拉着一个小行李箱，快步走到站前广场，迫不及待地从衣袋里拿出香烟。

在他身后，姜玉淑同样拉着行李箱，低头摆弄着手机。单手操作手机很不方便，姜玉淑不得不停下脚步，把行李箱放在脚边，端端正正地戴好花镜。

顾浩的烟瘾得到满足，悠然自得地走出几十米开外，回头才发现姜玉淑还停在出站口。他急忙小跑回到她身边，拉起她的行李箱。

姜玉淑小声嘟囔着："我怎么找不到姜庭发给我的短信了呢？里面有她同学的电话。"

"没事。"顾浩舍不得丢掉烟头，还在猛嘬着，"反正咱俩也不着急，你慢慢找。"

姜玉淑还在埋头翻找，冷不防手机突然响了起来。她吓了一跳，赶紧滑动屏幕接听。

"喂，是姜阿姨吗？我是姜庭的同学杨乐。"

"哎呀，杨乐你好，我正在找你的电话呢。你在哪里？"

"我在前面的停车场，一辆……阿姨我看见你了。"

电话挂断。姜玉淑向前方望去，看见一个三十多岁的小伙子正快步走过来。

来到他们面前，杨乐热情地接过他们手上的行李箱："顾大爷，姜阿姨，你们久等了。"

顾浩眯起眼睛看着杨乐。他的变化很大——微微腆起的肚腩，稀疏的头发，失去棱角的脸庞——完全不是当年那个少年的模样了。

杨乐一边引导他们向停车场走，一边回头对顾浩笑笑："顾大爷，你都不认识我了吧？"

顾浩点点头："是啊，十九年了。"

十九年了。

三个人上了一辆银灰色现代轿车，离开停车场，驶入主干道。姜玉淑坐在副驾驶座上，和杨乐闲聊着。顾浩则独自坐在后座，一言不发地看着窗外。

退休之前，他曾借着出差的机会多次来过S市。如今，这里如同前座握着方向盘的男人一样，已经找不到任何一点熟悉的影子。不过，他很快就把视线投向那些行走在街面上的人。特别是三四十岁年纪的女人，似乎指望在抵达这座陌生城市的第一天就看到那个朝思暮想的人。

这当然是徒劳。然而，顾浩仍然无法控制自己。在过去的漫长岁月中，他无数次地设想过苏琳会从天而降，出现在自己的面前。更多的时间里，他会去猜测女孩现在的样子。

她那么爱学习，不知道有没有继续读书的机会？

她应该胖了一些吧？还是依旧瘦弱不堪？

她有没有结婚呢？丈夫是什么样的人？

该有小宝宝了吧？她一定会是一个合格的妈妈。

　　尽管有十九年未曾谋面，也从未得到过有关她的半点消息，但是，苏琳会以各种身份、各种模样活在他的想象中。因此，当那个方姓警官把她的名字和连环杀人犯联系在一起的时候，顾浩感到自己描绘了那么久的美好图景已经完全破灭了。

　　他不甘心，更不敢相信这个事实。反复纠结了几天之后，他决定亲自来这里看看。他要把这件事搞清楚，至于结果，他还不愿意去想。

　　姜玉淑决定和他同行。这让顾浩颇感意外。而且，姜玉淑还自告奋勇让女儿联系了在本市的同学，帮助她和顾浩安排住处。

　　"这么多年了，我也得看看这丫头到底是个什么样的人。"姜玉淑如此轻描淡写地解释自己坚持要来 S 市的原因，"要不是工作脱不开身，姜庭也要从北京回来呢。"

　　顾浩拗不过她，只能同意。唯一的条件是，不要把此行的真实意图告诉杨乐。

　　他还在看着一个走过斑马线、左手牵着孩子的瘦削女人，姜玉淑就回过头来，一副大惊小怪的口吻："老顾，你说说，我当年千方百计地不让姜庭跟她爸爸走。这下好了，人家考上北大之后，直接留在北京工作了。"

　　顾浩不明就里，只好点点头："人算不如天算。"

　　"阿姨，现在姜庭算是我们班的同学里发展最好的了。"杨乐笑道，"您别不服气，她将来会让您老感到倍儿有面子。"

　　"什么呀？"姜玉淑的脸上还是露出难以掩饰的得意，"这臭孩子光琢磨工作了，今天飞美国，明天飞日本的，也不知道啥时候能生个外孙让我玩玩。"

　　车行迅速。几十分钟后，杨乐驶入一个居民小区的地下车库，带着他们乘坐电梯上楼。

　　房子不小，足有一百三十多平方米。室内家具和电器一应俱全，打扫得干干净净。姜玉淑在室内转悠了一圈，心下很是满意。

　　"杨乐，这是你帮我们安排的住处？"

"没错，我刚刚搬家不久，这是我其中一套闲置的房子。"杨乐挥挥手，"您二位就放心住着，水电煤气费、有线费都足着呢，一两个月都没问题。"

"你这孩子就是有出息。"姜玉淑满脸笑容，"年纪轻轻的，就置办下这么多产业。"

"哪里啊。"杨乐不好意思地摸摸头，眨眨眼睛，"您二位是住在一起，还是……"

"分开住，分开住。"顾浩的脸一红，急忙解释道，"我们是普通朋友关系。"

"我就是问问。"杨乐笑起来，"两间卧室，您和姜阿姨自己分配吧。"

交代完毕，杨乐又提出一起去吃个饭，权当给他们接风。顾浩和姜玉淑婉拒，并催促他快回去上班。杨乐也不再坚持，又嘱咐了几句之后就离开了。

房间里只剩下他们两个人。姜玉淑闲不住，看了冰箱之后看橱柜，又去卫生间和两个卧室查看一番。顾浩没那么强的好奇心，一个人坐在餐桌旁闷闷地吸烟。

"哎，老顾头，我要南边的卧室了啊，里面有个卫生间，我用起来比较方便。"姜玉淑走过来，"你没意见吧？"

顾浩回过神来："哦，没意见。"

姜玉淑知道他有心事，在他身边坐下，沉默了一会儿，开口问道："老顾，你相信那个警察说的吗？"

顾浩苦笑一下："我也不知道。"

"其实我有点信。"姜玉淑看着他的脸色，小心翼翼地说道，"这丫头才十几岁的时候，就干出那样的事情。现在长大了……你打算怎么做？"

顾浩摁熄烟头："先把这件事搞清楚再说吧。"

"嗯。"姜玉淑点点头，"要不要联系一下你那个干儿子？"

"不。"顾浩的态度坚决，"我先把这件事捋一捋。"

他起身走向放在墙角的行李箱，打开来，从几件衣服下拿出一样东西。

姜玉淑定睛看去——是一个粉色封面的硬皮日记本。

入夜。聚力健身俱乐部内一片寂静，大厅里只开了几盏顶灯，静静地照射着空无一人的各训练区。夏天赤裸着上身，背上的汗水熠熠生辉。他将凌乱散落的软垫一一归位，把训练器械擦拭干净，又仔细地擦去滴落在地面上的汗水，用空气清新剂在大厅里喷洒一圈。收拾停当之后，他点燃一支烟，施施然向浴室走去。刚迈出几步，他就听到放在柜台上的手机响起来。

夏天走过去，拿起手机，立刻滑动屏幕接听。

"喂？"

"你在哪儿呢？"

顾蓝的声音听起来仿佛是漂在鸡尾酒里的樱桃。

"俱乐部。"夏天皱起眉头，"你喝酒了？"

"哎呀，一点点而已。"顾蓝咯咯地笑起来，"我的酒量，你是了解的。"

夏天沉默了一会儿："出什么事了？"

顾蓝没有回应，十几秒钟之后，她长长地呼出一口气："没有——就是看你干吗呢。"

"一个人？"

"嗯。"

"你在哪里？"

"丽贝屋。"顾蓝立刻答道，"你现在来吗？"

"半小时内到。"

夏天走进餐厅，一眼就看到了独坐一隅的顾蓝。她斜靠在沙发软座上，媚眼如丝。

"来得还挺快嘛。"

夏天板着脸坐下，打量着桌上已经冷透的菜肴和两瓶红酒——其中一瓶已经喝光。

"这还叫'只喝了一点点'？"

顾蓝笑了笑："是不是还没吃饭？"

夏天摇摇头："我送你回去吧。"

"饭还是要吃的。"顾蓝挥手叫来服务员，"再陪我喝点。"

将桌上的冷菜撤掉，顾蓝给夏天叫了一份牛排、蔬果沙拉外加一只酒杯。

酒菜上齐。顾蓝给夏天倒上红酒，举杯示意后，自己先一饮而尽。

夏天的脸上写满担忧："你别再喝了——起码吃点东西再喝。"

顾蓝的头一歪："那你喂我。"

夏天又是无奈又是喜悦。这大半年以来，顾蓝每每以一种冷酷的形象示人，即便是对他也是如此。这突如其来的娇媚姿态，实在是弥足珍贵。

他切下一块牛排，叉起，递向顾蓝。女人顺从地倾身向前，咬住那块肉，还没等咀嚼，先捂住嘴笑起来。

夏天不解："你笑什么啊？"

"你说……"顾蓝笑得上气不接下气，"我们像不像富婆和被她包养的小鲜肉？"

夏天白了她一眼："胡说——我们是亲人。"

顾蓝脸上的笑容渐渐消失。她深深地看着夏天。良久，她喃喃说道："是啊，我们是亲人。现在我只有你了。"

夏天回望着她："我也一样。"

女人的表情变得怅然若失，悲苦的神色一点点浮现上来。

夏天放下刀叉："到底怎么了？"

顾蓝轻轻地叹了口气："我下午去医院了，跟朵朵的主治医师聊了一下。"

"医生怎么说？"

"除了心脏移植，没有别的出路了。"顾蓝拢起头发，怔怔地看着酒瓶里的暗红色液体,"否则,这孩子活不了多久。"

夏天想了想:"预约心脏移植术了?"

"嗯。但是可能需要很久的等待。"顾蓝摇摇头,"有那么一瞬间,我后悔干掉包尚义了。"

夏天的身子一抖,迅速向四周张望一圈。随即,他用眼神示意顾蓝噤声。

顾蓝却丝毫不以为意,苦笑了一下:"我现在需要一个器官贩子——是不是很讽刺?"

夏天低下头,沉默了一会儿:"会有办法的,你不必太焦虑。"

顾蓝却仿佛听不见他的话,依旧眼神迷离。

"说真的,我越来越喜欢郑松林。他对得起父亲这两个字,即使他……"顾蓝转向夏天,语气中既有征询,又有哀求的味道,"我们做的一切都是对的,是不是?我几乎就要成为母亲了。我有这个资格,对不对?他们没有理由伤害我,对不对?"

夏天立刻站起来,不由分说地拉住她的胳膊。

"你喝多了。回家!"

一上车,顾蓝就歪倒在后座上,除了偶尔发出几声呻吟外,再无声息。夏天尽量把车开得又快又稳,向目的地飞驰而去。

夜色深沉,华灯点点。Jeep 车依次经过那些沉默伫立的路灯。沉睡的女人脸上时而映出如月色般皎洁的光亮,时而消失于浓稠的黑暗中。她枕在自己的胳膊上,双眼紧闭,瘦削的身体随着车体的震动轻轻起伏着。难过和惬意的表情交替出现,让夏天忍不住去猜测她究竟沉浸在怎样的梦境中。

回到顾蓝的家,夏天把全身瘫软的女人放在卧室的床上。顾蓝侧身而卧,修长的双腿弯曲成诱人的弧度。夏天看了她一会儿,叹了口气,起身找出她的睡衣。

帮她脱掉衣服的时候,触碰到她依旧细腻光滑的皮肤,夏天感到自己的身体也火热起来。他弯下腰，抱住顾蓝。女人只是发出鼻音很重的呢喃，依旧沉沉地睡着。夏天把脸埋在她的胸口，静静地躺了一会儿。随即，他直起身子，替她把睡衣换好，盖上被子。

在门口犹豫了很久，夏天还是决定留下来照顾她。他把顾蓝换下来的衣服塞进洗衣机里，又倒了一杯水放在她的床头，退到客厅里，拿了一罐啤酒看 UFC（终极格斗冠军赛）集锦。酒还没喝完，他也倒在沙发上睡着了。

再醒来时已经是天光大亮，夏天揉着眼睛坐起来，发现自己身上多了一条薄毯。同时，他闻到厨房里传来烤面包的香气和煎鸡蛋的噼啪声。

他轻手轻脚地爬起来，悄悄地走进厨房里。顾蓝还穿着睡衣，头发披散在肩膀上，正用锅铲翻动着煎锅里的鸡蛋。夏天走过去，从身后抱住她，用鼻子轻柔地蹭着她的脖子。

顾蓝抖了一下，随即就放松下来，腾出一只手摸了摸夏天的头发。

"还是要半熟的？"她半闭着眼睛，似乎很享受夏天的动作，"加黑胡椒？"

"嗯。"夏天嗅着她身上残留的淡淡酒气，"你还是那么爱吃煎鸡蛋啊？"

顾蓝看着慢慢凝固的蛋白："这会让我觉得内心平静。"

夏天把头埋得更深，还发出一声呢喃："昨晚睡得怎么样？"

"还不错。"顾蓝拍拍他，"去帮我把牛奶拿出来。"

简单的早餐很快就做好。两个人对坐在餐桌两侧，默不作声地吃着。牛奶温热，鸡蛋嫩滑，面包也烤得恰到好处。夏天忽然轻声叹了一口气。

顾蓝抬起头看着他："怎么了？"

夏天撇撇嘴："你上次给我做早餐，好像是一万年前的事情了。"

顾蓝笑了笑："好，下一顿就是一万年之后。"

夏天白了她一眼："我们什么时候才能好好在一起？"

顾蓝不说话，用叉子戳着盘子里的鸡蛋，似乎在想心事。

夏天无奈："知道了，知道了，又要把事情做完是吧？"

"哦？没有。"顾蓝回过神来，脑子里依旧是艾雯满是泪水的脸。的确，夏天的话让她想起了昨天在 ICU 病房门前看到的那一幕。

可以想象，艾雯是如何在父亲的严格监控下偷跑去看潘晓的。她也完全相信那些痛哭来自艾雯真心的痛悔。

顾蓝感到嫉妒。全心全意地爱一个人，有多痛苦，就有多美妙。

如果你不想感受到任何伤害，就不要有任何爱。

她有多久没有品尝到爱的滋味了？

从她立誓要复仇的那一刻，爱就从她心中被连根拔起了。而那女孩的泪水，让她第一次产生了一丝动摇。

夏天还在嘟囔着："快点过去吧。我太怀念过去的日子了，哪怕只是光明正大地牵牵你的手也好……"

顾蓝听到自己的心里有一个声音也在随声附和：是啊，那多么好。

宽恕之城

雷米 著

下册

北京联合出版公司
Beijing United Publishing Co.,Ltd.

一未文化　　非同凡响

北京一未文化传媒有限公司
www.bjyiwei.com
出品

会众要救这误杀人的脱离报血仇人的手，也要使他归入逃城。他要住在其中，直等到受圣膏的大祭司死了。

——《民数记》35：25

目

录

Contents

第十九章 · 焚化室

　　方木看看半山医院那扇对开铁门上的告示，"停业装修"几个字墨迹尚新。他隔着铁门望向不远处的几栋白色建筑。那里过去应该是一片繁忙景象，然而，无论是门诊楼还是住院部抑或康复中心，都毫无人迹。通往几栋楼的水磨石砖路上，缝隙中已经长出了高矮不一的野草，看上去甚是荒凉。

　　方木还在感慨，身后就响起了鸣笛声。他循声望过去，看到邰伟从车窗里探出半个身子，不耐烦地嚷道："你发什么呆呢？叫门啊。"

　　方木撇撇嘴，转身走向门旁的保安室。

　　敲了几下门后，一个神色倦怠的年轻保安员走了出来，身上的制服皱皱巴巴的，手机里还响着"二条、五筒……"

　　"医院暂时停业了，你……"

　　话音未落，他就看到了方木掏出的警察证，张了张嘴巴："你们前几天不是来过了吗？"

　　方木不想跟他废话，指指对开铁门："开门。"

　　不知道是因为紧张还是急于重返网上麻将桌，保安员的手脚非常麻利。铁门打开后，不等帕拉丁越野车开进来，他就一头钻回了保安室。

越野车停在门诊楼前，方木和邰伟先下了车，随即，米楠从后座上下来，抬头看了看面前的高楼，淡淡地说了句："嚯，挺气派的。"

另一个保安员也许是提前收到了消息，早早地打开了门诊楼的门，一言不发地站在门旁，等待方木三人进来。

方木见状，也不再多做盘桓，率先走了进去。

一楼正厅大概是做接待区所用，环形岛台后空无一人。岛台上的花瓶里插着几束枯枝，腐烂变色的花瓣散落在地上，和零散的宣传单、科室介绍、空白登记表混在一起，看上去凄凉无比。

邰伟用脚拨弄着那些杂物，咂咂嘴："靠，跟游戏里的闹鬼医院似的。"

他抬起头，向四周看看，对方木说道："伙计，咱们分头行动。"

方木挑起眉毛："嗯？"

邰伟抬起手，用大拇指指指岛台左侧的方向："我向这边走，你们俩去那边。"

说罢，他向方木挤挤眼睛，无声地说道："哄哄她。"

随即，邰伟就大步向走廊深处走去。方木转过身，看到米楠已经把手插在衣袋里，向右方迈开步子，颇有些悠然自得的样子。

方木无奈，只得硬着头皮跟上去。

一楼看上去是妇科诊疗区，几个诊室分列在走廊一侧，个个房门紧锁。透过门上的玻璃窗，能看到里面的大致陈设。无外乎是成套的办公桌椅、诊察床、文件柜之类。不过，办公桌上都没有电脑主机，想必是被警方扣押了。

走廊另一侧的墙壁上挂着各科室主治医师的照片及简介。有几处显眼的空白，从尚新的墙面漆的颜色来看，原来的照片应该被摘下来不久。不用猜，一定是那些不想惹祸上身的"飞刀"医生。

方木倒不担心这个，医院的诊疗资料已经被警方扣押，搞清楚这些人的身份是早晚的事情。

妇科诊疗区并不在本案的侦查范围内。方木和米楠走马观花，很快就上到二楼。这里是美容整形区，各诊室的情况和一楼并无二致。他们自然没有太多兴趣，草草查看一番之后径直上了三楼。

米楠始终一言不发，自顾自在前面走。方木也不知道该说些什么，只好默默地跟着她。三楼是男科诊疗区，走廊里多了一些男科疾病的宣传画及科普资料，看上去颇令人不适。米楠目不斜视，直接沿着楼梯上了四楼。

根据楼层指示，四楼是放射线科和手术室。同样，大多数的门都被锁死。方木尝试着去拉手术室的门，却应声而开。

方木和米楠站在一条长长的走廊里，两侧都是开着门的手术室。方木随便走进一间，发现这里虽然久未打扫，但是物品摆放有序，各种器械、设备一应俱全，看得出管理水平还不错。

方木在手术室里转悠了一圈，看到米楠正俯身在手术台上仔细查看着。他终于找到了话题，勉强挤出一个笑容。

"应该带法医老滕过来。"方木指指手术台，"没准这家伙能看出是否做过器官移植手术。"

米楠抬头看了他一眼，面无表情地反问道："从这里，你能看出器官移植手术和普通外科手术的区别吗？"

方木一时语塞，嗫嚅了半天说道："设备或者药物……我不知道。"

"单凭手术室的陈设，你就让人家下结论？"米楠哼了一声，"你可真敢想。"

方木自以为可以打破尴尬的沉默，却被米楠抢白一番。他不敢再开口，只好垂着手站在原地。米楠也不再理会他，抬脚走出了手术室。

回到走廊里，却迎面碰到了邰伟。米楠依旧神色淡然："你那边有什么发现吗？"

"没有。"邰伟耸耸肩膀，"行政区——我就到院长办公室看了一圈——什么都没有，弟兄们把能拿走的都拿走了。"

米楠点点头："我觉得这里没什么可看的了，去住院部瞧瞧吧。"

邰伟应了一声，越过米楠的肩膀向方木投去征询的目光。方木的脸上露出"什么都别问"的表情。

邰伟撇撇嘴，用口型无声地说道："废物。"

住院部却大门紧锁，保安室里空无一人。毗邻的康复中心也是如此。邰伟低声骂了一句："妈的，这么大个医院就俩保安？真是不打算好好干了。"

米楠笑笑："包尚义失踪之后，半山医院实际上就陷入停顿了。"

邰伟还不甘心，四下踅摸着："方木，去找块砖头来。"

米楠眨眨眼睛："你要干吗？"

"进去啊。"邰伟指指玻璃窗，"万一住院部有点蛛丝马迹什么的，比如郑凯或者王光彦的患者资料卡之类的，这事咱不就坐实了吗？"

"神经病！"米楠白了他一眼，"肇支队说，扣押相关物品的时候，人家那叫一个痛快——摆明了有把握让你什么都查不到。"

"不行。"邰伟悻悻道，"老子瘸着腿来了一趟，不能空着手回去。"

米楠喊了一声，不再理会他。邰伟又催方木帮忙。方木无奈，只好跟着他到处乱找。眼见路上有一块水磨石方砖裂开了一角，方木正要弯腰捡起来，余光却扫到了住院部和康复中心的一片空地上。

一栋简易房静静地伫立在两栋楼中间，隐藏在疯长起来的野草中，看上去毫不起眼。

"那是什么？"

邰伟扫了一眼，心不在焉地说道："配电室吧？"

方木却皱起眉头，指指简易房上方伸出的金属圆筒："配电室用不着烟囱吧？"

听他这么一说，邰伟又仔细打量了一下简易房："是挺奇怪啊。"

米楠循声走过来，顿时来了兴趣："去看看。"

三个人跨过草丛，走到简易房前。整个简易房为彩钢材质，通体呈蓝色。一侧开了两扇小小的窗户，玻璃上却仿佛糊了一层油泥，看不清室内的情况。他们又绕到简易房正门前，看到门上挂着一条沉重的铁链，被一把铁锁牢牢锁住。

方木看看邰伟，后者的表情凝重，向他摆摆头："去找保安员。"

"不用了。"米楠蹲下身子，仔细查看着铁锁，"他们未必有这里的钥匙。"

说罢，米楠从衣袋里掏出一个小皮夹，从中抽出两根铁丝模样的东西，探进锁眼里。

方木很惊讶："你还会这一手呢？"

"别装出一副很了解我的样子。"米楠面沉如水，"我会的东西多了去了。"

邰伟捂着嘴偷笑。

很快，"咔嗒"一声之后，铁锁打开了。

方木抽掉铁链，拉开门。顿时，一股焦臭味扑面而来。三个人都捂住鼻子，看着眼前的景象。

简易房内呈长方形格局。两侧是铁质长条桌，几个不锈钢材质的方盘凌乱地堆放在桌面上，盘中还有已经干涸的深褐色液体。不过，最令他们关注的，还是摆在正中央的一台锅炉模样的机器。

米楠尝试着迈出一步，脚下立刻传来黏腻感，似乎地面上也有油泥混合物。她抬起一只手，阻止方木和邰伟继续进入。随即，她蹲下身子，仔细查看着地面，又抬起头来看着那台机器。

"我大概猜到这是什么东西了。"米楠向后摆摆头，"方木，后备厢里有一个大号的黑色手提袋子，给我拎过来。"

方木应了一声，转身朝门诊楼的方向跑过去。不多时，他费力地拎着一个黑色袋子返回简易房门前。

"你这袋子里是什么东西啊？"他擦了擦额头上的汗水，"太重了。"

米楠不说话，拉开袋子，从中拿出六块通道踏板。

邰伟瞪大了眼睛："我靠，你居然还带着这玩意？"

"以备不时之需。"米楠简单作答。她保持着蹲踞的姿势，在门口查看了一番之后，稳稳地放下第一块通道踏板。

小心翼翼地踩上第一块踏板后，米楠继续查看着地面的情况，将踏板一一铺好，直至抵达机器前方。

那台机器被安置在一个铁质平台上，由三个部分组成。平台上的部分为正方形，前方有一扇门，带有环形密封阀。其上的部分呈圆柱形，连接着各种用途不明的管件和阀门。最顶端是直径要小得多的圆筒，伸出简易房的房顶，看起来的确是一个烟囱。

她上下打量了一番，探出身子去查看机器上的铭牌。

片刻，她点点头："我猜得没错。"

歪歪扭扭站在她身后的方木和邰伟早已急不可耐："那是什么？"

米楠看着门上的环形密封阀，选择了两个可以发力的位置，用纸巾垫好，旋转，打开，机器内部出现一个巨大的空腔——更加浓重的焦臭味从腔体中涌出来。

米楠弯下腰在腔体中查看着，伸出手指在腔壁上刮了一下，放到眼前看了看，又闻了闻。

随即，她转过身，脸色有些发白："这是一个小型医用焚化炉。"

邰伟一下子放松下来："嘁，我当是什么呢。医院嘛，必然会有焚化炉啊。"

话音未落，他也脸色一变，急忙看向方木。后者同样回望着他，表情意味深长。

的确，医院在医疗活动中产生的各种医疗废物，例如垃圾、切除的人体组织、流掉的死胎等都需要焚化炉来处理。倘若半山医院真的与系列杀人案有关，那个被摘掉了肝脏及眼角膜的人，会不会也在这个焚化炉中被"处理"掉了？

邰伟一把抓住方木的胳膊："现在就联系肇支队，申请搜查令，找人来勘查这个现场。"

"先不急。"米楠的口吻冷静又不容辩驳，"你们俩先出去，别影响我做事——方木，那个手提袋里有勘查箱，放在门口，有需要我会叫你。"

方木不敢怠慢，乖乖照做。邰伟也退到门口，眼巴巴地看着米楠。

米楠跪伏在通道踏板上，把头发拢到脑后扎起，几乎把鼻子贴在地面上，一寸寸查看着。她不时抬头看向炉体，又看向堆着不锈钢方盘的长桌，边沉思边小声自言自语，似乎在测算着什么。

"方木，给我拿三件套和手电筒过来。"

方木把她要的东西找齐，小心地沿着通道踏板走过来递给她。米楠一边穿戴一边指指炉体："你看看那个炉腔，最多能容纳多少焚烧物？以重量为单位。"

方木捂着鼻子，从她身边挤过去，打量着空荡荡的炉腔。焚化炉内部已经被熏得焦黑，腔壁上污渍斑斑，还挂着凝固的油脂类的物质。

方木在心中默默地估算了一下："不会超过五十公斤。"

米楠点点头："差不多。"

她向门口挥挥手："邰伟，戴上手套，准备好相机；方木，打电话叫人带着手续过来——从现在开始，这间屋子里的任何东西都不要碰。"

室外秋风徐徐，小鸟啾鸣。空旷的半山医院里，两个男人守在焚化室门口，看着一个戴着手套、脚套和头套的女人在一块块通道踏板上往返查看着地面和焚化炉。米楠不时叫邰伟过来拍照固定证据，或者叫方木帮她照明。两个男人连大气都不敢出，有求必应。特别是方木，守着勘查箱，竖起耳朵，随时准备米楠召唤他。

忽然，他感到自己的肋骨被人捅了一下。转头一看，邰伟正对着他挤眉弄眼。

"我说，米楠认真工作的时候，真的挺有魅力的。"

方木哭笑不得，却无法把视线从她身上移开。

的确，她在专注于现场勘查的时候，的确是一种浑然忘我的状态。似乎全世界都只剩下那些若有似无的手印和足迹。方木竟隐隐生出一丝嫉妒——如果她肯以这样的眼神看向自己，那该多好。

他还在愣神，冷不防米楠已经站了起来，向他伸出手："银粉、毛刷、胶带、物证袋。"

方木应了一声，手忙脚乱地从勘查箱里把东西找齐，沿着踏板送到她手里。

米楠从炉门的环形密封阀上提取下几枚手印，装在物证袋里，做好标记。方木接过物证袋，刚要退出去，米楠开口说道："你，抱着一个人，从门口走进来，塞进焚化炉里。"

方木一愣。

米楠摆摆手："按我说的做。"

"成年人？"方木皱起眉头，"那是个小型焚化炉，体重较大的话，一整个人是塞不进去的。"

"没错。"米楠点点头，"如果死者是一个超过五十公斤的人，他大概率会把死者分尸，分别焚化。"

方木立刻明白了，转头看向那个铁质长桌："他会先把尸块放在桌子上。"

"换句话来说，他负重最大的地方，是在桌子前面。"米楠又指向焚化炉，"以及炉门前面——合理吗？"

"没问题。"方木略作思考，"可是，死者被焚化应该是几个月之前的事情了。这个焚化室可能一直在使用中，相关痕迹还能留下吗？"

米楠没有回答，只是挥手让他出去，自己拿起放大镜和手电筒，开始重点勘查长桌前的地面。

十几分钟后，她直起身子，看起来一无所获，却始终神色淡然。随即，她转向焚化炉前，搬开最后一块通道踏板，继续勘查。

这时，方木听到了发动机的轰鸣声。他下意识地转过身，看到肇德军正带着几个技术员从警车上下来。

肇德军快步跑到焚化室门前，探头向里面张望着："什么情况？她发现什么了？"

"还不知道。"邰伟耸耸肩膀，"等会儿让米楠跟你解释吧。"

"神神秘秘的。"肇德军嘟囔着，抬脚迈进焚化室，"米楠，你……"

米楠保持着跪伏的姿势不变，厉声喝道："先出去！邰伟，相机！"

"小的来了。"

邰伟笑嘻嘻地端着相机走进去，米楠转过头来，皱着眉，抿起嘴，似乎已经很不耐烦。

然而，方木太熟悉这个表情了——她找到了！

米楠抬手夺过邰伟手里的相机，对准地面连连按动快门。紧接着，她向肇德军挥挥手："让他们带好装备，把这个足迹提取下来。"

随即，她勉强站起来，费力地活动了一下僵直的手脚，沿着踏板走出焚化室。

来到室外，米楠摘下头套，深深地呼出一口气。方木凑过去："发现什么了？"

米楠笑了笑，抬起相机，找到刚才拍下的照片，放大。

"看这里，这个鞋印。"米楠的声音平静，却有着掩饰不住的得意，"想起来了吗？"

单足橡胶底足迹。畦埂型花纹。由于是印在了地面的油泥里，显得很清晰。

看到鞋底腰档处的耐克标志，方木的眼睛一下子瞪大了："这不是在百得工矿机械有限公司外墙上那枚吗？"

"没错。"米楠用力地点点头，"那半个足迹我看过上千遍了，就是同一个。"

方木的大脑立刻飞速运转起来。

半山医院。身份不明的供体。失踪的院长。杀害王光彦的凶手。母亲。

他还在出神，米楠却似乎已经从刚才的兴奋中冷静下来。她把相机递到方木手里，淡淡地说道："我去休息一下。"

方木却一把抓住了她的胳膊："焚化炉的启动按钮在哪里？"

米楠被他吓了一跳："炉门右侧，怎么了？"

"去！"方木推了推她的肩膀，"你先别休息，启动按钮下方的地面，去找一双女鞋的足迹。"

米楠一脸疑惑，却没有犹豫，重新戴上头套，转身冲向焚化室。

方木看着她的背影，一个念头在脑海中越来越清晰。

最后一个被送进这个焚化炉的人，是包尚义。

省会。副省级城市。下辖 9 个区县。总面积 12860 平方公里。常住人口 907 万人。

在一万多平方公里的土地上，找到九百多万人口中的唯一一个。这就是大海捞针。即使顾浩已经在这座城市里转悠了整整三天，即使已经在人山人海中看过无数张面孔，即使他清晰地感觉到，自己和苏琳正呼吸着同样的空气，吹着同样的晚风。

姜玉淑虽然不理解顾浩的做法，还是陪着他在大街小巷里溜达了三天。最后，她走到滑膜炎发作，才不得不作罢。

晚上，顾浩精疲力竭地回到住处。姜玉淑拖着一条伤腿做好了简单的晚饭，令顾浩感激不已。饭毕，姜玉淑坐在客厅的沙发上，一边按摩着用膏药贴好的膝盖，一边摆弄着手机。顾浩依旧坐在餐桌旁反复阅读那本日记，间或走到阳台上抽根烟，发会儿呆。

夜风习习，万家灯火。天空漆黑一片，星斗稀落。顾浩看着对面楼上那些明亮的窗口，能看到一家人围坐在电视机前，或者在客厅里跳健美操，或者陪着孩子写作业。这大概是他们寻常生活中的一个寻常的夜晚，平凡又满足。也许，他们会有各自的烦恼，比如房贷、孩子的学习成绩、升职或者男女情感。但是，他们大多数不会和凶杀案扯上关系，更不会隐藏在黑暗中躲避追捕，或者伺机再次举起屠刀。

你啊，你啊。这十九年来，究竟在你身上发生了什么？

是生活终究改变了你，还是你不曾真的放下？

顾浩盯着某扇没有亮灯的窗口，想象苏琳独自坐在角落里，咀嚼着仇恨和杀机。而她，依旧是 1994 年的模样。清瘦，长发，有着细长的眼睛和羞涩不安的表情。

别怕，顾大爷来了。

身后的厨房里忽然传来响动。顾浩循声看过去，姜玉淑正端着沉重的电热水壶，关掉自来水龙头。他急忙丢掉烟头，快步走过去。

"你要喝水就喊我一声啊。"顾浩接过水壶，"快回去躺着。"

"躺多了我也烦，起来活动活动。"姜玉淑斜靠在橱柜上，"你少抽点烟吧，脸色焦黄焦黄的。"

顾浩笑笑，按了按右侧上腹部："别喝茶水了吧，晚上容易失眠。"

"我没事。"姜玉淑注意到他的动作，"饿了？我给你弄点东西吃？"

"可不敢！"顾浩夸张地摆摆手，"都害你伤了腿，怎么还能麻烦你？"

"我也真是不中用。"姜玉淑神色悻然，"还打算来照顾你呢，结果先把自己撂倒了。"

顾浩心下一暖。他很清楚，姜玉淑对苏琳的好奇并不足以让她跑到这个几百公里外的陌生城市里。更多的，是担心他。这个做事风风火火，脾气又急又坏的女人有一颗善良的心。十九年前的共同经历让他和姜玉淑之间结成了某种奇妙的情谊。比爱情更单纯，比亲情更洒脱。

姜玉淑见他不说话，试探着问道："老顾，你打算这么一直找下去吗？"

"是啊。"顾浩忽然想到了什么，"要不，我明天让杨乐先送你回去吧。你的腿伤了，跟我耗着也不是个事。"

"嘻，我这腿是老毛病了，歇几天就好了。"姜玉淑见顾浩误会了自己的意思，摆摆手，"你都快八十了，我能把你自己扔在这里吗？我是想建议你去找找你干儿子。"

顾浩低头不语。

"他是警察，自然会有好多办法。"姜玉淑继续说道，"否则，就靠你一个老头儿，找到猴年马月去？"

顾浩摇摇头："不行。如果是邰伟先找到她，苏琳就一点机会都没有了。"

姜玉淑一愣："你是想……"

"对。"顾浩忽然变得神色黯然，"她答应过我要好好活下去。这十九年来，她没有联系过我。我不怪她。走了就是走了，还回来干吗呢？但是，她必须跟我说清楚，为什么要杀人？为什么过了这么多年了，还是让自己陷入这样的处境？"

姜玉淑苦笑："你呀，嘴上不承认，心里还是相信她会做出那样的事情，对吧？"

顾浩沉默了一会儿："一定是有原因的。"

"我担心的就是这个。"姜玉淑叹了口气，"你要知道，你面对的不再是一个十七岁的孩子了。"

顾浩低下头："她不会伤害我的。"

"可是，你有没有想过……"姜玉淑看着他，"实际上，你是最了解她的人，也是对她而言最危险的人。"

顾浩看向客厅——餐桌上，那本日记静静地摊开在桌面上。

"所以，我有把握找到她。"

姜玉淑见自己没法说服他，心下也是万般无奈。两个人在厨房里相对无言，中间是那只不断冒出热气、吱吱作响的电热水壶。

良久，姜玉淑先开口了，换了一副轻松的语调。

"这事你能做成。"她露出一个笑容，"出发前我做了一个祷告，心里很平安。"

顾浩也笑："感谢主。"

"来，我现在就给你做个按手祷告。"姜玉淑活跃起来，"你虽然不信主，也在心里念叨念叨，有作用的。"

说罢，她就单腿蹦过来，伸出一只手按住顾浩的肩膀，闭上眼睛。

"天父，我们感谢你，感谢你赐给我们生命，感谢你一直看顾保守着我们……"

顾浩能感到那只手的温度，正透过外套、衬衫、皮肤，让他从里到外热起来。姜玉淑的声音缓慢、低沉，似乎带有不可动摇的信心和虔诚。他也闭上眼睛，莫名其妙地变得心安。

"……恳求你垂听我们的祷告，成就我们的心思意念。奉我主耶稣基督的圣名，感谢祷告。阿门。"

阿门。

顾蓝拎起皮包，在穿衣镜前转了一圈，拿起车钥匙出门。锁好房门，她拎起门口的一个大垃圾袋，里面的空易拉罐和塑料水瓶发出清脆的碰撞声。

乘坐电梯直达一楼大堂，顾蓝径直出了单元门，立刻就看到一个穿着破烂的迷彩服的男子。后者正弯腰看着花坛里尚未凋谢的花朵，脸上的表情很是喜悦。在他身边停着一辆小平板车，上面堆满了硬纸板、啤酒瓶和易拉罐等乱七八糟的杂物。

顾蓝向他走过去，笑吟吟地说道："今天这么早？"

男子抬起头，指着那些花草含混不清地说道："这些花还在。"

"是啊，生命力真旺盛。"

顾蓝把垃圾袋递给他。男子咧开嘴，露出被烟熏黄的牙齿，脸上的皱纹沟壑丛生。

"还有……"顾蓝从皮包里拿出一个纸袋，递到他手上，"饭团，当早饭吃吧。"

男子的眼睛亮了一下："那怎么好意思？"

顾蓝摆摆手，踩着高跟鞋向停车场走去。忽然，她停下了脚步，犹豫了一下，又返回到小平板车旁边，俯身看着被压在一个空油桶下面的一沓纸。

A4 打印纸，足有二三十张。内容完全一样——一幅彩色简笔画，两个长发女孩正牵着手狂奔。一个穿着红裙，一个穿着白裙。在她们前方，是一望无际的蔚蓝色大海。

画面下方还有一行字：如果你知道这幅画背后的故事，如果你是那个白裙少女，如果你还记得那两只煎蛋，请联系我。

然而，那个电话号码很奇怪，中间有几位数字分别用 XYZ 来代替。不过，寻人者又加了注解：XYZ 是发生这个故事的日期。

简单的画面，区区两行字，顾蓝却看了足足五分钟。直至全身颤抖，直至视线模糊。

她抬起头，哆嗦着嘴唇："这是你从哪里捡到的？"

男子大口咬着饭团，随手指向小区之外的方向："那条街上，还有好多……"

顾蓝转过身，扔下莫名其妙的男子，向停车场飞奔而去。

的确，真的还有好多。路灯杆上、墙壁上、树上、公交站的座椅上、路边的围栏上——无数个红裙和白裙少女奔跑在这座城市里，即使大海在几百公里开外。

顾蓝已经握不住方向盘，眼前似乎也只剩下交错闪过的红白色。终于，奥迪车在一个路口歪歪扭扭地停住，轮胎摩擦在路边石上，发出巨大的噪音。顾蓝动作僵直地下车，走到一个公共变电箱前面，一把撕下那张 A4 纸。

回到车里，她再也控制不住自己，趴在方向盘上放声大哭。在那一瞬间，顾蓝感到自己又回到了十九年前。在黑暗的下水道里，在大雨滂沱的夜里，在空无一人的街道上，在回不去的家门外——她也曾这样哭过。

她像个委屈的少女一般，毫无顾忌地哭着。待到哭声渐止，她抽噎着，用手背擦拭着眼睛。然而，泪水似乎冲垮了记忆的堤坝，那些不愿回首的种种过往，依旧凶猛地一波波袭来。于是，哭声再起。顾蓝感到自己无法再呼吸了，那不曾忘记的老人的面容格外清晰。

他啊。那个让她能熬过无数个不眠之夜的他啊。

他啊。那个让她在寒冬仍能感到一丝暖意的他啊。

此时此刻，他的脸，却像一把重锤，一下又一下地敲击在她的胸口。

顾蓝哭到全身瘫软，渴望能抓住一只充满力量的手，或者投身于某个怀抱里，像个孩子一样，找到温暖，找到心安，找到爱。

她抬起头，竭力睁大被泪水盈满的双眼，徒劳地向车窗外张望着。路边行人匆匆，没有人看到在座椅上挣扎的她。

顾蓝拿起手机，铺开那张 A4 纸，死死地盯着那串混着字母的数字。

他知道自己能找到她。她也知道他能。

就像她知道 XYZ 是 620。

1994 年 6 月 20 日。苏琳，穿上白色的长裙，成为"人鱼"。

第
二
十
章
·
回
家

　　警方对半山医院再次进行现场勘查，重点放在焚化室。在提取了若干手印、足迹及毛发的同时，法医又在焚化炉内部找到了一些凝固的油脂样物质。经检验，属于人体脂肪组织。

　　在对现场提取到的物证进行检验后，可以将焚化炉前提取到的足迹与在百得工矿机械有限公司外墙上提取到的足迹做同一认定。不过，提取到的手印经入库对比，无果。目前，已将相关人体脂肪组织及不锈钢方盘中的血迹送技术处做DNA 鉴定。

　　此外，警方还在焚化炉启动按钮下方找到一枚足迹。

　　米楠静静地坐在工作台前，仔细查看着一本厚厚的足迹样册。偶尔，她会转向旁边的显微镜，与现场提取到的足迹进行对比。她是如此专心致志，完全不理会身后坐着的两个男人。

　　邰伟打了个哈欠，泪眼蒙眬地捅捅方木的肩膀，低声问道："你怎么知道启动按钮下会有足迹？"

"如果熟悉焚化炉的操作，大可以在关闭炉门之后，直接伸手过去按钮。"方木同样压低声音，"新手的话，很可能要站在操作面板正面，确保不会按错。"

半山医院的焚化炉是从山东某厂家采购的。警方联络了厂家的技术人员，详细了解了焚化炉的操作规程。的确，这台焚化炉的工艺水平很高。焚化物在经过充分燃烧后，还会被水冷却后进行二次焚烧及尾气处理。最后，除了灰烬之外，其余的部分都会变成达标气体排放至室外。不过，这次焚化的操作者显然并不熟悉焚化炉的操作，没有调节好有关技术参数，二次焚烧并不充分，才会在地面、墙壁、窗户上形成烟尘与人体脂肪的油泥混合物。恰恰是因为这些物质，最终让那些足迹得以顺利提取。

"我听米楠说，还是个女鞋的足迹？"邰伟想了想，"'人鱼'？"

方木点点头。他一直确信是两人作案，且其中一人是女性。试想，如果包尚义真的主导了那个身份不明的供体的器官移植术，那么，作为报复，很可能是处于母亲身份的女性来亲自按下焚化包尚义的启动按钮。至于那枚足迹能传达出什么样的信息，就要看米楠的了。

想到这里，方木忍不住站起身来，走到米楠身边，轻声问道："怎么样了？"

米楠抬起头，揉了揉眼睛："这枚足迹的检验条件不好。足迹形成的时候，烟尘应该还没那么大。"

她指指工作台另一端的足迹样本："不像那枚耐克的——我觉得，我提取到这枚，应该是他反复向炉内运送尸块的时候形成的。"

方木撇撇嘴："特征呢？"

"37码。橡胶底。细格花纹。"米楠叹了口气，"我只能确定这是一双女式休闲鞋，但是这种细格花纹太普遍了。我只能一点点去比对，希望可以确定品牌。"

方木琢磨了一下："我们以前分析过，凶手经济条件不差，还能自由支配时间——重点比对中高端品牌。"

米楠看了他一眼，冷冷说道："这还用你提醒？"

方木大为尴尬。邰伟见状，急忙过来打圆场。

"方木，你去问问老肇，视频监控那里有没有什么结果？"

"估计没什么用。包尚义已经失踪了几个月，当时的视频监控录像应该早就被覆盖了。"方木摇摇头，"他们很走运啊。"

"走运个屁！"邰伟不以为然，"足迹和手印都留下了。"

方木若有所思："搞焚化是新手，杀人可能也是。"

米楠已经恢复了平静的神色："你的意思是，焚化室是起点？"

"嗯。这一次，耐克鞋既没有擦去手印，又留下了足迹。之后，他就懂得躲避视频监控，戴手套和脚套。"方木咬咬嘴唇，"当然，这一切都建立在包尚义已经被害的前提下——等等 DNA 检验的结果吧。"

"我同意你的假设。"米楠点头，"我看过包尚义的资料，他是个胖子。"

她的赞同让方木的心里一松。邰伟也向他挤挤眼睛，示意他干得漂亮。还没等他的表情恢复，衣袋里的手机就响了。

邰伟掏出手机，扫了一眼屏幕，小声嘟囔道："谁啊这是？"

滑动接听。

郑松林趴在户外走廊的栏杆上，狠狠地嘬着嘴里的烟头，不时回头看看长椅上的女人。

她的姿势和几个小时之前一模一样，腰板挺直，双眼直视着 ICU 病房紧闭的大门，几乎一动不动。实际上，这几天她一直是这个姿势。除了偶尔去洗手间之外，她的眼睛须臾不肯离开那扇门。饮食也是用自带的蛋糕、面包和矿泉水来草草打发。如果仔细去看，会发现她的耳朵也在微微翕动，竭力捕捉着门口的呼叫器里传出来的任何一丝声音。

对她的"跟踪"并不是一件容易的事情。一来，同样是母亲，看到她，郑松林会想到自己的妻子；二来，郑松林也常常怀疑如此为之的必要性。那个叫潘晓的男孩子已经在 ICU 里待了好几天，目前还没有任何好转的迹象。且不说这间连家属都无法进入的病房，完全没有给凶手留下动手的机会，潘晓能不能熬到那一天都是个未知数。

郑松林叹了口气，把烟头丢在地上，转身沿着长廊走向电梯间。

来到医院外面，他在路边站了一会儿，看看马路斜对面的"宏宏粥铺"，犹豫了一下，抬脚走了过去。

店内顾客不多，平时经常看见的小女孩也不见踪影。郑松林找了个位置坐下，向柜台里喊道："一碗蔬菜粥，一屉小笼包。"

奇怪的是，老板娘没有像平常一样热情地招呼他。郑松林连叫了两次，才从玻璃柜台后站起一个人，边吸着鼻子边走到粥桶旁边。

很快，包尚宏端着粥碗和笼屉走到桌旁。郑松林拆开一对方便筷子，抬起头，发现她的眼睛肿得像个桃子，脸上还有没擦去的泪痕。

郑松林觉得诧异："怎么了这是？"

"没事。大哥你慢慢吃。"包尚宏勉强挤出一个微笑，鼻音很重，"那些小菜，你爱吃什么就自己去拿。"

郑松林心下一凛，急忙问道："你是遇到什么事了吗？"

"没有……"包尚宏嘴上否认，情绪却再也绷不住了，捂着嘴又哭起来，"我弟弟可能出事了。"

"什么？"郑松林一惊，挥手招呼她坐下，"包院长回来了？出了什么事？"

"他人还下落不明呢。"包尚宏抽噎着说道，"昨天警察来了，问了一堆关于我弟弟的问题，又抽了血，说要验 DNA。我问他们尚义怎么了，他们也不回答。"

郑松林却没觉得多意外。包尚义的失踪本来就不正常。凶手连郑凯和王光彦都没有放过，始作俑者之一的包尚义自然难逃噩运。不过，警方需要用 DNA 来核实他的身份，有两种可能性：要么尚未发现他的遗体，只找到了血液之类的痕迹；要么包尚义的遗体已经难辨形状。

从时间上来推断，包尚义大概是第一个受害者。凶手之所以会得到郑凯和王光彦的信息，一定也是包尚义泄露的。想到这里，郑松林把牙齿咬得咯吱作响——这王八蛋实在是死有余辜！

不过，从另一个角度来看，凡是参与"分享"那个供体的人，凶手都会一一加以杀害。那么，为什么首当其冲的是郑凯，其次是王光彦呢？在艾名博没有察觉之前，干掉那个丫头不是什么难事，至于潘晓，轻轻松松拔掉管子就足以致其于死地。更不用说这个手无缚鸡之力的粥铺老板娘。

郑松林越发恼怒。大家都做了坏事，凭什么我的儿子就要死于非命，作为恶之源头的那个丫头却安然无恙？

难道凶手有什么选择标准吗？如果有，这个标准究竟他妈的是什么？

郑松林陷入了沉思中。包尚宏还在絮絮叨叨地哭诉弟弟如何艰难创业，关爱家人云云。可是，他已经完全听不进去了。

保姆连续敲了两次门，艾雯才慢慢地走出来。她低着头，披散着长发，穿着过膝的白色睡裙，看上去宛若孤魂野鬼一般。

轻轻地飘到一楼客厅，保姆已经在茶几上摆好了一碗馄饨。艾雯坐在沙发上，直勾勾地看着飘着蒜苗、紫菜和虾皮的汤碗，似乎完全不认识这是什么。保姆轻声问道："要不要加点香油？"

良久，艾雯摇摇头，拿起勺子，抿了一口汤，又舀起一个馄饨，慢慢地嚼着。保姆坐在一边，小心地看着她的脸色。

"味道还可以吧？"

"挺好。"艾雯费力地咽下嘴里的食物，"就是有点凉了。阿姨，你帮我再热一下吧。"

保姆应了一声，起身端起汤碗。艾雯也站起来，向阳台走去。保姆顿时紧张起来："雯雯，你干吗去？"

"出去透透气。"艾雯苦笑一下,"我总不能翻墙逃跑吧?"

保姆的神色依旧警惕:"你可不能像上次那样害阿姨啊。"

艾雯一脸厌倦的表情:"我不会的。"

说罢,她就拉开落地玻璃门,走进室外花园,余光却一直窥伺着保姆的动作。眼见她端着汤碗进了厨房,艾雯撩起睡裙,快步向围栏走去。刚搭上一条腿,她忽然听到身后传来一个冷冷的声音:"下来!"

艾雯被吓了一跳,本能地放下腿,差点摔倒在地上。

随即,她就看到父亲的脸渐渐地从黑暗中浮现出来,眼中几乎要喷出火来。

"非要我打断你的腿……"艾名博一字一顿地说道,鼻子可怕地皱起来,"你才肯老老实实待在家里?"

艾雯缩起身体,做好接受父亲一顿暴打的准备。然而,艾名博只是走到她面前,盯着她看了几秒钟,兀自长叹一声。

"上次你偷偷跑出去,我差点报警。"艾名博停顿了一下,"现在想想都后怕。"

艾雯抬起头,眼眶中盈满泪水:"爸,你让我去看看他。除了这个,我什么都听你的。"

艾名博似乎难以置信:"他有那么重要吗?"

艾雯用力地点点头,泪水顺着脸颊滚落下来:"重要。"

男人无奈地苦笑:"雯雯,他很可能活不下来的。"

艾雯再次点头,声音中带了哭腔:"重要。"

"你对我来说更重要!"艾名博突然瞪起眼睛,指指玻璃门,"回去!"

艾雯抖了一下,又哀求道:"爸……"

艾名博不由分说,上前拽起女儿的胳膊,把她推进了客厅。保姆端着汤碗,不知所措地看着他们。艾名博厉声喝道:"给你加工资,就是让你寸步不离地看着她!她要是再跑了,你也不用干了!"

保姆一脸惶恐,连连点头,扶着艾雯坐在沙发上,一遍遍抚摸着哭泣的女孩的肩膀。

艾名博重重地拉上玻璃门，回到庭院里，一屁股坐在藤椅上，喘息了一阵，点燃了一支香烟。

夜色渐深，空气微凉。晚秋的蝉鸣寥落。小区的道路上也安静下来。偶有夜跑者从院外一闪而过，又会引得艾名博一阵紧张。

他不知道这样的日子何时能结束，更不知道那个凶手会不会来，什么时候来。然而，他必须这么做，只能这么做。从这个长着粉嫩脸庞的小家伙呱呱坠地之后，他就发誓要用自己的一切去呵护她。在他眼里，二十二岁的女儿和刚刚从产房出来的她没什么分别。她是那么单纯又弱小，一阵风、一场雨、一片落叶都会伤害到她。尽管在得知女儿恋爱的消息之后，他感到失落、嫉妒甚至恼怒，然而，他很清楚，女儿早晚会离开他的。同时，他固执地认为，在把女儿交给另一个男人之前，她就是他的。不过，可悲的事实就在眼前：女儿把那个家伙看得比什么都重要。正因为如此，虽然心有不甘，他仍然不惜砸下重金去让潘晓获得一线生机。

但是，当女儿的生命面临威胁的时候，他不得不狠下心肠，甚至连女儿的眼泪都无法打动他。

你恨我也好，怨我也罢，我只要你好好地活着。

艾名博又是一声长叹，把烟头摁熄，抬起头，看见在路灯的昏黄光晕下，郑松林仿佛从天而降般站在院子外面。

艾名博怔怔地望向他，感到全身的血液似乎都凝固了。郑松林同样一言不发地回望着他，眼神空洞，眼眶中仿佛是无底的深渊。

良久，艾名博回过神来，本能地起身向室内走去。郑松林却拉开院门的插销，低着头走了进来。艾名博停下脚步，把视线投向斜靠在花圃边的一把铁锹。

郑松林慢慢地走过来，抬起头打量着这栋三层别墅。

"校长，你这房子不错。"郑松林忽然笑笑，"刚开盘时，我也来看过——多少钱一平方米？”

艾名博的脑子里一片空白，嗫嚅了半天才说道："一万六。"

郑松林点点头："现在不止这个价了。"

他走到藤桌旁边，拉过一把椅子坐下，自顾自打开艾名博的烟盒，抽出一支烟点燃。

艾名博的牙齿咯吱作响："你怎么进小区的？"

"嘻！"郑松林仿佛听到了什么愚蠢可笑的话，"你以为谁都像你这样严防死守呢？"

他抬起手指指窗户上的护栏和屋角的摄像头："你可真行，把家里搞得像碉堡似的。"

艾名博站在原地不动："请你离开。"

郑松林叹了口气，继续默不作声地吸烟。

"马上走！"艾名博竭力让自己的声音显得威严，"不然我就叫保安过来。"

"都是做父亲的。"郑松林看上去非常疲惫，"坐下聊几句？"

艾名博犹豫了一下，走到他对面坐下。

"聊什么？"

郑松林沉默了一会儿："这段时间，你这边有什么情况吗？"

"我这边能有什么情况？"艾名博面无表情，"我不明白你在说什么。"

郑松林轻轻一笑："那我就说个你明白的——包尚义死了。"

艾名博的眼睛一下子瞪大了，脸色也变得惨白："什么时候的事？怎么死的？"

"这不重要。"郑松林摇摇头，"关键的问题是，凶手不打算放过任何一个和移植器官有关的人。"

他停顿了一下："你可以继续装傻。但是，包尚义一定是招供了。凶手能找到我，就能找到你。"

艾名博不说话，眼睛瞟向那些护栏和摄像头，眉头紧锁。

郑松林看出他的心思，慢慢地说道："先不说你这些花样有没有用，校长，这样的日子，你打算过到什么时候？"

"去你妈的！"艾名博顿时心头火起，"你他妈不诬陷雯雯，我犯得着这样吗？"

"警察会查清楚那包冰毒的事，你不用太担心。"郑松林的语气轻描淡写，"找到凶手之后，你把我送进去都行。"

"你知道雯雯现在面对的是什么吗？"艾名博抓起烟灰缸，似乎恨不能砸在他的头上，"你知道我们全家现在过的是什么日子吗？"

"你女儿还活着！"郑松林提高了音量，"最坏的那个！你的女儿！还他妈的活着！"

艾名博死死地盯着郑松林，气喘如牛。良久，他放下烟灰缸，从牙缝里挤出几个字："你马上滚！"

"你也不想继续这样提心吊胆地生活下去，对吧？"郑松林一动不动，"你也想早点了结这件事情，对吧？"

艾名博的喉结上下滚动了一下："你什么意思？"

郑松林的模样颇有些推心置腹的意味："校长，咱们俩得合作。"

艾名博眯起眼睛："合作？"

"嗯。合作。"郑松林斟酌着词句，"我已经调查了一段时间，否则也不会找到你。凶手一直……评估我们的孩子。"

"评估？"艾名博眉头紧锁，"你在说什么？"

"他有自己的一套评价标准。"郑松林摇摇头，"我不知道这个标准是什么。他为什么会选择我的儿子和另一个姓王的孩子？他为什么还没有干掉你的女儿和那个换心的小子？据我所知，还有个移植肾脏的，也好端端地活着……"

艾名博的脸色又变，打断了他的话："你到底想说什么？"

郑松林笑笑:"没有饵,鱼是不会咬钩的。"

艾名博愣了一下,随即,他的五官扭曲起来。

"去你妈的!"艾名博破口大骂,"你让我女儿去给你当诱饵?"

"这是唯一的办法。"郑松林的语气平静,"那个换肾的,明明是最佳被害人,但是人家平安无事——也许她及格了;换心的那个,能不能活着出 ICU 都是未知数——就剩下你女儿了。"

"做你妈的梦去吧!"艾名博一把揪住郑松林的衣领,"你他妈跟我商量这个?你疯了吧?"

"我是疯了!"郑松林的双眼一下子瞪得血红,"我儿子是死在我手里的。不报这个仇,你让我下半辈子怎么活下去?"

"你他妈爱怎么活就怎么活!"艾名博拽起他向院门口拖去,"你马上滚!"

"我一定会保证你女儿的安全!"郑松林甩开他的手,"你让她出门,我寸步不离,行不行?"

"滚!"

郑松林整整衣领,从衣袋里掏出一张名片扔在藤桌上:"那咱们就只能这么耗着。我把丑话说在前面,我这辈子已经没什么指望了。我什么都可以不要,只要能把这个仇报了。至于你——校长,你考虑一下,想清楚了,打电话给我。"

说罢,郑松林大步走出庭院,重重地甩上了铁门。

艾名博低下头,闭上眼睛,感觉颅腔里血流轰鸣。巨大的眩晕感一阵阵袭来,他很快就站立不住,勉强挪到藤椅旁,一屁股坐了下去。

几分钟后,他终于缓过神来。睁开眼睛,那张名片静静地躺在桌面上,像郑松林的建议一样令人憎恶。

艾名博抓起名片,揉成一团,狠狠地扔了出去。纸团撞在墙壁上,又落进花圃里。

别墅的二楼,艾雯的卧室窗口,厚重的窗帘迅速合拢。

红色的砖墙现在被漆成不伦不类的湖蓝色，曾经的木质窗户大多换成了塑钢窗或者铝合金窗，单元门也变成了电控门，只不过已经年久失修，黑洞洞地敞开着。

她原本并不指望这栋楼还在。看到它还伫立在原地，她没有惊喜，更多的是感伤。

顾蓝在车上坐了很久，最终还是鼓起勇气，走向那个曾经生活了十七年的家。

穿过电控门，走廊里昏暗一片。她微闭起眼睛，凭借记忆就准确地找到了水泥台阶。踏上去的瞬间，仿佛有一股电流穿过了顾蓝的身体——她忍不住发起抖来。

身边的一切都在迅速褪色。顾蓝站在台阶上，看到年少的自己背着旧书包，握着一把刚刚采下的野花，轻快地拉开铁门，小心翼翼地走向右侧，把花插在门把手上。随即，她甩甩头发，掏出钥匙，走向左侧那扇门。

顾蓝用力吸了吸塞住的鼻子，接连呼出几口气，慢慢地拾级而上。

景致如旧。正对着铁门的公共小厨房、卫生间。分列两侧的房门。油渍斑斑的台面，熏黑的铁锅，挂在墙上的饭勺。

只是，再没有那两只扣在一起的盘子了。

顾蓝转向右侧，看着那扇紧闭的房门。尽管她知道顾大爷不在家，还是忍不住上前敲了几下。

其实，她很想听到室内能传来那个苍老又熟悉的声音："谁啊？"

顾蓝闭上眼睛，静静地在门口站了一会儿，刚要转身离开，就听见身后的门开了。

她一惊，迅速回过头去，看到一个穿着长睡裙的女人探出半个身子，好奇地看着她。

"你找谁啊？"

顾蓝定下神来："顾浩是不是住在这里？"

"哦，他好像出门了，好几天没看见顾大爷了。"女人的头发凌乱，笑容却很和善，"你是他什么人啊？"

"我是他侄女。"顾蓝又补充了一句，"我也姓顾。"

话音未落，一个小女孩从女人的腿边出现，视线在顾蓝身上打转。

顾蓝的心脏立刻像被攥住了一样——尖尖的下巴，细长的眼睛，单眼皮。

"好可爱啊。"顾蓝竭力让自己的声音不要颤抖，"你叫什么？"

小女孩似乎还有些害羞，把半张脸藏在了女人身后："多多。"

"'多余'的'多'吗？"

"小名叫多多。"女人笑着答道，"大名叫苏锦绣。"

顾蓝已经确认这个小女孩是谁了。她走过去，蹲下身子，摸摸小女孩的头。

"你好乖啊。"

小女孩笑了，咬着手指不说话。

女人从身后费力地拎起一只水桶，说道："要不要留个电话，我回头让顾大爷联系你？"

"不用了。"顾蓝站起来，忽然发现女人的肚子高高隆起，"你怀孕了？"

"是啊。"女人撩起头发别到耳朵后面，"搞搞卫生，家里没有独立卫生间，换水什么的太麻烦。"

顾蓝抢过女人手里的水桶："我来吧。"

随即，她自顾自走向卫生间。女人颇为感激："哎呀，这怎么好意思……对，那就是卫生间。"

顾蓝把水倒掉，又接了一桶干净的水，拎到门口。女人盛情相邀："大姐，你进来坐坐吧。"

顾蓝咬咬嘴唇，点头同意。

眩晕感再次袭来。室内的格局如故，摆设却完全不同。这让顾蓝的心情稍稍好转一些。然而，看到五斗柜上摆放的全家福照片，她又忍不住发起抖来。

父母坐在前面，多多在父亲的膝头。苏哲和女人站在后排。

他苍老了许多，头发稀疏，神态慈祥。她胖了，依旧拘谨地笑着。

看上去无比和谐，幸福美满。

女人端过一杯水来，也跟着顾蓝端详着照片："那是我公公和婆婆，前年过世了。我婆婆先走了一步，然后是我公公。"

顾蓝沉默了几秒钟，又指指苏哲："这是你老公？"

弟弟也变了样子。没有变成她想象中的高大帅气，细长的眼睛在浑圆的脸颊上显得更小，眼神里写满平庸和得过且过。

"是啊。"女人撇撇嘴，"没啥出息，接他爸的班儿，在厂里当保安呢。"

顾蓝垂下眼睛："挺好的。"

"唉，不上进。"女人摸摸肚子，"将来一家四口就得挤在这么个破房子里。"

顾蓝想了想："你怎么可以生二胎的？"

"政策允许啊。"女人似乎觉得她有些大惊小怪，"双独可以生二胎的。我和我老公都是独生子女。"

顾蓝笑了笑："嗯，独生子女。"

"我不想要——多累啊。"女人哼了一声，"头胎是女儿嘛，我老公想要个儿子。"

顾蓝沉默了几秒钟，转头看看趴在沙发上看图画书的小女孩。

"不管二胎是男是女，都对多多好点。"

"那是自然。"女人有些诧异，"我才不觉得她多余。"

说罢，女人向小女孩说道："对吧，妈妈的宝贝多多。"

多多抬起头，对她们报以甜甜的微笑。

和弟媳辞别后，顾蓝径直出门上车离开。快要驶出这条马路时，她看到一个穿着保安制服的男子骑着自行车，晃晃悠悠地从对面过来。他的神色疲惫，叼着烟卷，熏得眼睛更小了。看到宽大的奥迪 Q7 迎面驶来，他下意识地护住车把上不停摇摆的几个装着青菜的塑料袋。

顾蓝一直默默地看着他，直至二人交错而过。随即，她转过头，用力踩下油门。

第二十一章 · 影子

"我知道，他的确做得不对……但是他现在住院了啊，没多大个事就不用处罚了吧？"姜玉淑举着手机，脸色由白转红，"你们怎么这么教条呢？等他出院再说不行吗？你直接打我的电话吧，让他安心养病，行不行？"

走廊里传来急促的脚步声，姜玉淑回头一看，两个男子正从电梯间匆匆跑过来。其中一个正是在教会见过的那个警察。她向他们挥挥手，赌气般地报出自己的手机号码之后，向话筒里吼道："他就在那个什么医科大学附属第一医院，你们要罚就来吧！"

说罢，姜玉淑就挂断电话，一瘸一拐地向两个男子迎了过去。

另一个稍年长的男子走过来，神色紧张："姜阿姨？我是刚才跟你通电话的邰伟，老顾呢？"

"我记得你。"姜玉淑的眼圈一下子红了，指指身后的病房，"他做了穿刺，刚睡下，先别吵他了。"

"你们什么时候来的？他为什么会突然病倒？"邰伟的语速飞快，"医生怎么说？情况严重吗？"

连珠炮似的问题抛过来，姜玉淑一时间不知道该回答哪个，眼看着又要哭出来。方木急忙拉着她坐到走廊的长椅上，轻声抚慰道："阿姨，您别急，慢慢说。"

"我们是上个星期来的。这老顾头天天在外面瞎转悠，我陪他走了两天就犯了滑膜炎。"姜玉淑强忍泪水，"这几天他又出去忙活，突然就在街头晕倒了。还是一个好心的环卫工人拿着他的手机打给我的。"

郜伟立刻追问道："他在忙什么？"

姜玉淑低下头："找人。"

"找谁？"

姜玉淑咬咬嘴唇："我不能说，你问老顾吧。"

方木向郜伟摇摇头，示意他不必问。

郜伟脸色铁青："他怎么会晕倒的？"

"这都不算事了。"姜玉淑抽噎了一下，"120把他送到医院之后，医生觉得他的脸色不对劲，查体之后……怀疑他胰腺出了问题。"

她捂住脸，呜呜地哭起来："老顾不让我给你打电话……但是，他没儿没女的，只有你这么一个干儿子，我实在没有办法了……"

郜伟直起身子，走向病房，隔着门上的玻璃窗向室内看去。

顾浩安安静静地躺在病床上，被子一直盖到下巴，只露出花白的头发——诚如姜玉淑所言，他的脸色蜡黄，在满屋白色的映衬下甚是刺眼。

郜伟捏紧拳头，转身对方木说道："我去找医生。"

随即，他就大步向走廊尽头奔去。

方木目送他离开，想了想，又问道："您刚才通电话的时候，好像说什么处罚？"

"是啊。"姜玉淑无奈地撇撇嘴，"老顾头印了一大堆寻人启事之类的玩意，满大街贴呢。刚才有个自称是城管的，打电话来要处罚他。"

方木挑起眉毛："寻人启事？能给我看看吗？"

姜玉淑心知说漏了嘴，急忙敷衍道："老顾头捂得紧紧的，我这里没有。"

方木想了想："您见过那个女孩吗？"

"没有。"姜玉淑一愣，"你也知道？"

"我参与系列杀人案的侦办。"方木笑笑，"我在教会见过您，也能看出您和顾大爷关系很好。"

"我们算是老相识了——当年就是为了找那个女孩才互相认识的。"姜玉淑的目光柔和下来，"可是，我从来没见过她。这么多年，老顾也很少提起她。说实话，如果不是你找上门来，我都快忘记这个人了。"

"那么，在您的印象中，她是个什么样的人？"

"挺可怜的一个女孩，也很倔强。"姜玉淑似乎陷入了回忆中，"她父母抛弃了她，确切地说，是她爸爸。"

方木若有所思："爸爸……"

"非常冷酷、自私的一个人。为了钱和儿子的户口，明知道女儿还活着，就是不肯去找。"姜玉淑越说越气，"一个十七八岁的女孩，在下水道里和流浪汉生活在一起——这得多狠的心——对了，那个流浪汉还是个杀人犯。"

方木的心弦再次被拨动，不由得喃喃自语道："是啊，她是怎么活下来的？"

"厉害吧？她很了不起的。"姜玉淑也兴奋起来，"这孩子大摇大摆地闯进了学校，当着全校师生的面，抢了那个一直欺负她的女孩的裙子，在我女儿的帮助下，逃跑了。"

"您的女儿？"

"对啊。我的女儿，特善良，也特勇敢。"姜玉淑一脸自豪的表情，"挨了处分咱也认！"

"后来呢？"

"这还不算什么，那孩子还把真正的杀人凶手引到了下水道里，一棒子敲晕，借另一个仇人的手勒死了他。"姜玉淑摇摇头，"我当年真是小瞧了她。"

随即，她的神色低落下去。

"其实，我明明可以阻止她的。"姜玉淑咬咬嘴唇，"可惜，没来得及。"

两个人沉默了一会儿。忽然，姜玉淑意识到了什么："我说，警官同志，我说我小瞧了那孩子，可不是说我认为她杀了人。"

"明白。"方木笑笑，"就是随便聊聊，我也没那个意思。"

姜玉淑略略放下心来，抬头在走廊里张望着："那个邰伟怎么还不回来？"

"您坐着。"方木站起身来，"我去找找他。"

邰伟站在医生的办公桌旁边，弯着腰，脸色涨红，连连在报告单上指点着："形状不规则、边缘不清晰有什么决定性意义吗？"他的声音越来越高，"你换个角度再看看呢？再说，是不是你们医院的设备不行啊？拍清晰不就完了吗？"

医生的表情很无奈："你的心情我能理解，现在我也不能百分之百肯定，得等病理结果……"

"你也说了不是百分之百肯定，"邰伟似乎抓到了救命稻草，"那你说，百分之多少？"

"根据我的经验来判断……"医生斟酌再三，"百分之七十是胰腺癌。"

邰伟的脸色一白："那就还有百分之三十的可能性没事，对吧？"

医生开始不耐烦了："你耐心等等病理结果，好不好？"

"我可以等啊。"邰伟变得语无伦次，"可是你得给我个准话儿……他好端端的……怎么可能是胰腺癌呢？"

方木不忍再听，把他拽出了医生办公室。

邰伟靠在走廊的墙壁上发了一会儿呆，半晌，闷闷地挤出一句"抽根烟"，就头也不回地钻进了消防通道。

方木跟在他身后，并排坐在楼梯台阶上，默不作声地吸完了一根烟。邰伟抓抓头发，长长地呼出一口气。

"我不该跟人家发脾气的。"他怔怔地看着向下延伸的台阶，"老头儿的情况很明朗了。胰腺癌，肿瘤压迫了胆管，所以他的脸色才会那样。"

方木不知道该怎么安慰他："换个医院再看看？"

"误诊的可能性不大。"邰伟摇了摇头，"前几年，我有个同事也是胰腺癌走的，情况跟他一模一样。"

他沉默了一会儿，用力地捶了一下大腿："我不该把'人鱼'的事情告诉他。"

"你别这么想。"方木拍拍他的肩膀，"要是没这回事，可能还发现不了他的病——希望还算及时。"

邰伟叹了口气："这老头儿，太不让人省心了。"

"你打算怎么办？"

"还能怎么办？老头儿就剩我这一个干儿子了，我必须得管他。"邰伟站了起来，"我这就让我媳妇汇点钱过来。案子的事，我暂时顾不上了。"

"行。"方木点点头，"我看着办。"

"你不能看着办啊！"邰伟一把抓住方木的胳膊，眼睛里精光四射，"必须尽快找到那个'人鱼'——老头儿最想见到的，不是我，是她。"

郑凯。郑松林。

王光彦。王哲。

父亲杀死了儿子。

父亲喝下了儿子的肝脏泡过的酒。

另一个父亲，明知道自己的女儿就在脚下的某条管道里，却选择抛弃。

凶手对父亲这个身份的某种执念，和苏琳的经历高度契合。越往这个方向走，方木越感到兴奋莫名。更多的秘密就在苏琳的那本日记里，可是，现在该如何向顾浩开口呢？

"除了这个……"米楠坐在工作椅上，双腿交叉，"我觉得你还得分析一下那个'耐克鞋'和苏琳的关系。"

的确，从现有的案件线索来看，除了包尚义被焚化的现场之外，其他两个案发现场都没有发现有另一个人参与的痕迹。那么，不妨假设"耐克鞋"是在苏琳的指使下对郑凯和王光彦实施了杀害行为。而且，高度怀疑苏琳才是整起案件的策划者。因为郑松林和王哲在案件中"扮演"的角色更多地满足了苏琳对"父亲"的执念。

倘若以上假设成立，"耐克鞋"与苏琳势必是非常亲密的关系。其中，最大的可能是情侣或者夫妻。那么，结合米楠此前对"母亲"这一身份的推断，那个身份不明的供体，会不会是苏琳和"耐克鞋"的孩子？

除此之外，似乎很难解释如此深重的怨毒。

"我同意。"米楠也点头，"能让一个女人下这样的狠手，只能是为了给孩子复仇。"

方木叹了口气："怎么能确定这个孩子的身份呢？"

"我问过老滕，被移植的器官，只要能在受体中存活下去，DNA 不受影响。"米楠耸耸肩膀，"可惜，眼角膜和那块肝脏都被取走了，否则可能会有线索的。"

"是啊。万一苏琳和那个'耐克鞋'的 DNA 信息在库里，咱们就一步到位了。"方木苦笑，"话说回来，苏琳在这十几年中的生活经历一定很复杂，她不太可能会有一个普普通通的伴侣。"

刹那间，廖亚凡的样子又无可避免地浮现在方木的脑海中。

在那些浪迹街头的日子里，那些占有又抛弃过她的人，是否也曾被她认定为是可以彼此扶助的伴侣呢？

她究竟受到过多大的伤害，才能勉强挣扎到和他再见的时候？

不知过了多久，工作台上的轻微响动让他回过神来——米楠拿起一份检测报告，双眼却直视着他，目光中看不出审视的味道，却令方木感到被刺痛一般。

"哦，我在想……"方木顿时慌了手脚，"你说……"

"没错。"米楠似乎并不在意他的失态，点点头，"从案发现场来看，这个'耐克鞋'身手很不错。郑凯和王光彦几乎都没怎么抵抗就被制服了——他很可能是个打架老手，也许会有刑事前科。"

方木暗自松了一口气。似乎只有在正儿八经讨论工作的时候，米楠对他才没有敌意。

"说到鞋子，那双女鞋有什么进展吗？"

"肇支队上午刚刚把鉴定结论拿走。"米楠转身面向工作台，拈起一张纸递给方木，"应该是一双 Gucci 女鞋，Screener 系列。具体款式还不得而知，这一个系列的鞋底都是一样的。"

方木浏览了一遍鉴定报告，咂咂嘴："这双鞋不便宜啊。"

"官网售价七千多。"米楠笑笑，"跟你的推断差不多——这是个有钱又有闲的女人。"

"去医院里排查一下，如果没有人穿这双鞋，那么就可以肯定是她的。"方木想了想，"倘若凶手真的是这个'人鱼'，绝对不能小瞧她。"

他把鉴定报告递还给米楠："一个十七八岁就离家出走的女孩，没有学历，没有身份，没有家人，现在不仅能买得起这么贵的鞋子，还有个死心塌地的伴侣。"

"很难想象她要付出什么样的代价才能得到这一切。"米楠也感叹道，"不过，有些代价，她一定是心甘情愿的。"

方木眨眨眼睛："什么？"

米楠意味深长地吐出一个字："爱。"

方木还是不明白："什么意思？"

"你不觉得吗？她的心中并非只有憎恨，包括对她的父亲。"米楠轻轻地摇头，"她很清楚爱是什么。正是因为如此，她才会知道如何能让郑松林和王哲更痛苦。"

"没错。"方木点点头，"十九年前，她也是利用了这一点，才能顺利地假手马东辰杀掉周希杰。"

"她会尝试去付出爱的，即使那会带来伤害。"米楠看着他，"所以，我还是坚持我的意见，那个身份不明的供体，是她的孩子。"

"如果不想受到任何伤害，就不要付出任何爱。"方木叹了口气，"她有这个准备。"

"是的。"米楠笑了笑，"这种爱，可能我们都不会理解。但是，对她而言，是无比珍贵的。"

她突然倾身向前："你明白吗？"

子夜时分，顾浩忽然醒了过来。

一时间，他还以为自己安然躺卧在旧宅里那张单人床上。然而，稍稍挪动身体，他就立刻感到胸腹部的包裹感。顾浩下意识地伸手摸去，指尖传来纱布的粗糙质感。他回过神来，那是做完穿刺活检之后的伤口。

此刻身在异乡，此刻病卧在床。

他睁开眼睛，眼前是白色的天花板。再向下，是挂在滑道上的米色布帘。病房里的小夜灯正透过布帘散射出幽幽的光。这是一间单人病房，估计花费颇高。如果不是邰伟那个兔崽子坚持要把他换到"高间"，顾浩是不舍得支出这笔费用的。

谁的钱不是钱呢？干儿子那点工资也不是大风刮来的。但是，实在拗不过他，也只能随他去。

不过，顾浩是真心疼他。邰伟把姜玉淑赶回了家，自己留在医院里照顾他，一点商量的余地都没有。一米八几的个子，就在病房里搭了张行军床对付着睡。一夜之后，邰伟担心自己打呼噜会影响顾浩休息，又把行军床搬到了走廊里。

想到这里，顾浩又隐隐地歉疚起来。他出现皮肤瘙痒、食欲不振、脸色发黄的情况已经有一段时间了。但是，快八十岁的人了，他认为身体有这样那样的毛病实属正常。不过，他没想到自己会在这个当口垮掉。不仅没找到苏琳，还把姜玉淑和邰伟拖累进去。于是，歉疚又变成懊恼——一点忙没帮上，净给别人找麻烦了。

他躺不住了。晚上气温低，邰伟住在走廊里，搞不好就会着凉。顾浩按住伤口，另一只手撑住床面，慢慢地坐起来，用脚去摸索拖鞋。

突然，他在布帘上看到一片阴影，似乎是一个人坐在床边。

顾浩心下诧异，姜玉淑不是回去了吗？

"小姜？"

那个人一言不发，动也不动。

顾浩也立刻意识到不对。从身形来判断，虽然能看出这是个女人，但是她比姜玉淑瘦得多。

紧接着，顾浩的心脏就狂跳起来。潜意识中，一张苍白无血色、有着尖尖的下巴和细长眼睛的脸缓缓浮出记忆的水面。

病房里一片寂静。两个人隔着一张薄薄的布帘，沉默着对视。两个人的呼吸声成为房间里唯一的响动。一个急促，一个平缓。渐渐地，竟变成同一频率。

良久，顾浩低声说道："找到你的大海了吗？"

布帘的另一侧，那个人影似乎抖动了一下，却依旧没有回应。

"过得好吗？"

人影的姿势再次发生变化，看上去仿佛在轻轻点头。

"那就好。"顾浩的脸上浮现出一丝微笑，"可是，你怎么还那么瘦啊？"

人影抬起一只手，似乎在摸自己的脸。

"结婚了吗？有孩子了吗？"

人影缓缓摇头。

"你都三十六岁了。"顾浩仿佛一个絮絮叨叨的长辈，"唉，是打算一直独身吗？"

布帘的另一侧沉默不语。

顾浩犹豫了一下，收敛了笑容："我这次来，是因为我听说了一些事情——是你做的吗？"

依旧是沉默。

顾浩叹了口气："为什么要这么做？"

回答他的，只是一片寂静和动也不动的人影。

"我是了解你的。"顾浩试探着问道，"他们……伤害了你？"

良久，一声抽泣从对面传来。

"我知道，我知道。"顾浩连连点头，"停下来，然后想办法去弥补，好吗？"

他停顿了一下："我答应过别人，再见到你时，要讲一个故事给你听。"

人影坐直了身体。

"你读过《圣经》吗？"顾浩深深地吸了一口气，"《圣经》里说，蓄意杀人的，必须以命偿命；如果是误杀人的，可以进入一个叫逃城的地方。如此，死者的亲人就不能前来寻仇，直等到这城里的大祭司去世，他才可以回家。"

人影似乎低下了头。

"我不知道他们究竟对你做了什么。"顾浩认认真真地说道，"但是，人不能一辈子都背负着仇恨，那样太痛苦了。如果可以，给他们一个悔过的机会吧。放过他们，就等于放过你自己。"

布帘的另一侧，传来双拳握紧时，关节发出的咔嗒声。

"大家都需要一个机会，不是吗？"顾浩的声音轻柔，"大爷知道你这十九年过得不容易，别再让自己卷进旋涡里了。你答应过我的，要好好活下去。"

人影重新抬起头来，一动不动地看着他。

"别嫌我啰唆，顾大爷就说这么多。"顾浩忽然笑笑，"我们最后一次见面时，你看不见我，我也看不见你。以后，我们可能也见不到了。"

他沉吟了一下："让大爷看看你，行吗？"

人影依旧端坐不动。良久，她突然站了起来。紧接着，顾浩就看到面前的布帘出现了一只人手的形状。

顾浩也伸出手去，隔着布帘，和那只手五指交叉相握。

手指细长。骨节突出。凉凉的，没有温度。

顾浩闭上眼睛，嘴里喃喃自语："好，好。这样也好。"

几秒钟后，那只手倏地抽回。

随即，顾浩就听到了病房的门打开又关上的声音。

郭岩静静地蹲在草丛里。他身上的迷彩服和周围的环境很好地融合在一起，不仔细去看，很难发现这个潜伏的少年。

眼前是两栋楼之间的空隙，能看到空旷的操场。郭岩不时抬手看看腕上的电子表，现在是下午五点四十分，全校师生的晚饭即将结束。接下来，就是整理内务的时间。六点十五分，学生要集中在操场上进行晚点名，之后是晚课。九点半晚课结束，学生们各自回到寝室，十点钟熄灯。

郭岩吐掉嘴里已经嚼烂的松针，满口都是苦涩的味道。这是他让自己保持清醒的办法。否则，在长时间的等待中，很容易就会昏睡过去。

渐渐地，操场上开始出现零星的人影。个个身穿同样的迷彩服，端着水盆或者拎着水桶，脚步匆匆，在室外水房和宿舍楼之间来回穿梭着。

郭岩慢慢地站起身来，活动着酸麻的手脚。等到恢复运动能力之后，他从身边的草丛里拽起一把扫帚和簸箕，扬手扔过墙头，落在铁栅栏的另一侧。随即，他矮下身子，静静地等待着。半分钟后，见没人注意到这里，郭岩重新站起来，卸下身上的背包，掏出卷成一团的旧毛毯，展开，扬手扔向铁栅栏上的电网。毛毯在空中打了个旋，堪堪落在电网上。郭岩左右张望一番，又看了看电网，深吸一口气，咬咬牙，抓住铁栏杆，三两下攀爬上去，伏在毛毯上。电网被他压得塌陷下去，却没有想象中的电流传导过来。郭岩心中暗喜，翻身跳了下去。

甫一落地，郭岩就感到自己的心脏狂跳起来，同时也有一丝隐隐的得意。看起来，这段时间和夏教练的训练还是很有成效的，自己的体力、技巧和敏捷度有了很大的提升。

他来不及细细品味其中的变化，迅速拽下毛毯，马马虎虎地卷起来，从铁栅栏的缝隙塞了出去。随即，他捡起扫帚和簸箕，弯着腰快步走到塑胶跑道旁边，装作打扫的样子，一步步向室外水房靠近。

大门旁的保安员一边剔牙，一边扫视着操场。他的视线仅仅在郭岩身上停留了几秒钟就移开了——这小子看起来就是一个被发配去打扫操场的学生之一。

终于，郭岩挪到了室外水房旁边。他站在两大堆落叶边，一边在地上胡乱划拉着，一边向水房门口窥视着。统一着装的孩子们进进出出，脸上的表情也惊人地一致——疲惫、焦急、无甚期待。他们彼此之间几乎不交谈，连眼神交集都很少。这让他们更像在流水线上争分夺秒的工人。

郭岩的视线一一扫过那些相似的脸，心中暗自祈祷着。这样的机会并不多，如果不能见到田玥，指不定又要等到什么时候。

忽然，他感到一只皮鞋踢在屁股上。郭岩本能地躲避了一下，回头看去。一个穿着黑色制服的教官正上下打量着他。

郭岩心里一惊，他正是当天在小区外殴打自己的男人之一。

教官的脸色赤红，眼神迷离，一张嘴就喷出浓浓的酒气。

"那个谁，你！"教官指向室外水房旁边的空地，"去把那里打扫一下，快点！"

郭岩低下头，应了一声就匆匆跑过去。

还没等走近那片空地，郭岩就看到了一大摊呕吐物，酸臭的气息也扑面而来。他一边暗自咒骂，一边把簸箕里的落叶覆盖在呕吐物上，让它看起来没那么恶心。随即，他屏住呼吸，把地面清扫干净，转身走向垃圾桶。

把秽物倾倒完毕之后，郭岩又回头看看，那个教官已经溜达到远处，丝毫没有再关注自己。他松了一口气，又向水房门口望去。

下一秒，郭岩的眼睛就瞪大了。

田玥拎着两只暖水瓶，表情木然地走过来。

她看起来更瘦了，颧骨可怕地突起，嘴角还有没脱落的血痂，脸上的线条仿佛刀刻斧凿一般。被剪短的头发略长了一些，从军帽的下檐横七竖八地冒出来。本就肥大的迷彩服显得更不合身，挽起的袖口处露出两截枯枝般的手臂。

郭岩的喉头一紧，不假思索地跟了过去。

田玥丝毫没有注意到他的靠近，只是站在开水箱前长长的队伍末尾，一点点向前挪动。

郭岩站在她身后，看着迷彩服下瘦削的肩膀和晒得黑红的脖颈，拳头攥得越来越紧。

几分钟后，他们随着队伍迈进了水房。周围的声音一下子嘈杂起来。郭岩看看周围，凑过去，低声说道："田玥。"

田玥的身体一抖，脖子上的汗毛也竖了起来。

眼见她要转身，郭岩急忙小声喝止："别回头。"

"你怎么进来的？"田玥微微侧过身，语气又是惊喜又是焦急，"你疯了吗？"

"你还好吗？"郭岩知道时间紧迫，仍然忍不住问道，"他们又打你了吗？"

"你说呢？"田玥哽咽起来，抬起手擦着眼睛，"别问这些废话了，你快走，不然你也会挨打。"

"我要带你出去。"郭岩压低声音，"我是来救你的。"

田玥又抖了一下，似乎难以置信："现在吗？"

"不是，明天晚上，十二点。"郭岩小心地向四周看看，"你住在哪里？"

"女生宿舍四楼，418。"

"那栋粉色的楼？"

"对。"

这时，田玥前面的一个高个子男生转过头来，一脸狐疑地看着田玥，又看看郭岩。

郭岩急忙低下头，不再说话。

好不容易熬到那个男生灌满暖水瓶离开，田玥已经急不可耐。

"快说，你有什么计划？"

"你别睡觉，衣服鞋子都穿好。"郭岩压低声音，"我会搞点热闹出来，你趁乱逃出来，然后我们在大门口集合。"

"就你一个人？"田玥弯下腰，把暖水瓶对准出水口，"你行吗？"

"相信我！"郭岩的语气坚定，"我一定能把你救出来。"

田玥的手抖得厉害，开水飞溅出来，落在她的手上，竟不觉得疼。

"那你千万要小心——我等你，十二点。"

田玥勉强把两只暖水瓶接满，转过身，深深地看了郭岩一眼。目光中，已经多了生机和盼望，还有一丝即将冒险的兴奋。

郭岩用力地向她点点头。

晚点名的哨声已经响起，田玥匆匆向门口跑去。郭岩拿起粘着秽物的扫帚，在开水龙头下草草地冲刷一番。在蒸腾起来的酸臭味道中，他也跑出水房，混入学生中间，瞅准空当，钻进了水房后面的空地上。

室外水房和铁质栅栏中间有一米左右的距离，杂草丛生。郭岩一头扎进草堆里，匍匐在地，大气也不敢出。

远远地，他听见操场上传来此起彼伏的点名和答到声。十几分钟后，就是口令和整齐的脚步声。很快，操场上归于寂静。想必学生们都已被带回到教室里上晚课。

郭岩小心翼翼地爬起来，探出头向操场上张望着。此刻已经夜幕降临，教学楼里灯火通明。从倾泻出来的灯光中，能看到几个保安员正在操场的另一端晃悠着。郭岩沿着栅栏弯腰潜行，找到放在墙外的毛毯，如法炮制，手脚麻利地翻越而出。

逃出校园外，郭岩的心情却没有半点放松。他在坑洼不平的土路上一路疾行，终于看到了公路上的路灯。

如果顺利的话，明天的午夜，他还会再次出现在这条路上，而且，身边会多一个人。

他没看到的是，在公交站等车的人群中，赵大姐默默地用纱巾围住半张脸，眼神中充满了不解。

第二十二章 · 火

　　肇德军独自站在巨大的白板面前，一言不发地凝视着贴在上面的各种现场图片和检验、鉴定报告。在他身后的会议桌上，塞得满满的烟灰缸里，没有燃尽的烟蒂正在升起袅袅青烟。

　　方木翻看着询问笔录，最后哼了一声，把笔录扔在了桌子上。

　　"半山医院的人没说实话。非法的医疗项目应该有另一套管理系统。"方木想了想，"在包尚义的个人物品中有发现吗？"

　　"据包尚义的助理介绍，他平时使用的是一台苹果电脑。他在长时间外出的时候，电脑都会随身携带。所以，包尚义说出国旅行的时候，助理没在办公室里看到这台电脑，也没觉得奇怪。"肇德军摇摇头，"但是，在我们查扣的个人物品中没有这台电脑。不过，在他的办公桌里，发现了一个名片夹。郑松林、王哲的名片都在其中，此外，还有一个人，也算是意料之中。"

　　方木立刻问道："谁？"

　　肇德军笑得意味深长："艾名博——那个华为保时捷。"

　　"这就有点意思了。"方木瞪大了眼睛，"他接二连三出现啊——难道咱们之前的推测是有道理的？"

"不过，名片仅仅能证明他们和包尚义认识，这在商场上很正常。"肇德军撇撇嘴，"没有其他证据佐证，他们不会承认在半山医院做过器官移植手术。而且……"

方木接过话来："而且，艾雯的确也没做过类似手术。"

"妈的，小半辈子了，没搞过这么复杂的案件。"肇德军不耐烦地揉揉太阳穴，"方老师，咱们还得从头捋一捋。"

几个月前（具体时间不明），郑凯和王光彦在半山医院分别接受了眼角膜和肝脏移植。（假设）供体身份不明，基本可以确定已死亡。供体之遗体在半山医院的焚化室被处理掉（假设）。

与供体有密切关系人员（两名，性别为一男一女）找到包尚义，将其杀死后肢解，尸体用焚化室处理掉（经检验，包尚宏的线粒体 DNA 与焚化室内残留血迹及人体组织中提取的线粒体 DNA 完全一致，可确定二者具有母系亲缘关系。最后一个被焚化者，就是包尚义）。作案时，男性嫌疑人脚穿 nike more uptempo 鞋，身高在 174cm 左右，年龄在三十到四十岁之间；女性嫌疑人脚穿 Gucci Screener 系列女鞋（经排查，半山医院的医护人员无人穿着此款女鞋），身高在 167cm 左右，年龄在三十到四十岁之间。案发时间为包尚义声称出国旅行前一至两天。

之后，男性嫌疑人潜入郑凯私宅，将其制服后挖去右眼，后因郑松林强行撞开卫生间的门，致郑凯心室破裂而死。

案发后不久，男性嫌疑人冒充代驾司机，将王光彦杀死后，剖腹，将其肝脏泡入王哲办公室的酒桶中，被王哲饮下。

两起杀人案发后，被害人王光彦之父王哲态度消极，偶尔致电公安机关打听案件进展；与之形成鲜明对照的是，郑松林虽然对警方的调查不予配合，但私下表现似乎很活跃。在公司里经常看不到他，而且去向不明。然而，由其牵扯出另外两个涉案嫌疑人——艾名博及其女儿艾雯。

结合此前艾名博安排女儿艾雯出国，却因涉嫌贩卖毒品被取保候审而出境未果来判断，艾名博似乎在竭力帮助女儿避免某种险境。

目前，需查明的案件事实如下：

第一，郑松林是否已掌握与案件有关的线索？

第二，艾雯是否与器官移植案件有关？

第三，供体的身份？

第四，供体与男性和女性嫌疑人的关系？

另一面白板上布满了密密麻麻的字迹。肇德军站在白板前，摸着下巴，看着方木把第一和第二个问题用红色签字笔连接在一起，第三和第四个问题也如此。

"你做什么？"

"其实就两个问题。"方木解释道，"郑松林掌握的我们不知道的线索信息，大概就是艾雯和器官移植案件的关系。"

肇德军点点头："还得找他谈谈。"

"作用不大。"方木苦笑一下，"郑松林现在满脑子都是复仇。他不配合我们，就是为了让自己在达到目的之前保持人身自由。"

"妈的，这王八蛋是脑子有病吗？"肇德军骂道，"找到凶手——这不也是我们的目标吗？"

"他手上有儿子的血。"方木叹了口气，"他大概觉得，只有自己亲自洗掉它，才能心安理得。"

"还是得盯紧他，免得他干出什么蠢事。"肇德军又问道，"另外一个呢？"

"我从一开始就跟你说过，这几起案件中，有个女人的影子。"

"嗯，那双 Gucci 的女鞋就很能说明问题了。"肇德军点点头，"你继续说。"

"米楠有一种直觉：那个女人参与案件的身份是母亲。"方木指指白板，"我同意她的推断。那么，男女嫌疑人很可能是夫妻或者情侣关系。"

肇德军挑起眉毛："你的意思是，那个供体是他们的孩子？是个小孩？"

"可能性很大。"方木想了想，"一个三十六岁的女人，应该不会有太大年龄的子女。"

肇德军没有说话。方木反应过来的时候，发现他正死死地盯着自己，眉头紧锁。

"你怎么知道她三十六岁？"肇德军站起身来，"你锁定嫌疑人了？"

方木顿时懊悔不已，怔怔地看着肇德军，一句话也说不出来。

"你前段时间和邰伟神神秘秘的，是不是在搞这个？"肇德军忽然意识到了什么，"他呢？"

方木无奈，只得承认："是。这起案件和十九年前的一起陈年积案可能有关联。我们……有了一些进展。"

肇德军的表情冷峻依旧："那为什么不说？"

"那起积案和邰伟的一位长辈有关。他不点头，我不好擅自透露。"方木神色尴尬，"再说，万一我们的方向错了，我也怕干扰专案组的思路。"

肇德军眯起眼睛，忽然哈哈一笑："哥们，想立头功的心情我可以理解。但是，咱们一起搞案子，就得坦诚相待。案子破了，哥哥不跟你们抢。"

方木大窘，急忙分辩道："肇支队，事情不是你想的那样……"

"就这样吧。"肇德军转身向会议室门口走去，看也不看方木一眼，"跟邰局长说说，他老人家要是同意了，就跟咱也分享一下。"

话音未落，他抬脚踹倒一把椅子，扬长而去。

方木既无奈又恼怒。同时，他隐隐有了一种莫名其妙的感觉。

明明在大步向真相奔去，但是，他并不想抵达那个终点。

夏天放下杠铃，从长凳上坐起来，一边喘着粗气，一边看了看训练大厅里的挂钟。时间已经指向晚上七点半，看起来，今天郭岩不会来了。

这小子明显是为了一个女孩才这么下狠劲儿练搏击。以他现在的技巧和体能，对付几个同龄的孩子应该绰绰有余。不知道他追女孩的进展如何，只要别惹出事来就好。夏天不由得啧啧感叹，他像郭岩这么大的时候，满脑子想的都是如何能活下去，哪有闲工夫惦记女孩子？

想到这里，他的心又柔软起来。郭岩能过上相对正常的生活，是因为遇到了顾蓝。而自己，又何尝不是呢？

这个女人，改变了太多人的命运。然而，她对自己的过往却讳莫如深。他不知道她的心机和韧劲从何而来，他只知道，为了她，做什么都行。

正想着，夏天听到自己的手机在柜台上响起来。他走过去，看看屏幕，嘴角扬起一丝微笑。

"喂？"因为还沉浸在回忆中的缘故，夏天语气温柔，"你怎么知道我在想你？"

"哦？"顾蓝的声音听上去有些诧异，随即也笑出声来，"你干吗呢？"

"准备闭馆了。"夏天随手拿起毛巾擦汗，"找我有事？"

"还没吃饭吧？"顾蓝似乎心情不错，"来我家吧。"

"去你家？"夏天大为惊讶，"现在？"

"对呀。"

"你不是说……"

"动作快点。"顾蓝的语气不容辩驳，却没有责怪的意味，"饭就快做好了。"

"行，马上。"

夏天兴奋起来。他忙不迭地挂断电话，原地转了几圈，抓起一件 T 恤套在身上，向门口飞奔而去。

门一开，夏天就看到顾蓝笑吟吟地递过一双拖鞋。她穿着一套家居服，长发随意地盘在脑后，脸上不施粉黛。在那一瞬间，夏天有些恍惚，仿佛自己是一个刚刚下班的丈夫，眼前是正在准备饭菜的妻子。

"哎呀，你这一身汗味儿。"顾蓝凑近他，吸吸鼻子，又在他屁股上拍了一下，"先去冲个澡，回头我把衣服给你送进去。"

夏天心中疑惑，又不敢发问。直至他洗过澡，穿上一身崭新的家居服，坐在餐桌前的时候，依旧是蒙头转向。

黑醋小排、奶汤鱼片、土豆烧牛腩、清炒芥兰，还有一瓶醒好的红酒。

顾蓝细心地给两个人都倒好红酒，端端正正地坐在夏天对面，拍拍手："开饭。"

夏天看着她因为忙碌而绯红的脸颊，不由得更加纳闷："你今天是怎么了？"

顾蓝拿起夏天的汤碗，白了他一眼："什么怎么了？"

"你有点不对劲啊。"夏天搔搔头发，"是出什么事了吗？"

"做顿饭给你吃，废话那么多。"顾蓝撇撇嘴，神态却更加妩媚，"尝尝这个奶汤鱼片，我今天刚学的。"

夏天只好老老实实地埋头喝汤。顾蓝显得兴致很高，不停地给他夹菜、倒酒。很快，桌上的佳肴被消灭了一半，红酒也只剩下小半瓶。

顾蓝脸上的红晕更重，眼中水波荡漾。夏天看着她，心中喜悦莫名，又有一丝隐隐的担忧。这不是他最熟悉的顾蓝，至少不是最近大半年的她。

因此，顾蓝再次把手伸向酒瓶的时候，夏天一把抓住了她的手。

"到底怎么了？"夏天小心地观察着她的神情，"跟我说说。"

顾蓝松开酒瓶，坐回到椅子上，静静地看着夏天，脸上的笑意一点点消散。

良久，她从餐桌上拿起烟盒，抽出一支，点燃。夏天也不说话，耐心地等着她开口。

女人一手托腮，一手夹着香烟，几绺头发垂到腮边，眼神渐渐变得哀伤。

"我们认识多久了？"

"五年。"夏天不假思索地答道，"2008 年，在缅甸。"

"是啊。"顾蓝笑笑，轻轻地吐出一口烟，"那时候，你还叫犬牙。那时候，你还要杀了我。"

夏天摸摸后脑勺，不好意思地笑笑："那时候，我只是一部杀人机器而已。"

"我们的人生都够不可思议的，是吧？"

"是啊。如果不是遇到你，我要么会死在拳台上，要么会被活埋在山里。"夏天从桌面上探过手去，拉住顾蓝的手，"更不会有现在的生活。"

顾蓝似乎沉浸在自己的思绪中，任由夏天摩挲着。忽然，她抽泣起来。

"对不起，对不起。"顾蓝低下头，肩膀不住地抖动着，"我以为，有那两百万美金……我做企业，你开健身中心……我们可以这样安安稳稳地生活下去……"

夏天顿时慌了，急忙安抚道："你别哭啊……我是自愿的，为了你，我什么都可以……"

顾蓝捂住脸，一边摇头，一边从家居服的口袋里掏出一样东西放在桌面上。

夏天定睛去看，是一个被烧黑的金属发卡。因为被高温焚烧过的缘故，表面的釉彩已经完全剥离，只能看出小美人鱼的形状。

夏天的脑子里轰的一声。对于这个发卡，他再熟悉不过。此时此刻，他仍能回忆起顾蓝在半山医院的焚化炉里找到这个发卡时的模样。

颤抖的肩膀。青筋暴起的手臂。痉挛的手指。几乎要爆出眼眶的双眼。

以及，只有失去幼崽的母狼才会爆发出的痛哭与啸叫。

这种仇恨，无法消解。即使顾蓝看到被切成碎块的包尚义，即使她亲手把他焚化成一堆黑灰。

夏天端起酒杯，一饮而尽。随即，他瞪起通红的眼睛，粗声大气地问道："下一个是谁，是那个小姑娘吗？你说，要怎么做？"

顾蓝的哭声更大，拼命地摇着头。

"你不用担心。"夏天的牙齿咬得咯吱作响，"他家的安保措施，在我眼里就像纸糊的一样。"

"不要……不要。"顾蓝抬起头，满脸都是泪水，"你什么都不要做。"

"为什么？"夏天重重地放下杯子，"小鱼是你的女儿，也是我的。"

顾蓝闭上眼睛，死死地咬住手背，似乎在勉强控制自己的情绪。几分钟后，她松开嘴，一字一顿地说道："明天，去我办公室，把小鱼的骨灰从保险箱里拿出来。"

夏天盯着她手背上的牙印："然后呢？"

"我们去大连，把骨灰撒进大海里。"

夏天一愣："嗯？"

"我叫你来吃饭，不是要你做什么，而是想告诉你……"顾蓝向他挤出一个微笑，眼泪却再次滚滚而落，"这件事，到此为止吧。"

夏天怔怔地看着她，似乎不敢相信自己的耳朵："到此为止？"

"是的。"顾蓝用力地点头，"让它彻底过去。"

"不再看他们是不是珍惜生命了？"夏天急切地问道，"就像你不再监控包尚宏一样？"

"对。就这样吧。"顾蓝抽噎着做了一个深呼吸，笑容释然，"我不想再背负着仇恨了。余生太短了，我要放在那些对的人和事上。"

夏天沉吟了几秒钟："你不用考虑我，我真的愿意为你做任何事。"

话音未落，顾蓝已经飞扑过来，把她的嘴唇贴向了他的。

两个人拥抱着，旋转着，亲吻着，直至进了卧室。夏天看到床上的一只巨大的毛绒北极熊，身体一下子僵住了。

顾蓝拽起毛绒玩具，用力扔出门外。

"别担心，家里以后不会出现这个。"她一边亲吻着夏天的脸，一边断断续续地说道，"我们的家，我们的……"

夏天的心和身体都被点燃了。他疯狂地扯掉顾蓝身上的家居服，和她一起倒在床上。

"我们结婚吧。"

"好。"

"我们要一个孩子吧。"

"好。"

"不，两个，一个男孩，一个女孩，好不好？"

"好。"顾蓝感到自己几乎要融化了，忍不住发出一声尖叫，"都听你的。"

上帝。天主。佛祖。安拉。什么都好。我从未请求过你的庇护与保佑。我只恳求你，让我们今天所说的一切，都是真的。

郭岩下了公交车，穿过人行横道，径直向马路对面的加油站走过去。现在是晚高峰时间，每台油机前面都排着几辆等待加油的汽车。郭岩在油机间徘徊着，心中越来越紧张。

一个热心的加油工打量着他，开口问道："小孩，你要干吗？"

郭岩定定神，小声说道："我要买点汽油。"

"买汽油？"加油工皱皱眉头，"你买汽油干什么？"

郭岩咬咬嘴唇："我妈妈开的车没油了，让我来买点汽油。"

说罢，他从书包里拿出一个两升的空可乐瓶子递给加油工。

加油工乐了，摇摇头："女司机啊——这玩意不能装汽油。"

郭岩一怔，突然哭起来："那怎么办？叔叔，我妈还等着我回去呢。叔叔，你帮帮我吧，求求你了。"

加油工担心孩子哭闹影响到别人，想了下，向身后的营业厅指了指："得用专门的油桶，买也行，借也行，不过要付押金。"

郭岩犹豫了一下："多少钱？"

"几号？"

"嗯？"郭岩有些慌了，"什么几号？"

"嘻！说了你也不懂。"加油工撇撇嘴，"你妈妈开的什么车？"

郭岩更糊涂了，随手指向一辆正在加油的小汽车："就是那样的。"

"90号油啊。"加油工懒洋洋地说道，"十升一桶。七十五。押金一百。"

郭岩的脸抽动了一下，从衣袋里掏出大大小小一沓纸钞，数出一百七十五元钱递给加油工。

加油工把钱马马虎虎地揣进衣袋里，说了句"等着"就走向营业厅。不多时，他拎着一只绿色的油桶走了出来，手上还拿着一张小纸片。

"喏，这是押金票。"加油工把油桶递给郭岩，"让你妈妈加完油之后把车开到加油站，还桶，退押金。"

郭岩暗自松了一口气，向加油工鞠了一躬之后，拎着沉甸甸的油桶，小跑着离开了加油站。

回到福利院，郭岩用外衣包住油桶，躲开院子里的阿姨们的视线，偷偷地钻进了自己的宿舍，把油桶塞进床底下。

吃晚饭的时候，他几乎不和其他孩子说话，专心致志地对付眼前的食物，吃得又快又多。偶尔抬起头来，他会遇到赵大姐投来的目光。郭岩赶紧低下头，佯作饿坏了的样子。实际上，因为紧张的缘故，他毫无食欲。之所以拼命地吃东西，只是为了晚上行动的时候不至于手脚无力——事关成败，他得让自己保持良好状态。

饭后，郭岩没有选择留在饭堂写作业，而是回到了自己的房间。可是，摊开作业本，他一个字也看不下去，满脑子都是自己即将进行的一场大冒险。这种魂不守舍的状态一直持续到晚上九点，全福利院熄灯就寝。郭岩索性把一片空白的作业本塞进褥子底下，躺到床上闭目养神。很快，同宿舍的孩子们都沉沉地睡去。郭岩却始终在被子里抱着闹钟，不时借着月光看上一眼。

他已经不仅感到紧张，恐惧也在一点点放大。凭借着一腔热血，他制订了解救田玥的计划。在此过程中，他一直让自己沉浸在英雄救美的想象中，比如超人或者钢铁侠。然而，事到临头，这个只有十几岁的孩子终于想到了整个计划的关键之处——后果。

如果田玥没能趁乱跑出来怎么办？

如果他们被抓住了怎么办？

他能打得过那些保安员吗？会不会再挨一顿丢脸的毒打？

如果事情败露，他会不会被开除？会不会坐牢？还能不能回福利院了？

就算成功把田玥救出来了，之后呢？携手浪迹天涯，还是各回各家？

问号一个又一个涌进脑海。原本最令他担心的"睡过头"已经完全不是问题。郭岩冷汗涔涔，不时颤抖着，引得上铺的孩子不满地在睡梦中发出嘟囔声。

眼见时间一分一秒地过去。郭岩强迫自己冷静下来。去，是一定要去的。理由只有一个——田玥在等着自己。

至于其他，交给老天爷吧。

终于熬到晚上九点四十分，郭岩悄悄地爬起来，从床底下掏出那套迷彩服，轻手轻脚地穿戴整齐，背起书包，拎上油桶，又在黑暗的宿舍里环视一圈，蹑手蹑脚地拉开门出去。

溜下三层小楼，郭岩没敢从正门离开，而是小跑到院子东侧，把油桶和书包从铁栅栏里塞出去。随即，他转过身，凝视着小楼。饭堂的灯还亮着，小气窗里有蒸汽冒出，飞舞的小虫隐约可见。估计阿姨们正在准备明天的早饭。这样的情景，他之前不曾留意过。如此平凡的夜晚，他究竟错过了多少次？他竭力不去想自己明天是否还会出现在这里，抓住铁栅栏翻越而出，沿着人迹稀少的马路向公交站跑去。

因为时间计划得当，他赶上了十点钟的末班郊线公交车。夜里十一点半左右，他已经站在了那条熟悉的土路上。他看看手腕上的电子表，不敢再耽搁，快步向特训学校的外墙跑去。

几分钟后，郭岩已经潜行到自己平时埋伏的地方。他躲在草丛里，一边平复着气息，一边抬起头看向铁栅栏另一侧的校园。

偌大的园区里一片寂静，男女宿舍楼里都熄了灯，想必学生们都在沉睡之中。教工宿舍楼还有几个窗口亮着灯光，隐约还能看见有人影闪动。郭岩又把视线投向女生宿舍楼。夜色深沉，楼体的粉红色不甚分明。他在心里默默地数到四层，看着那一排漆黑的窗户。虽然他不知道哪一扇属于 418 寝室，但是，他知道有一个女孩和他一样在黑暗中瞪大眼睛，等待着逃出这牢笼一般的地方。

这个念头让他的勇气和体力都迅速恢复。他把油桶和书包塞进栅栏，把毛毯甩到电网上，轻轻松松地翻越过去。落地之后，他没有立刻行动，而是留神观察着周围的动静。确定没人发现自己后，他才背起书包，拎上油桶，沿着围墙小跑到室外水房后面。

那一大堆落叶还没有被清理走。郭岩蹲下来，从书包里掏出一个折叠好的大编织袋，用手把落叶拢进去。干燥的落叶发出哗哗的声音，让他心惊胆战，不得不时常停下来，惶然四顾后才敢继续动作。

很快，编织袋装满了落叶。郭岩攥住袋口，费力地甩到肩膀上，猫着腰，小跑到女生宿舍楼下。他放下编织袋，绕着楼体转了一圈，最后选择把落叶堆在东侧的楼体旁。从这一侧的窗户来看，似乎是公共卫生间。他只想通过放火来制造混乱，并不想伤及无辜，所以在这里点火要安全些。

把落叶倾倒出来的哗啦声在夜晚中同样显得刺耳。郭岩小心翼翼地动作着，心中暗自祈祷千万不要惊醒任何人。把编织袋清空后，他又返回室外水房旁边，如法炮制，又装了满满一袋落叶，拎起油桶，气喘吁吁地返回女生宿舍东侧。

如此一番，楼体旁边出现了一堆不大不小的落叶。郭岩又从墙边捡了一捆枯枝放在上面。做完这一切，他看看电子表，时间已经是十一点五十五分。

他放弃了休息一下的念头，拧开油桶，把汽油泼向落叶和枯枝。为防火势太大，他仅仅泼了小半桶油就住手——汽油味一下子就弥漫开来。

紧接着，郭岩把油桶拎到距离落叶堆十米开外的地方。他擦了擦额头上的汗，从书包里拿出一个空酒瓶，倒进一些汽油，又拿出几绺破布条，用汽油浸湿后塞进瓶口。如此，一个简易的燃烧瓶就做好了。

随即，他拿出一瓶水，草草洗掉沾在手上的汽油。然后，他拿出打火机，深吸了一口气，凑到破布条下点燃。

顿时，布条燃烧起来。郭岩被吓了一跳，急忙把燃烧瓶向落叶堆扔了过去。

轰的一声，一大团火爆燃开来。

夹杂着火星的热浪扑面而来。郭岩用手臂挡住额头，向后连退几步，看着眼前熊熊燃起的大火，心中又惊又喜。惊的是没想到汽油的威力居然这么大，喜的是这场"热闹"应该足以制造混乱了。

突然，火堆里传来一声爆响，火焰被炸到了二楼的窗台上，继续燃烧着。郭岩意识到是那个燃烧瓶发生了爆炸。他立刻躲到楼后，刚刚蹲下身子，就听到正门处传来尖利的哨音。

紧接着，他就听到楼上的窗户被打开了，尖叫声、吵闹声越来越大。

不远处，教工宿舍楼里接连亮起几盏灯。半分钟不到，几个教官模样的男子从楼里飞奔出来，径直跑到女生宿舍楼下，一边吹哨一边嘶喊道："全体起床，快开门！"

这栋粉色的五层宿舍楼沸腾了。

郭岩听到头顶不停地传来密集的脚步声、呼喊声，其中还夹杂着尖利的哭声。他的心脏几乎要从喉咙里跳出来，死死地盯着那堆大火以及旁边穿梭的人影。

　　终于，他听到宿舍楼的大门被打开了，一个穿着睡裙的胖女人率先冲出来，手忙脚乱地指挥着女生们到宿舍楼前集合。

　　转眼间，上百个衣衫不整的女生就聚集到宿舍楼门前的空地上，有的只穿着睡衣睡裤，有的只在身上披了条被子。郭岩眼看时机到了，正要上前寻找田玥，忽然听到旁边的男生宿舍楼里也传来躁动。还没等他看清楚，二楼的一扇窗户忽然被打碎了，一把椅子伴随着玻璃碎片落在地上。郭岩一惊，随即就看到一个男生从窗口跳了出来，手舞足蹈地向正门跑去。

　　然后，又是一个。

　　几乎是同时，男生宿舍楼的门口也传来巨大的嘈杂声，似乎有越来越多的人正聚集在门前，拼命拍打、冲撞着钢化玻璃门。

　　十几秒之后，玻璃门轰然碎裂。伴随着崩落一地的玻璃碎块，男生们如潮水般涌出了宿舍楼。

　　操场上顿时一片大乱。几百名学生聚集在一起狂奔乱嚷。教官们大多端着水盆或者灭火器去对付那堆大火，剩余几个拼命去阻拦那些试图冲出校园的学生。然而，这些已经兴奋到极点的学生不再是平日里乖巧顺服的小绵羊——一个教官阻拦未果，反而被几个学生围住痛打。

　　郭岩目瞪口呆地看着眼前的一切，心中的恐惧感越发强烈——这个祸闯大了。

　　他不敢再多想，快步跑向女生宿舍楼前的人群。女生们对于这突如其来的乱局，显然是惊惧大于兴奋，大多老老实实地站在原地，勉强遮挡着自己暴露出来的身体。郭岩的视线在一张张脸上快速移动着，却始终没有看到田玥。情急之下，他高声喊道："田玥，田玥！"

　　穿着睡裙的胖女人注意到了他，尖声喝道："你是哪个班的？快回宿舍去！"

　　话音未落，她就被一个瘦小的身影推到一边，紧接着，穿着迷彩服、运动鞋的田玥出现在胖女人的身后。

　　郭岩大喜过望，几步冲过去，一把拉住田玥的手。

火光中，女孩的眼睛闪闪发亮，沾着烟灰的脸上写满了紧张又狂喜的表情。

郭岩拽起她就向正门处跑："快走！"

田玥却挣脱了他："不行，我还得等一个人。"

郭岩一愣："什么？"

"我们昨天在水房里的对话，被一个男生听到了。"田玥为难地咬咬嘴唇，"他说，必须也帮他逃出去，否则就告发……"

话未说完，她就看到了正源源不断地从另一栋宿舍楼里冲出来的男生，不由得"啊"了一声。

"他们已经跑出来了。"郭岩心中焦急，又拽拽她的胳膊，"快点，咱们趁乱跑出去，否则就来不及了。"

田玥却怔怔地看着男女宿舍楼之间的空地："不是，他……"

郭岩循着她的目光看过去，借着火光，在穿梭不停救火的人群中，一个高个子男生正端起那个油桶，凑到鼻子前面闻着。

"就是他。"田玥抬起手指向那个男生，"昨天，接开水的时候，他就排在我前面。"

高个子男生拎着油桶，想了想，脸上似乎出现了迷乱又兴奋的神情。郭岩却嗅到了危险的信号，急忙冲过去。

"你干什么？"郭岩抬手去抢他手里的油桶，"把油桶给我！"

高个子男生却闪身躲开，当胸推了郭岩一把，又看了看他的脸。

"是你啊，哥们。"高个子男生嘿嘿地笑起来，"挺狠啊——干得漂亮！"

郭岩又急又气："你别胡来，把油桶还给我！"

"我恨透这个地方了。"男生的脸上露出和年龄极不相符的狰狞表情，"我再给他们点颜色看看！"

说罢，他就拎起油桶，朝教工宿舍的方向跑去。

郭岩追也不是，不追也不是，心一横，拉起田玥："快走！"

两个人混在操场上纷乱的人群中，向正门一路狂奔。距离门口还有十几米的时候，郭岩看到几个保安员和教官正用橡胶棍疯狂地抽打着试图冲出去的学生。郭岩拉着田玥左冲右突，大门就在几米开外的地方。

"不许动！"一个穿着背心短裤的教官挥舞着橡胶棍，向他们大喊着，"给我原地蹲下！"

郭岩咬着牙，脑海中涌现的是夏教练在拳台上教过自己的一招一式。

教官一边大吼，一边举起橡胶棍冲了过来。然而，在郭岩眼中，他的动作好似慢动作一般。

侧身，摆头，右臂收起蓄势——橡胶棍呼啸着从他耳边掠过。

教官的身体失去了平衡——下一个瞬间，郭岩的右拳已经结结实实地捣在了他的胃部。

教官闷哼一声，捂着肚子，蜷缩在地上爬不起来了。

郭岩没有停留，屏住一口气冲到门口，向那个正在手忙脚乱锁门的保安员的后背飞起一脚。

保安员向前扑倒在铁门上，又软绵绵地滑落下去。郭岩顺势推开铁门，拉着田玥跑了出去。

同时，他听到背后传来越来越大的欢呼声。更多的人影从他们身边跑过，向公路飞奔而去。

成功了。

郭岩感到肺里像被灼烧般疼痛，喉咙里也有了血腥味。然而，他的左手正清晰地传来另一只手的温柔触感。这让他似乎有了使不完的力气。

如果可以，他愿意拉着她，在这条路上一直跑下去，跑下去。

松山福利院。

夜深人静。佟院长和赵大姐沿着宿舍的走廊轻手轻脚地走着。她们推开每一扇宿舍的门，合上敞开的窗户，或者关掉亮着的台灯。偶尔发现踢掉被子的孩子，还会细心地帮他们盖好。

回到走廊里，赵大姐小声问道："老佟，每天都查夜吗？"

"不一定。"佟院长同样压低声音，"每周查上个两三次。尤其是那些大孩子的房间，要提防他们偷偷溜出去上网。"

"唉。"赵大姐由衷地感叹，"你太负责了。"

佟院长的笑容疲惫："没办法啊。他们又不是小猫小狗，给口吃的就行。"

说罢，她推开一扇男生宿舍的门，借着走廊里的灯光扫视着那些躺卧着熟睡的孩子的上下铺铁床。

突然，佟院长咦了一声，快步走进宿舍。赵大姐也跟了进去，立刻发现靠窗的一张床上，下铺空无一人。

"这是郭岩的床啊。"佟院长皱起眉头，"这小子，去网吧了？"

赵大姐想了想，脸色突然一变，一把抓住了佟院长的手腕。

"他会不会……"赵大姐急得语无伦次，"我好像知道他去哪儿了。"

佟院长也慌了："哪儿？"

"那地方咱俩现在可到不了。"赵大姐却答非所问，"给顾妈妈打电话吧。"

子夜时分。艾雯忽然从睡梦中惊醒。她蜷缩在床上，紧紧地抓住胸口的衣服，感觉冷汗瞬间就布满了全身。足足半分钟后，她的意识才完全回到自己身上。同时，她听到父亲正在客厅里大声咆哮着。

艾雯艰难地起身下床，拉开卧室的门，走到楼梯口。客厅里灯火通明，艾名博同样穿着睡衣睡裤，正烦躁不安地绕着茶几转来转去，不停地对着手机大吼大叫："消防队到了没有？先别管什么财产损失了，人有没有事？什么？"

他挥掌打翻一只花瓶，声音已经变了调："跑了多少学生？还在统计？你他妈是干什么吃的？从明天开始，保安队统统给我滚蛋！"

随即，他把手机狠狠地摔在沙发上，抱着头坐了下去。

妈妈和保姆都被惊醒了，目瞪口呆地站在各自的卧房门口，大气也不敢出。

艾名博喘了一阵粗气，重新拿起手机拨出一个电话号码。

"十五分钟后，到我家接我。"

随即，他站起身，在其他人的脸上扫视一圈，语气生硬："都回去睡觉。"

艾雯怯生生地问道："爸，出什么事了？"

"跟你没关系。"艾名博起身向卧室走去，"回去睡觉，立刻！马上！"

艾雯不敢再多嘴，闪身缩回了卧室，趴在门口听着楼下的动静。十几分钟后，她听到防盗门被打开，随即又重重地关上。艾雯咬咬嘴唇，偷偷地打开卧室的门，探出头向客厅里窥视着。

灯还开着，父亲已经不见踪影。

艾雯轻手轻脚地下楼，穿过客厅，拉开通向庭院的落地玻璃门，迅速向楼体一侧的墙边走去。

夜风微凉，万籁俱寂。艾雯打开手机的照明功能，用手拢着头发，仔细地在花圃里查看着。终于，她在一株凋谢的波斯菊下面发现了被揉作一团的名片。

艾雯捡起那个纸团，小心地塞进睡衣口袋里，飞也似的跑回了楼上的卧室。锁死房门之后，她关掉灯，坐在床上，展开那张名片，用手机照亮上面的电话号码，小声默念着。

突然，她开始呼吸急促，身体也颤抖起来。她很清楚自己在干什么，也很清楚将要面对何种风险。大脑似乎也在向她发出警告：不要！不要！

然而，那个躺在医院里的男孩子，他的眼睛仿佛今晚的月光，皎洁，明亮。

艾雯赶在自己彻底失去勇气之前，快速按动着手机键盘。铃声一下又一下，单调，却像一把锋利的快刀，迅速砍伐着她剩余不多的意志。就在她要按下挂断键的时候，一个苍老又疲惫的声音在听筒里响起："喂，哪位？"

艾雯闭上眼睛，抓起被子盖在头上。在突如其来的死寂中，她一字一顿地说道："我是艾雯。"

刚驶入那条土路，顾蓝就看到前方不远处的大片火光。同时，刺耳的消防警报声也清晰可闻。副驾驶座上的夏天脱口而出："我靠，郭岩这小子不会搞出这么大的场面吧？"

顾蓝的眉头紧锁："他为什么会来这里？"

"具体情况我也不清楚。"夏天犹豫了一下，"但是，这小子之前跟我练了一阵搏击，听他的意思，好像是要保护一个女孩。"

顾蓝厉声问道："你为什么不告诉我？"

夏天似乎还沉浸在几个小时之前的温柔乡中："我没觉得这是什么过分的要求啊。"

他停顿了一下，声音低下去："再说，我怎么可能想到那女孩就在艾名博的学校啊。"

顾蓝咬着牙，用力踩下油门。

奥迪车在坑坑洼洼的土路上颠簸一阵之后，驶入一条平整的柏油马路。令顾蓝感到诧异的是，路上不停地有孩子迎面跑来。她不得不打开远光灯，减速避让着。很快，两扇打开的铁门出现在面前，旁边还挂着"名阳青少年特训学校"的名牌。

此刻，两辆闪烁着警灯的消防车正依次进入校园。车体两侧，衣着各异的学生正寻机不断地从校园里跑出来。门口的保安员正在指挥消防车进入，对于那些不断偷跑出来的孩子，只能象征性地呵斥几句。

看到奥迪车开过来，保安员抬手拦住顾蓝，凑到车窗外问道："你是干吗的？"

顾蓝不假思索地答道："我孩子在这个学校。"

"家长？"保安员神情畏缩，"要不您先回去吧，我们校长会……"

顾蓝不再跟他废话，加速驶入了校园。

校园内已经是一片混乱。因为断电的缘故，整个操场上只有几盏应急灯在照明。没有逃出去的学生三三两两地聚集在一起，坐在人造草坪上，彼此间还在或兴奋、或懊恼地交谈着。有的孩子正在哭泣着打电话，恳求家人来接自己。个别胆子大的，还冲着火场的方向嗷嗷地起哄。

顾蓝把车停在跑道上，和夏天先后下了车，在那些孩子中间来回穿梭，却始终没有发现郭岩的踪迹。

"他会不会已经跑出去了？"

"有可能。"夏天嘻嘻地笑着，"我调教出来的选手，那些保安根本拦不住他。"

顾蓝瞪了他一眼，又把视线投向校园里的那些建筑。

其中一栋楼旁的火堆已经被扑灭，只剩下一堆黑灰和零星的火花。楼体无大碍，只是把墙体熏黑了一大片。旁边那栋楼虽然没有起火，但是有不少玻璃窗已经被砸碎，门口的对开玻璃门更是只剩下一副框架。

火势最猛的是办公楼旁边的另一栋楼，看上去是宿舍楼的模样。整个三层建筑都被熊熊大火包围着。这里也是消防队扑救的重点区域。几条银白色的水柱正冲向不断蔓延的大火中，看上去却无济于事。在消防车旁边，停着一辆令顾蓝非常熟悉的黑色迈巴赫轿车。在消防员中间指手画脚的那个男人，更是曾无数次出现在她的脑海里。

突然，顾蓝丝毫都没有要责怪郭岩的念头了。

她低下头，看看正围坐在附近的几个孩子。

"那栋楼是干吗的？"

一个男孩子扭过头去看："教工宿舍。"

"人呢？"

"都跑出来了。"男孩子撇撇嘴，"忙着抓我们呢。"

顾蓝想了想："喜欢这里吗？"

男孩子犹豫了一下，又看了看其他同伴，摇摇头："不喜欢。"

顾蓝笑了笑:"那还不快跑?"

男孩子先是一惊,随即,眼睛就亮了。他一骨碌爬起来,看看那栋燃烧的楼,又看看敞开的大门。

他面向自己的同伴,摆摆头:"走啊?"

其他孩子也兴奋起来,纷纷响应:"走!"

夏天挥挥手:"跟我走,谁拦你们,我就放倒谁。"

转眼间,几个孩子都爬起来,跟着夏天向大门口跑去。其他坐在操场上的孩子见状,也纷纷起身,大呼小叫地冲了过去。

顾蓝站在原地,静静地看着那片火光和忙碌的人群。在她身边,狂奔的孩子们穿梭如流。她被他们撞得摇摇晃晃,内心却满是喜悦。

在大火的映衬下,她的脸上带着近乎圣洁的金色光芒。瘦削的身体仿佛一根标杆,偶然摇摆,却始终矗立不倒。

渐渐地,她的嘴角扬起一个好看的弧度,向被烧毁的宿舍楼露出微笑。

第二十三章 · 诱饵

米楠静静地听方木说完，先是沉默了一会儿，笑了笑："我觉得可以跟肇支队聊一聊，毕竟都是为了案子。"

方木无奈地咂咂嘴："但是这事毕竟牵扯到邰伟和他干爹，而且还没得到证实，我不好透露太多——还得听听他们的意见。"

"就算有点小误会，你也不必太纠结。"米楠解开身上的安全带，"肇支队不是小肚鸡肠的人。"

她停顿了一下，意味深长地看着方木："或者，你有什么别的想法？"

方木没说话，只是在心底长叹一声。

什么都瞒不过她。

方木把车停在路边，透过车窗看了看那间小店狭窄的门脸："宏宏粥铺，是这里吧？"

"没错。"

话音未落，米楠已经拉开车门下车："你说还是我说？"

方木摇摇头："还是我来吧。"

包尚宏站在柜台里，正在给顾客夹小菜。看见方木和米楠进来，她本能地露出微笑，正要招呼他们坐下，就看见了两人凝重的表情。包尚宏的手抖起来，怔怔地看着他们一步步走到柜台前面。

方木掏出警察证："我们是……"

包尚宏发出一声呜咽，盛满小菜的碟子跌落在地。她抬起一只手捂住嘴，眼眶中瞬间就盈满了泪水。

方木原本不知道该如何开口，女人的反应倒让这件事变得容易起来。他点点头，低声说道："很抱歉，请您节哀。"

包尚宏再也控制不住自己，双腿一软，向后瘫坐在地上，放声大哭。里间的小女孩闻声跑出来，却不知道妈妈为何如此悲伤，也扑进她怀里一起哭。

方木无奈，只能把她们扶到椅子上，耐心地等待包尚宏的情绪平复下来。足足十几分钟后，母女二人的哭声才渐渐止息。米楠把小女孩抱起来，送回里间。包尚宏则坐在餐桌前，眼神呆滞，双手用力绞缠着身上的围裙。

方木打开记事本，想了想，开口问道："你和包尚义平时来往多吗？"

"不太多。"包尚宏哑着嗓子，"他太忙了。偶尔过来看我，都是坐一会儿就走。"

她又抽泣起来："好几年了，我们姐弟俩连顿饭都没吃过。"

"他有没有把一些文件资料之类的东西放在你这里保存过？"

"没有。"包尚宏睁大通红的双眼，"他很少跟我说工作上的事情——为什么这么问？"

"那他有没有跟你聊过他的具体业务？"

"他开医院嘛。"包尚宏低下头，开始变得语焉不详，"大概就是美容什么的。"

米楠从里间走出来，坐在他们身边。

"他对你有没有生活方面的扶助，比如给钱、送东西什么的？"

"当然！"包尚宏的眼圈又红了，"我这个粥铺就是他帮我开起来的。以前我的医疗费和生活费都是尚义承担的。他是个万里挑一的好弟弟……"

米楠问道："他失踪之前，有没有什么异常表现？"

包尚宏看向她，突然问道："我弟弟是怎么死的？"

方木和米楠对视了一眼，干咳了几声："他是被人杀害的。"

"这个我猜到了。"包尚宏坐直身体，"谁干的？他……把我弟弟怎么了？"

"具体细节……我觉得你最好别知道。"方木面色为难，"至于凶手，我们还在调查。"

"我弟弟现在在哪里？"包尚宏站起来，"我要去看看他。"

米楠上前按住她的肩膀："大姐，现在还不太方便，你先别急。"

"不方便？"包尚宏神色疑惑，视线在方木和米楠的脸上来回游移，"什么意思？"

米楠的语气坚定："你先配合我们的调查——你知不知道包尚义究竟开的是什么医院？"

包尚宏咬着嘴唇，欲言又止。

"我们怀疑他从事非法器官移植。"米楠看着她，"而他的被害，跟这个有关。"

包尚宏发出一声惊呼，瞪大了眼睛，直勾勾地看着米楠。

方木立刻追问道："他有没有跟你说过关于供体的信息？任何信息都可以。"

包尚宏不说话，只是死死地揪住围裙，呼吸短促，眼神飘忽不定。

方木耐心地等了一会儿："包尚宏？"

"啊？"包尚宏似乎被吓了一跳，连连摇头，"我不知道，我不知道……"

这时，小女孩从里间走出来，一手拿着药盒，一手端着水杯。她小心翼翼地把装着清水的杯子放在包尚宏面前，又把药盒递到她手里，抽噎着说道："妈妈，你别忘了吃药。"

包尚宏再次悲从心起，抱住小女孩，又痛哭起来。

方木盯着药盒看了几秒钟，眼睛眯了起来。米楠看他神色有异，心中纳闷，正要发问，方木已经先开口了。

"包尚宏，你说包尚义曾经负担过你的医药费。"他停顿了一下，"是什么病呢？"

包尚宏抖了一下，从小女孩的肩膀后看向方木，又躲开："肾病。"

"哦。"方木点点头，"得病多久了？"

包尚宏低下头："快六年了。"

"包尚义真是个好弟弟。肾病，病程长不说，花费也很大。"

包尚宏哭声又起："可不是，没有尚义，我早就死了。"

方木沉默了一会儿，突然开口问道："你什么时候做的手术？"

包尚宏被问得猝不及防："什么？"

"肾移植手术。"方木指指她手里的药盒，"那是他克莫司胶囊，一种强效免疫抑制剂，是肾移植手术之后的一线用药。"

包尚宏的脸色一下子变得惨白，结结巴巴地说道："我没有……"

米楠倾身上前，握住她的手："大姐，你必须跟我们说实话。你也不想杀害包尚义的凶手始终逍遥法外，对吧？"

包尚宏已经方寸大乱，细密的汗珠从额头上沁出来。犹豫良久，她艰难地开口说道："四月份……四月十二号。"

方木的心咯噔一下。解剖王光彦的尸体的时候，法医曾说过，怀疑他曾在三四个月之前做过胸外科手术。

这个手术和包尚宏的手术时间基本吻合。

那么，包尚宏体内的那个肾，会不会和那块肝来自同一供体？

"在半山医院做的？"

包尚宏反而平静下来，拍了拍小女孩的后背："去，楠楠，回房间去。"

小女孩乖乖地照做。包尚宏将了将头发，深吸了一口气，缓缓说道："我有严重的肾衰竭，后来拖成了尿毒症。当时，一周要去做两次透析。我弟弟一直在帮我，还答应我，找到了合适的肾源，就给我换肾。"

她叹了口气，眼神空洞："四月份的时候，有天晚上，他突然给我打电话，说找到肾了。第二天就派人接我到医院，准备做移植手术。这方面，一直是我弟弟给我做主，我就蒙头转向地去了。"

米楠问道："他有没有跟你说过供体的信息？"

"太详细的也没说。"包尚宏想了想，"他就说是个年轻人的肾，让我放心用。"

她捂住嘴哭起来："还让我不要担心术后用药的费用，他都管。"

方木和米楠对视了一眼，彼此眼中都有火花迸现。

"包大姐，你愿不愿意配合我们一件事？"方木咬咬嘴唇，"在你移植的肾上提取 DNA。"

包尚宏抬起头，眼神疑惑："什么？"

"至于原因，我回头再跟你解释。"方木耐心地说道，"我们希望可以确定供体的身份——这个对我们很重要。"

包尚宏面色犹疑，又向里间看看："我……我要承担什么责任吗？我孩子太小了……"

米楠站起身来："大姐，我刚才说暂时不方便带你去看包尚义的遗体。"

包尚宏怔怔地看着她："嗯？"

"包尚义的遗体……并不存在。"米楠停顿了一下，"他只剩下一些灰烬了。"

包尚宏依旧保持着僵直的姿势，似乎完全听不懂米楠的话。良久，她的嗓子里挤出一声尖利的号叫，整个人向后倒了下去。

邰伟和姜玉淑像两个小学生似的规规矩矩地坐在医生对面，大气也不敢出。

"所以我们拟定的治疗方案是先进行四个疗程的化疗，如果肿瘤缩小到可以手术的范围，就进行手术，术后还要进行化疗和放疗。不过……"

邰伟立刻答道："您说。"

"考虑到患者的年龄比较大，他能不能撑过术前化疗还是个未知数。"医生咂咂嘴，"一步一步看吧，先做一个疗程的化疗看看效果——当然，还是得先征求你们的意见。"

姜玉淑看看邰伟："这老头儿的身体的底子还是不错的，要不先试试？"

邰伟眉头紧锁，低头不语。

姜玉淑把手按在他的胳膊上："邰伟，这事儿，恐怕还得你做主。"

邰伟深吸了一口气，面向医生说道："您的意思是，化疗会对他的身体有较大程度的摧残，对吗？"

"没错。"医生搔搔头发，"其实，我并不是很赞同让这个年龄的患者接受化疗。"

邰伟瞪大了眼睛："总不能放任不管吧？"

"我不是这个意思。"医生有些不悦，"他已经是胰腺癌四期了，即使手术能成功，预后的效果也不会太好……"

邰伟打断了他的话："您直接说，他还能活多久？"

姜玉淑急忙用手肘捅了捅邰伟，示意他注意态度。这时，她衣袋里的手机响了起来。姜玉淑把手机屏幕凑到眼前，发现是一个陌生的电话号码。

她下意识地滑动屏幕接听："喂？"

听筒里传出一个冰冷的女声："你在医院吗？"

姜玉淑一怔，随即就回忆起这个是曾经致电给她的"城管执法人员"，顿时气不打一处来。

"多大个事啊，没完没了！"她怒气冲冲地答道，"对！有话快说！是不是要罚款？罚多少……"

"找个说话方便的地方。"那个女城管队员的语气不容辩驳，"不要挂电话。"

姜玉淑心下诧异，想了想，还是照做。她起身离开医生办公室，走进消防通道，又把话筒放在嘴边。

"喂，我现在方便，你说吧。"

"你是他什么人？"

"我是他的朋友。"姜玉淑嚷起来，"怎么了？"

听筒里一阵沉默，之后，女人的声音突然变得忧伤起来："他还没成家？"

"嗯？"姜玉淑更加疑惑，"你……"

"听我说，立刻给他办理出院，去北京，越快越好。"女人的声音又变得郑重，"我联系了一家医疗公司，可以办理赴美就医。公司的名称、联系人和电话我会用短信发给你。至于办理签证和赴美行程、预约医院都会由医疗公司安排。费用我已经付过了，你不用担心。这件事情，不要让任何人知道。"

姜玉淑张着嘴，似乎无法一下子接受这么多信息。突然，一个念头电光火石般出现在脑海中。

"你是……"她激动地叫起来，立刻意识到不妥，马上压低了声音，"你是苏琳？"

女人又是一阵沉默。良久，她幽幽说道："他跟你说起过？"

"岂止是说过啊！"姜玉淑兴奋得语无伦次，"我还到雨水管网里去找过你。你知道吗？我都想收养你了。对了，还有我女儿。你记不记得帮你逃走那个女孩，那是我女儿，现在北京呢……"

"照我说的做。记住，别让人任何人知道。"女人打断了她的话，"包括老顾，明白吗？"

"啊？好的，好的。"姜玉淑的热情一下子被打消了大半，讪讪地说道，"那……我怎么跟老顾说？"

"就说是你女儿帮忙联系的，费用来自社会捐助。"

女人停顿了一下，声音变得温柔："阿姨，谢谢你。"

郑松林绕着宝马车走了一圈，然后拉开车门坐上副驾驶座，笑了笑："修得不错，一点出过事故的痕迹都看不出来啊。"他又在车内打量一圈，把手里的袋子放在两腿之间，"当时怎么没立刻把车处理掉？"

艾雯紧紧地握着方向盘，双臂都在微微地颤抖着。

"我爸爸说，那样太引人注意了。"她感到喉咙干得厉害，仿佛整个胸腔都塞满了沙子，"郑……郑叔叔，我要……先对你说声对不起。"

郑松林久久地看着她，一言不发。艾雯不敢看向他，眼泪却止不住地流下来。

"其实也不能全怪你。"郑松林发出一声叹息。他转过身，看着车窗外，夜色中的高架桥上车行寥寥。偶有亮着的车灯一闪而过，仿佛利剑一般将黑暗劈裂开来。

"你怎么出来的？"

"我爸爸的学校出了事，他这两天忙着善后。"艾雯用手背擦擦眼睛，"我偷偷跑出来的——你想让我怎么做？"

郑松林没有急于回答，而是先点燃了一支烟："你真的愿意帮我？"

艾雯点点头。不。

她并不愿意。但是，如果真的如郑松林所说，所有移植过那个小女孩的器官的人都会成为凶手的目标，那么，潘晓也危险了。他本来就命悬一线，再经不起任何伤害。倘若为此害得潘晓丢了性命，艾雯一辈子都不会原谅自己。

所以，她没有选择。

艾雯很清楚自己是郑松林的复仇之饵。结局无外乎两个：其一，郑松林得偿所愿，手刃仇人；其二，郑松林的计划失败，大家一起玩完。

至于郑松林所谓保障她安全的承诺云云，艾雯并不相信。因此，她的结局也有两个：死或者生。

死——死就死了。本就是自己酿成的孽缘，一命抵一命，对得起那个小女孩，也对得起潘晓。万一潘晓回天乏术，索性就做一对阴间有情人。

生——潘晓还有一线生机。

对艾雯而言，潘晓就是全部，爱情就是全部。这很傻吗？傻就傻吧。唯此，艾雯不知道还能如何去赎清犯下的罪过。

"你想我怎么做？"

郑松林不说话，狠狠地吸着烟，似乎内心也无比纠结。随即，他把烟头扔出窗外，用手指叩打着车门。良久，他仿佛终于下定了决心，从两腿间的袋子里拿出一瓶打开的红酒，在驾驶室里泼酒起来。

醇美的气息一下子在狭窄的空间里蒸腾起来。艾雯看着他的动作，心里诧异："你这是干什么？"

郑松林看看酒瓶里剩余的大半瓶酒，随手把它扔在了脚下。随即，他指指前方的桥面："看到前面的摄像头了吗？"

艾雯莫名地紧张起来："看到了。"

"一会儿我先下车。你开过去，经过那个摄像头之后，来回晃几下，然后直接撞到围栏上。"

艾雯怔怔地看着他，一句话也说不出来。

"速度不要太快，别把自己的小命撞没了。"郑松林避开她的视线，语速飞快，"撞上之后，你立刻下车，跑远点打车回家。"

艾雯又愣了一会儿，结结巴巴地说道："然后呢？"

"然后交给我。"郑松林摆摆手，"放心，我会保障你的安全。"

说罢，他就拉开车门，快步消失在车后的夜色中。

艾雯从后视镜里看着他的背影，直到他融入黑暗之中。她定定神，咽了口唾沫，目视前方，启动，挂挡，在令人迷醉的酒气中，狠狠地踩下了油门。

长桌的一侧坐着顾蓝、夏天、佟院长和赵大姐，另一侧那个低着头、不停搓弄衣角的少年是郭岩。

佟院长眼圈泛红，声音嘶哑："我再问你一遍，你告诉佟奶奶，为什么要这么做？"

郭岩一言不发，只是把头埋得更低。

"还是我做错了什么吗？"佟院长用力拍了一下桌子，哽咽起来，"我含辛茹苦地把你们养大，是为了让你们去放火吗？"

郭岩的肩膀抖动起来，抬手抹了一把眼泪，还是不说话。

夏天抱着肩膀，皱起眉头看着郭岩，语气中却满是调侃的味道："小子，你要保护的那个女孩就在特训学校？"

郭岩点点头。

"她叫什么？"

毫无回应。

佟院长越发激动："你说话啊！这会儿你像个蔫鸡似的，放火时的胆子呢？"

郭岩抬起头来，盈满泪水的眼睛里闪烁着倔强的光："我不能出卖朋友。"

"你小子还挺讲义气。"夏天笑笑，"快说实话吧，你以为人家警察调查不出来？"

郭岩扭过头去，牙关紧咬。

佟院长无奈，拍拍顾蓝的肩膀："我是没办法了，你来吧。"

顾蓝默默地看了郭岩一会儿，低声问道："筹划了多久？"

郭岩不安地扭动了几下身体，挤出几个字："半个月吧。"

"汽油从哪里搞来的？"

"从加油站买的。"

"那女孩救出来了？"

郭岩咬咬嘴唇："嗯。"

"你有两下子嘛。"顾蓝轻轻地笑了一下，"干得不错。"

佟院长和赵大姐都惊讶地看向顾蓝。郭岩更是疑惑莫名，抬起头来。

"但是你不应该放那么大的火。"

"我没有！"郭岩急忙辩解道，"我烧的是树叶！我没想烧宿舍。"

"那教工宿舍是怎么回事？"

"那是另一个男孩子干的！"郭岩的脸涨得通红，"他把汽油桶抢走的！"

顾蓝盯着他看了几秒钟："实话？"

郭岩挺起了胸脯："我没撒谎！"

"好吧。"顾蓝又笑，摇摇头，"笨蛋，你不该把书包落在特训学校——姓名、学校、班级一清二楚。"

"小顾！"佟院长又急又气，"咱们不能这么教育孩子！"

郭岩的眼中闪过一丝悔意，大声说道："我不会连累福利院的！"

"没事。"顾蓝站起来，探过身去，摸了摸郭岩的头，"顾妈妈在呢。"

门外。艾名博透过门上的玻璃，死死地盯着郭岩，向身边的一个教官努努嘴。

"你看看。"他指向郭岩，"认识他吗？"

教官的脸上贴着纱布，眉毛被烧掉了一半，颧骨上也有擦伤的痕迹。他看着郭岩，嘴里啧啧有声："眼熟。我想想啊……哎，这不是那谁吗？"

他一拍脑袋："田玥的那个小男朋友！"

艾名博一字一顿地问道："你确定吗？"

"确定。"教官肯定地点点头，"我们去田玥家抓她的时候，这小子还捣乱来着，被我们狠狠地修理了一顿。"

艾名博哼了一声，从衣袋里掏出手机，查找一番后，把屏幕朝向身后的肇德军："这是田玥父亲的电话号码。那丫头是这小子的同伙。"

肇德军撇撇嘴，转向另一个警察："去吧，把人叫过来问问。"

随即，他搓搓脸，推开门："一起聊聊吧。"

见几个陌生人进来，佟院长和赵大姐都是一愣。肇德军先做了自我介绍，然后指指艾名博："这是那家特训学校的艾校长。"

佟院长和赵大姐都站了起来，连连向艾名博鞠躬："对不起，艾校长，我们是福利院的，算是郭岩这孩子的……"

艾名博却看也不看她们，指着郭岩问道："他怎么还坐在这儿，不应该送到看守所吗？"

郭岩的脸色一下子白了，求助般向顾蓝望去。

顾蓝始终坐着没动，神色淡然："首先，艾校长，我们为孩子闯下的祸向您道歉，他造成的损失，我们会给予您必要的赔偿……"

艾名博粗鲁地打断了她的话："那是必须的，一整栋楼，还有物品损失，人员受伤，咱们是得好好算算账。"

"据我所知，您的教工宿舍楼不是孩子放火点燃的。"顾蓝表情平静，"他只点燃了女生宿舍楼旁边的一堆树叶——当然，对楼体造成的损害，我们来赔偿。"

艾名博一时语塞，向肇德军看过去。后者点点头："的确，我们查看了现场的监控录像，放火焚烧教工宿舍的是另一个男生，不是郭岩。而且，他也不认识郭岩。"

艾名博咬着牙，喘了一阵粗气，一挥手："烧树叶也是放火，应该把这小子抓起来。"

顾蓝笑笑，向佟院长伸出手去："院长，郭岩的身份证。"

佟院长应了一声，手忙脚乱地从随身挎包里拿出身份证递给顾蓝。顾蓝把身份证放在桌面上，向艾名博推过去。

"这是孩子的身份证。"顾蓝停顿了一下，"他现在是十三岁零二百二十六天。"

艾名博一怔："什么？"

"就算郭岩的行为被认为是放火，按照我国刑法的规定，已满十四周岁的人才能承担放火罪的刑事责任。”顾蓝微微颔首，“再次为这件事向您道歉。并且，再次重申，他造成的损失，我们会负责赔偿。”

肇德军拿起身份证，皱皱眉头：“还真是。”

“那就不能抓他了？就这么逍遥法外了？”艾名博似乎还难以置信，“我拿他一点办法都没有了？”

肇德军摊开手：“这是法律的规定……”

“这他妈算什么狗屁法律？”艾名博彻底失去了控制，“我就活该倒霉吗？”

“你冷静点！”肇德军毫不客气地说道，“人家已经答应赔偿你的损失了！再说，烧教工宿舍楼的又不是他。”

“他明明是始作俑者啊！要不是他把汽油带进来……”艾名博忽然意识到了什么，直勾勾地看向佟院长，“你刚才说你们是福利院的？”

佟院长被吓了一跳：“是……是的。”

艾名博立刻兴奋起来：“他是孤儿？”

“他不是孤儿，只是被遗弃的。”佟院长的脸色也涨得通红，“他也是个可怜的孩子。”

艾名博毫不退让：“你有他的出生证明吗？”

“没有。”佟院长犹豫了一下，“当年他被遗弃在一家小旅馆里……”

艾名博迫不及待地反问道：“那你凭什么肯定他不到十四周岁？”

佟院长说不出话来。肇德军摸摸下巴：“郭岩身份证上的出生日期是怎么确定的？”

“我们……看他也就两个月左右那么大。”佟院长结结巴巴地答道，“就把捡到他的那天……再倒推两个月，算作出生日期了。”

“哈！”艾名博终于抓到了把柄，发出一声嘲笑，“两个月左右？要是五个月、六个月呢？”

他转身面向肇德军：“总之，我认为他这个年龄不准！”

肇德军眉头紧锁，不说话。

"我要求搞清楚他的确切年龄！"艾名博的语气强硬起来，"现在不是有那个什么骨龄测试吗？给他做！"

肇德军清清嗓子："你的要求我们可以考虑……"

"考虑？"艾名博提高了声音，"有什么可考虑的？必须做！不冤枉一个好人，也他妈不能放过一个坏人！"

顾蓝的脸色阴沉下来："艾校长，有什么事情我们都可以协商，你没必要非得把这个孩子送进去吧？"

郭岩的视线一直在他们身上打转，神色也越来越惶恐。

"没必要？我觉得很有必要！"艾名博吼起来，"你刚才那个神气劲儿呢？他妈的，还跟我讲法律呢……"

"姓艾的！"夏天开口了，原本抱着肩膀的双手也放了下来，"你把嘴巴给我放干净点！"

"去你妈的！"艾名博一拍桌子，"我他妈是受害者！凭什么还要跟你们客客气气！"

夏天冷着脸，也站了起来："你再说一遍？"

眼看房间里的局势越来越紧张，肇德军急忙挥手示意双方都坐下来。正在劝解他们，接待室的门忽然开了。

方木和米楠先后走了进来。

看到夏天和艾名博在对峙，对面还坐着脸色煞白的郭岩，方木先是一愣："这是什么情况？"

赵大姐仿佛见了救星一般，飞身扑了过去："你可算来了。"

说罢，她就拖着方木去了门外，嘴里絮叨着："郭岩这小子闯祸了，你得帮他想想办法。"

方木还是不明就里："到底怎么了？"

赵大姐把整个事情一五一十地说了一遍。方木越听越心惊："这娄子捅得太大了。"

"就是说啊。"赵大姐一脸愁苦，"你认识的警察多，能不能求个情什么的？"

方木沉吟了一下："这件事，郭岩不太可能承担刑事责任。再说，现在执法都公正透明，我也没法开这个口。"

眼见赵大姐的脸上写满了失望的神色，方木急忙补充道："你放心，警方会秉公处理，不是郭岩的责任，不会让他背黑锅的。"

"那个艾校长不依不饶的。"赵大姐还是忧心忡忡，"人家刚才嚷嚷着要做骨龄测试呢。"

"那个基本没什么用。"方木不由得失笑，"骨龄测试也只能给出一个范围，比如十四岁再加减两岁。判断是否承担刑事责任，要精确到具体日期的。"

赵大姐略略放心了一些，又拉着方木回到了会见室。

"你也帮忙听听，别让他吓唬住咱们。"

会见室内的气氛依旧紧张。肇德军也在跟艾名博解释骨龄测试的原理："你要是想做，我们可以安排做，但是帮助真的不大。"

艾名博脸色铁青。顾蓝则平静了很多。夏天更是一副幸灾乐祸的表情，抱着肩，抖着腿，笑眯眯地看着艾名博。

肇德军表情无奈："艾校长，你跟这孩子纠缠下去，其实有点浪费时间。我们已经传唤了那个放火烧教工宿舍的男生，要不见见那边吧。"

"他是这件事的罪魁祸首！"艾名博又吼起来，"怎么着？进不了监狱，少管所总可以吧？不把他关起来，还等着他再去放火吗？"

夏天冷冷地说道："罪魁祸首一定要承担责任，是这样吗？"

"没错。"艾名博双眼圆睁，"不然还有公平吗？还有天理吗？"

"公平。天理。"顾蓝笑了笑，"艾校长，给个机会吧。每个犯错的人都应该得到一个机会，对吧？"

"机会？"艾名博指着郭岩，歇斯底里地吼道，"他放火的时候，想过给我机会吗？现在我凭什么给他机会？"

似乎还觉得不够解气，艾名博又转向郭岩，指尖几乎顶到了他的鼻子上："我告诉你，小王八蛋，我一定会把你送进去，让你永世不得翻身！"

佟院长忍无可忍，大声喊道："你难道没有反思一下，为什么学生们都那么恨你，恨这个学校，恨不得烧了才好？"

"这与你无关！"艾名博彻底失控了，"你没有资格质疑我的办学理念，没有！"

"好，我明白了。"顾蓝面色平静，"你说得对。"

双方剑拔弩张，方木不便插嘴，只能一言不发地坐在旁边。

这时，一个身着制服的警察匆匆走了进来，把一张纸递给了肇德军。肇德军看罢，脸上的神情有了变化。随即，他清清嗓子，摆摆手："这样，安排你们今天见面，互相交换一下看法。不过，估计你们都不太冷静。改天再研究吧——郭岩，你先回福利院吧。"

艾名博又暴跳起来："什么？你们要放他走？"

"他不到十四周岁！我们没有权力对他采取强制措施！"肇德军提高了声音，同时把那张纸甩给艾名博，"而且，我觉得你还有件事要操心！"

艾名博莫名其妙地拿起那张纸，只看了几行字，脸色就变了。

"这不可能啊。"他的手颤抖起来，那张纸哗啦作响，"她……她怎么会……"

"这是一份案情通报——今天凌晨，有一辆宝马车撞在了二环桥的护栏上。女性驾驶员弃车而逃。"肇德军面沉如水，"经过号牌对比，这辆车登记在你的女儿艾雯名下。在她的车里，我们发现半瓶喝剩的红酒，现在依法要对她进行血检。如果证实她在取保候审期间醉酒驾车，我们会对她提请逮捕。"

"这绝对不可能！"艾名博双眼血红，把那张案情通报扔在桌面上，"我女儿一直老老实实待在家里！"

"跟我去看看监控录像就清楚了。"肇德军摊开手，"两件事，你先处理哪一个？"

夏天突然开口说道："很好。这很好。"

艾名博狠狠地看向他，气喘如牛，十几秒钟后，他突然迈开步子，向门外冲去。

肇德军长出了一口气，转向顾蓝等人："先把孩子带回去吧，保证他随传随到就行。"

众人纷纷起身。郭岩眼巴巴地看着佟院长。夏天笑骂道："你个臭小子，还愣着干吗？走啊，等着顾妈妈把你的屁股揍烂吧！"

少年倔强的伪装终于被卸下。他哇的一声哭出来，站起来，绕过桌子扑向佟院长。

顾蓝走到方木面前，微微一笑："赵大姐找你过来的？"

"是。"方木点点头，"会赔偿很多钱吗？"

"让艾校长去算吧，大不了去法院起诉。"顾蓝神色轻松，"赵大姐让你来帮郭岩说情？"

"这个……"方木有些尴尬地抓抓头发，"我也不知道能帮上什么忙。"

"不用你帮忙。"顾蓝耸耸肩膀，"孩子没事就行。赔偿之类的是小问题。"

她停顿了一下，眯起眼睛："你是方正之木，别掺和这个。"

第二十四章 · 哑巴孤儿

"我说，你这老头儿怎么这么犟呢？"姜玉淑大声叫起来，"我跟你说了多少遍了！社会捐助！"

"行，我信是社会捐助。"顾浩盘腿坐在病床上，面色平静，"我不去。"

姜玉淑扬起双手，挥舞了几下，最后拍在床头上。

"我是没办法了。你比日本鬼子都顽固。"姜玉淑向一直站在旁边的郐伟摆摆手，"你劝吧，我整不了他。"

郐伟沉吟半晌，居然点点头："就按您老的想法办。"

"就是嘛。"顾浩嘿嘿地笑起来，"要相信国内的医疗水平嘛。再说我都快八十的人了，浪费那钱干吗？"

"那咱们就按医院给出的方案来治疗？"郐伟弯腰看向顾浩，"您老点个头，我这就去安排。"

"去吧。"顾浩挥挥手，"我告诉你啊，我有钱，有医保，你别替我大包大揽的。"

"哎呀，你放心吧。"郐伟转身向门口走去，"我去找医生。"

刚一出门，姜玉淑就追了过来，心急火燎地拽住邰伟："大伟，你可不能听老头儿的。他那个倔脾气，会耽误事的。"

"我当然不能听他的。"邰伟压低声音，"我跟北京那个医疗公司联系过了。翻译病历、邮寄病理切片、预约医院和医生、办理签证什么的都需要时间。医疗公司也建议不要中断在国内的治疗。回头我把这边的治疗方案发过去，人家认为可行，就先给老头儿治着。手续办完了，他去也得去，不去也得去。惹急了，把老头儿麻翻了也得给他送飞机上。"

姜玉淑想笑又觉得不妥："行，阿姨心里也没谱，听你的吧。"

邰伟四处看了看："姜阿姨，这事跟姜庭没关系，是吧？"

姜玉淑一怔，立刻变得吞吞吐吐："我女儿就在北京啊……捎带脚的事……她还总跑国外……"

"阿姨，我是警察，你跟我撒谎是没有用的。"邰伟叹了口气，"到底是谁？"

姜玉淑的脸色发白："大伟，我答应人家不能说的，你别为难阿姨。"

"是那个'人鱼'吧？"邰伟还不甘心，"她跟你见面了，还是打电话给你？"

"大伟……"姜玉淑几乎哀求道，"阿姨真不能说。"

说罢，她就逃也似的跑回了病房。邰伟站在原地，摇摇头，刚一转身，就看到方木和米楠沿着走廊匆匆而至。

"你干吗呢？"方木把沉重的水果篮换到另一只手上，"顾大爷怎么样了？"

"在病房里躺着呢，精神还不错。"邰伟显得意兴阑珊，"你们今天没有任务？"

"忙里偷闲。"方木看看他的脸色，把水果篮递给米楠，"你先去，我跟他聊几句。"

米楠心领神会，应了一声就直奔病房而去。

两个人并肩坐在走廊里的长椅上。方木小心翼翼地问道："病情恶化了？"

"那倒没有。"邰伟搓搓脸，"那个'人鱼'来找老顾了。"

"啊？"方木一惊，下意识地四处张望着，"什么时候？"

"就这几天。"邰伟撇撇嘴，"她对老头儿的情况了如指掌，还第一时间就去联系让老头儿出国治病。"

"还真是有情有义。"方木沉默了几秒钟，"留下什么线索没有？"

"姜阿姨和老头儿都不跟我说实话。"邰伟摇摇头，"医疗公司只知道是个女的。"

"她怎么找到老顾的？"

邰伟从衣袋里掏出一张折成方块的纸："我从老头儿的枕头底下偷来的。"

方木将纸展开，先仔细浏览了两个少女牵手飞奔的图画，又看了看下面的文字。

"这大概就是姜玉淑的女儿帮助苏琳逃跑的场景。"方木感叹道，"这寻人启事……很高明啊。"

"老头儿鸡贼着呢。"邰伟苦笑，"这是他们俩之间的秘密——既能让'人鱼'准确地接收到信息，又让旁人摸不着头脑——这是防着咱们呢。"

方木叹了口气："让老顾交出日记，怕是痴心妄想了。"

"你们那边怎么样？"邰伟抓抓头发，"因为老头儿的事，我最近都没帮忙。"

"在包尚义的姐姐那里有一些进展。我们怀疑她也移植了那个供体的肾脏。"方木的面色凝重，"她同意配合去检验 DNA，入库对比一下的话，也许能帮助我们搞清那个供体的身份。"

"太好了。"邰伟的脸上却没有半点喜悦的神色，"如果可行，咱们就一步到位了。"

方木看他心不在焉的模样，想了想，还是试探着说道："肇支队那边知道我们手里还有线索，他可能有点误会了，咱们要不要……"

邰伟长叹一声，弯下腰，把脸埋在双掌之间。

沉默良久，他低声问道："你记不记得，我曾说过你不适合做警察？"

方木点点头："当然。你这句话，困扰了我很多年。"

邰伟仿佛在自言自语："怎么我混了这么多年，也这副德行了呢？"

他突然笑了笑："我不希望现在就抓住苏琳——做警察的，实在不该这么说，对吧？"

方木拍了拍他的肩膀："我明白。"

"老头儿现在这个情况，再有个风吹草动，他就完了。"邰伟低声说道，"肇支队那个脾气，知道'人鱼'这条线索，肯定对老头儿咬死不放——先硬挺着吧，回头我跟他解释。"

这时，米楠从病房里走出来，身后还跟着姜玉淑。两个人客客气气地互相道别。米楠向他们走来的时候，脸上还带着微笑。

她走到邰伟身边坐下，看到方木投来征询的目光，干脆利落地说道："没戏。顾大爷太精了，说话滴水不漏，什么也没打听出来。"

方木挑起眉毛："没事，意料之中。"

米楠摇摇头："我对这个'人鱼'真是越来越好奇。她就是顾大爷心尖上的人啊。"

邰伟从鼻子里哼了一声："没觉悟的老头儿，再加上一个……我是不是太自私了？"

"你也不必这么想，人之常情。"

"这样不好。"邰伟缓慢地摇头，"猎手不该对猎物有这种想法的。"

方木不说话，心中同样一声叹息。左右为难的，又何止你一个？

松山福利院。上午时分，大多数孩子都去上学了。院子里只有几个幼童在花圃间玩耍着。护工们或晾晒衣服，或坐在厨房门口择菜，彼此间轻声闲聊着。秋日暖阳中，气氛祥和又安静。

郭岩蹲在笼子前，把脚下的菜叶逐一送到笼子里的兔子嘴边。兔子舒舒服服地趴着，小嘴不停地嚅动着。郭岩既专注又耐心，目不转睛地看着菜叶一点点消失在兔子的嘴里。忽然，他感到自己的屁股被踢了一脚。郭岩趔趄了一下，回头看去——夏天板着脸站在他的身后。

"开始装听话小孩了？"夏天伸出手，在他的头上弹了一下，"平时揪人家耳朵玩，数你最能折腾它。"

郭岩正要回嘴，却看到他旁边的顾蓝，立刻低下头去。

顾蓝神色淡然："别给兔子喂太多，会撑坏它的。"

郭岩"嗯"了一声，顺从地站起来，在裤子上擦擦手："顾妈妈，我什么时候可以回去上学？"

"再等一段时间吧。"顾蓝犹豫了一下，"我去跟学校协调一下。"

郭岩恐慌起来："我是不是被开除了？"

夏天又踢了他一脚："现在知道害怕了？当初你放火的时候怎么想的？"

顾蓝笑了笑："没事，大不了转学。"

郭岩的脸色稍稍缓和了一些："那我……那我去帮阿姨扫地。"

说罢，他向顾蓝鞠了一躬，转身跑开了。

顾蓝看着他跑进三层小楼里，叹了口气："你别吓唬他。"

夏天的表情也放松下来："得让他长个教训，别以为随随便便就没事了。"

"是啊，怎么可能就没事了。"顾蓝仿佛在自言自语，"艾名博不会善罢甘休的。"

"他不想罢休，也得罢休。"夏天哼了一声，"艾雯并没有忏悔，是吧？"

顾蓝看向他。

夏天却把视线移向远处："酒后驾车。又是酒后驾车。"

顾蓝没有说话，双唇紧抿，眉毛也拧在一起。

"我说，"夏天踢开脚边的一块石子，"咱们彻底了断这件事情吧。"

顾蓝沉默了几秒钟："让我想想。"

"没什么可想的，本来就在我们的计划中。"夏天笑笑，"做完这件事，我们可以好好地生活在一起。而且，郭岩那档子破事也能解决了。"

他停顿了一下："艾名博自己也说过，罪魁祸首，必须要付出代价。"

"别说了！"顾蓝呈现出少有的心烦意乱的情绪，厉声打断了夏天，"我需要想想！"

夏天还要开口分辩，就听见福利院门口传来刹车的声音。他下意识地转过身，看到一对中年夫妇正从一辆沃尔沃越野车上下来，满脸焦急地打量着眼前的三层小楼。

赵大姐从一条晾得半干的床单后转出来："你们找谁？"

男人劈头就问："这里是松山福利院吧？"

赵大姐点点头："你们是……"

男人立刻瞪圆了眼睛："这里是不是有一个叫郭岩的小子？"

赵大姐一惊，承认也不是，不承认也不是，只好转身叫其他护工去找佟院长。

佟院长很快来到院子里，刚刚做了自我介绍，男人就急不可耐地表明了来意。

"你把郭岩叫出来，让他跟我们走一趟。"

"你们到底要干什么？"佟院长也慌了，"先把话说清楚。"

"我跟你没什么可说的！"男人粗暴地指着三层小楼，"你交不交人？不交我就自己去抓了！"

说罢，他不由佟院长分说，推开她就要往小楼里冲。刚迈出两步，他就感到眼前一黑——另一个人挡在了他的身前。紧接着，男人被对方当胸推开。他还要上去撕扯，胸口却传来一阵钝痛，仿佛刚刚被铁棍杵过一般。

夏天抬起手，戳向男人的脸："有话好说，别比比画画的。"

同行的女人见状，急忙上来打圆场："我们就是来找郭岩去作个证，没别的想法。"

"作证？"顾蓝慢慢地走过来，"你们是谁？"

"我叫陈姝,是田玥的妈妈。"女人的表情很紧张,"他叫田乃文,是田玥的爸爸。"

"田玥。"顾蓝挑起眉毛,"哦,是郭岩救出来的那个女孩吧?"

"救出来?"田乃文顿时怒不可遏,"这小子是他妈诱拐了我女儿!"

"请注意你的措辞。"顾蓝依旧面色平静,"郭岩是做了错事,但是,他是为了你的女儿。"

"谁他妈让他去的?"田乃文的脸涨得通红,双手疯狂地挥舞着,"我女儿的学上得好好的,他凭什么去放了一把火,又把她带走?"

这时,郭岩也闻声走到了小楼门口,呆呆地看着他们。

田乃文看到他,顿时火冒三丈,快步冲了过去,一把拽住郭岩的衣领,大吼道:"走,你跟我走!"

郭岩被吓了一跳,本能地打掉他的手,顺势躲在了跑过来的夏天身后。

夏天的脸色阴沉下来:"田先生,你再动手动脚,我就对你不客气了。"

田乃文对夏天的身手颇为忌惮,不敢再动粗,只得指着郭岩破口大骂:"你个小王八犊子,都是你坑了我们家田玥!"

"既然你们来了,那咱们正好借着这个机会把话说清楚。"顾蓝一字一顿地说道,"究竟是谁有错在先?"

"这他妈还用说吗?"田乃文嚷了起来,"我们管教自己的女儿,送她去特训学校,这个小王八犊子凭什么来捣乱?"

顾蓝直视着他的眼睛:"我再提醒你一次,注意你的措辞!"

田乃文意识到这个女人也不好惹,虽然表情凶狠依旧,语气却软了很多:"我们……我们花了那么多钱,找了个能好好管教女儿的地方,原以为能让这孩子走上正路。可是,这小子不停地去勾搭她。不知道他说了什么花言巧语,居然能让我女儿动了逃跑的心思……"

"不是这样的!"郭岩忍无可忍,从夏天身后挣脱出来,"他们对待田玥像对犯人一样！打她、剃掉她的头发，还电击她！"

田乃文一愣，脸色青一阵红一阵，嘴上还兀自强硬："她是个问题少女！不采取点强硬手段，怎么改掉她那一身坏毛病！人家……"

顾蓝皱起眉头，打断了他的话："你认为你的女儿是个问题少女？"

陈姝急忙说道："这孩子很难管教的，在家里对我们也不礼貌，动不动就……"

"所以她就该被关在那样的地方？"顾蓝的问题接连抛出来，"所以她就该被打、被剪掉头发、挨电击？"

陈姝张口结舌，随即就哽咽起来："我们也不了解情况啊，学校当初说得好好的……"

"你说谎！"郭岩的眼中盈满了泪水，"我去告诉你们了，让你们去把田玥接回来。可是，你们急着出去旅行，根本不理我！"

他呜呜地哭起来："田玥是我的朋友，我不能眼睁睁地看着她在特训学校里受罪。"

田乃文看了看同样哭泣的妻子，泄了气，一言不发地站着。

院子里暂时陷入了寂静，不明就里的护工们远远地看着。几个孩子从窗户里探出脑袋，好奇地向楼下张望着。

沉默良久，顾蓝缓缓地开口说道："所以说，你们并非不知道田玥在学校里的景况。"她停顿了一下，"但是，你们不想失去暂时摆脱她的喜悦，选择了自欺欺人？"

陈姝拼命摇头："我们希望她好，希望她能变成一个有教养、懂礼貌、努力学习的孩子。"

"你们把她送到那种地方，就可以心安理得地认为自己尽到了为人父母的责任。"顾蓝继续说道，"不管她遭遇了什么，你们都认为这是她应该承受的，这是为她好？"

"那我们怎么办？"田乃文又吼起来，"总得有人管着她吧？我们没办法，只能请别人去做——这有什么错？"

"你为什么要管着她，而不是去爱她呢？"

顾蓝向小楼努努嘴："这里的大多数孩子都是被遗弃的，但是他们比田玥幸福。至少，他们不会挨打、挨饿，不会被剃成光头，不会有人用电棍来对付他们。"

郭岩忽然大喊一声："田玥说，我们福利院的馅饼是她吃过的最好吃的东西！"

田乃文喘着粗气，目光变得茫然。

顾蓝摇摇头："你们不配做父母。回去吧，我不会让郭岩跟你们走的。"

陈姝哭得更厉害，上前去拉顾蓝的手："你说得都对……但是，现在只有郭岩能救田玥了。"

顾蓝皱起眉头："什么？"

陈姝说不出话来。田乃文叹了口气："艾校长咬住这几个孩子不放。放火烧教工宿舍那个孩子已经被刑事拘留了。其余几个……"

他看了看一脸震惊的郭岩："包括田玥——艾校长放出话来，即使不能抓他们去坐牢，也要送他们去收容教养三年。"

顾蓝的脸抽动了一下："所以呢？"

田乃文有气无力地抬起一只手，指向郭岩："我想让他给田玥作个证，证明田玥和放火这件事毫无关联，既没有策划，也没有主动参与。"

佟院长终于忍无可忍："那我们的孩子呢？他怎么办？"

"我们可以给郭岩补偿。"田乃文低下头，不敢看她，声音也越来越小，"艾校长要你们赔偿的那一部分，我们可以……"

"我知道了。"顾蓝忽然眯起眼睛，"你们走吧。"

田乃文的身子一抖，语气中带了哀求的味道："只要郭岩证明一下就行……"

"你们走吧。"顾蓝的语气斩钉截铁，"我不同意。"

佟院长同样坚决："我也不同意！"

田乃文还要开口，就被夏天拽住衣领，推搡到越野车旁边。

"马上走！"

夫妇俩无奈，先后上了车。陈姝坐在副驾驶座上，掩面哭泣。田乃文握着方向盘，久久地凝视着他们，目光幽怨。几分钟后，他似乎骂了一句，倒车驶出院子，绝尘而去。

郭岩一直目送他们离开福利院，神色复杂。佟院长把他带进小楼，挥手招呼其他护工："都别看热闹了，准备午饭吧。"

转眼间，院子里只剩下顾蓝和夏天。女人默默地站了一会儿，慢慢地向兔笼走去。夏天跟在她身后，压低了声音："这个艾名博有点欺人太甚了。"他向左右看看，"我刚才跟你说的事情——怎么样？"

顾蓝蹲下身子，久久地看着笼子里的兔子。毛茸茸的小家伙翕动着鼻翼，热切地凑过来。

"了结他，一劳永逸。"夏天看着她的脸色，"郭岩也能保住了，你说呢？"

"我说过了。"顾蓝头也不抬地说道，"让我想想。"

夏天讨了个没趣，悻悻地说道："行。不过，别太久，我能等，艾名博可等不了。"

随即，他把手插在衣袋里，晃回到院子里。

顾蓝捡起地上的菜叶，塞进笼子里。小兔子急不可待地张口咬住，快速咀嚼起来。

肇德军把手里的检验报告扔在桌子上，抬起眼皮，看了看一脸平静的艾名博，又看了看低着头、神情紧张的艾雯。

"血液里酒精含量为零。"

艾名博摊开手："那就是没事了？"

肇德军似乎对他的态度并不意外。毕竟是案发后近七个小时才给艾雯验血，这个结果早就在意料之中。

"嗯，我们不能认定艾雯涉嫌故意犯罪，继续取保候审。"肇德军点点头，"不过，她仍旧是交通肇事逃逸，移交给交警去办吧。"

"得嘞。"艾名博起身欲走，"我先把孩子送回去。"

"等等。"肇德军挥手喝止他们，却不说话，先点燃了一支烟。随即，他透过袅袅上升的烟雾，一言不发地盯着艾雯。女孩抬起头，遇到肇德军的目光，不由得抖了一下，又低下头。

"艾雯，昨天晚上，你到底喝没喝酒？"

艾名博抢在女儿前面答道："当然没有。她不可能喝酒后还开车。"

肇德军充耳不闻，视线始终集中在艾雯身上。

艾雯闭上眼睛，摇了摇头。

"那你怎么解释车里打开的酒瓶？"

"以前和朋友聚会时喝剩下的。"艾雯飞快地答道，"一直放在车里没动。"

"从视频监控里，能看到你的车开得歪歪扭扭。"

"心情不太好。"艾雯的回答同样流利，"走神了。撞坏了护栏，我很抱歉。我也愿意赔偿。"

"为什么没有马上报警？"

"害怕。"

肇德军沉默了一会儿："其实，你证明不了你当时没喝酒。"

艾名博立刻做出回应："你也证明不了她当时喝了酒。"

"呵呵。"肇德军笑了笑，"是啊。真是奇怪，对吧？"

艾名博站起来："我们可以走了吗？"

"当然。"肇德军点点头，"交警队会找你们。估计……"

他挑起眉毛："估计会对艾雯处以罚款，可以并处十五日以下行政拘留。"

艾名博脸上的肌肉抽动了一下："知道了。我要求对那几个孩子收容教养，这件事，也请你们尽快做出决定。"

肇德军盯着他，缓缓说道："你一定要这么做吗？"

艾名博的脸色阴沉下来："不可以吗？"

"可以。我只是觉得，你对如何处理那几个孩子太过关注了。"肇德军停顿了一下，"你难道没有意识到，这么多诡异的事情发生在你的女儿身上——你不觉得奇怪吗？"

艾名博的脸色一下子变得惨白。几秒钟后，他定定神，勉强挤出一个笑容：

"是啊，真奇怪。"

驱车回家的路上，艾名博一直在用蓝牙耳机打电话，托了几个关系，又再三保证会全额赔偿被撞坏的护栏。安排妥当后，他的神色稍有缓和，只是再不肯开口说话，沉默着回到自家的车库。

一下车，艾雯就飞快地向门口跑去。熟料，刚迈出两步，就被艾名博一把拽住了胳膊。艾雯尖叫起来。然而，艾名博丝毫不为所动，硬生生把女儿拖进了屋子里。

妻子闻声出来，看见面色铁青的艾名博，也不敢上前阻拦，只能眼睁睁看着他拖着不停挣扎、踢打的艾雯一路进了二楼的卧室。

锁好房门，艾名博把女儿推搡到床上，自己拉过一把椅子坐在床边，先喘了一阵粗气。艾雯缩在角落里，双手抱膝，满脸惊恐地看着父亲。

艾名博好不容易让气息平复下来，又咳嗽了几声，开口问道："怎么回事？"

艾雯只是瞪大眼睛，一言不发。

"我问你怎么回事！"艾名博的声音低哑，却透出凶狠的味道，"你为什么要偷跑出去？"

"我……我在家憋得太难受了。"艾雯几乎把身体缩成了一团，"就……就出去散散心。"

"为什么要开车出去？"艾名博逼近女儿，双眼中几乎要滴出血来，"为什么要开那辆车出去？"

"我就是想……兜兜风。"

"兜风？你知不知道外面有多危险？你知不知道我为了保住你的命费了多少心思？"艾名博怒火中烧，"你还想给我惹多少麻烦？"

艾雯低下头，全身都在颤抖着。

"还有，你到底喝酒了没有？"

艾雯张张嘴巴，把"没有"两个字吞了下去："喝了。"

"酒从哪里来的？"

"在外面买的。"

"你喝了多少？"

"半……半瓶。"

艾名博的牙齿咬得咯吱作响，死死地盯着瑟瑟发抖的女儿："你说的都是实话？"

埋在膝盖中间的头点了点。

艾名博握紧双拳，重重地砸在床边的书桌上。

"为什么、你、一点、都没有、吸取教训！"

仿佛从胸腔中喷涌而出的吼声在卧室里回荡着。艾雯吓得捂住耳朵，整个人几乎要折成两截。

艾名博仍旧觉得不解气。他一把抓起床边的手机充电线，没头没脑地向女儿身上抽打过去。

艾雯又惨叫起来，拼命地揪起被子护在自己身上。然而，手背和小臂上还是出现了条条血痕。

艾名博毫不手软，直至打到自己也没了力气，这才丢掉充电线，跌坐在椅子上，大口喘息着。

艾雯急忙钻到被子下，呜呜地哭起来。

良久，艾名博艰难地开口，喉咙里已经有了血腥味。

"艾雯，你闯了祸，我拼命给你善后，保护你。没办法，因为我是你爸爸。"他费力地咽了口唾沫，"我以为你是个懂事的孩子，我以为你不会再犯同样的错误……"

艾名博突然哽咽起来："可是，我错了。你一而再，再而三地违背我的命令。我曾经跟你说过，你再偷跑出去，我就打断你的腿。我不会的。我放弃了，行不行？"

他的语气变得悲怆："你不珍惜自己的生命。好吧，那就别珍惜了。你想死就死吧，我拦不住你。一起死吧，好不好？我和妈妈都陪你死，好不好？"

被子下的艾雯放声大哭。

正午的阳光炽热。此时，小区里的人大多外出上班，每栋小楼里都是一片寂静。因此，虽然女孩的哭声响亮又凄惨，却没有人听到。其中，就包括斜对面那栋洋房五楼里的男人。

郑松林听不到，却能通过望远镜看到艾名博责打艾雯的整个过程。然而，他并不觉得畅快。相反，他握住望远镜的手捏得越来越紧，直至指头痉挛，直至骨节发白。

经过不懈努力，滕法医终于从包尚宏体内分离并提取出了供体的DNA。经入库对比，供体的DNA所检遗传标记与一在库人员符合遗传规律，亲权指数达99.76%。

经调查，该在库人员系女性，二十七岁，因犯诈骗罪被判处有期徒刑四年，目前在黑龙江省某女子监狱服刑。

方木和米楠坐在会见室里，一起翻看着黄娜的卷宗资料。别看她年龄不大，个人经历可谓"丰富多彩"。黄娜是黑龙江省七台河市人，初中辍学，在本地一家饭店当了一年服务员后主动离职，开始混迹社会。2002 年，黄娜因盗窃被处以治安拘留十天的处罚；2003 年，黄娜又因寻衅滋事罪被判处有期徒刑一年，缓刑两年；2006 年，黄娜开始沾染毒品；2007 年，黄娜被送强制戒毒两年；2009 年之后，又先后多次因涉毒违法行为被处以治安拘留。2011 年，黄娜因犯诈骗罪被七台河市新兴区人民法院判处有期徒刑四年。

"这姑娘，也不是个安分守己的主儿啊。"方木感叹道，"年纪轻轻的，犯过的事可真不少。"

"我们得谢谢她不安分守己。"米楠合上卷宗，"否则我们也没法和那个供体建立联系。"

说到这个，方木的脸色阴沉下去。按照老滕的说法，供体系女性，而且黄娜大概率与供体是母女亲缘关系。但是，黄娜目前身陷囹圄。方木此前的"母亲复仇"的思路不攻自破。这让他十分郁闷，甚至开始怀疑自己从一开始就把专案组带错了方向。

米楠倒是不以为意："至少我们知道了供体的性别和身世，这就是大突破。"

"或许移植给包尚宏的肾脏和眼角膜、肝脏根本就不属于同一人。"方木哼了一声，"你还不如说这个来安慰我。"

"我并不想安慰你。"米楠的语气平静，"有那自怨自艾的工夫，不如想想黄娜的女儿怎么会和'人鱼'扯上关系。"

"还人什么鱼啊。"方木面色沮丧，"搞不好都是我们的胡思乱想，一厢情愿。"

"不。"米楠摇摇头，"我相信你。"

方木的心里一动。这时，会见室的门开了。一个女管教带着一个留着齐耳短发，穿着囚服的年轻女子走了进来。

黄娜看上去比实际年龄要苍老得多。长期吸食毒品已经不可逆转地摧毁了她的容貌和健康。尽管她比卷宗上的照片要胖一些，然而，她的气色依旧是消沉且灰暗的。当她坐在方木和米楠对面的时候，腐败的气息仿佛从身体里散发出来。

她带着服刑人员惯有的姿态规规矩矩地坐着。然而，方木发现她一直在偷偷地打量着他和米楠，表情也很不安。

米楠先开口了："你叫黄娜吧？"

黄娜点点头："是。"

"我们是 S 市公安局的。"米楠拿出记事本和笔，"这次来找你，是希望你配合一起案件的调查。"

黄娜显得更加紧张，扭动了一下身体，试探着问道："什么事？"

"你是家中独女，对吧？"

"对。"

"有没有生育过？"

"嗯？"黄娜眨眨眼睛，"什么？"

站在后面的女管教不耐烦地说道："问你生没生过孩子。"

黄娜转过身，讨好地对她笑笑。

"生过。"

"在哪里出生的？"

"七台河市妇幼保健院。"

"哪一年生的？"

黄娜想了一会儿："2006 年吧，夏天的时候。"

"具体点。"

"七月份，具体日期我记不清了。"

米楠抬起头："你不记得孩子的出生日期？"

黄娜低头不语。

米楠又继续问道:"男孩还是女孩?"

"女孩。"

方木坐直了身体:"孩子现在在哪里?"

黄娜忽然露出一抹苦笑,伸出一只手向上指了指。

方木看着她:"什么意思?"

女管教又大吼一声:"你好好回答问题!"

黄娜抖了一下,低声答道:"孩子一岁多就死了。"

方木吃惊不小:"死了?"

"嗯。"黄娜号哭起来,眼角却干干的,一丝泪痕都没有,"我那会儿吸毒,对孩子有影响,生下来就有心脏病。"

方木眯起眼睛:"后来呢?"

"火化了。"黄娜擦着鼻子,"就在七台河市殡仪馆。"

米楠想了想:"关于这个孩子,你还有什么要补充的吗?"

黄娜摇摇头:"没有了。"

米楠一字一顿地说道:"如果你说谎,要承担法律责任,明白吗?"

"明白。"黄娜连连点头,"政府,我不敢撒谎。"

紧接着,她看看方木和米楠,小心翼翼地问道:"你们……为什么问这个孩子的事情?"

米楠叹了口气,揉了揉太阳穴,向女管教挥手:"把她带回去吧。"

走出女子监狱的大门,方木和米楠上了车,一时间无话。方木打开车窗,转身问道:"你怎么看?"

米楠把手肘支在车门上,专心致志地咬着指甲。片刻之后,她摇摇头:"黄娜有可能在说谎。"

"没错。"方木也赞同,"如果真如她所说,孩子在2007年就夭折了,那么包尚宏体内的那颗肾就不可能是她的。"

"黄娜在2006年开始吸毒，这将会极大地增加她的日常支出。"米楠若有所思，"她本来就是一个对孩子完全不关心的人，甚至连出生日期都记不住……"

她看向方木："她会不会把那个孩子卖掉，筹措毒资了？"

"可能性不大。"方木撇撇嘴，"否则，她大可以说把孩子的尸体扔了、烧了、随便埋在什么地方。这样我们很难去查证——她完全没必要提到七台河市殡仪馆。"

"既然她提到了，那不就简单了。"米楠把安全带系好，语气轻松，"咱们去七台河市殡仪馆核实一下不就得了。"

方木在手机导航上查询了一下两地距离，大约四百六十多公里。他不敢再耽搁时间，在路边的超市里买了一些饼干、面包、火腿肠和水，匆匆上路。

两个人有一搭没一搭地聊着案子，驶入高速公路之后，车外的景致变得单调又乏味。方木和米楠之间也没了话题。实际上，除了工作，无论他们谈起什么，都会是非常尴尬的局面。沉默了十几分钟之后，方木说道："还有四个小时车程呢，要不你先休息一下吧。"

米楠"嗯"了一声，把一瓶水拧开，放在茶杯座里。随即，她放低座椅，闭上眼睛。

方木暗自松了口气，握住方向盘，专心致志开车。

说是专心，他的脑子里却一直萦绕着身边看似熟睡的女人。上一次和她这样在公路上飞驰，还是在"城市之光"一案中调查江亚的底细。那时候，他还有十根手指；那时候，她还不曾知道离别的滋味。

方木转过头看着她。米楠把衣服裹在身上，微微侧脸，头发别在耳后，露出光洁的面颊。不过，细细看去，她的眼角已经有了些许纹路。

这么多年了。

两个人重新出现在对方的生活中之后，似乎有一只无形的手抹去了那段空白的时光。但是，方木很清楚，裂痕就是裂痕。就像那截断掉的手指，它将愈合成疤，却无论如何不会恢复如初。它会痒，会痛，会在风雨前夕默默地提醒他：曾有撕心裂肺，曾有刻骨铭心。

方木又想起老顾讲过的"逃城"。神给了机会，也给了煎熬。如果不能真心改过，你就永远不能离开逃城。

那高高的城墙就在那里，那盈满的恨意就在那里。方木不知道自己是否做好了准备，不知道等待自己的，是洞开的城门，还是最后的审判。

她说过会亲手杀了自己，这不是玩笑。如果米楠真的在心里判了方木死刑，那么，逃城将永不打开。

米楠翻了个身，吸吸鼻子，把衣服裹得更紧。方木从后视镜里看看后座上的一条薄毯，一手扶住方向盘，竭力向后伸出手去。

忽然，米楠冷冷地说道："好好开车。"

方木一惊，急忙坐正身体。几秒钟后，他用余光偷偷地瞟向米楠。女人双眼微睁，似乎白了他一眼之后，重新闭合。

这若有似无的一瞥，却让方木心情大好。他定定神，看着前方似乎没有尽头的高速公路，用力踩下油门。

四个小时后，二人抵达七台河市殡仪馆，直奔殡葬服务中心。向工作人员出示了证件，又表明来意后，对方很痛快地表示愿意配合。经过查询火化记录，2007 年 10 月，的确有一名因病早夭的女性幼儿在殡仪馆火化。死者名叫黄萌萌，在殡仪馆登记的丧属姓名正是黄娜。

一直冷静泰然的米楠也免不了大失所望。她一路沉默着回到车上，又咬了半天指甲。

"难道黄娜没有说谎？可是包尚宏体内那颗肾怎么解释呢？"

方木没有回话，在手机导航上操作着。

"要回去吗？"米楠有些泄气，"行吧，再想办法。"

"不，去七台河市妇幼保健院。"方木发动了汽车，"黄娜只是在这一部分没有说谎。"

米楠瞪大了眼睛："这一部分？"

赶到七台河市妇幼保健院的时候，已经临近下班时间。尽管很不情愿，医务科的一名工作人员还是起身去了档案室。再回来的时候，她的神情已经显得很不耐烦。

"喏，这是那个孩子的出生记录。"女工作人员把出生记录复印件扔在桌面上，"2006 年 7 月 19 日，有先天性心脏病，妈妈叫黄娜，对不对？"

方木细细查看着出生记录，发现父亲一栏是空白的。

"孩子的爸爸没来吗？"

"没填。"女工作人员撇撇嘴，"估计是未婚先孕。"

米楠唉了一声，失去了对出生记录的兴趣："从死到生，轨迹完整。此路不通。"

方木依旧面不改色，看完出生记录后，又对女工作人员说道："能不能麻烦您再查一下——这个黄娜还有没有在保健院的生育记录？"

女工作人员挑起眉毛："什么？"

这时，另一个男工作人员推门而入，手里还拿着几张纸。

"姐，黄娜还有另一份记录，你要的是哪个？"

女工作人员满脸惊讶。方木平静地点点头："看来不用您再跑一趟了。"

米楠坐在副驾驶座上，一边翻看着出生记录，一边兴奋地说道："我怎么就没想到呢？两个嘛！DNA 不会骗人的！"

方木笑笑："你还记得吗？我们会见黄娜的时候，她问了一句：'你们为什么问这个孩子的事情？'"

"'这个'！"米楠一挥手，"我都没注意。"

"黄娜的第一个孩子也是女孩，出生于 2003 年 4 月 22 日。"方木继续说道，"当时她还不到十八岁，应该同样是未婚生女。"

"那么，这个女孩，才是供体。"米楠的兴奋劲儿稍有收敛，"她也不过才十岁。"

"对。"方木也面色凝重，"我们得搞清楚这个孩子的下落，然后就知道谁是她的关系密切人了。"

他看看手表："现在已经过了会见时间了，我们要不要歇一晚再去？"

"不。现在就回女子监狱。"米楠的态度坚决，"我一分钟都等不了。"

重返女子监狱已经是晚上九点多。虽然已经不在会见时间内，但是在米楠的坚持下，监狱方最终同意再安排一次会见。

对于去而复返的他们，黄娜表现得非常紧张。方木也不跟她兜圈子，直接把那份出生证明摆在了她面前。

黄娜只扫了一眼，脸色就变得惨白。随即，她抬头看向方木和米楠，目光中疑惑大于惊慌。

方木问道："黄娜，这个孩子在哪里？"

黄娜却反问道："她怎么了？"

"你回答问题。"

黄娜直勾勾地看着他。方木一言不发地和她对视着。几秒钟后，黄娜移开视线：

"送人了。"

方木皱起眉头："送给谁了？"

"不知道。"黄娜低下头，搓弄着衣角，"我当时年龄小，养不了，让我妈送人了。"

"黄娜，你妈妈还健在。"方木的语速缓慢，警告的意味满满，"我们可以去调查核实，这只是时间的问题。但是，我们一定要搞清楚这个孩子的下落，你明白吗？"

黄娜扭过头，抿起嘴，看上去更加慌乱。

米楠沉声问道："你把孩子卖了？"

"没有！"黄娜立刻否认，眼睛里泪光闪现，"我是不学好，但是也不至于那么狠心！"

方木想了想，又问道："孩子什么时候送人的？"

"不到两个月。"黄娜擦擦眼泪，"我确实没办法。"

方木笑了笑："黄娜，遗弃罪的法定最高刑期是五年，追诉时效是五年。"

黄娜眨眨眼睛："什么？"

"我的意思是，你现在承认遗弃孩子也没问题。"方木摊开手，"已经过去十年了，司法机关不会追究你。"

黄娜又看向米楠。米楠点点头："他没有骗你。"

黄娜咬咬嘴唇，犹豫了一会儿，低声说道："我还有两年刑期，我不想再加刑……"

"你放心。"米楠打开笔记本，"说吧。"

黄娜叹了口气："我那会儿才十七。怎么说呢，啥也不懂，男人说几句好听的，带我吃几顿好的，我就觉得是爱情了。后来，就有了孩子了。我慌得要死，我自己还是个孩子呢，根本不知道该怎么当一个母亲。"

米楠问道："为什么会选择把孩子生下来？"

"孩子她爸说要娶我的。我心想也行，虽然因为年龄小，领不了证，但是先成家吧，毕竟连孩子都有了。"黄娜苦笑一下，"当时我的肚子已经很大了，我去他工作的KTV找他，结果，发现他跟别的女人在一起。我气疯了，在KTV里乱砸了一通。后来，被定了个寻衅滋事罪，因为我怀着孩子，判了缓刑。"

"后来呢？"

"能给我一支烟吗？"

方木看看站在墙角的女管教，后者正听得入神，避开了他的视线。

方木抽出一支香烟递给黄娜，又帮她点燃。

黄娜深深地吸了一口烟，脸上迷醉的表情转瞬即逝。

"我心里有一股气。妈的，没有你，老娘就养不活孩子吗？"黄娜盯着眼前的烟气，目光渐渐失焦，"可是，他妈的，真的养不活。"

米楠立刻问道："什么意思？"

"孩子刚满月，我就觉得不对劲，她好像什么也听不见。"黄娜摇摇头，"抱她去医院做了检查。先天失聪。聋子。"

眼泪顺着她的脸颊流下来。黄娜抬手擦去，又在裤子上蹭蹭。

"我彻底绝望了。一点指望都没有了。"黄娜看着方木，"我才十七岁啊，要守着一个残疾孩子过一辈子吗？"

米楠一字一顿地说道："所以……"

"嗯。"黄娜拢拢头发，在指间捻动着烟头，"我带着她去了外地，下了火车之后，把她放在站前的椅子上。"

她突然抬起头来，捂住嘴哭起来："我看着警察把她抱走之后，我才离开。"

"哪里？"

"S市。S市北站。"黄娜闭上眼睛，"南广场。"

方木沉默了几秒钟，长出了一口气，示意米楠："走吧。"

米楠一言不发地收好笔记本，站了起来。

黄娜却急切地问道："她怎么了？"

方木向女管教点点头："麻烦您带她回去吧。"

女管教也面色戚然，上前拉起黄娜。黄娜却甩开了她的手，声嘶力竭地喊道：

"你们为什么要问这些，她到底怎么了？"

她的喉咙哽住了："我女儿，大女儿，叫黄晶晶……"

方木在门口转过身来，凝视着那张涕泪横流的脸：

"这已经不重要了。"

第二十五章 · 近在咫尺的光明

夏天把手指按在指纹识别器上，铁门内传来齿轮转动的声音，随即，咔嗒一声，门开了。他拎起脚边的购物袋，走到门厅里，先喊了一声"蓝蓝"。

室内毫无回应。夏天换好拖鞋，在各个房间巡查了一圈——家里空无一人。

不在家里。不在公司。手机不接。微信不回。

顾蓝就这样莫名其妙地消失了。

夏天在客厅里坐了一会儿，看了看墙上的挂钟。现在是下午六点钟——也许有应酬，也许去逛街了，也许就是想一个人待一会儿。

他打起精神，脱下外套，拎起购物袋去了厨房，乒乒乓乓地忙活了起来。

山药被去皮切段，排骨焯水，冷水下锅，水开后转小火。黄花鱼摘鳃刮鳞，去除内脏，裹上生粉后稍稍油煎一下，对入高汤，加调料。整株西蓝花切成小块，焯水备用。烤箱里的鸡翅翻个面，香味已经越来越浓郁。

夏天像一个居家男人一般，沉默且熟练地操作着。排骨汤煮好，新鲜的小白菜等待下锅。红烧黄花鱼也只剩下一点汤汁没有收干。他关掉燃气，解掉围裙，回到客厅里，边吸烟边给顾蓝又打了一个电话。

依旧没有接听。他再次看向挂钟，七点多了。夏天打开电视，面无表情地看着新闻，不时留心着门口的动静。

天气预报。整个北方即将进入秋季。气温骤降。

夏天却觉得烦躁起来。他绕着客厅走了几圈，又抽了一根烟，最后赌气般钻进厨房。十几分钟后，三菜一汤已经摆在餐桌上。他从冰箱里拿出啤酒，看着冰凉的罐体上渐渐浮现出细密的水珠，浸湿了台布。

他拉开一罐啤酒，慢慢地喝起来，其间，他几次拿起筷子，又放下。几罐啤酒下肚，桌上的菜肴分毫未动，烟灰缸里多了几根扭曲的烟蒂。

时钟指向晚上九点。夏天感到恼火又委屈。自从特训学校被烧掉之后，顾蓝似乎又恢复了过去焦灼、严厉的模样。那充满激情和希望的一夜，仿佛只是做到一半的美梦。寻常又令人心生向往的生活，刚刚拉开帷幕就匆匆结束了。就像一个飘到眼前的肥皂泡，还没来得及去分辨其中绚丽的颜色，就啪的一声碎掉了。

夏天很不甘心。尽管他已经习惯于在黑暗中拼杀前行，但是，为什么要让他瞥见那闪着微光的出口？这一点点火，足以点燃他的整个躯体了。

他竭力想去证明那不是一场梦。是的，安稳与幸福就在前方，触手可及。然而，就像满桌冷掉的菜肴一般，他和她的憧憬，终究只是幻想。

酒气渐渐上涌，小腹鼓胀。夏天摇晃着站起来，想去洗手间里痛痛快快地释放一番。刚迈出两步，他就听到门锁"咔嗒"一声，顾蓝跌跌撞撞地扑了进来。

抬头看见夏天，顾蓝并不觉得意外，只是向他挥了挥手，算是打过招呼。随即，她甩掉挎包，蹬掉鞋子，捂住嘴冲向洗手间。

夏天急忙尾随而去。顾蓝跪在坐便器前面，呕吐物从她嘴里喷射而出。同时，混合着酒气、胃酸和食物残渣的味道蒸腾而起。顾蓝有气无力地扶着坐便器，一只手在身后摆动着："出去！出去！"

夏天很了解她，知道她不愿意让任何人看到自己狼狈不堪的模样。他顺从地退了出去，倒了一杯温水，坐在餐桌前等着她。

过了好一会儿，顾蓝才打开门出来。她的脸色苍白，额头和面庞都湿漉漉的，耳边的头发上还带着水珠。她脱掉风衣，扔在沙发上，挪到餐桌前沉重地坐下，不停地喘着粗气。

夏天把水杯推了过去。顾蓝拿起杯子，浅浅地抿了一口，双手扶额，每一次呼吸都散发着浓重的酒气。

"舒服点了吗？"夏天低声问道，"要不要喝点排骨汤？"

"不要。"顾蓝缓慢地摇头，"还觉得恶心。"

"为什么喝了这么多酒？"夏天皱起眉头，"和谁？"

顾蓝没有回答，只是用力地搓动着额头。

"为什么不接我的电话？"

"不方便。"

"有什么不方便？"夏天强压怒火，"接我的电话都不行？"

顾蓝抬起眼皮："我在跟人家谈事情，不想被打扰。"

"什么事情？需要瞒着我的事情？"

话一出口，夏天也觉得好笑——他多么像一个猜忌的丈夫，正在逼问醉酒晚归的妻子。不过，这个念头让他的怒气消了大半。看着正被酒后不适折磨的顾蓝，内心的怜惜感更盛。

他站起身来："我去给你热一点牛奶。"

"不用。"顾蓝摇摇头，"你陪我坐一会儿就行。"

夏天默默地坐下。两个人在桌旁相对无言。良久，顾蓝长长地呼出一口气，勉强挤出一个笑容。

"让你担心了。"她看看满桌未动的菜肴，咧咧嘴，"可惜了。"

"没事。"夏天宽慰道，"热一热，一样吃的。"

"你还没吃饭吧？"

"不要紧。"夏天试探着问道，"今天晚上……"

"你这个好奇心啊。"顾蓝苦笑一下，"请宋书记吃饭。"

"嗯？"

顾蓝叹了口气："艾名博的确要求对郭岩收容教养，他不是在吓唬我们。"

夏天的心提了起来："公安那边怎么说？"

"收容教养在法律规定上也是模糊不清，适用的时候弹性很大。对于郭岩来讲，收还是不收都有余地。"顾蓝低声说道，"所以，我得想想办法。"

"事情办妥了？"

"老宋没明确答应我。"顾蓝摇摇头，"艾名博的关系网也不一般。"

夏天沉默了一会儿："郭岩捅了这么大的娄子，我也有责任。"

"现在就别说这个了。"顾蓝拢拢头发，"等着老宋回信吧，不行就给他加加码。"

夏天的脸色阴沉下来："老宋那个人，不只对钱有兴趣，你知道的……"

"嗯。"顾蓝撇撇嘴，"放心，我会保护好自己。"

她看着夏天，粲然一笑："我们这样的人，想好好活下去，太难了。"

夏天低下头，手指在桌面上轻轻叩动着。突然，他站起身来，抓起外套："你早点休息吧，我回去了。"

顾蓝有些诧异："你不留下来过夜？"

"不了。"夏天冲她笑笑，"咱们这样的人，也有权利好好活下去。"

说罢，他就走向门口。

时至深夜。夏天沿着小区的步道慢慢向外走去。气温很低，他却觉得血管内奔流不息，全身燥热。

我们这样的人，也有权利好好活下去。

夜空不甚晴朗。厚厚的云层遮住了月亮与星光，仿佛那面在他眼前合上的帷幕。但是，他瞥得见的那些光、那些温暖、那些充满希望的琐碎与繁忙，于他而言，值得去拼死一搏。

肇德军背靠在办公桌上，静静地看着眼前的白板上的人名、照片以及纵横交错的连线。

艾名博。艾雯。包尚义。包尚宏。郑松林。

姐弟二人与案件的关联已然厘清。艾名博和艾雯的身上一定还有秘密需要挖掘。涉嫌贩毒、酒驾，令人匪夷所思的事情连续发生在这个女孩身上——这绝对不是巧合。而且，这两件事似乎都分别起到了奇妙的效果。

在即将办理赴美签证的前一刻，一包来源不明的毒品，生生地拽住了艾雯的腿，把她留在了国内。而且，毒品的数量非常精确，刚刚超过了非法持有毒品罪的立案标准。这让艾雯既有作案嫌疑，又不至于完全失去人身自由。

在取保候审期间，艾雯又莫名其妙地涉嫌酒后驾车。而现有证据又无法证实她喝过现场发现的半瓶红酒。她同样会给办案机关留下这样的嫌疑，却无法据此撤销对她的强制措施，把她投入看守所羁押。

就这样，艾雯虽然惹下了不少乱子，却依然可以好好地待在家里。

涉毒这件事应该并非出自艾雯的意愿。但是，在酒驾这件事上，艾雯一定没有说实话。在肇德军看来，她更像是在某个人的指示之下完成了那次"交通肇事"。

他下意识地向身后望去。以往，那个只有九根手指的家伙会为他提供分析意见，至少会帮助他搞清楚艾雯的话究竟有多少是可信的。然而，他此刻奔波在另一条线索上——那个三十六岁的女人。

肇德军完全不知道方木和邰伟的线索来源是什么，更对他们的缄口不言非常恼火。所谓的"抢功"只是气话，也是激将法。但是邰伟依旧没有信息共享的意思。不过，肇德军已经隐隐发现某个出口，那里，同样会让他抵达共同的目标。

办公室的门忽然被推开，禁毒支队的老姜拿着几张纸走了进来。他看见正在冥思苦想的肇德军，无奈地笑了笑。

"换换脑子吧。"老姜把手里的纸扔在办公桌上，"你要的视频监控截图。不知道你们刑侦支队的为什么对我们禁毒支队的案子这么关心。"

肇德军伸展了一下四肢："那小姑娘的案子怎么样？"

"不怎么样。"老姜耸耸肩膀，"之前我们就排除了制造和贩卖毒品的可能性，就剩下一个非法持有毒品了。"

"进看守所的时候，不是给她抽过血了吗？"

"没错。"老姜拉过一把椅子坐下，"毒品外包装上没找到她的指纹，她也没有使用过毒品的迹象。所以……"

老姜摊开双手："她为什么要非法持有毒品？"

"是啊。"肇德军点点头，"所以你们也觉得她是被陷害的？"

"只能得出这个结论。"老姜指指办公桌上的纸，"我们还原了她当天的行动轨迹，最有可能被投入毒品的地方，就是她买水的那个便利店。"

肇德军拿起那几张纸。这是便利店里的视频监控录像截图。从角度来看，摄像头应该安装在柜台后侧上方，正对着便利店门口。在截图中，能看到一身裙装打扮的艾雯坐在便利店门口的塑料凳上，敞开的文件袋就放在脚边。她手里拿着未启封的水瓶，表情怅然若失。除她之外，便利店里简直可以用人满为患来形容。只有几平方米的店面里，足足站了七八个人。而且，从连续截图的情况来看，顾客的流动非常频繁。

"这么多人？"

"是啊。"老姜叹了口气，"领事馆门口那些便利店都是一专多能——复印、扫描、打字、寄存，有的还能拍证件照呢。"

他抬起手："我们数了一下，小姑娘在便利店里一共停留了七分十六秒，从她身边经过的人足足二十六个。"

"能确定是谁把毒品投进去的吗？"

"难。"老姜撇撇嘴，"摄像头的高度不到两米，人又多，有遮挡。小姑娘的文件袋是个敞口纸袋，扔个小东西进去用不着太明显的动作。"

肇德军逐张翻看着视频截图，忽然，在一个男子身上聚焦了视线。他把那张截图伸到老姜面前："他呢？"

老姜扫了一眼："他的确有嫌疑——有个细微的摆臂动作。"

肇德军立刻问道："能确定吗？"

"不能。"老姜摇摇头，"这种事，不摁住手腕子不会承认的，他说他在扔烟头都行。"

肇德军并不觉得意外："接下来打算怎么处理？"

"我们也在犹豫。"老姜抓抓头发，"按说我们没有证据，可以解除对她的取保候审。但是，我一直觉得蹊跷，总不会有人无缘无故地去陷害另一个人藏毒吧？所以，我打算再等等，万一有了别的线索也说不定。"

肇德军抿起嘴。老姜的分析没错，这并不是简单的陷害。

尽管那个男人戴了墨镜，肇德军仍然认出那是郑松林。

他的真实目的并非让艾雯身陷囹圄，或者败坏名誉，而是阻止她出境。但是，在看守所的体检结果已经证实艾雯并没有做过器官移植的手术。既然她和郑凯、王光彦并非"同类"，那么，郑松林让她做"饵"的意义何在呢？他为什么会笃定艾雯也会是凶手的目标呢？

老姜还在自顾自说着："这姑娘也真不是个善茬，前两天据说又涉嫌酒后驾车……"

是啊，这个若有似无的酒后驾车又有什么意义呢？莫非艾雯是在郑松林的指使之下？如果这种推测是正确的，她为什么会听从这个陷害了自己的人的摆布？

根据方木曾经的分析意见，郑凯用移植而来的眼睛去偷窥；王光彦换了肝之后依旧沉迷酒精——这是他们被杀的理由。那么，酒后驾车是否也是一张不合格的考卷？

肇德军兴奋起来。围绕在艾名博父女二人身上的疑点越来越多。他和她，也许才是所有谜团的答案。

艾雯轻轻地拉开门，立刻听到楼下的客厅里传来拉动玻璃门和穿拖鞋的声音。不用看，她就知道妈妈正如临大敌，提心吊胆地监视着她的房门。

她叹了口气，又把门关好，走到窗户前，静静地注视着窗外。

秋日已至。空气清凉，碧空如洗。小区里的树木开始落叶，自家楼下的花园也不例外。因为多日来疏于打理，那些贴附在泥土里的花茎、凋落的花瓣，以及大片卷曲的落叶，看上去甚是荒芜。

艾雯移开视线，向院子外张望着。斜对面那栋洋房的五楼窗户敞开了一半。不过，那个人不在，望远镜也收起来了。

她走回到床边，伸手从床垫下掏出一部手机，拨通了通讯录里唯一一个电话号码。

"汉堡王"餐厅里，年轻的女服务员拎着一个纸袋，快步走向坐在餐桌前、一脸颓唐的郑松林。

"先生，您的餐好了。"

郑松林刚要说"谢谢"，就听见桌面上的手机响了起来。他看了一眼屏幕，立刻站起身来，从服务员手中夺过纸袋，快步向餐厅外走去。

"怎么了？有情况？"

"没有。"艾雯的声音听起来怯生生的，"你没在我家附近。"

"我出来买点吃的。"郑松林边走边掏出车钥匙，"真的没情况？"

"真的没有。"艾雯停顿了一下，"潘晓怎么样了？"

"我昨天刚去医院看过。他妈妈还在 ICU 门口守着。"郑松林略略放下心来，打开车门，坐进驾驶室，把纸袋放在副驾驶座上，"她还在，就说明潘晓还活着。"

艾雯沉默了一会儿，一声隐隐的抽泣声传来。郑松林把手机放在驾驶台上，打开外放，把手伸进纸袋。

"希望他能挺过这一关，好好活下去。"

"会的。"郑松林大口咬着汉堡，嘴里含混不清，"不用担心。事情了结之后，他也能安心养病。"

"你在吃东西吗？"

"是啊。"郑松林拿出饮料，把吸管插进去，随口问道，"你吃了吗？"

"没有。"女孩的声音很低沉，"我吃不下。"

"去吃点吧。"郑松林拍落胸前的芝麻，"你现在保持良好的体力和状态很重要。"

听筒里传来一声轻轻的叹息："可是，你这么熬着，能对付他吗？"

"这个你放心。"郑松林哼了一声，"不把他大卸八块都算我输。"

"报仇，真的对你那么重要吗？"

"你说呢？"郑松林冷冷地说道，"我儿子现在还躺在殡仪馆里。此仇不报，我将来没脸下去见他。"

"杀了他，你会承担法律责任的。"

"嗯，我心里有数。"郑松林咬住吸管，喝了一大口冰可乐，"但是，不杀了他，我这下半辈子也过不下去。"

听筒里又是一阵沉默。

"他……他是个什么样的人？"女孩急忙又补充了一句，"你的儿子。"

郑松林放下吃了一半的汉堡，想了想，苦笑道："我不知道。"

艾雯听上去很诧异："不知道？"

"是啊。这么多年来，郑凯主要是妈妈来带——我太忙了。"郑松林看向窗外，眼神茫然，"这段时间以来，每次想起他，都是他小时候的样子。拿着水枪，咯咯笑着，追着我喷水。"

"他小时候……很可爱吧？"

"那当然。"郑松林拿起汉堡，却无论如何也吃不下去了，"你为什么要问这些？"

"他毕竟是……"女孩有些慌乱，"对不起。"

郑松林把汉堡丢进纸袋，搓了搓脸："没什么。"

随即，他点燃一根烟，默默地抽了半根，又看了看手机。

"你还在吗？"

艾雯的声音立刻传出来："在。"

"其实……我并不恨你。"

"对不起。"

"你不用再跟我道歉了。"郑松林斜靠在座椅上，"我只是觉得不甘心。我们没做错什么……"

他突然哽住了，急忙吸吸鼻子："我知道私下移植器官是违法的。但是，我们又不知道那个眼角膜来自谁、怎么来的。我付钱，包尚义办事，这有什么错？我又没让他去撞死那个小女孩，没让他把她分了……"

"你别说了。"艾雯哭了起来，"对不起。这都是我的错……"

"如果想要补偿，可以说啊。郑凯只是……"

郑松林说不下去了。他知道儿子用那只眼睛做了龌龊的事情，但是，他从不认为那是所谓的"罪有应得"。

驾驶室里，只有一个拼命吸烟的中年男人和一个哭泣的女孩。

良久，郑松林又缓缓开口："他死了，你还活着。我觉得不公平。"

他顿了一下，又急切地说道："我的意思不是你也该去死。我只是……他没有权利这样做。他杀了我儿子，我作为父亲，一定要讨回这个公道！"

艾雯渐渐止住了哭泣，声音变得暗哑："我明白，我会帮助你。只要……只要他不去伤害潘晓。"

她长长地呼出一口气："其实，你也觉得，最该死的那个人是我，对吧？"

郑松林的喉结上下滚动，咽了一口唾沫之后说道："我保证你不会受到伤害。"

艾雯似乎轻轻地笑了一下："对于这个，我倒没想太多。因为我，已经死了太多人了。我只是希望……到此为止吧。我欠你的，我会还给你。"

郑松林始终看着窗外，双目失神，仿佛喃喃自语般说道："希望吧。"

听筒里又传来擦鼻子的声音："你租的那间房子，条件好吗？"

"还凑合。生活用品什么的都有。"郑松林揉揉太阳穴，"我倒是真无所谓，又不是在那里过日子。"

"可惜不能和你见面，否则，我可以给你送点吃的。"艾雯的语气平静了一些，"你回去休息一下吧，我觉得，白天的时候他不会来。"

郑松林重新坐好，语调又变得冰冷："那是你觉得。"

艾雯沉默了几秒钟，恢复了小心翼翼的态度："那，接下来怎么办？"

"你等我联系你吧。"

硬邦邦地撂下这句话之后，郑松林抬手按下了挂断键。

随即，他就感到全身无力，软绵绵地俯卧下去，把头顶在方向盘上。

刚才，他差点说出"你并不欠我"。然而，他不能允许任何一丝柔软的东西出现在他和艾雯之间。猎杀即将开始。他最需要的力量，不是汉堡、可乐、阳光或者别的什么东西。

而是仇恨。

开始化疗的前半个小时，顾浩还能和邰伟、姜玉淑谈笑风生。渐渐地，他的头低了下去，眼睛也半睁半闭。邰伟一脸焦灼地看着他。姜玉淑则买来一大堆饮料，挨个送到他面前。

"姜汁汽水？"她不敢做出太大的动作，仿佛顾浩是一个易碎的瓷娃娃，"医生说喝这个能降低呕吐感。"

"我不想吐。"顾浩勉强抬起眼皮，"就是眼睛不太舒服，看东西重影。"

"没事。"邰伟还在故作轻松,帮顾浩把病床放平,"您老干脆睡一觉得了。"

顾浩顺从地躺下,闭上眼睛,一动不动。然而,邰伟和姜玉淑都清楚,他压根没有入睡。那一滴滴进入血管的药液,在围剿癌细胞的同时,也摧残着他的肌体。各种不适的反应正在从身体的各个角落里浮现出来。

顾浩的右手握拳,搭在胸口上,布满老人斑的手背上青筋毕现。仔细看去,他的呼吸沉重又悠长,似乎在竭力忍耐着一波波从体内涌起的痛楚。换第二瓶药之后,老人的额头上已经汗水密布。

姜玉淑用纸巾轻轻地擦拭着他的额头,低声问道:"觉得热吗?"

"不热。"顾浩嘟哝着,声音几不可闻,"有点冷。"

邰伟拽起被子,轻轻地盖在他的身上,又捏了捏他的脚:"这老头儿,还娇滴滴的。"

顾浩没有回应他的玩笑,只是皱起眉,抖了一下脑袋。

邰伟站起身,讪讪地走出病房。一回身,发现姜玉淑也跟了出来,边走边用手背抹着眼睛。

"别担心。"邰伟不知道是在安慰她还是自己,"他挺得过去的。"

"太遭罪了。"姜玉淑的眼圈红红的,"他都那么大岁数了。"

"往好处想吧,姜阿姨。"邰伟看着人来人往的走廊,双目失神,"反应大,说明药效好吧。"

足足大半天之后,第一次术前化疗终于结束。顾浩总算睁开了眼睛,尽管还保持着微笑,但是整个人仍然非常虚弱。第二次化疗会在两星期之后进行,按照医生之前的建议,顾浩先办理出院手续,回暂住地休息。慢吞吞地穿好衣服之后,顾浩已经再无半点气力。邰伟要背着他下楼。老头儿最初死活不同意,最后碍于手脚实在发软,也只能由他去。

把他放进车里,邰伟打起精神,大声嚷道:"顾爹,咱这第一场战役已经取得胜利。您老要好好休整，两星期后再战！"

顾浩垂着眼皮，有气无力地抬起手："你快去上班，别在我这儿耽误时间。"

"耽误什么时间啊！"姜玉淑把他按在座位上，"干儿子也是儿子！"

"就是。"邰伟依旧是嬉皮笑脸的模样，胸中却好像坠着一块大石头，"我没跟我亲爹尽着孝，在您这儿找补回来吧。"

一进门，方木和米楠就迎了上来。室内被打扫得干干净净，厨房门口还放着米、面、油和新鲜的蔬菜、水果。炉灶上炖着牛尾汤，香气扑鼻。顾浩看看米楠身上的围裙，又是大感过意不去。

"我一个老头子，牵扯了你们这么多人……"

话未说完，他就觉得胃里开始翻江倒海。顾浩捂住嘴，推开搀扶着自己的邰伟，跟跄着直奔卫生间。邰伟急忙跟过去，几秒钟后，令人心悸的呕吐声就传了出来。

姜玉淑叹了口气，摇摇头，坐在餐桌边，以手扶额。

米楠给她倒了一杯水："怎么样？"

"算是挺过来了吧。"姜玉淑神色疲惫，似乎也刚刚经过一场痛苦的治疗，"能不能做下一次，要看他恢复的情况。"

她打开随身的挎包，拿出一大堆药盒，挨个凑到眼前仔细查看着，最后选定其中一盒，从中取出两粒胶囊。

"止吐药。"她把胶囊放在水杯旁边，转身看着卫生间的方向，"待会儿给他吃。"

方木应了一声，又倒了一杯温水，起身端了过去。推开门，狭窄的空间里弥漫着酸腐的味道——邰伟正在和顾浩撕扯着。

"您老别忙活了行吗？"邰伟扳住他的肩头，又不敢太用力，"我们这些人都是木偶吗？"

"人家好不容易打扫干净的……"顾浩手里拿着纸巾，嘴边还有一丝涎水，固执地擦拭着马桶边缘，"我又给搞脏了……"

邰伟既恼火又无奈，对着方木连连摇头。

顾浩终于被劝出卫生间，漱了口，吃了药，面对米楠端上来的牛尾汤，只是浅浅地抿了两口。之后，他就再也坚持不住，回房间休息。

姜玉淑打起精神，开始为邰伟等人准备晚饭。米楠也去帮厨。方木拉着邰伟，走到阳台上吸烟。

邰伟已经是疲态尽显，不停地搓着酸胀的右腿。方木把他和米楠的黑龙江之行简要叙述了一遍。邰伟的眼睛里有了些许光芒。

"搞清楚供体的身份就好办。"他不由得唏嘘，"想不到是个弃婴，今年也就十岁啊。"

"没错。"方木想到了半山医院的焚化炉，神色黯然，"一个聋哑孩子，还没来得及好好看看这个世界。"

"接下来呢？"

"北站派出所的兄弟们在查了。"方木弹弹烟灰，"要找十年前的处警记录，估计还得扯上民政部门。"

"嗯，离真相大白不远了。"

邰伟下意识地看向卧室紧闭的门，脸上看不出半点喜悦的神色。

晚饭之后，折腾了一天的姜玉淑也回房休息。邰伟和方木、米楠商量着下一步的治疗计划，很快就哈欠连天。方木劝他睡一会儿。邰伟琢磨了一下，让方木值夜到十点，自己在沙发上和衣而卧。米楠准备好第二天的食材后，把牛尾汤重新加热，叮嘱方木等汤晾凉后装在保鲜盒里冷藏，也告辞了。

方木一边听着邰伟的鼾声，一边在餐桌上整理记事本。

黑龙江之行可谓收获颇丰。方木和米楠不仅查清了供体的真实身份，更让他笃定"人鱼"和系列杀人案之间的关系。

"人鱼"——不仅是令顾浩心心念念的一个名字，更是苏琳对自我身份的确认。她当年的出走，就像一条美人鱼归向无边无际的大海。

而在《海的女儿》的故事中，小美人鱼为了和王子在一起，牺牲了自己美妙的声音。王子则称呼她"哑巴孤儿"。

哑巴孤儿。幼年即被遗弃的聋哑儿黄晶晶。二者之间奇妙地契合。

苏琳一定是通过某种渠道收养了黄晶晶，又失去了她。那么，黄晶晶又是怎么出现在半山医院，被摘取了所有可供移植的器官，最后化作一把清灰的？

方木还在出神，忽然听到一个苍老的声音在身旁响起："真香啊。"

方木猛地抬起头来，看见顾浩佝偻着身子，正望着厨房里还在冒着热气的汤锅。

他急忙站起来，看向正在沙发上打呼噜的邰伟。

"别叫他。"顾浩摆摆手，"让他多睡会儿。"

方木把顾浩搀扶到餐桌旁坐下，想了想，小声问道："我给您盛碗汤？"

"行。"顾浩舔舔嘴唇，"那就麻烦你了。"

很快，一碗牛尾汤摆在顾浩面前。老人拿着汤勺，拨开薄薄的油膜，小口抿着。他看上去清瘦了许多，手上的骨节显得异常粗大。方木坐在他面前，静静地看着他的脸色变得红润起来。

一碗汤喝完，顾浩满足地叹了口气。方木问道："要不要再来一碗？"

"不了。"顾浩摇摇头，转身看看依旧酣睡的邰伟，忽然向方木挤挤眼睛，"来根烟吧？"

方木一怔，面露难色："顾大爷，您刚刚才……"

"不碍事。"顾浩伸出两根手指，语气中多了恳求的意味，"一下子就让我戒掉，抓心挠肝的。"

方木无奈，把香烟盒递给他。顾浩抽出一支点燃，美美地吸了起来。看着他的模样，方木也觉得好笑。

"舒服点了？"

"嗯。刚做完化疗的时候……"顾浩咂咂嘴，"怎么说呢？就好像有人把我全身的筋都抽走了，软绵绵的，要多难受有多难受。"

"您受苦了。"方木拍拍他的手背，"坚持一下，会好起来的。"

"嗯。"顾浩瞟了一眼桌上的笔记本，"你在工作？"

"是的。"方木不动声色地把笔记本抽回，又合拢，"随便翻翻。"

他站起来："您早点休息吧。"

顾浩却坐着不动："方警官，能再帮我个忙吗？"

方木挑起眉毛："您说。"

顾浩转过身，在餐桌后面的柜子里掏摸了几下，一把电动理发推剪出现在他手里。

"帮我把头发剃掉吧。"顾浩在自己的头上比画了一下，"来个大光头。"

方木很惊讶："您这是……"

"早晚得掉光。"顾浩面色平静，"今天一撮，明天一绺的，给别人添麻烦。不如先下手为强，一了百了。"

方木把一把餐椅放在门厅的穿衣镜前，让顾浩对着镜子坐好。围布则由几张粘在一起的报纸来代替，中间剪出一个大洞，套在顾浩的脖子上。

方木站在他的身后，举起电动理发推剪，还在犹豫不决。

"我开始了？"

"来吧。"顾浩还是一副轻松的姿态，"动作利索点，别把邰伟和小姜吵醒了。"

方木从来没有做过这样的事情。他咬咬牙，按下开关。细微的嗡嗡声响起来。顾浩的脑后出现一道犁沟似的痕迹，第一绺花白色的头发落在顾浩肩头的报纸上，又滑到他的脚下。

"不难嘛。"顾浩从镜子里向方木笑了笑,"继续。"

很快,大片青白色的头皮露了出来。方木勉强控制住心神,在顾浩的头上笨拙地推剪着,直至他的顶发被完全剃光。脖子和耳后还有几撮残余的头发,方木正在仔细清理,顾浩突然低声问道:"你还在追查'人鱼'的案子,是吧?"

方木的手一抖,剃刀在顾浩的耳廓上戳了一下。

"是的。"

"进展如何?"

方木想了想:"还好。"

顾浩沉默了一会儿,又缓缓说道:"我相信,你和邰伟都知道我来这里的目的。"

"嗯。"

"我不是没有觉悟的人。"顾浩看着镜子里陌生的自己,"我只是想听她亲口解释给我听,为什么她会变成这个样子。"

方木清理掉他耳后几根头发,又把推剪移向他的后颈。

"我也很想知道。"

"是啊,她曾经是那么好的一个小姑娘。"顾浩低下头,"但是,我不知道自己能不能陪她到那一天。"

方木不知道该如何回答,只好专心对付最后的几撮头发。

"所以,我还得请求你一件事。"

方木关掉推剪,望向镜子里那个面目全非的老人。

顾浩慢慢地抬起头,回望着身后的方木,目光中第一次出现了软弱的意味:

"真相大白的时候,给她一个说话的机会。"

第二十六章 · 刺杀

艾雯，女，现年二十二岁，本地某大学管理学院大三学生。自 2013 年 4 月休学至今。据艾雯所称，因其从自家楼梯上不慎跌落，导致右腿骨折，难以继续完成学业。经调查，艾雯在被取保候审以及被父亲禁足之前，从 4 月起，频频到访市人民医院心外科病房，探视一名叫潘晓的病人。

潘晓，男，现年二十二岁，与艾雯系同学和恋人关系。自 2013 年 4 月休学至今。据潘晓的母亲所称，潘晓因严重心脏疾病在市人民医院心外科住院治疗。因病情恶化，患者已经在 ICU 抢救、观察近二十日。警方在市人民医院调查得知，潘晓因心脏移植术后出现排斥反应，住院治疗期间仍无明显好转。至于他接受心脏移植术的医院及病案资料，患者在入院时并未提供。据知情者所称，潘晓是通过"关系运作"才得以进入市人民医院治疗。

此外，在艾雯名下有一辆宝马 Z4 汽车，应在本年度 5 月进行年检，已逾期。这辆车，就是深夜撞坏桥面隔离护栏的那一辆。

肇德军看着白板上的几张照片。那是无人机在艾名博家上空拍摄的视频截图。

和其他几栋建筑相比，这栋三层别墅的安防系统似乎有些过于严密了。加装在每扇窗户上的铁质护栏、遍布房前屋后的视频监控摄像头，以及花园矮墙上的铁丝网，似乎都在显现出房主拒人于千里之外的警惕心理。

艾雯"跌落致骨折"的时间和潘晓因排斥反应入院治疗的时间基本一致。而且，与包尚义失踪、王光彦疑似做过开胸手术的时间相差不过一周左右。

这是巧合吗？

潘晓为什么突然做心脏移植手术？严重的心脏疾病还是心外伤？如果是心外伤，会不会和艾雯的右腿骨折有关系？潘晓体内尚在跳动的心脏又是谁的？会不会和移植给郑凯的眼角膜、王光彦的肝脏、包尚宏的肾脏来自同一个人？

艾名博急切地安排艾雯出国留学，未果后又把自家打造成一个戒备森严的堡垒，让艾雯禁足，究竟是在提防什么？

他再次把视线转向白板上的一个被红色签字笔圈起来的人名——郑松林。

郑松林走在了警方的前面。他知道所有事情的起源，因此，他也掌握了更多的线索和信息。

刑警不会相信任何巧合。

郑松林所要做的，就是要让艾雯去当一个诱饵，钓出凶手之后，报仇雪恨。

艾雯配合上演的"酒后驾车"，其实是向凶手发出的"邀约"。

肇德军忽然觉得脑子很乱——宝马Z4、艾雯、潘晓、酒精、器官移植——这一切都应该存在着内在的联系。可是，这根链条在哪里呢？

他还在冥思苦想，手机突然响了起来。肇德军看了一眼屏幕，是自己安排去监控艾名博家的同事。

"喂？"

"肇支队，艾名博家有动静。"

艾名博突然在沙发上醒来。首先映入眼帘的，是妻子写满关切的脸。

"怎么睡在这里啊？"妻子拉他起身，"你几点回来的？"

"两点多吧。"艾名博扯掉领带，身上的衬衫正散发出难闻的气味，"想喝点茶解解酒的，一下子睡过去了。"

他转头看看窗外，此刻已经天光大亮，雀鸟啾鸣。艾名博伸了个懒腰，宿醉的感觉还挥之不去。

"吃点东西吧？"妻子帮他脱掉衣服，"上午再补一觉。"

"不行。"艾名博摇摇头，"今天还得见几拨家长，再说，重建的教师宿舍楼也得去看看。"

妻子的脸色一沉："这样的日子，什么时候是个头儿啊？"

"现在顾不了那么多了。"艾名博的表情也很难看，"及时止损吧。最重要的是，学校的运转不能停。"

妻子拿着他的衣服去了洗衣间，随后开始准备早饭。艾名博去浴室痛痛快快地洗了个澡，身上的黏腻感仿佛也伴随着疲惫被冲进了下水道。神清气爽地来到餐桌前，妻子已经把一碗热气腾腾的小馄饨摆在他面前。

艾名博一边吃着馄饨，一边盘算着该用什么样的话术来对付上午要见的家长们。此前经过几轮电话沟通，这几位嚷着要退费的家长已经开始动摇。对此，艾名博还是信心十足。毕竟，选择再次相信他，还是继续忍耐家里无法无天的小祖宗，不言而喻。就像他打算开设特训学校的初衷一样，只要这世上还有问题少年，他就不会没有生意可做。

让他比较挠头的是在松山福利院见到的那个女人。原本，他在教育系统和公安系统的关系已经开始运作处理那几个孩子的事情，但是，从近几天的反馈来看，似乎遭遇了某种阻力。田玥家自然有一些影响力。但是，暗中起到最大作用的恐怕是那个力保郭岩的女人。这反而激起了他的好胜心。一来，这口恶气必须要出；二来，不给他们点颜色看看，再有学生造反，这个学校就真的开不下去了。

正想着心事，放在客厅茶几上的手机响了起来。妻子把手机拿过来，一脸紧张: "是潘晓的妈妈。"

艾名博咽下嘴里的食物, 清清嗓子, 滑动屏幕接听。

"喂? "

"艾校长, 我是潘晓的妈妈。"女人的声音里情绪复杂, 似乎对他极度愤恨又不得不开口, "你今天能不能来医院一趟? "

"潘晓怎么样? "艾名博语气平静, 听上去亲切又冷淡, "有些好转了吗? "

"还在 ICU 里。体温始终没下来, 胸也疼得厉害。"女人变得有些吞吞吐吐, "他……他的医疗费不够了。另外, 你去跟医生说说, 多关照他一下。"

"这个……行。"艾名博想了想, "我上午去。"

"好的, 好的。"女人的急切显露出来, "我就在 ICU 门口等你。"

艾名博挂断电话, 慢慢地吃完馄饨, 一抬头, 看见艾雯出现在楼梯上。

"你怎么出来了? "

艾雯瘦了很多, 两只圆睁的眼睛显得更大。

"潘晓怎么了? "

"还那样。"艾名博垂下眼皮, 站起身来, "我一会儿去交医疗费。"

"我也去。"

"不行。"艾名博断然拒绝, "你就在家待着。"

"今天是探视日。"艾雯抓住楼梯栏杆, 双手的骨节突出, 毫无血色, "我必须去看他。"

"我说不行就不行! "艾名博看也不看她, "我回来会跟你说他的情况。"

"爸, 你今天如果不让我去……"

艾名博忍无可忍: "怎样? "

"我一定要去, 你打死我也要去! "艾雯的嘴唇哆嗦起来, "你关着我也要去! 那些铁栏杆, 我就是咬, 也会咬断它! "

艾名博额头上的血管鼓起来: "你试试。"

"试试就试试!"艾雯大吼一声,居高临下地看着父亲,仿佛随时会扑下来。

艾名博狠狠地盯着女儿,视线里一片模糊。忽如其来的悲哀宛如潮水一般,迅速吞没了熊熊燃烧的怒火。

你什么时候变成这个样子了?

良久,他垂下头,无力地挥挥手:"去换衣服吧。"

艾雯保持着刚才的姿势。几秒钟后,她松开楼梯栏杆,全身僵直,仿佛木偶一般走回了卧室。

一个穿着迷彩服、戴着头巾和口罩的男人,正背着巨大的药罐,拿着喷洒器,没精打采地在灌木丛间工作着。

在他的上方,四楼的窗口里,同样没精打采的郑松林默默地注视着他。这家伙的工作态度明显很消极,喷洒了一阵就蹲在路边石上抽烟,不时向左右张望着,大概是不想物业管家看到他在摸鱼吧。

他大概对自己的生活和工作都很不满意。郑松林很快就失去了对他的兴趣,又把视线投向那栋三层别墅。

一瞥之下,他立刻瞪大了眼睛——艾雯站在卧室窗前,身上的衣服整整齐齐,正拉开窗帘,一言不发地向自己挥着手。

郑松林拿起望远镜,看到她手里还捏着一部手机。他迅速拿起自己的手机,看到艾雯刚刚发来的短信:我要去市人民医院看潘晓。

他从窗前的扶手椅上蹦起来,疾步奔到堆满了脏衣服和浴巾、水瓶的沙发前面,从一张毯子下翻出一个双肩包,探手进去掏摸一番之后,手心里多了一把折叠刀。紧接着,他抓起外套,返回窗口,一边穿衣一边再次看向那栋别墅。

几分钟后,一个女人从院子里出来,拉开大门。随即,车库的卷帘门升起,黑色迈巴赫轿车缓缓驶出,进入车道后,向小区出口加速驶去。

郑松林揣好折叠刀,咬咬牙,转身出门。

他没看到的是，刚才那个给绿化带喷洒农药的民工，已经把药罐和喷洒器扔进了灌木丛中，快步奔向路边的一辆 Jeep 越野车。

方木静静地坐在北站派出所警务区外的长椅上，注视着装有不锈钢栏杆的电控门的另一侧——一个警察正快步走过来。

"抱歉，方老师。"警察打开门，一边打着哈欠，一边抓抓乱七八糟的头发，"昨晚上值夜班了。"

"没事。"方木站起来，"那个被遗弃的女婴的去向搞清楚了吗？"

"费了点力气，我们所那时候还没有电子存档，在档案室里翻了两天。"警察递给他一个文件袋，"这里是当时的处警记录。"

方木打开文件袋，快速翻看着："孩子后来被移送到区民政局了？"

"没错。"警察揉揉眼睛，"先送医院，然后查找亲生父母或者监护人，登报公告，无人认领，只能送民政局了。"

"多谢了。"方木把文件袋封好，"我去一趟民政局。"

"不用去了。"警察挥挥手，"我昨天打了个电话，区民政局今早刚回信，那孩子后来被送到……哪个福利院来着？"

他揉了揉太阳穴："对了，松山福利院。"

米楠坐在办公桌前，正对着显微镜聚精会神地看着。忽然，放在桌面上的手机响了起来。她的眼睛没有离开显微镜，随手拿起手机接听。

"喂？嗯，搞清楚了？"

随即，她就跳了起来："你再说一遍？"

几分钟后，米楠匆匆跨出电梯门，向刑侦支队的办公区一路小跑。冲进办公室之后，她对女内勤劈头问道："肇支队呢？"

女内勤从电脑显示器后抬起头来，表情有些莫名其妙："他刚带着一队人出去了。"

米楠急切地问道："去哪里了？"

"好像是市人民医院。"

艾名博在住院部楼下停好车，挥手制止了急欲下车的艾雯，先四处张望了一圈，才向女儿点头示意。

艾雯的腿绊了一下，甩上车门之后就向住院部快步奔去。艾名博又急又气，连喝几声，艾雯却充耳不闻，很快就融入到门口密集的人群中。艾名博无奈，只能拔脚追上去。

电梯门一开，艾雯就匆匆跑向 ICU 的门口，同时把视线投向对面的几排长椅。很快，她和女人的目光相接。后者一动不动，眼神中哀伤与怨毒交织。艾雯不敢再和她对视，边跑边弯下腰鞠躬，算是打过招呼。

她没有停下脚步，径直跑到入口处，在导诊台办理探视证。

"17 床，潘晓。"艾雯上气不接下气地说道，"我来探视。"

护士慢条斯理地填写好探视证，递给艾雯："上午十一点之前结束探视，你还有不到半个小时。"

艾雯顿时又紧张起来。抓着探视证，她下意识地向大厅外看了一眼——郑松林的半张脸出现在连廊的一根柱子后面。

她来不及多想，转身向探视入口跑去。

艾名博看着她向两名保安员出示了探视证，很快消失在门口。他又看了看保安员身上挂着的橡胶棍，略略放下心来，抬脚向潘晓的妈妈身边走去。

探视走廊呈半环型。之所以只能称之为走廊，是因为按照深切治疗部的管理要求，探视人员只能站在病房外面，通过玻璃窗以及窗外的电话机和患者交流。

17 床位于走廊中段，艾雯却觉得无比漫长。她一边奔跑，一边默数着墙上的床位编号。

15。16。17。

她放慢了脚步，努力平复着呼吸，同时快速整理着头发，勉强挤出一个笑容。

她跨到玻璃窗前，向病房内看过去。

潘晓的头朝着她的方向，只能看见失去光泽的头发。在病床的上方，有一个液晶显示器，实时播放的影像正是他的上半身。

艾雯的眼泪夺眶而出。

他瘦得厉害。颧骨高高地突起，眼睛半睁半闭，嘴唇仿佛失去了血色。因为长期疏于整理仪容，潘晓的脸颊和下巴上满是细密的胡须，看上去足足老了二十岁。

一个护工模样的中年男子正在用毛巾擦拭着他裸露在被单外的小腿，同时，好奇地看着窗外的艾雯。

女孩又把视线移向他，以及他手里那截苍白无力的肢体，仿佛它已经不属于病床上的主人，毫无生机地任人摆布着。

护工停下手上的动作，指指病床旁边的电话机。

艾雯点点头，擦擦眼泪，拿起电话机。护工站起身，把病房内的话筒放在枕头上，贴近潘晓的耳边。随即，他拿起遥控器，对着液晶显示器按了一下。

显示器上出现了一个分屏，正是手握电话机的艾雯。

女孩迅速调整表情，吸吸鼻子："潘晓，我来了。"

潘晓的眼睛一下子睁开了，努力抬起头向四处张望着，似乎在寻找声音的来源。护工笑了笑，指指上方的显示器。男孩如梦初醒，怔怔地看着分屏里的女孩。随即，他的眼睛弯了起来，被唇髯覆盖的嘴角微微上扬。

艾名博坐在长椅上，向女人微微颔首。女人并不看他，仿佛泥塑般看着 ICU

病房的门口。艾名博尴尬地坐了几分钟，干咳了一声："那个……潘晓怎么样了？"

"我刚才在电话里已经跟你说了。"女人似乎一句话都不想跟他多讲，"我叫你来，并不是跟你闲聊的。"

她在随身的小挎包里翻找一番，拿出一张就诊卡递给艾名博。

"去交款吧。"

艾名博既无奈，又恼怒。他巴不得立刻冲到楼下收款处，然后逃之夭夭。但是，还在探视的艾雯让他放心不下。

"我等艾雯……"他结结巴巴地说道，"你呢……你和潘晓都要有信心，这里的医疗水平……"

"艾校长，你最好也有信心，潘晓能平平安安活下来。"女人毫不客气地打断了他的话，"否则，我就再没有为你和艾雯保密的必要了。"

艾名博的脸色阴沉下来，彻底放弃了和她好好交谈的打算，只是眼巴巴地看着探视入口。

终于，艾雯抹着眼泪从走廊里出来。艾名博急不可耐地迎过去，拉着艾雯的手就向大厅外走去。女孩扭过头来看着女人的方向，后者却始终目不斜视，纹丝不动。

艾名博心急火燎地拽着女儿钻进电梯，下到一楼，直奔收款处。看到窗口前长长的队伍，他暗自骂了一声，嘱咐女儿跟在自己身后。艾雯始终在小声啜泣，一副魂不守舍的样子。

好不容易排到了自己，艾名博已经几乎失去了耐心。他飞快地把就诊卡和自己的银行卡递进去，缴清欠费之后，又预存了五万元。拿到收据之后，他正要拽起艾雯离开，面前突然多了一个穿着白大褂的年轻医生。

"艾校长？"

"嗯？"艾名博抬起头，看着这个戴着口罩、拿着大大的硬皮笔记本的医生，"你是？"

"我是心外科的。"医生把笔记本放在胸前,"我们主任听说您来了,想请您去办公室聊聊——关于潘晓的病情和后续治疗方案。"

艾名博想起女人的话。保住潘晓的命,就是保住了自己全家。虽然他现在看起来情况很不乐观,万一有转机呢?

正想着,艾雯也拉拉他的胳膊,哀求道:"爸爸,去聊聊吧,有一线希望,我也不想放弃。"

艾名博看看人流熙攘的医院,想了想,向年轻医生点了点头。

年轻医生在前,艾名博和女儿在后,三个人向电梯间走去。时值正午时分,拎着餐盒的医生、患者家属和外卖员们在电梯外排起了长龙。年轻医生看了看手表,皱皱眉头。

"艾校长,要不咱们爬楼梯上去吧。"他试着征求艾名博的意见,"主任的午休时间有限,等电梯的话,怕是太耽误工夫。"

艾名博想了想,心外科就在五楼,早点谈完,也能早点把艾雯送回去。他转向女儿:"你的腿,爬楼可以吗?"

艾雯急于了解潘晓的病情,连连点头:"我没问题。"

年轻医生似乎在口罩下露出一个笑容:"好,那请跟我来吧。"

说罢,他带着艾名博二人穿过一楼大厅,走向角落里的一个消防通道。拉开门,踏上楼梯台阶,刺耳的喧嚣声被关在了身后,周围的一切都安静下来。

年轻医生脚步飞快,几乎是两步一个台阶,向上疾奔。艾名博不得不勉力跟上,很快就变得气喘吁吁。艾雯的情况也好不了多少,爬上两层之后就只能拽着楼梯栏杆,费力地攀爬着。

楼道里几乎没人,偶尔能撞见偷偷溜到这里抽烟的患者家属。看到身穿白大褂的年轻医生,尴尬地把烟头藏在身后。年轻医生视而不见,默默地继续上楼。爬到第五层之后,艾名博见他依旧没有停下来的意思,再也坚持不住了。

"心……心外科不是……在五楼吗？"他靠在栏杆上，大口喘息着，"我们这是……"

"主任在八楼手术室等您。"年轻医生一副轻松的模样，"抱歉，咱们得抓紧时间。"

妈的，不早说，坐扶梯也行啊。艾名博暗自骂了一句，擦擦汗，勉强拖动着双腿向上攀爬着。艾雯也累得脸色发白，几乎是一阶一阶挪动着。

闷着头拐了几道弯，艾名博突然感到眼前一黑。他下意识地抬起头，发现年轻医生已经停了下来，站在上方的台阶上，一言不发地俯视着自己。

"到了吗？"艾名博有些莫名其妙，"这是几楼？"

年轻医生还是不说话。然而，口罩上方露出的一双眼睛里，突然爆射出寒意十足的光芒。艾名博抖了一下，本能地向四处张望着，这才发现在寂静的楼道里，只有他们三个人。

他强作镇定，舔了舔嘴唇："大夫，我们……"

话音未落，艾名博就看见年轻医生打开了手里的硬皮笔记本——手中多了一把匕首。

还未等他反应过来，年轻医生已经举起匕首，劈头盖脸地刺下来！

艾名博大惊，下意识地偏过头，向后躲去。锋刃划过他的脖颈，扎进了肩膀。艾名博痛极惨呼，脚下一软，沿着楼梯滚落下去。

这突如其来的变故让艾雯惊得发不出半点声音。她眼看着父亲的肩膀上飙出血来，翻滚到缓步台上，又看见那个刚才还很友善的医生飞扑下来，手中的利刃寒光闪闪。

她顾不得早已经酸软的双腿，冲上去抓住了正欲举刀再刺的医生的胳膊。"刺啦"一声，医生身上的白大褂被扯掉了一半，露出里面的黑色紧身T恤。艾雯没有犹豫，上前一步，低下头，死死咬住了他的上臂。年轻医生发出一声低吼，转身推开了艾雯。这一下力道十足，艾雯仰面跌倒在缓步台上，幸得她伸手抓住了楼梯栏杆，才没有滚落下去。

年轻医生握着匕首，向艾雯逼近。女孩恐惧地张大嘴巴，拼命想站起来。这时，楼梯下方的防火门突然被推开了，郑松林的半个身子探了进来。看见眼前的一幕，他先是一怔，随即就在衣袋里疯狂地掏摸着。几乎是同时，一把折叠刀落在了地面上。郑松林飞快地把刀捡起来，打开，快步登上楼梯。

他的出现，似乎令医生大感意外，几乎愣在了原地。直至郑松林挥刀刺来，年轻医生才反应过来，闪身躲开。郑松林已经状如疯魔，一边破口大骂，一边向医生胡乱捅刺着。年轻医生的回击则颇有章法，闪转腾挪之间并不慌乱。郑松林不仅没有占到便宜，反而被对手连连刺中，衬衫已经被鲜血染红了大半。面对如此混乱的局面，艾名博来不及去琢磨个中缘由。他勉强爬起来，一手捂住还在冒血的肩膀，从二人缠斗的缝隙中挪过去，拉起吓傻的艾雯，向楼梯下方爬去。

眼见父女二人要逃走，年轻医生发起狠来，格挡几下之后，郑松林手中的折叠刀被击落。紧接着，他被年轻医生卡住脖子，按在墙上，胸口连中两刀。郑松林的脸上混合着汗水和血液，双目几乎要凸出眼眶，喉咙里咯咯作响，软绵绵地瘫坐下去。

年轻医生踢开折叠刀，转过身，快步迈下几阶楼梯，抬脚踹在艾名博的后背上。艾名博失去了平衡，沿着楼梯滚落下去，肢体与台阶磕碰的钝响清晰可闻。年轻医生正要扑向他，却感到自己的左腿被死死抱住。

他低下头，看见艾雯仰起满是泪水的脸，拼命地摇着头："不要，不要！求求你……"

年轻医生咬紧牙关，用力抬腿，想要甩开艾雯。然而，女孩的双手宛如铁镣，一时间竟无法挣脱。

艾名博仰卧在楼下的防火门旁边，已经陷入了半昏迷状态，手脚都在无力地划动着。年轻医生脱身不得，杀心再起。他按住艾雯的脑袋，举起匕首，对着她的后心猛刺下去！

在这电光石火的瞬间，年轻医生的眼前一花——一具满是鲜血的躯体忽然飞扑过来，隔在他和艾雯之间。他收势不及，匕首深深地插进了对方的肋下。

艾雯被那个人压在身下，耳边能感到他呼出的血腥味十足的热气。她拼命抬起头，只看见郑松林满是血汗的侧脸，以及脸颊上不住颤抖的肌肉。

年轻医生看了看楼梯下的艾名博。后者恢复了些许清醒，正慢慢爬向关闭的防火门。他顿时急了，用力去拔插在郑松林身体里的匕首。然而，从刀柄传来的涩滞感让他一下子意识到，刀子已经卡在了对方的肋骨上。

此时，郑松林已经把防火门拉开一条缝隙，嘶声喊叫起来："杀人了！救命啊！杀人了！"

年轻医生骂了一句，抬脚在郑松林的后背上猛踹。艾雯也再也承受不住，松开了他的左腿。年轻医生脱身而去，又看了看趴在门口呼救的艾名博，转身向楼上跑去。

艾雯侧身俯卧在楼梯上，不住地喘息着。郑松林软绵绵地趴在她身上，气息已经变得非常微弱。

有人从防火门里探头进来，"妈呀"一声就缩了回去。

艾雯以手撑地，勉强抬起头来，立刻看到了沿着楼梯蜿蜒而下的鲜血，仿佛一条红色的小溪，缓缓地流过冰冷的水磨石台阶，填满遇到的每一条缝隙，又继续流下去。

她转过身——郑松林低垂在台阶以下的头近在咫尺——他的双眼微闭，脸肿胀起来，嘴边是一条混合着血液的长长的涎水。

艾雯哭起来："救人啊……快来人，救命啊……"

越来越多的人涌进楼梯间。艾雯的眼前模糊一片，周围的一切似乎都变成了无声的慢动作。

父亲被几个人围着，他却指向自己，神态焦急。

穿着黑色保安制服的人登上楼梯，大声询问着。

有人拿着急救箱过来，小心翼翼地查看着郑松林肋下的匕首。

唯独他是清晰的。艾雯甚至能看到他苍白的皮肤下，正在迅速干瘪下去的血管。

郑松林慢慢地抬起头，转过脸，看着哭泣的艾雯。忽然，在近乎合起的双眼中，隐隐有一丝光透出。随即，他从失去血色的嘴唇和被染红的牙齿中露出一个笑容。

世界重新嘈杂起来。在那些被楼梯间的墙壁推来撞去的噪音中，艾雯听到郑松林低声说道："对不起。"

"松山福利院？"

"对。接下来，我们就可以搞清楚这个孩子是否被领养，谁是她的密切关系人。"

米楠沿着市人民医院五楼的天井护栏疾走，耳边的听筒里传来肇德军的声音："行，那我知道了。回头我会安排人手跟进。"

"别挂电话。"米楠嘿嘿一笑，"我把情报提供给你，你是不是也得拿点东西来交换啊？"

肇德军语气犹疑："什么意思？"

"你来市人民医院干什么？"

"你也来了？"肇德军又惊讶又无奈，"今天艾名博去医院了。我觉得他有危险。"

"嗯？"

米楠正要发问，忽然听到天井的另一侧传来一阵嘈杂声。她下意识地循声望去，看到一个穿着白大褂的医生正冲过密集的人群，几个人被撞得东倒西歪，引得抱怨声四起。

一瞥之下，医生脚上的黑色运动鞋吸引了她的注意力——鞋侧白色的"AIR"

字样很是显眼。

米楠的心一动，在身边的超声科导诊台上抓起一沓空白登记表，迎着那个医生走了过去。

"兄弟们在艾名博家附近布了控，传回几张照片。"肇德军还在电话里说着，"其中，拍到了一个很可疑的农民工——这都什么季节了，怎么还在小区里搞消杀？"

米楠的心思已经不在他身上，默默地估算着和医生的距离。二十米、十五米、十米、五米……

她看清了他——身高一米七五左右，体型健壮，身上的白大褂只剩下一半，血迹斑斑。

米楠不再犹豫，在二人相距三米左右的时候，她突然一个踉跄，把手中的空白登记表甩向了那个医生的脚下。

医生脚步匆匆，踩中其中一张空白登记表之后，绕过蹲下来的米楠，继续向前疾走。

米楠捡起那张印有足迹的登记表，上下打量了几眼，立刻对着话筒说道："肇支队，"她察觉到自己的声音正在颤抖，"你要找的人就在五楼。"

年轻医生边走边脱下身上的白大褂，脸上始终戴着口罩。转到电动扶梯的入口，他挤进人群，低下头，缓缓下行。扶梯行进到一半，他突然发现四楼的出口处，有几个神情紧张的男子正看向自己。

他心知不妙，转身逆行上去。勉强分开面前的人群，他看到另外两个男子正从上方踏上扶梯，鹰隼一般的目光集中在他身上。他认得其中一个人，并且依稀记得他姓肇。

根据米楠的指示，特别是那双特殊的鞋子，让肇德军很快就锁定了目标。他原本打算等对方从扶梯下到四楼之后再动手抓捕。然而，这个伪装成医生的家伙提前识破了在四楼埋伏的同事们。下行的扶梯显然不是一个理想的战场。扶梯只有一米宽，两侧是足足十几米的高度，搞不好会误伤到群众，还是要把他引到更加开阔的场所。

他看到肇姓警官抬手阻止了旁边那个摩拳擦掌的警察，也转身向上逆行。他知道他们的忌惮。对他而言，对付两个人总比四楼那几个人要简单。所以，他没有别的选择。

三个人在其他乘客的抱怨和谩骂声中，用极其别扭的姿势返回了五楼平台上。他看看身后，刚才守在出口的几个警察正绕过天井，奔向另一部上行的扶梯。

他只有半分钟左右的时间。

他站稳脚步，向正和他对峙的两个警察扑了上去。

肇德军原以为他会寻机逃走，却没想到他会主动出击。还没等他反应过来，身边的同事已经被狠狠一记下劈肘正中脸部。同事连惨叫声都没来得及发出，又在胸口挨了重重一脚，仰面跌倒。

肇德军本能地把手伸向后腰，刚刚握住枪柄，就意识到这里是人群密集区域。他暗骂一声，硬着头皮向对方挥拳打去。

甫一交手，肇德军就意识到自己并非对手。这个家伙出手狠辣，动作迅猛，招招直取要害处。他很快就被打得眼冒金星，只有勉强抵挡的份儿。缠住他，撑到增援的同事赶到——肇德军只剩下这一个念头。

然而，对方显然无意和他继续纠缠。趁他护住头、连连后退的当口，年轻医生倾身上前，一手撩起他的大腿，一手抓住他的衣领，顷刻间就把他托举起来。

肇德军一惊，立刻明白了他的意图。几乎是同时，年轻医生已经靠向天井的栏杆，作势要把他扔下去。情急之下，肇德军抬手向他脸上抓去。对方的动作更快，偏头闪过，双臂发力——肇德军在栏杆上撞了一下，整个身体失去了平衡，越过围栏，向下坠去。

跌落的瞬间，肇德军拼力伸出手去，看准年轻医生的腰部，死死抓住。

年轻医生的腰带被肇德军拽住，下坠的力道让他猝然倒地，撞在了栏杆上。肇德军在空中危险地摇摆着，那只手却像铁钳一般，牢牢地把对方锁定在栏杆上。

年轻医生大惊，转头向上行扶梯的方向看去。另外几个心急如焚的警察已经快要登上五楼。他慌了，拼死去掰肇德军的手指。指骨折断的声音清晰可辨。他的小指和无名指先后向手背翻折过去。然而，其余三根手指仍旧抓住他不放。

肇德军悬在半空，声嘶力竭地吼道："按住他！"

这时，米楠飞身扑了过来，径直趴倒在年轻医生身边，向肇德军伸出手去。肇德军咬紧牙关，竭力用另一只手去抓米楠。然而，二人的手只是堪堪碰到。

米楠急了，劈头盖脸地在医生身上抓挠着。年轻医生的双眼血红，大脑似乎已经一片空白，只想着去掰开肇德军的手指。

中指被抬起，渐渐离开他的腰带，又被医生握住，用力弯折……

肇德军的脸涨得通红，死死地盯着上方的对手，从胸腔中喷出一声怒吼："啊——"

几乎是同时，他看到几个身影越过正在和他厮打的米楠，扑在那个年轻医生的身上。有人伏在地上，从围栏下方向他伸出手来。

抓住他了。

肇德军的心一松，似乎全身的力气都被抽走了。他本能地向同事张开手，却忽然看到彼此的距离一下子拉远了。

他再也坚持不住，向十几米外的地面坠落下去。

第二十七章 · 只为了你

佟院长拎着水壶，目瞪口呆地看着帕拉丁越野车从福利院的门口疾驶而入，急刹在花坛边。正坐在厨房门前择菜的赵大姐也受惊不小，向跳下车的方木扔了一截芹菜梗。

"你个臭小子，怎么开车的？"

方木来不及跟她打招呼，直奔佟院长而去。

"院长，咱们聊几句？"

佟院长立刻面色紧张："是关于郭岩的事吗？"

"不是。"方木指指花坛的边缘，示意她坐下。

佟院长的表情略有缓和，随即就大为疑惑："那是什么？"

"我长话短说，福利院是不是曾经收养过一个女孩？"方木的语气急切，"先天聋哑儿。"

"嘻！那可多了去了。"佟院长不由得失笑，向身后的小楼指了指，"现在就有好几个。"

"我指的是2003年，6月左右。小女孩是被遗弃在北站南广场，民政局送来的。"方木倾身上前，"您再好好想想。"

佟院长皱起眉头，嘴里喃喃自语："2003 年……6 月……北站……"

忽然，她脸色一变："是有这么个孩子，怎么了？"

方木的眼睛一亮："她是不是被领养了？被谁领养了？"

"没有。"佟院长的神色变得悲戚，"她没等到那一天。"

"嗯？"方木怔住了，"什么意思？"

"这孩子，今年春天的时候，偷偷溜出去了。"佟院长叹了口气，眼角有了泪花，"那天还下着大雨。之后，她就再没回来。"

"溜出去了？"方木很惊讶，"一个十岁的孩子，能去干吗？"

"不知道。"佟院长摇摇头，目光茫然，"这是我的重大失误。我对不起这孩子。"

方木想了想："那……她有没有什么关系很亲密的人？"

"就是我们几个了。"佟院长苦笑一下，"你为什么要打听这个？"

"她是一起……刑事案件的被害人。"方木斟酌着词句，"我们要调查和她相关的——特别是关系密切的人。"

佟院长的眼睛一下子瞪大了："小鱼……死了？"

"她叫小鱼？"

方木话音未落，佟院长就一把抓住他的手，直勾勾地看着他："那孩子，真的死了？"

"是的。"方木艰难地吐出这两个字，"您……"

"她怎么死的？"佟院长的声音中带了哭腔，"她在哪里？"

"现在还不知道。"方木咬咬嘴唇，"其实，我也很难跟您解释她究竟在哪里。"

佟院长慢慢地松开他的手，转过身，呆呆地看着院子里晾晒的床单和衣物。忽然，那被花白头发覆盖的肩膀抽动起来。她低下头，捂住脸，沉闷的哭声从指缝间传了出来。

方木不知道该如何安慰她，只能一言不发地坐在她身边。这时，赵大姐拿着一只正在鸣叫的手机，快步走过来，脸上还带着怯怯的表情。

"你的手机落在车里了。"她满面疑惑，又不敢发问，"米楠找你。"

半小时后，方木奔跑在市人民医院的走廊里。远远地，他看见抢救室的门口站着几个神色凝重的警察。在他们旁边，邰伟坐在长椅上，低着头，双肘拄在膝盖上。

"什么情况？"方木跑过去，急不可耐地问道，"米楠呢？"

"艾名博和女儿在医院遇袭。"邰伟的脸色阴沉，"肇德军也在现场。在跟凶手搏斗的时候，从五楼摔下来了——正在抢救。"

他忽然摇了摇头："还有一个，已经送太平间了。"

方木一惊："谁？"

邰伟抬起头，神情复杂："郑松林。"

方木的脑子里轰然作响，喃喃自语道："这究竟是怎么回事？"

这时，米楠从一间诊室中走出来。她的头发散乱，嘴角青肿，脸上还带着擦伤的痕迹，衣袖高高挽起，右手死死地攥着一个密封袋，里面是一双黑色的篮球鞋。

方木急忙迎过去，上下打量着她："你没事吧？"

"我没事。但是，肇支队的情况很危险。"米楠似乎还没有从激昂的情绪中平复下来，声音微微颤抖，"如果不是他，凶手就跑掉了。"

"人呢？"

"已经带回局里了。"米楠举起那双鞋，"你看这是什么？"

黑色鞋身。大大的白色"AIR"字样。

方木的心脏狂跳起来："是他吗？"

"绝对肯定。"米楠的声音尖利，还带着哭腔，却斩钉截铁，"如果你见到他，就知道'人鱼'是谁了。"

昨日，在市人民医院发生一起恶性案件。犯罪嫌疑人夏某冒充医务人员，将被害人艾某某和艾某骗至八楼楼梯间内，持刀对二人行凶。艾某某被刺伤，无生命危险。尾随而至的郑某某身中数刀，经抢救无效死亡。警方对夏某展开抓捕时，因怕误伤群众，与其展开激烈搏斗，最终将夏某擒获。其间，一名警务人员坠楼，经抢救已暂时脱离生命危险，目前仍在深度昏迷中。

经讯问，夏某对自己的犯罪行为供认不讳，并交代自己因与被害人艾某某有私人恩怨，故此产生报复杀人的动机。据被害人艾某某的陈述，因自己的学校被某福利院的未成年人郭某放火焚烧，在涉及赔偿及追究郭某法律责任的过程中，与夏某产生激烈矛盾。至于郑某某的突然出现，艾某某表示不知情。

另一被害人艾某始终保持沉默。

市第一看守所，会见室。

通往监区的铁门打开了，夏天戴着手铐走出来，看见玻璃隔断另一边的顾蓝，笑了笑。

顾蓝一动不动地坐着，视线始终集中在他的脸上，表情冷若冰霜。

夏天慢慢地走过来，坐在她对面，搔了搔头发，拿起话筒。

顾蓝也拿起话筒："脸上怎么还有伤？"

"嗯？"夏天摸了摸颧骨上的血痂，"没事，出事那天弄的。"

他向顾蓝挤挤眼睛："放心，这里的人不敢动我，一起上也打不过我。"

顾蓝的表情依旧冰冷："为什么要这么做？"

夏天的笑容慢慢收敛："他活着，郭岩就危险。你和我都过不了安生日子。"

"郭岩的事，不是没有办法解决。"顾蓝握着话筒的手越攥越紧，指节发白，"你为什么要做这种傻事？"

"因为你答应我，要跟我一起好好生活。"夏天直视着她的眼睛，"因为我们说好了，要生两个孩子。因为我们都不想让郭岩被关进去。因为他还在，你就不得不做那些你不情愿的事情！"

顾蓝忽然尖叫起来："你就不能等一等吗？"

"等不了。"夏天几乎要站起来，"特别是那样的生活就在我眼前的时候！"

他的眼睛里充满了哀伤："蓝蓝，我等了太久了。"

顾蓝怔怔地看着他，泪水渐渐溢出眼眶。

几秒钟后，她定定神："我找好了律师，一起想办法。"

"别费那个心了。"夏天坐回到椅子上，神情颓唐，"是我太冲动，已经没什么余地了。"

顾蓝一字一顿地说道："你给我老老实实地待着。"

夏天点点头，惨然一笑："别的都无所谓，可惜了那双鞋了。"

顾蓝愣住："哪双？"

"你送我那双。"夏天的眼神温和起来，"健身中心开业那天。"

顾蓝的脸一下子白了："我不是让你扔掉吗？"

"我怎么舍得？"夏天撇撇嘴，压低了声音，"办事的时候，我一直穿着。即使再困难，我都会想到，是为了你。"

顾蓝一言不发，只是看着他，感到整个人似乎坠入了巨大的冰窟里。

太平间里冷气袭人，连从天花板上照射下来的白色灯光都显得冰凉刺骨。方木站在停尸柜旁边，耳朵里都是压缩机传来的巨大噪音。

郑松林的妻子从门外走进来，先停顿了一下，怔怔地看着停尸柜，似乎很难相信自己的丈夫就在这里。

和上次见面相比，她的容貌发生了巨大的变化。看上去，女人只是一副行走的骨架，眼睛显得格外大，却丝毫没有生气，仿佛深渊一般。

她慢慢地挪过来，看着方木不说话。

方木默默地打开身边的一扇柜门，伸手进去，握住同样冰冷的扶手，向外拉动。

郑松林的遗体从停尸柜内滑出，停在女人面前。方木将尸袋上的拉链打开，露出他的面部。至于纵贯他的胸腹部的骇人切口，以及不甚整齐的缝合线，方木不想让女人看到。

女人低下头，一言不发地看着丈夫。目光中既没有悲伤，也没有怜惜，而是近乎残酷的淡然。仿佛郑松林只是结束了一天疲累的工作，静静地睡着了一般。

良久，她伸出手指，轻轻地抚摸着他的脸颊，长长地呼出一口气。

"我什么时候可以把他带走？"女人转向方木，脸上薄薄的皮肤反射出宛如金属般的光泽，"我想送他去殡仪馆，和我儿子做个伴。"

"警方会给你尸体处理意见书。"方木想了想，"你知不知道郑松林最近在做什么？"

"不知道。"女人缓慢地摇着头，"我一直在家里静养。"

"他为什么会出现在医院，身上还带着刀？"

女人依旧面无表情："大概是为了儿子吧。"

方木沉默了一会儿："请您节哀。"

女人却站着不动："凶手抓到了吗？"

方木点点头："抓到了。"

女人的眼睛里闪出一道光："他会被判死刑吧？"

方木一怔，下意识地答道："会。"

女人的脸上挤出一个古怪的表情，似乎在笑，又仿佛随时会哭出来。

她弯下腰，轻轻地在郑松林的脸上亲了一下，声音几不可闻。

"孩子他爸，干得好。"

这是一套典型的单身公寓。此刻，防盗门敞开，门口拉起了蓝白相间的警戒线。十几个警察在公寓里进进出出，忙碌非常。简短的指令声和相机的快门声此起彼伏。几乎没有人闲聊，每个人的脸上都是凝重的表情。他们很清楚，这里住的是什么样的人，又对自己的兄弟做了什么。

米楠蹲在门口，把鞋架上的各色鞋子逐个拿下来仔细检查。在她身边散落着几个透明大号物证袋，几双鞋子被封存在里面。一个警察从鞋架下面费力地拽出一个哑铃，端到胸前查看。

"妈的，真是个肌肉棒子。"他不满地嘟哝着，"有必要玩这么重的吗？"

他趴在地上，向鞋架下张望着，随即，又拽出一个黑色塑胶袋，打开来，不由得小小地惊呼一声。

米楠循声望去，看见敞开的袋口里，足足有十几把弹簧刀之类的刀具。

警察小心翼翼地拈起一把，凑到眼前观察着。

"米楠，帮我打一下灯。"

米楠应了一声，拽过勘查箱，把手提匀光灯拿了出来。

均匀的光斑中，刀柄上的痕迹浮现出来。警察咂咂嘴，自言自语道："还跑得了你——有手印。"

他转过身，大声命令道："把这些刀封存，挨个检查。"

米楠放下灯，眼前依旧是狭长刀身的残影。她揉了揉眼睛，向室内的角落里看过去。忽然，电视机旁边的展示柜中，一个小小的物件在余光中闪过。

米楠的心里一动。

面前的路漫长得似乎没有尽头。它闪耀着幽幽的光芒，笔直地伸向远方。没有星星，没有月亮，天地间仿佛只剩下这条路。至于路两侧究竟是山石、树木还是楼房，她不知道。

她没有选择，前方看不到终点，后面也没有来路。她只有走下去。尽管她的双腿已经酸痛不已，喉咙里几乎可以喷出火来。然而，继续向前，是她唯一能做的事情。

她已经不记得在这条路上走了多久，脑海中仅存的念头就是走，不停地走。她隐隐地觉得，自己在躲避着某个人，或者某件事。他们或者它们就在身后，她可以听到那低哑的咆哮声，闻到还带着热气的血腥味。

逃。只有逃。没完没了地逃。

这让她既没有思考的机会，也没有思考的能力。只要脚步稍微慢下来，那声音，那气味，就会响在耳边，喷在后颈上。

当她笃信自己不会有旅伴的时候，那个小女孩出现了。

其实，所谓的"小女孩"只是她的猜测——从娇小的身形、粉色套装以及一蹦一跳的姿态来看，前方的那个人的确是个小女孩。

她感到既喜悦又恐惧。她急切地需要一个同行者，又本能地意识到小女孩是危险的。

更诡异的是，无论她如何拼命追赶，那个步履轻盈的小女孩始终和她保持着不远不近的距离。

她急了，想喊小女孩停下。然而，她的声带似乎凭空消失了。她很清楚，自己的嘴巴已经张大到极限，却没有半点声音发出来。

站住，站住。我要知道你是谁。

在这样一个混沌虚无的空间里，在一条发亮的路上，她和小女孩仿佛两颗匀速滑行的流星一般，徒劳地追赶着。

直至她一头闯入大团的浓雾中。

她不知道这团雾从何而来。仿佛在须臾之间，面前的路和小女孩就被浓雾吞没了。她不得不停下脚步，惊恐万状地辨别方向。生怕踏错一步，就会坠入无底的深渊。光线消失了。声音消失了。唯一幸存的，就是这牵扯不断，还带着黏腻触感的浓雾。试图突围而出的她似乎被困在了一个密不透风的茧中。渐渐地，她感到茧在慢慢收缩。随之而来的，就是越来越困难的呼吸。

这太可笑了。在这漫无边际的空间中，她居然会窒息而死？

就在她横冲直撞，竭力想为自己多争取一点空气的时候，一只小手生生地插进她和茧体之间。几乎是同时，喉头的压迫感不见了——她的面前重新出现了一丝微光。

她松了口气，随即就感到心脏被牢牢攥住。

她第一次看清了小女孩的面貌。

松散在头部两侧的小辫子。苍白的脸上湿漉漉的，遍布污泥。她的左眼清澈如水，光彩熠熠，右眼却是一个可怕的空洞，还有血水汩汩流出。

更骇人的是，小女孩身上的粉色毛绒套装也满是血迹，扣子胡乱别在一起，在她的胸口，刺眼的红色正在迅速蔓延开来。

她被吓得说不出话来。小女孩静静地看着她，表情似笑非笑。在她们的周围，雾气悄无声息地渐渐散去。

一堵高耸入云的城墙在越发稀薄的雾中慢慢显出轮廓来。

她顿时兴奋起来。一堵墙，也许意味着会有一道门？

小心地绕开小女孩，她迫不及待地向那堵墙跑去。然而，只迈出几步，她又停了下来。

城墙下，几缕还在缭绕的雾气中，有人影若隐若现。

一个。两个。三个。四个。

她几乎要叫出声来——其中一个，是郑松林。

他还穿着当天的衣服，肋下血迹斑斑，正仰起头打量着面前的城墙。他的左手搭在另一个年轻人的肩膀上，看上去很是亲热。

仿佛是意识到她的存在，两个人齐齐地转过头来看向她。郑松林的面色苍白却平静，还带着一丝淡淡的忧伤。年轻人看上去很陌生，神情同样淡漠。

她哽了一下，捂住嘴。

对不起。谢谢你。

郑松林微微点头，笑了笑，揽住年轻人向城墙走去。她眼睁睁地看着他们穿过城墙，消失得无影无踪。随即，一道萤火虫似的微光从城墙内飘出来，在空中盘旋、飞舞，最后，轻轻地落在了小女孩空空如也的右眼窝里。

小女孩发出低低的欢叫声。

紧接着，另一个年轻人也慢慢地走向城墙，同样轻松地穿越过去，消失不见。又一道微光腾空而起，飘飘荡荡，直至钻进小女孩的胸口。

小女孩似乎更加开心，原地转了一个圈。粉色毛绒套装上的血迹竟缩小了一大片。

随即，小女孩俏皮地指向最后一个人影，似乎在说——该你了。

她下意识地看过去，盈满泪水的眼睛立刻瞪大了。

尽管他若隐若现，尽管他只留给自己一个背影，但是，她仍然能分辨出那就是潘晓。

潘晓低着头，脚步颇为沉重，缓缓向城墙走去。

巨大的恐惧感向她猝然袭来。虽然她不知道为什么会遇到郑松林和其他几个奇怪的人，更不知道城墙的另一侧是怎样的世界，但是，她本能地意识到潘晓一旦穿过那道墙，就再也回不来了。

她无声地尖叫起来，拔腿向潘晓跑去。然而，他的头已经钻进了那面墙，随后是手臂，躯干，腿……

她急了。脑子里只剩下一个念头：如果他一定要走，那么，就一起走。

她在潘晓的指尖消失在墙壁之前抓住了它……

随即，她重重地撞在了那面墙上。

那面坚不可摧的墙。

艾雯在自己的床上醒了过来。

也许是因为刚才的梦境太过真实，额头甚至还在隐隐作痛，艾雯一时间竟分不清自己到底身在何处。愣了好一阵，她才感到全身的毛孔里正在沁出冰凉的汗水。

同时，她看到了床边的父亲。

艾名博瘦了很多，原本圆润的脸颊现在棱角分明，看上去像一只阴沉的鹰隼。看着大汗淋漓、惊恐万状的女儿，他并没有上前安慰，而是一动不动地坐着，目光中满是警惕和厌倦。

良久，他缓缓地开口说道："梦到什么了？"

"乱七八糟的。"艾雯勉强撑起身子，看着父亲肩膀上厚厚的纱布，"爸，你的伤口怎么样了？"

"死不了。"艾名博的语气冷淡，"我问你一件事。"

"嗯？"

"那天在医院……"艾名博停顿了一下，"郑松林为什么也在？"

艾雯迅速垂下眼皮："我不知道……凑巧吧。"

"凑巧？你的手提袋里发现毒品，又开车去撞护栏。最后，他出现在不可能出现的地方。"艾名博笑了笑，"如果这都是凑巧，他就改名叫郑凑巧得了。"

艾雯不说话。

"你听着，我不是请求你说实话，而是必须说实话。"艾名博盯着女儿，一字一顿地说道，"我受够了，你懂了吗？"

艾雯抖了一下。

"没有人愿意随时随地会被人扎一刀。"艾名博指指自己的肩膀，"如果你不说实话，我现在就停掉潘晓的医疗费。"

艾雯抬起头："爸……"

"我要听实话！"

父女间彼此对望着，沉默横亘在他们之间，这让艾雯莫名其妙地想起了梦中的那堵墙。

"我告诉他的。"艾雯终于开口了，"开车撞护栏那件事，也是他让我做的。"

"你心甘情愿去做了个诱饵？"艾名博并不意外，却依旧恼怒非常，"你明知道会有危险——我们会有危险，还……"

"爸！"艾雯打断了父亲的话，语气哽咽起来，"我也受够了。"

艾名博怔怔地看着女儿，忽然又问道："郑松林为什么愿意替你挨一刀？"

眼泪沿着艾雯的脸颊流下来。她摇摇头："我不知道。"

其实，让艾名博疑惑的事情有很多。郑松林的出现，让他几乎确信一直担心的事情终于发生了。然而，凶手供称自己的动机是为了那个放火的兔崽子免受追究。这听起来的确合情合理。而且，从当时的情况来看，凶手的目标的确是艾名博本人。这很让人抓狂——侥幸大难不死，他仍然不清楚那把悬在头顶的利剑是否还在。

郑松林付出了生命的代价，究竟有没有让这件事彻底了结？

更让他想不通的是，在郑松林眼里，作为诱饵的艾雯和一块肉、一根骨头没有任何区别。然而，他为什么会在凶手对女儿下刀的时候，飞身扑了过去？

不仅是想不通，艾名博更感到隐隐的尴尬。他意识到自己并没有想象中勇敢和奋不顾身。在女儿身陷险境的时候，替她挨了那一刀的，是别人的父亲。

我当时受伤了。我在楼梯下，根本来不及。他想。

妈的，这是个疯狂的世界。

他想。

夏天穿着橘红色的马甲，用戴着钢铐的手指着护栏旁边的地面。

在他周围，十几名全副武装的警察严阵以待。在他们身后，挤满了看热闹的医生、护士以及前来就医的患者及家属。

一个警察上前一步，举起手中的相机，对着夏天连连按下快门。夏天一脸满不在乎的样子，一边摆出指认的姿势，一边抖着腿。脚腕上的铁镣哗啦作响。

方木和邰伟默默地站在人群中，面无表情地看着夏天。

五楼的现场指认完毕。一行人簇拥着夏天走向消防通道，准备去指认郑松林被杀的现场。他们合拢成一个小小的包围圈，中间是被两个警察架住双臂的夏天。他成为众人瞩目的焦点。杀人犯似乎并没有死到临头的焦灼感，反而把这次重返现场当作一次放风的机会。

方木和邰伟目送他们消失在防火门的后面。邰伟叹了口气，转身伏在栏杆上，俯视着下方熙攘的人群。

"这家伙吐了什么没有？"

"除了艾名博和郑松林的事，其他的都没说。"方木摇摇头，"手印、足迹都有，夏天参与了系列杀人案是板上钉钉，我们想要的，是让他指证'人鱼'。"

"难。"邰伟撇撇嘴，"他对那女人死心塌地的。"

"'人鱼'不落网，这事就不算走到结局。"

"结局。"邰伟沉默了几秒钟，忽然问道，"你说，什么样的结局，才算圆满？"

方木不说话。半晌，他轻轻地笑了笑："我不知道。"

现场指认完毕，夏天在警察的押送下登上警车，迅速离开了市人民医院。

今天是少有的秋日暖阳。空气中弥漫着干燥清新的味道，让人不由得产生冬天被略过的错觉。车身在轻轻摇晃着，始终保持着慵懒坐姿的夏天也忍不住向车外张望，似乎不想浪费这难得的好天气。

此刻，那些寻常的街景，仿佛变成再难亲历的遥远梦境。夏天的神色渐渐凝重起来，脸上也蒙了一层淡淡的忧伤。阳光照进车厢，把车窗上的栅栏投射在夏天的身上。阴影似乎将他的身体整齐地切割成窄窄的十几条，和手铐、脚镣一起提醒他囚徒的身份。

然而，十几分钟后，夏天突然意识到警车并没有原路返回，而是开往郊区的方向。

他坐直身体，向对面的方木和郜伟投去征询的目光。

方木微微点头："也许，我们还有一个现场要指认。"

夏天哼了一声，转过头："我不知道你在说什么。"

方木耸耸肩膀，换了轻松的语气："夏天，我们见过的。"

"我知道。"夏天又变回懒洋洋的姿态，"上次在公安局嘛。"

"我不是说那一次。"方木倾身向前，目光炯炯，"我看了你的档案——你是C市人，对吧？"

夏天斜起眼睛："怎么了？"

"你在上小学的时候，曾经目睹过一个抛尸现场——一具男尸被塞进了商场里的毛绒玩具里，对吧？"

夏天抖了一下，伸直的双腿迅速收拢。方木清晰地看到他手臂上的汗毛竖了起来，仿佛刚刚遭过电击一般。

"你妈妈曾带你去找一个心理专家寻求帮助。"方木继续说道，"那天，我也在场。"

他停顿了一下："你现在还会害怕毛绒玩具吗？"

夏天死死地盯着方木。忽然，他挤出一个笑容："我不记得你了。"

"这不要紧。"方木摘下眼镜，在衬衫上慢慢擦拭着，"当时，我很想帮助你。今天，也一样。"

夏天的身体始终紧绷着："你要帮我什么？"

方木没有回答他，向车外努努嘴："再过半小时，我们就到半山医院了。"

他重新戴好眼镜，看向夏天："你有什么要跟我说的吗？"

夏天看看在不远处若隐若现的山体，回过神来，把双手放在胸前，垂下眼皮：

"没有。"

"不。"方木轻轻地摇头，"你应该告诉我，你是怎么发现小鱼的尸体在半山医院，又是如何向包尚义逼供，然后怎样杀死了他，又肢解了他，塞进焚化炉里烧成灰的。"

夏天抬起头，脸色已经开始泛白："你说的是什么鬼话！"

方木丝毫不为所动："更重要的是，你要告诉我，谁让你这么干的？"

夏天的五官开始扭曲，几乎咆哮起来："你他妈……"

"如果你还想保有一丝活命的机会！"

"喊！"夏天发出大声的嘲笑，"你真是有病！"

"夏天，焚化炉前有你的足迹，把手上有你的手印。同样一双鞋，也出现在王光彦被杀的现场。虽然你丢掉了地垫，又把别克凯越车卖掉了，但是你认为我们找不到它的去向吗？在离合器踏板的沟槽里，还有王光彦的血迹。"一直保持沉默的邰伟开口了，"我的同事确实想帮助你，只要你肯说实话。"

夏天的视线在邰伟和方木的脸上来回移转，腮边的肌肉突起，牙齿咬得咯吱作响。

良久，他一字一顿地说道："我自己做的，与别人无关。"

"是吗？"方木叹了口气，"其实，猜也猜得到是谁，对吧？"

"你不要冤枉她！"夏天几乎要跳起来，却被身边的警察牢牢按住，"她只是一个女人，即使她想，也不敢那么做！"

邰伟的表情无奈："夏天，你不了解她。你不知道她曾经做了什么。"

"这不重要。"夏天吼道，"不管你们指控我什么，都跟她无关！"

"你觉得郑凯、王光彦、艾名博、艾雯，统统该死，对吗？"方木眯起眼睛，"因为他们没有珍惜小鱼用身体带给他们的机会，对吗？"

"没有人可以无缘无故地伤害另一个人！"

"的确。他们应该付出代价。"方木伸出手，按在他的膝盖上，"但是，这件事必须到此为止。你和她，必须停下来。”

他的手上渐渐用力：“给你们自己一个机会，一个说话的机会，把所有的委屈和痛苦都说出来。不要带着秘密离开，这对小鱼不公平。”

夏天一言不发地看着方木。忽然，他的表情松弛下来，眼睛里满是哀伤，嘴角却浮现出一丝微笑。

“你知道吗？我曾经……”他举起戴着钢铐的手，食指和拇指分开，中间是大概一厘米左右的距离，“我曾经打算停下来——就差这么一点点。”

话音未落，夏天突然暴起，用力拉住方木放在自己膝盖上的手，向怀里拽过来。几乎是同时，夏天的额头重重地撞在了方木的鼻子上。

方木被这猝不及防的一击撞得七荤八素。脑袋里嗡嗡作响，泪水瞬间就盈满了眼眶，眉骨也被撞碎的眼镜片扎伤。模糊的视线中，他看见正欲起身的邰伟被夏天抬脚踢中胸口，旁边的警察也被他抬肘打得满脸开花。

短短几秒钟内，夏天已经让其他三人不同程度地挂了彩。更令人恐惧的是，夏天正在和那个意识尚存的警察撕扯着，手上的目标是他腰间的转轮式配枪。

方木捂住正在喷血的鼻子，扑上去抓夏天的手臂。然而，夏天却拎起警察的衣领，将他向方木撞过来。后者扑倒在方木身上，本能地死死护住枪套。

可是，枪柄已经握在了夏天的手里。

“砰！”

沉闷的枪响之后，每个人都抖了一下。紧接着，每只手都抓向那支还在冒烟的手枪。争夺中，枪声连续响起。警车的地板和顶棚相继被射穿。

方木已经几乎睁不开眼睛，也不知道身边的邰伟和警察是否中枪。他的脑海里只剩下最后一个念头：绝不能让他抢到枪！

四个人在摇晃的车厢里翻滚着，嘶吼着。驾车的司机已经发觉后排座上情况有异，方寸大乱。正在六神无主之际，他突然又听到一声枪响，身后的玻璃隔断传来清脆的碎裂声，几乎是同时，他感到肩膀上一热，手臂瞬间就没了力气。

方向盘迅速转动起来，警车呈 S 形在路面上摇摆了几下，越过对向车道，一头撞向了路边的山体。车轮攀上山体，杂耍般"行驶"了几米之后，再也无法保持平衡，侧翻过去。

在巨大的噪音和飞溅起的碎石中，警车继续在路面上滑行着，最后缓缓停了下来。

后方的几辆警车躲避着路面上的车辆，迅速靠近。几名警察提着枪跳下车，快步跑过来。忽然，他们停下脚步，举枪警戒——一个人拉开车门，拼力钻了出来。

是夏天。

一时间，几个警察都紧张起来，纷纷吼叫道："不要动！"

"脸朝下，趴在车上！"

夏天却充耳不闻，用戴着钢铐的双手撑住车体，将上半身钻了出来。随即，他翻过身，越过车顶，重重地跌落在山路上，一动不动了。

几个警察小心翼翼地挪动着，慢慢向他靠近。

然而，那具侧躺在地上的身体抽动了几下——夏天抬起头，缓缓跪爬起来。

翻倒的警车里，方木被郗伟和那个警察压在身下，丝毫动弹不得。他的眼睛已经肿起来，上下眼睑之间只有一道细细的缝隙。他看见满身血污的夏天摇晃着站起来，一只脚光着，裤子已经被撕裂开来，大腿上还扎着几片碎玻璃。

"不要动啊！"方木嘶吼起来，却只听见自己的喉咙里发出几个模糊不清的音节。

夏天的双目失神，额角鲜血淋漓。他茫然地看了看四周，抬起脚，向前走去。

在他身后，喝令声此起彼伏："站住，不要动！"

"再动就开枪了！"

夏天对他们的警告毫无回应，艰难却固执地走着。此刻，太阳即将消失在万山之下，最后一抹斜阳照射在他的脸上。在令人眩晕的暖光中，夏天仿佛认定那是他要去的地方，神色坚定。

对向车道上已经停了几辆车。不明就里的车主们眼睁睁地看着这个戴着手铐和脚镣，宛如恶鬼一般的人向他们走来，纷纷倒车或者掉头躲避。

一辆黑色奥迪 Q7 没有动，引得急欲离开的一辆帕萨特车主连连鸣笛。

夏天把视线投向那辆车，停下了脚步。

夕阳下，他怔怔地看着驾驶室里的那个人，脸上忽然露出一丝笑容。

懒散，温暖，还带着几分顽皮。令人再熟悉不过。

夏天转过身，面向一步步逼近的警察，耸了耸肩膀。

随即，他弯下腰，捡起一块车灯碎片。

"嘿！听着！"

警察们一惊，彼此对望着，有些不知所措。

"是我杀了包尚义、郑凯，还有王光彦。"夏天咳出几口血沫，骤然提高了声音，"与别人无关！"

说罢，他就把那块车灯碎片抵在了脖子上。

在他身后十几米的地方，黑色奥迪 Q7 的驾驶室里，盘起头发、一身精干打扮的顾蓝看着那个背影缓缓跪倒在地。在红色的夕阳中，那片飞溅起来的血雾也没那么刺眼了。

第二十八章 · 兔子

"什么？你确定吗？"

艾名博握着手机从沙发上跳起来，双目圆睁，嘴唇也开始不听使唤："他……他手里还有好几条人命？是不是前段时间挖眼剖肝那个？"

他激动地在客厅里转来转去："你别问我怎么知道的，你就说是不是……死了，确定吗？嗯嗯，我知道了。改天一起吃饭啊，我请客！"

艾名博把手机扔在沙发上，一把揪掉肩膀上的吊臂带，做出了一个振臂欢呼的姿势。胳膊抬到一半，伤口就被牵动，疼得他龇牙咧嘴。

"你这是干吗啊？"妻子急忙上前扶住他，"小心点，还没拆线呢。"

"妈的！妈的！他妈的！"

艾名博连声大骂，脸上却是兴奋无比的表情，仿佛刚刚甩掉的不是一条轻飘飘的绷带，而是千斤重担。

"去开一瓶酒，让张姐去买海鲜，帝王蟹和龙虾都要。"艾名博捂着肩膀，语速飞快。突然，他一拍脑门，"妈的，我把她开了，自己都忘了。"

他抬手指向妻子："你去，快去！晚上好好吃顿饭。"

"你又发什么神经啊？"妻子嘟哝着，却莫名其妙地被他的情绪感染，笑吟吟地去拿钱包。

艾名博仍不肯罢休，大声指挥道："明天找人来，把那些护栏啊、监控啊都给我拆掉。妈的，都把我家搞成什么样子了！"

"行行行，都听你的。瞎折腾个什么劲儿！"妻子一边嗔怪他，一边轻快地出了门。

客厅里安静下来，艾名博却依旧像上了发条的陀螺似的，一刻也闲不住。他打开手机，息屏，然后又打开，仿佛想把这个天大的好消息讲给所有认识的人听。

那把悬在头顶的剑终于消失了。

这颗吊着的心终于落下了。

那句话怎么说的来着？"好运气就是超能力。"一场劫数，就这么消弭于无形中。尘埃落定，全身而退。

老艾，你要记住。你是福泽深厚的人，没有人可以打倒你。

艾名博还在得意，忽然看见艾雯站在二楼的栏杆旁边，正直勾勾地看向自己。

"愣着干吗？"艾名博向女儿挥挥手，"下来啊。"

艾雯一动不动："爸，出什么事了？"

"那个在医院袭击我们的人——"艾名博终于找到了可以倾吐的对象，"他……"

他突然意识到自己的声音过高，急忙降低了音量："他就是我们一直在提防的人。"

艾雯却只是动了动眉毛："哦？"

艾名博对女儿的反应很是不满，夸张地摊开手："他死了。畏罪自杀。"

艾雯却抖了一下，仿佛在喃喃自语："又死了一个？"

"你还不明白吗？"艾名博终于失去了耐心，"这件事到此为止了。你解放了，咱们家也解放了。"

他的脸因为兴奋而变得有些狰狞："去玩吧，逛街、看电影、见朋友，想做什么都行。"

艾雯的眼睛突然亮了一下，上半身探出了栏杆："我可以去陪潘晓了？"

她急切的样子却像一盆冷水似的，一下子把艾名博的热情浇灭了一大半。

他想起了潘晓的妈妈说过的话。

"不行。"艾名博的脸迅速阴沉下来，"我改主意了，你还不能出门。"

"爸，你刚才明明说……"

"我说了，我改主意了！"

艾雯恨恨地看着父亲。几秒钟之后，她转过身，冲进了卧室，把门摔得山响。

艾名博彻底冷静下来，不由得连连责怪自己的得意忘形。

这件事还没有完全遮掩过去。潘晓能挺过去当然最好，但是希望非常渺茫。如果那个倔强的女人来个鱼死网破，艾雯同样会面临牢狱之灾，自己也难逃干系。

看来，还没到时候。老天爷，再多给我点好运气吧。

艾名博暗自祈祷着。忽然，他想到了什么，再次拿起手机，拨通了一个电话号码。

寒暄了几句之后，艾名博的语气变得诚恳："我说，关于送那个孩子去收容教养的事……"他咂咂嘴，仿佛在下定很大的决心，"要不就算了吧。"

顾浩坐在沙发上，双脚被邰伟捧在怀里。后者眯起眼睛，小心翼翼地给他剪脚指甲。姜玉淑打开一只旅行袋，正把水杯、消毒湿巾、酒精棉片之类的东西装进去。厨房里，一只汤锅里正在冒出热气，米楠搅动着锅里的红枣、枸杞、红豆和花生，慢慢加入红糖，汤汁由浅红色逐渐加深。

所有人都尽量不发出声音。因此，方木的手机里传出的咆哮声显得格外响亮。

几分钟后，漫长的通话终于结束。方木搔搔头发，把手机揣进衣袋里，脸上依旧是淡淡的表情。

然而，每个人都把视线投向他。米楠也拿着汤勺从厨房里走出来，神色关切。

"肇支队醒过来了。"方木迅速垂下眼皮，耸耸肩膀，"还有点不认人，不过，医生说会好起来的。"

邰伟松了口气，在顾浩的脚上拍了一下："一只脚完事！"

"好消息。"米楠观察着方木的脸色，"刚才是……"

"大领导。没事。"方木笑了笑，转向邰伟，"有一段是骂你的，应该让你来听电话。"

邰伟嘿嘿一乐，摆摆手："我请你喝酒。"

顾浩的视线在他们的脸上来回移转，终于忍不住问道："是工作上出了什么事吗？"

邰伟沉默了几秒钟："有个嫌疑人在指认现场途中自杀了。"

他指指方木："我们哥俩就在车上。"

"所以说，你手上的伤……"顾浩立刻问道，"就是当时弄的？"

"哎呀，不碍事。"邰伟摇摇头，"您老别担心。"

他又去抓顾浩的脚。老人却飞快地缩了回去。邰伟下意识地抬起头，正好遇见顾浩征询的目光，眼神中有疑惑也有惊惧。

他明白其中的深意："不是她。是她的同伙。"

顾浩却丝毫没有放松下来，低头不语。

姜玉淑拎起旅行包，放在沙发上，似乎是有意提高了声调："那就没事喽。"她拍拍巴掌，"做饭！老顾你吃完了休息一下，明天就是第二次化疗了，保持体力。"

顾浩勉强笑了笑："小姜，现在才是中午啊。"

"睡个午觉嘛。"姜玉淑挽起袖子向厨房走去，"米楠，你那个提高免疫力的什么汤做好没有？"

方木看着顾浩，突然开口说道："顾大爷，想不想出去走走？"

田玥坐在花坛边，一言不发。佟院长坐在她身边，满脸愁容。

"孩子，你回去吧。"佟院长耐住性子，又劝道，"郭岩这小子把自己关在房间里，谁也不见。"

"我不！今天见不到他我就不回去！"田玥梗起脖子，"他凭什么不见我？"

"关于对方不再追究那件事，我会转告他。"佟院长无奈，"你先回去吧，好不好？"

"阿姨您先忙去吧，不用管我。"田玥索性拿出手机摆弄起来，嘴里还嘟哝着，"有什么可怕的啊，都没事了，还是连屋子都不出。"

"他不是怕。"顾蓝慢慢走过来，"否则他就不会冒险去救你。"

佟院长下意识地看过去，一见是她，眼中又浮现出悲苦的神色。她站起来，在顾蓝的肩膀上拍了拍，转身离开。

田玥却依旧不服气："那他为什么不出来见我？"

"他心里疼。"顾蓝摸摸她的头，笑了笑，"给他点时间。"

田玥眨眨眼睛："出什么事了吗？"

顾蓝没有回答她，只是一动不动地看着满头短发、依旧宛如男孩子的田玥，又转身看向三层小楼的某扇窗户："他也是个傻小子。"

随即，她面向田玥："愿意等他吗？"

女孩用力点头："愿意。"

"走。"顾蓝向她伸出一只手，"我带你喂兔子去，正好打发时间。"

田玥的眼睛亮了起来："这里还有兔子？"

蹲在兔笼前，看到那几只毛茸茸的小家伙，田玥既兴奋又手足无措："我该怎么办？"

顾蓝从食盆里拿出一根菜叶递给她："你喂给它们。"

田玥拿起菜叶，小心翼翼地探进兔笼里。一只小兔子凑过来，嗅了嗅，张开嘴巴，咬住菜叶咀嚼起来。

田玥被小兔子逗乐了："太好玩了。"

顾蓝看着女孩生动的表情，不由得也抿嘴微笑。这时，院门口传来汽车引擎的轰鸣声。她下意识地抬头看去——一辆帕拉丁越野车正缓缓驶入。

方木先跳下车来，和迎面而来的佟院长、赵大姐打了个招呼。随即，米楠、邰伟、顾浩和姜玉淑纷纷下车。

顾浩抬头打量着三层小楼，又在院子里环视一周，表情很是疑惑。邰伟只是默默地看着方木，一言不发。

"你怎么来了？"佟院长先开口了，"这几位是？"

"米楠你认识。"方木随手向身后指指，"这几位都是我的朋友，来做一天义工。"

佟院长堆起满脸笑容："那太好了，先进去歇一歇。"

随即，她招呼众人去饭堂。顾浩却没动，眼睛始终看向院子的角落。在兔笼旁边，一个瘦削顾长的女人一动不动地回望着他。

顾浩晃了一下，又稳稳地站住，坚如磐石。

在他身后，邰伟也看着女人，表情凝重。不明就里的姜玉淑看到在小楼里跑进跑出的孩子们，眉毛扬起来。

"你别说，这个小方还挺有办法啊。"她凑近邰伟的耳边，小声说道，"我听说，让老人和孩子们在一起，会提升他们的活力。"

邰伟唔了一声，走到方木身边："你一定要这么做吗？"

方木没有回应，抬脚走向饭堂。

一行人坐在长条桌旁，不咸不淡地说些闲话。姜玉淑坐不住，东张西望地在福利院里打量着。看到赵大姐正在洗床单，她自告奋勇前去帮忙。顾浩始终低头不语，神色淡然。邰伟则对他寸步不离，视线不停扫向饭堂门口。方木也无心敷衍佟院长，从厨房里端来一大盆豆角，和米楠一起择菜。

佟院长看这几个人都神色有异，又不便发问，只好回到院子里伺弄那些花花草草。

米楠一边干活儿，一边看着其余三个人，心中不免忐忑。她知道方木的用意。从她看到脚穿大"AIR"耐克鞋的夏天的那一刻起，就已经知道"人鱼"的真实身份。因此，虽然她对夏天的自杀始料未及，却并不觉得奇怪。世界上就是有这样一种情感，能让一个人为另一个人奋不顾身。

夏天在临死前将所有罪责都揽在了自己身上，显然是为了保全顾蓝。然而，事情并不会到此结束。相反，只会向越来越糟的方向去发展。这一点，她相信方木也想到了。

同时，米楠也能理解邰伟的顾虑。第二次化疗在即，顾浩在毫无心理准备的情况下，与"人鱼"再次相见，这种情绪上的冲击，对老头儿而言，无疑是一个巨大的考验。

然而，她毫无办法，只能静观其变。

有的时候，当你看到人们身处旋涡之中，原本不相干的他们也只能沿着命运规划好的路线彼此牵拉与冲撞。带着任何一个人逃离的尝试都是徒劳的。你能做的，仅仅是凝视着旋涡，以及被裹挟的他们。

这时，顾蓝从门口走了进来。

她丝毫没有回避他们的意思，而是径直走到长条桌旁边，站定，一言不发地看着方木。顾浩始终没有抬头，似乎在打盹。邰伟则一脸警惕，弓起背，一副蓄势待发的姿势。

二人对视良久，还是方木先开口了。

"是不是很不愿意看到我？"

"不至于。"顾蓝的脸上看不到表情，"每个人都得为自己做过的事情付出代价，他也不例外。"

方木点点头："你说得对。"

"我来是为了提醒你们，择下的豆角尖不要扔，可以喂兔子。"顾蓝的语气平缓，"另外，赵大姐那边需要帮忙。"

米楠拍拍手上的灰尘，站了起来："我去。"

顾蓝却不动，依旧看着方木。几秒钟后，她突然开口问道："我什么时候可以去拿他的骨灰？"

"随时。"

"好。"

说罢，顾蓝就转身离开。从始至终，她都没有看顾浩一眼。

顾浩也是一样。

整个下午都在这沉郁又诡异的气氛中过去。顾浩一直待在饭堂里，不说不动。顾蓝倒是神态自若，既不有意接近，也不刻意回避。

方木始终在留意这两个人的动向。然而，他们之间连起码的眼神交流都没有。邰伟则一直在提防顾蓝。米楠提心吊胆地听着饭堂里的动静，几乎要把一条床单搓破了。

被蒙在鼓里的姜玉淑反而是最开心的。她迅速和赵大姐成了要好的朋友，一边劳作一边和她唠唠叨叨，一起去晾晒床单的时候也停不了嘴。活儿还没干完，两个人已经约好回 C 市后结伴去批发市场扫货了。

五点左右，是松山福利院的晚饭时间。闻到饭菜香味的孩子们纷纷奔向饭堂。田玥站在门口，眼巴巴地看着蜂拥而至的各色面孔。然而，那个一脸倔强的男孩子还是没有出现。最后，顾蓝揽着她的肩膀，带着她一起坐到饭桌旁。

在整个晚饭期间，顾浩总算活泛了一些，对不停给他布菜的佟院长表示感谢。然而，他吃得依旧很少，大多数时候都在看着眼前的饭菜发呆。顾蓝坐在离他不远的另一张桌子旁边，专注且耐心地给一个幼儿喂饭。她看起来和平常的"顾妈妈"并无二致，甚至要更温柔、恬淡一些。所有的孩子都吃完之后，她草草扒了两口饭，拿起烟盒和打火机，走出了饭堂。

方木放下筷子，起身跟了出去。

天气不知道什么时候起了变化。此刻乌云卷积，冷风猎猎。在大片铅黑色的云朵下面，院子里晾晒的床单宛如飞扬而起的旗帜一般。方木撩起那些遮挡视线的布料，看见顾蓝直挺挺地站在兔笼旁边，一动不动地凝视着那些小家伙。

听见他的脚步声，顾蓝缓缓地回过头，和方木对视良久。随即，她伸出一只手，把烟盒递了过去。

方木抽出一支烟，靠在墙壁上，一言不发地吸烟。

她和初见时一样的打扮。只不过，她的身材更加瘦削。UNDER ARMOUR 的紧身训练服在她身上勾勒出越发坚硬的线条。深陷的眼窝下是浓重的深色眼晕，她的脸色被衬托得格外苍白。

方木吸完半支烟，忽然笑了笑。

"来福利院之前，我还担心你不在。"

"缺了女主角，这场戏就不好看了，对吗？"顾蓝也笑，"我跟你说过的，情绪欠佳的时候，我就会来这里。"

她向三层小楼努努嘴："这里是我的充电站。"

"会让你有得到救赎的感觉？"方木想了想，"把你曾经遭受的遗弃在这里得到补偿？"

顾蓝摇摇头："你很聪明，但是不够高明。"

方木挑起眉毛："此话怎讲呢？"

"不要试图去激化我的情绪。"顾蓝似乎在面对一个不懂事的孩子，语气颇为无奈，"你的这些手段，对我没有用的。"

她的嘴角浮现出一丝嘲讽的笑容："即使你带任何人来，都没用。"

"我并不是在跟你打什么心理战，至少这一次不是。"方木耸耸肩膀，"因为我觉得没必要——这是我能表现出来的最大诚意。"

顾蓝怔怔地看着他，忘记弹掉手里的烟灰。几秒钟后，她的眼神柔和起来。

"那个警察怎么样了？"

"脱离生命危险了。"方木指指自己的脑袋，"这里受伤挺严重的，不过，应该可以康复。"

"谢天谢地。"顾蓝点点头，"至于郑松林，我很遗憾。"

"为什么？"

"他跟我说过，郑松林的出现完全是意外。"顾蓝看了看方木，"说实话，我还挺喜欢他的。"

"喜欢？"方木不由得失笑，"不会吧？"

"真的。"顾蓝的语气变得郑重，"你也知道他为了儿子做了什么——这才是一个父亲。"

"懂了。"方木思考了几秒钟，"因为……"

"我都说了，"顾蓝竖起食指放在嘴唇上，脸上的笑容神秘莫测，"不要问。"

"行吧。"方木撇撇嘴，"那就问点别的？你可以省略掉主体。"

顾蓝睁大眼睛："嗯？"

"也就是说，你可以不用说是谁。"

顾蓝只是看着他，不置可否。

"你怎么找到半山医院的？"

顾蓝不说话，上下打量着他。

方木丢掉烟头，把身上所有的口袋都翻出来，又掏出手机，远远地扔进花坛里。

顾蓝笑起来："你真的不用这样。"

随即，她的笑容就消失得无影无踪，眼神变得哀伤。

"那天，说好要接她回家的。结果，临时去见了一个重要的客户。"越发阴沉的天色下，顾蓝的眼睛里仿佛蒙了一层水雾，语调如梦似幻，"那孩子急了，冒着大雨去找我。"

"后来呢？"

"去查看了路边的视频监控。"顾蓝缓缓摇头，"她坐错车了，又不会说话，没法问别人。我……"

她停顿了一下："一路找，一路查，后来发现她在万山顶下了车。找啊找啊，在路边看到了一把伞。"

方木皱起眉头："一把伞？"

顾蓝苦笑："自己捐赠的东西，自己会认得。"

方木点点头："你继续。"

"那里一片狼藉，有被撞断的树，还有车灯和保险杠的碎片。猜也猜得到发生了什么——附近就一家医院。"

"明白了。"方木深吸了一口气，"包尚义不可能承认吧？"

"当然。"顾蓝疲倦地眨眨眼睛，"但是，那个焚化室太引人注目了，不是吗？所以，那孩子的发卡立刻就被找到了。"

"然后……"

"然后就不必问了。"顾蓝叹了口气，"你们是根据鞋印找到他的，对吗？"

方木低下头："王光彦的店里卖出了一个圣斗士一辉的手办。这个小玩意就摆在夏天家的客厅里。相信是夏天在跟踪他的时候，为了不引起怀疑买下的。"

"圣斗士一辉？凤凰座？"顾蓝很惊讶，随即又释然，"我小时候看过那个动画片。你别说，死亡皇后岛啊什么的，跟他还挺像的。"

她突然捂着嘴笑起来，直至眼睛里流出泪来。

"他呀，太幼稚了，太傻了，是不是？怎么永远都成熟不起来呢？"

方木没有笑。等她擦干眼泪，方木低声说道："他给了你生的希望。"

顾蓝吸吸鼻子，又点燃一支烟："所以呢？"

"停下来。"

"停下来？"顾蓝吐出一口淡蓝色的烟气，向三层小楼扬扬下巴，"这就是你带那个人来的原因吧？"

方木沉默了一会儿："结局，你自己很清楚。但是，至少内心坦荡吧，对他而言，也算一个交代。"

"不。"顾蓝闭上眼睛，表情恬淡，语气却斩钉截铁，"如果你真的知道我是谁，就知道这不可能。"

"那我该叫你什么？"方木盯着她，"顾蓝、苏琳，还是'人鱼'？"

"随便了。这不重要。"顾蓝指指身边的兔笼，"你叫我兔子都行。"

方木愣住了："兔子？"

"是呀。"

顾蓝蹲下身子，打开兔笼，从里面拎起一只黑白花色的兔子。

小家伙的脖子被顾蓝捏在手里，耳朵贴向脑后，圆圆的眼睛瞪着方木，嘴巴还在不停嚅动着。

"你听过兔子的叫声吗？"

方木越发迷惑："没有。"

"你知道吗？"顾蓝细细地打量着兔子，"它是所有动物中最能忍受痛苦的。即使在剧痛之下，它也不会发出半点声音。"

远方雷声轰隆。转眼间，大雨从天而至。

顾蓝的头发和肩膀上满是亮晶晶的雨水。她却似乎完全感受不到，只是看着被悬吊在半空中的兔子，手上骤然收紧。

兔子的呼吸受迫，眼睛凸出来，开始剧烈地挣扎，却始终没有哼叫一声。

"我告诉你，"顾蓝转向方木，湿漉漉的脸上反射出惨白的光，"从现在开始，再痛，再苦，我都会把它积蓄在这里。它，会化作我的力量，像曾经那样。"

她拍拍自己的心口。

"我，不会再让你们听到任何声音。"

院子里热闹起来。佟院长、赵大姐和姜玉淑带着几个护工冲进院子里，奋力抢救那些半干的床单和被罩。田玥也来帮忙。这种劳作让她觉得陌生又兴奋。众人接力向小楼内运送被淋湿的物品，在她看来，似乎是一个庞大的游戏体系。正抱着几条床单向门口奔跑的时候，田玥忽然愣在了原地。

郭岩站在楼梯口，默默地凝视着门外的大雨。

他看上去已经几天没换过衣服，头发蓬乱，脸色发青，双颊也凹陷下去。看到田玥，郭岩只是挤出一个比哭还难看的笑容。这让等了他一天的田玥也不知道该如何跟他开口，即使那是一个令所有人都安心的消息。

郭岩慢慢地走进大雨里，低着头站了一会儿。赵大姐心下不忍，正要拽他回来，却被佟院长拉住了衣袖。

"他会感冒的。"赵大姐神色焦急，"几天都没吃东西了，他扛不住的。"

"随他吧。"佟院长摇摇头，"淋场雨，总比心里大病一场要好。"

倾盆大雨中，少年的背影孤独又倔强。很快，郭岩的衣服就湿透了。薄薄的校服贴在他的皮肤上，能看到被覆盖其下的肌肉在绷紧。

突然，郭岩双脚跨立，扎下一个马步，双手握拳位于腰侧。随即，他圆睁双眼，挥出一拳，将面前如织的雨帘打破。紧接着，他的拳脚飞舞起来。一招一式，有板有眼。在空旷的院子里，在深秋的冷雨中，少年面对那个看不见的敌人，全神贯注，奋力进击。

直到方木等人回到顾浩的临时住所，雨还没有停。姜玉淑终于察觉到顾浩的心事重重，却又不敢发问。进了屋子之后，她就催促顾浩去睡觉，养足精神应付第二天的化疗。方木同样意兴阑珊，准备起身告辞，刚走到门口，顾浩却在身后叫住了他。

"方警官，跟我来一下。"

顾浩向自己那间卧室轻轻摆头，率先走了进去。

方木心里一动，示意邰伟和米楠去车里等，自己尾随顾浩进了卧室。

顾浩关好门，坐在床上，上下打量着方木，忽然笑了笑。

"不管怎么样，谢谢你。"

方木有些尴尬，心知自己的算盘终究瞒不过这个老狐狸。他不知道该如何回答，只好点点头。

"我老了，难免会犯糊涂。"顾浩叹了口气，"有些事情，明明该做，却总是狠不下心。一来二去，不知道会耽误多少事，坑了多少人。"

方木咧咧嘴："您老别这么说……"

顾浩摆摆手，示意他不必再说下去，起身绕到床头，从枕头下面摸出一样东西。

是一个粉色封面的硬皮日记本。

"这二十年，我一直试图搞清楚她是个怎样的孩子。这本日记，我也翻来覆去地看了无数遍。"

顾浩摩挲着那已经开始褪色的封面，布满皱纹和老年斑的手微微颤抖着。几秒钟后，他仿佛下定了决心，把日记本递给方木。

"我已经帮不了你什么了，希望它可以。"顾浩看着方木，眼神悲戚，"让这件事情有个了结吧。"

第二十九章·对立

正方形的纸箱，瓦楞纸材质，箱体上没有任何标识，看上去平平无奇。它静静地坐在宽大的办公桌上，显得有些拘谨。

顾蓝怔怔地看着它。

良久，她站起来，伸出一只手，小心翼翼地摸了摸箱体。

随即，她深吸了一口气，打开纸箱，俯视着那个瓷白色的罐子。它和那个纸箱一样，毫无个性，简陋的外形和粗糙的釉面都表现出它的廉价。然而，顾蓝依然不敢轻易去触碰它，仿佛那是一件无价的稀世珍宝。

她以为自己会崩溃，会痛哭失声。但是，眼眶里好像变成了干涸的沙漠，一点水分都没有。她只是反复端详着这个瓷罐，似乎在竭力把它和那个曾经生龙活虎的人联系在一起。

这终归是徒劳。

最后，她终于下定决心，探手进去，把瓷罐从纸箱里捧了出来。它比她想象的要轻得多，这让她感到十分惊讶。尽管如此，她还是屏住呼吸，动作缓慢地让它落在桌面上。

罐体并不大。她伸出双手，可以堪堪围住。渐渐地，冰冷的罐体有了些许温度。她俯下身子，把额头抵在瓷罐上。

还是不想哭。她只是觉得不可思议。那么大的一个人，怎么可能变成小小的一罐灰烬。而且，他原本是一刻也闲不住的，现在就安安静静地待在罐子里。

她闭上眼睛，喃喃自语："就这样，也挺好的，是不是？"

足足十几分钟之后，她坐直身体，起身走到窗前，关好窗户，又关掉空调。室内再无流动的空气。随即，她蹲在办公桌后的保险箱前，输入密码后打开来，从中取出另一个瓷罐。

这个瓷罐要大得多，做工精巧，釉面光滑。她把两个瓷罐并排放在一起，默默地看了一会儿。然后，她打开他的那个罐子。一瞬间，些许微尘轻轻地飞舞起来，她本能地伸手去接，却发现它们几乎不可分辨，落在掌心中就看不见了。她定定神，托起罐子，向里面看去。

灰白色。粗粝。混杂着大小不一的颗粒。

她的嘴唇哆嗦起来，勉强挤出一个微笑。

嗨。

犬牙。夏天。我的弟弟。我的爱人。

她赶在情绪失控之前，把那一罐灰烬倾倒在另一个瓷罐里。她是如此小心，不让任何一粒灰落在别处。之后，她还打开化妆盒，拿出粉刷，将残留在罐底的灰烬一点点扫出来。

那可能是他的几撮头发，或者一根手指。

这反而让她平静下来。

终于，两罐灰烬合二为一。她仿佛完成了一件大事，神色疲惫又满足。

瓷罐被重新密封好，另一只空罐则放回到纸箱里。她捧着瓷罐，贴在自己的脸颊上。

小鱼，那是爸爸。

你们等着我。我们会在一起的。

她站起身来，穿好风衣，拎起皮包，捧起瓷罐，步履轻巧地走向门口。

自始至终，眼泪都没有掉下来。

回家。

还没等走到单元门前，顾蓝就注意到停放在楼下的那几辆警车。她神态自若，脚步不停，径直上了电梯。

走廊里站着几个拎着银灰色工具箱的人，个个表情凝重，一言不发，只把视线投向缓缓走过来的顾蓝。

米楠站在门口，从衣袋里掏出一张纸，展开给她看："搜查证。"

顾蓝只是点了点头，看也不看她，直接打开了门锁。

一行人鱼贯而入，沉默着在门厅里穿戴各种装备。顾蓝把瓷罐放在客厅的茶几上，脱掉风衣，自顾自去餐厅里接了一杯水。

"柜子里有矿泉水。"她边喝水边指向门口，"要喝的话自己拿。"

技术员们彼此看看，没有回应，手脚麻利地准备工作。

米楠倒是一副悠然自得的样子，在每个房间都转了转，偶尔还从书架上抽出一本书翻翻。顾蓝坐在沙发上抽烟，发现她并没有像其他人那样戴好头套、手套和脚套。

"你不怕在我这里留下掌印吗？"

"哦？"米楠把正在端详的一个小工艺品放回柜子里，笑了笑，"例行公事而已，我要找的东西，已经不可能在这里了。"

她向门厅里那双刚刚被顾蓝脱下的高跟鞋努努嘴："对吧？"

顾蓝也笑，情绪莫名地放松下来："要不要喝杯咖啡？"

米楠点点头："好。"

洒满日光的阳台一角，两个女人在一张小方几旁边相对而坐。她们中间是两只正在冒着热气的咖啡杯。在客厅的另一侧，闪光灯不时亮起，技术员们或卧或立，在每一个角落仔细搜索着。

茶几上，那个瓷罐端端正正地摆着，看上去非常孤单。

米楠对同事们的工作毫不关注，似乎对眼前的咖啡更有兴趣。她抿了一口杯子里的棕色液体，咂咂嘴。

"味道不错。"她转动着杯子，"是专门研究过吗？"

"算是吧。"顾蓝拨弄了一下头发，又点燃了一支烟，"很多年前的事情了。"

她指指那些忙碌的技术员："他们要搞多久？"

"你要出去吗？"

"不。我只是想休息一下。"顾蓝耸耸肩膀，"这几天发生的事情太多了，你知道的。"

"你放心，应该很快。"米楠转头看向客厅里，"有些事情没有意义，还是得去做——他们的领导被夏天搞成重伤，心里憋着火呢——你能理解吧？"

"当然。"顾蓝垂下眼睛，笑了笑，"真遗憾，就这么站在了你们的对立面上——我很喜欢你们。"

"是啊。"米楠也笑，"命运真是个奇妙的东西。"

她摩挲着杯子，并不看向对方："说点你可能感兴趣的事情吧。老头儿做了第二次化疗，还是坚持不肯去国外。这两天白细胞降得很厉害，用升白针顶着呢。如果指标升不上去，可能就暂时无法继续治疗了。"

顾蓝听得很专注，却不表态。

"他不是不想活，只是没法安心。"米楠抬起眼睛，"你明白我的意思吗？"

"谁又能安心呢？"顾蓝不置可否，"别试图去劝说我了，好吗？"

米楠摇摇头："我没打算来说服你。"

"哦？"顾蓝挑起眉毛，"你不会就是想来喝杯咖啡吧？"

"当然不是。"米楠轻轻地叹了口气，"这么多年，你是怎么过来的？"

顾蓝更加惊讶："你为什么想知道这个？"

"有一个女孩子，跟你很像，小小年纪就在外面流浪。"米楠看向窗外，"那时候，我很想跟她好好聊聊。"

她收回目光，面露苦笑："可惜，再没有机会了。"

顾蓝怔住了。良久，她低声说道："想必这又是一个悲伤的故事。"

米楠低下头："人的一生，大概就是在不停地补偿中。"

"但是，我帮不了你。"顾蓝摇摇头，"我连自己都帮不了。"

她指向自己的胸口："我这里有一个洞。我曾经以为，可以把这个洞填满。但是并没有。不仅没有，这个洞反而越来越大。"

米楠看着她，仿佛听到血液流动时，那个空空的腔体中传来的回音。

"我想的，我做的，也许是错的。"顾蓝笑了笑，"但是，我已经不在乎了。"

米楠咬咬嘴唇："那么，我们之间，只能这样了吗？"

"没错。"顾蓝的语气坚定，"真是抱歉。"

这时，一个技术员走过来，把搜查笔录递给米楠，面色尴尬。

"没什么发现。"

米楠并不意外，浏览一番后把笔录和签字笔递给顾蓝。

顾蓝看也不看，飞快地签上自己的名字。

"那就不多打扰了。"米楠恢复了公事公办的语气，"告辞。"

"如果有可能——我是说有可能。"顾蓝看着她，"我会把你想知道的故事讲给你听。"

米楠微笑了一下："好。"

方木站在铁门前，逐字逐句阅读着《探视须知》。在他身后不远处，邰伟和米楠正在四处环视，不时看看视频监控摄像头的位置和保安员腰间的橡胶棍。

ICU 病房所处的位置在大厅的右侧，全封闭状态。一个步履轻巧的护士走过来，用挂在脖子上的身份识别卡贴向门旁的读卡器。嘀的一声之后，铁门自动开启。护士闪身而入，铁门又徐徐关闭。

方木看着她的动作，直至她消失在铁门的另一侧。刚转过头，就与郐伟视线对接。后者点点头："如果顾蓝想对潘晓下手，可得费点功夫。"

"同意。"米楠慢慢踱到方木身边，"她不太可能在不惊动任何人的情况下，就轻易突破进去。"

方木把目光投向长椅上沉默的人群："看来潘晓这里不是重点。"

"确实奇怪。"郐伟搔搔头发，"按说这小子才是最容易被搞定的。"

"他合格了。"方木轻轻地呼出一口气，"潘晓每时每刻都在和死神争夺自己的生命。"

他向长椅上的那个女人努努嘴："潘晓的妈妈和郑松林、王哲不一样，她没有一掷千金的能力，更没有主动参与地下器官移植的交易。"

"肇支队在这条线上挖得挺深。"郐伟神色黯然，"你不知道，我在他办公室看到那张写满字的白板的时候，眼泪都快掉下来了。"

米楠的视线一直在那个女人身上打转："要不要找她聊聊？"

她看向方木："如果她肯指证艾名博和艾雯呢？"

"希望不大。"方木摇摇头，"潘晓的治疗费用大概率是由艾名博支付的。代价是要潘晓家守口如瓶。只要他还活着，潘晓的妈妈就不会指证艾名博。"

郐伟皱皱眉头："所以？"

"所以重点还在那对父女身上。"方木笑了笑，"小鱼的事情，叠加上夏天的死，这就是血海深仇了。"

这时，ICU 病房的门开了，两个护士推着一张移动病床走出来。米楠看了一眼，立刻快步奔过去。

"肇支队出来了。"

肇德军躺在床上，整个头颅的上半部都被纱布包裹着，双眼肿胀，微睁，嘴巴半张，脸色蜡黄。

米楠急切地问道："他怎么样？"

"还算稳定。"护士的回答干脆利落，"我们要送他去做头部 CT 检查，请别妨碍我们。咨询病情请去找医生。"

米楠连连答应。邰伟则弯下腰，扶着病床，一路小跑进了电梯。方木犹豫了一下，也跟了上去。

三个人在 CT 室门外静静地等候，看着"检查中"的指示灯亮了又灭。铅门缓缓打开，移动病床再次出现在门口。邰伟一个箭步蹿过去，拉住肇德军的手。

"肇大哥，"邰伟咧咧嘴，"我……"

肇德军的眼球迟滞地转动着，在邰伟身上停留了几秒钟之后，又看向方木。突然，他那微睁的双眼中冒出两道精光，整个人似乎要从病床上坐起来。

随即，他的嘴唇就翕动着，吐出几个模糊不清的音节。

方木把耳朵凑过去，依稀辨得"女人，那个女人"。

顿时，方木的心中百感交集。

"肇支队，我们的思路是对的。"他用力点点头，"案子还没破，但是我们已经查清她的身份了。"

他停顿了一下："我保证，我保证要让你看到全案告破。"

肇德军"啊啊"地叫着，眼睛越来越亮，手臂也抖动起来。护士见状，急忙推开他和邰伟。

"不要让他太激动！"护士毫不客气，"有什么话，留着以后再说！"

在方木三人的耳朵里，这句话虽然生硬，却颇为安慰。他们目送移动病床进了电梯，又在原地静静地站了一会儿。须臾，邰伟猛地拍了一下巴掌。

"妈的！就算是老顾的干儿子，我他妈首先也是个警察！"邰伟粗鲁地搓搓脸，"管她是人鱼还是带鱼，搞不定她，我对不起老肇。"

方木正要接话，就看见邰伟抬起手指向他："你也给我打起精神来啊，我可不管你们有没有交情，是什么交情！"

说罢，他就转身大步走开。方木无奈，只能起身去追他。

同时，方木看见米楠向他投来意味深长的一瞥。

二孩家庭。苏琳为长女，苏哲为次子。但是，在家庭地位方面，长幼的次序完全颠倒过来。

苏父为玻璃纤维厂装卸队工人，体力劳动者，无一技之长。苏母的工作不固定，多数时间是一个家庭妇女。这样的家庭，抚养两个孩子，经济条件不会太好。

苏父受传统观念影响颇深，坚持要生一个男孩来传宗接代。苏琳的出生，应该让他颇为失望。有了苏哲之后，他把大部分精力和爱都倾注在儿子身上。即使苏哲只能做一个黑户，也在所不惜。

从社会层面上来看，苏哲是隐形的，但是，一旦回归家庭，他和苏琳恰恰相反。苏哲的要求都会得到父母的尽力满足。比如，在那个时代颇为昂贵的变形金刚玩具。相较之下，一双廉价的白球鞋却成了苏琳的奢望。在这种家庭关系严重失衡的情况下，自卑又敏感的苏琳渐渐长大了。在度过懵懂无知的童年后，她清晰地感觉到自己和弟弟在父母的心目中有多么不同。对此，她只能默默接受，并一度视之为理所当然。

然而，她有她的需求与渴望。一个正处于青春期的少女，却除了校服之外，再没有一件心仪的衣服。灰头土脸的外表，让她难以向暗恋的男孩子吐露心迹。更不要说那些时时让她感到丢脸的日常瞬间。在苏琳所处的任何社会环境下，她都是渺小的、卑微的、被忽视的，甚至连基本的饮食营养都保证不了。

日记中提到的那两只煎蛋，大概来自好心的邻居——顾浩。

英语剧《海的女儿》无意中打破了这一切。

苏琳欣然领受了侍女这样的角色，因为这可以让她按照剧情的需要，大胆地看向心中的王子（杨乐）。然而，那件白裙子时时勾起她对成为公主的向往。一次偷穿戏服的冒险行径，最终成为这场悲剧的导火索。大雨之夜，被赶进雨水管网的她经历了人生中第一次生死危局。

令她没有想到的是，久居在下水道里的怪物并没有伤害她，反而给她食物和水，帮她疗伤，又把迷失在管网中的她送回地面。

回家之路，不过几公里。在经历了喜悦、激动、委屈之后，迎接她的，是一扇紧闭的铁门。即使这样，她仍然要顾及父母的面子，选择躲在花坛里等待家人。恰恰是在那些花草的遮蔽下，她知道了所谓亲情的本质，认清了世界的真相。

为了弟弟的户籍，为了一大笔钱。苏家的长女，被默认为从未出现在这个人世间。

她几乎是本能地选择了重返地下。因为，除此之外，她再无去处。如此，一个十七岁的少女，放弃了阳光下的种种牵绊，和一个怪物同居在不见天日的雨水管网中。她把他视为唯一的亲人和依靠，并给他起了一个名字：文森特。

生活在下水道里的善良的狮面人。

如果这样的日子会像管网中的雨水一般悄然流逝的话，之后的事情就都不会发生。现在的苏琳，大概同样会昼伏夜出，在月光下默默游走，在城市的角落里翻捡可以变卖、果腹的东西。

然而，她没有。

那束小小的火苗，只是暂时被灰烬掩盖。稍加撩动，它又会不动声色地燃烧起来。

月余，或者更久的时间之后，苏琳已经很清楚，她并不属于这里。至少，她不甘心就此沉沦下去。失去的家人，更像是卸下的重担。她坚信自己可以成为人鱼公主，即使现在只能躲在下水道里。

所以她精心策划了那个"big day"。1994 年 6 月 20 日。

在全校师生的瞩目下，她夺回了属于自己的白纱裙，在姜庭的帮助下成功脱逃。在奔向大海的前一刻，苏琳大概觉得还欠文森特一个正式的告别。而这次重返雨水管网，让她看到了命运的狰狞面目。

善良的怪物成了杀人魔。

彬彬有礼的老师其实是性变态。

嚣张跋扈的霸凌者只是待宰的羔羊。

毫无血缘关系的邻家老人，居然为了寻找她不顾一切。

蛛网般复杂的雨水管网中，处处都是分岔口。

她瞥见光明，也凝视黑暗。然后，头也不回地跳下深渊。

因为爱，她放弃了唾手可得的安稳生活。

因为爱，她一定要讨回公道。

因为爱，她知道自己缠绕在密封阀上的铁丝一定会被另一个父亲绞紧。

她所需要的，并非一条白纱裙，或者虚假的公主头衔，而是爱。倾其所有的爱，毫无顾忌的偏爱。

两只煎蛋的偏爱。

一双头破血流换回的白球鞋的偏爱。

因为爱，她会记住邻家的顾大爷和文森特嘴里含混不清的"小蓝"。

所以，她现在叫顾蓝。

"所以，"邰伟以手托腮，注视着会议室前方的幕布，"她做出了和十九年前一样的选择？"

投影仪里，正在播放一段视频。1994 年 6 月 20 日，C 市第二中学礼堂里，英语剧《海的女儿》演出现场。

视频定格。苏琳撩起白色裙子的下摆，正从舞台上一跃而下。脚上的球鞋雪白耀眼。

她的脸上写满了坚韧与绝决，嘴角微微上扬。

方木点点头："是的，因为爱。"

他停顿了一下："为了小鱼，为了夏天。"

为了她倾其半生都无法摆脱的厄运。

"太可惜了。"始终一言不发的米楠轻声叹息，"如果当年她肯和顾大爷回去，也算有个安稳的一生。"

"即使是现在，夏天也拼了命去保全她。"邰伟垂下眼睛，"但是她统统不肯接受。"

米楠耸耸肩膀："也许，我们都不了解她。"

她转向方木："但是，你必须了解她。"

方木沉默不语。

是啊。唯有能深入她的内心，才可能设法阻止更大的悲剧发生。虽然夏天把所有罪责都揽到身上，但是，警方也很清楚，顾蓝才是主犯。而且，在已经明确目标就是艾家父女的情况下，顾蓝如果再度涉险犯案，就是以一己之力对抗整个警队。她不会再有任何全身而退的机会。

然而，真的要等到那个时刻吗？

"说到这个所谓的爱……"邰伟点燃一支烟，"除了老顾，还有没有其他人可能感化或者说服这个'人鱼'？"

米楠眨眨眼睛："谁？"

邰伟指指桌上的日记本："顾蓝似乎很喜欢那个杨乐啊。我听姜阿姨说，他就在本市。"

"可能性很小。"方木摇摇头，"在顾蓝出走之后，咱们无从知道她都经历了什么。年少时的懵懂情动，在多大程度上能唤起她对美好的向往，真的不好说。"

"我也这么觉得。"米楠笑了笑，"她在面对顾大爷的时候，都能心如止水。更何况一个不曾挑明的暗恋对象。"

"更何况，夏天的死，已经彻底断绝顾蓝和这个世界和解的念头了。"方木无奈，"被打动，前提是有期待——她明显是不想活了。"

邰伟骂了一句："妈的，命都可以不要的主儿，还有什么办法？"

他猛吸了一口烟，摊开手："难道我们要二十四小时守在艾名博家门口，一看到苏琳动手就崩了她？"

米楠看向方木："我们最好能提前知道她要怎么做？什么时候做？"

这的确是个问题。

警车上，夏天对方木说"我曾经打算停下来——就差这么一点点"的时候，脸上满是惋惜。

从顾蓝对艾家父女的情绪来看，尽管艾雯是始作俑者，还有个可以用钱摆平一切的老爸——这几乎就是一个温和版的马娜——但是顾蓝很可能已经原谅了她，也曾经试图和夏天共同放下仇恨。火烧特训学校之后，艾名博执意要收容教养郭岩的态度再次激化了彼此的矛盾。特别是夏天的死，让顾蓝决意要血债血偿。因此，她的头号报复目标其实是艾名博。

这一系列的变故并没有让时间之水稀释那浓重的血色。现在的顾蓝，比几个月之前那个一心复仇的母亲更加狠辣。

倘若这个推断成立，那么她一定会给艾名博设下一个圈套，用女儿来摧毁父亲。

方木莫名其妙地想起逃城的典故。城中的大祭司原本已死，寻血仇的人刚刚散去，误杀者才瞥见城外的美好景致，就被自己的父亲关上门，上了闩。

这实在不得不让人扼腕。

至于顾蓝什么时候会对艾家父女动手，更是无法测度的事情。但是方木觉得，这一天不会太远。毕竟她不曾给郑凯和王光彦更多反省的机会，他们还没有觉得逃城，就已经被追讨回原本不属于自己的东西。

"这老顾头抠抠搜搜的，算他有觉悟，把日记交出来了。"邰伟烦躁起来，"可是，这也没什么用啊。"

方木摇摇头："不能这么说。"

邰伟还不服气，挑起眉毛："怎么？"

"十九年前的苏琳不是恶魔；现在的顾蓝同样不是。"方木神色戚然，"她能感受到爱，也比任何人都渴望得到爱。"

他抬起头："苏琳的日记里有这样一句话，来自维克多·雨果——'人生至高无上的幸福，莫过于确信自己被人所爱。'"

邰伟沉默了一会儿，苦笑："爱。这太虚无缥缈了。"

米楠忽然开口，仿佛在喃喃自语："爱是盔甲，也是软肋。"

是啊。在那漫长的岁月里，苏琳大概是靠着深夜的两只煎蛋、管网中看不清面目的老人以及那双白球鞋才勉力撑到成为顾蓝的那一天。

那么，在厚重密实的甲胄下，唯一可以被突破的缝隙在哪里呢？

"接下来就看你的了。以往我们都是跟在嫌疑人的后面跑，这一次，咱们无论如何得走到顾蓝的前面。"邰伟疲惫地搓搓脸，"这活儿干的——头一回，不想着怎么摁住对方的手腕子，而是想尽办法去说服教育。"

他站起身来："我去看看老顾头，他第二次化疗后白细胞降得厉害，又住院了。"

"我也去。"米楠笑了笑，"'人鱼'如果知道我们都没放弃她，该做何感想？"

方木一愣。

"别误会。"米楠抬脚向门口走去，"我没有那么浅薄。"

她握住门把手，又转过身来："希望你能明白，没有人愿意去做被放弃的那一个，无论出于什么原因。"

佟院长在最后一份文件上签好名字，放下圆珠笔，手指依旧在微微颤抖着。一直默不作声的顾蓝倾身过来，握住她的手。

"这样就可以了吧？"佟院长勉强笑笑，"然后呢？"

"然后我们等着就行了。"顾蓝看着器官移植科的工作人员把文件收好，"有合适的供体，医院会通知我们。"

"要等多久呢？"佟院长还是不放心，"我刚才去看了朵朵，她的脸色……不太好。"

"别着急。朵朵在医院先维持着，暂时不会有什么大问题。"顾蓝反复摩挲着她的手，看上去非常淡定，"我会时常关注供体的进度。"

她忽然笑了笑："即使我不在，也会专门安排人推进的。"

佟院长稍稍安心。顾蓝转过头，向工作人员问道："主任在吗？"

正在装订文件的工作人员指指门外的某间办公室："在的。"

顾蓝站起身来："佟大姐，我去跟主任聊几句。你先坐一会儿，回头我来找你。"

说罢，她就起身离开。出门，走到主任办公室门口，抬手敲了几下。

听到室内传来"请进"的回应，顾蓝推门进去，向正在电脑键盘上敲击的中年男子露出得体的微笑。

"杨主任您好。"

杨主任从眼镜上方投来疑惑的一瞥："你是？"

"我是那个准备做心脏移植手术的朵朵的亲属。"顾蓝坐在杨主任对面，"刚刚办完所有的手续。"

"嗯，七床那个小姑娘。"杨主任在电脑上操作一番，"有什么事吗？"

"杨主任，知道您很忙，我就开门见山了。"顾蓝把手提包放在膝盖上，"孩子大概什么时候能做手术？"

"这个不确定。"杨主任摇摇头，"预约登记之前我就跟你介绍过情况。手术的条件我们都具备，缺的就是合适的供体。"

"我知道。"顾蓝的神色恬淡，"我就是想跟您聊聊这个。"

"除了耐心等待，没什么办法。"杨主任揉揉太阳穴，"好在预约心脏移植的患者并不多，朵朵前面没几个人。"

"我是希望一旦有合适的供体，她能第一个接受移植。"

"插队？"杨主任严肃起来，向后靠坐在椅子上，"那不可能。"

顾蓝脸上的笑容依旧，从手提包里拿出一个厚厚的信封放在桌面上，向男人推过去。

"杨主任，请您多费心。"

杨主任按住信封，又推了回去。

"你的心情我非常理解。"杨主任板着脸，"但是每一个患者的生命都是平等的。你抢到了资源，就可能会有另一个孩子在等待中慢慢走向死亡。"

"我完全明白。请相信我，我也不想变成自己曾经最痛恨的模样。"顾蓝咬咬嘴唇，脸上的笑容渐渐消失，"我是担心自己等不到她接受手术的那一天。"

"哦？"杨主任有些诧异，"你……"

"我可能会离开一段时间。"

"在这个阶段，家属的陪伴与鼓励很重要。孩子也会有活下去的信心和勇气。"杨主任打量着顾蓝，"你是她妈妈？"

"不是。"

"那是……"

"我和她没有亲缘关系。"顾蓝摇摇头，"朵朵是个孤儿。先天性心脏病大概就是她被遗弃的原因。我只是个志愿者，资助福利院的。"

"志愿者？"杨主任越发惊讶，"你知道她做手术要花多少钱吗？"

"知道。"顾蓝笑笑，"我已经把所需费用预存到她的医院账户里了，只多不少。"

"是这样啊。"杨主任的脸色缓和了许多,"你愿意帮助一个孤儿——从我个人的角度来讲,非常敬佩你。"

他想了想,把信封推到顾蓝的手边。

"你把钱收起来。"杨主任的语气真诚,"我会把朵朵的病案发送到本市所有医院的器官移植部门,让我的同学们帮帮忙,也许可以缩短一些等待时间。"

顾蓝站起身来,向他伸出一只手,脸上露出舒心又感激的笑容。

"杨主任,太感谢您了。"

回到接待室,顾蓝的神色已经轻松了许多。佟院长被她的姿态感染,也不再是满脸忐忑。

"我们先回福利院吗?"佟院长站起来,"家里还有不少事情呢。"

"您先回,我叫个车送您。"顾蓝拿出手机,忽然犹豫了一下,"我……有个客户在这里住院,我去看看他。"

十几分钟后,顾蓝已经站在了肿瘤内科的医生办公室门口。她敲门进去,直接找到了顾浩的主治医师。

仔细询问了他的治疗方案以及二次化疗之后的治疗效果之后,她以患者侄女的名义索要了全部病案以及各阶段化验、检验报告。

回到走廊里,顾蓝坐在长椅上,打开手机里的扫描软件,将资料一一扫描、保存又发送给了自己的助理。随后,她拨通了助理的电话号码。

"把这些资料按时间顺序整理好,打包发给北京的医疗管理公司。"顾蓝的指令简短又明确,"让公司尽快翻译,然后马上发给美国休斯顿,明天中午之前必须把邮件发出去。"

挂断电话,顾蓝整理好资料放进手提包里,又看向不远处的一间病房,默默地坐了一会儿。随即，她站起身，戴上墨镜，双手插在风衣的口袋里，向电梯间走去。刚迈出几步，她就听到上行电梯发出到达的提示音。前方的电梯门打开，邰伟、方木和米楠鱼贯而出。

看到他们，顾蓝先是一愣，本能地停下了脚步。另外三人也都颇感意外，同样站在原地。

在走廊的一左一右，相距不过几米。四个人一言不发地对视着。

邰伟的脸上忽然写满了惊惧的表情。他向方木低吼了一声："看住她！"紧接着，他拔腿向病房的方向跑去。

几乎是同时，顾蓝恢复了常态，不紧不慢地走向电梯间。方木一动不动地站着，心里很清楚邰伟的猜疑完全是多余的。

三个人之间的距离越来越短，最后，擦肩而过。

顾蓝始终目不斜视，方木也同样如此。

米楠叹了口气，拉拉方木的衣袖："走吧。"

安静的长廊里，两人向左，一人向右，无言地交错，各自朝着相反的方向走去。

第三十章 · 不可能的忏悔

市局副局长、专案组组长李守刚端坐在办公桌后，认真聆听着方木和米楠的案情汇报。之后，他默默地坐了一会儿，指节不停地叩动着桌面。

"这么说，我们现在拿这个顾蓝完全没有办法？"

"是的。"方木点点头，"没有任何证据能够证实她和系列杀人案有关。相信她和夏天之间是用不留下痕迹的方式商讨犯罪计划，由夏天独立作案。如果不是因为夏天始终保留了那双耐克鞋，我们几乎也很难把他和系列杀人案建立联系。"

"难道我们只能眼睁睁地看着她把自己撇得一干二净？"

"那倒不会。"方木苦笑，"顾蓝是决意报复到底的。所以，她一定会想办法对艾家父女下手。这一次，她很难全身而退。"

"不过……"李守刚摸摸下巴，"我们还是很被动啊。总不能等着艾家父女都死了，我们再采取行动——你现在的工作计划是什么？"

方木和米楠对视一眼："我们在寻找突破口。能规劝她自首最好，实在不行，对她的下一步报复计划能预见一二也是好的。"

"在你看来，顾蓝大概什么时候会动手？"

方木简短作答："很快。"

"要不就找点茬，先把她拘起来。"李守刚摊开手，"消磨消磨她。"

"这恐怕只会让她更加坚定报复的决心。"米楠摇摇头，"她不是个意志薄弱的人。"

李守刚想了想："从她的家人那里想想办法呢？她不是还有个弟弟吗？"

"从顾蓝的前史来看，亲情关系比较淡漠。"方木斟酌着词句，"她在本市立足已久，生活优渥。如果有认亲的想法，C市距离本市不过几百公里，她早就回去了。而且，弟弟对她而言，并不是什么特别美好的回忆。"

李守刚的脸色更加难看。沉吟良久，他拍了拍桌子："看来只能静观其变了。这样也好，如果能在犯罪现场及时阻止她，也算全案告破。"

方木沉默不语。从公安机关的职责来看，终极目标当然是将顾蓝绳之于法。但是，这背后的代价却是所有人都不想看到的。如果可以，他更愿意让这个失控的局面在最坏的结局到来之前就能够被化解掉。

可是，该怎么办呢？

"你们需要局里提供什么帮助？"

"哦，调配一些人手去监控顾蓝及其名下的企业的动向。至少在最近一段时间，我们得掌握她的行动轨迹。"方木回过神来，"此外，我觉得需要和艾名博谈一谈。"

艾雯呆呆地坐在床上，双眼无神，一言不发地看着窗外。正在拆除护栏的工人遮挡了大部分阳光，在她的身上投下大片阴影。

在她的注视下，工人觉得浑身不自在。他曾经试图对这个头发蓬乱、面色苍白的女孩投以友善的微笑，但是她始终面无表情，眼神似乎也无法聚焦。这户戒备森严的人家原本就让他觉得诡异，现在他只想快点拆掉二楼卧室的这扇护栏，好躲开这令人不适的目光。

院子里的嘈杂声此起彼伏。艾雯知道已经有几扇拆下的护栏堆在花圃的旁边。遍布各个角落的摄像头也被撤掉。一楼客厅里的台式机被装进纸箱里，准备送到特训学校去。爸爸正在联络朋友订购新的博古架，那些被放进储物间里的古玩什么的可以重见天日了。

生活似乎正在回到原来的模样。

窗外那恼人的嗡嗡声终于暂时停止。悬吊在半空中的工人把电动螺丝刀插回腰间，奋力拉拽着护栏。墙体微微震动——护栏的一角脱落下来。

紧接着，是第二个、第三个……

他用绳子把护栏系紧，向下方大声吆喝着。

这场面，和她从看守所回来那天一样热闹。不，因为爸爸那高昂的情绪，因为那些招待工人的高档香烟，今天会更热闹一些。

几分钟后，工人和那扇在半空中摇摆不定的护栏一起缓缓下降。窗口恢复了平静，不再被分割的阳光泼洒进来。艾雯觉得有些刺眼。她闭上眼睛，用手撑住床面，身体后倾，想感受一下这久违的温暖感觉。

忽然，她摸到了枕头下的那把猎刀。冰冷、锋利，寒光闪闪。

不。回不去了。

艾名博粗声大气地指挥着工人把护栏叠放在一起。院子门口，有一个瘦小的男子倚靠在三轮车旁，眼睛眨也不眨地看着那堆沉甸甸的铁家伙。

艾名博抬手招呼他："你看看，值多少钱？"

"一百块钱吧。"瘦小男子收回视线，"这也没多少。"

"开玩笑吧你。"艾名博瞪起眼睛，"我当初可是花了好几千。"

"大哥，你这玩意别人也没有用啊。"瘦小男子一脸不情愿，"我只能当废铁收。"

"行吧。"艾名博挥挥手，似乎也无意计较，"一百五十块，行你就拿走，不行我找别人。"

"妥嘞。"

瘦小男子立刻换了一副表情，忙不迭地从衣袋里数出大大小小几张纸钞，生怕艾名博反悔。

艾名博马马虎虎地把钱揣进口袋。瘦小男子则马不停蹄地把那些"废铁"装进三轮车。正在忙碌的时候，一男一女走进了院子。

方木见他扛抬得力不从心，伸手帮了一把。瘦小男子连连道谢。艾名博看见他，立刻认出是在公安局曾经谋面的警察，不由得一愣。

"你们怎么来了？"艾名博突然心惊，下意识地抬头看看楼上的卧室，"艾雯的事……"

方木没有立刻回答他，在院子里四下打量了一圈："艾校长，你这是要撤除防线了？"

艾名博的脸色青一阵白一阵，变得语无伦次："我就是觉得没必要……打算换一套……现在社会治安……"

方木打断了他，指指花圃旁边的桌椅："聊聊吧。"

艾名博一脸忐忑地坐下，依旧心悸不已："是艾雯的事情有进展了吗？"

"这个我不清楚，我不负责毒品案件。"方木摇摇头，"我来找你，是想聊聊你和你女儿。"

"哦？"艾名博挑起眉毛，"你指的是？"

"对。"

"不是已经结案了吗？"艾名博有些莫名其妙，"据我所知，那小子已经……已经畏罪自杀了。"

"你的消息还蛮灵通的。"米楠笑笑，很快就收敛，"他为什么要杀你？"

"因为……他的徒弟纵火烧毁了我的特训学校。"艾名博垂下眼睛，"我坚持要追究那孩子的法律责任——这是我的权利，不是吗？"

他急忙又补充一句："后来我已经不再追究了。"

方木一字一顿地说道："艾校长，你和艾雯做过什么，你心里清楚，我们也清楚。如果你承认——哪怕是默认这一点，我们的谈话就可以继续进行下去——我说明白了吗？"

艾名博不安起来。他在椅子上扭动了几下，勉强挤出笑容："我看，让我的律师到场比较合适。"

"律师现在帮不了你。"米楠的语气直截了当，"你只需要回答我们，要不要继续谈下去？"

艾名博想了想，咬咬牙："你说吧。"

"进入正题之前，我要告诉你，被艾雯撞死、又被摘除了器官的那个孩子……"方木盯着他的眼睛，"她叫小鱼。无论以后会怎样，请你记住她的名字。"

艾名博抖了一下，移开视线，嘴角紧抿。

"好，我们继续。"方木的语气平静，"小鱼是个孤儿。但是，在那个大雨之夜的前几天，她已经被领养了。但是，她还没来得及去往新家，就被艾雯撞死在半山医院附近的盘山路上。之后的事情，你比我们要清楚。"

艾名博忍不住说道："包尚义当时没有……"

话一出口，他立刻意识到自己失言，又把嘴巴闭紧。

"当时没有告诉你，除了潘晓体内的那颗心脏，他还要摘除小鱼其余的器官，对吧？"

艾名博用力地摇了一下头，一言不发。

"好，我们继续，说点你不知道的事情。"方木继续说道，"小鱼的领养者根据沿途的视频监控，找到了车祸现场，又找到了半山医院。他们可能采取了某些非常残酷的手段，总之，包尚义把一切和盘托出。然后，他们杀掉了包尚义，并把他肢解、扔进医院的焚化炉里，烧成了灰。"

艾名博颤抖起来，他扭头看向那些还在别墅的楼体上作业的工人。

"你能小点声吗？"他换了一副哀求的口吻，"不要……不要给别人造成不必要的误会。"

"好。"方木点点头，却没有降低音量，"有了包尚义提供的信息，他们很容易就找到了郑松林、王哲，还有你。之后，他们开始逐个考察那几个移植了小鱼的器官的人。"

艾名博清楚地听见自己的牙齿在互相碰撞："考……考察？"

"对。"方木笑了笑，"移植了眼角膜的那个男孩，依旧沉迷于色情视频；移植了肝脏的另一个男孩，像过去一样酗酒度日。他们没有珍惜小鱼用生命带给他们的机会。所以——领养者把原本就不属于他们的东西拿了回来。"

艾名博不由得再次看向楼上的卧室："可是，我们……"

他无论如何说不下去了。

"现在，据我们所知，接受器官移植的还有两个人。"方木扳起手指，"一个是潘晓，另一个是包尚义的姐姐。"

艾名博瞪大眼睛。

"潘晓一直在跟死神打拉锯战；包尚义的姐姐也非常小心地保养自己的身体。在领养者看来，他们都没有辜负小鱼。"米楠意味深长地看着艾名博，"所以，领养者的目标只剩下你的女儿——艾雯。"

"我们……当时的情况……根本没有其他的选择！"艾名博腾的一下站了起来，双臂疯狂地挥舞着，"雯雯完全是无辜的！她……"

忽然，他似乎意识到了什么。

"等等。"艾名博直勾勾地看向方木，"你刚才说那个领养者——'他们'？"

"你终于发现这件事情的重点了。"方木笑笑，"没错。'他们。'一男一女。男的你知道是谁了。"

艾名博的额头上布满汗珠，仿佛在喃喃自语："女的……"

米楠点点头："小鱼的养母。"

"我知道了！"艾名博向后跌坐在藤椅上，眼睛几乎要凸出眼眶，"福利院的那个女人！"

"希望你现在明白自己的处境了。"方木向毫无遮挡的别墅努努嘴，"距离万事大吉还为时尚早。"

艾名博死死地抓住藤椅的把手，骨节已经发白。他漫无目的地四处张望着，似乎手持利刃的女人就躲在那些栅栏外、灌木丛中或者电线杆后面。

忽然，他咽了口唾沫，声音干哑。

"你们跟我说这些干什么？"艾名博竭力让自己镇定下来，"都知道她是谁了，为什么不去抓她？"

"你一直不知道对手是怎样的人。"方木叹了口气，"请你相信，能做的，我们都做了。"

绝望的神色出现在艾名博的脸上。

"那你告诉我这些还有什么用！"艾名博低吼道，"让我死个明白吗？"

"不是。艾校长，你的对手并不是个恶魔。否则，她不会等了那么久，更不会给他们机会。"方木平静地说道，"而且，如果你没有一意孤行，非要拿郭岩出气，这件事很可能已经到此为止了。"

"什么小鱼！什么郭岩！"艾名博变得歇斯底里，"你把话说清楚！我怎么了？"

"是啊。太复杂了。"米楠摇摇头，"命运就是这么复杂，是不是？"

"而且，你也不需要太清楚。"方木坐直身体，"你只需要做一件事就可以。"

艾名博顿时把注意力全部集中到方木身上："什么事？"

"悔过。真心地悔过。"方木放慢了语速，"完全不打折扣那种。"

"悔过……"艾名博的眼神茫然，"怎么悔过？"

瞬间，他又似乎清醒过来："她开个价吧，多少钱都行！"

米楠不由得脱口而出："是悔过！不是补偿！你认为一条命值多少钱！"

"嗯？"艾名博立刻转向她，"什么意思？"

"带着你女儿去自首。她的交通肇事、你的包庇和故意毁坏尸体！"米楠的脸上露出了厌恶的神色，似乎不想再和他多说一句话，"真心真意地恳求她的原谅！"

艾名博仿佛听不懂她的话，视线在方木和米楠的身上来回打转。

"艾校长，这是你和艾雯本就应该付出的代价。"方木尽量保持着耐心，"你见识过她的手段——牢狱之灾总比丢了性命要好，对不对？"

他又补充了一句："而且，我不是在吓唬你。如果你不肯悔过，她会让你比死还痛苦。"

艾名博一言不发，依旧来回扫视着他们。渐渐地，他看向院外，眼神重新聚焦。

"真是个吓人的故事啊。"他忽然笑了笑，"很精彩，也吓到我了。"

艾名博擦擦额头上的汗水："抱歉，我刚才失态了。不过……"

他调整了一下坐姿："不过，我刚才应该并没有说出什么对我不利的话吧？"

方木一言不发地盯着他，腮边的肌肉渐渐隆起。

"你们可以走了。"艾名博甚至跷起了二郎腿，"我和我女儿都没做过什么违法乱纪的事情。我没什么好悔过的。有证据，你就抓我。没有证据，就别打扰我——就像你们对那个女人一样。"

米楠忍不住说道："你在拿你和女儿的生命赌博！"

"我一直都是赢家！"艾名博站起身来，"我很忙，就这样吧。"

忽然，他的脸皮迅速塌陷下去，几乎贴合在颧骨和下颌骨上。这让他嘴里的森森白牙看上去甚是骇人。

"把你们他妈该做的事情做好！保护好每一个守法公民！"艾名博尖叫起来，"我他妈缴过税的！"

别墅斜对面的一栋洋房的五层窗口里，被墨镜遮住大半张脸的顾蓝默默地注视着怒气冲冲的艾名博。后者在赶走方木和米楠之后，在院子里转悠了几圈，一脚踢向堆在墙角的几个监控摄像头。随即，他大步返回室内，狠狠地甩上落地玻璃门。

巨大的碰撞声在寂静的小区里显得格外刺耳。顾蓝的嘴角浮现出一丝微笑。这时，身后一个面色焦虑的男人开口说道："怎么样，这个房子还算满意吗？"

"还不错。"顾蓝转过身，指指门口残留的半截警用隔离带，"那个是怎么回事？"

男人的脸上又增加了几分懊恼，他快步走过去，把粘在门框上的隔离带撕掉。

"前段时间，有个人来租房子。"他把胶带揉成一团，丢在地上，"没想到，莫名其妙地就死掉了。警察来查了一圈，把他的东西统统拿走了。其余的房租也退给他老婆了。"

他抓抓头发，急忙又补充了一句："那男的不是死在这套房子里的，你放心。"

顾蓝"哦"了一声。看来她在物业公司查到的信息是准确的。郑松林就是在这里监控艾名博一家的。

最危险的地方就最安全。郑松林已经彻底退出了这件事。所以，没有人会再关注他曾经的栖身之所。

"如果你要租的话，租金还可以再商量。"男人小心地观察着她的脸色，"租期方面，也好说。"

"行。"顾蓝离开窗口，语气轻松，"租三个月吧。"

"三个月啊……"男人有些失望，又试探着问道，"那就一次性把房租都付了吧。"

"没问题。"

男人露出喜悦的神色："那，我们什么时候签合同？"

"随时都可以，现在就可以。"

"好，好。"男人搓搓手，"我去物业那里拿合同，你稍等我一下？"

顾蓝点点头。男人忙不迭地向门口走去，又指指配电箱："电费和水费、煤气费都预交过的，回头我把缴费明细拿给你。签完合同，你就可以搬来住。"

"好。"

男人关门离去。顾蓝又在房子里转悠了一圈，视线在书柜和餐桌上停留许久。随即，她走出房门，穿过走廊，从消防通道里拎出一个大大的防水袋。袋子颇为沉重。顾蓝把它拖拽入室，放在阳台的落地玻璃门旁边。打开拉链，一个皮革实心训练假人露出上半身。

她看看训练假人，又瞥向玻璃门另一侧的阳台，嘴里默念着什么。最后，她坐在客厅里的沙发上，吸吸鼻子，似乎还能闻到汗液混合着烟草的味道。

她的眼前出现了那个在沙发上和衣而卧、靠香烟和咖啡续命的男人。

诚如她对夏天所言，郑松林的疯狂行径，让她反而生发出一丝敬意。这才是男人，这才是父亲。

不知道他的灵魂会不会飘荡回这里。如果可以的话，就坐下来聊聊吧。

顾蓝又静静地坐了一会儿，转头看看窗外那栋别墅，拿出手机，打开一个读书软件。

十几秒钟之后，一个干涩、枯燥的男声在空荡荡的室内响起。

"电路设计基础，第四章……"

顾蓝靠坐在柔软的沙发垫上，闭上眼睛。

松山福利院。

郭岩这段时间无学可上。尽管他并没有被追究法律责任，所在的中学仍然对他做出了开除学籍的处分。他每天在福利院的饭堂里上自习，却始终坐立不安，难以集中精神对付眼前的课本。护工们忙不过来的时候，他就干脆丢掉书本去帮厨。

尽管佟院长再三要求他不许落下功课，但是，实在难以指望一个十三岁的少年循规蹈矩地自学。屡次告诫无果之后，佟院长也只能随他去。

她心里清楚，捅了这么大的娄子，郭岩始终觉得对福利院有所亏欠。与其让他在歉疚感中消耗自己，不如就让他做点什么，多少能换回一些内心的平静。

然而，每个晚饭后的傍晚，郭岩都会站在院子里，默默地打上几套拳。然后，一言不发地回到宿舍里，直至第二天清晨才会出来。

就如此刻。

佟院长坐在花坛边，透过枯萎的枝叶的间隙，看着郭岩在花坛的另一侧打出不知名的招式。

他不是不知悔改，而是在用自己的方式悼念。

佟院长突然感到心疼他。还未成年，就遇到这样的离别。这小小的人啊，还有多少苦难等着他呢？

忽然，一只手落在了她的肩膀上。佟院长下意识地转头看去，是赵大姐。

"小赵，"佟院长急忙让出位置，"快坐。"

"佟大姐，你怎么了？"赵大姐在围裙上擦着手，"有心事吗？我看你在这里坐半天了。"

"没怎么。"佟院长叹了口气，"就是想到最近这几桩烦心事，有点喘不过气来。"

赵大姐看看还在一板一眼打拳的郭岩："因为这小子上学的事情？"

"还有赔偿的事情、朵朵的手术。"佟院长摇摇头，"不知道今年是怎么了，我在福利院干了十几年了，从未觉得这么难熬过。"

"朵朵的心脏移植手术排上队了？"

"都是小顾安排的。"佟院长的眼中闪过一丝柔光，"她说会想办法。"

"她的处境也很难啊。"赵大姐也不由得唏嘘，"我跟那个夏教练没见过几次，但是也能看出是个好人。可惜……"

"有时候真是觉得老天爷不开眼。"佟院长又是长叹，"怎么让那么多苦难都落到一个人身上？偏偏又是那么好的一个人，先是小鱼，又是夏教练。真不敢想她怎么挺过去。"

赵大姐喃喃自语："不知道该怎么才能帮帮她。"

"说到这个，"佟院长转过身看向赵大姐，"你是不是快回去了？"

"嗯，到这个月底。"赵大姐笑了笑，"交流培训结束。我得回 C 市的老地方了。"

"真舍不得你。"佟院长揽住她的肩膀，"这几个月，我没好好照顾你，光让你帮着忙活了。"

"这有什么呀？"赵大姐顺从地靠过去，"我在哪里都一样，只要能帮助孩子们就行。"

"你回 C 市的时候，我一定给你办个欢送会。"佟院长忍不住有些感伤，"小赵，这里有那个方警官，还有你最挂念的邢璐。你得常常来，看看他们，也看看我们。"

"放心。"赵大姐的眼角也有泪花闪烁，"现在，松山福利院也是我惦念的地方。"

两个人说着体己话，没注意到郭岩已经停下了动作，悄悄地绕着花坛走过来。

佟院长先看到了他，擦擦眼睛，挤出一个笑容："打完了？"

"嗯。"

郭岩点点头，却不走，不安地搓动着衣角。

佟院长和赵大姐互相看看："有事？"

"佟奶奶……"男孩终于鼓足勇气，小声说道，"我想回去念书。"

"现在知道念书好了？"佟院长虎起脸，"当初捅娄子的时候想什么了？"

郭岩涨红了脸，看上去很快就能哭出来："顾妈妈说……她会让我转到别的学校。"

佟院长无奈："顾妈妈现在也很忙。"

"那您跟顾妈妈说一下行不行？"郭岩终于开始抽噎，"让我等一等也行，什么学校都行……"

佟院长的眼圈又红了。她张开手臂，把郭岩抱进怀里，慢慢地抚摸着那一头粗硬的短发。

无论是郭岩，还是朵朵，都是她放不下的孩子。

可是，顾蓝已经好几天没有出现了。

邢璐拎着几个餐盒，飞快地爬上五楼，只是微微有些气喘。她抬手在铁门上敲了敲。几秒钟后，门开了，一脸倦色的米楠探出头来，一见是她，立刻露出微笑。

一进门，邢璐几乎被浓重的烟气呛了一个跟头。她捂住鼻子，放下餐盒，直奔窗口，接连打开几扇窗户。

"你们这两杆大烟枪，想熏死米楠姐啊？"

邰伟从嘴边取下烟头，摁熄在满满的烟灰缸里。

"你个外卖小妞，脾气还不小。"他笑嘻嘻地看向餐盒，"给我们带什么好吃的了？"

"炒饭、炖鸡块、炒花菜、炸黄花鱼。"邢璐又打开一个食品袋，"还有食堂的酱牛肉，方叔叔上次要吃的。"

正在白板上写字的方木回过身来，推推眼镜，唔了一声。

邰伟迫不及待地拆开方便筷子，把茶几上的空咖啡罐马马虎虎地推到一边，打开一个餐盒。

"小丫头破费了啊。"邰伟夹起一块鸡肉塞进嘴里，"方木，给咱侄女的饭卡里存五百块钱。"

米楠倒不着急，耐心地把铺满茶几和沙发的案卷资料收好，这才打开一盒炒饭，慢慢吃着。

邢璐好奇地看着那沓资料，又看看布满字迹的白板，立刻捕捉到格外醒目的两个字。

"顾蓝？"她小小地惊呼了一声，"就是我们在福利院遇到的顾妈妈吗？"

"嗯。"方木无心应对她，摘下眼镜，坐到沙发上默不作声地吃喝。

趁他们吃饭的工夫，邢璐站在白板前，细细研读着那些密密麻麻的人名、地点、备注和彼此之间或粗或细的连线。

"这就是……"邢璐转过身来，声音中有掩饰不住的惊愕，"这就是你们在查的案件？顾妈妈……"

"小丫头片子，少管闲事。"邰伟抹抹嘴巴，抬手指向冰箱，"去，给邰大爷拿罐啤酒。"

邢璐站着不动，怔怔地看着方木。

方木瞥了她一眼，不作声。

邢璐一跺脚："我不是小孩子了！我是侦查系的学生，我大二了！"

"看来这孩子学得不错。"米楠笑笑，"你那鬼画符似的东西，她居然这么快就看懂了。"

方木也笑，向邢璐点点头："对。你看到的都是事实。只不过，是我们暂时无法证明的事实。"

邢璐又看向白板，脸上的惊愕神色不减："她怎么会做出这样的事情？"

"世事难预料。"方木显得意兴阑珊，"你回去吧。"

"不。"邢璐坚决地摇摇头，"你们会不会搞错了？"

"我们还不如你个小屁孩？"邰伟撇撇嘴，"赶紧回去上课。"

"我没有课。"邢璐依旧倔强，"我要听更详细的。"

"听什么听？"邰伟不耐烦了，"再不回去，我让方木串通任课老师给你个不及格。"

"算了。"方木忽然松了口，"进房间去。"

随即，他拿起《海的女儿》甩给她："看书吧，不许偷听。"

第一，顾蓝一定会对艾家父女下手，并且是在近期；

第二，艾家父女是一切悲剧的源头，同时也将是最后的结局。顾蓝在十九年前选择在众目睽睽之下夺回象征着人鱼的白纱裙，那么，她不会刻意去掩盖自己的报复。而且，既然她已经抱了必死的决心，她的计划一定是公开的、带有象征意义的。但是，相信她不至于危害到公共安全。她可能选择的地点包括若干，已一一列举；

第三，结合郑凯案和王光彦案，艾名博势必会在顾蓝的报复计划中扮演一个重要的角色。艾雯很可能会因为其父的"参与"而受伤或身亡。倘若按照这样的思路去推断，艾名博的情感寄托在艾雯身上，艾雯的情感寄托在潘晓身上。换句话来说，大家各有可以为之不顾一切的人。那么，潘晓会出现在顾蓝的计划中的可能性上升。上次三人在医院中排除潘晓作为重点的推论要重新考量；

第四，和艾名博已然摊牌。他拒绝对顾蓝悔过的决定在意料之中。好处是可以让他重新树立戒备心。然而，艾名博在本质上是个赌徒，并始终坚信自己会是赢家。事已至此，无论是对顾蓝还是对艾名博，都必须放弃可以劝服的幻想。殊死一战已经在所难免。更需要提防的，是艾名博的自作主张；

第五，搞清楚顾蓝的近期动向是目前唯一可以把握主动权的措施。希望可以从她的一举一动中对她的作案时间、地点、手段做出预判；

第六，必须动员起所有能动员的资源，采取暗线调查的方式。不要激怒顾蓝，更不要想通过舆论施加压力。否则，第二点中排除公共安全风险的推论将会被推翻；

第七，好运气。

入夜。米楠先告辞回家。邰伟去医院守着老顾。方木看看手表，打开了卧室的门。

邢璐背对着他坐在床边，手里拿着只翻开了几页的《海的女儿》，正看向窗外。

"还有不到一个小时就晚点名，快回去吧。"方木敲敲门板，"书可以带回去看。"

邢璐转过身来，脸上还有泪痕。

"我偷听了。"她干脆地承认，"但是还有一些细节没搞清楚。"

方木倒不觉得意外，坐在她身边："你是警校的学生，保密的事情不用我多提醒吧？"

邢璐急忙坐直身体："当然。"

方木："这个案子，要从十九年前说起了。"

窗外风声隐隐，室内一灯如豆。昏暗的光线下，少女的脸上变换着各样的表情，眼眶却始终是湿润的。

故事讲完。邢璐长长地呼出一口气，擦擦眼睛。

"为什么会这样？"她的鼻音浓重，"我那么喜欢她。为什么会这样？"

"这恐怕是你在学校里学不到的东西。"方木笑了笑，抬手摸了摸她的头，"回宿舍吧，希望你今晚还能睡着。"

"你知道吗？"邢璐依旧神色黯然，"顾阿姨让我想起亚凡姐姐。"

方木的手一下子僵住了。

"你们要抓住她吗？"邢璐抬起头，"一定要拼个你死我活吗？"

"现在看起来，大家已经站在对立面上了。"方木恢复了常态，"但愿不会是最坏的结局。"

　　"那……"邢璐想了想，"我能做点什么？"

　　"这就是我把一切都讲给你听的原因。"方木犹豫了一下，"我觉得，我可能会需要你的帮助。"

第三十一章 · 圈套

她的生活和工作如故。

每天七点半准时出门，驾驶奥迪 Q7 去公司上班。处理日常事务、见客户。午餐就在公司附近的餐馆解决，或者叫外卖。偶尔，她会提前下班，驱车前往某个健身房。两个小时后，回家休息。

完全看不出她在筹谋报复的计划。

但是，今晚有点特殊。

今天她的工作量要比平日多一些。整个下午，她接连会见了好几拨客人，不停地签署各种文件。无人机无法获取他们的交谈内容，但是看上去她的神态颇为轻松。

傍晚，她照常去健身房。随即，她来到一家咖啡馆，用一份三文鱼蔬果沙拉解决掉了晚餐，用一杯咖啡逗留到晚上九时许。

离开咖啡馆之后，奥迪 Q7 却并没有沿着往日的路线回家，而是行驶到了本市有名的殡葬用品一条街，最后，停在了一家店铺门口。

半小时后，她再次出现在奥迪 Q7 旁边，手里多了一个大大的黑色塑胶袋，看上去分量不轻。

监视组颇为紧张。她明显要进行祭祀仪式。那么，对象是谁？

会不会是艾家父女？

这一不同寻常的信息被紧急传送回专案组。指令迅速下达：继续跟踪。另一组人立刻赶往艾名博家附近。

奥迪 Q7 再次启动后，却向另一个方向飞驰而去。

进入万山的盘山公路后，往来车辆数量骤减。为了避免暴露，监视组不得不调配多辆车接力跟踪。在拉大与奥迪 Q7 的车距的同时，再次放出无人机，确保不至于失去目标。

半小时后，奥迪 Q7 停在了半山医院的门口。

邰伟的心一松。

他拽起腮边的话筒："艾名博在家吗？"

"在。"

"他女儿呢？"

"也在，各做各的。"

"撤吧。"邰伟叹了口气，"监视组也不用跟了，无人机就行——我知道她要干什么了。"

在夜视仪的辅助下，能自上而下地看到她下了车，走到紧闭的两扇铁门前。整个半山医院早已人去楼空，保安室里也漆黑一片。她掂了掂门上的铁锁，又返回奥迪 Q7 旁边，打开后备厢，拎出一个扳手模样的东西。

她没有丝毫犹豫，大步走到铁门前，挥起扳手连连砸向铁锁。火星溅起来，在夜视仪传回的画面中化作耀眼的光斑。

邰伟的耳机里传来几声惊呼。有人试探着问道："邰局，她这是非法闯入。要不要……"

邰伟盯着监视器，一言不发。

锁臂很快就从锁体上脱离。它在锁孔里摇晃着，遍体鳞伤，好像一个满怀不甘的问号。

顾蓝把铁门打开，返回奥迪 Q7 内。远光灯照亮了前方杂草丛生的路面和空无一人的医院大楼。少顷，灯光撕开浓重的黑暗，奥迪 Q7 向院内疾驶而去。

焚化室静静地矗立在门诊楼和住院部之间的空地上。野草疯长。彩钢房的大半部分都被隐藏在一片枯黄之中。顾蓝把奥迪 Q7 停在它的正前方，下车熄火，从后座上拽下那个大大的黑色塑胶袋，慢慢地走向它。

两道光柱在顾蓝的身前投下长长的阴影。她放下塑胶袋，拢了拢被吹得凌乱的长发，把手插在风衣口袋里，默默地凝视着焚化室。

几秒钟后，自动大灯熄灭。四下又恢复一片黑暗。顾蓝依旧一动不动地站着。听秋风呜咽，听塑胶袋发出哗啦哗啦的声响。

良久，她发出一声叹息。随即，她弯下腰，打开塑胶袋，拎出一个刻着镂空的"福禄寿"字样的铁桶。紧接着，一沓沓黄纸和冥钞被塞进铁桶里。

顾蓝掏出香烟和打火机，先点燃一支，然后把火苗凑向桶里的黄纸。

一阵风席卷而来，火苗熄灭了。顾蓝连拨了几次打火轮，却只有几颗火星冒出来。

"别闹。"顾蓝想了想，"好吧。"

她把香烟扔进铁桶里，再次拨动打火轮。

火苗蹿出来，摇曳了几下，稳稳地烧着。

顾蓝无奈地笑笑："你呀。"

黄纸被引燃，很快就越烧越旺。桶沿上镂空的字样里向外喷射着火舌。顾蓝蹲下身子，耐心地把黑色塑胶袋中的东西一样样投入火桶中。

她觉得自己似乎应该说些什么，又似乎什么都不必说。

火光熊熊。顾蓝的脸被映衬得双颊绯红，眼中的瞳仁也被点亮，好似两汪深潭在无声地燃烧着。

纸扎的玩偶。

纸扎的拳套。

纸扎的白色连衣裙。

纸扎的 nike more uptempo 运动鞋。

焚化室前方的一片空地都被照亮。天地间仿佛只剩下这样一个温暖的地方，连风都轻柔起来。

终于，原本鼓胀的黑色塑胶袋变得空瘪。顾蓝又把衣袋里的香烟投进铁桶中。随即，在骤然变得异香扑鼻的烟气中，她绕过铁桶，一步步向焚化室走去。

穿过枯黄的野草，撕掉警用隔离带，她的手握住了冰冷的把手。

顾蓝拉开门，走了进去，又把门关好。

她消失在无人机的视野中。邰伟的耳机里又传来窃窃私语声。

他依旧不为所动，只是盯着那堆渐渐暗淡下去的火光。

至少，让她能在不被人看到的地方，痛哭一场吧。

然而，让所有人始料未及的是，第二天晚上，顾蓝失踪了。

在半山医院祭奠过后的翌日清晨，顾蓝如常来到公司工作。一切都看起来和往日无异。到了下午三时许，她出现在窗口，抬手遮挡着直射进来的阳光。伸了个懒腰之后，她从柜子里拿出一条毛毯放在沙发上，放下了百叶窗。

她似乎打算小睡一下。监视组不以为意，也借此机会下车活动手脚，吃点东西。

但是，她这一睡，就是华灯初上。等监视组意识到不对头的时候，写字楼的大部分窗口已经人走灯灭。

经紧急汇报后，警方派遣两名警察冒充物业维修工人进入公司所在楼层。以检修空调出风口为理由，伺机潜入顾蓝的办公室。然而，彼处已经人去屋空。两名警察亮明身份后，对室内物品进行检查，发现顾蓝的手提包、手机都在办公室内。白天所穿的衣服挂在衣柜里。联系其他监视组成员后，发现顾蓝所驾奥迪 Q7 也安然停放在地下车库的指定车位上。同时，大厦物业提供了一条线索：昨天，一名女性保洁员放在休息室的制服丢失。

研判结论是，顾蓝已经通过换装，成功脱离了警方的监控范围。去向不明。

"我靠，你们他妈可真行。"邰伟勉强按捺住怒火，"我就半天没去，人就丢了？"

他看了看一脸惶恐的姜玉淑和病床上半闭着眼睛的顾浩，压低了声音，拉开病房的门出去了。

随即，隐隐的咆哮声从走廊里传来。姜玉淑重新把视线投向输液架上的药袋，却再也无法集中注意力。

几分钟后，邰伟又推开门，向姜玉淑招招手。姜玉淑跟他回到走廊里，看他满脸焦虑的神色，忍不住问道："大伟，出什么事了吗？"

"我有个紧急的工作要处理一下。"邰伟含糊其词，"您盯着点老头儿，输完液之后……您能在医院陪他熬一宿吗？"

"那没问题。"姜玉淑满口答应，"你去忙你的。"

"我现在去给您租个折叠床。"邰伟略略安下心来，"委屈您老……"

"哎呀，这点事我自己还不能做？"姜玉淑推推他的肩膀，"快走吧，别耽误工作。"

邰伟也无意再客套，沿着走廊匆匆向出口跑去。

姜玉淑定定神，返回病房。刚坐下，她就发现顾浩不知何时已经双目圆睁，直视着天花板。

"你醒了？"姜玉淑故作轻松状，"喝点水？还是给你削个苹果？"

失去满头花白头发的顾浩已经瘦了很多，身形看上去比一个月前要小了两圈。病床显得硕大无比。他没有说话，只是把视线投向连接着输液管的药袋。

突然，他撑着身子坐起来，伸手去拔手背上的针头。

姜玉淑大惊，急忙上前按住他的手："你干什么呀？"

"小姜，十九年前，我和那孩子错过了。"简单的动作仿佛就消耗了顾浩的大部分体力，他断断续续地说道，"这个'来不及'让她一个人流浪了十九年。这一次……"

顾浩喘息了几下，眼中忽然熠熠生辉："这一次，我无论如何不能再错过她。"

姜玉淑怔怔地看着他，无力地松开了手。

女人嘴里咬着半块面包，怔怔地看着重症监护室病房门口骤然增多的医生和护士。几台大型抢救设备沿着室外连廊被推过来。在几个年轻医生的簇拥下，心外科主任也匆匆而至。一个医生正在边走边向主任汇报患者的病情："血压正在急剧下降……衰竭……17床……"

那半块面包猝然落地。女人的手脚忽然软得像面条似的。她挣扎着从座位上起来，连滚带爬地向重症监护室门口奔去。还没等她摸到门把手，那扇铁门已经重重地关闭。女人彻底慌了，扑在铁门上连连敲打着。

"17床怎么了？潘晓怎么了？"女人声嘶力竭地嚷着，"让我进去！开门啊！"

保安员挪动了一下双脚，站着没动。他看看铁门，似乎也希望它能豁然洞开。

一个戴着口罩的女护士走过来，扶起女人。

"大姐，你这样只会干扰医生的抢救。"女护士颇有些力气，把女人从门旁拖开，"潘晓和医生都在努力。"

她把女人安置在长椅上。女人的全身都在颤抖，泪水填满了脸上的每一丝皱纹。她把手背咬在嘴里，无声地呜咽着。

女护士轻抚着她的后背，不时抬手看看腕表。待她的情绪稍稍平静下来之后，女护士低声问道："大姐，有件事要征求你的意见。"

女人怔住："什么？"

"如果，我是说如果……"女护士似乎欲言又止，"如果潘晓发生了不幸，你是否同意捐献他的器官？"

惊讶。恐惧。绝望。愤怒。

复杂的表情在女人脸上转瞬而逝。她突然暴起，用力推开女护士。

"不愿意！不愿意！"女人大吼起来，"你们必须把他救活！必须！否则，谁也别想活！"

女护士立刻起身："好的，你冷静一下，不打扰了。"

随即，她向大厅外快步走去。几秒钟后，她回头看看女人，发现后者正拿出手机，疯狂地按动着。

女护士转过身，脚步加快。同时，她也拿出手机，打开一个软件。清晰的画面出现在屏幕上。

这似乎是一个装在高处窗台上的视频监控摄像头传回的影像。

灯火通明的独栋别墅。一家三口正坐在餐桌边。

男人伸手去拿桌面上不停震动的手机。

"你好，110报警台，请讲。"

"你好，我这里是市人民医院ICU，有一名护士被人掐昏，塞进了洗手间里，衣服都被扒了。请你们派人来一趟。"

"什么时候的事情？"

"刚刚才发现。"

"被害人有生命危险吗？"

"没有，但是吓坏了。"

"受伤了吗？"

"现在还不清楚，我们这里就是医院，派警察来就行。"

"市人民医院 ICU 病房？"

"对对对，五楼。"

"好的，请你保持电话畅通，之后会有警察联系你。"

艾名博放下手机，脸上是混合着无奈、厌恶和恐惧的神色。妻子和艾雯都不敢开口，屏住呼吸看着他。

"我去一趟医院。"艾名博勉强控制着情绪，"很快就回来。"

"潘晓出什么事了吗？"艾雯立刻问道，"他怎么了？"

"没什么事。"艾名博站起来，看也不看艾雯，"估计就是聊聊病情什么的。"

"这么晚聊病情？"艾雯推开饭碗，也站起来，"我跟你一起去。"

"坐下！"艾名博突然大吼一声，眼睛瞪得几乎要凸出眼眶，"你和妈妈待在家里，哪儿也不许去！"

艾雯还欲分辩，就被妈妈牢牢攥住手腕。

"雯雯，别闹了。"女人紧闭双眼，泪水不住地流下来，"别闹了。"

艾雯看看疲态尽显的妈妈，不再挣扎。

"爸，你告诉我，是不是……"她艰难地开口说道，"是不是潘晓不行了？"

艾名博没有回答她，飞快地套上裤子，抓起外套，向楼上喊道："大崔！大崔！"

一个体格壮硕的男子从某间卧室探出头来，嘴里还咬着一块排骨。

"校长，你叫我？"

"你和小张陪我出去一趟。"

"好嘞。"

男子退回卧室。很快，他和另一个同样穿着黑色作训服的年轻人匆匆下楼。

两个人先出了门，艾名博穿好鞋子，又转身嘱咐道："你们锁好门，待在家里。"

妻子依旧闭着眼睛，死死抓住艾雯，微微点头。女孩始终直勾勾地盯着父亲，等着她永远得不到的答案。

帕拉丁越野车危险地侧滑了一下，又稳稳地驶回车道。

坐在副驾驶座上的米楠整理了一下胸前的安全带，抬手扶正支架上的手机。同时，她看了一眼紧握方向盘的方木。

"不要着急。"

手机打开了外放功能。邰伟急切的声音正传出来："顾蓝当时在写字楼脱控的时候，就是化装成保洁员。所以，我怀疑袭击 ICU 的护士、又抢走护士制服的，也是她。"

"身份卡。"

"什么？"

"她要的不仅是护士制服，还有那张身份卡。"方木目视前方，看到那些密集的汽车尾灯，心中越发焦虑，"这样她就可以进入 ICU 病房。"

邰伟沉默了几秒钟："妈的，她这么喜欢抢人家的衣服啊。"

手机里传来发动机的轰鸣声。

"我最多还有五分钟就能到医院。"

米楠在方木的胳膊上拍了拍，又重复了一遍："不要着急。"

有两个身高体壮的员工陪着自己，艾名博的心里踏实了许多。这让他可以稍稍把注意力集中在面前这个哭诉的女人身上。

女人明显处于一种癫狂的状态中，一会儿切齿痛骂，一会儿苦苦哀求。艾名博阴着脸，偶尔用点头或者"嗯"来回应。

十几分钟后，女人的情绪终于崩溃。混乱的思路却清晰起来，她用一句斩钉截铁的话作为收尾。

"我告诉你，姓艾的！潘晓活不成，我就让你和你女儿都进去！"

艾名博面不改色，似乎对这样的威胁早有心理准备："大姐，你要非这么做，我也没办法。不过……"

他向重症监护室努努嘴："那我就没必要花了这么多钱，你说呢？"

女人张口结舌，随即更加恼怒："你女儿把潘晓害成这样，你拿钱给他治病是天经地义！"

"话不能这么说。"艾名博慢条斯理地说道，"真到了那一天，咱就各担各的责任。法院判我多少我就赔你多少。但是我向你保证，你还得倒找我一大笔钱。"

"你这是臭无赖！"女人气得语无伦次，"我好好的一个儿子没了，你还要我还钱？"

"所以说嘛，事情有很多种解决的办法。"艾名博把视线投向大厅门口。不知什么时候，那里喧闹起来。十几个神色紧张的便装男子正鱼贯而入，立刻分散在大厅的各个角落，不住地扫视着每一个人。

一个身材高大的男子看了艾名博一眼，眉头立刻皱起来。但是，他没有走过来，而是径直奔到病房门口，粗鲁地连连按动呼叫器。

男子的举止带有某种鲜明的职业特征。艾名博开始觉得心慌，嘴上也变得磕磕绊绊。

"比如说……"他停顿了一下，强迫自己把注意力重新集中在这件头等大事上，"比如说，我可以全额承担医疗费用。另外，我再给您赔付一笔钱……"

他的注意力再次被分散。即使女人已经露出勃然大怒的神情，艾名博的视线依然投向又出现在门口的一男一女。

那两个曾来家里造访的警察。

到底怎么了？艾名博的心脏开始剧烈地跳动，完全没有提防女人已经劈头盖脸地抓挠过来。

哭闹与厮打的声音吸引了方木。他下意识看过去，立刻发现那个正在狼狈躲避的男人是艾名博。

方木一怔，却来不及多想，快步向病房门口跑去。刚要去按呼叫器，铁门就打开了，邰伟的脸露了出来。

方木劈头问道："怎么样？"

"潘晓的情况不太好。"

方木的心一惊："难道我们来晚了？"

"这要看从哪个角度去说。"邰伟的神色疑惑，"他一直在病房里。陪护人员说，整整一个晚上都没有陌生人进入他的病房。"

米楠问道："那你说他的状况不太好？"

"完全是疾病的恶化进展导致的。"邰伟压低声音，"他的主治医生说，从今天中午开始，潘晓的情况急转而下。到了傍晚，已经下了病危通知书了。"

米楠叹息："他已经坚持够久了。"

邰伟点点头："医生认为，他活不过今晚。"

"也就是说，顾蓝虽然抢到了身份卡……"方木想了想，"其实她并没有对潘晓做什么？"

"对。"邰伟耸耸肩膀，"技术组拿到了顾蓝这几天的通话记录。她每天都会给医院打电话，询问潘晓的病情——包括今天中午。"

"这是个圈套！"方木大步向病房外走去，"她知道潘晓已经挺不住了，根本没必要冒险对他下手！"

艾名博看看手指上的血痕，又看看被两名保镖摁住的女人，心头大怒。但是，他不知道该痛斥女人的不识好歹，还是所谓保镖的反应迟钝。不过，他的确也没有时间去做出选择。

那个方姓警官正向他奔过来。

"你为什么会在这里？"方木无视他脸上被挠出的伤口，劈头问道，"艾雯呢？"

艾名博不知道该如何回答，反复斟酌着词句，最后憋出一句："我来看一个患者。他……他状况不太好。"

女人又哭喊起来："是我儿子，他快不行了！医院要我同意捐献他的器官……"

"什么？"方木皱起眉头，转向女人，"谁跟你说的？"

"一个……一个女护士。"

米楠立刻问道："她长什么样子？"

"她戴着口罩……"女人好像吓坏了，拼命回忆着，"长头发盘起来……很瘦……但是力气还挺大的。"

是顾蓝。

方木低声骂了一句，抬手揪住艾名博的衣领："你女儿呢？"

"她在家啊，和她妈妈……"艾名博还没搞清楚究竟发生了什么事情，"你们……这是怎么了？"

"马上打电话给她们！"邰伟当机立断，"锁好门窗，不要外出！我们立刻去你家！在此之前，不要给任何人开门！"

艾名博一脸茫然："到底出什么事了？"

"我警告过你，如果你不肯悔罪，她就一定会报复你。"方木停顿了一下，"就是今天，就是现在！"

艾名博终于反应过来，脸色一下子变得惨白。他哆嗦着掏出手机，好不容易在通话记录中选中了妻子的电话号码，拨打过去。

几秒钟后，他的五官扭曲起来，又换了艾雯的电话号码，继续拨打。

再三尝试后，他再也按捺不住内心的恐慌，喃喃说道："两个人都不接电话……"

"马上去你家！"方木已经拔脚向大厅外冲去，"邰伟，你联系一下附近的兄弟，赶紧派人过去。"

艾名博忽然想到了什么，又拿起手机。

"我让保安员过去看看……"

话音未落，邰伟已经拽起他的胳膊："边走边打电话。车我来开！"

两个保安员一前一后走在寂静的小路上。秋夜微寒，沿路的各栋别墅里灯火温暖。绕过一大片灌木后，三层小楼出现在面前。

"22栋……"一个保安员想了想，"艾校长家是在这里吧？"

"没错。"另一个保安员撇撇嘴，"就数他家事多——去看看吧。"

两个人走到院门口，发现上了锁，向院里看过去，落地玻璃门后被厚厚的窗帘遮挡着，只能看见些许微光透出来。

其中一个保安员犹豫了一下，抓住围栏，三两下翻了过去。他打开院门，让同事进来。随即，两个人并排走到入户门前，按动门铃。

足足一分钟后，防盗铁门后才传来回应。

"谁啊？"

"我们是物业的。艾校长让我们来一趟。"

防盗铁门打开。保安员被吓了一跳。

女人的脸上敷着白色的面膜，在夜色下显得非常刺眼。她一边在脸上抹着不知名的液体，一边打量着保安员。

"有什么事吗？"

"艾校长让我们看看夫人和孩子在不在家。"

"哦，她俩去超市了，买酸奶。"女人揉搓着面膜，"要不要进来坐坐？"

"你是？"

"我是他家的保姆啊。"女人笑笑，"喝杯水再走？"

"哦，不了。"保安员摆摆手，心中暗生鄙夷——又是一个趁女主人不在偷用化妆品的，"我们回去跟队长汇报一下。"

"行。"女人也没有挽留，"辛苦了啊。"

防盗铁门重新闭合，"咔嗒"一声落了锁。

"我已经派人去看过了，没什么异常。"保安队长的语气中充满了邀功的味道，"你放心，艾校长。保姆说她们去超市了，估计就是出门忘带手机了，嫂子回去就会联系你的……"

艾名博呆呆地看着打开外放功能的手机，感觉大脑已经一片空白，只有血液在血管中轰然作响。

邰伟从后视镜里看看艾名博灰白色的脸："超市离你家远不远？叫什么名字？让保安员……"

艾名博抬起头，眼睛里满是恐惧。

"她们……"艾名博的牙齿碰撞在一起，"她们出事了……"

"什么？"

"我们家的保姆……"艾名博已经抖得难以自控，"我们家的保姆，半个月前就被我辞退了。"

在黑色迈巴赫轿车后方，帕拉丁越野车正在飞驰。

听邰伟说完，方木先是沉默了几秒钟。随即，他重新开口，语速飞快：

"让艾名博联系保安队，把所有人手派过去，什么都不要做，把别墅围住。"方木用力踩下油门，"催催附近的弟兄，越快越好。"

邰伟应了一声，挂断电话。

方木一手操纵方向盘，一手打开手机通讯录，选中邢璐的手机号码。

"喂？方老师？"

"你马上去市人民医院，五楼 ICU 病房，17 床，患者叫潘晓。"

"等等……"

书写的沙沙声音。

"需要我做什么？"

"守在那里，有什么情况马上联系我。"

"好。我这就出发。"

方木急忙补充了一句："注意安全。"

顾蓝撕下脸上的面膜，颧骨上的伤口还在渗出细密的鲜血。她扭头看看楼梯脚下的那把猎刀，怒气隐隐上升。

女人躺在地上，双手被胶带反绑在身后。她已经陷入半昏迷的状态，双脚无力地在地上踢动着，被胶带封住的嘴里发出断断续续的呻吟声。

艾雯同样被反绑双手，缩在角落里。她的头发纷乱，满脸都是泪水和汗水，双眼怔怔地看着顾蓝。显然，她正陷入巨大的恐惧中，只是不知道令她更害怕的是眼前的闯入者，还是刚刚挥刀刺杀的自己。

顾蓝平复了一下呼吸，从口袋里掏出一样东西，拉开电视柜最左侧的抽屉放了进去。然后，她走上前去，在女人的腿上踢了一脚。女人发出一声惨呼，双眼慢慢睁开，惊恐地看着这个几分钟前来敲门的"物业管家"。

顾蓝把手插进她的腋下，把女人拽了起来。女人的双腿剧烈地颤抖着，几乎站立不住。顾蓝让她倚靠在墙边，又返回楼梯下捡起那把猎刀，揪住艾雯的衣领。

"走。"

女人在前，顾蓝和艾雯在后。一行三人跌跌撞撞地走到负一层，来到车库里。顾蓝看了看那辆静静地停在车库中央的宝马 Z4 跑车。随即，她从墙上摘下带着遥控器的宝马车钥匙。

按动车钥匙之后，宝马车的大灯亮了起来。顾蓝用猎刀挑开女人手上的胶带，撕开嘴上的胶带。女人的双手恢复了自由。她晃了一下，恐慌又疑惑地看着顾蓝。

顾蓝又按下遥控器。在电机发出的转动声中，车库大门缓缓向上卷起。顾蓝把女人推进车里，又把钥匙扔进驾驶室。

"把车发动起来。遇到任何人、任何事都不许停。如果你不照我的话去做……"

女人看着顾蓝把猎刀顶在了艾雯的脖子上。

"你要什么？"女人又哭起来，疯狂地摆着手，"你要什么都行，别伤害我们……"

紧接着，她就停止了哭泣——刀尖已经插进了女儿的皮肤里。

警报器的声音打破了这个高档住宅小区的寂静。很多住户好奇地凑到窗前，看着十几个保安员正快步向22栋别墅前围拢过去。两辆闪着警灯的蓝白相间的警车疾驶而来，停在别墅门口。

一个警察刚刚探出半个身子，就看到一辆闪闪发光的宝马Z4跑车从车库里呼啸而出，沿着车道向小区外狂奔。

他本能地大喊一声，却被淹没在刺耳的警报器的鸣叫中。他重新钻回车内。两辆警车在原地掉头，先后向宝马Z4跑车追去。

住户们都兴奋起来，大呼小叫之余，纷纷拿出手机拍摄这刺激的景象。22栋别墅斜对面那栋洋房的五楼窗口里，那个默默伫立的摄像头安静地注视着眼前的一切。

十几分钟后，22栋别墅周围热闹起来。几辆警车挤在院门口，不时有警察在灯火通明的院子里进出。隔离带已经将别墅包围，整个保安队都在外围警戒，劝离那些充满好奇心的邻居。

艾名博坐在沙发上，双手抱头，直勾勾地看着光滑的瓷砖地面。质感很好的灰色，带着水墨画效果的纹理，仿佛天幕下蜿蜒起伏的山体。在顶峰处，红日正喷薄而出。

那是一滴血。

"我说……"艾名博艰难地开口，"能不能……"

站在客厅中央的方木回过头来："什么？"

"能不能……"艾名博指指地面上的血迹，竭力让自己保持平静，"能不能看看那些血是谁的？"

方木没有理会他，而是把视线投向正从楼梯上走下来的米楠。

"楼上的卧室里也有搏斗的痕迹。"米楠摘掉头套，"有人受过伤。而且，她的足迹到处都是。"

顾蓝完全没想过隐瞒自己的行踪——这就是破釜沉舟。

她从公司所在的写字楼里脱控之后，应该迅速来到了市人民医院。掐昏那个ICU的护士之后，她换上了对方的护士制服，却把那个可怜的护士放在了很容易就被发现的地方，而且，并没有利用身份卡进入ICU病房。随即，她代表医院询问潘晓的妈妈是否同意捐献儿子的器官。这一切的目的只有一个：把艾名博和警方都引到医院来。

当艾名博带着两个保镖出门之后，这栋别墅里只剩下艾雯母女。

虽然方木预料到顾蓝一定会设下圈套，但是，没想到她如此轻易地就突破了重重防线，将艾雯母女控制在自己手中，驾车而逃。

一个心思缜密、行动力极强，且不顾生死的对手。

这时，邰伟从门外走进来，脸色非常难看。

"我们的人在几公里外截停了那辆宝马Z4。"邰伟的嗓子干燥，声音沙哑，"车里只有艾名博的老婆。"

"什么？"方木瞪大了眼睛，"顾蓝和艾雯没在车上？"

"是的。"邰伟摇了摇头,"艾名博的老婆已经被吓得神志不清,除了求我们去救艾雯,其他的一概都说不清楚。"

方木一言不发,直奔楼梯而去。

下到负一层的车库,电动卷帘门依旧敞开,寒风席卷而入。方木发现楼梯并没有到此为止,而是继续盘旋而下。

"下面是什么地方?"

"是小区的公共地下车库。"米楠立刻答道,"我刚才问过保安员,如果别墅的业主家里有两辆以上的用车,可以停在这里。"

"去物业调取监控录像,看看案发时间有哪些车离开过车库。"

方木交代完毕,又快步返回一楼客厅。

又是一个圈套。顾蓝甩掉了返回的保安员和前来支援的警察。

现在,她和艾雯在哪里?

客厅里依旧人头攒动。正在勘查现场的技术组同事们正在忙碌着。单反相机的闪光灯不时在各个角落里亮起。

那两个被临时聘为保镖的特训学校的教官一脸惶恐地坐在沙发上,双脚毫无必要地抬离地面。

方木环视一圈,失声叫道:"艾名博呢?"

第三十二章 · 双倍奉还

姜玉淑搀扶着顾浩，一步步走出医大附属医院的住院部大楼。穿过停车场，就是一条马路了。

顾浩的手背还在不时地冒出血珠。更让姜玉淑担心的，是老头儿那蜡黄的脸色和本就不多的体力。从病房到住院部楼外，姜玉淑把这条本不太长的路线分成了若干阶段。

穿衣下床。

从病房到电梯。

从电梯到楼门口。

穿过停车场到路边。

每每完成一个阶段，姜玉淑都会稍稍松一口气，再打起精神应对下一段路。

然而，来到车流穿梭的路边，她又觉得茫然。

十九年前，纵使雨水管网是她再也不想亲临的地方，但是，总归有个去处。如今，她和顾浩都知道苏琳在这城市的某个地方，正在做出比十九年前更可怕的事情。然而，该去哪里弥补当年的"来不及"呢？

她转头看看顾浩，发现老头儿同样是两眼空空。

"要不……"姜玉淑用力扶住顾浩的胳膊，抬手把他头上的毛线帽子向下拉了拉，"问问大伟？"

"他不会告诉我的。"顾浩摇了摇头，"他想让我离得越远越好。"

"老顾，既然孩子都这么想……"姜玉淑咬咬嘴唇，"那咱就听话，回去好不好？"

顾浩转身面向她，久久地凝视着："小姜，错过了这次，我就再没有机会能拉这孩子一把了——你不想吗？"

姜玉淑的眼圈红了："想。"

忽然，顾浩的双眼重新聚焦。

"我想到一个地方，虽然希望不大，但也的确没有别的去处了。"

说罢，他抬起手，向不远处一辆亮着空驶灯的出租车用力挥动着。

黑色迈巴赫轿车在半山医院的大门口稍作停留。在车灯的照射下，艾名博清晰地看到被砸坏的铁锁挂在门里，对开铁门向里敞开。

艾名博不再犹豫，用力踩下油门，向院子里直冲过去。右侧车头重重地撞在铁门上，发出剐擦和车灯碎裂的声音。艾名博毫不在意，咬紧牙关，直冲向黑暗中。

四十分钟前，当他还在思考那滴血迹究竟是属于妻子还是女儿的时候，衣袋中的手机忽然响起来。

是一个陌生号码。

艾名博接听，听筒里立刻传出一个女声。

"你知道我是谁。不要说话，打开电视柜最左边的抽屉，拿上手机，把你的留在家里，去半山医院。一个人来。"

随即，电话就挂断了。

女人没有半句威胁的言辞。但是艾名博很清楚，不照做的后果是什么。

与他的预料一样，偌大的半山医院里空无一人。不过，艾名博知道那个疯女人让他去哪里。

浓重如厚茧一般的夜色中，在住院部旁边不远的地方，有两个亮点一直在闪烁。

容不得他再思考，艾名博转动方向盘，向那里驶去。

黑色迈巴赫轿车在距离亮点处几米开外停下。艾名博在扶手箱里翻找一番，最后把那柄螺丝刀握在手里，慢慢下车。

车灯形成的光晕里，两尊大理石材质的烛台静静地坐落在地面上。两只红色的蜡烛只剩下三分之一左右的长度，蜡油流淌下来，凝固在烛台上，火苗依旧顽强地摇曳着。

艾名博凝视着火光，又四下看看，最后，他把视线投向烛台正后方的那座蓝色彩钢房。

十几公里外的公路上。

帕拉丁越野车里，三个人的神色都很紧张。米楠不说话，上身前倾，一直盯着前方车流密集的路面。

邰伟紧握方向盘，嘴里无声地咒骂着，不时用余光瞟一眼副驾驶座上举着电话的方木。

"找到车就好。不用做手机定位，艾名博的手机还在家里。"方木提高了音量，"他身上一定还有另一部手机，逐个地段筛选，我一定要知道那个手机号码，越快越好！"

电子栅栏。

邰伟嘟哝了一句，眼见方木已经挂断电话，他开口问道："你怎么知道艾名博去了半山医院？"

"因为顾蓝一定要艾名博认罪悔过。"方木一字一顿地说道，"把他不肯承认的罪行，一件件，一桩桩，从头追究。"

驾驶室里一阵沉默。良久，米楠颤声问道："她会怎么做？"

方木没有说话。

不管顾蓝要做什么，希望还来得及。

艾名博一时间竟不敢迈动脚步。眼前那两盏摇曳的烛火仿佛一道无形的墙，把他和那间彩钢房隔离开来。

这种香烛明明就是墓地里用来祭祀的，那么，要拜祭的是谁？

那个小鱼，夏天？

他忍不住发起抖来。

还是艾雯？

突然，那部手机响起来。单调的铃声在一片寂静的半山医院里显得格外刺耳。艾名博被吓了一跳，本能地俯下身子，过了几秒钟才想起去接听电话。

"喂？"

"进去。"

冰冷的女声，不容辩驳。电话随即挂断。

艾名博怔了一下，立刻回拨过去。对方已关机。

进去。她所指的地方很明显，就是那间彩钢房。

艾名博艰难地咽了口唾沫，握紧长柄螺丝刀，绕过那两盏烛火，一步步走过去。

身后一直照射的车灯不仅撕开了他面前的黑暗，更给了他些许勇气。然而，在跨过那片枯黄的野草的时候，他依旧提着一颗心。

终于摸到彩钢房的门前。艾名博尝试着去拉门把手，刺骨的冰凉后，轻薄的门闪出一条缝隙。他壮起胆子，把门完全拉开。

这里已经是车灯照射范围的边缘。微弱的光线在一团漆黑的室内显得微不足道。艾名博想了想，哆哆嗦嗦地拿出那部手机，打开手电筒功能。

彩钢房内的一切开始在光晕中呈现出原有的面目。

左侧的不锈钢长桌。还粘在台面上的标尺。四围被油垢糊住的窗户。辨不清颜色的墙壁。

当然，最引人注意的，还是放在室内中央的那台巨大的机器。

空气中似乎弥漫着某种淡淡的焦煳味道，闻上去令人心生厌恶，似乎可以联想起某些不甚愉快的场所。

艾名博清清嗓子，立刻被自己的声音吓了一跳。定定神之后，他颤巍巍地低声喊道："雯雯……"

无人回应。

他立刻紧张起来。那疯女人要自己进来，那么，被她掳走的女儿一定就在这里。至少，彩钢房内会留下线索。

艾名博咬咬牙，打算在室内彻底搜查一下。刚迈出一步，他立刻体会到脚下传来的黏腻感——似乎踩在了尚未凝固的沥青上。

他下意识地向地面上照去，随即，他瞪大了眼睛。

在他身前一米左右的地方，一个青白色的瓷罐摆在地面上，前方还有一个薄薄的软垫。

艾名博心头疑惑，小心地上前查看。他不敢碰那个瓷罐，只能蹲下身子，细细地打量着它。

同时，并排贴在瓷罐上的两张照片也尽入眼帘。

同样是二寸见方，同样是黑白照。左边的是一个小女孩的照片，右边的则是一个年轻男子的照片。

艾名博很快认出年轻男子正是夏天。至于那个小女孩，他颇费了一番思量。

脑海中出现那个名字的时候，背后立刻冒出一层冷汗。

小鱼。那个被艾雯撞死，又被掏了内脏的孩子。

又看看那张软垫，他明白了。

他必须跪下，向装在瓷罐里的两个人的骨灰认罪。

艾名博顿时又急又气。他妈的，这都什么时候了，这疯女人还在玩这套神神叨叨的游戏。看来那个警察说得没错。可是，认不认罪有他妈什么用呢？这两个死人能复活吗？

他再次回拨那个电话号码，提示音依旧显示对方已经关机。艾名博懊恼不已，正要四下搜索，手机突然鸣叫起来。

他吓了一跳，慌忙按下接听键。

"我女儿……"

"你是不是在半山医院？"一个男声从听筒里传出来，"具体的位置在哪里？"

艾名博愣了几秒钟，意识到这是那个警察的声音。

"你怎么知道……"

"现在不要跟我讨论这个！告诉我你的具体位置！"

"我……我在一个彩钢房里，住……院部旁边。"艾名博结巴了半天，语速忽然加快，"你们不要过来！"

"说说你看到的情况，马上！"

艾名博紧紧地闭了一下眼睛，牙齿咬得咯吱作响。

"这里有一个不锈钢台子，一台锅炉模样的机器，还有……"

"还有什么？"

"还有一个骨灰罐，上面贴着小鱼和夏天的照片，骨灰罐前面是一个垫子。"

听筒里沉默了几秒钟。

"艾名博，听着，这是半山医院的焚化室。她在里面做了手脚，某个角落里肯定有摄像头，她能看见你。"

"什么？"

"跪下去！向小鱼和夏天道歉。"

"道歉？"

"对，说你错了，对不起，什么都行！"警察急躁起来，"总之，除了下跪认罪，你什么都不要做！"

"可是……那不等于让我……"艾名博低吼起来，"她能看见我，就不会录音吗？"

"你必须这么做！除非你想要艾雯去死！"警察也吼起来，"按我说的做！"

"她劫持了我的女儿！凭什么……"艾名博突然转过身，怔怔地盯着那台锅炉模样的机器，"等等，那台锅炉里有声音。"

尖利。清晰。仿佛是指甲划过金属表面。

"你说什么？"

没错，就是抓挠声。一下又一下。在那个圆形的炉门口的另一侧。

"有东西在那台锅炉里……"艾名博瞬间就失去了思考的能力，"我女儿……"

"那是焚化炉！"警察陡然提高了音量，"不要碰它，那是圈套！"

焚化炉这三个字似乎刺激了艾名博。他扔掉手机，想也不想就向它奔去。

手机听筒里，警察的声音清晰可辨："艾名博，不要碰它！什么都不要做！"

艾名博的手抓住了炉门把手，旋转，用力向外拉……

几乎是同时，他意识到把手的内侧，有一个开关模样的东西被自己按了下去。

电光石火的瞬间，艾名博的脑海里出现了那个警察刚刚说过的话：那是圈套。

轰的一声之后，艾名博立刻感到一股热浪迎面袭来。

焚化炉启动了。

邢璐穿着一身便装，沿着室外连廊跑进大厅。无须多观察，她就注意到那个瘫坐在 ICU 病房门口的女人。

女人已经陷入了癫狂的状态，一会儿在胸口画十字，一会儿又双手合一，不停地作揖、磕头。她似乎在拜求飘过医院上方的各路神佛，不管是谁，只求能够救儿子一命。

没有人理会她。毕竟，躺在这里的都是那些在和死神打拉锯战的人。生生死死，见的太多了。

邢璐走到她身边，伸手去拉她的胳膊："阿姨，快起来吧，地上太凉了。"

女人睁开被泪水糊住的双眼，看看她，绝望地发现那并不是被派来救命的天使。她甩开邢璐，边哭边念叨着："我不走……我要等我儿子……老天爷啊，你开开眼吧。"

邢璐无奈，脱下外套，塞在她的身下。随即，她蹲在女人的身边，轻轻地拍着她的后背。

这突如其来的善意，让女人有些疑惑。她擦擦鼻子，看着这个颀长秀气的女孩。

"你是……"

邢璐一怔。她确实没准备好该如何介绍自己。接到方木的电话之后，她只是意识到他需要帮助的时刻到了，却丝毫没想过究竟可以做些什么。

于是，她只能含糊其词："潘晓怎么样了？"

"你认识潘晓？"女人却更加惊讶，"你是谁？"

"我是……义工。"邢璐忽然心念一动，"松山福利院的。"

女人彻底糊涂了："福利院？"

"对。"邢璐点点头，不再犹豫，"潘晓体内的心脏，就属于福利院的一个孩子。"

女人顿时瞪大了眼睛，看着邢璐说不出话来。

这时，女人背后的铁门打开了，一个医生探出头来，打量着她。

"你是潘晓的家属？"

女人无暇顾他，急忙挣扎着要站起来。邢璐急忙扶住她。

"对，对，我是他妈妈。"

医生语气低沉："请你进来吧。"

随即，他又看向邢璐："你是？"

邢璐紧紧地攥住女人的胳膊："义工。"

医生点点头："一起进来吧。"

这么久以来，女人还是第一次进入ICU。医生却并没有直接带她去病房，而是站在门后的一张桌子后面，先是沉吟了一下，然后缓缓开口说道："潘晓的病情一直非常不乐观，相信你也有心理准备。"

女人的嗓子里发出一声哀号，身体瞬间就瘫软下去。如果不是邢璐扶住她，女人早已站立不住了。

"实事求是地说，潘晓很勇敢，他一直在跟排斥反应战斗。我们也用尽了所有的手段，尽量帮助他去延长生命。但是，他真的太累了。"

女人捂住嘴，泪如泉涌。医生的话虽然平淡，却仿佛一颗颗灼热的子弹，射中她早已千疮百孔的心。

"今天下午，他的状况开始断崖式恶化，血压几乎测不到了。我觉得，他挺不过今晚了。"医生拿起一沓文件，"你之前签署了承诺书，允许我们进行创伤性抢救。"

女人哭号起来："医生，你救救他，他才二十二岁啊……"

"我明白。"医生叹了口气，"所以，我再次征求你的意见——那些创伤性抢救，除了增加他的痛苦之外，对于延长生命的作用微乎其微。"

他把文件和一支签字笔推到女人面前："我的建议是，让他安静地走吧。"

女人怔怔地看着桌面。忽然，她抬起头，祈求道："我能见他最后一面吗？让我再摸摸他的脸，拉拉他的手……"

女人说不下去了，身体摇摇欲坠。

医生点点头："可以，别超过十五分钟。"

他指指旁边的柜子："你们穿上隔离衣，准备好了就告诉我。"

邢璐很快就换好隔离衣。帮助女人的时候，颇费了些工夫。她的身体一直在颤抖，连一只袖子都穿不进去。

准备停当，医生带着她们又穿过一道隔离门，走进长长的走廊。

走廊左侧就是被分成小隔间的病房。邢璐和女人都抬起头，默默地数着门口的数字标识。

很快，她们走到了17床所在的病房门口。

医生打开门，向里面指了指："进去吧，请不要太过情绪激动。"

女人拢了拢头发，深吸了一口气，走了进去。

邢璐却停下脚步，默默地关上门。

几乎是同时，压抑的哭声从病房中隐隐传出来。

邢璐和医生分立在病房门口两侧。医生神色淡然，不时拿出手机查看时间。邢璐则低着头，心中的疑惑依旧没有解开。

十分钟后，另一个穿着白大褂的年长男子匆匆而至。医生看见他，立刻站直了身体。

"张主任，你怎么来了？"

"你们这里是不是有个叫潘晓的患者？"张主任抬头看看病房门上的标牌，"哎哟，这不就是17床吗？"

他压低声音："听说这个小伙子挺不过今晚了？"

"你们器官移植科比我们 ICU 的消息还灵通啊。"医生笑笑，很快就意识到不妥，迅速收敛，"没错，家属正在里面告别。"

"医大附属医院那边有个等待心移植的孩子。我一个老同学拜托我关注的——这个潘晓的心脏的各方面指标都符合移植条件。"张主任凑到医生身边，"怎么样，一会儿帮我做做家属的工作？"

医生看看手机上的时间，面色为难："要不你跟她说吧，正好告别得也差不多了。"

张主任想了想："也行。"

他在门上敲了敲，随即走了进去。依稀可辨的几句交谈声之后，女人的哭声又起。

邢璐的心脏开始狂跳。

她推开病房的门，女人满脸是泪，正在疯狂地摇着头。

"不行，不行，让他这样去见他爸爸……我对不起他。"

张主任一脸无奈，看起来正在重新斟酌词句，打算再试着说服她。

邢璐的视线越过他们，投向那个病床上素未谋面的人。

插满管子的身体枯瘦。面皮紧紧地贴在颧骨上。剪短的头发和光滑的下巴大概是护工的功劳。双眼紧闭。干瘪的胸脯微弱地起伏。

邢璐盯着他的胸口，那道暗红色的伤疤还清晰可见。

"阿姨，"邢璐忽然开口，同时抬手指向病床上的男孩，"那颗心脏，原本就不是他的。"

女人和张主任都惊愕地看向她。

邢璐面色平静。她终于知道自己来到这里的意义了。

车灯将站在门口的三个人的影子投射在焚化炉前的男人身上。男人蜷缩在布满油泥的地面上，正在嘶哑地号哭着。一把弯曲的长柄螺丝刀扔在他的身边，刀身和裂开的刀柄分离。

焚化炉还在轰鸣着，炉体表面的温度足有五十摄氏度。这让人不难想象炉内的物件已经是何等景象。

方木默默地站了一会儿，视线从艾名博依次转向软垫、骨灰罐。最后，他向邰伟努努嘴："把他拉起来吧。"

邰伟走上去，把手插进艾名博的腋下，费力地拽他起身。米楠看看他被烫伤的手掌，又看看地上的破螺丝刀，摇摇头。

"都是徒劳，焚化炉启动之后，炉门会自动锁死。"

邰伟拖着艾名博向门口走去。男人似乎陷入了半昏迷的状态，哭声中夹杂着含混不清的"雯雯"。

方木想了想，抬脚走向焚化炉。高温很快就扑面而来。他屏住呼吸，小心翼翼地摸向炉门把手。几乎是同时，他在把手后面摸到了一个小小的凸起。稍稍用力，已经被烘烤的失去黏性的透明胶带就脱落下来。一个连接着电线的按钮模样的小小物件被方木捏在手里。他顺着那根细细的电线看过去——另一端在炉体的右侧。

方木绕过炉体，看见启动键上覆盖着一个小小的装置。这东西造型粗陋，能看出是手工所制，包括电池盒、电路板和一个短短的机械臂。此时，机械臂处于松弛状态，其中一端压紧了启动键。

米楠也凑过来，仔细查看一番之后，深深地叹了口气。

没错，就是这个不起眼的小东西，让艾名博在拉开炉门的一瞬间，启动了焚化炉。

父亲亲手烧死了女儿。

米楠拿出手机，用眼神询问方木是否要先拍照保存证据。

方木点点头："还要烧多久？"

米楠看看计时器："十三分钟。"

方木忽然感到全身无力，他把手里的电线和按钮递给米楠，摇摇晃晃地走了出去。

米楠皱起眉头："这里还有个摄像头，你别忘了。"

方木没有回答。的确，他知道顾蓝正在某个不知名的地方看着他们的一举一动。但是，他已经不在乎了。

艾名博坐在焚化室外的空地上，满脸油汗，双眼呆滞。邰伟正在翻看他的手机。看到方木走过来，邰伟把手机屏幕朝向他。

"顾蓝用这个号码把他约到了半山医院。"

方木嗯了一声，摆摆手。随即，他一屁股坐在了艾名博身边。

邰伟咬咬牙，掏出手机，拨通了一个电话号码。

"喂，我是邰伟，立刻帮我定位一个手机号码……"

夜风渐起，在远离焚化炉的地方，寒气逼人。方木默默地坐了一会儿，忽然开口问道："你为什么不肯听我的话？"

良久，艾名博才缓缓地转向他，眼中灰暗一片。

"我跟你说过，那是一个圈套。"

这个圈套，一定是顾蓝独自来半山医院祭拜的那天晚上布置好的。烈火焚身是最痛苦的死法。小鱼就是在这个焚化炉里化作一捧黑灰。艾雯同样如此。而且，是由父亲亲手按下了启动键。

顾蓝让这一切画上了完美的句号。

已经无可挽回了。

"你说……"艾名博艰难地开口了，"雯雯……刚才在焚化炉里……是活着，还是已经……"

方木面无表情："你不是说听到焚化炉里有声音吗？"

艾名博的嘴唇哆嗦起来，眼泪大颗大颗地落下："有没有可能，她虽然还活着，还能动，但是已经昏迷了，什么都感觉不到……"

"我让你跪下认罪的时候，她还活着！"方木的脸色惨白，双目圆睁，大吼起来，"我让你住手的时候，她还活着！"

艾名博怔怔地看着方木，呜呜地哭起来。

"她给了你机会！你如果还有一丝敬畏之心！你如果还肯为你犯下的罪行道

歉！哪怕是虚情假意！"方木抬手扳过他的脸，让他面向焚化室，"你的女儿！艾雯！现在还他妈活着！"

艾名博无力地侧躺过去，放声哀号起来。

方木急促地喘息着，狠狠地瞪了他一眼。再转过头来的时候，他发现米楠捧着那个骨灰罐，站在几米开外看着自己。

"你冷静点。"米楠慢慢走过来，把骨灰罐放在方木脚边，"我检查过了，空的。"

方木狠狠地捶了捶自己的脑袋："你说什么？"

"这个骨灰罐，是空的。"

"对顾蓝那么重要的东西，怎么会给这王八蛋处置的机会？"方木哼了一声，"万一他不仅不肯认罪，还一脚踢翻了呢？"

"是啊。"米楠若有所思，"两个人都很重要。"

她把骨灰罐的正面朝向方木。小鱼、夏天，在黑白的世界中微笑着。

"你曾经说过一句话，这是新仇加旧恨。"米楠眉头微蹙，"如果艾名博亲手烧死了艾雯这件事让小鱼大仇得报，那么……"

她看向还在哭号的艾名博："那么夏天呢？"

方木的脑海里已经是一片黑雾。然而，某样东西在撕扯不开的混沌中若隐若现。

那个硬皮日记本。

周希杰——这个害死了文森特的凶手，最终被马东辰勒死在雨水调蓄池里。而马东辰，正是让苏琳失去了一切的人。

令其陷入万劫不复之境地的人，都终将万劫不复。

米楠还在低声说着："所以，我总觉得……事情还没有结束。"

方木怔怔地看着她。事情还没有结束？

邰伟走过来，先是厌恶地看了艾名博一眼，随即开口说道："那个电话号码已经无法定位了，顾蓝应该拔掉了电话卡。不过，它最后被连接到的基站就在艾名博家附近……"

他无奈地看着方木。

方木回过神来："什么？"

"你到底有没有在听我说话？"邰伟撇撇嘴，抬起一只手，"还有，你手机响了。"

方木下意识地向衣袋里摸去，果真，手机在鸣叫、震动着。

他掏出手机，滑动屏幕接听。

"邢璐？"

"方叔叔，半个小时之前，潘晓去世了。"邢璐似乎在奔跑，声音中带着喘息，"我现在要赶去医大附属医院。"

她停顿了一下："有一件事情，我还不能完全确定。有了确切消息，我再联系你。就这样。"

方木放下手机，一言不发地看向邰伟。后者从他的眼神中得到了答案。

"潘晓死了？"

"嗯，半小时前。"

米楠神色黯然，摇了摇头。

"行了。"邰伟长长地呼出一口气，"潘晓的妈妈再没有继续隐瞒的理由了。"

他转过头，发现艾名博不知何时已经半坐起来，直勾勾地看着他们。

"你也听到了？"邰伟哼了一声，"你自己交代还是等着人家告发你？"

"不是……"艾名博抬起一只手，颤抖着指向焚化室，"那里……"

"嗯。"米楠看了看手表，"焚化炉已经停机了。"

果真，几个人再次走进焚化室的时候，巨大的轰鸣声已经消失。完成了冷却程序的焚化炉静静地伫立在原地，依旧散发着热量。

艾名博又呜咽起来，双腿一软，"扑通"一声跪在了地上。

"起来吧。"邰伟伸手去拽他，心下也是不忍，"你早该如此。"

艾名博拨开他的手，连连哀求："我跟你们走，我什么都承认……能不能，能不能让我把雯雯带走……"

随即，他就把头重重地磕向地面，一下又一下，嘴里嘶声嚷着："求求你们，求求你们……"

邰伟看了看方木和米楠。米楠点点头，又转向方木。

"就用那个空的骨灰罐吧？"

方木忽然笑了笑，抬起头四下张望着：

"不用了。"

邰伟眨眨眼睛："我说，这个要求不太过分。"

"我不是那个意思。"方木还在寻找着那个摄像头，"艾雯不在里面。"

邰伟和米楠都愣住，面面相觑。艾名博也停止了疯狂的叩拜，呆呆地看着方木。几秒钟后，他最先反应过来，连滚带爬地站起身，扑向焚化炉。

解锁后的炉门被顺利拉开，一股热浪随后涌出。

硕大的炉腔内，空空如也。

艾名博怔住了。紧接着，他不顾炉内依旧热气逼人，伸手在炉腔里胡乱掏摸着。然而，除了满手黑油之外，半点灰尘都没有。

他转过身，满脸都是震惊的神情："难道会……烧得这么干净吗？一点都不剩下吗？"

米楠走到焚化炉前："不可能，如果刚才艾雯在里面，一定会留下骨灰。"

须臾，她"嗯"了一声，从衣袋里掏出一张纸巾，从炉腔里捡出几样东西。

邰伟也凑过去，发现纸巾里是几个被熏黑且已经熔化了的小小器件，看起来像是电子元件。

"手机？"邰伟看向方木，"刚才发出声音的是这玩意？"

"她的确不在里面。"方木平静的声音传过来，"艾雯还活着。"

艾名博似乎还不敢相信："你……什么意思？"

"我跟你说过，如果你当时就跪下来认罪，这件事也许就到此为止。"方木叹了口气，"但是，你没有珍惜这个机会。"

他苦笑了一下："所以，这件事还没完——她认为，你还得继续承受你该承受的痛苦——更大的痛苦。"

米楠忽然抖了一下："新仇加旧恨——双倍奉还吗？"

方木想了想，点点头："恐怕是的。"

邰伟低声骂了一句："妈的，圈套，圈套，又是圈套！"

他原地转了一圈，抓抓头发："不管怎么样，现在潘晓的妈妈肯定会开口指证艾名博，先把他带回去再说。人在咱们手里，看她还有什么戏唱！"

米楠下意识地向艾名博看过去，惊讶地发现他已经退到了焚化室门口。

"哎，你……"

话音未落，艾名博已经转身跑出了焚化室，急停，反手关门。

在邰伟扑过来之前，艾名博已经把那截螺丝刀插进了锁眼里。

第三十三章 · 放下

赵大姐倚在厨房门口的墙壁上，嘴里咬着半只苹果，看着坐在花坛边上的那个女孩的背影，无奈地摇了摇头。

秋夜渐凉。赵大姐裹了裹身上的外套，三口两口把苹果吃完，抬脚走了过去。

田玥正在摆弄手机，玩着一个不知名的小游戏。赵大姐拍拍她的肩膀："孩子，天不早了，又这么冷，你快回家吧。"

"我不回去。"田玥头也不抬，操纵着屏幕上的一个小人越过墙垣，"我就跟郭岩说一句话，说完我就走。"

赵大姐叹了口气："你这孩子怎么不听话呢？郭岩连门都不出，你怎么跟他说话啊？"

"所以呀，阿姨你帮帮忙。"田玥忽然放下手机，抓住赵大姐的手摇了摇，"帮我叫他出来。"

赵大姐面色为难。佟院长刚才接了一个电话，匆匆出门。现在福利院里没有任何一个护工能说动郭岩那个犟小子。

"好孩子，你听阿姨的话。"赵大姐摸摸田玥的头发，"你先回家，明天再来行

242

不行？对了，明天福利院做馅饼吃。你不是最爱吃……"

话未说完，赵大姐就听见院门口传来急刹车的声音。

黑色迈巴赫轿车气势汹汹地闯进来，同样气势汹汹的艾名博下了车，甩上车门。他看见坐在花坛边上的田玥，似乎犹豫了一下，随即就大步奔过来。

赵大姐被吓了一跳，随即就认出这个满身油污、额头青肿的男人是那个什么特训学校的校长。她站起来，本能地把田玥护在身后。

"你来这儿干什么？"

艾名博瞪了她一眼，粗声大气地向田玥问道："你是不是来找郭岩的？"

"你管得着吗？"田玥毫不服软，"我现在又不是你的学生！"

艾名博推开赵大姐，一把揪住田玥的衣领："他呢？"

"你放开我！"田玥挣扎起来，"我凭什么要告诉你！"

艾名博看上去状如疯魔，牙关紧咬，抬起另一只手，劈头盖脸地打了下去。

赵大姐大惊，向小楼里喊了一声"来人啊"，急忙扑上去阻止艾名博。然而，男人似乎感知不到身上的拍打，只顾着一掌又一掌地重击田玥。

女孩的脸很快就红肿起来。她虽然还在反抗，手脚却明显软了下去。

几个护工跑出来，却不敢上前阻拦。赵大姐心一横，抬脚跑向厨房，再出来的时候，手里多了一把明晃晃的水果刀。

"姓艾的！"赵大姐双手握刀，颤巍巍地跑到艾名博面前，"你再敢胡来……我就不客气了！"

艾名博气喘如牛，直勾勾地看着赵大姐，又把视线转移到那把刀上。随即，他迎着刀尖上前一步——赵大姐尖叫一声，不自觉地向后退让。

艾名博拧住赵大姐的手腕，夺下水果刀，顺势把她推倒在地。

紧接着，艾名博举起刀，直指田玥："我再问你最后一遍！郭岩在哪儿？"

"我在这儿！"

艾名博下意识地循声望去——郭岩站在三层小楼门口，目瞪口呆地看着眼前的景象。

田玥已经意识到情势不妙，拼命向郭岩挥手："你快跑！"

郭岩却直奔她而来，抬手摸田玥的脸，又缩了回去："你没事吧？"

女孩脸上掌印清晰。

郭岩顿时火了，握紧双拳向艾名博冲了过去。

艾名博毫不犹豫，挥刀就刺。郭岩的拳头刚刚打中艾名博的腹部，高他一个头的男人就把水果刀扎进了郭岩的肩膀。

血花飞溅开来。惊叫声四起。

郭岩一愣，随即就倒退两步，恐惧地看着他——那把刀不是用来吓唬人的。

艾名博瞪着血红的双眼，一手捂着腹部，一手举起刀："小王八蛋，你跟我走！快点！"

郭岩被吓坏了，几乎忘记了反抗，被艾名博轻而易举地拽住了衣领，向门口的迈巴赫轿车拖去。

突然，一声断喝响起："放开他！"

艾名博抬起头，一对陌生的老年男女站在院门口。

姜玉淑原本心急如焚，偏偏那个出租车司机又听错了目的地，把她和顾浩送到了城市另一端的淞江疗养院。费尽周折后，好不容易赶到了松山福利院，又让她看到了如此骇人的一幕。

顾浩甩开姜玉淑扶在他胳膊上的手，上前几步，双目如炬。

"你放开这孩子！"

艾名博咳嗽了几声，环视众人，举起刀："今天，如果有人阻止我带走这小子，我不管是谁……"

他吐了一口唾沫，又把刀尖指向顾浩："包括你——我一定会杀了他！"

顾浩的脸上毫无惧色："你要干什么？"

"我要去换我女儿！我女儿！"艾名博声嘶力竭地吼起来，"那个他妈的顾蓝绑架了我女儿！"

顾浩一怔。几秒钟后，他点了点头："顾蓝……我明白了，你是那个人。"

艾名博瞪大了眼睛："什么'那个人'？"

"这不重要。"顾浩向郭岩扬起下巴，"为什么是这孩子？"

"顾蓝不是拼尽全力也要保住他吗？"艾名博死死揪住郭岩的衣领，"好，那就让他来换我女儿。"

"我跟你走。"

平静的几个字，却让在场的所有人都大吃一惊。不停挣扎的郭岩更是抬起头，不可思议地看着这个只见过一面的老人。

姜玉淑反应过来，急忙抓住顾浩的胳膊："老头儿你疯了？"

艾名博疑惑不已，打量着他："你说什么？"

"我是个晚期癌症患者。"顾浩摘掉毛线帽子，露出光光的头皮。他指指捂着肩膀、无力地踢打的郭岩，"他虽然受伤了，但是也比我难对付。"

艾名博心中的犹疑不减："你到底是谁？"

"你问到点子上了。"老人笑了笑，"我叫顾浩，是顾蓝的爸爸。"

顾蓝关掉手机上的监控影像，摇了摇头。艾名博的夺路而逃，让整个复仇计划变得不可控制。她必须要另寻出路了。

她在黑暗中静静地坐了一会儿。随即，她走进洗手间，关上门，打开化妆包，对着镜子打扮起来。

几分钟后，她返回客厅，从挎包里拿出一样东西，细细端详着。

那面毯子被掀开的时候，艾雯本能地尖叫。然而，被胶带封住的嘴巴没有让她发出半点声音。

女人打量着那张因为恐惧和低温而苍白的脸，忽然笑了笑。

"你知道吗？我给过你爸爸机会。"

艾雯缩紧身体，双目圆睁，竭力想离她远一点。

"从始至终，他都相信自己能掌控一切。"女人的声音幽幽，"现在，他又把这件事变得更加复杂。"

她慢慢地松开绳套，把它从艾雯的脖子上取下来。随即，她低下头，用小刀割开艾雯脚腕上的绳子，缠住双脚的胶带依旧保持原样。

"咱们得换个地方了。"女人长长地呼出一口气，"这一夜，快点过去吧。"

艾雯已经恐惧到极点——眼前这个浓妆艳抹的女人，俨然和几小时前完全不是一个模样。

帕拉丁越野车在山路上蜿蜒而行。

"黑色迈巴赫轿车，车牌号是……"邰伟一手握着方向盘，一手举着电话，"五分钟前从半山医院离开……我知道沿途视频监控很少，但是下山只有一条路，这有什么难度吗？有消息马上通知我！"

他丢掉电话，在大腿上用力捶打了几下。

"妈的！要不是这条腿用不上力气，那王八蛋还能跑得了？"

一边骂，邰伟一边瞄着副驾驶座上的方木。这家伙从上车之后就始终一言不发，看着车窗外出神。

他又看向后视镜。后座上的米楠同样神色凝重，怔怔地盯着前座的椅背。

邰伟大为不满，嘟囔道："你俩表示一下同意会死啊？"

米楠回过神来："接下来该怎么办？"

"不知道那王八蛋跑到哪里去了。"邰伟又恼火起来，"明知道艾雯还活着，老老实实配合我们就完了，又他妈作死！"

米楠拍拍前座："你呢？"

须臾，方木低声说道："艾名博、顾蓝和艾雯，找到任何一方，局面就不算失控。"

"废话嘛！"邰伟撇撇嘴，"问题是，这三个家伙都……"

"刚才在半山医院里，你说联系艾名博的那个电话号码，最后出现的地点在他家附近？"

"没错，怎么？"邰伟耸耸肩膀，"拔了卡之后，她想跑多远都行啊，咱们追踪不到。"

"妈的，我笨死了。"方木咬咬嘴唇，"回去吧。顾蓝和艾雯一直没离开小区。"

半小时后，方木和米楠、邰伟走出电梯轿厢，站在五楼一家住户门口。

"妈的，这不是郑松林租下来监控艾名博家的那套房子吗？"邰伟瞪大了眼睛，"顾蓝的胆子也太大了。"

方木示意他噤声，同时对米楠做出一个手势。米楠心领神会，放下现场勘查箱，凑到锁眼前观察了一下。随即，她打开勘查箱，拿出一套更加复杂的工具，在锁孔里操作一番。随着"咔嗒"一声，米楠握住门把手，将防盗门拉开一条缝隙。

邰伟急不可耐地就要闯进去，却被方木一把拉住。紧接着，他蹲下身子，将门一点点拉开，留神倾听着任何一丝声音和震动。渐渐地，门被拉开大半，可以容纳一个人进去。

方木站起来，低声说道："我先进去，你们跟着我，不要碰任何东西。"

邰伟点点头。刚才在焚化室里见识到的那个小玩意，已经让他知道顾蓝的心机有多深。

方木打开手电筒，先在黑暗的客厅里扫视一圈，发现通往阳台的落地门敞开着，冷风正把半开的窗帘吹得摇摇晃晃。泼洒进来的月光中，屋角似乎有一条丝线在闪烁着微光。

方木立刻向脚下看去——一根细细的鱼线横拉在自己脚前，距离裤筒不足十厘米。鱼线的一端被钉子固定在门口的墙角，另一端延伸至室内。

方木指指脚下，身后的邰伟和米楠都点了点头。

他小心翼翼地跨过鱼线，抬手按下墙壁上的开关。客厅内一下子明亮起来。方木紧紧盯着鱼线，顺着它的走势依次寻找过去。

拴着鱼线的木条。

木条撑住的双脚离地的餐椅。

餐椅倚住的倾斜的书柜。

书柜上方的红色包胶三孔杠铃片。

杠铃片上也缠着鱼线，笔直地穿过棚顶的吊灯、落地门上方的窗帘杆，延伸至阳台。

方木小心翼翼地走进阳台，看见鱼线绕过天棚上的晾衣杆，消失在阳台栏杆上的一张毯子背后。

他没有轻举妄动，四处观察着。纵贯天棚的晾衣杆上挂着一条绳索，垂下来的末端是一个环套。地面上还有一团被割断的细绳，细绳的另一端也被盖在毯子后面。

方木慢慢地掀开晒在阳台栏杆上的毯子，立刻发现横扶手下方的护栏已经被切断、移走，形成一个一平方米左右的空洞。一个由纵横交错的细木条做成的栅栏模样的东西挡住了这个缺口。细木条已经产生微微的弯曲——竖起来的红色包胶三孔杠铃片正压着它。其中一个孔里缠绕着那条细绳。25KG。

很显然，这两个沉重的杠铃片来自夏天的健身中心。

那条鱼线就结结实实地缠绕在这个"栅栏"上。

邰伟看得目瞪口呆。他转身看看客厅里那些摆放古怪的物件，琢磨了一会儿。

"如果有人进门的时候绊倒了那根鱼线……"邰伟慢慢地说道，"鱼线就会拉倒木条，椅子就会倒下来，书柜就会……那个杠铃片落地，拉动鱼线……"

他指向"栅栏"，"这玩意就被抽走……"

"靠在上面的人就会从缺口里摔出去。"米楠接着说道,"如果这个人头上挂着那个绳套,脚上绑着那个杠铃片……"

她颤抖了一下:"脊椎会在瞬间被拉断——这是行刑式处决。"

邰伟的脸色顿时变得惨白:"你的意思是……"

"在顾蓝原本的计划中,踢到门口的鱼线的是艾名博。"方木指指护栏上的缺口,"当场被绞死的是艾雯。"

他的视线越过护栏。在斜对面,十几米开外的地方,就是艾名博家的三层别墅。

就是这样。她会在自己家的视线可及之内,被活活绞死。在今后的漫长时间里,生活在那栋别墅里的人,都会想起她那被拉长的尸体在夜空中飘荡的模样。

米楠说得没错。顾蓝想要艾名博承受的,是双倍奉还。

失而复得。得而复失。

突然,方木衣袋里的手机响了起来。沉浸在恐怖想象中的三个人都被吓了一跳。方木定定神,掏出手机,发现是赵大姐打来的。

"喂?"

话音未落,赵大姐还带着哭腔的声音就传出来:"方木,你快想想办法。那个艾校长……刚才把顾老爷子带走了。"

"什么?"方木的眉头拧到了一起,"顾浩怎么会在福利院?"

邰伟猛地抬起头来,直勾勾地盯着方木。

"我也不知道啊。"赵大姐大声抽泣着,"艾校长原来是来找郭岩的,说是要找顾蓝换回女儿。他一定是疯了,拿着刀就扎郭岩……那孩子流了很多血……"

"你别着急,慢慢说,到底怎么回事?"

"后来,那个老顾就来了,说他是顾蓝的爸爸,要跟郭岩换。艾校长就把老顾带走了……对了,姜大姐也跟着去了。"

"艾名博带他们去哪里了？"

"不知道啊。他开着车，我们也追不上。"赵大姐又哭起来，"你快想想办法……"

"我知道了。"方木飞快地说道，"你先送郭岩去医院，我们再联络。"

挂断电话，方木抬眼望向邰伟。后者一言不发，掏出手机拨打顾浩的电话号码。

铃声响了很久才接通。通话者却不是顾浩。

"让顾蓝联系我！"

电话被挂断。

邰伟脸色铁青，一拳捣向墙壁："他妈的，老顾果然在艾名博手里！"

"对。他的目标原本是郭岩。"方木紧张地思索着，"潘晓已经死了，艾名博知道自己的罪行再也掩盖不住。但是艾雯还活着，所以他要用顾蓝最重视的人来换回女儿。所以他选择了郭岩……"

方木摇摇头，面色疑惑："但是老顾为什么会去福利院？"

"这不重要了。"邰伟甩了甩手，从腰里拔出手枪，检查弹匣，"他敢动老顾一根毫毛，我就崩了他！"

米楠看向方木："怎么办？"

方木想了想，大步走回客厅，四处环视。

"这里一定有摄像头。"方木直奔窗口，"顾蓝需要掌握艾名博的动向。"

少顷，米楠的声音从一间卧室里传出来："在这里。"

方木疾奔过去，看了看那个摆在窗台上的小小物件。

随即，他回到客厅，在茶几上找到一本《电路设计入门》和一卷黄色胶带，又从书柜里翻出一支记号笔。他从书中撕下一页纸，唰唰地写了几个字。

紧接着，方木撕下一截胶带，跑到那间卧室里，把纸粘在窗框上，又把摄像头扭转过来，对准那张纸。

做完这一切，方木挥挥手："走。"

米楠不解："去哪里？"

"顾蓝会把行刑现场放在自己最有掌控力的地方。"方木已经大步奔向门口，"艾名博也会这么做。"

"喂，哪位？"

"我是艾名博。"

"哎哟，校长您好。换电话号码了？我保存……"

"工人们都在？"

"是啊，刚吃完饭，我们……"

"让他们都离开学校，马上。"

"啊？我还打算让他们再干一会儿呢。"

"不要干了，马上离开。"

"这大晚上的，让他们去哪里啊？"

"这我不管，网吧、商场、KTV……你带他们去嫖娼都行，开好发票，回来我报销。"

"艾校长，您这是……"

"这活儿你还想不想继续干了？"

"行，行，行，我这就让他们走。"

艾名博挂断电话，抬起眼睛向后视镜看去。顾浩紧闭双眼，向后靠坐在皮质座椅上，额头上布满细密的汗珠。那个女人的手扶在他的胳膊上，眼睛眨也不眨地看着他，满脸忧虑。

艾名博依旧觉得迷惑。他曾经委托学校里从警队退役的教官去调查过顾蓝的背景，却从未得知她还有个父亲。不过，这老头儿总不会无缘无故地出现在松山福利院。而且，诚如他所言，一个如此虚弱的晚期癌症患者，确实比那个练过些拳脚功夫的小王八蛋要好控制。更何况,那个女人坚持要随行。多了一个人质不说,也省着他费力气去拖拽这个老家伙。

他很清楚自己已经选择了一条无法回头的路。牢狱之灾不可避免,那么,只要能换回女儿,其他的事情都不重要了。

顾蓝猛地踩下刹车,清晰地听到后备厢里传来肉体滚动、撞击的闷响。然而,她已经顾不了那么多,只是怔怔地看着手机屏幕上的监控画面。

那是一张从书本上撕下来的纸,签字笔写就的两行字盖住了原本的印刷签字。尽管它被风吹得摇摆不止,字迹仍清晰可见。

老顾在艾名博手里。

马上联系我。方木。

顾蓝双目圆睁,牙齿咬得咯吱作响。少顷,她长长地呼出一口气,定定神,松开脚下的刹车。

Jeep 越野车再次飞驰起来,一公里后,驶入一条僻静的小路。

顾蓝手脚麻利地下车,拉开后座车门,从帆布背包里拿出一个用毛巾包裹住的小玻璃瓶。她打开瓶子,把里面的液体倒在毛巾上。随即,她绕到车后,打开后备厢。

艾雯蜷缩在里面,眼神中有恐惧,也有哀求。顾蓝盯着她看了几秒钟,忽然充满歉意地笑了笑。

"对不起,你需要睡一觉。接下来的事情,你不会想清醒面对的。"

说罢,她抬手撕掉了艾雯嘴上的胶带。艾雯本能地喘息了几下,正要开口呼救,潮湿的毛巾就捂在了她的口鼻上。

被胶带束缚的手脚剧烈地挣扎着。女孩拼命地摇着头,然而,越来越重的眩晕感已经袭来。

艾名博把从水泥立柱两侧绕过来的细绳拧成一股，打上死结。其余的部分缠绕在一辆堆满水泥袋的三轮车上。随即，他拧开一桶油漆稀释剂，统统淋到绳子上。做完这一切，他已经感到全身无力，这四处奔逃的一夜几乎把他的体力全部耗尽。他一屁股坐在满是沙砾、石块的地上，大口喘息着。

名阳青少年特训学校还处于停学的状态中。整个校园里都空荡荡的，男女生宿舍、教学楼，包括临时的工人宿舍中都漆黑一片。

那场大火几乎将教工宿舍完全烧毁。整个楼体只保留了基本框架。好在施工进展还算比较快，四层楼的外墙和室内砌筑工程已经做完了一大半。

艾名博选择了三楼正中的位置作为最后的主战场。这层楼的外墙还没有恢复，空洞的框架让他的视野开阔，加之居高临下，任何人进入校园都躲不开他的眼睛。

更重要的是，只要顾蓝走到楼下，就会看到她永远也忘不掉的景象。

艾名博看看几米开外的那根立柱。透过钢筋水泥的结构，似乎能想象顾蓝的爸爸背靠在立柱上，双手张开，呈十字状，两个手腕上都被拴上细绳，绕过立柱，拧成一股，又被拴在沉重的三轮车上。

他的双脚踩在不足二十厘米宽的水泥沿上，一阵稍稍猛烈些的风都会让他失去平衡，猝然坠落。

这还不够。亲爱的顾小姐，这还不够。

听到了吗？那根立柱下方传来的轰鸣声。

那台水泥搅拌机还在持续工作着。

他把手伸进口袋里，摸到了那只打火机。

如果你有半点轻举妄动，只要一点小小的火苗，你的父亲就会落下去，变成一摊水泥与血肉的混合物。

艾名博的心中闪过一丝快意。这就是掌控大局的感觉。

他不由得笑了笑，立刻牵动了脸上的伤口，一阵刺痛。艾名博伸手摸了摸，深深的抓痕清晰可辨。

他转过身，看着十几米开外、侧躺在地上的那个老女人。在驱赶顾浩站到立柱外面的时候，她像疯了似的对他又抓又咬。艾名博不得不先打倒她，又把她双手反绑，并以加害她来要挟顾浩，这才把剩下的步骤完成。

艾名博想了想，大声问道："哎，你是顾蓝的什么人？"

老女人并不言语，只是呻吟一声，微微睁开眼睛。散乱的头发缝隙中，两道充满仇恨的目光直射过来。

她蜷起身子，咳嗽了几声，拼命挣扎着坐了起来。

"你把我解开！"老女人向立柱扬扬下巴，"我来替他。"

艾名博撇撇嘴，哼了一声。

"他都快八十岁的人了，又病得那么重。"老女人又扭动起来，"你不怕作孽吗？"

艾名博不再理会她。他费力地站起身来，凑到立柱旁边，探头出去。

"哎，你不会死了吧？"

夜色中，顾浩勉强贴着立柱，双眼紧闭，双手平举，能看出他的两条腿都在微微颤抖着。

听到艾名博的问话，他缓缓摇了摇头。

艾名博忽然想到一件事。自从那个显示为"大伟"的人来电之后，顾浩的手机就再没有响过。

该不是没电了吧？

他从衣袋里摸出那部手机，正要查看剩余电量，就听见校门口传来轮胎和地面摩擦的声音。

艾名博的心脏狂跳起来，这让他莫名其妙地想到了潘晓。

很快，两道车灯由远及近，绕过那些沙土车、翻斗车和搅拌拖泵，最后停在了距离教工宿舍楼几十米开外的地方。

艾名博抿起嘴，死死地盯着那辆车。

是警察，还是那个疯女人？

车门打开，一个戴着黑色帽子的人走下车，看上去体型颀长瘦削。她站在车门旁，默默地抬起头看着被绑在立柱上的顾浩。

月光皎洁。水泥立柱反射出淡淡的光。双手平举的顾浩形成了一个"十"字。

忽然，苍老的声音在夜空中传来。

"你来了？"顾浩竭力稳住不停发抖的双腿，明知她看不见，还是挤出一个笑容，"我没事的。"

顾蓝面无表情地仰望着他，既不说话，也不行动。须臾，她把视线投向楼下轰鸣的水泥搅拌机。

"孩子，你听我说，事情还没有到最坏的地步。"顾浩喘息了几下，艰难地说道，"你把女儿还给他，我们一起去公安局。"

他小心地转过头，看着一脸铁青的艾名博。

"这位艾校长不会伤害我的。"顾浩重新看向顾蓝，"我们好好解决这件事，行不行？"

艾名博冷笑一声，大声喊道："我女儿呢？"

顾蓝转过身，绕到车尾，打开后备厢。很快，一个大大的防水袋被她拖了出来，又重重地扔在地上。

艾名博的额头上青筋暴起。他竭力按捺住不断上涌的怒意，牙关紧咬。

"你把她放了！"

顾蓝把手伸向后腰，再拿出来的时候，手上多了一把寒光闪闪的猎刀。

"艾校长，别开玩笑。"她举起刀，指指顾浩，"我让你先放了他，你肯吗？"

"我没他妈跟你开玩笑！"艾名博吼起来，"你爸爸身后的绳子上都是油漆稀释剂，我只要点了火，他就算摔不死，也会被绞得粉碎！"

爸爸？

顾蓝愣住了。片刻，她的身体晃了晃，眼泪止不住地流下来。

"顾大爷，你何必要这样？"

十九年来，她第一次亲口叫出那个久违的称谓。

艾名博顿时蒙了——顾大爷？

身后传来一声叹息，艾名博下意识地回头看去。那个老女人也已经泪流满面。

"他不是她爸爸……"老女人似乎有无限感慨，"但是，他比一个爸爸还……"

艾名博彻底糊涂了。他转向顾浩，满脸都是难以置信的表情："你为什么要这么做？"

顾浩却完全不理会他，只是凝视着顾蓝，语气缓慢又坚决。

"十九年前，你让我相信，你的手没有沾上任何人的血。"顾浩停顿了一下，"今天，我也不会让你这么做。"

"够了！"艾名博终于失去了耐心，"我他妈不管他是你大爷还是你爸，放我女儿走！否则他就得死！"

嘶吼声在空荡荡的校园里显得分外凄厉。顾蓝抬起头，擦擦眼睛，原本瘫软的双腿重新绷紧。

"她在里面睡觉。"顾蓝的声音恢复了冰冷，"你想让她看见你这个样子吗？"

艾名博犹豫了一下，指指左边的升降机："你带她上来！"

紧接着，他又补充了一句："不许动水泥搅拌机，否则我立刻把他推下去！"

顾蓝不作声，拽起那个沉重的防水袋，一步步向升降梯走去。

艾名博死死地盯着她，视线不敢挪开半分。直至顾蓝和那个防水袋都消失在升降机里，钢缆开始缓缓拉动，他才从楼边退回来。

他掏出打火机，凑到那根依旧散发着刺鼻气味的细绳下，看向二十米开外的升降机入口。

区区十几秒钟，对艾名博而言，仿佛一个小时那样漫长。终于，升降机慢慢地来到三楼，震动了几下之后，停住了。

艾名博屏住呼吸，把拇指搭在打火轮上。

然而，又是十几秒钟过去，升降机还是静静地伫立在楼体外，没有任何人从里面走出来。

艾名博紧张起来，他很想走过去确认女儿的安危，又不知道这会不会又是一个圈套。犹豫再三，他看向地上剩余的那一卷绳子。

当方木从水箱后看到顾蓝拖着那个防水袋走进升降机，按下启动键后，又迅速跳出来，他就知道不能再等了。

"邰伟，你去关掉水泥搅拌机。"他迅速向身后挥手，"米楠，你跟我进去！"

"会不会有危险？"邰伟凑过来，语气中满是担忧，"刚才你也听到了，艾名博说……"

"他的注意力都在升降机上。"方木已经向楼体疾跑，"你动作快点！"

凭借停放在楼下的车辆和设备的掩护，方木很快就跑进了只剩下框架的宿舍楼。他迅速扫视一圈，立刻发现了墙角的水泥楼梯。同时，鞋底和沙砾摩擦的声音也隐隐传来。他从地上随手抓起半根 PVC 穿线管，快步追了上去。

几步登上二楼，转过缓台，方木立刻发现顾蓝就在前方，四肢着地，轻手轻脚地向上爬着。

他立刻加快速度。顾蓝也听到了身后的动静，正要回头，方木就把穿线管顶在了她的后背上。

"别动！"方木压低声音，"你比艾名博更早到了这里，对吧？"

顾蓝依旧保持着攀登的姿势，不说话。

"艾雯在哪里？"

"我只有几秒钟时间能救下老顾。"顾蓝挺直身体，举起手，脸颊半侧，"你现在问我这个？"

"你救下老顾就行，别的什么都不要做！"方木知道自己别无选择，"听明白没有？"

顾蓝没有回头，又迅速攀爬上去，很快就消失在三楼的洞口处。

艾名博小心翼翼地走向三楼升降机的入口，探头向轿厢内看去。一瞥之下，他的脸色一下子变得惨白。

轿厢里只有那个大大的防水袋。顾蓝已经不见踪影。

他来不及多想，丢下手里的绳子，大步跨进轿厢，俯身去拽防水袋上的拉链。

刚刚碰到防水袋，艾名博立刻察觉到指尖传来的僵硬触感。顿时，他的脑子里一片空白，惊叫了一声"雯雯"，不管不顾地拽下了拉链。

防水袋敞开，一截红色皮革露了出来。艾名博一愣，把拉链一拽到底——一个在健身中心常见的红色训练假人露了出来。他目瞪口呆地看着训练假人，视线一一扫过没有五官的"头部"、树杈般的"双臂"，以及印在"胸口"的"35KG"字样。

随即，他就意识到，又他妈中计了。

艾名博心头一惊，快步退出轿厢，向身后看去。

原本空荡的三楼大厅里已经多了几个人。曾经去家里造访的女警正蹲在老女人身边；男警握着半根穿线管，正追向身前的那个人。

那个人离自己最近——手握猎刀，被阴影遮住大半的脸上，只能看见一对放射出寒光的眼睛。

艾名博已经来不及思考。他弯腰捡起那截绳子，掏出打火机，毫不犹豫地拨动打火轮。

火光亮起。

那根细绳腾的一下燃烧起来，火焰烧成了一条线，仿佛一条露出獠牙的毒蛇，迅速扑向牵住顾浩的那条细绳。

顾蓝生生地停下了脚步，目瞪口呆地看着那条火蛇从眼前一闪而过——她没想到艾名博去升降机里查看之前，把另一条浸满油漆稀释剂的绳子绑在了顾浩的

"生命线"上。

她丢下猎刀，转身向顾浩身后的细绳跑去。余光里，她看见另一个高大的身影向立柱右侧扑过去。

可是，火焰蹿燃的速度更快。

在姜玉淑发出的尖叫声中，一瞬间，那两条拧成一股的细绳就被烧断了。还在燃烧的绳子垂下来，向楼边快速退去。

顾蓝纵身一跃，竭力伸展的手臂几乎要从身体上脱离开来——她抓住了那根正在空中飞舞的绳子。

她没看到的是，在立柱外面，顾浩的身体危险地前倾过去，只能用脚尖堪堪踩住那道水泥沿。

顾蓝的手心里浸满了油漆稀释剂，火焰毫不留情地蔓延过去。灼烧皮肉的味道一下子弥漫开来。

她顾不得手上的剧痛，转头向立柱右面看去，心中顿时一松。

邰伟拽住了另一根细绳，上身拼命向后倾斜，双脚死死地蹬住地面。

老顾暂时安全了。

顿时，钻心的疼痛袭来。顾蓝忍不住仰起头，从紧咬的牙关中挤出一声痛呼。

方木边脱外套边冲过来，盖住顾蓝还在燃烧的双手，另一只手帮她拽住绳子。

这时，他们身后传来米楠的声音。

"艾名博，你站在原地不要动！"

随即，她冲到楼边，探出头去看了看半空中的顾浩。倒吸一口冷气之后，米楠退了回来，竭力用平静的语调说道："顾大爷，你不要动，保持平衡。邰伟，方木，顾蓝……"

忽然，她看着顾蓝愣住了。脸颊抽动了一下之后，米楠继续说道："你们一起慢慢向后退，让老顾先站直了。"

三个人都把视线投向彼此的脚下，盯着对方的脚步，同步向后退着。

几步之后，立柱外传来顾浩颤巍巍的声音："我可以了。"

"好。"米楠不时用余光观察着艾名博的动作，快步绕到立柱右侧。

"听我指挥，顾大爷，你站直了，尽量贴着柱子，一点点向右挪。邰伟，你向后退。方木、顾蓝，你们向前。"

她跪下去，向楼外探出半个身子，向顾浩伸出手。

顾浩闭上眼睛，右脚向右侧挪了几厘米。

"很好。慢慢来……"米楠的声音轻柔低缓，却有藏不住的紧张，"继续，我就快碰到你了……"

姜玉淑帮不上忙，只能攥紧拳头干着急。

立柱的左侧，方木和顾蓝一左一右，分别站在绳子的两侧，小心翼翼地向前挪动着。

在三个人的共同努力下，顾浩勉强维持住了身体的平衡，慢慢地向米楠靠近。

突然，方木意识到旁边有人影闪过。他下意识地看过去，面前赫然是艾名博扭曲的脸。

他举起那把猎刀，直直地指向顾蓝的脸。

"我女儿呢？"艾名博的嘴唇卷起来，露出野兽般的森森白牙，"她在哪里？"

顾蓝死死地盯着他，抿紧双唇。

邰伟双手拽住绳子，转过头，一字一顿地说道："艾名博，如果你在这个当口胡来，我绝对不会饶了你！"

艾名博似乎已经失去了理智。他举起猎刀，寒光一闪之后，刀尖深深地刺入了顾蓝的肩膀。

"我女儿呢？"

顾蓝的身体一抖，那根被烧焦的细绳在立柱的边沿摩擦了几下，嘣的一声断开了。

方木和顾蓝收势不及，双双向后跌倒。米楠眼睁睁地看着顾浩的身体倾斜过来，再也保持不了平衡，向楼底摔下去。

电光石火的一瞬间，邰伟闷哼一声，向后跨出一大步。几乎是同时，米楠向下伸出手去，牢牢地拽住了顾浩的衣领。

顾浩的大半个身体都在半空中晃悠着。他抬起头，视线却被楼上的某样东西吸引住了。

"顾大爷，抓住我的胳膊！"米楠勉强稳住重心，"别乱动！"

顾浩却依旧盯着四楼敞开的洞口，似乎全然忘记了自己的处境。突然，他大吼一声："小姜！"

姜玉淑正挥舞着方木丢下的那半根穿线管，竭力把方木和顾蓝护在身后。听到顾浩的喊声，她抖了一下，本能地"啊"了一声。

"四楼！快去四楼！"顾浩已经抓住了米楠的手臂，声嘶力竭地吼道。

姜玉淑来不及多想，握着穿线管向艾名博胡乱挥舞了几下，转身向角落的楼梯跑去。

孰料，刚迈出一步，她就感到自己的脚踝被人握住了。姜玉淑向前重重地跌倒。几乎是同时，顾蓝一跃而起，朝着楼梯的方向狂奔。

几秒钟之后，她已经踩在了遍布沙砾的楼梯上。手脚并用地攀爬上去之后，顾蓝抬起头，垂在最后一节台阶上的绳子已经近在咫尺。

她向那截绳子伸出手去，刚刚碰到绳头，就被身后赶上的方木扑倒了。

两个人重重地摔在台阶上。方木抓住顾蓝的手臂，死死按住。他不知道她要做什么，唯一的选择就是阻止她。

顾蓝却一拧身，翻转身体，同时，用另一只手摘下了自己的帽子。

刚才他们的全部心思都在老顾身上。这一刻，方木才和顾蓝面对面。

脸上的灰尘和伤痕遮掩不住她的浓妆，那双眼睛怔怔地和方木对视。

更为致命的，是她那一头卷曲的蓝色长发。

方木清晰地听到了骤然汹涌的血液冲击耳膜的声音。在那一瞬间，身边的一切仿佛都消失了。

跪在杨展的墓碑前，默默凭吊的她。

叼着香烟，在孤儿院的院子里，熟练地展开一面床单的她。

站在漫天大雪里，微笑着目送他离开的她。

静静地仰卧在不锈钢台面上，覆盖着白布的她。

此时，她就在粗陋的楼梯上，睁大一双含着泪水的眼睛，带着他曾经厌恶的浓妆和蓝色鬓发，微微张开嘴唇。

"这一次，帮帮我，好吗？"

方木已经失去了思考的能力。他撑起身子，呆呆地看着仿佛死而复生的廖亚凡，慢慢松开了手。

她迅速转身，继续向上攀爬。再次伸出手去拉动那根绳子的时候，顾蓝感到又一个柔软的身体扑倒在她身上。

方木跪坐在楼梯台阶上，感到整个人正在一个旋涡中越陷越深。他知道米楠刚刚跃过自己的肩膀，按住了顾蓝。他知道艾名博旋风般从身边跑过，踩着不停挣扎的顾蓝的身体，登上了四楼。紧随其后的，是踉踉跄跄的姜玉淑。

他什么都知道，却半点都动弹不得，脑海里只剩下了一个念头：今天晚上，顾蓝设下了许多圈套。最后一个，是留给他的。

艾名博看到了顾蓝和米楠正在争夺的那截绳子。他顺着那根绳子看过去，发现它缠绕在两袋水泥上。水泥袋下面压着一块运料踏板。踏板的另一头，已经伸出了楼体之外。

在洞口的边缘，在运料踏板上，是另一个巨大的防水袋。

艾名博顿时明白了。如果顾蓝拉动那根绳子，水泥袋就会挪开，防水袋势必会直坠楼底。

那么，防水袋里是……

艾名博感到心脏就要跳到喉咙口了。他快步跑过去，小心翼翼地把防水袋从运料踏板上拖回地面。紧接着，他深吸一口气，拉开防水袋。

随即，他就感到一股怒火直冲头顶。

防水袋上的拉链只敞开了短短一截。但是，艾名博已经看清了里面的东西——依然是红色的训练假人。尽管假人的"头部"没有五官，但是，皮革上细微的褶皱仍然像无数张咧开的嘴巴，毫不留情地嘲弄着他。

艾名博缓缓站起身，发现那个老女人居然也凑过来，目瞪口呆地看着那个只露出头部的可笑玩意。

你也要笑话我吗？

越来越盛的怒气迅速在艾名博的胸口聚拢，他被憋得几乎喘不过气来，抬脚狠狠地踹向防水袋。

防水袋——连同里面的训练假人滚动起来，直奔四楼的洞口而去。

突然，一个身影飞扑过去，牢牢地拽住了防水袋敞开的袋口。

居然是那个老女人！

防水袋的下半截已经越过洞口，向楼底坠下。姜玉淑承受不住这样的重量，被拖在地上滑行，眼看上半身就要探出楼体。

她的手不肯松开防水袋，另一只手疯狂地在地面上抓挠着。艾名博心里一惊，扑上去压在她的身上。

姜玉淑不停地喘息着，终于憋出一句话："你他妈瞎吗？不会来搭把手吗？"

艾名博已经彻底蒙了："啊？"

"那里面有个人！"姜玉淑拽住防水袋的那只手上，几片指甲已经翻折了，鲜血正不停地渗出来，"我看到鼻子的轮廓了！"

艾名博一下子感到喉咙哽住了。他挣扎着爬过去，伸手抓住了防水袋。

两个人连拖带拽，终于把沉重的防水袋重新拉了上来。

艾名博跪爬在地上，一把拽开拉链，抬手在训练假人的"头部"摸索着。

没错，没错。这里是额头，这里是鼻子，这里是颧骨……

姜玉淑瘫坐在旁边，捧着两只血迹斑斑的手，疼得说话断断续续："后面，假人后面，有扣眼……"

艾名博却再也等不及，他捡起猎刀，找准位置，割开一个口子，又探手进去用力向两边撕开。

艾雯的头部露了出来，双目紧闭，脸色惨白。

"雯雯！雯雯！"艾名博急忙把手指凑到她的鼻孔下，"你醒醒！"

他立刻感到一丝微弱又潮热的气息。

女儿还活着。

艾名博一下子失去了全身的力气。他看向那个拼死相助的老女人，一时间，竟不知道该说什么才好。

"你为什么……"

"你别跟我说话！"她正用手背擦着疼出的眼泪，嘟囔着，"我他妈又不是为了你……"

话音未落，姜玉淑的脸上忽然露出惊讶的神色。

艾名博还来不及反应，就感到肩膀上挨了重重的一脚。他仰面摔倒，胸口又被对方的膝盖牢牢顶住。

随即，他就看到顾蓝骑在自己身上，手握一把高速旋转的手电钻，钻头直指自己的额头。

方木依旧坐在楼梯台阶上，在挨了两记重重的耳光之后，他的脸从刺痛变得麻木。面前的米楠一手捂着胸口，想必刚才被顾蓝踢中一脚之后，她也受伤非轻。

他渐渐醒悟过来，那一抹记忆中的蓝色正在慢慢淡去。米楠的脸越来越清晰。只是，她的声音依旧遥远，似乎他在深深的水底，而她正在岸边。

"过去的事情已经过去了！她不是廖亚凡！"那声音飘渺、模糊，却字字入心，"如果你真想帮她，就让她从仇恨中解脱出来！"

忽然，方木的喉咙里咯咯作响。他的肺里似乎又注满了空气，仿佛被一只手提着头发，浮出了水面。

方木挺直身体，站了起来。他看了米楠几秒钟之后，转身登上四楼。

艾名博直勾勾地看着那只钻头，心里很清楚，只要再低上几厘米，他就会脑浆迸裂。

顾蓝摘掉头上的蓝色假发，原本的黑色长发盘起在脑后。这让她的面部轮廓更加分明。她以一种居高临下的姿势死死地盯着艾名博，紧握的手电钻嗡然作响。

艾名博一句话也说不出来。大限将至的恐惧感已经将他紧紧包裹起来。

求饶？或者辩白、卖惨？

在自己做过这么多事情之后，艾名博也不相信顾蓝还会放过他。他同样不确定的是，究竟有没有做好准备面对这最后的结局。

还能活多久？几秒钟还是几分钟？

姜玉淑颤巍巍地爬起来，一副胆怯又急切的模样。

"孩子……"她咽了口唾沫，"我知道劝你什么都是多余的……但是……"

她突然哭起来："我不是劝你放过他，我是劝你放过自己……你这小半辈子太不容易了。"

顾蓝的身体突然抖了一下。艾名博猛然发觉她的双眼中已经水汽缭绕。

这时，密集的脚步声在她身后响起。先是方木，然后是米楠，最后是被邰伟搀扶着的顾浩。

奇怪的是，每个人都不说话，只是在黑暗中默默地围拢过来，注视着如泥塑般的顾蓝和艾名博。

良久，方木缓缓地开口说道："真是漫长的一夜啊。"

他抬头望向夜空："警察很快就会追踪到这里，咱们的时间不太多。所以，你想做的事情，就做吧。"

艾名博的身子一震，瞪大眼睛看向他。

"你一定也猜到了，我看了你留给顾浩的日记。"方木耸耸肩膀，笑了笑，"我以为我很了解你。但是，我错了。"

顾蓝一动不动，依旧俯身盯着艾名博。

"你在半山医院的焚化室里设了一个圈套，却没有把艾雯关在焚化炉里。"方木呼出一口气，"我以为你要让艾名博失而复得，得而复失——双倍奉还。现在想来，我错了。"

他摇摇头："其实，那是一个机会，对吗？"

姜玉淑又抽泣起来，眼神中充满怜爱："傻孩子……"

"如果艾名博肯在那个骨灰罐前下跪认罪，那么，即使他去拉开了焚化炉的门，五层楼里的那次处刑也不会被执行，对吗？"

艾名博还在看着方木，却感到有一滴温热的水珠落在了自己的脸颊上。

"如果你一心想杀了艾名博父女，恐怕此时此刻，他们一个摔死在楼下，一个会把脑浆喷得满墙都是。"方木停顿了一下，"所以，你真正想要做的，是得到一个公道。"

顾蓝依旧一言不发。

沉默再次充斥在这空旷的地方。良久，姜玉淑开口了：

"孩子，十九年前，我没能阻止你做傻事。可是，今天……"

她抬起头看向顾浩，哽咽了一下，表情委屈又欣喜："老顾头，今天我赶上了。"

一直没说话的顾浩笑了笑，轻声说道："孩子，别让仇恨再继续捆绑你了。不管还有多少时间，让自己开开心心地活吧。"

他摸摸头上的毛线帽子："我都病成这个样子了，你不是还在为我争取一线生机吗？"

顾蓝忽然低下头，肩膀开始剧烈地颤抖。

突然，一阵悦耳的铃声从方木的衣袋里传出来。他摸出手机，看到屏幕上显示的"邢璐"两个字。

所有人都把视线投向他。方木盯着屏幕看了几秒钟，心下瞬间就一片安宁。

"这个电话，其实是打给你的。"方木看向顾蓝，滑动屏幕接听，同时按下外放键，"你听一听吧。"

女孩的声音顿时在四楼回响起来。

"喂，喂，是我。"邢璐的语气中带有掩饰不住的兴奋，"你知道吗？我自己都不敢相信。潘晓的心脏……不对不对，应该是小鱼的那颗心脏……你猜怎么着？移植给朵朵了！手术非常成功！"

女孩停下话头，似乎在等待方木和她发出同样的欢呼声。几秒钟后，她终于按捺不住。

"喂，喂，你在听吗？"邢璐似乎大为不满，"你等着，我让你听一下。医生，能把那个递给我吗……谢谢您。"

一阵细微的响动之后，毫无征兆地，"咚咚"的声音从手机里传出来。

每个人都屏住呼吸，甚至是艾名博，都在仔细聆听着那越来越响亮的心跳声。

清晰。顽强。带着不屈的生命力。妙不可言。

姜玉淑慢慢地跪坐起来，垂下头，双手紧握在胸前。

"天父我们感谢你，谢谢你把生命带给朵朵，谢谢你让小鱼以如此奇妙的方式继续活着……"

祷告声如梦中呓语，温柔又宁静。

艾名博感到越来越密集的水珠滴落在自己的脸上。他怔怔地看着那双盈满泪水的眼睛，已经忘记了悬垂在额头上的那把手电钻。

突然，巨大的悲伤袭上心头。那双眼睛，那些仿佛不能止息的泪水瞬间就把这个不可一世的男人击垮了。

他的身体彻底瘫软下去。同时，艾名博失声痛哭。

"对不起……"他抬起一只手捂住眼睛。尽管他也对自己突如其来的伤感情绪感到莫名其妙，但是，他就是控制不住。

"对不起……"

祈祷和哭声融合在心跳声中，奇异的混响被慢慢放大。

逃城的门已经打开，城外等待复仇的血亲转身离去。

手电钻从顾蓝的手中飞了出去，撞在墙壁上，又反弹至地面，仍在兀自嗡嗡转动着。

顾蓝从艾名博身上站起来，走到墙壁旁边，背靠着一根立柱缓缓坐下。她蜷起腿，低下头，把前额顶在膝盖上，双手抱紧自己。

苏琳回到了十九年前的模样。放声大哭。

尾声·告别

2013 年 12 月 11 日，星期三，大雪。

雪下了一整天，到现在也没有停。

在床上醒来的时候，我依然一时间无法分辨自己究竟身在何处。毕竟，这段时间以来发生的事情宛如一场醒不过来的梦境；毕竟，我曾经以为自己再也回不到这个地方。

所以，我常常会陷入恍惚中，直至掐掐大腿，让痛觉提醒我，这一切，都是真的。

疼痛。无论是心灵还是身体上的，曾经在我的前半生如影随形的恶魔，如今却成为我满心喜悦的凭据。

放下，原来是这样的感觉。

其实，除非万不得已，我不会打开记忆的闸门。因为那会让我软弱。我把它留给面对死刑的前一刻。有人说，将死之时，人的一生会在几秒钟之内在眼前一闪而过。对我而言，这已经足够了。但是，在回家之后，我一下子有了大把空闲的时间。除了提审之外，我几乎无事可做。因此，坐着发呆，任由回忆将我层层包裹，成为我最近的常态。

谨慎起见，我尝试着以旁观者的角度去重新审视顾蓝或者苏琳三十六年的人生，却常常无以为继。因为，这令人太不可思议。C 市的地下雨水管网、缅甸克钦邦迈扎央镇，以及我现在居住的 S 市。在这几个重要的人生段落中，我的故事都足以让旁观者瞠目结舌。然而，这并不让我感到骄傲。如果可以，我宁愿这一切都没有发生过。我想，任何一个女人，都不会让奔逃与猎杀成为自己前半生的关键词。纵使她早已对家庭、子女抑或亲情不抱任何希望，大概也会对某个可以容她藏身的角落有一丝小小的憧憬。

平凡与安定。这个我心中最高的生活目标，似乎永远求而不得。如今，却以一种如此奇妙的方式降临。

这让我不得不相信：所谓奇迹，是存在的。

我和夏天在一起度过的那一夜，我第一次向命运发出了祈求。当时，也许是上帝、天主、佛祖、安拉或者别的神明，默默地给予了应许。只是我不知道，一直不知道。这个不知道，直至我被押送到看守所接受体检。

我怀孕了。

曾被无数医生断定不可能生育的我，有了夏天的孩子。

那一天，我哭了很久很久。

他曾用生命去保护我，如今，又给了我生命。

这让如此渴望去跟他和小鱼团聚的我，再次有了活下去的念头。

是啊，活下去。

就像我答应顾大爷的那样，好好活下去。卸掉仇恨的枷锁活下去。

我要看到小鱼和朵朵一起长大；

我要看到顾大爷完全康复；

我要看到夏天的眼睛出现在另一个孩子的脸上；

我要看到大雪纷飞，春暖花开。

即使我的后半生都只能在监狱里度过。这一切，我也要看到。

希望。

在这个世界上，还有比希望更美好的事情吗？

郭岩背着崭新的书包，在103中学的校门口踌躇再三，还是跺跺脚，混在其他上学的孩子里走进了校园。

高大的教学楼。宽阔的运动场。行色匆匆的老师模样的大人们。眼前的一切都显得陌生又新奇。郭岩东张西望，想拉住一个人询问初中部的位置，又羞于开口。眼看着早自习的时间就要到了，他还是不知道初一五班究竟在哪里。

忽然，刺耳的铃声在校园里响起。郭岩被吓了一跳，胡乱选择了一栋楼，快步跑过去。他慌慌张张的模样引起了几个正要走进教学楼的女生的注意。其中一个留着短发的女孩久久地看着他。

"哎，那小孩！"

郭岩本能地停下脚步，循声望去。

女孩轻快地跳下台阶，向他飞奔过来。

方木刚刚踏上下行的自动扶梯，就看见站台上的顾浩正向这边张望着。看见方木，顾浩扬起手，用力挥了挥。随即，他的视线就越过邰伟、米楠，向后面看过去。

方木知道他在等谁，心下不免又是一声叹息。

邰伟从他身边挤过去，几步蹿到了站台上。

"对不住，顾爹。"邰伟摸摸后脑勺，充满歉意地笑了笑，"刚才去办理艾名博和艾雯那个案子的组里搞消息来着。"

"没事，都叫你不要来送的。"顾浩已经从失望的表情中恢复到常态，神色淡然，"他们俩怎么样？"

"艾雯涉嫌交通肇事罪。艾名博的事儿就多了，包庇、故意毁坏尸体、绑架……"邰伟撇撇嘴，"不过两人都认罪认罚，和潘晓的妈妈正在协商和解的事情。"

顾浩若有所思："另外几个……"

"郑松林的妻子压根不露面，包尚宏哭了一场之后，表示不再追究。至于那个王哲，也在取保候审中。"

顾浩皱起眉头："我能做什么？"

"你能做什么？当然是老老实实去治病！"邰伟一副大惊小怪的口吻，"你这个连国都没出过的土老帽，听我跟你掰扯掰扯……"

顾浩一挥手："得，得，得。"

姜玉淑正在和赵大姐讨论自己刚做的美甲，看见米楠过来，美滋滋地举起双手，手背朝向她。

"好不好看？"

"好看。"米楠也笑，"花了不少钱吧？"

"那当然。"姜玉淑得意扬扬，"好不容易长出新指甲，我可不能亏待它。"

米楠揽住她的肩膀，柔声说道："姜阿姨，又要辛苦你了。"

"小意思。"姜玉淑满不在乎，"我和老顾回家取了护照就去北京，办理完签证就直飞美国休斯顿。庭庭会安排我们在北京的行程，等到了美国……"

她看向顾浩："苏琳在医院里已经预存了一大笔钱。至于生活起居方面，有我照顾老头儿，你们都放宽心——我一定把他囫囵个儿带回来。"

米楠用力搂了她一下："当然。"

姜玉淑四下看了看，压低声音问道："上次我听邰伟说，苏琳肯定不会被判死刑——因为肚子里的孩子？"

"按照法律的规定，最高只能判处无期徒刑。"

姜玉淑眨眨眼睛："你们不是忽悠老顾头吧？"

"姜阿姨！"米楠捂着嘴笑，"你除了相信耶稣，也得相信法律呀。"

"那就好，那就好。"姜玉淑顿时满面喜色，眼圈却红了，"等我们回来，还能去看看她。"

另一边，邰伟还在对顾浩絮絮叨叨。

"除了身份证和护照，什么都不重要。你别大包小包的，整得跟搬家似的。"邰伟扳着手指，"面签的时候，你这老头儿给我谦虚点啊，不能叫人家美国鬼子……"

"你少废话。我又没老糊涂！"顾浩不耐烦地哑哑嘴，忽然又变得吞吞吐吐，"那个……她怎么样？"

"我就说你偏心眼吧？"邰伟白了他一眼，"她现在取保候审呢。你当时作为证人证明她对艾名博犯罪中止，所以，按照法律的规定，她不能见你。"

"嗯。"顾浩点点头，怅然若失的表情却再也掩饰不住，"没事，反正以后还有机会再见。"

邰伟看着他的样子，琢磨了一下，拿出手机："你等着啊。"

他打开微信，点开和顾蓝的聊天窗口，选择了视频聊天。

铃声响了一声就被接通。手机屏幕上，顾蓝拢起头发，有些疑惑地看着邰伟。

邰伟站在顾浩前面，小心地调整着手机的角度，让顾蓝能看见顾浩的脸。

"顾蓝，我是专案组成员邰伟。"邰伟板起脸，"你现在是否在住所，没有离开？"

顾蓝没有回答，只是怔怔地看着顾浩，渐渐微笑起来。

顾浩知道自己不能说话，更不知道该说些什么，轻轻地对她点了点头。

"联系方式没变吧？"邰伟还是一脸严肃的模样，"要保持手机二十四小时开机，听明白没有？"

"听明白了。"顾蓝把手放在肚子上，"请转告我爸爸，是两个。"

"你爸爸？"邰伟愣了一下，随即释然，不由得也笑起来，"好的。"

"大的姓夏。"顾蓝凑近屏幕，盯着那个忽然间变得手足无措的老人，"小的，姓顾。你问问我爸爸行不行？"

"我会转达。"邰伟偏过脸，对身后的顾浩努起嘴，"嘘，嘘！"

顾浩慌慌张张地摆摆手："让她说了算——挂了吧。"

说罢，他就转过身去。

邰伟按下挂断键。顾蓝捂住嘴，眼泪夺眶而出的模样随即消失。他叹了口气："老头儿，你别哭啊。"

顾浩的骂声带着浓重的鼻音："滚！"

这时，站台下的铁轨震动起来。正在和方木说话的赵大姐向远方看看，高铁列车已经缓缓驶来。

"准备上车了。"她拍拍巴掌，"老顾，姜姐，别忘了行李！"

方木帮她拎起行李箱："大姐，你跟福利院请了两星期的假，不会有什么影响吧？"

"没事。"赵大姐摇摇头，"不了解顾蓝之后的情况，我也不放心。对了，你去见她的时候，转告她，朵朵已经挺过什么排异期了，恢复得很好。"

方木点点头："我会的。"

赵大姐看着越来越近的列车，忽然在方木的胳膊上用力拍了一巴掌。

"你个臭小子！让你不要给我们仨买一等座，偏不听！"

"行了，行了。"方木笑着拍拍她的后背，"快上车吧。"

顾浩和姜玉淑先上了车。赵大姐还在不停地嘱咐着方木："少抽烟。公安局的事能不管就别管。假期的时候回家看看。让邢璐好好学习……"

"知道了，知道了。"方木指指正在挥动旗子的调度员，"你再不走，就得再请一天假了。"

赵大姐"哎哟"一声，小跑着钻进车厢。随即，她又扶住车门，转过身来。

"方木，听大姐的——过去的事情，就让它过去吧。"赵大姐的脸色变得郑重其事，"好好对人家。"

方木抿起嘴，点点头。

列车缓缓驶离站台。方木和邰伟、米楠一直目送最后一节车厢消失在转弯处，才慢慢走向出站口。

邰伟长长地呼出一口气，看看手表："咱们得抓紧时间了，十点半之前赶到医院。肇支队今天出院，他还等着我跟他老实交代呢。"

说罢，他加快脚步，率先跑了出去。

方木正要去追他，米楠就在身旁"哎"了一声。

他停下脚步，转过头，看着一脸淡然的女人。

"那天晚上，我打了你两记耳光。"米楠微微歪过头，"没记恨我吧？"

"当然没有。"方木急忙否认，"说老实话，真多亏了你那两巴掌。"

"别说那些好听的。"米楠的神态不变，"我对你说过的话，一定算数。下次你再犯浑的话，就不是两记耳光那么简单了。"

她抬起两根手指，指向自己的眼睛，又指向方木。

"我会一直盯着你。"

说罢，她对方木莞尔一笑，转身向邰伟跑去。

方木愣在原地，怔怔地看着她轻快的背影。须臾，他又转头看向身后。

站台上已经变得空空荡荡。刚刚还在依依惜别的人们，统统都随着远去的列车，沿着各自的轨迹消失不见。被纵横交错的电线分割成小块的蓝天上，几只不知名的小鸟鸣叫着飞向更加广阔的高处。

方木再次转身。

出口的旁边，邰伟正用力向他挥手。米楠站在他身边，一脸平静地看着他。

方木不由自主地迈开脚步，向他们奔跑过去。

有着蓝色卷曲长发的女孩。

像野草般被忽视，又在他心中疯长成荆棘的女孩。

再见了。

（全文完）

图书在版编目（CIP）数据

宽恕之城　雷米著．—北京：北京联合出版公司，
2023.12
ISBN 978-7-5596-7261-2

Ⅰ.①宽…　Ⅱ.①雷…　Ⅲ.①长篇小说—中国—当代
Ⅳ.① I247.5

中国国家版本馆 CIP 数据核字（2023）第 208517 号

宽恕之城

作　　者: 雷 米
出 品 人: 赵红仕
策划出品: 一未文化
版权统筹: 吴凤未
监　　制: 魏 童
责任编辑: 管 文
封面设计: 苏艾设计
内文排版: 麦莫瑞

北京联合出版公司出版
（北京市西城区德外大街 83 号楼 9 层　100088）
北京联合天畅文化传播公司发行
北京美图印务有限公司印制　新华书店经销
字数 473 千字　710 毫米 ×1000 毫米　1/16　34.5 印张
2023 年 12 月第 1 版　2023 年 12 月第 1 次印刷
ISBN 978-7-5596-7261-2
定价: 89.80 元
